W0234339

Joshua Sobol
Der große Wind der Zeit

Joshua Sobol

DER GROSSE WIND DER ZEIT

Roman

Aus dem Hebräischen
von Barbara Linner

Luchterhand

Grad in der Mitte unserer Lebensreise
Befand ich mich in einem dunklen Walde,
Weil ich den rechten Weg verloren hatte.

Dante Alighieri, *Die Göttliche Komödie*

Die Mitglieder der Familie Ben-Chaim:

Eva Ben-Chaim (= Chaimson) – Tänzerin und Choreographin,
 eine der Begründerinnen der »Deutschen Abteilung« im
 Palmach
Josef Scharabi – Evas Mann, Enkel der »Olei betamar«, der
 ersten jemenitischen Einwanderung (1882) nach Paläs-
 tina, einer der Begründer der »Arabischen Abteilung«
 im Palmach
Dave (Uri) Ben-Chaim – Eva Chaimsons und Josef Scharabis
 Sohn
Dina – Daves Ehefrau
Maoz – Dave und Dina Ben-Chaims Sohn, Politiker mit
 Ambitionen auf das Amt des Ministerpräsidenten
Noga – Maoz' Ehefrau
Libby – Maoz und Noga Ben-Chaims Tochter, Verhörspezia-
 listin für sicherheitsrelevante Häftlinge, Urenkelin von
 Eva und Josef
Gaby – Dave und Dina Ben-Chaims Sohn, Kybernetiker,
 Software-Ingenieur und Systemanalytiker
Dana – Gabys Ehefrau, Fernsehfotografin
Gal und Jonit – Gabys und Danas Kinder
Duvesch – Dave und Dina Ben-Chaims Sohn, Landwirt im
 Jordantal
Dorit – Duveschs Ehefrau
Karin – Duvesch und Dorit Ben-Chaims Tochter
Meirav – Dave und Dina Ben-Chaims Tochter, Evas Enkelin,

Maskenbildnerin, Nachtschwärmerin und Lebenskünstlerin

Die Personen, die im Leben der Familie Ben-Chaim auftreten:

Adib Mlihat – Palästinenser mit britischem Pass, Geschichtsdoktorand in England, spezialisiert auf Zionismusgeschichte
Sue – Thailänderin, die auf Duveschs Hof arbeitet
Ali – Arbeiter auf Duveschs Hof
Abir – Alis Frau
Osnat – Literaturdozentin, Geliebte von Maoz Ben-Chaim
   sowie von Elad u. a.
Chezi – Initiator und Gründer der Softwarefirma Rossman
   Algorithmics
Chorev – Chezis Sohn, Direktor der Firma Rossman
   Algorithmics
Mahmud – Beduine, eine Episode in Evas Leben
Rodion Spiridonovitsch Valensin – Evas Jugendliebe
»Das Lederjackett« – deutscher Dramaturg, eine Episode in
   Evas Leben
Herbert Ihering – Theaterkritiker, Freund des »Lederjacketts«
Johann Brückner – junger Architekt, Mitglied der NSDAP,
   eine Episode in Evas Leben
Guido Xanadu – Psychotherapeut und vorübergehender
   Liebhaber von Dorit, Duveschs Frau
Raschti – Bettler auf einem Skateboard
Saliman – Alis Vater
Kennedy – Landwirt im Jordantal, Duveschs ehemaliger
   Kommandeur und Freund
Ricky – Kennedys Ehefrau
Kristina – dänische Journalistin, Freundin von Dana

Naruz – ägyptischer Intellektueller, Kristinas Ehemann

Professor Alexander – weltweiter Experte der Quantentheorie,
Gaby Ben-Chaims Lehrer und Mentor

Mina – Professor Alexanders Frau, Expertin für eingelegte
Zunge und Kalbsfußsülze

Zungenfleisch – ketzerischer Orthodoxer, Angehöriger des
Gur-Chassidismus, eine Episode in Meirav Ben-Chaims
Leben

INHALTSVERZEICHNIS

1. ENTLASSUNGSURLAUB

»Alles ist möglich, und alles ist unmöglich. Und es liegt in unseren Händen und nicht in unseren Händen.« In Libbys Kopf hallten die Worte nach, die ihr der letzte Verdächtige, den sie verhörte, zugeflüstert hatte, während er ihr den winzigen zusammengerollten Zettel, auf dem seine Mail-Adresse stand, in die Haare steckte. Libby raste mit ihrem Motorrad auf der Straße nach Norden, und unablässig toste der Wind in ihren Ohren: Alles ist möglich, und alles ist unmöglich. Der Vorderreifen der schweren Maschine verschlang den schwarzen Asphalt. Der starke Motor dröhnte zwischen ihren Schenkeln. Sie beugte sich nach vorn, stemmte sich gegen den Wind. Näherte sich aufheulend den schnellen Autos, die vor ihr zu kriechen schienen, ging in Schräglage und fegte an den Blechkisten mit ihren abgeschirmten Insassen vorbei, ließ sie weit hinter sich zurückfallen. Sie lieferte sich ungeschützt und schrankenlos dem reinen Erleben aus, das auf sie eindrang, sie bestürmte, sich donnernd vor und hinter ihr brach. Gejagt.

Noch am Morgen hatte Assi, Oberstleutnant Assaf Morag, Chef der Verhörabteilung, sie zu überreden versucht, ihren Entlassungsurlaub um einige Tage zu verschieben.

»Heute Nacht ist ein megafetter Fisch eingetroffen«, so bezeichnete er den letzten fahndungsdienstlich Gesuchten, der ins Netz gegangen war, »ein weißer Hai, eine Bestie. Hättest du keine Lust, ihm den Bauch aufzuschlitzen und ihn für den Schabbat auszunehmen?«

»Jeder im Team wird diese Arbeit gerne machen«, hatte sie erwidert.

»Aber du erledigst in zwei Tagen, was andere in zwei Wochen nicht schaffen«, konstatierte Assi.

»Übertreib nicht«, sagte sie.

»Seit siebenundzwanzig Jahren mach ich jetzt den Job«, sinnierte Assi laut. »Seit der ersten Intifada. Ermittler und Ermittlerinnen habe ich hier schon einige erlebt. Keiner kam auch nur in die Nähe von deiner Verhörtechnik. Dutzende Male hab ich dich dabei beobachtet. Jedes Mal, wenn man dir einen dicken Fisch zur Behandlung reingebracht hat, bin ich fasziniert vor dem Monitor gesessen. Hab dir zugeschaut, wie du sie schuppst ...«

»Was hab ich mit ihnen gemacht?«

»Du ziehst ihnen die Schuppen ab, du bringst sie dazu, zu lachen, ernst zu werden, sich aufzuregen, feuchte Augen zu kriegen, zu würgen, zu heulen. Ja! Du bringst sie zum Weinen – die hartgesottensten Mörder, die ich liebend gern umgelegt hätte, bevor wir sie dummerweise lebend erwischt haben. Du berührst einen verborgenen Punkt in ihnen, den nur du mit deinen Laseraugen siehst, und die Hunde machen den Mund auf und spucken die ganze Scheiße aus, die sie im Bauch haben. Und das alles ohne jede Anstrengung. Du versuchst nicht, Empathie zu demonstrieren, du täuschst kein Mitleid, keine Teilnahme oder Verständnis für die Motive und Taten dieser Kerle vor. Ein Wort hier, ein Wort da, und der kälteste Fisch macht den Mund auf und redet. Blubbert von seinem Vater, von seiner Mutter, von den Brüdern und Schwestern und Freunden! Merkt gar nicht – oder erst recht –, wie er locker von seinen Freunden erzählt. Plaudert Namen aus. Einzelheiten. Redet mit dir über Bücher, die er geliebt hat und die sie nicht verstanden haben. Bis an mein Lebensende werde ich diese Giftnatter, diesen Mawasi Abu-l-Wadib, nicht vergessen. Wie du mit ihm in ein Symposium über Glauben und Nichtglauben gedriftet bist, und ich sitz vor dem Monitor und bin fast geplatzt! Hör mir an, wie du über den Tod von Heiligen und über Märtyrertum redest. Wie du ihn davon überzeugst, dass er alles überwinden wird, wenn er diesen Ehrgeiz bewältigt, den Dämon besiegen wird, der ihn daran hindert, seine Schwäche zu überwinden und Freiheit zu erlangen – und ich frag mich, von was zum Teufel redet sie da? Und plötzlich faltet dieser Schuft die Hände, als ob er gleich beten oder flehen will, kriegt brennende, tränennasse Augen, sein Mund klappt auf, und der ganze Müll, der in ihm gärt, kommt in einem solchen Schwall raus, dass ich nur noch gebetet hab, jetzt bloß kein technischer Defekt in der Aufnahme, bevor er fertig ist. Noch nie hatte ich eine, die die Leute so zum Reden bringt wie du«, lamentierte er, »wie machst du das bloß?«

»Ich weiß es nicht«, bekannte sie. »Ich rede eben mit ihnen.«

»Das muss eine gewaltige Befriedigung für dich sein, wenn du sie knackst.«

Befriedigung?, fragte sie sich, während sie das Motorrad beschleunigte und mühelos an einem silbernen BMW vorbeizog. Leere, war die Antwort. Eine Leere, in die sie nun mit rasender Geschwindigkeit hineinjagte, während sie Gesichter hinter sich ließ, Gesichter über Gesichter von Häftlingen, die sie in den Jahren ihres Militärdienstes in den abgeschotteten Verhörräumen zum Reden gebracht hatte. Tausende von Menschen, die jetzt wie ein riesiges Feld, dicht an dicht, vor ihr standen, die Köpfe nach hinten geworfen, die Gesichter mit aufgerissenen Augen himmelwärts gewandt, die Münder offene schwarze Wunden, aus denen sich Ströme von Worten ergossen, rauchende, brennende, blutende Worte. Ein Tosen rachgieriger Wut.

Bis sie auf den »Cousin« gestoßen war.

»Also, was meinst du, Libby«, hatte Assi seinen Vorschlag heute Morgen wiederholt, »kürz deinen Entlassungsurlaub um eine Woche ab, bleib noch ein paar Tage bei uns, bring diesen Megahai zum Plaudern, der uns nach drei Jahren endlich ins Netz gegangen ist, und dann scheidest du mit dem Wissen aus, dass du wer weiß wie viele unschuldige Menschen vor dem Tod gerettet hast.«

Sie schwieg, und Assi schloss in seinem überzeugenden Ton: »Also, du bleibst!«

»Nein«, entgegnete sie knapp. »Ich verhöre nicht mehr, und ich bringe niemanden mehr zum Reden.«

Die Entschlossenheit in ihrer Stimme überraschte Assi. Er schaute sie an, wartete auf eine Erklärung, doch es kam keine.

»Was ist los?«, fragte er.

»Das muss ich mit mir selber klären.«

»Hat es was mit der Arbeit zu tun?«

»Hatte ich ein Leben außerhalb der Arbeit?«, gab sie zurück.

»Hat es was mit dem ›Cousin‹ zu tun?«

»Auch.« Obwohl ihr Herz zu explodieren drohte, schwieg sie wieder. Es war das erste Mal, dass Libby ihrem Vorgesetzten ihre Gedanken vorenthielt.

»Was genau hat er dir getan, der ›Cousin‹?«, fragte Assi verwundert. »Bei seinem Verhör ist doch nichts Besonderes rausgekommen?«

»Stimmt«, pflichtete sie ihm rasch bei, um zu kaschieren, was sie entdeckt hatte, »nichts Besonderes.«

Und sie sagte sich: Wenn du deine Gedanken verrätst, führt das zur Vernichtung des Plans des »Cousins«, vielleicht sogar zur Beseitigung des »Cousins« selbst. Denn sie kannte die Abwicklungen der Angelegenheiten sehr gut, die im Gefolge ihrer Arbeit als Verhörspezialistin schon etliche Male mit Liquidierungen auf diverse Arten geendet hatten.

Der »Cousin« war ihr letzter Verhörkandidat gewesen. Assi selbst hatte sie präpariert. Der »Cousin« sei ein besonders schwieriger, heikler Fall, hatte er sie gleich eingangs gewarnt. Sie wollte wissen, was es mit dem Namen auf sich habe, und Assi hatte ihr erklärt, der Mann sei ein Cousin dieses zwölfjährigen Mädchens, das wie besessen am Eingang eines Einkaufszentrums herumgehüpft war, mit einer Stricknadel vor Zivilisten herumgefuchtelt hatte und auf das ein zufällig anwesender Polizist der Grenzwache das Magazin seiner Pistole entleert hatte. Der Cousin, Inhaber eines britischen Passes, sei von Coventry eingetroffen und sollte laut seiner Einreiseerklärung einen Tag nach dem Begräbnis seiner Cousine, das vor einer Woche stattgefunden hatte, nach England zurückfliegen. Der Mann, der von dem Moment an, in dem er in das Flugzeug nach Israel stieg, unter Beobachtung stand, habe aber seine Rückkehr nach England verschoben und sei, eine Riesendummheit, verhaftet worden, als er in Be'er-Scheva ein Auto zu mieten versuchte.

»Wieso Riesendummheit?«, erkundigte sich Libby, und Assi hatte erläutert, dass es viel leichter und effektiver gewesen wäre, sich in dem Moment seiner anzunehmen, in dem er den Wagen in einer der Autowerkstätten in der Westbank mit Sprengstoff gefüllt hätte, denn dann hätten sie mit einem Schlag das ganze Netzwerk aufgedeckt, mit dem dieser Intellektuelle verknüpft war.

»Intellektuelle?«, fragte sie nach.

»Student, Doktorand der Geschichte in Coventry«, präzisierte Assi und betonte, da er Untertan der britischen Krone sei, wäre es opportun, seine Vernehmung so schnell wie möglich abzuschließen, und falls sich herausstellen sollte, dass er doch keine tickende Bombe war, ihn unverzüglich loszuwerden und per Express nach Moschee-City zurückzuschicken. Libby fragte, was dieser Ausdruck bedeuten solle.

»Zwölf Moscheen sind in Coventry in Betrieb«, erklärte Assi, »und soweit wir informiert sind, betet der Cousin regelmäßig in der Nazi-Moschee der Muslimbrüder im Adlernest.«

»Adlernest?«, echote Libby.

Assi grinste. »Nu, in der Eagle Street ...« Dann fuhr er fort: »Du gehst in einem langen grauen Kleid mit einem schwarzen Hidschab um den Kopf und einer Brille mit schwarzem Gestell in den Vernehmungsraum und nimmst, quasi als Lehrerin, in Hebroner Arabisch Kontakt mit ihm auf. Ausgangssituation: Ihr wartet beide auf Ungewisses. Du vermutest, dass ihr auf jemand wartet, der euch verhören soll. Du bist verhaftet worden, weil man dich verdächtigt, die Freundin des Lehrers des Mädchens mit der Stricknadel zu sein, aber du bist sicher, dass das Ganze ein Irrtum ist. Du kennst das Mädchen nicht und auch keinen Lehrer von ihr. Es ist anzunehmen, dass er anfängt, Informationen über seine Cousine zu liefern, und von da aus kannst du die Unterhaltung auf das Thema Rache bringen.«

Der »Cousin« war ein stämmiger junger Mann mit bräunlichem Teint, sanftem Gesichtsausdruck und heiter-traurigen Augen. Als sie die »Beichtzelle« betrat, um ihn zu knacken, saß er dort schon seit Stunden und wartete auf sein Verhör, auf Ungewisses, war also »auf kleiner Flamme geschmort und weichgekocht von Befürchtungen und Ängsten«, wie Assi seine Methode formulierte. Als der »Cousin« sie erblickte, blitzte ein mutwilliger Funke in seinen Augen auf, und bevor sie auch nur ein Wort sagen konnte, eröffnete er ihr in fließendem Englisch mit perfekt britischem Akzent, soweit es ihn angehe, könne sie die Verkleidung gerne weiter tragen, wenn es ihr ein angenehmes Gefühl vermittle, sich als strenggläubige muslimische Araberin auszugeben.

»Und soweit es mich angeht«, erwiderte sie ihm in Hocharabisch, »können auch Sie die Verstellung beibehalten, wenn es Ihnen ein angenehmes Gefühl gibt, Ihre unglückliche Muttersprache im Stich zu lassen und in einer Sprache zu reden, die nie die Ihre sein wird.«

18

»Zum Teufel mit Ihnen!«, rief er in Arabisch aus, doch er beherrschte seine Gefühle sofort wieder und wechselte in sein majestätisches Britisch: »Wie können Sie es wagen, meine Muttersprache unglücklich zu nennen?!«

»Warum sprechen Sie sie nicht, schämen Sie sich ihrer?«

»Ich schäme mich nicht der arabischen Sprache, ich schäme mich vor mir selbst dafür, dass ich sie nicht beherrsche.«

»Das tut mir leid, und ich bitte um Verzeihung, sollte ich einen wunden Punkt berührt haben«, sagte sie.

»Einen äußerst wunden Punkt«, schnaufte er und schluckte hart. »Ich bitte Sie darum, nicht Arabisch mit mir zu sprechen.«

»Warum? Verletze ich eure heilige Sprache?«

»Weil Ihr Arabisch besser ist als meines.«

»Ich hatte wirklich nicht die Absicht, Ihnen wehzutun«, versicherte sie mit ihrer warmen Stimme. »Sprechen wir also Englisch, obwohl Ihr Englisch besser ist als meines.«

»Na gut«, lächelte er, »Sie sind nicht in England aufgewachsen.«

»Und Sie?«

»Seit ich zehn bin«, sagte er.

»Ihre Familie ging nach England?«

»Nein. Meine Familie ist in Palästina geblieben. Als ich zehn war, hat die Hilfsorganisation für palästinensische Flüchtlinge drei Kinder ausgewählt, die sie auf ihre Kosten in England zur Schule schickte.«

»Und Sie sind geblieben und leben dort?«

»Einstweilen. Wenn ich meine Doktorarbeit abgeschlossen habe, kehre ich zu meinem Volk zurück.« Und nach kurzem Schweigen fügte er hinzu: »Und zu meinem Land.«

»Was von beiden ist Ihnen wichtiger?«, fragte sie beinahe flüsternd. Er lächelte bedrückt und antwortete: »Wir müssen das, was ihr uns von dem Land und dem Volk übrig gelassen habt, neu aufbauen.«

»Und wie wollen Sie das Volk aufbauen?«, fragte sie. »Mit einem Krieg nach dem anderen?«

»Als ich im Fernsehen meine Cousine sah, ein zwölfjähriges Mädchen, das verletzt und hilflos auf dem Bürgersteig lag, und euren Soldaten mit gezogener Pistole und die Leute, die schrien: Verpass ihr einen Kopfschuss!, und wie er auf sie geschossen und geschossen hat, drei Kugeln aus nächster Nähe auf sie abfeuerte, da war ich voller Rachgier. Aber als ich zu meiner Schwester nach Hause kam und immer mehr Leute traf, die wie ich vom Durst nach Rache durchdrungen waren, und eure von Kopf bis Fuß bewaffneten Soldaten ringsherum sah, erfüllt von der gleichen Mordlust, die den Soldaten dazu gebracht hat, in den Kopf eines zwölfjährigen Mädchens zu schießen, das verletzt auf dem Bürgersteig lag, habe ich zwei Völker gesehen, die zu irrsinnigen, grausamen, niederträchtigen Bestien geworden sind. Ihr habt hier ein Volk großgezogen, das sich erlaubt, zu zerfleischen, zu morden, zu rauben, zu stehlen und zu lügen, jede Schandtat zu begehen und diese Abscheulichkeiten als Heldentaten zu verklären, wie ihr diese Verbrechen nennt, in denen ihr Tag für Tag tiefer versinkt, berauscht von eurer Macht, bis ihr eines Tages eine Überdosis schluckt und in dieser blutigen Kloake untergehen werdet.«

»Ich dachte, Sie schreiben eine Doktorarbeit in Geschichte, nicht in Demagogie«, erwiderte sie. »Demagogen habt ihr im Überfluss, ernsthafte Historiker allerdings fehlen euch. Schade.«

»Ich versuche, die Wurzeln des Zionismus und sein Erfolgsgeheimnis zu begreifen«, entgegnete er, »und ein Satz in Judah Halevis großem religionsphilosophischem Werk *Kuzari* hat mich völlig umgeworfen.«

»Welcher Satz?«, fragte sie.

»Jerusalem wird erbaut werden, wenn die Kinder Israels

sich so sehr nach diesem heiß ersehnten Ziel verzehren, dass sich seine Steine und sein Staub erbarmen.«

»Das ist nur eine der Wurzeln des Zionismus«, meinte sie, »und nicht die tiefste.«

»Ich würde mich freuen, diesen Dialog zu eröffnen und zur tiefsten Wurzel vorzudringen«, lächelte er.

»Was ist das genaue Thema Ihrer Dissertation?«

»Die Politik der Jewish Agency und der Zionistischen Gewerkschaft in den Jahren 1929–1945.«

»Was hat Sie an diesem seltsamen Thema angezogen?«, erkundigte sich Libby.

»Wenn Sie die revisionistische Presse und die Memoranden lesen, die in jenen Jahren von Vertretern der Jewish Agency und der Zionistischen Gewerkschaft verfasst wurden, werden Sie vielleicht von selbst etwas verstehen, was zu erklären viele Stunden bräuchte. Vielleicht auch Tage. Oder Jahre.«

»Wo finde ich diese Quellen?«

»Es gibt sie im Getzel-Kressel-Archiv in Oxford, in den Archiven der Außenministerien in Frankreich, Deutschland und England, und es gibt ein wichtiges Memorandum von Dr. Paul März und noch ein paar hochinteressante Schriften aus den Jahren 1941–1945 im Zionistischen Archiv in Jerusalem«, erklärte er.

»Ich nehme an, Sie haben diese Memoranden nicht in Be'er-Scheva gesucht«, schlug Libby den Bogen.

»Ich wollte dort ein Auto mieten.«

»Das hängt aber nicht mit diesen Dokumenten zusammen.«

»Und ob das zusammenhängt.« Er lächelte.

»Machen Sie sich lustig über mich?«

»Sie sind kein Mensch, über den man sich lustig macht.«

»Ich höre«, sagte sie.

»Ich wollte zu dem Ort fahren, von dem Ihr Großvater meine Großmutter 1949 vertrieben hat.«

»Was wissen Sie von meinem Großvater?«

»Was wissen Sie von meiner Großmutter?«, antwortete er mit einer Gegenfrage.

»Ehrlich gesagt, nichts.«

»Was wollen Sie über sie wissen?«

Libby betrachtete ihn und ließ sich Zeit mit der Antwort. Eine tiefe Neugier regte sich in ihr. Was veranlasste ihn, ausgerechnet von seiner Großmutter zu sprechen und nicht von seinem Vater und seiner Mutter, die er überhaupt nicht erwähnte?

Er blickte sie mit seinen heiter melancholischen Augen an. Ein leichtes Lächeln schwebte in seinen Mundwinkeln.

»Was wollen Sie über sie wissen?«, wiederholte er.

»Eine Menge«, antwortete sie schließlich.

»Das wird aber lange dauern. Tage. Wochen.« Er lachte. »Vielleicht beginnen wir damit, dass Sie mir von Ihrem Großvater erzählen?«

»Was wollen Sie über ihn wissen?«

»Lebt er noch?«

»Und wie. Und ich bin mir keineswegs sicher, dass er Ihre Großmutter vertrieben hat.«

»Ich spreche metaphorisch.«

»Ich nicht«, stellte Libby klar. »Aber wenn Sie mir den Namen Ihres Stammes und Ihrer Sippe sagen, könnte ich das mit ihm klären.«

»In seinem Alter ist das Gedächtnis nicht mehr so scharf. Da hat sich wahrscheinlich schon ein Sammelsurium von Geschichten aufgebaut und …«

»Sein Gedächtnis ist scharf wie ein Rasiermesser«, schnitt sie ihm das Wort ab. »Von welchem Stamm ist Ihre Großmutter?«

»Vom Stamm der Fridschat, aus der Sippe der Mlihat. Von welchem Stamm ist Ihr Großvater?«

»Vom Stamm des Palmach, Sippe Negeveinheit.«

»Wie heißen Sie?«, fragte er unvermittelt.

»Libby. Und Sie?«

»Das wissen Sie doch«, erwiderte er ihr. »Sie haben meine Akte gelesen, bevor Sie hereinkamen.«

»Ich möchte es aus Ihrem Mund hören«, sagte sie provozierend.

»Adib.« Er betonte das b mit Nachdruck, um keinen Zweifel an der arabischen Aussprache aufkommen zu lassen. »Und Ihr Großvater hat meine Großmutter sehr wohl vertrieben. Ihr habt uns zwischen 1949 und 1951 nach Jordanien verjagt.«

»Was heißt hier ›ihr‹ und ›uns‹? Weder ich noch Sie, Adib, waren zu der Zeit auf der Welt.«

»Ich beschuldige Sie nicht persönlich, Libby.«

»Das können Sie ruhig, Adib, wenn es Ihnen das Leben leichter macht. Aber Tatsache ist, dass ich niemanden vertrieben habe und Sie nicht vertrieben worden sind.«

»Persönlich können Sie die Verantwortung für unser Unglück von sich abschütteln, Libby. Das macht Ihnen Ihr Leben sicher leichter. Aber Sie sind Teil des Staates, der dieses Unglück verursacht hat und die Verantwortung von sich weist.«

»Und wenn wir die Verantwortung übernehmen wollten, wozu verpflichtet uns das?«

»Den Schaden, den ihr verursacht habt, zu beheben. Für Land und Besitz zu entschädigen, die ihr jeder Familie geraubt habt. Für jedes Haus, das ihr zerstört habt. Ich bin sicher, das Wort ›Reparationen‹ sagt Ihnen etwas.«

»Wissen Sie, wo genau Ihre Familie gelebt hat?«

»Sie saßen in Tel Chalif, heute – Kibbuz Lahav.«

»Sie wollten einen Wagen mieten, um zum Kibbuz Lahav zu fahren?«, kehrte Libby zum Thema zurück.

»Auch«, nickte er.

Er gibt freiwillig Informationen preis, ging ihr durch den Kopf. Tut er das, um mich von der Hauptsache abzulenken? Doch bevor sie die nächste Frage stellen konnte, überraschte er sie mit einer sanften Bitte: »Seien Sie so gut, Libby, nehmen Sie bitte den Hidschab ab.«

Ohne ein Wort darauf zu erwidern, streckte sie die Hand aus und entfernte beiläufig das Tuch, das ihr Gesicht umschloss. Dann löste sie ihren Haarknoten, schüttelte ihre Haare aus, und die kastanienbraune Flut verteilte sich um ihren Kopf.

»Noch etwas?«, fragte sie trocken.

»Es gibt eine Grenze«, lachte er. »Ich werde Sie nicht bitten, dieses Gewand auszuziehen.«

»Was wollten Sie denn in Lahav?« Sie überging die Wendung, die er dem Gespräch zu geben versuchte.

»Oh! Nichts weiter, nur mit eigenen Augen sehen ...«

»Was sehen?«, hakte sie nach.

»Das verrate ich nicht, bevor ich meine Doktorarbeit eingereicht habe«, erwiderte er, »damit man meine These nicht zu Fall bringt, bevor sie die Chance hat, Menschen zu einer Positionsänderung zu bewegen.«

»Wer sollte Ihre These zu Fall bringen wollen?«

»Gehen Sie in Ihrer Geschichte in die fünfziger Jahre zurück, sprechen Sie mit Ihrem Großvater, hören Sie aus seinem Mund, wie schwer es für seine Generation war, die Rachegefühle zu überwinden, übertragen Sie das auf uns, und vielleicht verstehen Sie dann die Größe der Aufgabe, die ich mir aufladen will«, erklärte er.

»Womit kann ich Ihnen helfen?«

»Helfen Sie mir bitte, so schnell wie möglich an meinen Schreibtisch und zu meiner Bibliothek in Coventry zurückzukommen«, bat er.

»Ich werde mein Bestes tun«, versprach sie.

»Der Hidschab!«, sagte er plötzlich zu ihr. »Erlauben Sie mir, Ihnen behilflich zu sein, ihn wieder anzubringen.«

»Aber bitte!« Sie lachte. »Wenn Ihnen das so wichtig ist …«

»Sehr sogar«, erwiderte er ernsthaft.

Als sie den Kopf senkte, um ihre Haare zusammenzufassen, und er den Hidschab darüber drapierte, spürte sie, wie seine Finger ein Papierkügelchen in ihr Haar schoben, während seine Lippen fast tonlos flüsterten: »Alles ist möglich, und alles ist unmöglich. Es liegt in unseren Händen und nicht in unseren Händen.«

Sie wechselten einen schnellen Blick, und dann ging Libby hinaus, ließ ihn allein zurück.

Draußen kam ihr Assi fröhlich entgegen.

»Das war ausgezeichnete Arbeit«, lobte er sie. »Du hast ihn in null Komma nichts zum Reden gebracht, wir waren ganz fasziniert von eurer Unterhaltung. Und du hast uns vor einer überflüssigen Verwicklung bewahrt.«

»Was für eine Verwicklung?«

»Einen Moment bevor wir ihn festgenommen haben, hätten wir ihn fast liquidiert, aber anstatt zu fliehen, hat der Knabe mit einem britischen Pass gewedelt, und das hat ihn gerettet. Es sind schon offizielle Anfragen von der britischen Botschaft und der UN eingetroffen. Jetzt haben wir uns, dank dir, davon überzeugen können, dass er ein harmloser Intellektueller ist. Ein ungefährlicher Schöngeist. Wir werden ihn heute noch in einen Flieger nach London setzen und Gott danken, dass wir ihn los sind.«

»Dann bin ich froh, dass ich geholfen habe, den Staat vor einer dummen Panne zu bewahren«, sagte Libby.

»Ich hab echt niemand wie dich! Warum willst du dich nicht bei uns verpflichten?«, versuchte Assi, sie festzuhalten.

»Materialermüdung«, erwiderte sie und sah ihm mit unschuldigem Blick direkt in die Augen, während das Papier-kügelchen in ihren Haaren unter dem Kopftuch brannte.

»Denk noch mal drüber nach, bevor du dich entscheidest«, drängte er sie.

»Mach ich«, versprach sie.

Als sie sich in ihrem Zimmer umzog, warf sie einen kurzen Blick auf das Papierkügelchen, das sie aus ihrem Haardickicht gezupft hatte, und sagte sich: Solange du nicht weißt, was auf dem Zettel steht, ist das ein bedeutungsloses Stück Papier. Über ein bedeutungsloses Stück Papier musst du keinem Menschen Bericht erstatten. Doch dann überfiel sie ein unwiderstehlicher Drang, und sie spähte hinein. Eine E-Mail-Adresse.

Als sie in der Magazinstelle ihre Ausrüstung zurückgegeben hatte und gerade auf ihr Motorrad steigen wollte, klingelte ihr Mobiltelefon. Ihre Mutter beglückwünschte sie: »Gott sei Dank, dass du den ganzen Militärdienst endlich hinter dir hast, und ohne einen Kratzer.« Dann erwähnte sie noch, dass ein Motorrad ein gefährliches Gerät sei, sie solle vorsichtig und nicht zu schnell fahren auf dem Heimweg.

»Ich fahre in den Kibbuz, um mit Großvater zu reden«, teilte ihr Libby trocken mit.

»Was?!«, drang ein entsetzter Aufschrei aus dem Telefon. »Komm erst mal nach Hause! Hier warten alle auf dich, Jochai kommt auch«, versuchte ihre Mutter, sie zu ködern.

»Ich muss mit Großvater reden.«

»Großvater läuft dir nicht davon, du kannst am Sonntag mit ihm reden.«

»Nein«, sagte Libby entschieden. »Ich fahre zu Großvater.«

»Was ist los?«, fragte ihre Mutter erschrocken.

»Gar nichts«, blockte sie ab. »Ich muss ihn sehen.«

»Na gut«, räumte ihre Mutter nach kurzem Schweigen ein, »aber am Abend bist du zu Hause.«

»Kann sein«, meinte Libby abschließend, schaltete das Telefon aus und entdeckte Assi, der dastand und auf das Ende des Gesprächs gewartet hatte.

»Auf ein Wort?«, fragte er.

»Auch zwei«, erwiderte Libby.

»Ist es endgültig?«

»Endgültig«, sagte sie.

»Ich bin nicht bereit, auf dich zu verzichten, ohne dass du mir erklärst, was los ist.«

»Ich bin ausgelaugt.«

»Etwas genauer«, beharrte er.

»Ich habe 968 Terroristen und Verdächtige verhört und zum Reden gebracht. Gefangennahme. Verhör. Haft. Hauszerstörung. Vergeltungsanschlag. Untersuchungshaft. Verhör. Prozess. Hauszerstörung. Vergeltungsanschlag. Verhaftung. Hauszerstörung. Anschlag. Haft. Verhör. Hauszerstörung ... 968-mal. Anschlag. Verhaftung. Verhör. Prozess. Hauszerstörung. Vergeltungsanschlag. Haft. Verhör. Prozess. Hauszerstörung. Du kennst doch das Lämmchenlied aus der Pessach Haggada? Immer das gleiche Lied, ewig ein Ende mit Schrecken?«

»Hab's kapiert«, seufzte Assi müde.

»Mir reicht's!«, stellte Libby fest. Sie startete das Motorrad und fuhr los.

2. IST DIR EGAL, WAS MIT DEINER TOCHTER PASSIERT?

»Maoz, Maoz!«

Der kalte Stahl des Panzerturms schlägt gegen seine linke Schulter, als sie den steilen Abhang hinunterrumpeln.

»Halt!«, schreit er den Fahrer des Panzers an. »Du fährst in den Tunnel rein!«

»Maoz, Maoz!« Wieder knallt seine linke Schulter an den Panzerstahl.

»Halt!«, brüllt er, doch der Fahrer des Panzers reagiert nicht, sondern schlittert mit wachsender Geschwindigkeit in den finsteren Tunnel hinein.

»Maoz, Maoz!«

»Was?!« Maoz riss entsetzt die Augen auf und sah eine weiße Hand an seiner Schulter rütteln. Es dauerte eine Sekunde, bis er registrierte, dass es eine weibliche Hand war. Er ließ seinen Blick den Arm emporwandern, der zu der Hand gehörte, und sah das Gesicht einer Frau. Eine weitere Sekunde – und er erkannte das Gesicht, die Augen, die ihn besorgt betrachteten.

»Noga?« Er gähnte. »Was ist los?«

»Du bist wieder vor dem Fernseher eingeschlafen.«

»Warum hast du mich denn die ganze Nacht hier schlafen lassen?«, wunderte er sich, während er auf die Uhr spähte.

»Wieso die ganze Nacht?«

»Es ist schon sechs Uhr früh!« Er riss den Mund zu einem breiten Gähnen auf. »Hast du die Zeitung reingeholt? Ich habe ein Telefoninterview gegeben ...«

»Jetzt ist es sechs Uhr abends«, schalt sie und dann, anklagend: »Und sie ist immer noch nicht gekommen.«

»Wer soll kommen?«, sagte er abwesend.

»Deine Tochter«, warf sie ihm vor. »Hast du vergessen, dass Libby heute ihren Entlassungsurlaub angetreten hat?«

»Ah! Stimmt.« Er gähnte wieder. »Sie wird bestimmt bald kommen. Ich war mir sicher, dass jetzt schon morgen ist.«

»Geh dir das Gesicht waschen, und werd wach«, schimpfte sie angewidert.

»Ich bin doch wach. Ich hatte einen beschissenen Tag. Sigal hat die Korrekturen für den Gesetzesvorschlag nicht vorbereitet, den ich dem Ausschuss präsentieren sollte …«

»Ich hoffe, es ist ihr unterwegs nichts zugestoßen«, unterbrach sie sein müdes Gemurmel.

»Sie war einfach zu faul, diese miese Schlampe. Kommt in die Arbeit …«

»Ich rede von Libby«, unterbrach sie ihn, »nicht von deiner tranigen Sekretärin. Ich hoffe bloß, ihr ist kein Unfall mit dem Motorrad passiert.«

»Woher denn«, wiegelte er ihre Besorgnis ab. »Die Entlassung braucht Zeit. Bis man sich die Ausrüstung hat abzeichnen lassen …«

»Sie ist in der Früh entlassen worden. Schlaf nicht wieder ein!«, befahl sie.

»Ich schlaf nicht ein.«

»Du schläfst mitten im Satz ein.«

»Ich bin grausam wach«, protestierte er. »Was willst du denn?«

»Dass du nachschauen fährst, was mit ihr los ist.«

»Woher soll ich wissen, wo sie jetzt ist?«

»Sie ist bei deinem Vater.«

»Wie, bei meinem Vater?«

»Deine Tochter! Hörst du nicht, was ich zu dir sage, oder kapierst du's nicht?«

»Hab's gehört! Sie ist bei meinem Vater. Und?«

»Das kommt dir normal vor?«

»Wie, normal?«

»Das scheint dir in Ordnung?«

»Was ist da nicht in Ordnung? Was …«

»Sie geht in Entlassungsurlaub. Anstatt direkt nach Hause zu kommen, fährt sie zu deinem Vater.«

»Sie hatte immer eine gute Beziehung mit ihm. Seit sie ein Baby war.« Er blickte aus dem Fenster und sagte: »Da, dort geht er.«

»Wer?« Sie schrak zusammen. »Dein Vater?«

»Dieser junge Verrückte, der immer so wahnsinnig laut schreit.« Maoz kniff die Augen zusammen und sagte dann verwundert: »Er hat weiße Kopfhörer auf den Ohren. Er hört anscheinend Musik, und gleichzeitig schreit er. Das schaut nach Kampfschock aus. Es wird uns Jahre kosten, dieses Volk zu heilen. Wenn ich einmal Sicherheitsminister bin …«

»Ich rede mit dir über deine Tochter, und du flüchtest dich zum Volk.«

»Mit Libby ist alles in Ordnung«, stellte er ruhig fest.

»Maoz!«, rief sie ihn zur Ordnung. »Ich bitte dich, steh jetzt auf und fahr zu deinem Vater!«

Er lehnte sich auf: »Was heißt hier, fahr zu deinem Vater?! Das sind anderthalb Stunden Fahrt, wenn nicht zwei, in den Staus um sechs Uhr abends. Und morgen wartet ein Tag auf mich, der …«

»Ich habe das Gefühl, dass ihr etwas passiert ist.«

»Dann ruf an, wenn du dir solche Sorgen machst.« Er machte eine Handbewegung, als verscheuche er eine lästige Fliege.

»Ich habe bei ihm daheim angerufen, ich habe ihr Mobiltelefon angerufen, niemand antwortete.«

»Weißt du nicht, wie die jungen Leute von heute sind? Sie filtern! Sie sieht, dass es du bist – und antwortet nicht.«

»Und das findest du in Ordnung?«

»Sie weiß von vornherein, was du zu ihr sagen wirst.«

»Rechtfertige sie nur, und beschuldige mich«, warf sie ihm vor.

»Ich beschuldige gar niemanden«, seufzte er, während er seinen müden Kopf in die Hand stützte. »Ich beschreibe schlicht eine Situation.«

»Drück dich nur, drück dich«, griff sie ihn an. »Du willst da bloß nicht hinfahren, weil du nicht den Mut hast, deinen Vater zu konfrontieren.«

»Oh, fangen wir jetzt mit der Psychologie an«, stöhnte er.

»Nein«, erwiderte sie. »Das ist keine Psychologie. Du hast nicht den Mut, dich mit ihm über die einfachste und selbstverständlichste Sache der Welt auseinanderzusetzen.«

»Gleich kommen die Nachrichten«, unterbrach er sie. »Wo ist die Fernbedienung?«

»Siehst du, wie du flüchtest? Du kannst es nicht mal hören.«

»Ich höre, höre, höre!« Er spie die Wörter aus. Lass sie reden, sagte er sich. Soll sie sagen, was sie will. Bloß nicht einmischen, nicht reagieren. Lass sie reden, bis ihr die Energie ausgeht.

Aber Noga redete nicht. Es hat keinen Sinn, mit ihm zu reden, denn er hört sowieso nicht zu, dachte sie. Er konnte ihre Gedanken jedoch förmlich hören, einen Schwall von Worten, der sich aus den Bruchstücken der ihm wohlvertrauten Ausbrüche zusammensetzte, wenn sie die in sich aufgestaute Wut nicht mehr eindämmen konnte.

Du musst mit deinem Vater über das Testament sprechen – er kannte die Litanei nur zu gut. Schau dir an, wie dieser Wilde mit bald neunzig noch auf seine Motorradtouren geht. Kein Moped, mit dem ein Sturz in seinem Alter auch schon mit zerschmetterten Knochen enden konnte, sondern ein Ungeheuer, vor dem einen Gott bewahre. Eine Harley-Davidson aus den vierziger Jahren, aus dem Zweiten Weltkrieg. Was denkt er sich dabei, dein Vater, wenn er zu diesen aberwitzigen Touren aufbricht, wenn er mit seiner Höllenmaschine auf den abseitigsten Wegen im Süden des Landes herumdonnert, auf den Straßen im Jordantal zwischen den Dörfern der Palästinenser, auf irgendwelchen unwegsamen Routen, über die sich nicht einmal die Banden der Hell Angels, die auf den verlassenen Straßen in den endlosen Weiten Amerikas wild herumjagen, trauen würden, und er tut, als würden die Gefahren vor ihm die Flucht ergreifen, wenn sie nur von weitem sein Motorrad hören. Und unter uns, wer weiß, ob er nicht jedes Mal, wenn er auf solche Touren geht – ob dieser Kerl ohne Alter nicht sein Motorrad am Haus von irgendeiner unbekannten Geliebten parkt und wir eines Tages noch entdecken, dass er ihr seinen ganzen Besitz vermacht hat, dieser neue Kibbuznikmillionär, und du und deine Geschwister, die ihr sehnsüchtigst darauf wartet, auch wenn ihr nie darüber redet, seine gesamte Hinterlassenschaft zwischen euch aufzuteilen, dann feststellt, dass alles, was er euch hinterlassen hat, die sämtlichen Werke von Gordon, Brenner, Marx und Lenin sind, das Buch der Hagana, das Buch der Jugendbewegung, das Palmach-Buch und – ach ja, auch noch diese humoristische Anekdotensammlung vom Palmach und die Gedichte von Schlonsky, Alterman und Alexander Penn und vielleicht auch die Kiste mit den Heften, den Gedichten und dem Buch, die er seit Jahren schreibt und unterm Bett aufbewahrt, und die Mauser-Luger-Pistole, die in dem gefütterten Lederhalfter an einem Nagel an der Wand neben seinem alten Eisenbett hängt, aber das Haus und das Grundstück, das privatisiert und auf seinen Namen eingetragen worden ist, sein Anteil am Betrieb, der Hunderte Millionen wert ist, und die Dividenden, die er auf irgendeinem Konto, weiß der Teufel, auf welcher Bank gebunkert hat, da werdet ihr euch anschauen, du und deine Geschwister, da werdet ihr sehen, wie jeder von euch nur noch seinen eigenen Arsch anschaut, und dann könnt ihr endlich mit den gegenseitigen Vorwürfen daherkommen und euch selber zerfleischen, weil keiner von euch, als der Mann noch am Leben war und man mit ihm hätte reden können, den Mut hatte, sich die zwei anderen Brüder und eure ausgeflippte Schwester zu schnappen, zu ihm zu gehen und zu sagen: Papa, wir sind deine Kinder, wir kamen aus dem Kibbuz, der einmal deiner war, deiner und nicht unserer, ausgestattet mit zwei Händen und zehn Fingern, mehr hast du uns nicht mitgegeben, um das Leben zu bewältigen, also bitten wir, deine Kinder, dich jetzt, dass du dich mit uns hinsetzt und ein anständiges Testament schreibst, in dem du alles, was du eines Tages – mit hundertzwanzig oder drüber – hinterlassen wirst, gleichberechtigt zwischen uns aufteilst. So hättet ihr handeln müssen, und das hättest du tun müssen, wenn du den Mut dazu hättest, wenigstens für deine Tochter, die jetzt ins Leben aufbricht, aber du bist nicht mal in der Lage, ihr ein kleines Apartment zu stiften, ganz zu schweigen von einer Zweizimmerwohnung und anderen Sachen wie vielleicht ein Universitätsstudium, das den Namen verdient, in den Vereinigten Staaten, damit sie einen Abschluss bekommt, der ihr Arbeit, Lebensunterhalt und ein würdiges Dasein sichert. Denn von deinem Gehalt und den paar Groschen, die ich verdiene, schaffen wir es nicht mal, einen Schekel zu sparen. Man denkt immer, dass wir Millionäre sind, aber in Wahrheit können wir ihr bei der permanent wuchernden Teuerungsrate nicht einmal eine Wohnungsmiete finanzieren, und sie wird gezwungen sein, als Bedienung zu arbeiten oder irgendeinen anderen Notnageljob anzunehmen, um sich selber eine Wohngemeinschaft zusammen mit zwei, drei anderen zu finanzieren.

Nur dass man bei euch in der Familie über solche Dinge natürlich nicht spricht, weil es bei euch ja unfein ist, von Geld zu reden und über reale Bedürfnisse echter Menschen, und wenn ihr euch trefft, du und deine Verwandtschaft, bei der Hochzeit von einem der Söhne oder Töchter, könnt ihr bloß Späße machen, Witze reißen oder mit Duvesch, dem Esel, streiten, der sich zur Religion bekehrt hat, abgefallen ist, sich noch mal bekehrt hat und jetzt wie ein räudiger Steppenwolf mit seiner verrückten Frau und seiner Thailänderin in Chazrot-Eitam, dieser pseudobiblischen Pampasiedlung, im Jordantal verrottet. Deshalb braucht es dich nicht zu wundern, falls sich herausstellen sollte, dass euer Vater alles dieser deutschen Freiwilligen hinterlassen hat, wie hieß sie doch gleich, Frieke oder Elfriede, die mit ihm in der Imkerei gearbeitet hat, und man muss schon so stockblind sein wie du, um nicht zu sehen, dass sie bei ihm nicht nur Honig geleckt hat, und er ist ja nicht umsonst zu ihr nach Weimar gefahren, um quasi ihre Methoden der Bienenzucht zu studieren. Nu, also wirklich, ein Mensch an die achtzig, oder wie alt er damals genau war, fährt plötzlich für zwei Monate nach Deutschland, um von einer Frau Doktor mit Anfang vierzig Methoden zur Bienenzucht zu lernen, wobei er weiß, dass der Kibbuz die Imkerei am liebsten ruckzuck auflösen will, um die Hügel, auf denen er Wildpflanzen mit jahreszeitlich wechselnder Blütenfolge kultiviert, am Immobilienmarkt zu verscherbeln?! Also er, der ihr und der ganzen Fakultät dort Bienenzucht und Kultivierung ganzjähriger Blütenfolge beibringen könnte, er muss da hinfahren, um sich bei ihr in der Honigerzeugung fortzubilden?! Echt überzeugend! Kurz gesagt, wundere dich bloß nicht, wenn ihr entdeckt, dass er dieser netten Deutschen seinen gesamten Besitz und das ganze Vermögen vererbt hat, das er aus seinem Anteil am Kibbuzbetrieb gekriegt hat.

Das Zirpen eines Telefons unterbrach die Flut der Wörter,

die ihrem beredten Schweigen entströmten und in seinem Gehirn durcheinanderwirbelten. Noga stürzte sich auf das drahtlose Telefon auf dem niedrigen Tisch vor dem Fernsehsessel, in dem er lag, mit schmerzendem Rücken und einem seltsamen, nicht bestimmbaren Schmerz, der in seiner linken Knöchelgegend nagte. Sie warf einen Blick auf das Display und reichte ihm das Telefon, wobei sie verächtlich aus dem Mundwinkel fallen ließ: »Dein Bruder.«

»Duvesch?«, fragte er, während er das summende Gerät lustlos aus ihrer Hand entgegennahm.

»Gaby«, zischte sie.

»Hi, Gaby«, seine Stimme belebte sich, »was gibt's? ... Hmm ... Hmmm ... Ähm ... Ähmmm! ... Was du nicht sagst! ... Ich höre, ich höre! ... Wunderbar, wunderbar! ... Hast du ihm gratuliert? ... Ach? Wirklich? ... Ja, ich weiß ... Nein, das wusste ich nicht. Ja, ja! ... Unbedingt! ... Sicher! ... Nein, keine Ahnung ... Kann sein ... Kann auch gut sein ... Gut, rede du mit ihnen. Hast du schon. Gut. Du hast die Aufgaben verteilt. Hundertprozentig. Ich weiß. Ich werde sehen, was ich machen kann ... klar, aber klar. Wir bleiben in Kontakt. Bye.«

»Was ist passiert?«, erkundigte sich Noga.

»Vaters Kibbuz hat einen Börsengewinn von sechshundert Millionen Euro mit der europäischen Betriebsfiliale gemacht.«

»Wie viel kriegt dein Vater davon?«

»Etwa um eine halbe Million, im ersten Schritt.«

»Schekel?«

»Euro.«

»Das ist alles?«

»Reicht dir das nicht?«

»Er hat mit ihm geredet?«

»Nein, Vater ist nicht zu Hause.«

»Er ist wieder verschwunden.«

»Ja. Anscheinend. Er weiß es nicht.«

»Mit wem hat er dann geredet?«

»Mit Libby.«

»Wann?«

»Gerade eben.«

»Also ist sie noch dort.«

»Ja. Ich fahr mal los.«

»Wohin?«

»Vater suchen.«

»Ruf Duvesch an. Vielleicht ist er ins Jordantal runter wie beim letzten Mal.«

»Gaby hat schon mit Duvesch gesprochen. Er ist dort vorbeigekommen. Aber er ist nicht mehr bei ihm.«

»Du fährst jetzt nicht und suchst ihn in den besetzten Gebieten!«

»Nein, das erledigt Duvesch mit seinem Araber.«

»Wohin fährst du dann?«

»Es gibt ein paar Möglichkeiten«, speiste er sie ab.

»Wenn es dein Bruder zu dir sagt – dann fährst du«, warf sie ihm vor.

»Er macht sich auch auf den Weg. Alle fahren ihn suchen.«

»Klar«, höhnte sie. »Jetzt ist er noch zwei Millionen Schekel mehr wert.«

»Zwei und ein bisschen«, korrigierte er.

»Wenn wir im Kibbuz geblieben wären, dann wären wir heute reich.«

»Hätten wir, wären wir! … Du warst nicht gerade versessen drauf, im Kibbuz zu bleiben.«

»Ich komme aus der Stadt. Du bist dort geboren und aufgewachsen.«

»Also bin ich wieder schuld.«

»Ich gebe dir keine Schuld. Du konntest es einfach nicht mit ihm aufnehmen«, stellte sie fest.

»Da war ich nicht der Einzige.«

»Aber das Ende ist schön. Alle seid ihr vor ihm geflüchtet. Und jetzt sucht ihr ihn alle.« Sie grinste.

»Ein Vater ist ein Vater«, ließ er fallen.

»Und Geld ist Geld«, schoss sie zurück.

Er schluckte den giftigen Stachel. Gleich würde er draußen sein. Im Auto. In der Nacht. Allein.

3. DAS TAGEBUCH DER URGROSSMUTTER

Kuschan. Das undefinierbare Wort sagte ihr absolut nichts. Sie griff nach ihrem Mobiltelefon, um in Google nach der Bedeutung zu suchen, doch es hatte sich abgeschaltet und ließ sich nicht mehr aktivieren. Das Display war zu einem opaken schwarzen Spiegel geworden. Sie drückte lange auf den Ein- und Ausschaltknopf. Ein haarfeiner roter Streifen flackerte am unteren Displayrand auf, und eine hauchdünn skizzierte Schnur trat in Erscheinung, die in einem Steckersymbol endete. Der Akku war leer – das Telefonat mit ihrer Mutter und die E-Mail an Adib hatten ihm den Rest gegeben. Das Ladegerät, sagte sie sich, wo ist das Ladegerät? Sie versuchte, sich vor Augen zu führen, was sie alles getan hatte, bevor sie die Basis verließ, doch es gelang ihr nicht, sich zu erinnern, was sie damit angestellt hatte.

Abgeschnitten! ... Du bist abgeschnitten! ... Ihr entfuhr ein überraschtes Lachen, als sie die Formulierung veränderte: Nicht du bist abgeschnitten – die Welt ist abgeschnitten.

Sie ließ ihren Blick durch das spartanisch eingerichtete Zimmer von Großvater Dave gleiten. Ein schlichtes Eisenbett mit einer Überdecke aus grobem Baumwollstoff, senffarben, die bis auf halbe Höhe der schwarzen Eisenbeine herunterhing. Am Kopfende ein Bücherschrank aus Kiefernholz. Gesammelte Werke von Brenner. Von Gordon. Herzl. Buber. Schlonsky. Alterman. Das Buch der Hagana. Das Palmach-Buch. Die Werke Schalom Aleichems neben Freud in sechs Bänden. Das zweibändige Kapital von Marx. Lenins Schriften neben Bestimmungsbüchern von Kriechtieren und Vögeln, drei zur einheimischen Flora, die Werke von Jakob Johann von Uexküll über

Verhaltensforschung bei Tieren, Biosemiotik und Umweltforschung und ein ganzes Fach mit Ausgaben der amerikanischen Quarterly Review *Animal Behaviour*. Das müsste noch von Großmutter Dina stammen, sagte sich Libby.

Und ein Telefon. Ein uralter Telefonapparat mit Wählscheibe. Aus Bakelit. Mit einem Hörer mit Sprech- und Hörmuschel auf einer Gabel. Ein solches Museumsstück hatte sie noch nie benutzt.

Probier's aus, ruf an, spornte sie sich an.

Aber wen?

Neben dem Telefon lag ein schwarzes, abgegriffenes Adressbüchlein. Auf dem Einband stand in goldenen Lettern *Home and Abroad*. Großmutter Dina hatte es wohl auf einer ihrer Reisen nach Europa oder in die Vereinigten Staaten zu Kongressen der Biosemiotik und Umweltforschung erstanden, als dieses Gebiet noch in den Kinderschuhen steckte. Sie schlug das Büchlein aufs Geratewohl auf, und ihr Blick fiel auf den Namen Gaby Ben-Chaim. Sie wählte die danebenstehende Nummer.

»Hallo?«, drang eine tiefe männliche Stimme aus der Muschel des schweren Hörers.

»Gaby?«

»Mit wem spreche ich?«

»Ich bin's«, sagte sie, »Libby.«

»Ach so! Libby!«, rief er erfreut. »Was für eine Überraschung! Was gibt's Neues bei dir?«

»Ich bin in Entlassungsurlaub«, erwiderte sie, »und ich wollte dich etwas fragen. Was heißt Kuschan?«

»Wie bitte?!«, fragte er verdutzt. »Was ist los? Kaufst du ein Grundstück?«

»Nein«, sie musste kurz lachen. »Ich lese hier das Tagebuch von Großpapas Mutter und ...«

»Hab ich nicht verstanden«, unterbrach er sie. »Was liest du da?«

»Ein Tagebuch, das deine Großmutter geschrieben hat, Eva, die Mutter von Großvater Dave.«

»Wo hast du denn das gefunden?«, fragte er verwundert.

»Es lag offen auf dem Tisch, als ich reinkam.«

»Bei euch zu Hause?«

»Nein, ich bin bei Großvater. Was ist ein Kuschan?«

»Hat es dir Großvater nicht erklärt?«

»Er ist nicht zu Hause.«

»Er wird sicher gleich kommen.«

»Nein, er ist nicht im Kibbuz«, entgegnete Libby.

»Und wo ist er?«

»Ich weiß nicht. Weggefahren.«

»Und wohin?«, erkundigte sich Gaby.

»Keiner hier weiß es. Ist auf seine Harley-Davidson gestiegen und losgefahren.«

»Und wann ist er gefahren?«

»Ich weiß nicht, als ich am Mittag gekommen bin, war er schon weg.«

»Wie bist du bei ihm reingekommen?«

»Die Tür war offen.«

»Hast du's bei den Nachbarn probiert? Vielleicht hat er zu irgendwem was gesagt.«

»Man kann hier mit überhaupt niemandem reden«, unterbrach ihn Libby.

»Was heißt das?«

»Frag nicht. Generalhysterie.« Libby lachte.

»Wieso – was ist denn los?«

»Alle sind bloß mit dem Thema beschäftigt, was sie mit dem Geld anstellen sollen.«

»Welches Geld?«

»Der Kibbuz hat an der Börse einen Exit von einer guten halben Milliarde Euro gemacht.«

»Was?!« Gaby schluckte hörbar.

»Hast du mal versucht, mit Leuten zu reden, die über Nacht Millionäre geworden sind?«

»Ich treffe täglich auf Kreaturen aus dieser geschlossenen Abteilung.«

»Alle rasen hier rum wie die Vergifteten: Was machen wir mit dem Geld? Was machen wir damit? Hedge-Fonds? Auslandsimmobilien? Maschinenpark? Frag bloß nicht!«

»Ich kenne die Krankheit«, seufzte Gaby. »Aber wo bist du auf Kuschan gestoßen im Tagebuch von Großmutter Eva?«

»Hier, sie schreibt: ›Heute bin ich zur Gruppe gestoßen. Ich habe das Kuschan auf den Boden gelegt, das mir Papa für meine Einwanderung ins Land Israel zum Geschenk gemacht hat. Ich legte das Kuschan auf den Boden, wir fassten uns alle an den Händen, tanzten darum herum und sangen: Das Kuschan gehört nicht mir, das Kuschan gehört uns allen. Es war einer der schönsten Augenblicke meines Lebens.‹«

»Steht da ein Datum?«, fragte Gaby.

»Datum …? Ja. Der 24. August 1924.«

»Ein Kuschan ist die offiziell im Grundbuch eingetragene Urkunde über ein Grundstückseigentum«, erklärte Libbys Onkel. »Steht da nicht, wie viele Dunam das Kuschan hat und wo das Stück Land, die Parzelle, liegt?«

»Nein …«, sagte Libby zögernd. »Oder Moment mal … Hier steht was … doch. Tausend Dunam.«

»Tausend Dunam?!«, rief Gaby entgeistert. »Das sind ja hundert Hektar! Wirklich tausend Dunam …?!«

»Ja«, bestätigte sie, »so steht das hier. Am Rand. In einer anderen Handschrift und mit Bleistift: ›Die Übertragung des Grundeigentums an die Gruppe ermöglichte die Niederlassung auf dem Land und die Gründung des Kibbuz zwei Jahre vor meiner Geburt …‹«

»Das ist eine Anmerkung von Papa!«, stellte Gaby fest.

»Von Großvater Dave? Bist du sicher?«

»Fast«, schränkte er vorsichtig ein. »Mein Vater war das erste Kind, das im Kibbuz geboren wurde, zwei oder drei Jahre nachdem sie sich auf dem Land dort angesiedelt haben.«

»Hat er dir nichts von dieser ganzen Geschichte erzählt?«, fragte Libby erstaunt.

»Nein, weder er noch meine Mutter, weder mein Großvater noch meine Großmutter.«

»Das kann doch nicht wahr sein!«, rief sie erstaunt aus. »Sie haben euch nie erzählt, dass eure Großmutter dem Kibbuz tausend Dunam Land gestiftet hat?«

»Sie waren groß im Schweigen«, setzte ihr Onkel zu einem seiner Monologe an. »Menschen, die handelten – und schwiegen. Sie brüsteten sich nicht mit ihren Taten, sie redeten nicht über Gefühle, schütteten nicht ihr Herz aus. Kein Jubelgeschrei bei freudigen Anlässen, kein Heulen und Wehklagen, wenn sie ein Unglück ereilte. Als Jotam bei der Schlacht am Hermon fiel, standen sie bei der Beerdigung, über vierhundert Kibbuzmitglieder, alle um das offene Grab herum und schwiegen. Eine halbe Stunde standen sie da und schwiegen, niemand gab ein Wort von sich. Kein Kaddisch, kein An-den-Allerbarmenden-Gebrabbel. Ein grauenhaftes Schweigen, das viel stärker und erschütternder war als die ganzen Tränen, Gebete und Schluchzer, wie sie heute bei Begräbnissen von Soldaten, die bei kriegerischen Aktionen gefallen sind, vor den Fernsehkameras üblich sind. Eine halbe Stunde, wie eine Ewigkeit, standen sie da in einer Totenstille, die man mit dem Messer hätte schneiden können, und keiner plapperte diesen abgedroschenen Quatsch – wie bezaubernd und lustig er doch war, was für ein wunderbarer Sohn, geliebter Bruder und hinreißender Geliebter –, und in dem zentnerschweren Schweigen erwuchs Jotams Präsenz von Augenblick zu Augenblick stärker, ohne dass ein einziges Wort über ihn geäußert wurde, er erhob sich und stand dort in seiner Uniform mit seinem Kampfgürtel, ein regloser Riese wie ein Berg, bis es nicht mehr auszuhalten war und sich Leibusch und Mitka, seine Eltern, abwandten und das Grab verließen, worauf sich alle umdrehten und ihnen zurück zur Siedlung folgten. Ja, solche Menschen waren sie, lebten zusammen, arbeiteten zusammen, schwiegen gemeinsam und fühlten gemeinsam – ohne müßige Worte über irgendetwas zu verschwenden.«

»Das ist genau, was sie in ihrem Tagebuch schreibt«, sagte Libby.

»Was schreibt sie da?«, fragte er neugierig.

»Sie schreibt: ›Ich zitiere aus der Erinnerung …‹«

»Nein«, bat er, »nicht aus der Erinnerung, lies mir vor, was sie, Großmutter Eva, schreibt.«

»Das lese ich dir ja vor. Sie selber schreibt, dass sie das aus ihrer Erinnerung zitiert.«

»Verstehe. Entschuldige die Unterbrechung. Also, was schreibt sie?«

»Es ist ziemlich lang«, warnte ihn Libby.

»Ich hab's nicht eilig«, erwiderte er.

»Du …?!«

»Ich bin befreit.«

»Von was?«

»Aus der Sklaverei. Ich. Bin. Frei.« Fast buchstabierte er.

»Wie das?«

»Lange Geschichte.«

»Ich bin im Entlassungsurlaub.«

»Ich erzähl's dir bei Gelegenheit.«

»Mit zwei Worten?« bat Libby.

»Ich bin aus dem Projekt geflogen.«

»*Wallah?!*«

»*Wallah.* Ich habe alle Zeit der Welt. Lies mir bitte vor, was Großmutter Eva geschrieben hat.«

Libby strengte ihre Augen an, um die winzige Handschrift zu entziffern, und las die Worte laut in den schwarzen Bakelithörer:

»»Ich zitiere aus der Erinnerung: Alle Menschen, welche auch immer, so wie sie da sind, tragen Schuld an dem schrecklichen Zustand der Welt. Es gibt welche, die mehr, und welche, die weniger Schuld haben, doch wir alle haben teil an der Schuld, manche durch Taten und manche durch Untätigkeit, manche wissentlich und manche unwissentlich. Daher hängt auch die Verbesserung der Welt von jedem einzelnen Menschen ab. Doch während die meisten Menschen die Zerstörung unwissentlich anrichten, aus Aberglauben und Vorurteilen, aus der Erbärmlichkeit ihres Lebens heraus und der Verkrümmung ihres Verstands, aus Herzlosigkeit und Verkrüppelung ihrer Seele und Gefühle, kann das Werk der Verbesserung nur im Bewusstsein der Zerstörung getan werden, nur durch das Studieren der Wirklichkeit und aus einem ganz und gar auf Verbesserung gerichteten Wollen heraus. Dieses bedeutet, dass eine Verbesserung der Welt nicht ohne eine Besserung des Menschen kommen wird. Heutzutage sehen sich die Menschen alle als benachteiligt an, jeder begehrt das Teil seines Nächsten, ein Mann hegt bitteren Neid auf seinen Bruder, eine Frau auf ihre Schwester, und jeder will nur noch und noch und noch. Noch mehr Geld, noch mehr Besitz, noch mehr Vergnügungen, noch mehr Völlerei, noch mehr Macht, und sie sind willens, einer den anderen und sich gegenseitig zu vernichten, nur um zu rauben und zu stehlen und den Teil des Nächsten an sich zu bringen und ein Volk das Land seines Nachbarn. In schweren Stunden nagenden Zweifelns frage ich mich, ob die Besserung des Menschen überhaupt noch in den Grenzen des Möglichen liegt, denn ohne eine Besserung des Menschen wird es keine Besserung der Gesellschaft geben und ohne eine solche keine Besserung der Völker und damit keine Verbesserung der Welt.‹ – Hallo, Gaby? Bist du noch in der Leitung?«, unterbrach sich Libby. »Hörst du mich noch?«

»Ja, ja, doch, ich höre«, kam es aufgeschreckt vom anderen Ende der Leitung. »Das ist schlicht verblüffend. Was für Gedanken sie hatte. Wirft tausend Dunam Land weg und fragt sich, ob der Mensch zu bessern sei!«

»Soll ich weiterlesen, oder …?«, fragte sie.

»Lies weiter! Aber sicher!«, bat er und bemerkte: »Du hast so eine warme, weiche Stimme. Es nimmt mich nicht Wunder, dass sie hartgesottene Häftlinge schmelzen ließ und die Fesseln ihrer Zunge löste.«

»Du redest ja biblisch«, lachte sie.

»Großmutters Stil hat auf mich abgefärbt«, entschuldigte er sich. »Bitte, lies weiter.«

Libby kehrte zu den eng gedrängten Zeilen des Tagebuchs zurück, konzentrierte ihren Blick auf die filigranen Buchstaben der Wörter, die sich dicht an dicht, fast abstandslos aneinanderreihten, und las leise ins Telefon: »›Der Mensch unserer Generation ist sich selbst überlassen. Die Gesellschaft ist zerrüttet, bösartig und egoistisch. Sie schafft monströsen Reichtum für wenige und schändliche Armut unter den Massen, was in beiden Fällen Unglück erzeugt. Die Teuerung verschlimmert sich wuchernd, in den Dörfern herrscht Armut, die Menschen verlassen ihre dörfliche Gemeinschaft und strömen in die Stadt, und in der Stadt lauert die Einsamkeit auf sie. Ich weiß um diese Dinge aus meinem Elternhaus. Mein Vater importiert Mastfutter für Rinder und Gänse in osteuropäische Länder, er handelt auch mit Düngemitteln, hat Handelshäuser in Wien, Budapest, Bukarest, Krakau und Straßburg. Doch trotz seines großen Reichtums, oder vielleicht gerade deswegen, ist er ein einsamer Mensch, isoliert mit seinem Geld, und je mehr sein Vermögen anwuchs, desto mehr entfernte er sich von seinen Freunden, die reich geworden sind wie er, und auch sie rückten immer mehr von ihm und voneinander ab. Menschen, die von Jugend auf Freunde waren, sind zu einsamen Wölfen geworden, und in den Außenvierteln der Großstadt, in der ich aufwuchs, eingebettet in die abgeschottete Einsamkeit einer wohlbehüteten Tochter reicher Leute, breitet sich bitterliche Armut aus, ein Abgrund klafft zwischen den Welten, die jede in ihrer Einsamkeit dahinwest. Mein Vater, der große Herr, dessen ganze Sicherheit sich nur auf sein Vermögen stützte, stürzte sich jeden Morgen voll Nervosität auf die Zeitung, und die Brillengläser zitterten auf seiner Nase, wenn er die Zahlenreihen überflog, um sich zu vergewissern, wie der gestrige Aktienhandelstag an der Wiener Börse abgeschlossen hatte, und jeden Tag bangte er aufs Neue, die Aktien könnten zusammenbrechen, sein Vermögen sich in Luft auflösen, seine gesamte komfortable Existenz und Sicherheit in Rauch aufgehen und er über Nacht bankrott sein, ein mittelloser armer Tropf werden, wie es Mutters Vetter, Grischa Poznansky, geschehen ist, der zum Bettler wurde und sich mit den Zügeln seines Pferdes am Sattelhaken in dem Stall erhängte, der seines prachtvollen Reitpferdegespanns verlustig gegangen war, verkauft an einen Abdecker. Und was tat mein Vater? Weshalb half er Grischa nicht in seiner schweren Stunde? War es aus lauter Furcht, dass der Abgrund, der sich unter Poznanskys Füßen aufgetan hatte, auch ihn verschlingen würde, sein ganzes Geld darin verloren ginge, wenn er sich zur Rettung der zusammenbrechenden Geschäfte seines bankrotten Verwandten entschlösse? Zu der Zeit, in der das finanzielle Unglück Mutters Vetter heimsuchte, zog mein Vater eilends die Hälfte seines Vermögens aus der Wiener Börse ab und investierte in Immobilien, die er in Klagenfurt kaufte, und in seiner Panik, sein Vermögen festzumauern, erschien er in meinen Augen wie ein Mistkäfer, der die Kugel, die er gesammelt hat, in irgendein dunkles Eck rollt, um sie vor den Greifern der anderen Käfer zu schützen – derjenigen, deren Mistkugeln plötzlich zerbröckelten, dahinschmolzen und sich in das zurückverwandelten, was sie ursprünglich waren: ein spärlicher Fäkalienbrei, der vom Staub, dem er entnommen, aufgesogen ward und sich wieder darin verlor. Was also obliegt mir zu tun? Zu warten, bis die Seele des Menschen sich über die Stufe eines Mistkäfers erheben wird, der die zusammengescharrte Mistkugel umklammert und sie in ein Versteck in einem Tresor im Keller einer anonymen Bank rollt? Oder sollte es mir auferlegt sein, nachdem ich die Missetaten meines Vaters aus der Nähe mit ansah – und vor allem seine schreckliche Untat, an deren Geschehen ich Schuld trage –, mich aus der einsamkeitskranken Welt meines Vaters zu verabschieden und mein Leben der Gründung einer Gesellschaft von Menschen zu widmen, die keine Mistkäfer, ein jeder abgeschottet mit seiner eigenen Mistkugel, mehr sein werden, eine Gesellschaft, in der jeder Mensch die Früchte seiner Arbeit mit seinen Gefährten teilen wird, seien es die Früchte seiner Hände Arbeit, seiner Geistesarbeit oder seines Wissens? Denn es ist doch nicht möglich, dass der Daseinszweck des Menschen, der im Ebenbild Gottes erschaffen wurde, ist, ein Mistkäfer zu sein! Die Gesellschaft von Gleichheit und Brüderlichkeit, die wir schaffen werden, wird gewiss nur einer kleinen Minderheit vorbehalten sein, doch ihr Zweck ist es, das wenige zu retten, was vom göttlichen Funken im Ebenbild des Menschen noch zu retten ist, und der Menschheit ein Beispiel von einer Gesellschaft nach dem Ebenbild Gottes aufzuzeigen. Und wenn Gott einzig ist, dann sind doch alle Menschen, die nach seinem Ebenbild erschaffen wurden, einander von der Natur ihrer Schöpfung her gleich. Daher wird es in jener Gesellschaft keine Trennwände zwischen Mensch und Mensch geben, und die Herkunft eines Menschen, seine Sprache, sein Geschlecht und seine Hautfarbe werden ihm keinerlei Vorteil über jedweden anderen Menschen erbringen und nichts von seinen Rechten schmälern, nicht wie bei jener schrecklichen Untat, die mein Vater verübte und an deren Geschehen ich Schuld trage.‹«

»Was für eine schreckliche Tat hat mein Urgroßvater denn verbrochen?«, wollte Onkel Gaby wissen.

»Ich weiß es nicht«, sagte Libby.

»Wenn du etwas in dem Tagebuch entdeckst, erzähl's mir.«

»Falls deine Großmutter nichts dagegen hat.«

»Bleibst du noch lang dort?«

»Ich habe Entlassungsurlaub«, erwiderte sie knapp, ohne weiter darauf einzugehen.

»Auf alle Fälle, wenn mein Vater zurückkommt, sag mir Bescheid.«

»Mach ich hundertprozentig, wenn er zurückkommt und ich noch da bin.«

Sie legte den Hörer auf die Gabel, die ihn mit den vier Bakelitärmchen aufnahm, und als das schwere Teil auf dem Kontaktunterbrecher landete, war ein hartes Klicken zu hören, ein entschiedener scharfer Ton, den kein Plastik hervorbringen konnte. Einen Moment dachte sie über die Beschaffenheit dieses schwarzen Materials nach, das bei genauerem Hinsehen graue Schattierungen aufwies, und die Verhörspezialistin in ihr fragte sich, welche Gespräche in der Vergangenheit wohl durch diesen Hörer gewandert waren, der ihr jetzt ebenso undurchdringlich dicht, hart und stark erschien wie das geheimnisvolle Material, das aus der Welt entschwunden war. Was für ein Material bist du?, versuchte sie, das stumme Telefon zum Reden zu bringen. Ein Mineral? Sie betrachtete die gewölbten Rundungen, die sich aus dem breiten, rechteckigen Basiskörper zur schmalen Hörergabel hinauf erhoben, fuhr mit einem Finger über die scharfe Eckkante zwischen Vorderseite und konkaven Seitenflächen des Geräts, spürte die glatte Undurchlässigkeit, ließ das geheime Material durch ihre sensiblen Fingerkuppen sprechen.

»Und da sitzt du jetzt«, wandte sich die Verhörspezialistin mit ihrer inneren Stimme an sie selbst, »du – die Urenkelin von Omama Eva, die Anfang des zwanzigsten Jahrhunderts auf die Welt kam – du, Libby, gegen Ende dieses Jahrhunderts zur Welt gekommen, in dem die 36 500 Lebenstage Urgroßmutter Evas vorübergingen, die zu Beginn ihres Tagebuchs schreibt: ›Meine gesamte Jugendzeit war ein Aufbegehren.‹ Was würdest du am Anfang des ersten Kapitels deines noch ungeschriebenen Tagebuchs über dich sagen können?«

Sie griff nach ihrem Mobiltelefon, um den Eröffnungssatz aufzunehmen, doch als das Gerät nicht auf den Druck ihres Daumens reagierte, fiel ihr wieder ein, dass der Akku leer war. Sie legte den verstummten Intelligenzgolem auf den Tisch zurück, nahm sich einen gelben, sehr spitzen Bleistift und suchte nach einem Stück Papier, um sich den Satz aufzuschreiben. Ihre Hand fuhr automatisch in die Hosentasche, beförderte einen zusammengedrückten Zettel heraus, und mit einem Schlag fiel ihr der »Cousin« aus Coventry aus der Sippe der Mlihat ein, dessen Großmutter, laut seinen Worten, 1949 aus »Tel Chalif, heute Kibbuz Lahav«, vertrieben worden war.

Ihre Finger entfalteten den Zettel, auf dessen Rückseite sie zwei rätselhafte Notizen las: »Tagebuch Arlozorov, 4. Oktober 1931; das Treffen am 8.4.33 im King David Hotel.« Darunter stand ein Satz in Englisch, dem man kein Geschlecht entnehmen konnte: »Wenn du willst – liegt das Schicksal deiner Kinder in deinen Händen.« Sie drehte den Zettel um und betrachtete wieder die E-Mail-Adresse ihres neuen Freunds, Adib Mlihat, der sie so neugierig gemacht und aus der Ruhe gebracht hatte. Ich muss zu den Nachbarn gehen und sie um ein Ladegerät für das Handy bitten, beauftragte sie sich selbst, während sie den gelben Bleistift anstarrte, der zwischen ihrem rechten Zeige- und Mittelfinger klemmte, auf der Daumenwurzel ruhend, und sie entsann sich, dass sie einen Satz aufschreiben wollte, der in ihrem Gehirn flackerte. Was war der Satz? Die Verhörspezialistin flüsterte ihr zu: »Geburtsjahr?«

Ja, nun fiel es ihr wieder ein, und sie schrieb schnell auf den unteren Rand des Zettels: 1995.

Was hat sich seit dem Jahr 1995 geändert?, fragte die Verhörspezialistin.

Und Libby gab sich die Antwort: Nichts hat sich seitdem geändert. Seit einundzwanzig Jahren bist du auf der Welt – und nichts hat sich verändert. Einundzwanzig Jahre hast du bis zu diesem Jahr verschlafen. Einundzwanzig sinnlose Jahre. Jahre einer verlorenen, zu Staub gewordenen Jugend. Eine Verhörspezialistin für Terroristen, denen du die Fesseln ihrer Zunge gelöst hast, auf dass sie vom Tod künde. Tod. Tod und nochmals Tod.

Mit einem Schlag flammte der nackte, knabenhafte Körper Neris vor ihren Augen auf, dessen Lebenslicht in einem Tunnel in Gaza erloschen war. Tränen traten ihr in die Augen, und als die Verhörspezialistin sie fragte, warum sie weinte, flüsterte sie: Neri, Neri, mein Körper erinnert sich an deinen Körper. Neri, Neri, ich konnte dir nicht mehr geben, als ich dir gegeben habe. Ich hoffe, dass die wunderbaren Stunden unserer Liebe dir die Momente deines Todeskampfs in der Dunkelheit des verfluchten Tunnels versüßt haben, als du zu einem Klumpen Kohle verbranntest.

4. EIN FEUERSTUHL IM JORDANTAL

Dave ließ das grüne Tal hinter sich und fuhr in den Schoß des gelben, unheilbrütenden Landes hinein. Die von Menschenhand ausradierte Grenze zeichnete sich wütend in der Natur ab. Violette stachelige Kugeldistelköpfe ragten aus dem trockenen Gestrüpp rechts des schwarzen Asphaltbands, das scharf in den Horizont schnitt, links neben der Straße raschelte das Schilfdickicht, in dem sich der Fluss verbarg, im heißen Wind. Die Reifen des Motorrads erzeugten ein kontinuierliches reibendes Knirschen, wenn sie auf dem erhitzten, klebrigen Asphalt auftrafen und sich schmatzend wieder lösten. Kriegsland, registrierte er, Schauplatz wilder Verfolgungsjagden, grausamer Zusammenstöße, die stets mit Leichen geendet hatten, von Kugelsalven zerrissen und Sprengstoffen zerfetzt, in die Höhlen geworfen. Und jetzt eine leere, schweigende Welt, so weit man sah.

Er schwenkte mit dem Motorrad auf einen Sandweg ein, der von der Straße nach rechts abzweigte. Die Maschine zog Wolken von Staub hinter sich her. In der Ferne zeichneten sich grau-rosa getönte Hügelkuppen ab, auf halber Strecke lief die Flanke eines niedrigen braunen Hügels aus, in der weiße Gebäude mit roten Ziegeldächern wie Implantate steckten. Die Sandstraße führte zu einer Gabelung. Er lenkte das Motorrad auf den schmaleren Zweig, der sich in einem Einschnitt zwischen zwei Hügeln verlor und auf einen Pfad zusammenschrumpfte, bis er auf eine flache, verödete Wadirinne traf. Der Boden des Trockenflussbetts war mit weißen Steinen übersät, die die Regensturzfluten des letzten Winters mitgeschwemmt hatten. Die starke Maschine schleuderte die Steine hinter sich in die Höhe. Einer dieser Kiesel, so stellte er sich vor, hatte die aussatzzerfressene Stirnmitte des Riesen Goliat, des Philisters, durchschlagen. Akazien standen zu beiden Seiten der ausgetrockneten Rinne. Der Mann auf dem Motorrad stimmte eine Art Gesang an. »Akazienbäume stehen, Akazienbäume stehen, la, la, laaahhh«, röhrte er in den heißen Wind, der ihn umfing, und der ganze Kibbuz bewegte sich im Kreis, jeder mit einer Hand auf der Schulter seines Nächsten, die nackten Füße stampften auf den abgeschliffenen Betonboden des alten Speiseraums, und aus den Kehlen trompetete es wie aus Schofarhörnern, »Akazienbäume stehen, Akazienbäume stehen, la, la, laaahhh«.

Eine Gazelle, die geschickt und vorsichtig zwischen den dornengespickten Zweigen an den Blättern einer Akazie leckte, hob für einen Moment den Kopf und beäugte den lauthals singenden Mann und sein knatterndes Gefährt, witterte, dass er keine bösen Absichten hegte, und widmete sich wieder dem Zweig. Auf der Spitze eines grauen Hügels, an dessen Flanken spärliches Gras spross, erhob sich ein einsamer, ausgebleichter Bau, aus dem eine schwarze Nadel mit einem schwarzen, rechteckigen Klotz auf etwa halber Höhe emporragte. Die schwarze Nadel zeichnete sich gegen den grauen Himmel wie die riesige Silhouette eines Gewehrs ab. Als sich der Blickwinkel unterm Fahren veränderte, wirkte sie wie eine himmelwärts gereckte Hand. Auch eine Faust war einmal eine offene Hand, hatte Jehuda Amichai gesagt, und diese schwarz geballte Hand, in den leeren Himmel ragend, war das Denkmal für die israelischen Kämpfer, die beim Schutz der Grenze zu Jordanien in diesem Landstrich gefallen waren. Wieder holten ihn die Tage und Nächte ein, als er die Kämpfer auf Verfolgungsjagden nach Partisanentrupps anführte, die in den Höhlen in den Hügelflanken Unterschlupf gefunden hatten. Eine andere Zeit in einer anderen Welt. Wie viel Tod. Wie viele Tote. Traurig ist unser Leben voll der Gedanken an Tote, sagte er sich, frei abgewandelt nach Alterman. Eine Sandpiste kreuzte das öde Wadi, und er schwenkte aus der Rinne nach links. Zu beiden Seiten der Fahrspur breitete sich eine rötliche, in geriffelten Wellenkrusten erstarrte Lehmfläche aus, vorübergehendes Zeugnis der letzten Überschwemmung. Ein Land der Dürre, sagte er sich. »Ich nahm mich ja deiner an in der Wüste, im dürren Lande« – wer oder was nimmt sich seiner an? Niemand. Ein verworfener, sich selbst überlassener Mensch in einem verworfenen, verlassenen Land. Ein sicher verheißenes Land, er lachte schallend in den heißen Wind, der wütend sein Gesicht umzüngelte, eher ein abgesichertes Land, Land, Land, Land, streute seine Stimme in den Wind, der ihm ins Gesicht schlug, »das Land, in dem wir geboren wurden, das Land, in dem wir den Tod erleiden – wie Trauerweiden!«, wandelte die Worte des alten patriotischen Lieds ab, um sie der Wirklichkeit anzupassen.

Die rote Sandpiste schloss zu einer schmalen, verlassenen Straße auf. Er lenkte sein Motorrad auf die Fahrbahn, und in dem Moment, in dem die Räder den Asphalt berührten, setzte er mit der Maschine zu einem wilden Spurt an, raste die leere Straße entlang, vorbei an den Ruinen eines steinernen Gebäudes aus den Tagen Alexander Jannais, eines Königs aus Fleisch und Blut, viel Fleisch und viel Blut, der die Grenzen des Landes erweiterte, das Jordantal vereinnahmte, das Hulatal, Gaza und das Reich der Nabatäer, die Küstenstädte eroberte und viele der dort ansässigen Griechen zur Emigration veranlasste – und so erreichte er die Kreuzung, deren rechte Abzweigung zum Haus seines Sohnes führte.

Das eiserne Tor stand offen. Er verlangsamte und fuhr in den Hof des Anwesens hinein. Von weitem gewahrte er Ali, den arabischen Arbeiter, der mit einem weißen Huhn in der Hand aus dem Hühnerstall trat. Ali winkte ihm aus der Entfernung zu, und er winkte zurück, während ihm der Gedanke durch den Kopf strich, dass dieser gestandene Mann, der seinen Weg als Knabe mit der Arbeit auf dem Hof seines Sohnes begonnen hatte, hier aufgewachsen und groß geworden war, sich eine Frau genommen, ein Zuhause in dem palästinensischen Dorf jenseits des Hügels errichtet und zwei Kinder gezeugt hatte, noch immer hier arbeitete. Er rollte am Lager vorbei und brachte das Motorrad neben Ali zum Stehen, der vor der braunen, verschlossenen Tür wartete. Das Dröhnen des Motors machte das Huhn nervös, und Ali redete ihm beruhigend zu: »Gib Ruhe, du dummes Huhn. Hast du's so eilig zu sterben? Sei doch froh, dass du noch nicht gleich geschlachtet wirst.«

Das Knattern der Harley-Davidson WLC 43, eines bejahrten Motorrads aus den Tagen von Pearl Harbor, hatte einen unverkennbaren Ton und verschluckte auch die sich beschleunigenden, keuchenden Atemzüge einer Frau, deren muskulöse braune Beine den Körper eines Mannes umschlangen, dort auf den Futtersäcken im Lager, und er hielt kurz vor dem Höhepunkt der kontinuierlichen Auf- und Abbewegungen, vor und zurück, inne.

»Was ist los?«, fragte die Frau in Englisch.

»Vater ist gekommen«, antwortete er und wollte sich von ihr lösen.

»Nein«, verlangte sie, während sie ihre Waden fester um sein Gesäß schloss und mit beiden Händen seine Hinterbacken niederdrückte, »jetzt nicht aufhören! Weitermachen!«

Ihre Lust trug den Sieg davon. Zum ersten Mal befreite ihn jemand von der autokratischen Herrschaft seines Vaters. Ein Gefühl machttrunkener Freiheit erfüllte ihn.

»Du bist ein Raubtier«, flüsterte er ihr ins Ohr.

»Wir sind beide Tiere«, erwiderte sie, »mach weiter, mein Liebster, weiter.«

Er hörte die kräftige Stimme seines Vaters, der, um den Motorlärm zu übertönen, sehr laut rief: »*Ahlan*, Ali! *Keif halak?* Wie geht's dir?«

»*Alhamdulillah*, heute haben wir Zeit, Herr Dave!«

»Wie geht es deiner hübschen Frau?«

»Das Leben wäre eine Wüste ohne sie«, erwiderte Ali.

»Das Leben ist eine Wüste, und eine gute, kluge Frau ist das Schiff der Wüste«, ergänzte Dave, während das Bild seiner toten Frau Dina vor seinem geistigen Auge von ihrer knabenhaften Gestalt überlagert wurde, über eine Pflanze in der judäischen Wüste gebeugt, wo sie sich kennen- und lieben gelernt hatten.

»Und wenn die Frau das Wüstenschiff ist, verwandelt sie die Wüste in ein Meer«, scherzte Ali.

»Und alle Flüsse fließen ins Meer«, setzte Dave das Spiel der sinnigen Sprüche fort.

»*Wallah*«, grinste Ali, »das sagt mein Opa jeden Tag!«

»Wie steht es mit seiner Gesundheit?«, erkundigte sich Dave.

»In letzter Zeit – mehr Zwiebel als Honig«, bedauerte Ali.

»Ich muss wirklich bei ihm vorbeischauen, um Schalom zu sagen«, beschloss Dave.

»Er wird sich sehr freuen, dich zu sehen«, bestärkte ihn Ali. »In letzter Zeit hat er von dir geredet.«

»Ich hoffe, nur Gutes.«

»Er hat gesagt: Ich sehe Dave, ich sehe seinen Vater.«

»Dein Großvater kannte meinen Vater?«, fragte Dave verblüfft.

»Ich weiß nicht, vielleicht hat er ihn gekannt, oder vielleicht kommt es ihm auch nur so vor. Du weißt doch, wie das bei den Alten ist: Plötzlich vergessen sie alles, plötzlich erinnern sie sich an was, vielleicht meint er, dass jemand, den er gekannt hat, dein Vater war.«

»Interessant«, sagte Dave, »äußerst interessant.«

»Und wie fließt dein Fluss?«, erkundigte sich Ali.

»Das Auge sieht noch, doch der Arm ist kurz«, erwiderte Dave.

»Was soll man machen, das Leben ist süß und bitter«, gab Ali zurück, und das Huhn in seinen Händen brach in protestierendes Gegacker aus, als wollte es sich in die Unterhaltung einmischen.

»Ist Duvesch auf dem Hof?«, fragte Dave schließlich.

»Er war im Hof«, antwortete Ali, »vielleicht ist er ins Haus gegangen, Vormittagspause machen.«

»Na gut, sagen wir mal schnell Schalom«, sagte Dave und steuerte das Motorrad majestätisch auf den Platz vor dem Hauseingang.

Ali näherte sich der Lagertür. Das Huhn in seinen Händen gackerte hektisch, als spürte es den nahenden Tod. Er kraulte es besänftigend im Nacken: »Beruhig dich, *habibti*, mein Liebling, sag lieber danke, dass dich der Tod bis heut vergessen hat.«

Er wollte das Lager betreten, doch die Tür war abgesperrt. Ali hörte Laute von drinnen, legte sein Ohr an die Tür und lauschte den Tönen des Paars, das es dort miteinander trieb. Er erkannte die Stimme von Sue, der thailändischen Arbeitskraft, die keuchend in Englisch schrie: »O mein Gott, o mein Gott! Du bringst mich um! Bring mich langsam um! Langsam, Duvesch, langsam!«

Ali kannte solche Worte aus den Filmen, die er im Fernsehen sah. Er erkannte auch die Stimme des Hausherrn, dessen Keuchen und Stöhnen sich mit den Lauten von Sue vermischte – »dieser thailändischen Schlampe, die schamlos mit dem Hausherrn vögelt«, wie er in deftigem palästinensischem Arabisch dem verschreckten Huhn in seinen Händen die Dinge des Lebens erklärte. »Ein Chamäleon verlässt den Baum nicht, außer es gibt einen grüneren Baum in der Gegend.« Das Huhn reagierte mit einem befremdeten Gackern. »Und was machen wir jetzt mit dir?«, fragte Ali das Huhn. »Das Hackebeil ist im Lager, und die Hausfrau will dich zum Abendessen kochen. Da bleibt uns nichts andres übrig, wir werden dir den Kopf mit den Händen abreißen müssen, aber keine Bange. Du bist in guten Händen. Bevor du auch nur kapierst, was passiert, bist du schon in einer anderen Welt, und nur wir, die Sünder, bleiben da und verfaulen weiter im Unrat dieses besudelten Lebens, pfui!« Er spuckte kräftig aus, während er nebenbei dem Huhn den Hals umdrehte. Seine letzten schrillen Gackerlaute interpretierte Ali als die Stimme der Seele, die aus dem zappelnden Körper entwich und die Schreie der thailändischen Schlampe begleitete, die in diesem Moment vermutlich zwischen Duveschs starken Händen zappelte, ganz genau wie der Leib des geköpften Huhns in den seinen, auf das er nun einredete: »Genug, genug jetzt, Schätzchen, war doch schnell vorbei für dich, jetzt geht's dir gut, jetzt ist alles gut.«

Im abgesperrten Lager herrschte nun Stille, und Ali wandte sich dem Haus zu.

»Oh! Dave!« Dorit empfing ihren Schwiegervater, sein hartes Gesicht mit dem spitzbübischen Blick, mit gekünstelter Willkommensfreude, doch die demonstrative Nettigkeit konnte nur mühsam die darunter verborgene Säuerlichkeit kaschieren.

»Wie schade, dass du nicht Bescheid gesagt hast, dass du kommst! Ich hätte etwas zu essen gemacht.«

»Ich konnte nicht Bescheid sagen, weil ich nicht wusste, dass ich komme«, erwiderte er. Bei seiner Antwort hob das Mädchen, das an der Küchentheke in sein iPad vertieft war, die Augen für eine halbe Sekunde vom Display, und seine Mundwinkel zuckten in Anerkennung der überraschenden Schlagfertigkeit seines Großvaters.

»Du erwischst mich gerade im Aufbruch«, rechtfertigte sich Dorit, die belegte Brote und Trockenfrüchte einpackte. Proviant für unterwegs.

»Alles in Ordnung«, beruhigte er sie, »ich bin auch unterwegs. Der Weg hat mich zu euch geführt, der Weg führt mich wieder fort.«

»Wo fährst du hin?« Dorit setzte ein interessiertes Gesicht auf.

»Wenn ich da bin, weiß ich's«, gab er zur Antwort.

»Gefällt mir!«, jubelte das Mädchen mit seinem iPad an der Küchentheke.

»Karin!«, schalt ihre Mutter. »Du hast Großvater noch gar nicht begrüßt.«

»Schalom, Opa«, seufzte Karin.

»Schalom, Karin. Was gefällt dir?«, fragte er.

»Wenn ich da bin, weiß ich's«, wiederholte sie und fügte pointiert hinzu: »Genau-genau!«

»Was ist da so genau daran?«, erkundigte sich ihre Mutter spitz.

»Du fährst zu deinem Therapeuten«, meinte Karin, »aber bei wem du ankommst – weißt du das?«

»Ist das jetzt dein neuester Status?«, spottete ihre Mutter. »Ich weiß, wo ich hinfahre.«

»So dachten wir früher«, bemerkte Dave. »Wir wussten, wo die Geschichte begann, und wir wussten, wohin sie führt. Heute weiß ich, dass jemand, der weiß, nicht weiß, dass er nichts weiß, und wer nichts weiß, weiß, dass er nichts weiß.«

»Gefällt mir«, flüsterte Karin bewundernd. »Gefällt mir total.«

In dem Moment öffnete sich die Fliegengittertür der Küche. Ali kam mit dem kopflosen, an den Füßen herunterbaumelnden Huhn herein. Als Erste sah ihn Dorit, und sie erschrak vor dem Huhn, dessen aufgerissene Gurgel das rohe, bluttriefende Fleisch entblößte.

»Was ist das denn, Ali?!«, schrie sie entsetzt auf.

»Sie wollten ein Huhn, Frau Dorit«, antwortete er ruhig.

»Und wo ist der Kopf?«, fragte sie.

»Ich hab ihn dem Hund gegeben«, erklärte er. »Er schaute nicht gut aus.«

»Was hast du mit dem Huhn gemacht?« Sie warf einen immer noch erschrockenen Blick auf die klaffende, verdrehte Hühnergurgel.

»Ich hab ihm den Kopf mit den Händen abgerissen«, rechtfertigte er sich. »Es war kein Beil da. Die Tür vom Lager ist zu.«

»Der Schlüssel hängt draußen am Nagel«, fuhr sie ihn an.

»Nein, nein«, berichtigte er sie. »Der Schlüssel steckt in der Tür. Von innen. Von drinnen.«

»Wie, von innen?« Sie durchbohrte ihn mit einem misstrauisch forschenden Blick. »Wer hat sich im Lager eingeschlossen?«

»*Ana aref?* Was weiß ich?«, blockte er ab. »Zugesperrt.«

»Warum hast du nicht an die Tür geklopft?«, hakte sie warnend nach.

»*Al-bab al-mughliq huwa sir annahu la urid an aqul lakum*«, erwiderte er auf Arabisch.

»Was soll das?«, fragte sie erbost.

»Eine verschlossene Tür ist ein Geheimnis, das ich euch nicht erzählen will«, übersetzte Dave.

»Gefällt mir!«, jauchzte Karin. »Ist das ein bekanntes arabisches Sprichwort?«

»Das ist ein bekanntes arabisches Sprichwort von Ali zu Ali«, erklärte Dave, »und auch dort ist es berüchtigt.«

»Opa, du bist ein echtes Talent!«, stellte Karin fest.

»Bring eine Zeitung für das Huhn!«, befahl ihr Dorit.

»Sekunde!«, erwiderte Karin. »Ich poste das auf Facebook. ›Eine verschlossene Tür ist ein Geheimnis …‹«

»Karin!«, kommandierte Dorit im autoritären Ton der Ausbildungsoffizierin, die sie beim Militär war.

Den ganzen Weg zum Zeitungskorb tippte Karin Alis aus dem Stegreif improvisierten Spruch in Großvater Daves Übersetzung in ihr iPad ein. Sie kehrte mit einer Zeitung in der Hand zurück, die Dorit entgegennahm und auf dem Boden ausbreitete. Dann forderte sie Ali auf, das Huhn daraufzulegen, und fügte im Befehlston hinzu: »Sag Sue, sie soll kommen.«

»Wenn ich sie sehe, sag ich's ihr.« Er verschluckte ein Grinsen.

»Sie ist im Gewächshaus«, behauptete Dorit. »Geh sie suchen, und sag ihr, sie soll sofort herkommen.«

»Im Gewächshaus?«, erwiderte Ali mit leichtem Spott. »Sicher, Frau Dorit. Aber sicher, sicher!« Und er ging in den Hof hinaus.

»Er wird unverschämt«, konstatierte Dorit. Für einen Moment glitt der Schatten eines Verdachts über ihr Gesicht, doch sie verscheuchte ihn mit einem Handwedeln wie eine lästige Fliege und übernahm sofort wieder das Kommando, das ihr für einen Moment entglitten war. »Mach mir eine Thermoskanne Kaffee für unterwegs«, befahl sie ihrer Tochter.

»Jawohl, Frau Kommandantin!« Karin salutierte und machte sich daran, den Kaffee zu kochen.

»Und ich breche auf«, entschied Dave.

»Wartest du nicht noch, um Duvesch zu sehen?«, fragte Dorit erstaunt.

»Wenn er mich suchen sollte, werde ich ihn finden«, antwortete Dave. »Wiedersehen, Mädels!«

Und damit war er draußen. Er wollte gerade sein Motorrad starten, als er von weitem gewahrte, wie sich die braune Tür des Lagers öffnete, Sue heraustrat und, sich mit den Fingern das schwarze Haar glättend, in Richtung Gewächshaus eilte. Dave warf den Motor an, und die Maschine schnellte aufheulend am Lager vorbei auf die Straße, während er im Spiegel gerade noch die Gestalt seines Sohnes Duvesch auffing, der ebenfalls aus dem Lager kam.

»Ai, ai, ai«, fasste er den Kurzbesuch auf dem Hof seines Sohnes für sich zusammen, »ai, ai, ai!«

Und stürzte sich mit dem Motorrad auf die leere Straße, die sich am Horizont verlor.

5. LABORATORIEN DER FREIHEIT

Gaby klopfte an die schwere Holztür. Keine Antwort. Er drückte vorsichtig dagegen, worauf sie sich ein Stückchen öffnete, spähte in den Raum hinein und rief: »Chorev?«
Keine Antwort. Das Zimmer war leer. Gaby zauderte, ob er kehrtmachen oder in das Büro des Direktors eintreten sollte, der ihn zu »einem wichtigen Gespräch« beordert hatte und jetzt nicht anwesend war.

Wütend über seine eigene Zögerlichkeit, stieß er die Tür heftig auf, ließ sie hinter sich offen und betrat das leere Büro. Das geräumige Zimmer, so freundlich und wohlvertraut zu den Zeiten, als Chezi, sein ehemaliger Vorgesetzter in der Computereinheit bei der Armee, noch die Firma leitete, hatte Chezis Sohn Chorev komplett neu gestaltet. Er war Direktor der Firma Rossman Algorithmics geworden, nachdem sein Vater eines Tages ohne irgendeine Vorwarnung oder Erklärung, ohne Hinterlegung einer aktiven E-Mail-Adresse oder Mobiltelefonnummer das Land verlassen hatte.

Chezi verschwand einfach, war wie vom Erdboden verschluckt, und sein Sohn Chorev übernahm die Firma, wobei er peinlich genau an Struktur und Betriebsablauf des Unternehmens festhielt, als ob die Leitung nicht gewechselt hätte – von zwei bedeutsamen Neuerungen abgesehen. Die erste bestand in der Installierung eines Programms, das die Aktivitäten der Angestellten im Netz nachverfolgte, und die zweite darin, dass die Leitung der Öffentlichkeitsarbeit der Firma Gabys Schwester Meirav Bartinsky-Ben-Chaim anvertraut wurde. Sie hatte die Public-Relations-Agentur von ihrem verstorbenen Ehemann

Teddy Bartinksy geerbt, der siebenunddreißig Jahre älter war als sie und zwei Jahre nach ihrer Heirat einem Gehirnschlag erlag, geschuldet einer tödlichen Kombination von Trunksucht und Vernachlässigung seines überhöhten Blutdrucks. Die junge Witwe, lebenslustige Kneipenkönigin, legte die Neugestaltung des Büros des jungen Firmendirektors Chorev – das während Chezis Leitung stets grau und spartanisch wie der Dienstraum eines Truppenkommandeurs ausgesehen hatte – in die Hände ihres Freundes, eines gefragten Innenausstatters. Obwohl es Gabys erster Besuch in dem renovierten, neu gestylten Büro war, hatte er das Gefühl, einen solchen Raum schon zu wiederholten Malen in Dutzenden austauschbarer amerikanischer Filme gesehen zu haben, deren Drehbücher von niemand Bestimmtem geschrieben worden waren, bei denen irgendjemand Regie geführt, irgendwer mitgespielt und irgendeiner die »ART« gestaltet hatte, und gerade das hatte sich ihm ins Gedächtnis eingegraben: die vollkommene Beliebigkeit, die unpersönliche Künstlichkeit und Sterilität dieses Irgendnirgendwo.

Die Wände waren mit Eichenholz verkleidet, die abgetretenen alten Bodenplatten durch ein Mahagoniparkett ersetzt. In der Tiefe des geräumigen Zimmers stand nun ein schwerer Schreibtisch, spanische Kirsche, hinter dem ein mit schwarzem, afghanischem Lammfell gepolsterter Direktorensessel aufragte. An den Wänden hingen Aquarelle – Swimmingpools im Stil von David Hockney. Auf einem saß ein sonnengebräuntes junges Mädchen im Bikini am Pool, auf einem anderen schwamm ein junger Mann, ebenso gebräunt wie das junge Mädchen auf dem ersten Bild, im Pool. Das Fenster gegenüber dem Direktorenschreibtisch bot eine Aussicht auf die Skyline der Großstadt, wie sie aus der Höhe der fünfunddreißigsten Etage eben aussah.

In der öden Sterilität des leeren Büros blieb der Blick des Softwareingenieurs, Systemanalytikers und Geistesabenteurers Gabriel Ben-Chaim an der Spirituosenvitrine hängen, die in einer Nische der östlichen Wand eingelassen war, einziges und letztes Überbleibsel aus den Tagen, in denen Chezi die Firma geleitet hatte. Vier Regalfächer, vollgepackt mit Flaschen diverser Größen und Farben, die ihn an die feucht-fröhlichen Brainstormingsitzungen erinnerten, denen die Firma einige der originellsten Entwicklungen zu verdanken hatte, eine Firma, die damals, zu Zeiten des Vaters, als kühn und fortschrittlich galt und nun unter der Regie des Sohnes grau und vorsichtig auf der Stelle trat.

Er näherte sich dem Getränkeschrank, um ihn zu begutachten, und erblickte sein Gesicht in dem schwarzen Spiegel, der die Rückwand bildete. Als er dieses Gesicht im Spiegel betrachtete, entdeckte er zu seiner Bestürzung, dass ihm wütender Abscheu aus zornfunkelnden Augen entgegenblickte. »Vorladung zu einem wichtigen Gespräch«, sagte er sich, wobei er sich fragte, wann man in dieser Firma, die zu einem Outputbetrieb von Standardapplikationen geworden war, das letzte Mal etwas Wichtiges gemacht hatte.

Da stand er nun vor der Getränkevitrine und erinnerte sich an erregende Momente, in denen gewagte Entscheidungen gefallen waren, die Wochen und Monate wild bewegter kreativer Arbeit nach sich zogen. Er studierte die Flaschen. Alle relativ schlichten Getränke, die zu Chezis Zeiten die Bar gefüllt hatten, waren verschwunden und durch Zeitgeistgetränke ersetzt worden. Den Platz der unprätentiösen Rémy-Martin-Sammlung hatten nun steinalte Cognacs in verspielten Flaschen eingenommen. Auch in der Whiskyabteilung waren die zehnjährigen Glenmorangies durch wenigstens fünfundzwanzig Jahre alte Exemplare ersetzt worden, die Hunderte Dollars kosteten, obgleich ihr Geschmack den Preis nicht rechtfertigte. Doch zwischen all den Flaschen wanderte sein Blick zu einem Eichenholzkasten im Fach der Armagnacs. Auf dem Deckel, offenbar aus Kirschholz gearbeitet, prangte im oberen Viertel ein rechteckiges, einen Zentimeter breites und vier Zentimeter langes Zinntäfelchen, auf dem links die Miniatur einer Frauenfigur in erotischer Verquickung mit einem Schwan und rechts die Jahreszahl 1935 eingraviert war.

Sollte sich etwa hier, in der Getränkeabteilung, des Rätsels Lösung verbergen? Die Persönlichkeit des Sohnes hatte bisher keinerlei spezifische Eigenschaft offenbart, die sich über graue Mittelmäßigkeit hinaushob. Zeugte die Wahl dieses Armagnacs von einer Persönlichkeit, die es zur Mythologie hinzog? Gaby streckte die Hand aus und zog den Holzkasten zwischen den Armagnacflaschen heraus, schob mit den Fingern den Deckel auf, der sich wie die hölzernen Federkästchen von früher öffnen ließ, und fand eine transparente Flasche vor, die nur noch zwei Fingerbreit eines bernsteinfarbenen Getränks enthielt. Die Flasche trug ein gelbliches, goldgerahmtes Etikett mit abgeschrägten Ecken, dessen oberer Teil das aufgeprägte Abbild der trojanischen Königstochter Leda in Gold trug, über die Zeus in Gestalt eines Schwans kommt, die Flügel nach hinten geworfen und den Hals zu ihren Lippen hin gespannt, fast wie ein erigierter Penis, den sie mit ausgestreckter Hand berühren will, wie auf den Pornobildern der Junkmails, die die Computerbildschirme fluten. Unter diesem mythologischen Geschlechtsakt stand der Name des Getränks, *Bas Armagnac Laubade*, darüber prangte ein rhombusförmiger Aufkleber mit der Jahreszahl 1935. Er drehte die Flasche und fand ein identisches Etikett auf der Rückseite, darunter aber eine Deklaration folgenden Wortlauts: »Ich, der Unterzeichnende, Direktor der Leda-Kelterei, Eigentum der Laubade-Gesellschaft und ihrer Besitzungen, bestätige, dass dieser Armagnac seit dem Jahre 1935 in einem Eichenholzfass gereift und gelagert wurde bis zu seiner Flaschenabfüllung im Mai des Jahres 2003.«

Seine Finger zogen den Korken heraus, er hielt die Flasche an seine Nase. Vom Flaschenboden stieg ihm ein süßlicher Duft

in die Nasenflügel, der Anflüge von reifen Johannisbrotfrüchten
und Pflaumen und eine ferne Reminiszenz an Scheunen in warmen Spätsommernächten in sich barg. Sollte sich dieser Tauge-
nichtssohn ohne Eigenschaften plötzlich als ein hochkarätiger
Gourmet herausstellen, der seine Getränke sorgfältigst aus-
wählte? Würde das »wichtige Gespräch« vielleicht enthüllen,
dass sich unter der Maske der konventionellen Mittelmäßigkeit
eine tiefgründige Seele und visionäre Kreativität verbargen?

Die forsche Stimme eines jungen Mannes traf ihn im Rücken wie die Hand eines aufgeschreckten Polizisten: »Gaby?
Warten Sie schon lange auf mich?«

Gaby drehte sich zu dem jungen Firmendirektor Chorev
Rossman um.

»Sie haben mich um zehn zu einem Termin bestellt, wenn
ich mich nicht irre?«

»Verzeihen Sie die Verspätung«, entschuldigte sich Chorev,
»ich habe mich einfach zu lange im Fitnessraum aufgehalten.
Ich hatte das dringende Bedürfnis, nach einer langen, öden Sitzung mit Vertretern der amerikanischen Aktionäre meine Knochen zu strecken. Ich habe meinen eigenen Rekord an einem
speziellen Fitnessgerät gebrochen, und es hätte mir leidgetan
aufzuhören.«

»An welchem Gerät?« Gaby versuchte unter die Maske
vorzudringen.

»Oh, das ist ein höchst raffiniertes Teil. Es gibt nur eins
davon in Israel«, brüstete sich Chorev. »Ich habe es vor einer
Woche aus den Vereinigten Staaten bekommen. Es sind so kleine Gleitplatten, die gleichzeitig die Muskeln von Bauch, Brust,
Schultern, Armen, Oberschenkeln und Waden entwickeln, und
die Rückenmuskeln, hatten wir die schon?«

»Was bleibt sonst noch zu entwickeln übrig«, bemühte sich
Gaby, dem Gespräch etwas beizusteuern, »der Nacken und das
Gesicht?«

»Stimmt«, bestätigte Chorev trocken. »Auf alle Fälle sehe ich, dass Sie sich in meinem Zimmer nicht gelangweilt haben. Sie haben geradewegs das oberste Fach angesteuert, das Allerheiligste. Verstehen Sie was von Getränken?«

»Ein bisschen«, erwiderte Gaby zurückhaltend. »Aber ich bin kein großer Experte in Armagnacs.«

»Sechshundertfünfzig Schweizer Franken im Weingeschäft von Mövenpick«, verkündete Chorev mit Stolz. »Dieser Armagnac ist fünfundvierzig Jahre vor mir auf die Welt gekommen.«

»Dreißig vor mir«, sagte Gaby.

»Dann sind Sie fünfzehn Jahre älter als ich?«, staunte Chorev.

»Mathematik Note eins«, ließ Gaby fallen, während er sich an ein Überseetelefonat erinnerte, das Chezi vor Jahren in seiner Gegenwart mit seinem Sohn geführt hatte.

»Das Jahr ist Ihnen ins Auge gestochen«, vermutete Chorev.

»Auch.«

»Was noch?«, interessierte sich der junge Direktor.

»Die Gravur.«

»Welche Gravur?«

»Auf dem Zinntäfelchen, links von der Jahreszahl.«

»Lassen Sie mich mal sehen?« Chorev nahm den Deckel des Kastens, musterte ihn und stellte dann fest: »Das ist bloß ein abstrakter Unsinn.«

»Nein. Schauen Sie noch einmal hin«, meinte Gaby, während er sich fragte, ob Chorev vielleicht seine analytische Fähigkeit und das Ausmaß seiner Fachkenntnis in Mythologie testete.

Chorev sah sich den Deckel noch näher an, seine Stirn legte sich in Falten, konzentriert studierte er die Miniatur, und auf einmal sah er wie ein kleiner Junge aus, der vor eine Prüfung gestellt wird, die sein Schicksal entscheiden könnte. Vor Gabys Augen stieg in diesem Moment wieder jene Episode von vor über zwanzig Jahren im Büro von Chorevs Vater Chezi Rossman auf.

Es war einige Zeit, nachdem Chezi im Rang eines Brigadegenerals aus der Armee ausgeschieden war und eine Firma für Softwareentwicklung und Systemanalyse gegründet hatte. Er forderte Gaby, der unter seinem Kommando gestanden hatte, auf, als Softwaringenieur in seiner Firma mitzuarbeiten. Dank der Beziehungen aus seiner Armeezeit zu diversen Generälen, die sich bereits vor ihm ins Zivilleben verabschiedet hatten und rasch zu erfolgreichen Geschäftsleuten im Handel mit Waffen und militärischer Ausrüstung geworden waren, florierte Chezis Firma, und er wurde schnell ein reicher Mann. Unter dem Einfluss seiner amerikanischen Ehefrau wurde der Sohn Chorev als Jugendlicher in ein Internat nach Northampton geschickt, das englische Internate zu kopieren versuchte. Gaby hatte in diesem Raum hier erlebt, wie Chezi einen Anruf von seinem Sohn aus den Vereinigten Staaten erhielt und am Telefon explodierte: »Hör endlich auf, dich für deine miserable Note in der Mathematikprüfung zu entschuldigen! Jetzt halt den Mund, und hör mir zu, ich kann nämlich nicht so viel Zeit an dich verschwenden, zusätzlich zu dem ganzen Geld, das es mich kostet, dich auf dieses Internat zu schicken, und ich werde auch nicht das ganze Leben lang da sein, um die Scheiße hinter dir aufzuwischen, also hör auf, Mist zu bauen, und fang an, dich anzustrengen. Ohne Fragen. Das ist alles für heute, Chorev. Sei ein Mann, und akzeptiere die Note, ohne irgendwem die Schuld für deinen Reinfall zu geben. Schalom.«

Das war das Bild, das Gaby im Geist vor Augen hatte, als sich Chorev mit der Zunge über die rötlich fleischigen Lippen leckte, seine linke Hand, ohne es zu merken, zu seinem Schädel hob und sanft sein eigenes Haar streichelte. Nach sichtbarer

Anstrengung sagte er in fragendem Ton:»Das ist ein Jäger, der irgendein Tier überwältigt? ... Was ist das genau? ... So was wie ein Esel? Oder ein Hirsch?«

»Das ist die Miniaturform von der Abbildung auf der Flasche«, erwiderte Gaby, der sich wieder fragte, ob der Junge ihn testete oder ob er wirklich nicht die leiseste Ahnung hatte, was er vor Augen hatte.

»Zeigen Sie mal?«

Gaby reichte ihm die bis auf die restlichen zwei Fingerbreit leere Flasche. Chorev studierte das goldumrandete Bild aus der Nähe.

»Ah!«, sagte er.»Das ist ein Mann, der – was ist das? Er kämpft gegen eine Gans, die versucht, ihn aufzuspießen, und er versucht, sie am Hals zu packen?«

»Vielleicht ist es eine Frau?«, meinte Gaby, der sich im Stillen sagte: Nimm dich in Acht vor diesem Mann. Es kann nicht sein, dass er dermaßen vernagelt ist.

»Eine Frau?« Chorev drehte die Flasche hin und her und hielt sie gegen das Licht, das durch das riesige Panoramafenster hereinflutete.»Ja«, gab er zu,»könnte eine Frau sein.«

»Das ist Leda.«

»Wer ist das?!«

»Leda, die Gemahlin des Tyndareos, des Königs von Sparta.«

»Noch nie was von ihr gehört«, grinste Chorev.

»Sie war eine sehr schöne Frau. Zeus verliebte sich in sie und versuchte, mit ihr zu schlafen.«

»Und was ist passiert? Wollte sie nicht?«

»Sie ist vor ihm geflohen, und er hat sie verfolgt. Sie sprang ins Wasser und verwandelte sich in einen Fisch, er sprang ihr nach und nahm die Gestalt eines Bibers an, als sie das Wasser verließ und sich in einen Vogel verwandelte, wurde er zu einem Schwan, und als sie dachte, sie sei ihn endlich losgeworden, verwandelte sie sich wieder in eine Frau, doch da kam er in Gestalt des Schwans zu ihr.«

»Was kann ein Schwan einer Frau schon tun?«, meinte Chorev geringschätzig.

»Er kann mit seinen Flügeln über ihre Schenkel streicheln, bis sie sich vor lauter Lust von selbst öffnen. Er kann mit seinem Schnabel ihren Nacken packen, seine Brust an ihre pressen und sein Glied aufrichten wie einen flammenden Turm.«

»Wo nehmen Sie das bloß her?«, wunderte sich Chorev.

»Von Yeats.«

»Und wer ist das?!«

»Ein Dichter«, sagte Gaby und zu sich: Der Junge ist ein kompletter Ignorant.

»Aus der Generation von Jehuda Amichai?«, riet Chorev.

»Bialik.« Was hatte dieser Banause in dem Internat in Northampton eigentlich gelernt?

»Jeitsch ...?«

»Yeats.« Es handelt sich hier nicht um einen jiddischen Dichter aus Warschau oder Krakau, hatte er gute Lust zu sagen.

»Nie davon gehört.«

»Ein irischer Dichter«, half Gaby nach, der sich fragte, ob das nun das geistige Niveau der Generation Y war.

»Und was ist bei diesem Sex rausgekommen? Sicher Monster!«

»Durchaus nicht.« Gaby schoss eine volle Ladung auf Chorev ab. »Heraus kamen die Zwillinge Castor und Pollux, die Dioskuren genannt wurden, die schöne, gleichgültige Helena, wegen der Troja zerstört wurde, nachdem Paris sie entführt hatte und es Hector nicht gelang, den Krieg zu verhindern. Und Klytämnestra, die gemeinsam mit ihrem Liebhaber, Ägisthos, ihren Ehemann Agamemnon ermordete, nach seiner siegreichen Heimkehr aus dem Trojanischen Krieg.«

»Kurz gesagt, es kamen lauter Typen dabei heraus, die wer weiß was für Unglück anrichteten!«

»Ja, es kam eine Generation halber Königskinder, halber Götter dabei heraus. Schön, wild, bar jeden menschlichen Gefühls und ohne jede Zielbestimmung« – wie du, hätte er gern zu Chorev gesagt, genau wie du! –, »und deshalb konnten sie am Ende nur zerstören und verwüsten und nichts aufbauen.«

»Klingt faszinierend«, meinte Chorev.

»Ja, faszinierend …«, stimmte Gaby zu, während er dachte: Wirklich faszinierend, dass diese leere Null über ein Hightech-Imperium herrscht, dessen Marktwert sich in neunstelligen Ziffern bemisst.

»Woher wissen Sie das alles? Haben Sie Literatur oder Geschichte studiert?«

»Nein, ich habe ein paar Bücher gelesen, und daran erinnere ich mich.«

»Hören Sie«, sagte Chorev, »bevor wir zum eigentlichen Thema kommen, haben wir es verdient, diese Flasche leerzumachen.«

Er forderte Gaby auf, sich in die Besucherecke gegenüber dem überwältigenden Panoramafenster zu setzen, durch das zu sehen war, wie ein Küstenwachboot seine Bahn entlang der Großstadtstrände pflügte, gekreuzt von einem riesigen Passagierflugzeug, das wie ein Walfisch seine Spur im blauen Himmel zog, während es sich in Richtung Flughafen am Rande der Metropolis herabsenkte, die irgendwo da unten tobte und brodelte. Chorev entnahm der Getränkevitrine zwei birnenförmige Gläschen, in die er jeweils einen Finger von dem bernsteinfarbenen Getränk einschenkte, nahm in dem zweiten Sessel Platz und stieß mit Gaby an. Das dünne Glas ließ einen reinen, singenden Ton erklingen.

»Worauf sollen wir trinken?«, fragte der junge Direktor.

»Auf unsere Bestimmung als Menschen, die keine Halb-
götter sind.«

»Schön! Das haben Sie echt schön gesagt! Das muss ich
mir merken! Zum Wohl!«

»Zum Wohl«, echote Gaby und sagte sich: Der Junge
schiebt das »wichtige Gespräch«, zu dem er dich bestellt hat,
immer weiter hinaus. Welche Bombe wird er unter deiner Nase
platzen lassen?

Gaby nahm den ersten Schluck von der goldgelben Flüssigkeit, deren anfängliche Süße im hinteren Zungenbereich
die Woge eines Nachgeschmacks freisetzte, eine bitter-säuer-
liche Empfindung von Tabak. Während er noch dem Bogen der
Nuancen nachspürte, die sich immer mehr von den beiden ersten gegensätzlichen Geschmacksempfindungen abspalteten,
schnitt Chorev die Spitze einer riesigen Havannazigarre ab und
bot sie Gaby an. Gaby dankte ihm höflich und erklärte, er habe
zu rauchen aufgehört.

»Schade!«, stellte Chorev mit Nachdruck fest. »Es geht
nichts über den Geschmack einer Zigarre, in überragenden Armagnac getaucht. Vielleicht probieren Sie trotzdem mal?«

Was führt er im Schild?, fragte sich Gaby. Warum drückt
er dir die Zigarre in die Hand, die er für sich angezündet hat,
nachdem er das Mundstück in den Armagnac getunkt hat?
Hilft nichts, du musst dich entschieden dagegen wehren!

»Vielen Dank, aber ich rauche nicht. Weder trocken noch
nass!«

Er betrachtete den jungen Mann, der sich als Connaisseur
aufspielte: Enkel einfacher Leute, entwurzelter und verfolgter
Flüchtlinge, die nichts als ihr blankes Leben aus der Vernichtung gerettet hatten, Sohn von Eltern, die in einem von Ent-
behrung und Mangel geplagten Land unter harten Bedingungen geboren und aufgewachsen waren, und er lief hier herum
und lebte wie einer der Halbgöttersöhne, dem alles gegeben,

verfügbar und erlaubt ist, tat so, als bereitete ihm die in das erlesene Getränk getunkte Zigarre einen immensen Genuss, als wäre er der Abkömmling eines französischen Adelsgeschlechts, dessen Stammbaum ins zwölfte Jahrhundert zurückreichte. Wäre diese Kreatur tatsächlich Spross einer adeligen Familie, würde er nicht mit der Armagnacflasche herumtänzeln und schwänzeln wie ein nichtswürdiger armer Tropf, dem per Zufall ein Edelstein in die Hände gefallen ist, oder wie ein Schwein, das sich mit einem goldenen Nasenring schmückt.

In diesem Moment wurde der junge Direktor ernst und wandte sich in sachlichem Ton an seinen Gesprächspartner: »Obwohl Sie seit, also quasi über zwanzig Jahren in der Firma arbeiten, seit dem Tag, an dem mein Vater sie gegründet hat, soweit ich informiert bin, und ein paar beeindruckende Ideen in der Vergangenheit hatten, die quasi irgendwie zur Konsolidierung der Firma beigetragen haben, haben wir es bis heute nicht geschafft, uns wirklich zu begegnen, ye know, eigentlich haben wir uns noch überhaupt nicht getroffen, ye know, also ich meine, so richtig in echt, von Person zu Person, aber das ist weder Ihre Schuld noch meine, weil ich, wie Sie sicher wissen, die Aufgabe ja sozusagen quasi erst vor kurzer Zeit übernommen habe, nachdem sich mein Vater von allen Leitungsaufgaben, ye know, in der Firma hier in Israel ja quasi verabschiedet hat, und wie ich verstehe, hatten Sie mit meinem Vater eine gute Beziehung, also ich meine, ye know – «

»Ja, Ihr Vater war mein Kommandeur in der Geheimeinheit 10–202, und er war immer der erste Mensch, dem ich meine Ideen zu präsentieren pflegte«, warf Gaby ein.

»Kommen Sie, machen wir's kurz …«

»Aber gern!«

»Das Kontrollprogramm der Firma hat mir gemeldet, dass eine Analyse Ihrer Computeraktivitäten eine besessene Beschäftigung mit einem unklaren Thema anzeigt.«

»Ich beschäftige mich in meiner freien Zeit mit einem ganz speziellen Projekt.«

»Wären Sie bereit, mir zu erklären, um was es sich handelt?«

»Aber gern«, erwiderte Gaby.

»Ich höre.«

Gaby fragte sich, wie und womit er am besten beginnen sollte. Nun tauchte dieser Banause das Ende seiner Zigarre in das bitter-süßliche Getränk und führte es in einer verunglückten Demonstration von Genuss an seine geschürzten Lippen. Also darum ging es. Das Überwachungsprogramm der Firma hatte ihm eine »besessene Beschäftigung« gemeldet. Schleich nicht um den heißen Brei herum. Das ist der Augenblick der Wahrheit. Eröffne das Feuer in direkter Linie.

»Es ist Zeit, der Versklavung durch die Religion des Algorithmus ein Ende zu machen.«

»Welche Religion?!«

»Die Religion des Algorithmus auf der Grundlage von Abu Dschafar Muhammad ibn Musa al-Chwarizmi.«

»Wer ist das?«

»Ein arabischer Mathematiker.«

»Was genau hat er gemacht?«

»Er hat die Religion begründet, deren Sklaven wir alle sind.«

»Von was reden Sie?«

»Von der Religion, die sich aus dem 9. Jahrhundert ins Herz des 21. Jahrhunderts eingeschlichen hat und alle Menschen zunehmend zu nummerierten digitalen Einzelziffern macht, überflüssig für sich selbst und von ihren Mitmenschen durch die undurchdringliche Feuerwand der Eins und der Null isoliert.«

»Reden Sie weiter«, sagte Chorev.

»Von Sonnenaufgang bis spät in die Nacht hinein schuften wir an der Entwicklung immer weiterer Computerisierungsmechanismen und Bots, deren ganzer Zweck darin besteht, alle Menschen zu Sklaven im Robotland zu machen.«

»Was ist das denn?«, fragte Chorev perplex.

»Robotland ist ein Planet, der Menschen in Robotomanier verwandelt.«

»Und was soll das bitte sein?«

»Wir, die Sklaven der neuen Hightech-Boutique, wir sind Robotomanier, die sich selbst mit Meta-Amphetaminen auftanken, um rund um die Uhr an der ständigen Versorgung mit noch mehr Programmen und Updates für die gefräßige Sphinx zu arbeiten, deren Name Robotomania ist. Sie ist ein Ungeheuer, das ihren Dienern und Sklaven das Lebensmark aussaugt, bis nichts mehr davon übrig ist, und sie dann wie entbehrliches Gerümpel für den Rest ihres Lebens auf die menschliche Müllhalde des Zeitalters der ständig wachsenden Vereinsamung wirft.« Gaby holte Luft.

»Und was hat das mit diesem Thema zu tun, in das Sie so vertieft sind?«, fragte Chorev barsch.

»Ganz einfach. Die Digitalisierung ist die Lebensdroge der Robotomania-Sphinx. Worauf basiert die Digitalisierung?«

»Auf der Zerlegung jedes Phänomens in eine Ziffernreihe von Eins und Null«, antwortete Chorev verständnislos.

»Richtig. Wenn es uns gelänge, die Eins sozusagen zu nullifizieren und im Cyberspace den Befehl der Eins-Nullifizierung als unaufhaltsame virtuelle Kettenreaktion zu implementieren, würde die Robotomania-Sphinx von den Höhen ihres kybernetischen Felsen springen, im Abgrund der Null verschlungen werden und sich auflösen.«

»Wenn ich Sie richtig verstehe, wollen Sie das weltweite digitale Computerisierungssystem vernichten?«

»Das ist das ultimative Ziel«, nickte Gaby.

»Und Sie glauben, das ist möglich?«

»›Alles ist möglich, und alles ist unmöglich, und es liegt

in unseren Händen und nicht in unseren Händen‹, wie es schon ...«

»Wie bitte?«

»Jede Idee, die im menschlichen Gehirn auftaucht, ist ein kraft des menschlichen Gehirns realisiertes Produkt, und jeder Defekt, der im System passieren könnte – muss am Ende passieren, wenn das System nicht infolge eines vorangegangenen Defekts abgestürzt ist und gelöscht wurde. Wenn nun die Nullifizierung der Eins der Defekt ist, der dazu geschaffen ist, das gesamte digitale System zu vernichten, dann muss es zwangsläufig damit enden, dass sich dieser ultimative Gau im digitalen Raum schließlich ereignet und ihn vollkommen zerstört, ob durch eine gezielte menschliche Handlung oder als Folge eines Defekts, der aus der Natur des digitalen Systems selbst erwächst.«

»Wenn das so ist, warum ist dann alles unmöglich?«

»Die Nullifizierung der Eins erfordert die Zusammenarbeit einer kritischen Menge von erfahrenen Softwareingenieuren und Programmierern. Alles ist möglich, wenn sich viele Softwareingenieure und Systemingenieure, die in den Weiten des kybernetischen Universums verstreut sind, zu einer Kooperation bereitfinden – dann liegt es in unseren Händen. Doch es liegt nicht in unseren Händen, sie zu einer solchen Zusammenarbeit zu bringen.«

»Also lassen Sie uns mal sagen, Sie hätten es geschafft, eine kritische Menge von Softwareingenieuren auf der Welt zu überzeugen, mit Ihnen zu kooperieren, und Sie hätten es geschafft, einen viralen Prozess zu erzeugen, der alle Erscheinungsformen von ›Eins‹ im digitalen Raum in ›Null‹ verwandelt. Was würde sofort nachher passieren, wenn diese Atombombe ins kybernetische All abgeschossen worden ist?«

»Es würde genau das passieren, was Ihr Vater auf persönlicher Ebene gemacht hat.«

»Was mein Vater gemacht hat?« Mein Vater hat es vorgezogen, nach Indien zu fahren, um sozusagen quasi unsere Softwarefirmen in Bombay und Bangalore zu beaufsichtigen, obwohl es dort ja quasi einen einheimischen Leiter gibt, aber mein Vater ist losgefahren …«

»Um sich von der Sklaverei des Systems zu befreien, dessen Leibeigene wir alle geworden sind«, vollendete Gaby.

»Was soll das jetzt?!« Chorev fuhr hoch, als hätte er einen Stromschlag erhalten.

»Wissen Sie, was Altern ist?«

»Was?«

»Das ist die Tendenz, rückwärts zu schauen und nicht mehr nach vorne. Und wissen Sie, warum?«

»Aus Angst vor dem Tod«, behauptete Chorev.

»Nein. Aus der Angst der Menschen heraus zu entdecken, dass ihre Zukunft bereits war. Dass sie irgendwann in der Vergangenheit freie Menschen waren, bevor sie sich vom System versklaven ließen und auf ewig zu seinen Leibeigenen wurden. Das Altern beginnt an dem Tag, an dem der Mensch Angst hat, sich zu fragen, was er tun muss, um sich zu befreien, um nicht vor dem Gefühl und dem Bewusstsein zu kapitulieren, dass ihm nichts Neues mehr im Leben passieren wird. Haben Sie sich einmal gefragt, die Sklaven welchen Begriffs wir heute sind?«

»Sklaven welchen Begriffs?!«, spottete Chorev über Gabys Worte.

»Des Begriffs des ›Fortbestehens‹. Systeme von ›Nachhaltigkeit‹ zu schaffen. In der Umwelt. In der Natur. In der Gesellschaft. Das Leben selbst in ein System von Fortbestand zu verwandeln.«

»Das brauchen Sie mir nicht zu erzählen.« Chorev ließ Ungeduld erkennen. »Das war das zentrale Thema in meinem Studium in den Vereinigten Staaten.«

»Nun, dann wissen Sie ja, welche Systeme in der Natur die allerhöchste Nachhaltigkeit aufweisen?«

»Ja, natürlich«, erwiderte der Direktor. »Urwälder, Ozeane ...«

»Sümpfe, Wüstengebiete, kastrierte Kater.«

»Wie bitte?«, kam ein Aufschrei.

»Kater in der freien Natur sterben jung. Kastrierte Kater leben drei-, vier- und sogar fünfmal so lange wie wilde Katzen.«

»Was wollen Sie damit sagen?«, fragte der Direktor erbost.

»Ihr Vater ist nicht nach Indien gereist, um Ihre Softwarefirmen in Bombay oder Bangalore zu beaufsichtigen, die weiterhin Programme zur Bewahrung und Erhaltung des digitalen Universums produzieren.«

»Ach nein? Aber bitte! Dann sagen Sie mir doch, wo mein Vater ist, wenn Sie es wissen!«

»Er lebt irgendwo – außerhalb des Systems, nicht wie ich und Sie.«

»Was heißt, ›wie ich und Sie‹?«

»Sie – und ich – sind eine Adresse im Koordinatensystem. Das System weiß gegebenenfalls in jedem Augenblick, wo wir sind, wer wir sind, woher wir kommen, wohin wir wollen, was uns interessiert, wie viel wir verdienen, wie viel wir ausgeben und wofür. Das System kann all die Bilder, Worte und Zahlen erfassen, die wir durch sein Netz geschickt haben, und es versteht, alle diese Daten zu analysieren, sämtliche möglichen Schlüsse daraus zu ziehen und uns dazu zu bewegen, alles zu tun, was wir können, um das Bestehen des Systems aufrechtzuerhalten. Und wissen Sie, wodurch es befähigt wird, uns zu seinen Sklaven zu machen?«

»Durch was?«

»Durch die Eins und die Null.«

»Nur weiter«, forderte der Direktor den Softwareingenieur auf, »ich höre.«

»Sie und ich und weitere Milliarden Menschen sind im System in Form von langen Einser- und Nullerreihen vorhanden. Unsere Adressen – Ketten von Einsern und Nullen. Unsere Bewegungen im Raum – Serien von Einsern und Nullen. Die Bilder unseres menschlichen Genoms – Kolonnen von Einsern und Nullen. Die Internetseiten, die wir besuchen – Einser und Nullen. Unsere Wünsche und Begierden – Einser und Nullen. Das Schicksal, das uns erwartet – Einser und Nullen. Alles Einser und Nullen.«

»Na gut, Sie denken in Begriffen eines Softwareingenieurs ...«

»Nein, lassen Sie uns der Wahrheit einmal ins Auge schauen, ohne zu blinzeln. Ich frage mich, welchen Mut und welche Kühnheit Ihr Vater besaß, eines Tages aufzustehen und sich von der Sklaverei dieses Systems zu befreien, das uns alle zu Millionen von Einser- und Nullerreihen macht, Einser und Nullen ...«

»Was ist so schlimm daran?«, fragte der Direktor befremdet.

»Schauen Sie aus dem Fenster. Was sehen Sie?«

»Was sehen Sie?«, gab ihm Chorev die Frage zurück.

»Ich sehe gehende Menschen. Taschen hängen über ihren Schultern, mit der rechten Hand drücken sie ein Smartrobot ans Ohr. Und ich sehe Frauen mit Kinderwägen, denen Kabel für Smartrobots aus den Ohren hängen ...«

»Ich hab Sie verstanden. Was genau erwarten Sie von mir?«

»Wenn Sie mich wirklich verstanden haben, dann geben Sie grünes Licht für ein Initiativprojekt zur Nullifizierung der Eins, und lassen Sie uns von diesem Zimmer aus den ersten Schritt in dem Krieg der Welt zur Befreiung der Menschheit von der Versklavung durch die Digitalisierung tun.«

»Was soll das heißen, grünes Licht für ein Initiativprojekt zur Nullifizierung der Eins?«

»Das heißt, einen Produktionsetat aufbauen, die besten, ausgewählten Köpfe versammeln, die der Firma in den verschiedenen Bereichen, die die Realisierung der Idee tangieren, zur Verfügung stehen, ein spezielles Team auf die Beine stellen und loslegen. Innerhalb von drei Jahren intensiver Arbeit mit einer exzellenten Truppe von Computerexperten, Software- und Systemingenieuren, die wir im digitalen Raum für die Idee mobilisieren werden, könnten wir die Idee verwirklichen.«

»Wer wird von Ihrer Idee profitieren?«, fragte Chorev mit gerunzelter Stirn.

»Die Menschheit«, antwortete Gaby schlicht.

»Und wie soll die Menschheit davon profitieren?«

»Die Menschen werden ihre Freiheit wiedererlangen.«

»An dem Tag, an dem es Ihnen gelingt, Ihre Idee zu realisieren und sie ins Netz zu stellen, wird das die letzte Aktion sein, die Sie mit Ihrem Computer durchführen können.«

»Das ist wahr«, bekannte Gaby.

»Ich verstehe, dass das für Sie als Softwaringenieur und Systemanalytiker eine faszinierende professionelle Herausforderung ist, und wenn Ihnen die Umsetzung der Idee gelingt – werden Sie Ihren Namen als derjenige verewigen, der das globale Computersystem zerstört hat. Meine Frage an Sie: Was würde ich davon haben?«

»Freiheit. Auch Sie würden sich aus der Sklaverei des Systems befreien.«

Chorev versank in Schweigen. Er stand aus dem Sessel auf und ging zu dem großen Fenster, durch das der urbane Ozean zu sehen war, wimmelnd und brodelnd, nur ein wisperndes Rauschen durch die doppelverglasten Lärmschutzscheiben.

»Wissen Sie, was der Unterschied ist zwischen mir und Ihnen?«, fragte der junge Direktor schließlich und lieferte prompt selbst die Antwort: »Obwohl der Altersunterschied zwischen uns bloß fünfzehn Jahre ist, gehören Sie zu einer anderen Generation, zu einer anderen Welt. Sie sind irgendwie näher an der Generation von meinem Vater, der sich jetzt, mit vierundsechzig, in der Welt suchen gegangen ist, ye know – verloren gegangen ist. Ich sehe, wie Sie mich anschauen. Denken Sie über mich, was Sie wollen. Denken Sie ruhig, dass ich mittelmäßig bin, ohne Schwung, nicht geistvoll genug, phantasielos, beschränkt und langweilig, was immer Sie wollen. Mir ist nur eins wichtig: Was springt für mich bei dem Geschäft heraus, das ich leite. Und was für mich dabei rauskommt, messe ich nur in Quantität. Qualität interessiert mich nicht. Mich interessiert nur die Lebensdauer des Produkts, das ich auf den Markt bringe, und Lebensdauer ist Quantität. Es interessiert mich, wie viele Käufer mein Produkt hat. Mich interessiert nicht die menschliche Qualität der Käufer. Nur die Menge. Und Quantität wird in Einsern und Nullen gemessen und registriert, wie Sie das nennen. Punkt. Solange mein Vater die Firma nach seiner Façon geleitet hat, waren Sie, als Initiativprojektleiter, offenbar der richtige Mann am richtigen Platz. In dem Moment, in dem ich die Leitung übernommen habe, hat sich dieser Platz verändert und wird sich noch weiter ändern, und zwar in eine einzige Richtung: Erhalt seines Fortbestands in einem System, in der die Erhaltung seines Bestehens die Bedingung für den Erhalt meines Fortbestands ist. Verstehen Sie mich nicht falsch: Ich disqualifiziere Sie nicht. Kann sein, dass Ihre Idee was hat. Kann sein, dass man in zehn Jahren sagen wird, ich war ein beschränkter Dummkopf, weil ich die Tiefgründigkeit der Idee, die Sie mir vorgeschlagen haben, nicht begriffen habe. Aber im Moment lassen Sie mir leider keine Wahl. Sie sind zu einem überflüssigen Element in dem System geworden, das ich leite. Wir müssen uns trennen.«

Chorev löste sich vom Fenster und wandte sich seinem riesigen Schreibtisch zu, zog eine Schublade auf und entnahm ihr einen großen braunen Umschlag. Dann sagte er:»Ich hoffe, was Sie in diesem Umschlag finden werden, reicht aus, um Ihnen zu helfen, einen neuen Platz zu finden, an dem Sie wieder der richtige Mann am richtigen Ort sind. Ich möchte Ihnen bei dieser Gelegenheit für den wichtigen Beitrag danken, den Sie in der Vergangenheit zum Aufstieg der Firma geleistet haben, und ich wünsche Ihnen Erfolg bei allem, was Sie in Zukunft machen.«

Während Chorev das sagte, trat er zu Gaby und überreichte ihm den Umschlag. Auf seinem Gesicht lag das selbstzufriedene Lächeln eines Menschen, der sich der Größe und Richtigkeit seiner Taten gewiss ist. Aus einem unbezwingbaren Impuls heraus, der beide überraschte, breitete Gaby die Arme aus, umarmte Chorev kräftig und drückte ihm einen warmen Kuss auf die dicken Lippen.

»Danke«, sagte Gaby zu dem schockierten Chorev, der starr und steif auf der Stelle verharrte, »danke, dass Sie mir eine Menge innerer Konflikte erspart haben. Danke für die Freiheit.«

Und er drehte sich um und trat hinaus in die Luft der Welt.

6. FRAUEN IN DEN AUGEN VON FRAUEN

Karin hob den Blick von dem Buch in ihrer Hand und spähte über den Seitenrand zu ihrer Mutter, die sich für die Fahrt zu ihrem gemeinsamen Psychologen rüstete. Kritisch taxierte die Tochter die Kleidung der Mutter, doch was sie sah, gefiel ihr nicht. Die Konturen der sexy Unterhose ihrer Mutter, die knapp die halben Pobacken bedeckte, drückten sich durch den dünnen Stoff der enganliegenden Hose ab, auf der Vorderseite zeichnete sich exakt die geteilte Winkelspitze des Schamdreiecks ab. Karins Blick wanderte nach oben und blieb an dem roten BH-Träger an der rechten Schulter hängen, von der das lose, weit ausgeschnittene T-Shirt bis auf den muskulösen, im richtigen Maß gebräunten Oberarm herabfiel. Ihre prüfenden Augen glitten nun hinunter zu den Füßen in den hohen Plateausandalen, aus denen die rotlackierten Nägel der großen Zehen wie Zungenspitzen aus halbgeöffneten Lippen herauslugten.

Dorit fing den musternden Blick ihrer Tochter auf.

»Was schaust du so?«, fragte sie irritiert.

»Ich schaue dich an.«

»Und was siehst du?«

»Eine hübsche Frau«, sagte Karin – die auf Beutejagd geht, sagte sie nicht.

In diesem Moment kam Sue in die Küche.

»Ali hat gesagt, Sie wollen, dass ich in die Küche komme.«

»Ja«, sagte Dorit. »Bereite ein Abendessen für sechs Personen vor.«

»Ist wer, der was nicht isst?«, erkundigte sich Sue.

»Niva isst kein Fleisch.«

»Isst sie Fische?«

»Fisch ist in Ordnung.«

Karin mischte sich in das Gespräch ein: »Aber sie mag die Form vom Fisch nicht sehen.«

»Was ist Form vom Fisch?«, bat Sue um Erklärung.

»Sie will nicht sehen, dass der tote Fisch auf dem Teller ein lebendiger Fisch im Wasser war.«

»Ich verstehe. Ich schneide Fisch in Stücke, ohne Kopf und ohne Schwanz, und Niva sieht keinen Fisch.«

»Ausgezeichnet«, sagte Dorit. »Und mach den Hühnerstall sauber, und koche thailändisches Huhn und Reis.«

»Soll ich Huhn mit Erdnüssen machen?«

»In Ordnung«, erwiderte Dorit. »Aber nicht so schrecklich scharf wie beim letzten Mal.«

»Duvesch will aber scharf«, wandte Sue ein.

»Du machst das Huhn, wie ich es sage: ein bisschen scharf, aber nicht feuerscharf. Hast du verstanden?«

»Ja, Frau Dorit. Ich mach es bisschen scharf.«

»Ich komme abends zurück. Ich werde um sechs da sein. Ich möchte, dass bis dahin alles fertig ist«, fuhr Dorit fort.

»Ja, Frau Dorit. Sie kommen um sechs, das Haus ist sauber, alles ist fertig.«

»Ausgezeichnet.«

Dorit nahm ihre kleine Damenhandtasche und noch eine größere dazu. Anschließend wählte sie unter mehreren Schlüsselbunden, die an den Schraubhaken einer Holztafel an der Küchenwand hingen, einen aus und wollte gerade aufbrechen, als Karin eine Frage in den Raum warf: »Warum kommst du so spät zurück?«

»Ich treffe mich noch mit Freundinnen.«

»Bei Nojit?«, erkundigte sich Karin.

»Ja. Ich schulde dir keine Rechenschaft.«

»Amüsier dich.«

»Danke.« Dorit ging in den Hof hinaus, die Küchentür klappte hinter ihr zu.

»Ich schulde dir keine Rechenschaft«, äffte Karin ihre Mutter spöttisch nach.

Sue, die Fische aus dem Gefrierfach des Kühlschranks holte, schalt sie: »Karin! Dorit ist deine Mama!«

Karin gab keine Antwort. Sie schenkte ihr nur einen durchdringenden Blick, den Sue für sich so interpretierte: Ich weiß, was du mit meinem Vater treibst, also halt mir keine Moralpredigt wegen meiner Mutter.

Sue nahm das Urteil mit einem Lächeln hin, das Karin wiederum so auslegte: Ich weiß, dass du weißt, was wir beide wissen, was man nicht mit Worten sagen muss.

In diesem Augenblick zerrissen Schüsse die Luft, begleitet vom Flügelschlagen Hunderter Hühner. Karin identifizierte die Quelle sofort: das halbautomatische Jagdgewehr ihres Vaters, der auf die Tauben schoss, die sich auf dem Dach des Hühnerstalls zusammengerottet hatten und darauf warteten, sich im Pulk auf das Futter zu stürzen, das Ali den Hühnern in die verstreuten Futtertröge im Gehege geschüttet hatte. Sue, den Kadaver des halb gerupften Huhns in der Hand, beobachtete durch das Küchenfenster, wie Duvesch jetzt auf die Tauben schoss, die von der ersten Salve nicht getroffen worden waren und in wilder Panik vom Blechdach des Hühnerstalls aufflatterten, während sie von Karin dabei beobachtet wurde, wie sie sich auf die Zehenspitzen stellte, um besser sehen zu können, wie Duvesch die Tauben abschoss, die nun in großer Anzahl mitten im Flug wie Steine vom Himmel plumpsten. Und Karin sah, wie Sue ihren Vater mit den umflorten Blicken einer liebenden Frau bedachte. Sue spürte Karins durchbohrenden Blick und wandte sich ihr zu. Ihre Blicke trafen sich. Sue zwinkerte Karin lächelnd zu, kehrte zu dem Schemel zurück, auf dem sie gesessen hatte, und rupfte weiter das Huhn, während sie sich abschottete, in ihre eigene Welt zurückzog.

Zur gleichen Zeit jagte Dorit mit ihrem Landrover über die breite Straße, die aus dem Jordantal nach Norden führte, und wandte sich an der Kreuzung nach Westen. Ihr Navigationsgerät meldete, dass ihr noch siebenundsechzig Minuten bis zum Ziel verblieben. Sie schaltete die Telefonanlage im Wagen ein, drückte »Kontakte«, tippte auf »Guido Xanadu« und berührte den grünen Ring. Die Stimme eines Mannes drang aus dem Audiosystem: »Hi, Duscha, wo bist du?«

»In einer Stunde bei dir.«

»Ich warte auf dich. Bye, mein Herz!«

Sie befahl: Musik. Das System wechselte zum Status Musik. Sie befahl: *California Dreaming*. Aus der Anlage brach dröhnend das Lied, und sie sang lauthals mit, zusammen mit den Mamas & Papas.

7. DIE HONIGLEIMFALLE

Der schwarze Wagen gleitet durch die schwarze Nacht. Ein säuselnder Luftstrom streichelt die Karosserie. Der schwarze Wagen ist eine isolierte Zelle im kosmischen Raum. Keiner weiß, wer der Mann ist, der den Wagen lenkt. Ein anonymer Mensch allein in der Nacht. In diesem Augenblick schuldet er niemandem Rechenschaft. Nicht darüber, wo er sich befindet, und auch nicht darüber, wohin er fährt. Ich bin ein anonymes Teilchen im Universum, sagt er sich. Man kann den Wagen zwar jederzeit aufspüren und seinen Aufenthaltsort an einem Koordinatenschnittpunkt bestimmen, der von zwei Satelliten gesendet wird, doch es gibt kein Programm auf der Welt, das vorhersagen könnte, wohin dieser Wagen innerhalb der nächsten zehn oder fünfzehn Minuten steuern wird.

Ein berauschendes Gefühl von Freiheit breitete sich in dem Mann aus, der den Wagen fuhr. Er berührte mit dem Finger die Taste am Lenkradarm, und aus dem Bordcomputer teilte ihm eine sanfte weibliche Stimme mit, dass das System bereit war, Audiobefehle zu empfangen.

»Telefon«, befahl er der weiblichen Stimme.

»Marathonlauf«, befahl er. Die weibliche Stimme bat um Bestätigung, »Marathonlauf« anzuwählen. Er bestätigte. Das System wählte. Kurze Pause. Eine unvertraute heisere Frauenstimme drang flüsternd aus dem System: »Maoz?«

»Mit wem spreche ich?«, fragte er erschrocken.

»Hast du aus Versehen gewählt, wenn du nicht weißt, mit wem du redest?«

»Osnat? Was ist mit deiner Stimme los? Bist du krank?«

»Ich habe bei einer wilden Konfrontation mit meinen Studenten die Stimme verloren«, krächzte sie.

»Worum ging es?«

»Um Siegfried.«

»Welcher Siegfried?«, wollte er wissen.

»Der von Wagner. Mein Seminar hat das Thema ›Wagners Ring und das kollektive israelische Unterbewusstsein‹. Bist du unterwegs nach Hause?«

»Ich bin nirgendwohin unterwegs.«

»Hat dich Nogalein wieder rausgeschmissen?«

»Mein Vater ist verschwunden, und ich bin los, um ihn zu suchen.«

»Bei mir ist er nicht. Leider«, lachte sie heiser.

»Du hast Glück, dass du ihn nicht kennst«, parierte er.

»Im Gegenteil – ich kenne ihn«, flüsterte sie und fügte hinzu: »Nicht mal schlecht.«

»Meinen Vater …?! Woher?«

»Aus der Armee.«

»Na klar! Als er ausgeschieden ist, warst du doch noch nicht mal geboren.«

»Als ich im Offizierslehrgang war, hat er mal über die Kämpfe im Negev bei Hulikat im Befreiungskrieg gesprochen, Vermächtnis und Kampfmoral. Ein unvergesslicher Vortrag.«

»Na gut, du hast einen Vortrag von ihm gehört. Das heißt nicht wirklich Kennen«, versetzte er.

»Als ich Ausbildungsoffizierin war, habe ich ihn zu Lehrvorträgen in meiner Einheit eingeladen. Für die gesamte Periode. Er kam immer auf seinem gewaltigen Motorrad.«

»Das hast du mir nie erzählt.«

»Du hast nie gefragt.«

»Ich bin nicht auf die Idee gekommen, dass du meinen Vater kennst.«

»Ich kenne ihn«, flüsterte sie, »ich kenne ihn.«

»Na gut, und wann warst du Ausbildungsoffizierin? Vor zwanzig Jahren?«

»Dein Vater ist ein Mann, den man nicht vergisst.«

»Erzähl mir nicht, dass du was mit ihm hattest.«

»Wenn du nicht willst – ich erzähl nichts.«

»Kann ich zu dir kommen?«, fragte er.

»Komm, ich warte mit Cognac auf dich.«

»Ich bin in fünfeinhalb Minuten bei dir.«

»Erwarte nichts Großartiges. Ich bin erledigt.«

»Ich möchte mich mit dir beraten. In einer ziemlich schicksalhaften Angelegenheit«, sagte er.

»Der Aufzug hat einen Defekt. Er hält nicht im achtzehnten Stock, du musst bis zum neunzehnten fahren und eine Etage zu Fuß runtergehen.«

»Kapiert. Bis neunzehn fahren und ein Stockwerk die Treppen runter.«

Der Wagen glitt zur Einfahrt des Parkplatzes. Er tippte den Code ein, die Schranke hob sich, und er stellte das Auto hinter Drakula ab, wie Osnat ihren gelben Mini Cooper liebevoll getauft hatte. Er hoffte, zu dieser Zeit wäre der Wachmann an der Rezeption ein anonymer Nachtdienstler, der ihn nicht erkennen würde, doch ausgerechnet an diesem Abend saß da der Kriegsinvalide, der zum Helden Israels erklärt worden war, zu den Feiern des Unabhängigkeitstags eine Fackel entzündet und aus heiserer Kehle verkündet hatte, »das Volkissroel ist das wunderbarste Volk auf der Welt«.

Wie es seine Art war, begrüßte ihn das lästige Hinkebein lauthals mit einem: »Oho! Guten Abend, Herr Ben-Chaim! Stimmt es, was sie im Fernsehen sagen, dass Sie sich die Hände schmutzig machen, um eine Einheitsregierung auf die Beine zu stellen?!«

»Ich bin ein Prinz, und Sie sind ein Prinz, wer wird den

Esel führen?« Mit dem Beduinensprichwort versuchte er, den aufdringlichen Kerl abzuwimmeln, ohne etwas zu bestätigen oder zu leugnen, doch der Fackelanzünder gab keine Ruhe, sondern meinte: »Was sagt da der Vater dazu?« Maoz erwiderte mit demonstrativer Ungeduld, er habe es nicht geschafft, mit seinem Vater über das Thema zu reden, doch bevor er entwischen konnte, lenkte der Held Israels seine Aufmerksamkeit darauf, dass der Aufzug einen Defekt habe und wenn er in die achtzehnte Etage wolle ... »Ich fahre in die neunzehnte«, schnitt er dem penetranten Mann das Wort ab und flüchtete in den Aufzug.

Osnat war in den wolkigen, Macallan-Whisky-farbenen Morgenmantel gehüllt, in dem sie ihn immer empfing, wenn er zu ihr kam. Maoz umarmte sie. Sie bot ihm ihre Lippen, aber als er sie auf den Mund küssen wollte, stieß er mit der Stirn an ihre Brille. Er nahm ihr die Brille mit übermäßigem Schwung ab, und sie schrie auf: »Pass doch auf, du Wahnsinniger! Du hast mir fast ein Auge ausgeschlagen!«

»Also, wie war das, bin ich ein Mann, den man leicht vergisst?«, setzte er das Gespräch fort, das sie im Auto per Telefon geführt hatten.

»Nicht so leicht«, antwortete sie.

»Was genau hattest du nun mit meinem Vater?«

»Ein Besäufnis«, sagte sie.

»Vorher oder nachher?«

»Während.«

»Während was?«

»Nicht, was du denkst.«

»Essen?«

»Auch.«

»Hast du Angst, das Kind beim Namen zu nennen?«

»Wovor sollte ich Angst haben?«

»Vor einem Eifersuchtsanfall.«

»Du bist nicht gerade Othello.«

»Was bin ich dann?«

»Der Vicomte von Valmont.«

»Wer ist das?«

»Der Held in *Gefährliche Liebschaften*. Ein korrumpierter Mann in einer korrupten Gesellschaft.«

»Ich bin ein korrumpierter Mann?«

»Im tiefsten Sinne des Wortes.«

»Was meinst du damit?«

»Du genießt es, Menschen, die schwächer sind als du, auszubeuten, zu beleidigen und zu erniedrigen.«

»Wann hast du gesehen, dass ich jemand Schwächeren als mich ausgebeutet, beleidigt und erniedrigt hätte?«

»Tagtäglich.«

»Pardon?«

»Du bist nicht der Einzige. Unsere ganze Existenz ist darauf aufgebaut.«

»Meine und deine?«

»Von uns allen. Wir haben uns daran gewöhnt, höchst komfortabel von Sklaverei, Ausbeutung und Erniedrigung der Schwächeren zu leben.«

»Höre ich hier die Eröffnung einer Moralpredigt über das erfrischende Thema der Missetaten der Besetzung?«

»Ich bin die Letzte, die dir Moral predigen würde. Ich bin nicht weniger korrumpiert als du – auf gesellschaftlicher wie persönlicher Ebene.«

»Was du nicht sagst! Und worin drückt sich deine Korrumpiertheit aus?«

»Diese teure Wohnung ist die Frucht von Korruption. Die übrigens mit deinem Vater zu tun hat.«

»Erzähl mir nicht, dass er dir Geld gegeben hat, um diese Wohnung zu kaufen!«

»Dein Vater, der Kibbuznik, hatte etwas Stärkeres als

Geld – Kontakte in der Regierung. Er hatte Macht. Er hatte Beziehungen, als seine Partei den Staat regierte.«

»Aber wie hängt diese Wohnung mit meinem Vater zusammen?«

»Komm mal ans Fenster. Komm, keine Angst, ich werfe dich noch nicht aus dem achtzehnten Stock. Was siehst du?«

»Das Spiegelbild deiner Schenkel vor dem Hintergrund der Stadt bei Nacht. Das Spiegelbild deiner Möse vor dem Hintergrund des Meeres. Das Spiegelbild deiner Brüste vor dem Hintergrund der Hochhaustürme.«

»Einer davon hat mit dieser Wohnung zu tun.«

»Welcher?«

»Der runde Turm, der an einem Platz steht, wo arme Leute gelebt haben, die anstelle von armen Leuten kamen, die man von dort vertrieben hat.«

»Es gibt hier ein paar solche Türme.«

»Such dir aus, welchen du willst.«

»Aber ich kapiere immer noch nicht, was mein Vater mit dieser Wohnung zu tun hat.«

»Dein Vater ist kein Heiliger. Man kann eine Menge Schlechtes über ihn sagen, aber eins lässt sich zu seinen Gunsten anführen: Er ist ein edler Wilder und großzügig. Er benutzt die Menschen nicht und wirft sie nach Gebrauch weg. Er versteht es, gut für die Menschen zu sorgen, die er liebt. Und überraschende Geschenke zu machen. Und als größtes Überraschungsgeschenk hat er mich mit Rockefeller bekannt gemacht.«

»Mein Vater hat alle möglichen Leute getroffen, einschließlich Prinzessin Diana.«

»Nein!!!«

»Doch, er hat sie in Angola getroffen, als er dort bei der Räumung von Minenfeldern half, aber dass er Rockefeller gekannt hat, wusste ich nicht.«

»Nicht den amerikanischen. Einen israelischen Rockefeller, der mehr als einen Turm und mehr als einen Riesenkomplex in dieser Szenerie gebaut hat, die du vom Fenster aus siehst.«

»Wer ist der israelische Rockefeller?«

»Frag deinen Vater, wenn du ihn findest.«

»Und dieser Rockefeller hat dir eine Wohnung in der achtzehnten Etage geschenkt?«

»Er hat mir viel mehr geschenkt, bevor er an Krebs gestorben ist, der Arme.«

»Noch mehr Besitz?«

»Liebe, Maoz. Einst gab es Männer …«

»Und mein Vater …?«

»Hat mich mit ihm bekannt gemacht, ist aufs Motorrad gestiegen und für ein halbes Jahr verschwunden.«

»Sag mir eins. Weiß mein Vater von unserem Verhältnis?«

»Möchtest du, dass er hier auftaucht?«

»Du bist doch nicht wirklich in Kontakt mit ihm?«

»Was würdest du machen, wenn jetzt die Tür aufgeht und er reinkommt?«

»Ich würde zu ihm sagen: Hallo, Papa! Ihr Bett ist noch warm – zur Abwechslung, was?«

»Warum zur Abwechslung?«

»Beim Begräbnis von meiner Mutter hat er über dem frischen Grab gesagt: ›Dein Bett war kalt.‹«

»Damit hat er sich selber beschuldigt, weil er wegen seiner vielen Aktivitäten die meiste Zeit von zu Hause abwesend war und deshalb ihr Bett kalt war.«

»Das ist deine Interpretation für den schrecklichen Satz, den er am Grab meiner Mutter gesagt hat.«

»Das ist seine Erklärung. Ich habe sie aus seinem Mund gehört.«

»Bring ihn her. Machen wir eine Gegenüberstellung.«

Zu Maoz' Entsetzen wandte sie sich der geschlossenen Tür zu und rief:»Dave! Komm rein. Sag Schalom zu deinem Sohn.«

Maoz versteinerte. Sie grinste.

»Was ist los mit dir?«

»Nichts«, sagte er.

»Das Blut ist dir aus dem Gesicht gewichen. Du bist weiß wie ein Blatt Papier.«

»Das ist nicht gerade die Zeit und der Ort, wo ich meinem Vater begegnen möchte.«

»Du würdest ihn gern am Friedhof treffen, was? Bei seinem Begräbnis! Ihm vor aller Ohren sagen: Das Bett von Osnat war warm. Hast du den Mut, ihm Dinge zu sagen, wie er sie am Grab deiner Mutter gesagt hat?«

Maoz schloss die Augen und schwieg.

Sie fuhr provozierend fort:»Du hast – und das ist der Unterschied zwischen euch – nicht den Mut, zu sein, wer du bist, vor allem wenn es einer gegen alle heißt. Den Mut, zu sagen, was du auf dem Herzen hast. Die Wahrheit über dein Leben auszusprechen, am offenen Grab, vor den Ohren von tausend Menschen. Das ist dein Vater, Maoz. Aber du …«

»Was, ich?«

»Du hast nicht mal den Mut, dich selbst zu verraten.«

»Ich verrate mich nicht selbst.«

»Nein, du wartest, dass er stirbt, damit du es endlich tun kannst.«

»Was tun?«

»Jener Mehrheit im Volk in den Hintern zu kriechen, ohne deren Stimmen du nicht an die Macht kommst.«

»Wenn du so über mich denkst, warum willst du mich dann überhaupt sehen? Was bin ich für dich? Bloß die kalte Rache an meinem Vater dafür, dass er dich benutzt und als gebrauchtes Abschiedsgeschenk einem krebskranken Bauunternehmer weitergereicht hat?«

»Raus mit dir!«

»Nein, so einfach ist das nicht.«

»Nimm deine Beine unter die Arme und verschwinde! Und lass dich nie wieder bei mir blicken!«

»Nein, nein, meine Dame. Nach dem, was heute Abend hier alles rausgekommen ist, gehe ich nicht, bevor wir nicht endgültig reinen Tisch zwischen uns gemacht haben.«

»Ich alarmiere den Wachmann.«

»Das wirst du nicht tun.«

»Willst du mich umbringen? Warum grinst du?«

»Setz dich.«

»Wie bitte?!«

»Dein Rockefeller hatte Krebs, aber er ist nicht an Krebs gestorben.«

»Ach nein?«

»Du weißt genau, woran er gestorben ist.«

»Wie geht deine Story?«

»Er ist an einer Überdosis von Schmerzmitteln und Alkohol gestorben, und das ist nicht meine Story. Das war deine Tat.«

»Was du nicht sagst!«

»Du möchtest bestimmt den Obduktionsbericht von dem Mann sehen, der mit inneren Spasmen und einem Systemkollaps ins Krankenhaus eingeliefert wurde. Du hast den Notarzt gerufen …«

»Wirklich eine interessante Geschichte! Wie soll ich bitte zu seiner Wohnung gekommen sein, um eine Ambulanz dorthin zu bestellen?«

»Du hast vom Mobiltelefon des Rockefellers aus angerufen, aber die Ambulanz hat ihn nicht von zu Hause abgeholt.«

»Wirklich? Von wo hat sie ihn dann abgeholt?«

»Von seinem Hotel.«

»Er hatte einige Hotels. Von welchem Hotel genau hat ihn die Ambulanz abgeholt?«

»Versuchst du zu testen, was ich alles weiß?«

»Du hast einen spannenden Krimi erfunden. Mach weiter!«

»Einem Menschen, der Lungenkrebs hat und an Kurzatmigkeit leidet, eine Überdosis Oxycodon zu geben und ihm Alkohol einzuflößen – das ist Mord. Und das Motiv liegt schwarz auf weiß vor in Form eines Grundbucheintrags, drei Tage vor dem Mord: die Wohnungsüberschreibung vom Ermordeten an die Mörderin und gleichzeitige Erbin. Falls du jetzt immer noch darauf bestehst, kann ich gehen.«

»Wenn ein todkranker Mensch an einer Überdosis stirbt, ist plausiblerweise anzunehmen, dass er die Tabletten selber genommen und den Alkohol aus eigener Initiative getrunken hat, um die Qualen der Krankheit zu beenden.«

»Die Frau, die in den letzten Stunden seines Lebens mit ihm zusammen war und den Notarzt alarmiert hat, hat keine Auskunft gegeben, welches Medikament und wie viel er von dem Mittel genommen hat, das seinen Tod verursachte.«

»Woher weißt du, dass eine Frau bei ihm war?«

»Ihre Stimme wurde bei dem Gespräch mit der Notrufzentrale aufgezeichnet.«

»Woher konnte sie wissen, welches Medikament er zur Linderung der Schmerzen eingenommen hat?«

»Sie war diejenige, die das Mittel aus der Apotheke mit einem Rezept besorgt hat, das ihr Zahnarzt ihr einen Tag vor dem Tod des Rockefellers ausgestellt hat.«

»Der hebräischen Sprache fehlt es an einem präzisen Wort, um dich zu beschreiben.«

»Um im Dschungel zu überleben, braucht man eine wohlgeordnete Akte über jede Kreatur, die dich eines Tages oder eines Nachts im unerwarteten Moment angreifen könnte.«

»Jetzt verstehe ich, weshalb deine Konkurrenten die Bahn räumen und auf den Kampf gegen dich verzichten.«

»Wenn Politiker begreifen, dass sie keine Chance haben, verbünden sie sich lieber mit dem Sieger.«

»Du bist eine Kreuzung aus einem Mistkäfer und einer Giftnatter.«

»Vielleicht, aber bis heute habe ich keinen Tropfen Blut vergossen und mir keine Wohnungen mit Hilfe von Überdosen verschafft.«

»Wenn ich so korrupt bin, warum kommst du dann noch zu mir?«

»Mit korrupten Leuten komme ich zurecht. Schwierig wird es erst, wenn man auf anständige Menschen stößt.«

»Du bist der erste Mensch, der es geschafft hat, mich mit seinem frommen, gequälten Unschuldsgesicht zu täuschen.«

»Ich bewundere dich. Die Kaltblütigkeit, mit der du deine Liebhaber aussuchst. Die Entschlossenheit, mit der du mit ihnen Verhältnisse eingehst, um den maximalen Nutzen herauszuholen. Deine Zielstrebigkeit. Deine moralische Hemmungslosigkeit. Die Art, wie du erreichst, was du willst. Deine Bereitschaft, zu töten, wenn es sein muss – wie um dich von der zerbröselnden Menschenruine zu befreien, nachdem du rausgesaugt hast, was du wolltest. Kurz: Ich bewundere deinen Killerinstinkt. Wenn ich an die Regierung komme, werde ich dich brauchen, und du wirst mit mir zusammenarbeiten, schwarze Witwe.«

»Als du auf meine Avancen eingegangen bist, hast du von meiner Beziehung zu deinem Vater gewusst. Was grinst du da, du gemeiner Hund?«

»Du bist witzig.«

»Hast du's gewusst oder nicht?«

»Hündin.«

»Du hast dich mit mir eingelassen, weil du vorhattest, deinen Vater zu töten.«

»Mein Vater lebt noch. Sofern er nicht beim Runterkurven nach Sodom mit seinem Motorrad an irgendeinem Felsen zerschmettert oder über den Rand vom Wüstenkrater geschossen ist.«

»Du würdest viel dafür geben, dass das passiert.«

»Wieso denkst du das?«

»Du wärst endlich frei, deine Seele an den Satan zu verkaufen. Ohne Furcht.«

»Ich muss ihm meine Seele nicht verkaufen. Ich gebe sie ihm gratis. Der Satan hat recht. Er ist der wahre Gott, und es gibt keinen Gott außer ihm. Immer wenn wir schwach waren, haben wir Gott und seine Moral gebraucht, um den Kopf zu senken und in Frieden mit den Starken zu leben, die unser Schicksal beherrscht haben. Doch seit dem Tag, da wir angefangen haben, mit dem Schwert zu leben, müssen wir unsere Macht immer wieder stärken und Taten des Satans begehen. Gegen Schwache kämpfen, sie unterwerfen, sie irreführen, ihr Land rauben, sie versklaven und ausbeuten, so wie es die Starken überall auf der Welt mit den Schwachen machen, damit wir in diesem Land gut leben und unser Leben genießen können.«

»Du weißt, was dein Vater tun würde, wenn du den Mut hättest, diese Dinge vor ihm auszusprechen.«

»Er würde mir sagen, was er über mich denkt?«

»Nein. Er ist kein Mann der Worte, dein Vater.«

»Was würde er dann machen?«

»Er würde dich töten.«

»Was heißt hier töten?«

»Er würde gegen dich in den Krieg ziehen. Ein Krieg auf Leben oder Tod. Wenn er keine andere Wahl hätte, würde er seine Pistole ziehen und dich wie einen streunenden Hund erschießen.«

»So wahnsinnig ist mein Vater dann auch nicht.«

»Weitaus schlimmer noch. Ich habe ihn erlebt in seinem Wahnsinn. Ich kenne ihn, wie ihn niemand je kennenlernen durfte. Wenn du deine Theorie so, wie du da herumtönst, tatsächlich realisieren willst – das Volk zu einer Satanssekte machen und teuflisches Zeug mit ihm treiben –, wirst du zuallererst gezwungen sein, deinen Vater loszuwerden. Schau mich nicht so an. Den ersten Schritt hast du schon getan.«

»Welchen Schritt?«

»Du bist zu mir gekommen, nachdem er bei mir war.«

»Wann war er mit dir zusammen?!«

»Berühr mich, spür es. Komm, zeig's mir«, flüsterte sie.

8. JOCHAI TRIFFT EIN

Vor Libbys Augen, die in Evas Tagebuch vertieft war, tauchten Bilder auf. »Heute haben wir das Lager errichtet«, schrieb Eva, und Libby sah einen Film ablaufen. Junge Leute stellen ein Zelt auf. Ein heißer Sommertag. Junge Burschen mit nackten, schweißglänzenden Oberkörpern treiben mit Hilfe schwerer Hämmer Eisenpflöcke in die Erde. Die jungen Mädchen spannen die Zeltschnüre – und vor Libbys staunendem Blick ersteht aus Evas minutiöser Beschreibung das Lager auf einem felsigen Hügel.

Sie blättert die Seite um – Abenddämmerung. Eine improvisierte Duschanlage, bestehend aus zwei parallelen Rohren mit etwa zehn eingeschraubten Duschköpfen. Als Boden dient eine Plattform aus Holzbrettern. Die Anlage erhebt sich zu Füßen des felsigen Hügels, am Rand des Lagerareals im Freien, völlig offen, ohne Wände, ohne Decke. Neben der Duschanlage sind eine Reihe von Kisten aufgestellt, die als Bänke und Ablage für die sauberen Kleider und Handtücher dienen. Einige der jungen Leute sind nach dem Duschen bereits wieder angezogen oder befinden sich in diversen Stadien des Ankleidens. Eine andere Gruppe junger Mädchen und Burschen steht gemeinsam nackt unter der Dusche. Ein brauner Steinhase sitzt regungslos auf einer Felskuppe, verfolgt mit großer Neugier das Schauspiel. Plötzlich lässt er einen scharfen Pfiff los, und zwei weitere Hasen tauchen wie aus dem Nichts auf und gesellen sich zu ihm auf seinen Aussichtsposten. Er lenkt in Hasensprache ihre Blicke, und nun sitzen sie zu dritt wie eine Gruppenskulptur auf dem Felsen oben und gaffen die nackten jungen Mädchen an, die sich in Gesellschaft der nackten jungen Burschen duschen. Das Staunen, das aus ihren schwarzen Augen spricht, lässt erkennen, dass sie ein solches Schauspiel noch nie gesehen haben. Einer der Hasen wirft seinen Gefährten fragende Laute zu. Wer sind diese Geschöpfe, will er wissen, und der älteste Hase erklärt ihm, dies seien junge Menschen, die noch nicht von den Früchten des Baums der Erkenntnis gekostet hätten und daher gar nicht wüssten, dass sie nackt seien – schrieb Eva in ihrem Tagebuch.

Sie seifte den Rücken eines Jungen namens Josef ein, der im Gegenzug ihren Rücken abschrubbte, während sie beide unter dem kalten Wasser standen, das auf sie und die anderen herabprasselte. Das begeisterte Quietschen des alten Hasen veranlasste Eva, das deutsche Lied vom Kuckuck anzustimmen, und etliche andere fielen mit ein. Sie sangen das Lied zweistimmig, mit Enthusiasmus und großer Musikalität.

Gerda, eines der Mädchen in der Gruppe, das mit Eva um Josefs Liebe konkurrierte, begann mit dem russischen Lied: »Mein Vater hatte einmal einen Hund / den hatte er sehr lieb / er stahl ihm ein Stück Fleisch vom Mund / da tötete er seinen Hund, den Dieb / er tötete ihn – und begrub ihn auch / und auf das Grab, da schrieb er drauf … / mein Vater hatte einmal einen Hund …«

Die Gruppe, die sich gerade abtrocknete und anzog, schloss sich Gerda an, während die unter der Dusche an Evas Lied festhielt, und es entspann sich ein musikalischer Konkurrenzkampf zwischen den Liedern der beiden Gruppen. Josef, der inzwischen beim Anziehen war, kämpfte mit sich, bei welcher Gruppe er mitsingen sollte. Gerda sah ihm direkt in die Augen und forderte ihn mit ihrem Blick und ihrer Gestik auf, sich ihrem Lager anzuschließen.

»Das ist der Augenblick, in dem ich eine opportunistische Nuance in Josefs Charakter entdecke«, erzählt Eva sozusagen

Libby, ihrer Leserin, die begierig der Stimme der Großmutter ihres Vaters lauscht, die er und seine Geschwister »Oma Eva« nennen. Josef bekommt sehr rasch mit, dass man gegen *Mein Vater hatte einmal einen Hund* nicht ankommt, und schließt sich Gerdas Partei an. Das Wettsingen wird zunehmend hitziger. Jede Gruppe bietet ihre geschlossene Kraft auf, doch nach einem hartnäckigen, erbitterten Kampf gewinnt Gerdas Gruppe. Die jungen Leute ziehen sich alle an und gehen zum Zeltlager. Da tritt Josef zu Eva und fragt: »Kommst du?«

»Verräter! Wenn du bei uns mitgemacht hättest, hätten wir gewonnen.«

»Ich – ein Verräter?«, protestiert Josef. »Und was soll ich empfinden, wenn ich dich mit deinem Jemeniten sehe?«

»Was hast du denn von mir erwartet, nachdem du mit Gerda etwas angefangen hast? Dass ich die Nummer zwei in deinem türkischen Harem werde?«

»Ich habe mit Gerda etwas angefangen, nachdem du Josef, den Jemeniten, zur Gruppe gebracht hast.«

»Du bist ein Opportunist, Josef«, wirft ihm Eva an den Kopf. »Du hast gesehen, dass es leichter ist, mit *Mein Vater hatte einmal einen Hund* zu gewinnen, also hast du dich der Siegergruppe von deiner Gerda angeschlossen.«

»Hör auf, Eva! Komm, lass uns nicht streiten! Freie Liebe oder keine freie Liebe?«

Josef versucht, Eva zu umarmen, doch sie schiebt seine Hand von ihrer Schulter: »Geh mit Gerda feiern. Sie wird dich mit Freuden empfangen.«

Auf der nächsten Seite liest Libby, wie die Mitglieder der Gruppe an die Arbeit gehen, um das Fundament für einen sogenannten Römerweg zu legen, der das Zeltlager mit der Hauptstraße verbindet. Einige der jungen Burschen zersplittern Felsbrocken mit Hilfe großer, schwerer Hämmer. Die Mädchen tragen zu zweit Gummikörbe, die sie mit Steinen für die

Pflasterung füllen. Zwei Jungen und zwei Mädchen sind mit der Einpassung der Steine in den Unterbau des Wegs beschäftigt. Ein junger Bursche ist mit einem Pferd zugange, das eine schwere Eisenwalze hinter sich herzieht, um die Steine in die Erde zu pressen. Die harte Arbeit hinterlässt ihre Spuren. Bisweilen bleibt einer von den jungen Leuten stehen, streckt sich und greift sich an den Rücken. Die Menschen, die an schwere körperliche Arbeit nicht gewohnt sind, leiden an Rückenschmerzen und Muskelkrämpfen.

Im folgenden Abschnitt ist es bereits Nacht. In Evas Zelt findet eine Unterhaltung statt, die sich um die schwere Arbeit und die Rückenschmerzen der jungen Leute dreht.

»Schaut euch die Lage an«, sagt ein Junge, den Eva mit M. bezeichnet. »Vier kranke Kameraden, die sich mit Rückenschmerzen im Bett krümmen. Zwei sind nicht mehr imstande, auf den Beinen zu stehen.«

»Die Kameraden wissen nicht, wie man seinen Körper richtig benutzt«, erklärt Eva.

»Bitte«, mischt sich D. ein, »du hast doch in einer Tanzschule gelernt. Bring uns bei, wie man den Körper benutzt.«

»Morgen früh um sechs, bevor wir zur Arbeit aufbrechen, machen wir eine halbe Stunde Gymnastik und Bewegungsübungen«, sagt Eva. »Wer teilnehmen will, ist willkommen.«

»Wir haben keine Turnkleidung«, meint M. »Was sollen wir anziehen?«

»Gar nichts«, antwortet Eva.

Libby blättert höchst gespannt die Seite um, und auf der nächsten findet sie sich auf dem freien Platz zwischen den Zelten wieder. Morgendämmerung. Ein Teil der Gruppe treibt unter Evas Anleitung splitternackt Gymnastik. Sie gibt den Takt mit Hilfe eines Löffels vor, den sie gegen eine Kasserolle schlägt.

»Kasserolle?«, wundert sich Libby über das sonderbare Wort, das sie da liest. »Was ist denn eine Kasserolle?«

Doch Eva hat keine Zeit für eine Sprachlektion. Sie geht von der Gymnastik zu Rhythmikübungen über, wieder begleitet von dem Löffel, mit dem sie gegen die Kasserolle in ihrer Hand schlägt. Und dann sind die Jungen und Mädchen wieder bei der Pflasterarbeit. Ein Wagen mit einem Pferd im Geschirr trifft ein. Der Wagenlenker dirigiert das Pferd zu einem kräftigen Johannisbrotbaum mit ausladendem Geäst, der einen großen Schatten rundherum wirft. Er hält mit dem Wagen im Schatten des Baumes und ruft:»Leute, es gibt kaltes Quellwasser und etwas zu essen!«

Libby folgt den jungen Leuten, die sich mit ihrem Arbeitsgerät unter dem Baum einfinden. Sie sehen um einiges widerstandsfähiger aus als beim vorigen Mal. Sie scharen sich um den Krug, um Wasser zu trinken, nehmen eine Kiste vom Wagen, die Brotscheiben, Tomaten und Gurken enthält, und lassen sich zum Essen nieder.

»Deine Gymnastik hat mir sehr geholfen«, sagt M. Und D. pflichtet ihm bei:»Ich spüre auch, dass es mir gutgetan hat.«

»Es ist ganz einfach«, erklärt Eva, »in dem Moment, in dem man den Körper auf die richtige Art benutzt, kann er viel mehr leisten.«

B. fragt, ob sie die Gymnastik von jetzt an jeden Morgen machen würden, und Eva antwortet, das hänge vom Willen jedes Einzelnen der Kameraden ab. Hier mischt sich Gerda ein und schlägt vor, die Morgengymnastik bekleidet zu betreiben. D. ist dagegen, sie findet, es sei nackt viel angenehmer, und M., der ihr zustimmt, fügt hinzu, dass der Körper befreiter sei. Der Körper – und die Seele, stellt Eva fest. Aber ausgerechnet Josef, der Pole, verwahrt sich dagegen mit dem Argument, es gäbe Kameraden, die die Nacktheit von der Teilnahme abhalte.»Wen die Nacktheit daran hindert, der muss nicht kommen«, entgegnet Eva. Gerda protestiert, ihrer Ansicht nach spaltet das die Gruppe in zwei Lager.

»Schämst du dich deines Körpers?«, fragt Eva.
»Ich bin dir keine Rechenschaft schuldig über mein Ver-
hältnis zu meinem Körper. Das ist meine Privatangelegenheit«,
ereifert sich Gerda.
»Du bist dir selbst Rechenschaft schuldig«, erwidert Eva.
»Überlass es mir, mit mir selbst zurechtzukommen.«
»Aber bitte«, entgegnet Eva. »Komm du mit dir selbst zu-
recht, und freu dich daran.«

An dieser Stelle mischt sich Josef in die Auseinandersetzung ein und sagt, seiner Meinung nach sei es angebracht, körperliche Ertüchtigung in Turnkleidung zu betreiben, so wie es
auf der ganzen Welt Usus sei, und Eva vermerkt in ihrem Tagebuch, dass Josef keine Gelegenheit versäumt, Gerda zu unterstützen und sich bei ihr anzubiedern. Das ärgert sie, und sie
sagt spöttisch, wer Unterhosen nötig habe, um sein armes Ego
zu schützen, sei von ihr aus befugt, in der Unterhose Gymnastik zu treiben. Woraufhin D. bemerkt, sie habe gar nicht
gewusst, dass man dieses Körperglied im Hebräischen »Ego«
nenne. Aber M. macht sie darauf aufmerksam, dass doch ausgerechnet Kameradin Gerda ihr Ego mit Hilfe von Unterhosen
zu verteidigen sucht, und soweit er sich in Anatomie auskenne,
habe sogar ein so männliches Mädchen wie Gerda kein Ego in
dem Sinne, den D. ihm gerade zugeschrieben habe. Hier mischt
sich B. in die Diskussion ein, die sagt, wenn sie nackt Gymnastik treibe und »Lady Gerda« ihre Brüste mit einem Büstenhal-
ter bedecke – das würde wirklich zwei Lager schaffen. Worauf
ihr Josef, der Jemenit, entgegnet, dass er als neues Mitglied von
dem Augenblick an, in dem er sich der Gruppe anschloss, gesehen habe, dass sie sich in zwei Lager teile. Diese Bemerkung
von Josef, dem Jemeniten, beschert Josef, dem Polen, die Gelegenheit, eine Ansprache zu halten, die mit einem erregten Aufruf an die Kameraden beginnt, nicht zu übertreiben, denn – was
sei letztendlich schon passiert? Einige der Kameraden wollten

nackt Gymnastik treiben, in Ordnung. Andere wollten in Turn-
bekleidung Gymnastik machen, auch in Ordnung. Es sei nicht
nötig, wegen einer solch geringfügigen Kleinigkeit eine dramatische Teilung herbeizuführen, wenn doch schlussendlich alles
in Ordnung sei. »Ist es nicht so, Schmuel?«, wirft Josef, der
Pole, den Ball Schmuel zu, der sich bis dahin nicht an der Auseinandersetzung beteiligt hat. Alle warten nun auf eine Äußerung von ihm, denn er gilt als Spaßvogel, der jede hitzige Debatte mit einem lustigen Scherz zu beenden versteht, und siehe
da, es stellt sich heraus, dass auch Schmuel findet, es sei alles in
Ordnung, umso mehr, als auch er es vorziehe, in Turnkleidung
Gymnastik zu treiben, ohne mit dem Glied wie mit einem flat-
ternden Piepmatz in alle Richtungen zu wedeln, was zu sündigen Gedanken anregen und den Zorn unseres Urvaters Abra-
ham erregen könnte, er ruhe in Frieden.

Alle, außer Eva, sind erfreut, mit leichtem Kichern die
grundlegende Frage zu verdrängen, die die Diskussion aufgeworfen hat. Josef, der Pole, begräbt das Thema endgültig mit
dem schönfärberischen Ausspruch: »Wenn alles in Ordnung
ist, dann ist ja alles in Ordnung, aber auch wenn nicht alles in
Ordnung ist, ist es ohnehin Zeit, zurück an die Arbeit zu gehen.« Tulke, der getreueste, aufopferndste Arbeiter von allen,
springt als Erster auf die Beine, doch da schießt es ihm in den
Rücken, und ein Stöhnen entfährt ihm: »Oi! Mein Rücken sagt
mir, dass doch nicht alles in Ordnung ist. Eva, vielleicht könntest du ein paar Übungen mit uns machen, um die abgekühl-
ten Muskeln aufzuwärmen und die Glieder anzuregen, die in
der theoretischen Diskussion um die Unterhosen und das Ego
eingeschlafen sind?«

»Aber gern! Komm nur her, Tulke!«, ruft Eva, und dann
fordert sie alle auf, sich Rücken an Rücken paarweise auf-
zustellen, die Arme seitlich ineinander zu verschränken und die
Wippübung durchzuführen, die sie mit Josef, dem Jemeniten,

vorführt, den sie anschließend bittet, das Gleiche mit Tulke zu machen. Gerda hastet natürlich zu Josef, dem Polen, packt ihn und beginnt mit ihm zu »schaukeln«, und auch die anderen bilden Paare und machen die Übung.

»Das war's«, fasst Eva die Lage sozusagen für Libby, ihre Urenkelin, zusammen. »Es ist vollkommen klar, dass Josef, der Pole, Gerda ins Netz gegangen ist. Du hast einen Jungen verloren, doch dir stehen jetzt alle jungen Männer der Welt zur Auswahl, und du wählst dir den besten von ihnen allen, Josef, den Jemeniten, dessen Liebe in dir ein Feuer entfacht hat, das alle Erinnerungen der Vergangenheit verbrennt.«

Ausgerechnet dieser unschuldige Satz in Evas Tagebuch fuhr Libby wie ein glühendes Messer in die Brust. Sie sah Neri, die Liebe ihres Herzens, von Flammen umzingelt auf dem Zelda, dem uralten Schützenpanzer, der einen direkten Treffer von einer RPG-Rakete abgekriegt hatte. Sie sah seine öldurchtränkte Uniform, die verbrannte und seinen nackten Körper dem Feuer preisgab, seine sonnengebräunte Haut, die von den Flammen verzehrt wurde, seine schwarzen Schamlocken, die zu Asche zerfielen, sein Glied, das aufplatzte und verkohlte, seine glühenden schönen Augäpfel, aus denen das Feuer explodierte, bis sich sein kochendes Gehirn aus den Augenhöhlen ergoss; der Schützenpanzer wurde zu einer entsetzlichen Tophetbühne, auf der sich das Schauspiel des Grauens vollzog, junge Männer, die dem Feuertod geopfert wurden – und sie hätte gewollt, dass jemand sie in die Arme nähme, sie umschlänge, ihr die Kleider wegrisse, die ihr auf dem Leib brannten und die Haut versengten, mit seiner Zunge über ihren Körper leckte, ihre Brustwarzen saugte und bisse, ihr trunkene Lust einflößte, ihre Schenkel spreizte und ihr Becken höbe, ihre Schamlippen mit seinen lechzenden Lippen aufnähme und ihre Knospe leckte, bis ihr die Sinne schwänden, dass er in sie käme und sie so erregte, dass es sie den Anblick des in den Flammen verbrannten Jungen, Neris, des Geliebten ihrer Seele, vergessen ließe, dass der Mann käme, der sie schütteln und ausleeren, von all den grausigen Überbleibseln der Erinnerung reinigen würde, die in ihrem Gehirn brannte und ihr Blut zum Sieden brachte – doch da waren nur sie und das Tagebuch mit der dichtgedrängten Handschrift von Eva, der Großmutter ihres Vaters, und so blätterte sie die Seite um, bettelnd: Komm, Eva, hol mich, und mach deine nackte Gymnastik mit mir, reinige mich vom Abschaum des Kriegs und der Asche der Erinnerung des brennenden Zelda, trag mich weit fort von der Tophetopferbühne der brennenden Jungen – und ihre Finger blätterten noch eine Seite weiter, und es war Freitagabend, Schabbat.

Die Mitglieder der Gruppe sitzen im Esszimmer um die Tische, auf denen Konservendosen mit Sträußen wilder violetter Sommerblumen, Kugeldisteln, aufgestellt sind. Chalot, die Brotkuchen zum Schabbat, gebacken in der Küche des Esszimmers, zieren die Tische. Das Essen selbst ist schlicht und knapp bemessen: Hirsesuppe, gebackene Kartoffeln, Salzfisch. Die jungen Burschen tragen Khakihosen und weiße Hemden, einige begnügen sich mit weißen Unterhemden, die muskulöse, sonnenverbrannte Schultern und Arme betonen. Die Mädchen sind teils in Röcken und bestickten Blusen, die sie aus ihrem Elternhaus mitgebracht haben, teils in Hemden und Hosen wie die Männer. Josef, der Pole, hält eine Ansprache. »Kameraden«, sagt er, »diese Woche haben wir den Weg fertiggestellt, der uns mit der Straße Haifa-Dschidda verbindet. Das ist ein guter Grund, um sehr stolz zu sein auf unsere Leistung. Für die Wegebauarbeit haben wir sechzig Erez-Israel-Lirot erhalten. Morgen wird die Gruppe beraten und beschließen, wofür das Geld investiert werden soll. Ich wünsche uns allen eine gute Woche und guten Appetit.«

Die jungen Leute schlingen schweigend das dürftige Essen hinunter. Füllen Schalen mit der mageren Hirsesuppe, reißen

Stücke vom Schabbatbrot ab, tauchen sie in die Suppe, kauen. Libby betrachtet die kleine Schar, die Eva mit ernsten, präzis gesetzten Worten beschreibt, und sieht ihre Gesichter in grellem, erbarmungslosem Licht. Verschlossene Gesichter, sorgenvoll, freudlos. Und dann steht sie mit Eva vom Tisch auf, geht auf ihrem Weg aus dem Esszimmer nach draußen am Tisch von Josef, dem Polen, vorbei, der neben Gerda sitzt, und lässt drei Worte zu ihm fallen: »Komm mit raus.« Josef erhebt sich und folgt ihr in die Nacht hinaus.

Der Vollmond gießt ein bleiches Licht über das kleine Zeltlager und das weite Tal. Von fern glitzern die Lichter der nächsten Ortschaft. Eva schreitet zwischen den Zelten entlang. Aus einem dringt leises Weinen. Josef holt sie ein und fragt, was los sei.

»Nichts«, erwidert Eva. »Es ist alles in Ordnung.«

»Was heißt, es ist alles in Ordnung?«

»Du hast doch gesagt: Es ist in Ordnung. Und auch das ist in Ordnung. Es ist nicht nötig, eine dramatische Teilung herbeizuführen, wenn doch schlussendlich alles in Ordnung ist.«

»Warum sprichst du so mit mir?«, protestiert Josef. »Statt zu sticheln, sag mir, was du fühlst.«

»Dein ›alles in Ordnung‹, das ist alles, was mit dir nicht in Ordnung ist – und mit uns. Was ist denn bitte in Ordnung? In dieser Existenz ist nahezu nichts ›in Ordnung‹, und Gott sei's gedankt. Die wunderbarsten Augenblicke im Leben sind nicht ›in Ordnung‹. Die Augenblicke von Leidenschaft und Nähe wie jene zwischen uns in Liebesmomenten, sind die ›in Ordnung‹? Warum beeilst du dich so, wenn ein Streitgespräch zwischen den Kameraden aufkommt, ob man nackt oder bekleidet Gymnastik treiben soll, es mit diesem spießigen Spruch ›alles ist in Ordnung‹ zu ersticken? Weißt du, was das ist, ›es ist alles in Ordnung‹? Im Tod ist alles in Ordnung. Die Toten, die in Reih und Glied unter den Grabsteinen liegen, keinen Finger zu rühren vermögen und die absolute Ordnung der Friedhofsstille nicht stören können – bei ihnen ist alles in Ordnung! Ein lebendiger Mensch sehnt sich nach Augenblicken, wo er mit Kleidung, Körper und Seele randaliert. Ein lebendiger Mensch sehnt sich nach Momenten, in denen nicht alles in Ordnung ist. In denen alles ein einziges Tohuwabohu von Leidenschaften, Gefühlen und Trieben ist.« Eva unterbricht sich jäh und läuft in Richtung Esszimmer. Josef eilt ihr nach, ruft: »Eva! Warte! Wohin läufst du?«

Und Libby eilt hinterher zur nächsten Seite des Tagebuchs, wo Eva ins Esszimmer stürmt, in dem alle noch um die Tische sitzen, einige in gedämpfter Unterhaltung, andere vor sich hin starrend, und wieder andere trinken zu einer Scheibe Marmeladenbrot als Nachtisch Tee.

Eva wendet sich an zwei der jungen Burschen und befiehlt ihnen: »Alex! Nimm das Akkordeon! Mitja, hol die Klarinette raus! Auf, Freunde! Weg mit den Tischen, an die Wände! Macht die Mitte frei! Reicht euch die Hände! Gott erbaue Galiläa, Gott erbaue den Galil!« Nach und nach erheben sich die jungen Leute und beginnen zu tanzen. Und im nächsten Abschnitt führt sie Eva bereits in einer Schlange aus dem Esszimmer hinaus.

Während sich Libby noch fragt, wohin »Omama Eva« die Menschenkette lenkt, bewegt sich diese mit Tanzschritten schon zum Lagertor, aus dem Kibbuzhof hinaus, und nun tanzen sie über die Felder auf die Lichter der benachbarten Ortschaft zu.

Unterwegs passieren die jungen Tänzerinnen und Tänzer ein Beduinenzeltlager. Die Beduinen treten aus ihren Zelten und starren perplex die Kette der Tanzenden an, die wie eine Art Tornado auf dem Weg vor ihrem Zeltlager vorüberwirbelt.

Als Eva die Beduinen erblickt, ruft sie aus: »Debka! Zu Ehren unserer Nachbarn, der Beduinen – einen Debka!«

Alex und Mitja improvisieren eine Debkaweise, und Eva gibt den Takt mit einem Tamburin an, das Libby ihr zuwirft. Ein alter Beduine sagt etwas zu einem jungen, der neben ihm steht, und Eva fragt ihre Urenkelin aus den Fernen ihres Tagebuches, was er gesagt habe, worauf Libby, die sämtliche arabischen Dialekte, die im Lande Israel gesprochen werden, perfekt beherrscht, die Worte für ihre Urgroßmutter aus der Distanz der Zeit übersetzt: »Die Juden sind verrückt, der Dschinn ist in sie gefahren.«

Eva tanzt auf die jungen Beduinen zu und bittet Libby, sie zur Teilnahme am Tanz aufzufordern.

»Jallah! Ta'alu! Raqsi ma'ana! Los! Auf! Tanzt mit uns!«, spornt die Verhörspezialistin die Beduinen an, und etliche folgen der Aufforderung – in Evas Tagebuch. Einer von ihnen, ein gutaussehender junger Bursche, tanzt hinreißend. Eva bemerkt ihn sofort, ihn – und seine herausragende tänzerische Begabung. Sie bewegt sich auf ihn zu, streckt ihm die Hand hin und tanzt mit ihm. Sie feuern alle anderen an. Libby sieht, wie sie einander zulächeln, ihr ist klar, dass die beiden Feuer gefangen haben. Und tatsächlich, gleich in der nächsten Zeile des Tagebuchs stellt sich Eva vor, und der junge Beduine erwidert, sein Name sei Mahmud. Eva lacht ihn an, und er wirft ihr Lachen um Lachen zurück. Er fordert sie mit Schritten heraus, die schwieriger sind als die, die sie bisher getanzt hat. Sie lernt rasch, fügt provokant eine Variante zu Mahmuds Schritten hinzu. Er übernimmt sie und setzt noch eins drauf.

Jetzt zieht die tanzende Menschenkette in die Hauptstraße der Kleinstadt ein, die in tiefem Schlummer befangen ist. Was wird jetzt passieren?, fragt sich Libby, doch die atemlosen Sätze ihrer Urgroßmutter lassen ihr keine Zeit, lange zu überlegen. Im Handumdrehen erwacht das kleine Städtchen aus seinem Schlaf. Erschreckte Köpfe und bestürzte Gesichter tauchen in den Fenstern der Häuser auf. Hier und da treten Menschen in

Schlafanzügen aus den Hauseingängen und stellen sich an die Hoftore. Jungen und Mädchen scheren aus den Reihen der Tanzenden aus und laden die Zuschauer ein, sich ihnen anzuschließen. Junge Leute aus dem Städtchen gesellen sich zu den Tanzenden. Die Tänzer erreichen den Hauptplatz, der sich rasch mit Menschen füllt. Eine Tanzvorstellung oder, genauer gesagt, ein spontanes Tanzereignis entwickelt sich vor Ort. Die Ansässigen mischen sich unter die Gruppenmitglieder, und die Beduinen reihen sich überall ein, es ist nicht mehr zu unterscheiden, wer wer ist und welchem Lager er angehört. Die durchtriebene Gerda nutzt die Tatsache, dass Eva an der Spitze des Geschehens beschäftigt ist, um mit Josef, dem Polen, zu tanzen, doch Eva kümmert das nun wirklich nicht mehr. Sie wirbelt in wildem Tanz mit Mahmud …

Ein Klopfen an der Tür riss Libby aus dem stürmisch bewegten Tanz, der in krassem Gegensatz zu der winzigen, gestochen klaren und peniblen Handschrift stand, die ihn aus der Seite heraus vor ihren Augen erstehen lassen hatte.

»Herein!«, rief sie.

Die Tür öffnete sich zögernd, und ein sonnenverbranntes Gesicht tauchte an der Schwelle auf.

»Jochai?«, jubelte sie. »Wow! Ich glaub's nicht!«

Er stieß die Tür weit auf. Seine Hand hob sich automatisch, um die Mesusa am Türrahmen zu berühren, doch zu seiner Bestürzung trafen seine Finger nur auf eine glatte, objektlose Holzfläche. Libby erfasste die Bewegung seiner Hand, die wie ein Fragezeichen zwischen Türöffnung und seinen verblüfft geschürzten Lippen in der Luft hängen blieb.

»Suchst du was zum Küssen?«, fragte sie lächelnd.

»Ich dachte, die Zeit sei vorbei, wo es keine Mesusen im Kibbuz gab«, bemerkte er befremdet.

»Nicht bei meinem Großvater«, gab sie zurück. »Er ist

noch kein Götzendiener geworden. Aber wenn du so wild drauf bist, eine Mesusa zu küssen, ich glaub, bei den Nachbarn am Eingang gibt's eine.«

»Haha!«, stieß er demonstrativ trocken aus. »Es gibt Dinge, die finde ich nicht lustig.«

»Nu, Schluss jetzt! Hör auf, so ernst zu sein!«

Libby stand lachend auf und lief zu ihm. Sie nahm ihm das Gewehr von der Schulter, legte es auf die Anrichte der kleinen Kochzeile im Eingangsbereich und sagte: »Jetzt komm schon rein, auch wenn es hier keine Mesusa gibt und er nicht da ist.«

Jochai trat in den Vorraum der kleinen Wohnung, und sie schloss die Tür hinter ihm. Er spähte vorsichtig ins Innere und fragte verwundert: »Wer ist nicht da, dein Großvater?«

»Der Gott der Mesusen, von dem du meinst, dass er von oben über dich wacht.«

»Er wacht auch über dich, auch wenn du nicht dran glaubst.«

»Dann ist er offenbar bei der Wache eingeschlafen.«

»Warum, was ist denn los?«

»Jemand ist in mir aufgewacht, den ich nie mehr einschlafen lassen werde.«

»Wer ist in dir aufgewacht?«, fragte Jochai verständnislos.

»Wenn du auf ihn stößt, wirst du's wissen.«

»Du versetzt mich in Verteidigungsalarm.«

»Jetzt schlüpf mal einen Moment aus deiner Militärhaut«, schlug sie vor, während sie sein Hemd aufknöpfte.

Jochai breitete seine Arme aus, und sie presste sich an ihn. Ihre Lippen suchten einander und trafen sich in einem langen Kuss.

»Kann ich die Mesusa ersetzen?«, neckte sie ihn, als sich ihre Lippen voneinander lösten.

»Noch nicht«, erwiderte er.

»Warum versuchst du dann, mich an die Tür zu nageln«, sagte sie lächelnd, während sie ihn vom Eingang weg ins Rauminnere zog.

Seine Hände glitten über ihren Rücken zu ihren Hüften hinunter, pressten ihren Körper begehrlich an sich, und sie spürte, wie sein Penis in der Hose schwoll. Sie strich mit den Händen über die millimeterkurzen Stoppeln auf seinem Schädel und stieß an die Kipa, die auf seinem Kopf saß. Sie wollte sie ihm abnehmen, doch er griff hastig nach ihrer Hand, hielt mit den Fingern die Kipa fest und versuchte, sie aus ihrem Griff zu befreien.

»Aber Jochai«, neckte sie ihn, »nach den ganzen Sünden, die du dir mit mir schon geleistet hast, wird es Zeit, dass du die Kipa runternimmst.«

»Da wirst eher du religiös und trägst eine fromme Haube, bevor ich die Kipa abnehme.«

»Und bis dahin – was ist dir lieber: *nida* oder *trefa*? Unreine Frau oder unreines Fleisch?«

»Du hast doch nicht deine Periode?«, schrak er zurück.

»Ich befinde mich im permanenten Unreinheitszustand.«

»Das gibt es nicht«, lachte er.

»Weißt du, woher das Wort *nida* kommt?«

»Keine Ahnung.« Jochai zuckte die Achseln.

»*Nida* kommt von *nedida*, Wanderung. Frauen mit Periode mussten in ein eigens zugeteiltes Zelt auswandern.«

»Meinst du damit, du bist zu deinem Großvater ausgewandert, statt nach Hause zu gehen?«

»Das ist ein erster Schritt vom Anfang einer großen Wanderung.«

»Wie viel Zeit haben wir?« Er ignorierte ihre kryptische Andeutung.

»Bis wann?«

»Bis dein Großvater zurückkommt.«

»Ich weiß es nicht«, sagte sie.»Er kann jeden Moment auftauchen oder auch nie mehr zurückkommen.«

»Was heißt das?«

»Er ist ein freier Mensch.«

»Wie meinst du das?« Jochai runzelte die Stirn.

»Frei heißt, nicht vorhersehbar. Er ist auf sein Motorrad gestiegen und verschwunden. Er kann in der Nachbarsiedlung sein, wo er eine Freundin hat, er kann im Sinai oder in Jordanien sein.«

»Hat er dort auch eine Freundin?«

»Seine jordanische Jugendliebe, sie heißt Petra.«

»War er da vor dem Friedensabkommen?«

»Noch vor den Kriegen.«

»Ein Prachtstück von Großvater hast du«, bemerkte er.

»Das ist noch gar nichts gegen seine Mutter«, kicherte sie.

»Wieso seine Mutter?«, fragte er verwundert.

»Sie ist in den zwanziger Jahren mit ihrem Beduinenliebhaber dorthin geritten.«

»Wo ist sie sonst noch hingeritten?« Er grinste.

»Nach Damaskus. Ins Libanonbecken. Zum Dschabal Musa.«

»Gut, schon gut«, winkte er ab.»An Phantasie fehlt es dir nicht gerade.«

»Wie viel Zeit haben wir?«, fragte nun sie.

»Ich bin auf dem Weg«, murmelte er vage.

»Von wo nach wo?«

»Von dir zu dir.«

»Du weichst aus.«

»Ich war auf einer Generalstabsbesprechung und habe bei euch vorbeigeschaut, um hallo zu sagen, da hat mir deine Mutter gesagt, dass du hier bist.«

»Also bist du auf dem Weg nach Norden hier vorbeigefahren.«

»Ja, auf dem Weg zum Kommando. Ich muss dort in, äh …«, er warf einen Blick auf seine Uhr.

»Das Klo ist den Gang runter, erste Tür rechts«, teilte ihm Libby mit.

»Was soll das?«

»Bevor du aufbrichst, gehst du besser pinkeln.«

»Und was soll das nun bedeuten?«

»Ich bin nicht *in the mood* für einen Schnellfick.«

»Wieso denn schnell …«

»Als ich dich an der Tür gesehen habe, habe ich mich gefreut. Schrecklich gefreut.«

»Ich hab mich auch gefreut, dich zu sehen.«

»Weil ich eine Menge, eine ganze Menge mit dir zu bereden habe.«

»Okay, wir können ja reden.«

»Nicht, wenn du dabei auf die Uhr schaust.«

»Ich muss aber beim Kommando in …«

»Fahr zum Kommando«, unterbrach sie ihn.

»He, Libby, verpasst du mir deine erzieherische Wochenration?«

»Oberstleutnant Jochai Bardugo, ich denke, Sie sind ein verlorener Fall.«

»Hör mal, es gibt Spannungen an der syrischen Grenze.«

»Wie immer«, bemerkte Libby lakonisch.

»Und das ist nicht unbedingt die passende Zeit für ein BKG.«

»Was ist das?«

»Ein Beziehungskistengespräch.«

»So nennt ihr das?«

»Wer ist ›ihr‹?«

»Heben die Augen zum leeren Himmel, beten *schma jisrael* und brechen mit reinem Gewissen auf, um dem Moloch die Nächsten zu opfern.«

»Dem Moloch opfern?!«

»Du hast keine Zeit für ein BKG, also rede ich mit dir Twitterisch.«

»Ich opfere meine Soldaten dem Moloch?!«

»›Dass nicht jemand unter dir gefunden werde, der seinen Sohn oder seine Tochter durchs Feuer gehen lässt‹! Kommt dir das bekannt vor?«

»Moment mal! Wo ist das her?«

»Zitat aus deinem Facebook.«

»Wie, ›mein‹ Facebook?«

»Unser Leben ist voller Höhen des Tophet.«

»Was sind Höhen des Tophet?«

»Frag Jeremy. Er wollte dir was ausrichten.«

»Wer ist Jeremy?«

»Dein Freund, Jeremias, der Prophet.«

»Ach so, Jirmejahu! Was wollte er mir denn sagen?«

»›Sie haben die Höhen des Tophet gebaut, um ihre Söhne und Töchter zu verbrennen, was ich nie geboten habe und mir nie in den Sinn gekommen ist‹.«

»Wer baut Tophethöhen?«, fragte Jochai kopfschüttelnd.

»Du.«

»Das ist eine gravierende Beschuldigung. Wo habe ich bitte eine ›Tophethöhe‹ gebaut?«

»Erinnerst du dich, was du zu deinen Soldaten gesagt hast, bevor du sie ins Feuer geschickt hast?«

»Ich erinnere mich.«

»Ich erhebe meine Augen zum Himmel und spreche mit euch – «

»*Schma jisrael adonai elokeinu adonai echad*«, nahm ihr Jochai die Worte aus dem Mund.

»Mein Herr und Gott Israels, wir ziehen aus, um für dein Volk Israel zu kämpfen gegen den Feind, der deinen Namen schmäht.«

»Das habe ich gesagt!«, rief Jochai. »›Denn mein und euer Herr ist mit euch, um mit euch eure Feinde zu bekämpfen, um euch zu erretten.‹ Ja, das habe ich gesagt, und ich stehe hinter jedem Wort!«

»Und du fragst, wer Tophethöhen für den Moloch baut?«

»Das nennst du ›Tophethöhen‹?!«

»Das waren die letzten Worte, die deine Soldaten von dir gehört haben, bevor du sie losgeschickt hast, um im Feuer verbrannt zu werden«, konstatierte Libby.

»Du hast meine Frage nicht beantwortet: Das nennst du ›die Höhen des Tophet für den Moloch‹?«, beharrte Jochai.

»Ja. Das nenne ich die Höhen des Tophet für den Moloch.«

»Meinen Herrn und Gott Israels nennst du Moloch?«

»Jeder Gott, auf dessen Opferplätzen Söhne im Feuer verbrennen, ist ein Moloch. Und du, mit den Worten an deine Soldaten, hast mit eigenem Mund die Tophethöhe erbaut, in deren Flammen Neri verbrannt ist.«

»Ich verstehe. Neri steht weiter zwischen uns.«

»Er brennt weiter zwischen uns«, korrigierte Libby.

»Ich dachte, das hätten wir überwunden.«

»Das dachte ich auch. Ich habe mir gesagt: Libby, Neri ist tot und begraben. Sie haben ›An den Allerbarmenden‹ an seinem Grab gesungen. Haben ihm verkündet, dass er jeder Schuld und Verpflichtung ledig ist, und ihn gebeten, dass er uns, die Lebenden, unser Leben weiterleben lässt. Aber Neri schreit weiter in meinem Inneren wie aus der Erde heraus, und je tiefer ich ihn zu begraben versuche, desto lauter wird sein Schreien. Libby, schreit er, sie haben mich auf der Tophethöhe verbrannt, die sie Gaza nennen, die wir mit eigenen Händen erbaut haben; sie haben mich dem Moloch geopfert, dessen Name *adonai elokai jisrael* ist. Libby – schreit er in mir –, mach dich nicht gemein mit den frommen Lügenboldheiligen. Lass nicht zu, dass sie meinem Tod ihre Überschrift aufdrücken. Graviere auf meinen Grabstein: Hier liegt Neri – ein Junge, den Betrüger und Menschenopferer irreführten und dessen Leben umsonst vergeudet wurde.«

»Nicht umsonst!«, begehrte Jochai auf.

»Umsonst«, wiederholte Libby nachdrücklich. »Neris Leben wurde einfach so vergeudet. Für nichts und wieder nichts.«

»Nicht bloß so! Auf gar keinen Fall ›einfach so‹! Ich erlaube niemandem, auch dir nicht, zu sagen, dass einer von meinen gefallenen Soldaten sein Leben umsonst verloren hat! Du meinst, dass Völker Probleme mit Reden lösen können. Dass es reicht, mit einem vernünftigen Vorschlag zum Feind zu kommen und ihm schwarz auf weiß nachzuweisen, dass es sich für ihn lohnt, auf friedlichem Weg ein Abkommen zu erreichen, da beide Seiten dann ihre besten Kräfte und Begabungen mobilisieren könnten, um mit gegenseitiger Unterstützung den ihnen gegebenen Lebensraum zu Gunsten aller Menschen dort zu entwickeln. Das war immer der Glaube der Schwachen, die um jeden Preis eine Konfrontation mit dem Stärkeren vermeiden wollten. Aber Völker benehmen sich nicht so. Die Seite des Starken oder derjenige, der sich für stärker hält, wird sich fragen, warum er dem Schwachen nachgeben soll, wenn er ihn besiegen kann? Wer glaubt, dass er der Starke ist, wird nach einer gewaltsamen Auseinandersetzung streben, um die andere Seite zu unterwerfen, zu vernichten. So war es, und so wird es immer sein in den Beziehungen zwischen Völkern, deren Existenz an den gleichen Lebensraum gekoppelt und davon abhängig ist. Deshalb hatten die vom Haschomer recht, als sie die Hymne zu ihrer Parole machten – ›mit Blut und Feuer ist Jehuda gefallen, mit Blut und Feuer wird Jehuda auferstehen‹. Völker treffen keine höflichen Absprachen am Verhandlungstisch. Völker kämpfen zuerst einmal mit aller Macht, mobilisieren all ihre Ressourcen, und erst am Schluss, wenn der Krieg entschieden ist, wischen sie den Schweiß und das Blut ab und setzen sich

hin, um zu reden. Und solange keiner von den beiden Kontra-
henten die Hoffnung auf die Chance verloren hat, seinen Gegner in die Knie zu zwingen, wird der Krieg weitergehen, und
im Krieg werden Soldaten getötet. Ich war mitten im Feuer.
Wenn du erlaubst, verrate ich dir ein Geheimnis: Ein Mensch
braucht übermenschliche Kraft, um ins Feuer zu rennen, und
diese übermenschliche Kraft kann nur aus dem Glauben an etwas Übermenschliches kommen: Gerechtigkeit, Verdienste der
Vorväter und vor allem und über allem – ein göttliches Versprechen.«

»Eines Tages wird dir das passieren, was mir heute passiert ist. Eines Tages wirst du ernüchtert begreifen, mit welcher
traurigen Lüge du das Licht in dir ausgelöscht hast.«

»Was ist dir heute passiert?«

»Versuch nicht zu verstehen. Nimm mich in die Arme. Hilf
mir, das Ganze zu vergessen.«

Jochai spähte auf die Uhr.

»Fahr zum Kommando!« Sie stieß ihn weg.

»Libby …«, versuchte er, sie zu beschwichtigen.

»Don't libby mich!«, sprühte sie in einer Mischung aus
Englisch und Hebräisch. »Fahr zum Kommando! Bye!«

9. RODION SPIRIDONOVITSCH VALENSIN

Das Bakelittelefon gab eine Serie von zwei aufeinanderfolgenden Klingeltönen und einer Pause von sich, zwei Klingelzeichen, Pause. Libby hob den schweren Hörer ab. Gabys Stimme ertönte:»Libby? Ist Vater zurück?«
»Noch nicht.«
»Wie lang bleibst du dort?«
»Ich habe so den Eindruck, als könnte das bis zum Ende von meinem Entlassungsurlaub dauern.«
»Du machst Witze.«
»Auf alle Fälle bis ich die Tagebücher von Omama Eva fertiggelesen habe.«
»Tagebücher?! Wie viele hat sie denn geschrieben?«
»Hier sind sechs dicke Hefte mit schwarzem Einband aus den zwanziger und dreißiger Jahren des letzten Jahrhunderts und noch acht halbdicke aus den Vierzigern bis Sechzigern.«
»Du hast doch nicht wirklich vor, dieses ganze Zeug zu lesen?«
»Ich kann nicht aufhören«, sagte Libby.
»Du übertreibst.«
»Sagt dir der Name Rodion etwas?«
»Überhaupt nichts.«
»Es könnte sein, dass er dein Großvater ist.«
»Wovon redest du?!«
»Von dem Geliebten deiner Großmutter – meiner Urgroßmutter –, Omama Eva«, erklärte Libby heiter.
»Bist du noch normal?«, erkundigte sich Gaby.
»Ich doch nicht. Bist du normal?«

»Ich habe gedacht, ich wäre es. Bis heute Vormittag. Was ist das für eine Geschichte mit Eva?«

»Erinnerst du dich, dass sie von der ›schrecklichen Untat‹ ihres Vaters geschrieben hat, an der sie eine Mitschuld trug?«

»Was war das?«

»Sie war fast siebzehn, als sie einen Mann kennengelernt hat, ›der es wert ist, für ihn zu leben und zu sterben‹.«

»Hört sich nach dem jungen Marlon Brando an«, meinte Gaby.

»Er sah eher nach Mick Jagger aus.«

»Es gibt ein Bild von ihm?«

»Da ist so ein bräunliches Foto in ihrem Album. Er sitzt auf einer abgetretenen Steintreppe, trägt Lederstiefel bis unters Knie mit einer Menge Falten um die Knöchel rum, dunkle Hose, helles russisches Hemd mit Stickerei am Halsausschnitt, hat die Ellbogen auf die Knie gestützt und ein offenes Buch in den Händen, aber sein Kopf schaut nach links, direkt in die Kamera, die ihn von der linken Seite her einfängt. Ein kurzgestutztes, französisches schwarzes Bärtchen schmückt sein Kinn, eine gerade Nase, am Ende leicht aufgeworfen, tiefliegende Augen unter stark herausgewölbten Augenbrauen, mit dem amüsierten Ausdruck eines Menschen, der sich seiner selbst sicher ist. Lange dunkle Haare, aus der Stirn nach hinten gekämmt, die ihm zu beiden Seiten bis auf die Schultern fallen, und die ganze Erscheinung passt zu dem Namen Rodion Spiridonovitsch Valensin.«

»Komischer Name. Halb russisch, halb französisch?«

»Einer seiner Vorväter – Monsieur Valensin – hat anscheinend in der napoleonischen Armee gedient, und Hunderttausende Soldaten haben sich in den Weiten Russlands zerstreut, nachdem Napoleon sie dort im Stich gelassen hat und mit einem Fünftel der Armee zurück nach Frankreich geflohen ist.«

»Woher weißt du das alles?«, erkundigte sich Gaby.

»Aus dem Tagebuch deiner Großmutter.«

»Und was war er, dieser Spiridon Rodionovitsch? Ein Diplomat? Journalist?«

»Rodion war ein Tagelöhner für Gelegenheitsarbeiten«, erwiderte Libby.

»Was hatte er denn, was ihn zu einem Mann machte, ›der es wert ist, für ihn zu leben und sterben‹?«

»Er liebte sie auf eine Art, die sie dazu brachte, sich zu akzeptieren, wie sie war, und sie liebte ihn auf eine Art, die ihn dazu brachte, sich selbst zu nehmen, wie er war.«

»Woraus folgerst du das?«

»Ich folgere nicht. Ich zitiere«, sagte Libby.

»Wie hat sie ihn kennengelernt?«

»Er arbeitete in den Lagerhäusern ihres Vaters.«

»Und ihr Vater hatte was gegen Evas Beziehung mit Spiridion?«

»Rodion, Rodion, nicht Spiridion. Präzision, Onkel Gaby, Präzision! Der reiche jüdische Herr tat alles, um seinen Arbeiter und seine Tochter zu trennen. Im Anfangsstadium versuchte er, Eva davon zu überzeugen, dass sie in einer Verbindung mit ›einem russischen Kosaken, der nicht einmal weiß, wer sein Vater ist‹, niemals ihr Glück finden würde.«

»Wieso weiß er nicht, wer sein Vater ist?«

»Rodion war das uneheliche Kind von einem anonymen Kosaken und einer Ukrainerin und wuchs bei seiner Großmutter mütterlicherseits auf, da er seinen russischen Stiefvater, einen betrunkenen Muschik namens Spiridon Valensin, der ihm seinen Namen gab, hasste. Als Rodion vierzehn war, verließ er sein Zuhause wegen einer gewalttätigen Auseinandersetzung mit seinem Stiefvater, der seine Mutter schlug, und fing an, als heimatloser Junge im Süden Russlands herumzuwandern und sich bei Gelegenheitsarbeiten zu verdingen. Als der Erste Weltkrieg ausbrach, meldete er sich als Freiwilliger zur Zarenarmee, wurde mit einer Schützeneinheit an die französische Front geschickt, wo er gegen die Deutschen kämpfte, eine Auszeichnung erhielt und in den Rang eines Feldwebels befördert wurde. Nach dem Krieg kehrte die Einheit nach Russland zurück und kämpfte gegen die bolschewistischen Revolutionäre.«

»Und wie kam er nach Wien?«

»Er war Soldat bei den Weißgardisten. Als die Rote Armee siegte, verurteilten die Bolschewiken alle Offiziere seiner Einheit zum Tode, und die Soldaten zerstreuten sich und flohen in alle Windrichtungen.«

»Das valensinische Schicksal verfolgte ihn«, stellte Gaby fest.

»Du weißt gar nicht, wie.«

»Ich vermute, dass dieser wilde Kosak nicht gerade die ideale Partie für die Tochter eines reichen, religiösen jüdischen Herrn war ...«

»Echt nicht. Als Erstes warf Evas Vater den Jungen natürlich sofort raus. Aber Eva sah ihn weiter. Sie beschreibt, wie ihr Vater versuchte, ihr mit Geschichten von Muschiks Angst einzujagen, diesen russischen Bauern, die am Sonntag in die Schenke gehen, und wenn sie betrunken nach Hause kommen, die ganze Bösartigkeit, Frustration und Aggressivität, die sich bei ihnen im Laufe der Woche angestaut hat, mit brutalen Prügeln an ihrer Frau auslassen. Aber Eva traf sich weiter mit ihrem Rodion, und die Liebesaffäre zwischen ihnen wurde nur immer leidenschaftlicher. In diesem Stadium tat sich die ganze Familie zusammen, um auf Eva Druck auszuüben, ihren Liebhaber zu verlassen, und ihr Vater drohte, er würde sie enterben, verstoßen und seine Kleider über ihr zerreißen wie über ihrem Grab, wenn sie ihren Wunsch wahrmachte, mit Rodion zusammenzuleben, der in einer gemieteten Kammer in der Wohnung einer österreichischen Kriegswitwe hauste. Als sich aber herausstellte, dass auch diese Drohung die aufsässige Tochter nicht abschreckte …«

»Schickte ihr Vater sie ins Land Israel, um sie voneinander zu trennen?«, vermutete Gaby.

»Der Tod hat sie getrennt.«

»Er wurde getötet?«

»Bei einem Arbeitsunfall. Nachdem er von Evas Vater entlassen wurde, fand Rodion Arbeit als Lastträger im städtischen Schlachthaus im St.-Marx-Viertel. Die Lastträger arbeiteten in Fünfertrupps. Vier trugen eine Rinderhälfte über ihren Köpfen, hielten die schwere Last an den vier Enden fest, und der fünfte Träger ging in der Mitte des Kleeblatts, während er das Gewicht mit über dem Kopf erhobenen Händen abstützte. Eines Morgens, als die Fünfermannschaft eine besonders schwere Viehhälfte auf diese Art, mit Rodion in der Mitte, trug, rutschte auf einmal einer der Träger scheinbar aus, die anderen drei ließen das halbe Rind fallen und sprangen zur Seite. Das schwere Gewicht landete auf Rodions Kopf und brach ihm das Genick. Als man ihn unter der Rinderhälfte herauszog, war bereits kein Leben mehr in ihm.«

»Und Eva hatte den Verdacht, dass ihr Vater beim Zustandekommen des Unfalls die Hand mit im Spiel hatte?«

»Sie beließ es nicht bei dem Verdacht. Sie ging hin und redete mit den Trägern. Finstere Kerle aus der Unterwelt. Sie gaben natürlich nichts zu, aber sie war sich sicher, dass ihr Vater sie bezahlt hatte, damit sie einen Unfall inszenierten.«

»Kaum zu glauben!«, rief Gaby aus. »Oma Eva hat diese ganze Affäre nie erwähnt. Nicht einmal andeutungsweise.«

»Das ist nicht gerade eine Geschichte, die man Kindern vor dem Schlafengehen erzählt«, meinte Libby.

»Das hat ihre Beziehung zu ihrem Vater sicher beendet.«

»Das hat ihre Beziehungen zu der ganzen Familie samt der jüdischen Religion beendet. Sie verließ ihr Zuhause und wollte zum Christentum übertreten, aber ihre Freunde aus dem Gymnasium überzeugten sie, ihrem Zorn gegen die orthodoxe Familie dadurch Ausdruck zu verleihen, dass sie sich der zionistisch-sozialistischen Bewegung anschloss, die das Hassobjekt ihres Vaters war. Also ging sie zu einer Gruppe der Jungen Pioniere, die eine landwirtschaftliche Ausbildung auf einem Hof in Steyr absolvierten, als Vorbereitung auf die Immigration ins Land Israel. Ihr Vater fand sich damit ab, dass seine Tochter eine anti-religiöse Zionistin sein würde, Hauptsache, sie ließ sich wenigstens nicht taufen. Er versuchte, sie mit dem Kuschan über die tausend Dunam Land zu versöhnen, die er auf ihren Namen im Land Israel erwarb, aber sie übergab den gesamten Grundbesitz der Gruppe und wollte keinerlei Kontakt mehr mit ihm und der jüdischen Diasporawelt haben, die er vertrat.«

10. DORIT SUCHT LIEBE UND
ERHÄLT EINE THERAPIE

In der Anlage des Landrovers spielte *Just the Two of Us*. Dorit überließ sich der Musik, trällerte zusammen mit Bill Withers in Begleitung von Grover Washington und bewegte ihren Körper lustvoll im Rhythmus der Melodie.

»Wann hat er das letzte Mal zu dir gesagt: Ich liebe dich?«, fragte die Fahrerin ihr Gedächtnis, und das Such- und Spürsystem der Erinnerungen trat in Aktion. Sie dachte an Geburtstage, die verstrichen waren, ohne dass sich Duvesch daran erinnert hätte, ihr wenigstens alles Gute zu wünschen, sie am Abend in die Arme zu nehmen oder zu küssen, und stieß, tief vergraben in der Schatztruhe ihres Erinnerungsarchivs, auf etwas, was vor etwa einem Vierteljahrhundert passiert war. Duvesch hatte sie in den Kreis seiner Freunde mitgenommen, um sie ihnen vorzustellen, und von jenem fernen Ereignis entsann sie sich an Duveschs Arm um ihre Schultern und an einen fettleibigen jungen Mann mit schwarzem Kräuselhaar, extrem weißer Haut und einer schwarzen Hornbrille, der sich zu ihnen umdreht, als Duvesch sagt: Darf ich vorstellen, das ist Dorit, meine Freundin, und das ist Schraga, der fanatischste Siedler im Bika, im ganzen Jordantal. Und Schraga, der aus den tiefliegenden Augen in seinem selbstgefälligen Gesicht durch die dicken Brillengläser späht, sagt, man sehe, dass Duvesch sie sehr liebe, worauf Duvesch irgendetwas als Antwort grummelt. Und ein anderes Bild stieg aus dem Hort der Erinnerungen auf, löste das vorige ab, und Duvesch steht zaudernd auf der Schwelle des Entbindungszimmers, und die Geburtshilfeschwester, eine fröhlich strahlende Araberin mit scharfer Zunge, sagt zu ihm: Komm, geh rein, Väterchen, hab keine Angst, zu deiner reizenden Frau zu gehen, eine Geburt ist keine ansteckende Krankheit. Und er tritt an ihr Bett, steht daneben, während er sein Körpergewicht von einem Fuß auf den anderen verlagert, und die arabische Schwester drängt ihn: Jetzt bück dich schon, Väterchen, gib ihr einen Kuss, sie hat es verdient, sie hat dir so ein süßes Töchterchen geschenkt, und er beugt sich wie unter einem bösen Bann über sie und berührt mit spitzen Lippen ihre Stirn.

Der Mann, mit dem du zusammenlebst, hat nie die drei Worte zu dir gesagt, die du in fünf Sprachen kannst:»Ich liebe dich.« Drei Wörter, die jeder Mensch dreimal am Tag zu den Menschen sagen muss, die er liebt. Warum dreimal, fragt das kleine Mädchen die Eltern und erhält zur Antwort: Einmal, wenn man in der Früh aus dem Schlaf aufwacht, einmal mitten am Tag und einmal, bevor man einschläft, in der Nacht. Und dir gelingt es nicht, dich zu erinnern, wann der Mann, mit dem zusammen du lebst, dir zum letzten Mal gesagt hat, dass er dich liebt, konstatierte sie bei sich.

Allerdings – wie oft pro Tag sagt er dir, dass er dich nicht liebt? Lass mal sehen. Jeden Morgen, wenn du dich gern noch ein bisschen zwischen den Laken zusammenrollen und einkuscheln würdest und er die Bemerkung macht:»Was, liegst du immer noch im Bett?« Und zu dir sagt:»Ich mag das nicht, wie du immer noch im Bett liegen bleibst, wenn du aufwachst.« Und wenn er zu dir sagt:»Wie lange duschst du eigentlich noch?!« Und:»Ich mag es nicht, wie du dich ewig unter dem Wasserstrahl suhlst.« Und zu dir sagt:»Wieso musst du eigentlich immer trällern, wenn du in der Küche arbeitest?« Und sagt:»Ich mag deine Stimme nicht.« Und dich fragt:»Was für ein Parfüm nimmst du eigentlich?« Und sagt:»Ich mag deinen Geruch nicht.« Und wenn er zu dir sagt:»Bist du wieder zu deiner

Friseuse gegangen?« Und sagt:»Ich mag es nicht, wie du aussiehst.« Was liebst du dann überhaupt an mir?, fragt sie seine Gestalt vor ihrem geistigen Auge, während er vorwurfsvoll den Teller von sich schiebt:»Du hast den Fisch wieder zu scharf gemacht.« Was liebst du denn dann an mir?, wiederholt sie die Frage an ihn, während er am Abend vor dem Fernseher einschläft und sein Kopf auf die Brust sinkt. Was liebst du an mir?, fragt sie, während er schimpft:»Was tobst du denn so rum, wenn du tanzt?« Oder bei der Hochzeit von Schragas Tochter zu dir sagt:»Hast du denn nicht gemerkt, wie dich alle angeschaut haben, als du deine Schuhe weggeschleudert und barfuß getanzt hast? Was sollen sie denn im Moschav von dir denken?« Und du hättest am liebsten zu ihm gesagt: Erstens – keine Schuhe, sondern Sandalen; zweitens – ich hätte echt Lust, nicht nur die Sandalen wegzuschleudern, sondern auch die Kleider und nackt zu tanzen, damit alle in der Siedlung in Ohnmacht fallen; drittens – ich habe nicht darauf geachtet, weil es mich nicht mehr kümmert, was andere über mich denken, Duvesch, von mir aus denken sie, dass ich eine Nutte bin! Ja, Duvesch, manchmal habe ich große Lust, mitten in einer Mitgliederversammlung des Moschavs zu schreien: Ich bin eine Nutte! Eine Nutte! Eine Nutte!

Während der Landrover in eine Kiefernreihe einfuhr, deren miteinander verwachsene Kronen einen durchgängigen grünen Baldachin über der Straße schufen, hörte sie im Kopf Edith Piafs *Non, je ne regrette rien* und passte es für sich an:»Ich bin, wie ich bin, so ist meine Natur, warum sagt ihr, ich bin schuld daran, wenn ich jedes Mal, wenn ich liebe, nicht den gleichen Mann lieben kann?« Und mit einem Mal passierte ihr, was ihr in letzter Zeit immer häufiger widerfuhr – in ihrer Stirn öffnete sich eine Art drittes Auge, und dieses dritte Auge betrachtete sie von außen, aus einer gewissen Distanz und etwas von oben, als befände es sich an der Spitze eines Handycamstiels für ein Selfie. Das dritte Auge begleitete nun den Landrover, der rechts in einen Parkplatz am Rande eines baumbestandenen Wadis einbog, bewegte sich vor der Fahrerin, die aus dem Wagen stieg, während sie weiter das Lied summte und ihre Füße ihren Körper wie von selbst schwebend zu einem großen, achtstöckigen Gebäude trugen, das am Ende des Parkplatzes aufragte. Das dritte Auge beobachtete sie vollkommen gleichmütig, als sie auf der Codetafel am Eingang die 24 eintippte und auf Wählen drückte. Ein kalter Lichtkreis entstieg der Anlage. Die Frau richtete den Blick direkt auf die kleine Linse, die sie aus dem Zentrum des Lichtkreises einer Überprüfung unterzog, und lächelte in das Auge der Kamera. Die Stimme eines Mannes drang aus der Anlage: »Dorit?« Das dritte Auge beobachtete mit kühlem Blick, wie die Frau mit erregter Stimme flüsterte: »Guido? Ich bin's.«

»Bonjour, mon amour«, schnurrte die kehlige Stimme mit französischem Akzent, »ich schick dir den Aufzug.« Der Türöffner wurde betätigt. Die Frau betrat die Eingangshalle, und bevor sie zum Aufzug ging, fing das dritte Auge ihr Bild in dem großen Spiegel ein. Sie löste ihr Haar, das hinten im Nacken zusammengefasst war, befreite ihre Mähne mit einem geübten Kopfschwung, schob die Haarsträhnen auf der rechten Gesichtsseite mit der Hand hinters Ohr und verwuschelte ihr Haar auf der linken Seite. Sie befeuchtete ihre Lippen mit der Zunge. Du bist schön, sagte das dritte Auge zu dem Spiegelbild, du bist schön und sexy.

Sie begab sich mit sicherem Schritt zum Aufzug, tippte auf die Acht und wurde in der geräumigen, mit Spiegeln ausgekleideten Stahlkabine verschluckt. Das dritte Auge musterte wieder ihr Gesicht. Sie gab ihrem Haar, das in die linke Gesichtshälfte fiel, noch einen zerzausten Touch, öffnete einen Knopf an ihrer Hemdbluse und schob energisch ihren Busen nach oben.

Die Halbkugeln ihrer sonnengebräunten Brüste samt Zwischenkerbe lugten aus dem Ausschnitt. Du bist wirklich eine Hure, sagte das dritte Auge mit kalter, gleichmütiger Stimme zu ihr. Sie strich prüfend mit der Hand über die Haut an ihrem Hals. Der Aufzug hielt, die Tür öffnete sich, sie stieg aus. Eine Metalltür, auf der ein kleines schwarzes Schild mit silbernem Schriftzug prangte, »Dr. Guido Xanadu, klinischer Psychologe«, öffnete sich von selbst. Sie trat rasch ein, während sich die Tür hinter ihr schloss. Das dritte Auge wanderte an die Decke und sichtete einen Mann mit schwarzem, modisch kurzem Bärtchen, gestylt und gepflegt, dem der süßliche Rasierwasserduft von L'Occitane entströmte und der die Frau nun in seine fitnessstudiogestählten Arme schloss. Die Frau strich mit ihrem Daumen über die Lippen des Mannes, und sie küssten sich gierig. Jetzt sah das dritte Auge, wie die Hände des klinischen Psychologen die Gesäßbacken der Frau umklammerten, während ihre Hände den Verschluss seiner Hose suchten und nach seinem Glied tasteten, das sich zwischen ihren Fingern aufrichtete und verhärtete. Sie schälten sich gegenseitig die Kleider vom Leib und ließen sie auf dem Weg zum Therapiesofa zu Boden fallen. Das dritte Auge senkte sich von der Decke herab zu einem Zoom-in auf die Patientin, die auf dem Sofarand sitzend den erigierten Penis des vor ihr stehenden Therapeuten in die Hand nahm und ihn an ihre Lippen führte. Der klinische Psychologe stöhnte: »*Oh, je t'aime, Dorit! Oh, je t'aime!*«, und ergab sich der Therapie seiner Patientin, die mit ihren Lippen, ihrer Zunge und ihren Fingern den verschiedenen Geweben, aus denen sich seine Fortpflanzungsorgane und das Drumherum zusammensetzten, eine frenetische Behandlung angedeihen ließ. Nun kurvte das dritte Auge hinter den Rücken des Doktors und drang mittels eines optischen Tentakels in den After des klinischen Psychologen ein, folgte den Fingern der Patientin, die seine Vorsteherdrüse massierten, bis Doktor Guido Xanadu es nicht mehr aushielt und vor übermächtiger Lust aufschrie, worauf das dritte Auge wieder herausschlüpfte und den Anblick einfing, wie der klinische Psychologe die Patientin packte, sie auf dem Therapiesofa flachlegte, ihre Schamlippen küsste und sie zu lecken begann, und während seine Zunge dort noch auf der Suche nach dem zwischen den geblähten Lippen verborgenen Kitzler flatterte, brach die Patientin in ein Seufzen und Stöhnen aus, das in keiner Sprache mit Buchstaben wiederzugeben ist, und wovon man nicht sprechen kann, so flüsterte Ludwig Wittgenstein in diesem Augenblick ins Ohr der Eigentümerin des dritten Auges, muss man schweigen.

11. AN EINEM ANDREN ORT ZUR SELBEN ZEIT

Auf dem Hof arbeiteten Karin und Sue in der Küche. Sue fungierte als Chefin, Karin als Sous-Chefin. Sue verrührte Zutaten in einer Schüssel, schüttete sie in einen Kochtopf und reichte Karin die Schüssel:»Das ist zum Abspülen.«

Karin nahm die Schüssel entgegen und stellte sie ins Spülbecken. Während Sue das tote Huhn zerteilte, fragte sie:»Wohin ist Mama gefahrt?«

Karin, die energisch die Schüssel schrubbte, verbesserte sie:»Wohin ist Mama gefahr-en.«

Sue wiederholte ihre Frage wie eine brave Schülerin:»Wohin ist Mama gefahren?«

Karin, die nun im Schüsselboden schabte, wo sich verkrustetes Eigelb festgesetzt hatte, antwortete:»Mama ist zu meinem Psychologen gefahren.«

Sue wiederholte den Satz:»Mama ist zu meinem Sykologen gefahren.«

Karin korrigierte sie wieder:»Psychologe, nicht Sykologe. Sag ›Psy‹.«

Sue sprach ihr nach:»Psy.« Karin lächelte:»Sehr schön. Und jetzt sag ›Psycho‹.« Sue wiederholte:»Psycho.« Karin lobte sie erneut:»Ausgezeichnet. Und jetzt ›Psychologe‹.«

Sue strengte sich an:»Psy-cho-loge.«

Daraufhin arbeiteten sie eine Weile still vor sich hin, bis Sue anfing, ein thailändisches Lied zu summen. Karin schnappte die Melodie auf und summte mit. Sue unterbrach sich für einen Moment, um zu fragen:»Warum ist Mama zu dem Psycho-loge von dir gefahren?«

Karin hörte kurz zu summen auf und erwiderte: »Um zu vögeln.« Und summte weiter.

Sue verstand das Wort nicht und fragte nach, was das sei, und Karin erklärte ihr in Englisch, das heiße *to fuck*. Sue war zufriedengestellt und kommentierte nüchtern: »Das ist gut.« Karin stimmte ihr zu: »Ja, das ist sehr gut. Das beruhigt sie für ein paar Tage.«

Sue kicherte, doch sie wollte wissen, was »beruht sie« hieß. »*She goes sleeping?*«

Karin musste über Sues Irrtum lachen und klärte sie auf: »Beruhigen, nicht ›beruhen‹, beruhigen ist *relax*.«

Sue kicherte und probierte ihre neue Errungenschaft aus: »*When she goes sleeping with someone* – das beruhigt sie.«

Sie lachten beide. Sue schichtete die Hühnerteile in eine Backreine und übergoss sie mit der Soße, die sie zubereitet hatte. Dann schob sie die Form in den Ofen.

12. UND JETZT DAS DRITTE AUGE

Und jetzt kletterte Dorits drittes Auge wieder zur Decke des Raums.
»Woran denkst du?«, fragte der Therapeut, der nackt neben seiner nackten Patientin lag.
»Was ist das merkwürdigste Körperteil?«
»Der Phallus«, erwiderte der klinische Psychologe mit Bestimmtheit.
»Das Auge«, versetzte die Patientin.
»Was ist am Auge merkwürdig?«, befragte der Therapeut seine Patientin.
»Hast du dir noch nie Gedanken darüber gemacht, wie das kommt, dass eine Pupille von der Größe eines Stecknadelkopfs in der Lage ist, enorme Weiten zu erfassen, sich aber auch auf ein Staubkörnchen konzentrieren kann? Und hast du nie überlegt, wie es kommt, dass jeder Anblick, den das Auge irgendwann eingefangen hat, bildlich im inneren Album bleibt? Es reicht, dass man die Augen schließt, um jedes einzelne Bild vor sich zu sehen, das das Auge einmal registriert hat. Und es gibt Bilder, bei denen der Verstand erst bei diesem zweiten Blick, mit geschlossenen Augen, plötzlich begreift, was das Auge gesehen hat.«
»Welches Bild siehst du jetzt auf diesen zweiten Blick?«, erkundigte sich der klinische Psychologe.
»Ich habe gesehen … ich wollte dich fragen …«
Das Bild, das sie jetzt sah, ließ sie verstummen. Das dritte Auge, das sie von der Decke herab beobachtete, sah Guido nackt neben Karin liegen.

»Was wolltest du fragen?« Die Stimme des Therapeuten unterbrach den Bilderfluss in ihrem Inneren.

»Ich wollte fragen«, setzte sie an, doch die Bilder, die sie sah, lösten eine ganze Sturzflut von Fragen in ihr aus, die sie nicht über die Lippen brachte. Wie Maschinengewehrsalven drangen die Fragen auf sie ein, bevor sie eine davon zu fassen bekam und aussprechen konnte, wurde sie von der nächsten bereits wieder verdrängt, welche ebenso beiseitegestoßen, ausgeworfen wurde wie eine leere Patronenhülse, deren Geschoss eine Hundertstelsekunde zuvor mit einem ohrenbetäubenden Knall ausgetreten war.

»Nu, was wolltest du fragen?«, wiederholte der Therapeut seine Frage.

»Das ist eine Frage, die ich dir nicht stellen darf und auf die du mir nicht antworten darfst.«

»Zu Beginn der Therapie sind wir übereingekommen, dass es so etwas nicht gibt«, rügte sie der Therapeut. »Unsere gesamte Arbeit basiert auf einem Prinzip: dass du hier alles sagen darfst, was du in keinem anderen Forum auszusprechen wagst. Warum lachst du? Sag mir, was dich jetzt zum Lachen bringt.«

»Forum«, lachte sie. »Das Wort ›Forum‹ hat mich erheitert.«

»Warum hat dich das Wort ›Forum‹ erheitert?«, insistierte er.

»Plötzlich habe ich uns gesehen, wie wir nackt daliegen und es auf einem Kongressforum von Psychologen, Theologen und Philosophen treiben, die über die Bedeutung unseres Tuns diskutieren.«

»Und wie hat sich das für dich angefühlt?«

»Sag mal, hat Karin irgendeinen Verdacht?«

»Aber nein«, beeilte sich der Therapeut die Patientin zu beruhigen, »Karin weiß gar nichts.«

Sie wollte ihn fragen, woher er wisse, dass Karin gar nichts wusste, doch er kam ihr zuvor, rollte sich auf sie, küsste ihre Brüste und begann sie zu kneten, und das dritte Auge registrierte von oben, dass er anhand dieser obsessiven Betätigung den Schwall von Fragen abzuwehren suchte, die aufgescheucht in der Luft schwirrten und summten, was sie belustigte, denn je besessener er an ihren Brustwarzen saugte, lutschte und nagte, als wollte er sie melken, desto stärker schwoll das Summen des Schwarms von Fragen an, die man nicht stellen durfte, obwohl man ja alles fragen durfte, und so fragte sie ihn eben, ob etwas aus ihnen herauskäme.

Ohne sich von ihren Brüsten zu lösen, antwortete er: »Erinnerungen.«

»Aus welchem Alter?«

»Unter einem Jahr.«

»Du erinnerst dich wirklich an etwas von damals?«

»Ich bin mir sicher. Der Körper erinnert sich an jede Erfahrung, die er gemacht hat.«

Sie streckte ihre Hand aus, streichelte seinen Kopf, der nun auf ihrer Brust lag, und entgegnete: »Die Zellen sind tot. Durch neue ersetzt. Wie können sich die neuen Zellen an etwas erinnern, was die alten Zellen erfahren haben, die abgestorben, abgebaut und im Urin ausgeschieden worden sind? Vielleicht scheiden wir die Erinnerungen, die sich in den Körperzellen angesammelt haben, aus, wenn wir pinkeln?«

»Aber die DNA und die RNA bleiben«, konstatierte der Doktor. »Die Erfahrungen sind im Genom registriert.«

»Wenn das so ist, dann tragen wir auch Erinnerung an Erfahrungen früherer Generationen mit, von unseren Ahnen.«

Der klinische Psychologe war erfreut über die Wendung, die das Gespräch nahm, und baute das Thema weiter aus: »Und von den Affen, die die Vorväter unserer Ahnen waren, und von den Amphibien, Fischen, Einzellern ...«

Die Patientin genoss die Behandlung, die der Therapeut ihrem Körper angedeihen ließ, und gab sich einem Wachtraum hin:»Ich fühle es. Ich fühle einen Affen, eine Seezunge und eine Amöbe.«

Ermutigt, weil es ihm gelungen war, sie abzulenken, rutschte der Therapeut zum Bauch der Patientin hinunter, küsste ihren Nabel und fragte:»Und wie fühlt sich das für dich an?«

»Wunderbar.« Sie räkelte sich.»Wenn du mich berührst, lebe ich meinen EQ. Denke nichts. Erinnere mich an nichts. Lebe wie ein Tier. Ohne Angst vor irgendetwas.«

»Ausgezeichnet«, bestärkte er sie.

Die Patientin seufzte genussvoll und fragte mit lasziver Stimme:»Kriegen deine anderen Patientinnen auch so eine Behandlung?«

Er sog scharf den Atem ein.»Nein, nur du«, log er, ohne mit der Wimper zu zucken.

Die Patientin ging einen Schritt weiter, begab sich auf gefährliches Terrain:»Und Karin?«

Die Frage traf ihn wie der Blitz.

»Was ... was ist mit ihr?«

»Wie ist sie im Bett?«

»Das weiß ich nicht.« Sein Körper erbebte auf ihrem.

Sie spürte, dass er log, und aktivierte all ihre Antennen:»Machst du es nicht mit ihr?«

»Bist du wahnsinnig?!« Ihm entfuhr ein verstörtes Auflachen.

»Warum?« Sie ließ nicht locker.»Sie hat einen phantastischen Körper, oder nicht? Und sie hat eine sinnliche Attraktivität wie ... wie ein frisches Brötchen.«

»Aber ich mag keine frischen Brötchen.« Er versuchte, sich mit einem Scherz aus der Affäre zu ziehen.

Doch sie fuhr fort, als sei sie eine Kupplerin:»Wieso denn? Mädchen in diesem Alter sind wild und voller Leidenschaft.«

Nun gelang es dem Psychologen, die Zügel wieder in die Hand zu nehmen, indem er zu einer akademischen Diskussion überleitete:»Exakt das Gegenteil. Junge Mädchen in diesem Alter sind unsicher. Die Fachliteratur ...«

»Vergiss die Fachliteratur. Ich erinnere mich an mich selber in diesem Alter. Wenn ich einen Mann gesehen habe, der mir gefiel, ging ich auf wie eine feuchte Seerose.«

»Du bist auch heute die stürmischste Frau, die ich je kennengelernt habe. Und du hast den Körper eines jungen Mädchens.«

»Sag die Wahrheit, Guido, weiß Karin von uns?«

»Nein! Sie hat nicht mal den leisesten Verdacht!«

Das dritte Auge registrierte das Zucken, das über einen Muskel in seinem Gesicht glitt, als er wie aus der Pistole geschossen die Antwort gab, und jetzt war ihr, ohne den kleinsten Zweifel, klar, dass Karin genau so ein Gespräch mit diesem gepflegten, gestylten Mann neben ihr geführt hatte, der nun ein ausdrucksloses Gesicht aufgesetzt hatte. Wenn es so ist, begann sich ein Satz in ihr zu formen, wenn das so ist ...

13. DER BETTLER AUF DEM SKATEBOARD

Gaby trat auf die Straße, erfüllt von einem seltsamen Gefühl der Schwerelosigkeit. Seine Füße schienen den Boden nicht zu berühren, in der Luft zu schweben. Er schaute die Menschen an, die ihm auf der stark belebten Straße entgegenkamen. Sorgenvolle Gesichter. Augen, die ins Leere starrten. Sie sahen die Straße nicht, sahen die Entgegenkommenden nicht. Sahen gar nichts. Er verspürte Lust, sie aufzuhalten und zu ihnen zu sagen: Menschen, wohin? Ruft jemand nach euch? Hat jemand einen Termin mit euch ausgemacht? Wartet jemand auf euch? Wohin rennt ihr? Warum habt ihr es so eilig?

»Taxi!«, schrie er plötzlich, einfach so, in den leeren Raum.

Kein Mensch wandte den Kopf, um zu sehen, wer da schrie.

»Zug!«, versuchte er es mit etwas Unwahrscheinlicherem.

Keine einzige dieser hektischen Kreaturen wandte den Kopf, um nachzuschauen, wer da mitten auf der Straße einen Zug anhalten wollte. Er steigerte den Provokationsgrad.

»Flugzeug!«, rief er. »Elefant! Mammut!«

Doch diese Kreaturen waren nicht nur blind, sie waren auch taub.

Er versuchte, sich an einzelne Individuen in der Horde zu wenden, die ihm entgegenstampfte.

»Kann ich Ihnen zehn Schekel geben?«, fragte er eine aufgeputzte Frau mit ehrgeizzerfressenem Gesicht, deren Augen hinter einer lila Sonnenbrille verborgen waren.

»Ich hab kein Kleingeld«, schnappte sie wütend und beschleunigte ihre Schritte.

»Hätten Sie eine Minute Zeit?«, sprach er einen dicken Mann an, der entschlossenen Schritts, mit wehendem schwarzem Hemd über den schwarzen Hosen vorwärtsstürmte. »Tut mir leid, ich habe keine Zeit.« Er verzog sein Gesicht immerhin zu einem Lächeln, doch schon entfernte er sich, mit glitzernden Schweißtropfen auf der Glatze, verschmolz mit der stampfenden Herde.

Inmitten dieses taubblinden Menschenstroms fiel Gaby von weitem die Gestalt eines merkwürdigen Almosensammlers auf, der auf einem Skateboard dahinglitt und den Entgegenkommenden einen weißen Plastikbecher hinhielt. Anhand ihres Gangs und ihrer Körpersprache schien es, dass sie ihn passierten, als wäre er Luft. Gaby fuhr mit der Hand in die Tasche, griff nach der Geldbörse und zog einen Hundertschekelschein heraus. Die Distanz zwischen ihm und dem Bettler, der weiter auf dem Skateboard durch den ihm entgegenflutenden Menschenstrom segelte und den Passanten seinen Plastikbecher entgegenhielt, schrumpfte zunehmend. Sie behandelten ihn weiterhin wie Luft, obwohl seine Präsenz unvergleichlich greifbarer und kompakter war als die ihre. Was ins Auge stach, war der seltsame Anzug, den der trug. Die weiten grauen Hosen, die ihm offenbar zu groß waren, hatte er an den Hüften mit einem schmalen schwarzen Ledergürtel festgezurrt, dessen lange Zunge wie ein gekringelter Eidechsenschwanz seitlich aus einer Hosenschlaufe baumelte. Das zur Hose passende zerknitterte Jackett dagegen sah aus, als sei es bei einem zu hohen Waschgang eingelaufen und anschließend nicht gebügelt worden. Die Ärmel endeten auf Zweidrittelhöhe zwischen Ellbogen und Handgelenk, und darunter lugte ein weißes Hemd hervor, das mit Tee- und Kaffeeflecken gesprenkelt war. Es war schwierig, sein Alter einzuschätzen, das zwischen dreißig und sechzig rangieren konnte. Sein rabenartiges Haar, überwiegend glatt und schwarz, nur hier und da angegraut, fiel ihm über

Ohren und Stirn und verdeckte seine Augen, seine Gesichtshaut wirkte olivfarben. Noch vier, fünf Schritte, und er würde Gabys Breitengrad kreuzen. Ohne zu stocken oder stehen zu bleiben, streckte Gaby seine Hand aus, ließ den Schein in den Plastikbecher des Bettlers fallen und schwebte in dem gleichen ruhigen, entspannten Rhythmus weiter über den Bürgersteig, wie der Flug einer Feder in einer leichten, kaum existenten Brise. Die stille Ruhe, die in ihm herrschte, war so tief, dass ihm schien, gleich würde er im Gehen einschlafen. Der Bettler holte ihn mit Leichtigkeit wieder ein.

»Ich möchte mich bei Ihnen bedanken«, sagte er, während er auf seinem Brett neben Gaby einherrollte.

»Danken Sie nicht mir«, erwiderte Gaby, »danken Sie meinem Chef.«

»Hat er Ihnen einen Bonus gegeben?«

»Er hat mich entlassen.«

»Das tut mir leid«, sagte der Bettler.

»Mir nicht«, beruhigte ihn Gaby.

»Gefiel Ihnen die Arbeit nicht?«

»Doch, schon. Vielleicht zu sehr.«

»Warum hat er Sie dann rausgeworfen?«

»Er wollte nur immer mehr Geld scheffeln, und ich habe ihm eine Projektidee vorgeschlagen, die das ganze weltweite Finanzsystem zusammenbrechen lassen kann«, sagte Gaby lächelnd.

»Sie waren eine Gefahr für ihn.«

»Könnte man sagen.«

»Ich verstehe«, nickte der Bettler, während er den Plastikbecher einer zierlichen Frau in einem weißen Baumwollkleid hinstreckte, die eine Münze hineinwarf. Als er ihr ein »Danke« zuwarf, antwortete sie »Bitte schön« auf Deutsch.

»Gehen wir hinein und stoßen darauf an?«, schlug Gaby vor, als sie an einem Bistro vorbeikamen.

»Ich trinke nicht während der Arbeit«, entschuldigte sich der Bettler.

»Machen Sie eine Pause«, meinte Gaby.

»Es ist noch nicht Zeit«, erwiderte der Bettler.

»Haben Sie Angst, dass man Sie entlässt?«, scherzte Gaby.

»Nein«, antwortete der Bettler, »ich bin selbständig. Ich kriege kein Gehalt. Und ich habe keine Krankenkasse und keine Rentenversicherung. Ich muss arbeiten. Sparen, so viel ich kann.«

»In Ihrem Beruf verbessern sich aber doch die Chancen mit der Zeit, oder?«

»Was meinen Sie damit?«, fragte der Bettler.

»Je älter Sie sind, je weniger gut Sie aussehen, desto mehr Mitleid erregen Sie, und desto mehr geben die Leute, oder nicht?«

»Da täuschen Sie sich«, klärte ihn der Bettler auf. »Wenn Sie in diesem Job erfolgreich sein wollen, müssen Sie investieren, wie bei jeder anderen Arbeit auch. Sie müssen ständig alle Sinne anspannen, herausfinden, in welchen Gegenden der Stadt es sich zu welcher Zeit zu arbeiten lohnt. Das ändert sich dauernd. Eine Stadt ist ein lebendiges Wesen. Die Bevölkerungsgruppen wandern, die Zentren wechseln. Man muss herumrennen, flexibel sein. Mobilität ist Teil des Geschäfts. Wenn du anfängst, faul zu werden, oder die Kondition nachlässt und du an irgendeiner Straßenecke sitzt und darauf wartest, dass dir der Lebensunterhalt in den Schoß fällt, dann bist du beruflich gesehen erledigt. Dir wird höchstens ab und zu einer aus Erbarmen vielleicht noch irgendeine Münze geben. Deshalb arbeite ich, wann immer ich kann.«

»Und Sie erlauben sich nie, eine Pause zu machen?«, fragte Gaby erstaunt.

»Ich kann nicht«, erklärte der Bettler, der seinen Plastikbecher zwischendurch immer wieder Passanten hinhielt, wäh-

rend sich die beiden ganz entspannt unterhielten und vor-
wärtsbewegten, Gaby quasi in der Luft und der Bettler auf dem
Skateboard, und hin und wieder jemand eine Münze in den Becher fallen ließ und seinen Dank erhielt.

»Diese Stunden, wie Sie sehen, sind noch ganz gut. Nicht
so wie die in der Früh, aber noch ergiebig«, fuhr der Bettler fort
und bedankte sich anschließend bei einer Frau, die ihrem Kind
eine Münze in die Hand gedrückt hatte, die es in den Almosen-
becher warf.

»Wann fängt Ihr Tag an?«, erkundigte sich Gaby neugierig.

»Ich breche gern frühmorgens zur Arbeit auf«, verriet
ihm der Bettler. »Ich nehme jedes Mal einen Zug woandershin.
Ich liebe es, mich in einem Strom von Tausenden Frauen und
Männern zu bewegen, die Anzüge tragen wie ich oder sport-
lich gekleidet sind, noch frisch nach Aftershave und Deodorants
riechen, wenn sie die Vorortzüge stürmen auf dem Weg von
Rechovot, Binjamina oder Kfar Saba zur Tel Aviver Schalom-
Station oder zur Central Station ...«

»Central Station?«, fragte Gaby nach.

»Tel Aviv Zentrum«, grinste der Bettler und fuhr fort: »Die
Leute sitzen mit den vierkantigen Aktentaschen auf den zu-
sammengepressten Knien da oder stehen in den überfüllten
Waggondurchgängen mit den Mienen von Löwen, die auszie-
hen, um die Welt zu erobern, reden energisch in ihre Mobil-
telefone, surfen im Netz, überprüfen den Aktienstand an den
Börsen von New York und Tokio, diktieren Anweisungen, füh-
len sich als Teil der großen weiten Welt. Das sind die Stunden,
wo sie ein offenes Herz haben. Es scheint ihnen, dass sie jemand dafür belohnen wird, wenn sie eine gute Tat leisten, sie
glauben, dass es ein gelungener Tag für sie wird.«

»Ich dachte, die beste Zeit für Ihre Arbeit sei der Abend«,
bekannte Gaby.

»Das ist eine romantische Betrachtung«, schmunzelte der

Bettler. »Vielleicht haben Sie das in Filmen oder Melodramen gesehen. So von wegen, der Abend senkt sich über die Stadt, die Laternen flammen auf, und die Paare gehen aus, in Restaurants oder in die Oper, und auf dem Weg werfen sie irgendeinem Bettler in einem abgerissenen Regenmantel, der sein Glück versucht, eine Münze zu. Das hat vielleicht früher mal gestimmt. In den schönen Zeiten. Heute, wenn die Arbeit in den Büros, Banken und Börsen zu Ende ist, fahren die Leute mit den Abendzügen zurück, ausgelaugt, verschwitzt und ramponiert, mit grauer Haut und toten Augen. Mit dem letzten Restchen Kraft, das sie noch haben, hassen sie alles. Die hässliche Stadt, die auf eine üble Nacht zugeht, die sie in der Früh auskotzen wird. Die Szenerie der trübseligen Vororte. Die Wohnklötze, in denen ihre Hundehütte liegt. Sie trauen sich nicht, an einer anderen Station aus dem Zug auszusteigen.«

»Wie Sie es einmal gemacht haben?«, vermutete Gaby.

»Genau. Weggehen, verschwinden. Statt das zu tun, gaukeln sie sich in ihrer Phantasie vor, dass der Zug an ihrer Station ankommt und plötzlich – ein Wunder ist geschehen. Keine Station. Keine Wohnblöcke. Keine Vorortsiedlung. Nichts. Alles weg. Verdampft wegen irgendeinem Unglück. Einem apokalyptischen Anschlag. Aber da erreicht der Zug ihre Haltestelle. Und sie erwachen aus dem Traum. Steigen aus. Schleppen sich zum Auto, das am Parkplatz auf sie wartet. Fahren auf die Straße, im dichten Verkehr. Kriechen in den erstickenden Staus voran, erreichen den Block, die Parzelle, das Grab mit dem Kopf voller Zerstörungsträume … Ich hab schon öfter gesehen, wie Fahrer das Fenster aufmachen und rausspucken. Es ist lebensgefährlich, sich den Autos zu nähern und die Hand auszustrecken. Nur verzweifelte Jugendliche und selbstmörderische Junkies gehen das Risiko ein, an Kreuzungen dort zu arbeiten.«

»Also kommen Sie nicht mit, um mit mir die Befreiung aus dieser Hölle zu feiern?«

»Wie viel Uhr ist es?«, erkundigte sich der Bettler.

»Warum?«, fragte Gaby. »Wartet jemand auf Sie?«

»Nein, aber …«

»Warten Sie auf jemanden?«

»Nein«, gab er zu.

»Was kümmert es Sie dann, wie spät es ist? Kommen Sie, gehen wir etwas trinken!«

»Nein«, beharrte der Bettler standhaft. »Wenn ich jetzt was trinke, ist der Tag für mich gelaufen. Wenn Sie mich am Abend, nach der Arbeit, einladen, würde ich mich freuen.«

»Hören Sie«, sagte Gaby, »wenn alle so eine Arbeitsmoral wie Sie hätten, wäre dies ein blühendes Land.«

»Haha!«, lachte der Bettler. »Auch meine Freundin beschwert sich, dass ich bloß für die Arbeit lebe. Dass man mit mir nicht ausgehen kann, nicht feiern kann, sich nicht amüsieren kann.«

»Na gut.« Gaby reichte ihm die Hand. »Ich hoffe, wir sehen uns eines Tages wieder.«

»Das wäre schön.« Der Bettler drückte seine Hand, und dann stellte er sich vor: »Raschti. Tut mir leid, dass ich keine Visitenkarte habe. Es war interessant, mit Ihnen zu reden.«

»Gaby«, erwiderte Gaby. »Und ich habe auch keine Visitenkarte.«

»Das Leben wird uns sicher wieder zusammenführen«, sagte Raschti und zitierte augenzwinkernd das englische Sprichwort: »*Birds of a feather flock together.*«

»Auf Wiedersehen.« Gaby winkte ihm zum Abschied.

Und schon war Raschti auf seinem Skateboard in der tauben, schwitzenden Menschenflut entschwunden, die sich die brodelnde Geschäftsstraße hinunter in Richtung Meer ergoss.

14. EVA UND MAHMUD REITEN DURCHS LAND

Libby kehrte mit Evas Tagebuch neunzig Jahre zurück und traf dort auf Mahmud, der auf einem Pferd angeritten kommt und eine reiterlose Stute mit sich führt, die an seinem Sattel hinten am Zügel angebunden ist. Mahmud hält in der Mitte des Zeltlagers, und Libby wendet sich in palästinensisch-beduinischem Dialekt an ihn:
»Suchst du Eva?«

»Woher weißt du das?«, wundert sich Mahmud.

»Steht alles in ihrem Tagebuch. Willst du's sehen?«

»Ich kann kein Hebräisch lesen«, antwortet Mahmud.

»Warte hier«, sagt Libby. »Ich hole sie gleich.«

Libby springt in den Speiseraum des jungen Kibbuz und trifft Omama Eva dabei an, wie sie die Tische deckt. Sie verteilt Blechteller und -becher und füllt Besteck für jeweils sechs Personen in eine Dose in der Tischmitte.

»Hi, Omama Eva!«, ruft Libby. »Dein Beduine sucht dich.«

»Wo ist er?« Evas Gesicht leuchtet auf – ein paar Seiten weiter wird man ihren siebenundzwanzigsten Geburtstag in Berlin feiern, doch jetzt wartet Mahmud hier auf sie.

»Draußen. Auf dem Platz in der Mitte vom Lager«, antwortet Libby.

Eva wischt sich die Hände an ihrer Schürze, nimmt sie ab und rennt hinaus.

Sie erblickt Mahmud, der neben den beiden Pferden steht, die Zügel in der Hand.

»Lauf zu ihm«, flüstert Libby ihr zu, und genau das tut Eva.

»Breite die Arme aus!«, befiehlt Libby Mahmud. »Umarme sie!«

»Komm!«, fordert Mahmud sie auf.

Eva zögert zwei Sekunden. Trifft eine Entscheidung. Tritt zu der Stute, die ihr Mahmud mit einer Handbewegung anbietet. Steigt auf. Mahmud sitzt auf seinem Pferd auf, lenkt es im Schritt aus dem Lager und beobachtet Eva, die ihre Stute gut im Zaum hält. Mahmud spornt sein Pferd zum Trab an, und als er sieht, dass es ihm Eva gleichtut, lässt er sein Pferd in Galopp fallen, und Eva zieht wieder nach.

Sie versteht kein palästinensisch-beduinisches Arabisch, hat Mahmuds Worte jedoch in ihrem Tagebuch in hebräischer Lautschrift niedergeschrieben, und Libby übersetzt es ihr: »Du reitest hervorragend.« Und Mahmud erzählt sie: »Eva hat die Wiener Reitschule absolviert.« Die beiden galoppieren auf ihren Pferden aus dem Kibbuz hinaus. Ein kurzes Zögern, und Libby steigt auf ihr Motorrad, holt sie ein. Sie fährt neben Mahmud her und erklärt ihm, dass sie nachgekommen sei, um ihnen als Dolmetscherin zu dienen.

»Wer bist du?«, fragt Mahmud.

»Die Urenkelin von Eva.«

»Und woher kannst du Arabisch?«, erkundigt er sich.

»Aus der Armee.«

»Der türkischen? Der englischen?«

»Der israelischen.«

»Danke für den guten Willen«, sagt Mahmud darauf, »aber wir kommen ohne Übersetzung zurecht.«

»*Mabruk*, alles Gute«, erwidert Libby und lässt ihr Motorrad zu den nächsten Seiten des Tagebuchs vorpreschen.

Es stellt sich heraus, dass die beiden die meiste Zeit über während ihres Ausritts tatsächlich keine Übersetzerin benötigen.

Es ist ein Ritt fast ohne Worte, erzählt Eva ihrer Urenkelin.

Man reitet, gelangt an Orte. Hält an. Bewundert. Liebt. Reitet weiter.

»Liebt?«, will Libby wissen. »Was, die Landschaft? Den Ausflug? Einer den anderen? Könntest du etwas deutlicher werden?«

Doch Eva gehört einer anderen Zeit an. Der Zeit der Phantasie. Sie wirft ein Wort hin und lässt Libby ein hohes Maß an Freiheit, sich in ihrer Phantasie Bilder auszumalen: »Ein langsamer, gedankenversunkener und gefühlsintensiver Ritt durch ein braches Land mit ziemlich fruchtbarer, jedoch ganz und gar von Gestrüpp überwucherter Erde« wechselt sich ab mit einem »entfesselten Galopp auf den Spuren einer antiken Römerstraße, deren restliche Steine seit zweitausend Jahren fest in ihrem Fundament ruhen. Eidechsen huschen zwischen behauenen Steintrümmern davon, die einst Gebäude waren, und graue Agamen, geschrumpfte Überbleibsel urzeitlicher Riesenkriechtiere, lagern auf Felskuppen, wärmen sich in der Sonne und starren über die steinernen Fragmente von Prachtpalästen auf ein Land, das einst Leben und Freude kannte und zu einem Ort der Trauer und Erinnerung an die Tempelzerstörung wurde«, wie Eva schreibt. Im Städtchen Migdal – »Maria Magdalenas Geburtsort«, erläutert sie ihrer Urenkelin – fallen von Läusen und Flöhen zerfressene Bettler mit eitrig entzündeten Augenlidern über das Reiterpaar her, wiederholen gebetsmühlenartig zwei Wörter, die Eva in ihrem Tagebuch notiert hat: »*Chawadscha bakschisch, chawadscha bakschisch*« – Bakschisch, Herr, Bakschisch …

Ein kühner Ritt über Bergpfade wird zu leichtem Trab in den Abend hinein und mündet in einen wütenden Galopp auf dem festgebackenen Ufersand des Sees Genezareth, der Eva an den Bodensee erinnert, den sie einmal auf einer Fahrradtour umrundete – »in den der See Genezareth dreimal hineinpasst und immer noch ein Rest übrig bleibt«. Und in der Abendkühle reiten sie in die Hauptstraße von Tiberias ein, dessen armseligen Gassen und Hütten ein Geruch von Verwahrlosung, Vernachlässigung und bedrückender Armut entströmt, wo sonderbare Araber und Juden mit überdimensionalen Bärten und Schläfenlocken in den Sträßchen herumwuseln.

Nach einem Dutzend Reittage, in denen sie auch durch Schechem, Jerusalem und Jaffa gekommen sind, hat das Reiterpaar das antike Hafenareal von Caesarea erreicht. Die beiden sitzen am Lagerfeuer zu Füßen eines Baums, wo sie die Pferde angebunden haben. Eva hätte Mahmud viel zu der faszinierenden Reise, auf die er sie mitgenommen hat, zu sagen, doch ihr fehlt die Sprache, um die Dinge auszudrücken, die sie in ihrem Tagebuch niederschreibt. »Ich bin Mahmud unendlich dankbar, dass er mir das Land gezeigt hat, so wie es ist. Ein gestaltloser Ruinenhaufen. Traurig verödete Wege. Die judäischen Berge kahl und bar jeglicher Bewohner. Felskämme und unwegsame Täler, durch deren Weiten das Schweigen der Zerstörung und ewige Einsamkeit pfeifen. Hie und da stießen wir unterwegs auf vereinzelte Grüppchen von Hirten, die mit rostigen Gewehren bewaffnet langhaarige Ziegen bewachten. Hie und da kamen wir an mageren Olivenhainen vorbei. Die Schluchten und Täler sind eine steinübersäte Wüstenei, eine Fülle wilder Vegetation flimmert im starken Sonnenlicht. Wir passierten Orte, einst reich an Legenden und Geschichten, nun reich an Bettlern, Krüppeln und Mönchen, die sich auf dich stürzen, dich umringen und Bakschisch, Bakschisch und nochmals Bakschisch fordern, einen dazu zwingen, nur an Bakschisch zu denken, während man doch gerade über erhabenere Dinge nachsinnen möchte, die diese Plätze auf den Spuren der Geschichten aus dem Alten und Neuen Testament und von Flavius Josephus in einem anregen. Doch nun, in dieser Zeit, ergreifen einen an diesen Orten keine Bilder der Vergangenheit, sondern grauenerregend anzuschauende Szenen grässlicher Wunden und Gebrechen, Schwärme von aufdringlichen Bettlern und Hausierern, die dich am Ärmel zerren und den Schwanz deines Pferdes packen, dir kreischend in die Ohren schreien, hässliche, verlebte alte Weiber und wilde Kerle in zerlumpten Fetzen mit verdorrten, deformierten Gliedern, von schrecklichen Narben verunstaltete Krüppel, und alle strecken dreckige Hände nach dir aus und fordern mit heiser kreischenden Stimmen: ›Bakschisch, Bakschisch, Bakschisch!‹ Sogar Jerusalem, ›die herrlichste aller Städte auf Erden‹, in meiner Vorstellung ein märchenhaft prächtiger Ort, der Heerscharen von Pilgern und Reisenden aus allen Teilen des Römischen Reiches anzog und zur bejubelten Hauptstadt wurde, von der in der Mischna gesagt wird: ›Wer die Freude der Stätte des Schöpfens nicht gesehen hat, hat in seinem Leben keine Freude gesehen‹ – Jerusalem war nichts als ein stinkendes, in Unrat und Exkrementen ertrinkendes Armeleutedorf. Am Ende war man froh, diesen elenden, verseuchten Städten den Rücken zu kehren, und auch wenn man hier und dort in Tälern bisweilen auf Obstgärten voller Feigen-, Granatapfel- und Aprikosenbäume stieß, so war doch die Landschaft die meiste Zeit bergig und felsig, ohne jedwede kultivierte Vegetation, und hässlich. In gewissem Grad eine Ausnahme bildet Jaffa, die im Schoße eines großen Obsthains geborgene Altstadt. Wir passierten die Mauern und ritten wieder enge Sträßchen entlang, inmitten von wimmelnden Menschenmassen in zerfetzten Lumpen, und wieder bekamen wir alle Erscheinungsformen dieser erniedrigenden Armut und schändlichen Bedürftigkeit zu sehen, die wir während der gesamten Dauer des Reitausflugs antrafen. Wahrlich, ich bin Mahmud zutiefst dankbar, dass er mir das Land gezeigt hat, so wie es ist, ein ödes, verdorrtes und hässliches, zerstörtes Land Israel. Das ist das Land, von dem wir singen: ›Hier im Land, das den Vätern so kostbar / werden alle Hoffnungen wirklich / Hier lasst uns leben, hier lasst uns schaffen / ein Leben in Reinheit, ein Leben in Freiheit ...‹. Diesem Land, das mir Mahmud offenbarte, eher angemessen wäre die ursprüngliche jiddische Version des Liedes: ›Mit dem Wanderstock in der Hand / ohne Zuhaus und ohne Heimatland / ohne Retter und ohne Freund / ohne Vergangenheit, ohne Zukunft / stets und immerdar verfolgt / wo auch immer wir morgen schlafen / ständig mühen, Last und Müh / immer flüchten, fliehen, flieh / immer flüchten aus den Flammen / solang du die Kraft noch hast beisammen ...‹. Doch ich habe keine Sprache, um meine Eindrücke und Gedanken auf diesem lehrreichen Ritt durch das Land mit Mahmud zu teilen, und ich wusste nicht, was ich ihm sagen sollte, als er mir etwas ins Ohr flüsterte, was für mich klang wie: *Arifi-lilaina-dschaiti*.«

Das ist der Augenblick, in dem Libby wie im Flug auf ihrem Motorrad bei den Ruinen des antiken Hafens von Caesarea eintrifft, bereit, dem Paar, das am Lagerfeuer seinen Gedanken nachhängt, ohne sie ausdrücken zu können, ihre Übersetzungsdienste zur Verfügung zu stellen. Doch in dem Moment, in dem Libby ihren Mund aufmachen will, um Mahmuds Worte zu übersetzen – »Du sollst wissen, wohin du gekommen bist« – und ihm Evas Gedanken zu vermitteln, fügt Eva noch einen flüchtigen Nachsatz hinzu: »In Ermangelung einer gemeinsamen Sprache waren wir gezwungen, uns mit gemeinsamen Lippen zu begnügen.« Diese unscheinbare Bemerkung genügt, um Libby klarzumachen, dass in diesem Augenblick ihre Übersetzung, ja ihre Anwesenheit zwischen den beiden, die allem Anschein nach gemeinsame Lippen einer gemeinsamen Sprache vorziehen, nicht erforderlich und nicht gefragt ist. Und so zieht sie sich mit einem kleinen Lächeln zu ihrem Motorrad zurück, wirft es an und donnert davon.

Eva und Mahmud treffen auf ihren Pferden am Kibbuztor ein. Eva steigt von der Stute ab. Auch Mahmud steigt ab. Er bindet den Zügel von Evas Stute an den Sattel seines Pferdes.

Sie stehen sich einen Augenblick gegenüber.

»Und wieder gleichen unsere gemeinsamen Lippen den Mangel an gemeinsamer Sprache aus«, seufzt Eva mit einem versteckten Lächeln auf den Lippen, die sich einen Moment von Mahmuds Lippen gelöst haben, um Luft zu schöpfen.

Dann wendet sie sich ab und läuft mit leichten Schritten in den Hof des Kibbuz.

Mahmud wartet, bis sie seinem Blick entschwunden ist. Er springt auf sein Pferd, macht eine Kehrtwende und verlässt den Ort im Galopp.

15. SELTSAMES BENEHMEN

Gaby stand am bodentiefen großen Fenster seines Hauses in dem alten städtischen Vorort und blickte auf den kleinen Garten hinaus, den er seit Jahren pflegte. In seinem Rücken strömte samtig Ella Fitzgeralds Stimme, hauchte *Get out of Town* von Cole Porter, und ein seltsames Bild stieg in seinem Kopf auf, während seine Frau auf dem Weg in die Küche hinter ihm vorbeiging. In dem Sekundenbruchteil, bevor er den Mund öffnete, vernahm er in seinem Inneren den Satz: »Ich bin ein freier Mensch.« Doch statt diese Worte auszusprechen, hörte er sich sagen: »Dana, ich möchte dich etwas fragen.«

»Was?« Sie blieb stehen und wandte den Kopf. Sie hatte einen unvertrauten Ton in seiner Stimme gehört.

»Komm mal einen Moment her«, rief er sie ans Fenster.

Sie trat zu ihm und betrachtete ihn etwas beunruhigt. Seit Jahren hatte er nicht zu ihr gesagt, dass er sie etwas fragen wolle, sie gebeten, sich neben ihn zu stellen, den Arm ausgestreckt, um ihn um ihre Hüfte zu legen. Als er das jetzt tat, spürte er ein leichtes Zurückzucken ihres Körpers.

»Ganz und gar Muskeln«, stellte er erstaunt fest. »Du hast nicht ein Gramm Fett.«

»Was ist los?« Sie wand sich unbehaglich unter seinen Fingern, die ihren festen Bauch befühlten.

»Schau dir diesen Garten an«, sagte er zu ihr, während er mit dem Kopf auf das Gärtchen vor dem Fenster wies.

»Was ist damit?«, fragte sie verständnislos.

»Vergrößere ihn mal hundertfach in der Phantasie«, forderte er sie auf.

Er sah, wie seine Frau, die kühne Nachrichtenfotografin, die Herausforderung annahm und rasch umsetzte, und er fuhr fort, vor ihren Augen den Garten auszumalen, den er sah. Er forderte sie auf, sich einen Obstgarten mit Nussbäumen und spanischer Kirsche auszumalen, mit Schafen, die an dem grünen Wiesenteppich zupften, der sich zwischen den Bäumen ausbreitete. Ein traumverlorener Ausdruck milderte ihr hartes Gesicht für einen Moment, als sie ihre Augen auf den Phantasiehorizont richtete, der sich in ihr auftat, doch als er sie bat, sich vorzustellen, wie sie beide in der Kleidung eines begüterten Paares aus dem fünfzehnten Jahrhundert hier stehen und auf diesen Palastgarten blicken würden, verhärtete sich ihr Gesicht wieder, und sie verlangte eine Erklärung für dieses seltsame Ansinnen: »Warum das fünfzehnte Jahrhundert?«

»Ich dachte an die Vertreibung aus Spanien«, erwiderte er.

»Wieso denn Vertreibung aus Spanien?«, fragte sie perplex.

»Stell dir vor, man kommt eines Tages zu dir und sagt: Dana, entweder du hörst auf, das Unrecht und Leid zu fotografieren, das wir verursachen, oder du verlässt das Haus und den Garten und das Land und gehst fort von hier.«

»Sag mal, was geht denn in deinem Kopf bloß vor?« Sie musterte ihn forschend.

»Arbeitest du heute Abend?«, fragte er übergangslos.

»Nein«, sagte sie. »Kristina ist in Israel. Ich werde mich mit ihr treffen.«

»Wie geht es ihr?«, erkundigte er sich.

»Nicht gut«, sagte sie. »Die Krankheit ist wiedergekommen. Du musst nicht mitgehen.«

»Ich habe aber richtig Lust, auswärts zu essen.« Er freute sich darauf, den Abend schweigsam zu verbringen und Dana und ihrer Freundin, der dänischen Journalistin, die ganze von ihnen so geliebte Redearbeit zu überlassen.

»Ich hab allerdings keine so riesige Lust, nach dem, was ich heute gesehen habe, in einem Restaurant zu sitzen«, beeilte sich Dana, seine Begeisterung zu dämpfen.

»Du siehst diese Dinge doch jeden Tag«, meinte er.

»Ich hasse es, auszugehen und Leute zu sehen, die essen, trinken und feiern und nichts davon wissen wollen, was sie anderen Menschen antun und was sie erwartet.«

Er betrachtete sie von der Seite, spähte in das Gesicht der Frau, die neben ihm am Fenster stand, sich mit einer Hand durch die Haare fuhr und die Augen schloss, und wusste, sie waren voller Bilder von Männern in Handschellen mit verbundenen Augen, die in den Hintern getreten und gegen eine Steinmauer gestoßen wurden, und von Frauen, die aus einer Schlange von Hunderten Menschen an den Rand ausscherten, ihre Kleider rafften, die Unterhosen herunterzogen und sich hinhockten, um auf einem Feld zwischen trockenen Disteln und Steinen zu urinieren, und er sagte sich, dass er sie seit dem Tag, an dem dieses Schlachtfest ohne Anfang und ohne Ende begonnen hatte, immer nur sagen hörte: Ich hasse, ich hasse.

Sie hasste ihr Mobiltelefon, das ihr piepsend eine weitere Siedlung und eine weitere Liquidation meldete, doch in dem Moment, in dem es Laut gab, schnappte sie sich etwas für unterwegs, sprang auf und rannte zu ihrem AIL-Storm-Jeep, den sie hasste, fuhr los in die besetzten Gebiete, die sie hasste, um die Szenen brandheiß zu dokumentieren, und auf dem Weg zu den Schauplätzen von Gewalt, Erniedrigung und Mord, die sie hasste, sowie auf der Rückfahrt in die friedlichen Gegenden der Verleugnung, die sie hasste, filmte und dokumentierte sie die verblödeten jungen Fahrer, die sie hasste, die herumfuhren, um sich mit ihren dummen Flittchen zu amüsieren, die sie hasste, wobei sie die »widerwärtigen nackten Fißelech«, die sie durchs Autofenster streckten oder vorn an der Windschutzscheibe erhoben zur Schau stellten, abfilmte, und als er sie einmal fragte, weshalb sie diesen Anblick denn so glühend hasste, sagte sie:»Siehst du nicht, was das ausdrückt? Das ist ein ekelhaftes, verabscheuungswürdiges Kokettieren von groben, schamlosen Herren, die auf die Welt scheißen und nicht kapieren, wie hässlich, widerlich, ekelerregend und hassenswert sie sind.« Sie rannte auf sämtliche Demonstrationen der Rechten, die sie hasste, schoss mit Hass und Abscheu schonungslos radikale Nahaufnahmen von aufgeblähten oder hängenden Bäuchen verwahrloster Männer mit spärlichen Haarzotteln, von ihren Füßen mit den überlangen dreckigen Zehennägeln und der schrundigen Fersenhaut in den ausgelatschten Sandalen, und sie fotografierte die Pistolen, die hinten in ihren Hosen steckten, aus denen ein Viertel der entblößten Hinternspalte herausschaute, und mit jubilierendem Hass fotografierte sie ihre Frauen, die Kinder wie am Fließband produzierten, die Fleischmassen ihrer gemästeten, vernachlässigten Leiber, mit horrender Geschmacklosigkeit bekleidet, dokumentierte, wie sie auf diesen Demonstrationen ihre schwerfälligen Gesäßhaufen nach hinten wuchteten und die Kinderwägen mit den plärrenden Babys nach vorn stießen, und mit ganz besonderem Genuss fotografierte sie die unglaubliche Sammlung an monströsen Schnellkochtöpfen und Nachtpötten, die sie als Hüte auf dem Kopf trugen, und wenn sie am Abend, vollgestopft mit all diesen verhassten Bildern, nach Hause kam, warf sie sich in den Sessel vor den Fernseher, wo sie dann mit Abscheu die Hohlköpfigkeit der Unterhaltungssendungen kommentierte, die bodenlose Dummheit der voyeuristischen Serien mit»versteckter Kamera«, die sich als lebensechte Reportagen ausgaben; sie hasste die menschenverachtende Werbung, die Kinder benutzte, und noch viel mehr hasste sie die Werbespots, in denen Jonit als Star auftrat – ihre noch nicht einmal elfjährige Tochter, die sich eine Permanentschminke hatte machen lassen, da sie es satthatte, sich vor jeder Sendung zu schminken, und wenn sie

sie sah, hasste sie sich selbst dafür, dass sie ein Auge zugedrückt hatte, als Jonit zum ersten Mal zu einem Casting eingeladen worden war ...

Dana verließ das Fenster, in dem sich in diesem Augenblick der Fernsehbildschirm mit Jonit spiegelte, wie sie mit einem Grüppchen gleichaltriger deformierter Mädchen in einer Werbung für Produkte der Fleischverarbeitung hüpfte und tanzte, wandte sich dem Getränkeschrank zu und schenkte sich einen Rémy Martin ein – eines der wenigen Dinge, die sie noch nicht hasste –, ließ sich aufs Sofa sinken, nahm die Literaturseite vom letzten Freitag zur Hand und vertiefte sich für einen Moment in die hasstriefende Rezension eines scheinheiligen, unausstehlichen Dichters, der mit Gaby aufs Gymnasium gegangen war, und hasste ihn und sein aufgeblasenes Geschreibsel, und in diesem Moment kam Gal aus dem oberen Stockwerk das Treppengeländer heruntergesegelt, in Nachahmung dieses englischen Kochs, den sie hasste, und sie zischte ihm mit unterdrücktem Hass zu: »Gal! Hör endlich auf, diesen affigen Jamie Oliver zu imitieren!«

Aber Gal schenkte ihr keine Beachtung, sondern schrie, noch während er das Treppengeländer herunterrutschte: »Papa, ich brauch Geld!«

Gabys Hand fuhr automatisch zur Hosentasche, um die Geldbörse herauszuziehen, verharrte jedoch mittendrin, und statt wie üblich als Bankomat zu funktionieren, hörte er sich fragen: »Wozu?«

»Zweihundert Schekel«, sagte Gal, während er am Fuß der Treppe landete, seine langen Arme hob und seinen jungen Rücken nach hinten dehnte.

»Ich habe nicht gefragt, wie viel. Ich habe gefragt, wozu«, machte Gaby seinen Sohn auf dessen Irrtum aufmerksam.

»Was das denn?« Der Sohn fiel aus allen Wolken.

»Eine Frage«, erwiderte ihm sein Vater.

»Wieso Frage?« Der Junge starrte seinen Vater an, als sähe er ihn zum ersten Mal, wie einen völlig Fremden.

»Wozu – ist ein Fragewort«, erklärte ihm sein Vater und setzte zur Präzisierung hinzu,»eine Frage nach dem Zweck.«

»Papa, was soll das?«, sagte der Junge verdutzt.

»Du hast zu mir gesagt, dass du Geld brauchst.«

»Stimmt!«

»Ich habe dich gefragt, wozu. Wofür. Weswegen. Zu welchem Zweck«, erläuterte ihm Gaby.

»Wie Zweck? Ich geh zu Sissy.«

»Wer ist diese Sissy?«

»Aber Papa!«, protestierte der Junge, der die Geduld zu verlieren begann.

»Sissy ist keine Frau«, mischte sich Jonit ein, die sich gleichgültig die Werbung im Fernsehen ansah, in der sie auftauchte, während sie gleichzeitig Botschaften von ein, zwei Wörtern mit ihrem Mobiltelefon verschickte oder erhielt.»Sissy ist der Mega-In-Haarstylist von allen.«

»Ich dachte, das sei eine Prostituierte«, meinte Gaby.

»Was ist denn mit dir los, Papa?!«, rief Gal aufgeschreckt, und Jonit hörte kurz auf, ihr Mobiltelefon zu bearbeiten, und heftete einen großen, blauäugigen Blick auf ihren Vater, aus dem er Beunruhigung oder Bedrängnis las.

»Zweihundert Schekel, das ist der Preis einer Prostituierten oder eines Gauners«, stellte Gaby fest,»nicht eines Barbiers.«

»Was ist denn ›Barbier‹?!«, fragte der Junge, schockiert von dem seltsamen Benehmen seines Vaters.

»Ein Barbier ist ein Friseur«, klärte Gaby seinen Sohn auf.

»Er ist kein Friseur«, verwahrte sich Gal wütend,»er ist Haarstylist, hast du doch gehört.«

»Wofür brauchst du einen Haarstylisten? Deine Haare sind doch hübsch gestylt.«

»Papa«, warnte ihn der Junge, »du sagst mir nicht, was ich mit meinen Haaren machen soll.«

»Ich sage dir weder, was du mit deinem Haar anfangen sollst noch mit deinem Leben. Ich verstehe nur nicht, wofür du einen Haarstylisten brauchst.«

»Er will es platinblond färben lassen und feuerrote Streaks reinmachen«, verpetzte Jonit frohlockend ihren Bruder.

»*Jallah*, halt den Mund!«, erwiderte Gal aggressiv.

»Bist du sicher, dass du das willst?« Gaby betonte das »du«.

»Papa, was ist denn los mit dir?«, fragte der Junge bestürzt. »Hast du grad irgendeinen Anschlag überstanden oder so was?«

»Er findet, er ist nicht hübsch genug«, feixte das kleine Biest.

»Meinst du, dass dich platinblondes Haar mit roten Streifen schöner machen wird?«, fragte der Vater seinen Sohn.

»Papa!«, protestierte der Junge halb entsetzt, halb wütend. »Das ist echt nicht deine Sache!«

»Die Jungen in seiner Klasse machen einen Schönheitswettbewerb«, fuhr Jonit fort, die Auseinandersetzung anzuheizen. »Er meint, dass er mit Streaks der Schönheitskönig wird.«

»Ich ändere bloß meine Haarfarbe«, knallte Gal seiner Schwester hin, »ich mach mir keine Permanentschminke und such mir einen neuen Namen aus.«

»Was?!« Gaby erschrak. »Wer sucht hier einen neuen Namen?«

»Manuella«, stellte Gal seine Schwester höhnisch vor.

»Wie, Manuella?« Gaby verstand nicht.

»Jonit passt ihr nicht«, zahlte es Gal seiner Schwester heim, »denn das kommt nach dem Namen von Großmama Jona. Sie will Manuella sein.«

»Weißt du überhaupt, was das ist, ›Manuella‹?«, lachte Gaby.

»Manuella ist der Star der neuen Telenovela«, erklärte Gal.

»Gar nicht deswegen«, widersprach Jonit. »Manuella ist ein zündender Name.«

»Stimmt«, sagte Gaby zu ihr. »Mit einer Manuella hat man nämlich vor sechzig Jahren die Zündung von alten Klapperkisten angekurbelt.«

»Was?!« Jonit verstand den Ausdruck und damit die Feinheiten des antiquierten Humors ihres Vaters nicht, was ihn allerdings erst recht reizte, diesen verwaisten Pfad zu jenem verödeten Land weiterzuverfolgen, in dem alle, die je dort gewesen, längst ins Jenseits eingegangen waren. »Wenn du nach einem zündenden Namen suchst, warum nicht Starter? Oder Starterin? Oder Starterita? So bist du sowohl ein Star als auch die blinde Rita.«

»Pa-pa!«, schrie sie mit Betonung auf der zweiten Silbe, die sie wütend, in feindseligem Protest regelrecht ausspuckte – und Gaby sah sie vor sich, wie sie bei zukünftigen Studentendemonstrationen auf dem Pariser Boulevard Saint-Michel marschierte, die Faust schwenkte und mit der ganzen Horde im Chor heiser Parolen brüllte: »*Pa-pá le patapisme! Pa-pá le kakaisme!*« Und mit jeder Parole verlor sich ihr Gesicht mehr und mehr, bis sie vollkommen identisch war mit den Zehntausenden Gestalten, die alle wie geklonte Heldinnen einer spanischen Telenovela aussahen, deren Gesichter sich in rosa Plastikbälle verwandelten mit zwei schwärzlichen Augenlöchern und einem faustgroß klaffenden Mundloch darunter, aus dem ein belferndes Kreischen plärrte, das sich wegen der undeutlichen Artikulation so ähnlich anhörte wie »Ich bin Exit« oder »Ich bin ein Taxi«.

Gaby ließ den Blick von seinem Sohn, der sich die Haare färben wollte, um wie alle anderen zu sein, zu seiner Tochter wandern, die sich Permanentschminke für ihre Werbeauftritte hatte machen lassen und mit der Erfindung eines neuen Namens für sich beschäftigt war, und er warf sich vor: Wie kommt es, dass du nicht gemerkt hast, dass dir diese Kinder von dem allgemeinen Getöse ringsherum gestohlen und als Außerirdische wieder nach Hause gebracht worden sind? Als besinnungslose Kreaturen mit dem Kopf voller Getöse, die nichts mehr von den Babys an sich haben, die dich mit unvergleichlicher Freude erfüllt hatten wegen des überwältigenden Staunens, mit dem sie diese merkwürdige Welt entdeckten, in die sie aus dem Irgendwo gekommen waren? Und er fragte sich, in welchem Augenblick die Geschichte ihres neuen, einmaligen Lebens so töricht und banal, so lärmerfüllt und bedeutungsleer geworden war.

»Gal«, versuchte er einzulenken, als könnte er das Rad der Zeit aufhalten und zurückdrehen, »wart mal einen Moment. Mach die Augen auf, und schau dich um. Die Straßen sind voller Kinder in deinem Alter mit gelb gefärbten Haaren mit grünen Spitzen und roten Strähnchen. Meinst du wirklich, da fehlt noch so einer, um die Herde komplett zu machen? Warum möchtest du wie alle anderen sein? Schau dir deine Freunde mit den gefärbten Haaren an. Sie sind keine Kinder mehr. Sie sind genauso lächerlich und unglücklich wie diese alten Männer mit fünfzig, sechzig und siebzig, die sich die Haare färben.«

»Papa«, warnte der Junge seinen Vater mit einer Stimme, die wie das letzte rote Signal vor einer Haarnadelkurve klang. »Gibst du mir jetzt die zweihundert Schekel, oder soll ich Mama bitten?«

»Nimm zehn Schekel, und versuch, darüber nachzudenken, wofür du sie ausgeben würdest, wenn es das letzte Geld wäre, das du im Leben noch hast.«

»Was?!«, schrie der Junge seinen Vater an. »Was soll ich mit beschissenen zehn Schekeln? Ich brauch zweihundert!«

»Geh betteln«, schlug ihm sein Vater vor.

»Was?!«

»Geh betteln!«, wiederholte Gaby.

»Was ist hier eigentlich los, was soll das Geschrei?«, fragte Dana, die das Interesse an dem geschwollenen Artikel von Gabys ehemaligem Schulkameraden verloren hatte und die Zeitung angeekelt zur Seite warf.

»Papa ist verrückt geworden«, verkündete ihr Gal.

»Guten Morgen«, verblüffte sie ihn mit einer unerwarteten Antwort, »du hast gerade Amerika entdeckt.«

»Ich weiß nicht, was er hat!« Er wedelte verzweifelt mit den Händen.

»Gal wollte von Papa zweihundert Schekel, um sich bei Sissy Streaks machen zu lassen. Papa hat ihn gefragt, ob Sissy eine Nutte ist, am Schluss hat er ihm zehn Schekel gegeben und ihn zum Betteln geschickt«, berichtete Jonit präzise und trocken.

Dana stieß ein kurzes Lachen aus, das fast wie ein ersticktes Husten klang. Danach verstummte sie für zwei, drei Sekunden, doch dann schoss eine weitere Welle zerstückelten Gelächters aus ihrem Mund und zersplitterte an den Wänden des Raums, und gleich darauf folgten ein zweiter und ein dritter Lachanfall, von tief unten herauf, mit zunehmender Heftigkeit, bis ihr unbezähmbares Gelächter in immer schnelleren, vehementeren Salven aufbrandete, eine Art Lachorkan, ein lachender El Niño, der vom großen Ozean daherfegte und sich mit wachsender Geschwindigkeit den Küsten Floridas näherte, die Wipfel der Palmen zu zerfetzen drohte, die mit den Köpfen wedelten wie verrückte Juden an den Klagemauern des Winds, der alles mitzureißen drohte, was sich ihm in den Weg stellte, einschließlich Streaks und Sissys und Manuellas, und Gaby sah, wie Gal und Jonit die Augen aufrissen, völlig verstört über ihre Mutter, die jaulte: »Oi, Sissy, oi, Manuella, Hilfe, ich kann nicht mehr, Hilfe!« Tränen strömten ihr vor lauter Lachen aus den Augen, peitschten wie Wolkenbrüche an die verlassenen Küsten, bis urplötzlich, schlagartig, inmitten des tobenden Lachhurrikans, die Stille im Auge des Taifuns eintrat und sie sagte:»Kommst du mit, Kristina treffen?«

Und schon waren sie draußen, ließen ihre fassungslosen Kinder zurück, Gals verzweifelt im leeren Raum verhallendes Rufen im Rücken:»He, Papa! Mama! Ich brauch Geld!« Statt einer Antwort auf dieses meuternde Protestgeschrei warf Dana Gaby ihre Autoschlüssel zu und sagte:»Fahr du. Ich bin jetzt nicht in der Lage zu fahren.«

16. WAS SALIMANS VATER ZU DAVES VATER SAGTE

Das schwere Motorrad hielt an einer unvermittelt auftauchenden Straßensperre, die offenbar zur Kontrolle diente, wer im Dorf ein und aus ging. Der gelangweilte Reservist, der aus seinem Postenunterstand herausspähte, entdeckte verblüfft den merkwürdigen Motorradfahrer, dessen zusammengebundenes schneeweißes Haar unter dem Helm hervorwallte und wie der Schweif eines weißen Pferdes im Wind wehte.

»Hallo, Großväterchen! Was machst du hier?«

»Hallo, junger Mensch! Was machst du hier?«

»Ich bewache diese Straßensperre, siehst du das nicht?«

»Seit wann ist hier eine Straßensperre?«

»Seit heute. Es gibt Informationen, dass sich einer im Dorf versteckt, nach dem gesucht wird.«

»Was soll ich ihm ausrichten, wenn ich ihn treffe?«

»*Jallah*, das ist kein Witz. Dreh mit deiner Kackamaika um, und fahr zurück, wenn du keine Probleme suchst.«

»*Habibi*, ich suche doch das ganze Leben nach Problemen, und die Probleme suchen nach mir, aber wir treffen uns nie, und weißt du, warum?«

»Lass hören.«

»Horch, damit du was lernst: Probleme lieben es, über Menschen herzufallen, die vor ihnen davonlaufen.«

»Schön. Also bist du in dieses Loch gekommen, um Probleme zu suchen.«

»Ehrlich gesagt fahre ich zu jemandem, dessen Vater meinen Vater kannte, bevor dein Großvater deine Großmutter kennengelernt hat.«

»Bedaure, ich habe Befehl erhalten, keine Juden ins Dorf zu lassen.«

»Schön. Dieser Befehl gilt nicht für mich.«

»Bist du kein Jude?«

»Ich bin Israeli. *Jallah*, mach die Absperrung auf.«

»Mein Vorgesetzter, wenn der kommt ...«

»Sagst du ihm: Der Betreffende hat sich vor mir als Israeli ausgewiesen. Mach schon auf!«

»Es ist dein Leben. Mach damit, was du willst.«

»Danke für den Rat, mein Junge. Jung sterben werde ich ohnehin nicht mehr, und dir wünsche ich das Gleiche.«

Der Soldat verschob die Stacheldrahtbarriere, und das Motorrad rollte unter herzhaftem Geknatter in das Gewirr der engen krummen Gassen eines ärmlichen Dorfes, das mit großen Reklametafeln für Coca Cola, Smartphones und arabische Podcasts neben aufgesprayten Parolen in Rot, Grün und Schwarz an den unverputzten Blocksteinmauern der improvisierten Behausungen geschmückt war, die aufgetürmt, Haus an Haus, Balkon an Balkon, aneinanderklebten. Durch dieses gewundene Labyrinth bugsierte der alte Motorradfahrer mit sicherer Hand seine immerwährende Harley-Davidson, von der er den Namen »Dave« für sich abgeleitet hatte, vor ewigen Zeiten, als er seinen Namen »Uri« ablegte und sich der arabischen Abteilung beim Palmach anschloss, die sein Vater mitbegründet hatte, bevor sich seine Spuren in der Wüste verloren. Das Donnern des hochkomprimierten Motors der starken Maschine, die eigens für die kanadische Armee gebaut worden war und über das britische Militär ihren Weg nach Israel gefunden hatte, riss den alten Saliman Abu-Ali, der in seinem Sessel saß, eine Hand auf den roten Knauf seines Stocks gestützt, der so alt war wie das Motorrad, das die Gasse heraufrumpelte, aus seinen schläfrig dahintreibenden Gedanken.

»Das ist der Amir-Daud!« Saliman schüttelte seine Nachmittagsmüdigkeit ab. »*Jallah*, Amira! Geh, und mach ihm das Tor auf.«

Salimans Enkelin legte das Buch aus der Hand, in dem sie las, erhob sich und hüpfte leichtfüßig über die fünf Steinstufen, um das grüne Eisentor zu öffnen, und Dave fuhr mit dem Motorrad in den betonierten Hof ein und stellte den Motor ab.

»*Ahlan*, Amira. Was ist denn hier los, isst du Hefe?«, scherzte Dave.

»Wieso Hefe?«, gab das Mädchen zurück. »Erinnere ich dich an Brot?«

»Du bist einen Kopf größer geworden, seit ich dich das letzte Mal gesehen habe. Wie hoch willst du noch hinaus?«

»Ich will Tänzerin werden.«

»Ja, so was! Wie meine Mutter!«, begeisterte sich Dave.

»Ja was! Deine Mutter war Tänzerin?«, staunte das Mädchen.

»Du weißt das nicht, aber sie hat das ganze Land zum Tanzen gebracht, meine Mutter.«

Der alte Saliman erhob sich von seinem Platz und hieß seinen Gast mit unverhohlener Freude willkommen. Die beiden umarmten sich nach Art alter Chatjars, klopften einander auf die Schultern, tauschten Wangenküsse aus, sogar feuchte Augen bekamen die zwei alten Herren, ob vor Rührung oder ob der glutheißen Trockenheit dieses Sommertags.

»Woher und wohin des Wegs?«, erkundigte sich Saliman, während er seinen Gast aufforderte, sich in den Schatten des Weinstocks zu setzen, dessen Ranken und Blätter die Terrasse mit einem grünen Baldachin überwucherten, von dem unreife Traubenbüschel herabbaumelten.

»Vom Bekannten und Vertrauten zum Unbekannten«, antwortete Dave.

»Und zwischen dem Bekannten und dem Unbekannten hast du dich an Vergessenes erinnert?«, lachte Saliman.

»Auch wenn meine Augen dich nicht sehen, Saliman, weilst du in meinem Herzen.«

»Und du in meinem Herzen, Abu-Maoz. Wie das Rad sich doch dreht! Der Sohn meiner Nichte, Adib, hat deine Enkelin Libby getroffen.«

»Studiert Adib nicht in England? Wie hat er sie getroffen?«

»Er ist zu Besuch gekommen. Zur Trauerzeremonie, die die Familie für die Tochter seiner Cousine ausgerichtet hat.«

»Es hat mich erzürnt und mir großen Schmerz bereitet, als ich sah, wie der *chariat*, dieses Stück Scheiße, sie getötet hat«, sagte Dave.

»Nur ein zwölfjähriges Mädchen. Was kann sie mit einer Stricknadel machen?«

»Eine Schande. Eine große Schande für uns, Saliman. Wie viele Zicklein werden noch mit ihrem Leben bezahlen wegen den Ziegen, die am Rande des Abgrunds tanzen und springen?«

»Ja, zuerst tanzen die Wahnsinnigen, nachher schreien sie warum-warum-warum!«, seufzte Saliman.

»Aber was hat meine Enkelin Libby bei der Trauerzeremonie gemacht?«, forschte Dave.

»Nein, sie hat Adib in der Verhörzelle getroffen.«

»*Wallah?!* Wie ist er dort hingeraten?«

»Er wollte ein Auto in Be'er-Scheva mieten und dorthin fahren, von wo sie seine Großmutter bei der *nakbe*, bei der großen Niederlage, vertrieben haben.«

»Und wie ist die Sache ausgegangen?«

»Deine Enkelin hat ihn mit wohlwollendem Auge betrachtet. Er hat sie mit zwei wohlwollenden Augen betrachtet. Man hat ihn freigelassen.«

»*Wallah!* Da wird noch ein Hochzeitspaar daraus!«, lachte Dave.

»*Inschallah.* Adib macht schon den Doktor fertig. Redet englischeres Englisch als euer Regierungschef.«

»Unser Ministerpräsident spricht Amerikanisch, kein Englisch«, präzisierte Dave.

»Der Junge wird nach Hause zurückkommen und der Kulturminister in unserer Regierung, wenn wir einen Staat haben.«

»Ihr werdet einen Staat haben, ihr werdet eine Regierung haben, ihr werdet Schmach und Schande haben wie wir«, tröstete Dave seinen Gastgeber und langjährigen Freund.

»Ich habe im Fernsehen gesehen, dass dein Sohn Maoz Ministerpräsident werden will.«

»Ich weiß nicht, was er will«, distanzierte sich Dave. »Gebe Gott, er wüsste es.«

»Sie reden jeden Tag von ihm im Fernsehen, er hat sich einen Namen gemacht.«

»Einen Namen ohne Substanz«, entgegnete Dave.

»So redest du über deinen Sohn?«

»Die Liebe sieht das Gute. Die Enttäuschung sieht das Schlechte. Die enttäuschte Liebe sieht das Ganze«, zitierte Dave ein altes arabisches Sprichwort.

»Du hast drei Söhne, *alhamdulillah,* einer erfolgreicher als der andere, warum enttäuschte Liebe«, wunderte sich Saliman über seinen Gast.

»Wir haben das, was wir geschaffen und erreicht haben, mit viel Leid erreicht«, sagte Dave, »doch wir haben eine Generation von Vergnügungsjägern großgezogen. Strecken die Beine über den Deckenrand hinaus und bringen sich um für teure Leichenhemden.«

»Die Unterhaltung mit dir, *chawadscha* Daud, ist wie in einem Buch lesen.«

»Auch mit dir, Saliman. Dein Sohn, Ali, hat mir gesagt, dass du meinen Vater gekannt hast?«

»Ich glaube – mein Vater kannte deinen Vater.«

»Was heißt ›ich glaube‹? Kannte er ihn, oder kannte er ihn nicht?«

»Was soll ich dir sagen, *chawadscha* Daud, er war schon sehr alt, er hatte schon mehr Dunkelheit als Licht im Kopf. Eines Tages ist er hier gesessen, auf dem Platz, auf dem du jetzt sitzt, genau in diesem Sessel, hat seine alten Knochen in der Sonne gewärmt, hat schon viele Tage nicht mehr geredet. Plötzlich kommt mit der Stimme eines Vögelchens: *Zabtat chmar, wala kilamat sahib dhamar.* Verstehst du, was er gesagt hat?«

»Besser ein Tritt von einem Esel als das Wort eines Freunds, der aus Damar kommt.«

»*Aiwa*, ja. Verstehst du, was gemeint ist?«

»Sicher. Mein Großvater kam aus Damar und meine Großmutter aus Schar'ab«, erzählte Dave, »und wenn sich die beiden jemenitischen Familien trafen, stritten sie sich, wer erfolgreicher war: die Scharabis oder die Damaris. Am Schluss kamen sie zu einem Kompromiss: Die Damaris seien scharfsinniger und die Scharabis heldenhafter.«

»Woher nahmen sie, dass sie heldenhafter waren?«, erkundigte sich Saliman interessiert.

»Oh! Das ist eine Geschichte aus der Zeit des Zweiten Tempels. Wir hatten einen König in Jerusalem, der hieß Herodes. Er war ein Araber aus Edom. Aber er hat eine jüdische Prinzessin aus der Sippe der Makkabäer geheiratet. Und dieser Herodes war ein Freund der Römer. Einmal hatten sie Krieg im Süden der arabischen Halbinsel. Was macht Herodes? Schickt ein Regiment der besten Kämpfer hin, um den Römern im Krieg zu helfen. *Amma-ma*, nun, die Mädchen dort im Bezirk von Scharab, im Südjemen, waren die schönsten Mädchen vom ganzen Orient. Es hieß: *Jaduki bi-n-nur, wala bi-l-ain bint-schar'abi* – Besser deine Hand im Feuer als die Augen einer Tochter Scharabs. Und wirklich, du hättest die Augen der Mutter meines

Vaters sehen sollen: Sie brannten wie zwei glühende Kohlen im Wind. Sie bohrte ihre Augen in dich hinein und brannte dir ein Loch bis ins Herz, bis in die Leber, bis in die Nieren hinein.«

»Kurz gesagt«, steuerte Saliman auf das Ende der Geschichte zu, »die Soldaten von dem Regiment eures Herodes wurden im Feuer der Töchter Scharabs verbrannt?«

»Und wie sie verbrannten!«, lachte Dave. »Keiner von ihnen kehrte aus dem Jemen ins Land Israel zurück.«

»Woi-woi!«, lachte auch Saliman. »Und dein Vater war halb Scharabi, halb Damari?«

»O nein!« Dave schüttelte energisch den Kopf. »Mein Vater war nicht halbe-halbe. Er war sowohl Scharabi als auch Damari.«

»Woi-woi, Sohn des Sohnes von Woi-woi!« Saliman hatte seine Freude an der Vorstellung.

»Da hast du etwas Großes gesagt, *chawadscha* Saliman! Woi-woi-woi, der Sohn, der Vater und dessen Vater!«

»Aber wie ist aus Scharabi und Damari Ben-Chaim geworden?«

»Als mein Vater meine Mutter, Eva Ben-Chaim, getroffen hat, hat er ihren Namen angenommen und wurde zu Damari-Ben-Chaim.«

»Warum hat er ihren Namen angenommen?«, wunderte sich Saliman.

»Wenn du meine Mutter gekannt hättest, würdest du nicht mehr nach dem Warum fragen.«

»Drei Dinge haben den Geschmack des Paradieses: eine Frau, eine Stute und ein Buch«, sagte Saliman. »Bestimmt hat sie ihm einen Geschmack vom Paradies gegeben.«

»Sie hat ihm das Paradies gegeben und auch Unterricht, die Stute«, schmunzelte Dave.

»Du nennst deine Mutter Stute?«

»Sie war eine Vollblutstute, meine Mutter«, erwiderte

Dave, »aber lass uns auf deinen seligen Vater zurückkommen, der auf einmal gesagt hat: ›Besser ein Tritt von einem Esel als das Wort eines Damaris.‹ Hat er noch etwas gesagt?«

»Hat er, hat er, hat er! Aber hast du Zeit? Du bist auf dem Weg ...«

»Das Leben ist der Weg, und solange es das Leben gibt – gibt es viel Zeit«, meinte Dave.

»Gut. Kaffee? Tee?«

»Beginnen wir mit Kaffee!«

»Amira! Sei so gut, mach uns Kaffee.«

»Großpapa!«, begehrte Amira auf. »Ich will die Geschichte aber auch hören.«

»Die Geschichte kommt zum Kaffee«, versprach ihr Saliman.

»Du hast Glück, *chawadscha* Saliman, dass deine Enkelin deine Geschichten hören möchte.«

»Und was ist mit deinen Enkelkindern, *chawadscha* Daud, wollen sie deine Geschichten nicht hören?«

»Ich habe Glück mit meiner Enkelin Libby, bei ihr ist die Damari-Seite stark ausgeprägt, obwohl sie viel von beiden hat, den Scharabis wie auch den Chaimsons.«

»Eine israelische Mischung?«, meinte Saliman.

»*Wallah!* Du sagst es! Sie ist eine echte israelische Mischung. Ich würde gerne noch zehn Jahre leben, um zu sehen, was aus ihr wird«, seufzte Dave.

»Du wirst es erleben, *chawadscha* Daud, wenn du nicht zu viel Unsinn mit deinem verrückten Motorrad machst.«

»Das Motorrad gibt mir Lebenszeit.«

»Aber in unserem Alter ist es vielleicht an der Zeit, ihm Ruhe zu gönnen.«

»Diese alt-jungen Leute heutzutage haben keine Zeit«, erwiderte Dave, »doch die jungen Alten wie wir, Saliman, haben noch viel Zeit, bis wir ausruhen.«

»Oh! Danke, Amira!«, rief Saliman. »Wenn dein Kaffee kommt, kann auch die Geschichte kommen. Womit fangen wir an?«

»Du hast gesagt, dass er hier saß, dein Vater, auf dem Platz, auf dem ich sitze«, reichte Dave Saliman das Ende des Fadens.

»Ja, er saß hier, wärmte sich in der Sonne, und auf einmal machte er den Mund auf und sprach, fing an, eine Geschichte zu erzählen. Aus der Zeit der Engländer. Aus den Tagen des großen palästinensischen Aufstands. Mein Vater wurde gesucht. Die Engländer setzten viel Geld auf seinen Kopf aus. Wenn sie ihn gefasst hätten, hätten sie ihn aufgehängt. So wie sie vierundfünfzig unserer Schahids aufgehängt haben.«

»Bei uns nannte man sie Bandenchefs«, bemerkte Dave.

»Solang es Meinungsunterschiede gibt, gibt es Liebe«, milderte Saliman die Worte seines Freundes ab.

»Unsere Liebe besteht aus einer Meinungsverschiedenheit nach der anderen«, seufzte Dave.

»Jaja, zu viel Blut wurde in dieser Liebe vergossen«, stimmte Saliman zu.

»Stark ist dein Kaffee, Amira.« Dave übernahm Salimans Kunst der Entschärfung. »Weckt Schläfer auf und macht Tote wach!«

»Und so ist die Geschichte von meinem Vater mit deinem Vater Jussuf«, sagte Saliman.

»Im Kibbuz nannten sie ihn ›Josef, den Jemeniten‹, um ihn von ›Josef, dem Polen‹ zu unterscheiden, dem mein Vater meine Mutter wegnahm«, erklärte Dave die Rolle seines Vaters. »Aber wie ist die Geschichte, die dein Vater über meinen Vater erzählt hat?«

»Als er sie zum ersten Mal erzählt hat, mein Vater – ich habe es nicht geglaubt. Ich dachte – er ist aus dem Schlaf aufgewacht, der *chatjar*, und erzählt einen Traum, den er im Schlaf gesehen hat. Aber es ist kein Tag vergangen, da hat er die gleiche Geschichte zum zweiten Mal Wort für Wort wie beim ersten Mal wiederholt, und er hat sich doch schon damals an nichts mehr erinnert! Frag ihn, was er in der Früh gegessen hat – er erinnert sich nicht. Aber die Geschichte kam aus ihm heraus, als würde er sie aus einem Buch vorlesen. Ich habe es Ali erzählt, er hat zu mir gesagt: Das kann nicht sein. Aber als es am dritten Tag noch mal passiert ist, war es schon zum Fürchten. Er sitzt in diesem Sessel, macht plötzlich die Augen auf, die schon tot waren – macht sie so auf – ganz weit – blank wie der Himmel, tief wie zwei Brunnen, und seine Stimme – plötzlich kommt so eine Stimme aus ihm, die hatte er, als er ein junger Mann war, stark, lebendig! Und noch mal, Wort für Wort, genau wie das erste, das zweite und das dritte Mal! Als ob er einen Film im Kopf hätte. Und als die Geschichte zu Ende war, füllten sich seine Augen mit Tränen, sie liefen ihm aus den Augen und rollten ihm übers Gesicht, das viel Sonne, viel Wind, viel Blut und viele, so viele Tote gesehen hat. Immer waren seine Augen trocken, aber jetzt, wo er mit der Geschichte fertig war, jedes Mal – Tränen. Und beim fünften Mal, als er mit der Geschichte am Schluss angelangt war, machte er die Augen zu, ließ einen Berg von Luft aus seiner Brust, als ob er die ganze Luft, die er im Körper hatte, hinausstoßen würde, und ist gestorben. Ich habe zu Ali gesagt: Vater hat uns etwas mitgegeben, was wir dem *chawadscha* Daud, Sohn des *chawadscha* Jussuf, weitergeben müssen. Sag seinem Sohn Duvesch, dass dein Vater seinem Vater etwas zu bestellen hat.«

»Und da bin ich«, sagte Dave, »und du bist hier, und was ist es?«

»Es ist ein Rätsel. Ein Rätsel – wie mein Vater fünfmal Wort für Wort haargenau die gleiche Geschichte wiederholt hat!«

»Und was ist die Geschichte, *chawadscha* Saliman?«

»Ich bete bei meiner Seele, dass ich die Worte finde, die aus seinem Mund kamen.«

»Es müssen nicht die gleichen Worte sein«, versuchte Dave, es Saliman leichter zu machen.

»Es müssen! Es müssen!«, insistierte sein alter Freund. Und dann hob er an: »So sagte er: *Chawadscha* Jussuf Damari-Ben-Chaim arbeitete im Obstgarten des Kibbuz. Ein schwarzes Pferd hatte er. Ein Pferd schwarz wie die Nacht, wie es kein gleiches im Land gab. Eine mächtige Mähne hatte es und sein Schwanz – schwarze Flechten um Flechten wallten bis auf die Erde und schwarze Fellbüschel um die Fesseln. Man sagte, dass es ein Jude aus dem Land Holland gebracht hat. Und in jenen blutigen Tagen des gewaltigen palästinensischen Aufstands, als die Felder brannten, die Menschen auf den Wegen, in den Obstgärten und Zitrusfruchthainen und sogar im Herzen der Dörfer getötet wurden und sich alle fürchteten, ohne Begleitung von bewaffneten Wächtern auf die Felder zu gehen, da ritt *chawadscha* Jussuf stets allein auf seinem schwarzen Pferd vom Kibbuz zu den Obsthainen. Eine Browning-Pistole hatte er, und er kannte keine Furcht. Nicht vor Menschen und nicht vor Gott. Und alle unsere Helden sagten über ihn: Ein Mensch, der Gott nicht fürchtet, vor dem muss man sich fürchten. Eines Tages setzte sich *chawadscha* Jussuf zu einer Rast, um sein Mittagessen zu verzehren, in den Schatten eines Pampelmusenbaums, und plötzlich traten zwischen den Bäumen zwei unserer heldenhaftesten Helden mit Jagdgewehren heraus, die Läufe auf ihn gerichtet, und sagten zu ihm: Beweg dich nicht, dann wird dir nichts geschehen. Und *chawadscha* Jussuf blieb still sitzen, schrie nicht, sagte nichts. Schaute sie an, Auge in Auge, zeigte ihnen, dass er keine Angst hatte, dass er ihnen glaubte. Und das war in den Tagen, als sie Menschen wie Hunde töteten. Und dann trete ich zwischen den Bäumen heraus, erzählte uns mein Vater, und ich zeige mich und sage zu ihm: *Chawadscha* Jussuf, ich weiß, wer du bist. Weißt du, wer ich bin?

Chawadscha Jussuf blickt mich an, so erzählte mein Vater, schaut mir geradewegs in die Augen und sagt zu mir: Du bist Aref Abd ar-Rasek al-Husseini.

Ich sage zu ihm: Bis heute haben wir uns nie von Angesicht zu Angesicht getroffen, woher willst du wissen, wer ich bin?

Er sagt zu mir: Die Engländer haben dein Bild in die Postämter gehängt, in Bulletins und Zeitungen gesetzt. Sie haben zehntausend Lira auf deinen Kopf ausgesetzt.

Ich sage zu ihm: Ich sehe, du bist ein ehrlicher Mann, und deine Worte sind wahr. Du bist ein mutiger Mann. Ich verfolge dich, sehe dich allein auf deinem schwarzen Pferd reiten, das schön ist wie kein anderes im ganzen Land, als gäbe es keinen schrecklichen Krieg in Palästina.

Er sagt zu mir: Danke, *chawadscha* Mahmud, für die schönen Worte, die du über mein Pferd gefunden hast.

Ich sage zu ihm: Ich will mit dir reden, *chawadscha* Jussuf, von Mann zu Mann.

Er sagt zu mir: Sprich, ich höre.

Du bist nicht von Moskovia gekommen, sage ich zu ihm, und nicht von Polen.

Er sagt: Nein. Ich bin hier im Land geboren.

Und dein Vater und deine Mutter, woher sind sie gekommen?

Mein Vater und meine Mutter kamen aus dem Jemen, mein Vater aus Damar und meine Mutter aus Schar'ab.

Und warum sind sie eines Tages aufgebrochen und haben ihre Häuser im Jemen verlassen und sind in dieses Land gekommen?

Darauf sagt *chawadscha* Jussuf zu mir: Das ist eine lange Geschichte, *chawadscha* Mahmud.

Ich sage zu ihm: Erzähle mir die Geschichte vom Anfang bis zum Ende oder vom Ende bis zum Anfang.

Und *chawadscha* Jussuf fängt an: Vor 2900 Jahren baute König Salomon einen Tempel in Jerusalem, und vierhundert Jahre stand er auf der Spitze des Moriahbergs, des Tempelbergs des Herrn, und im ›neunzehnten Jahr Nebukadnezars, des Königs von Babel, kam Nebusaradan, der Oberste der Leibwache, als Feldhauptmann des Königs von Babel nach Jerusalem und verbrannte das Haus des Herrn und das Haus des Königs und alle Häuser in Jerusalem; alle großen Häuser verbrannte er mit Feuer‹, und das Volk, das im Lande übrig war, ließ Nebukadnezar wegführen und verstreute es in den Weiten des Babylonischen Königreichs, und Abertausende vom Stamme Juda und Levi wanderten umher und gelangten ins Land Jemen, und jedes Jahr am neunten des Monats Av fasteten sie, löschten alle Lichter in der Nacht, saßen die ganze Nacht in dunkelster Finsternis und riefen einer dem anderen die Tage vor der Zerstörung Jerusalems ins Gedächtnis, wie das Leben in ihrem Land war, bevor sie daraus vertrieben wurden, und beteten um den Tag, an dem ein Bote eintreffen und die Botschaft bringen würde, die dem vertriebenen Volk die Erlaubnis gäbe, ins Land Zion zurückzukehren – und als er das sagt, sage ich zu ihm: Warum nennt ihr Palästina das Land Zion?

Da sagt *chawadscha* Jussuf zu mir: In der Bibel im Buch Exodus, in Moses' Lobgesang, werden die *joschvei pelaschet* erwähnt, die Philister, die so genannt wurden, weil sie griechische Eindringlinge, *polschim*, waren, die vom Meer her einfielen und sich auf dem offenen Küstenstreifen im Süden des Landes niederließen, und die Griechen übernahmen den Namen *pelaschet* aus der hebräischen Sprache und kleideten ihn in die griechische Form Palaistina, und die Römer übernahmen ihn von den Griechen, und nachdem sie die jüdische Revolte gegen sie niedergeschlagen hatten, benannten sie das Land um, von

Provincia jehudia in Provincia Syria-Palaestina, und danach kamen die Engländer, übernahmen den Namen von den Römern und nannten das Land Palestine-Erez-Israel. Zion dagegen ist das Land Zija, was in der hebräischen Sprache so viel wie Steppe bedeutet, ein einst blühendes Land, das unter der Wucht der Sonnenglut zur Wüste, zu einem Land der Dürre wurde in Ermangelung einer einzigen Menschenseele, die Brunnen gräbt, Wasser heraufholt, den Boden wieder zum Leben erweckt und die dürre Steppe, das Land Zion, in ein Land verwandelt, dessen Erde jede essbare Pflanze und jeden Obstbaum hervorsprießen lässt.

Ich sage zu ihm: Sprich weiter, *chawadscha* Jussuf.

Er sagt zu mir: Von wo aus soll ich weitersprechen?

Ich sage zu ihm: Du hast erzählt, dass die Juden im Jemen jedes Jahr am neunten Tag des Monats Av die ganze Nacht dasaßen und einander an die Tage vor der Zerstörung Jerusalems erinnerten und um den Tag beteten, an dem ein Bote kommen und die Botschaft bringen würde, die dem vertriebenen Volk die Erlaubnis geben würde, ins Land Zion zurückzukehren ...

Jussuf sagt zu mir: Ja, so pflegten sie es zu tun.

Ich sage zu ihm: Fahre an dieser Stelle fort, *chawadscha* Jussuf.

Darauf sagt er zu mir: Eines Tages, im Jahre 5641, was das Jahr 1881 ist nach christlicher Zählung, verbreitete sich ein Gerücht im Kreis der Juden im Jemen, dass ein jüdischer Mann namens Laurence Oliphant vom türkischen Sultan Erlaubnis erhalten hätte, Juden ins Land Israel zurückzubringen und sie im Land Gilead anzusiedeln. Und noch während dieses Gerücht Flügel bekam, wurde es schon von einem neuen Gerücht gejagt – ein reicher Jude aus dem Frankenland, was Frankreich ist, mit Namen Edmond de Rothschild, würde Grund und Boden im Land Zion für die Juden kaufen, die in Ländern im Exil lebten, in denen sie dazu verurteilt waren, wie nichtswürdige Fremde

zu leben, und dasselbe Gerücht besagte auch, dass das türkische
Reich den Juden in allen Ländern ihrer Zerstreuung überall auf
der Welt gestatte, zu kommen und sich im Land Israel nieder-
zulassen. Diese Gerüchte erweckten Staunen und Begeisterung
unter den Juden im Jemen, und viele verkauften eilends ihre
Häuser und ihre ganze Habe, um ins Land Zion zurückzukehren. Und dieses taten auch die Eltern meines Vaters und meiner
Mutter, die im Frühling des Jahres 1881 aus dem Jemen aufbra-
chen und auf dem Weg ins Land Israel sieben Feuer der Hölle
durchliefen, mit einem Schiff nach Bombay in Indien gerieten
und von dort nach Andimeschk, eine Stadt in Chuzestan, was in
Persien ist, verschlagen wurden, von da in den Irak weiterzogen
und sich im Hafen von Basra ins Rote Meer einschifften, von
Port Ibrahim nach Port Said gelangten, ein Schiff in Alexandria bestiegen und den Hafen von Jaffa zu Ende des Sommers
in selbigem Jahr erreichten. Und während ihrer Wanderfahrten
schlossen die Eltern meines Vaters mit den Eltern meiner Mutter Freundschaft und taten den Schwur, falls es ihnen vergönnt
sein sollte, das Land Israel zu erreichen, würden sie ihre Kinder
miteinander verheiraten – und so geschah es. Als mein Vater
und meine Mutter heiratsfähig geworden waren, schenkten sie
mir in Rechovot das Leben. Als ich dann ein Knabe war, schickten sie mich auf die Landwirtschaftsschule Mikwe Israel, wo ich
das Handwerk der Aufzucht von Zitrusfruchtbäumen erlernte, und da ich mich in der Schule auszeichnete, erhielt ich eine
Stelle als Lehrer, um die Obstbaumzucht zu unterrichten, und
einmal zur Zeit von Schvuʼot, dem jüdischen Wochenfest, kam
eine wunderschöne jüdische Tänzerin mit Namen Eva Chaimson nach Mikwe Israel, die mit den Schülern dort einen Rei-
gen herzerobernder, Geist und Gemüt bewegender Tänze tanzte, und ich verliebte mich in sie, obwohl sie fünf Jahre älter war
als ich, ließ alles im Stich und folgte ihr gebannt in den Kibbuz,
aus dem sie kam; dort übertrug man mir die Urbarmachung des

brachen Lands, das der Vater der Tänzerin Eva Chaimson mit seinem Geld gekauft hatte und seine Tochter wiederum umsonst, ohne Bezahlung, ihrem Kibbuz gegeben hatte, wo Liebesgras und syrische Mesquite, Thymelaea und Beifuß sprossen, und sie legten die Anpflanzung und Kultivierung dieses Zitrusfruchthains in meine Hände, und so brachten mich die Wechselfälle des Lebens bis zu diesem Augenblick, in dem ich nun hier dir gegenübersitze, unter diesem Pampelmusenbaum, den meine Hände gepflanzt und veredelt haben, und mein Leben liegt in deiner Hand.

Chawadscha Jussuf verstummte, und auch ich schwieg, so erzählte mein Vater, wir saßen beide da und schwiegen, und meine zwei bewaffneten Leibwächter, die die ganze Zeit mit offenem Mund und den Jagdgewehren in Händen dagestanden hatten, schwiegen ebenso. Dann wandte ich mich an diesen mutigen Mann, der mir seelenverwandt war, und sagte zu ihm: Ist deine Frau, die Tänzerin Eva, der Kunst des Reitens mächtig?

Da lachte Jussuf und sagte zu mir: Eva erlernte die Reitkunst in der spanischen Reitschule in ihrer Geburtsstadt Wien in Österreich, und sie kann so gut reiten wie ein Ritter.

Ich sagte zu ihm: Am kommenden Samstag besteige dein Pferd um acht Uhr morgens, und nimm deine Gefährtin Eva mit, auf einer weißen Stute, die du morgen früh an diesem Baum angebunden vorfinden wirst, reitet beide bis zum Eingang des Dorfes Taibe, wo euch zwei Reiter erwarten werden, um euch zu dem Ort zu geleiten, an dem ich euch empfangen werde.

Da sagte *chawadscha* Jussuf zu mir: So geschehe es, nach deinen Worten.

Ich drückte seine Hand, die kraftvoll und knorrig, standhaft und hart wie Eisenbeton war und die nicht zitterte, als sie in meiner Hand lag. Und ich sagte zu ihm: Bleib noch ungefähr eine halbe Stunde hier, bis wir von diesem Ort weiter weg sind, und dann bist du frei, dir selbst überlassen. Und wir stiegen auf unsere Pferde und verschwanden, wie wir gekommen waren.

In dieser Nacht brach ein Reiter auf, der eine weiße Stute mit sich führte, die er an den Pampelmusenbaum band, und am Samstag um acht Uhr morgens ging die Nachricht von Mund zu Mund, dass die beiden Reiter aufgebrochen waren; auf ihrem Weg ritten sie an Beduinenzelten und palästinensischen Dörfern vorbei, wo keine Menschenseele den Mut aufbrachte, sich ihnen in diesen blutigen Tagen zu nähern, und Hunderte Augenpaare begleiteten die beiden Reiter auf Pfaden, neben denen der Tod lauerte, doch keine Hand erhob sich, kein Stein wurde geworfen, keine Spucke versprüht und kein Fluch hinterhergeschickt, denn die Kunde ging von Mund zu Mund, dass die beiden jüdischen Reiter, der Mann auf dem schwarzen Pferd und die Frau auf der weißen Stute, Ehrengäste von Aref Abd ar-Razek al-Husseini seien, und wehe demjenigen, der es wagen würde, Hand an sie zu legen, wehe ihm und seiner ganzen Familie.

Und als die Reiter nach Bustan Scheich-Sa'id in die Gegend von Megiddo gelangten, schlossen sich ihnen zwei Leibwächter an und begleiteten sie bis zu meinem Zufluchtsort an jenem Tag, und als ich *chawadscha* Jussuf und seine Gemahlin Eva, Tochter des Chaim, willkommen hieß – wer sie nicht gesehen hat, hat nie im Leben eine schöne Frau gesehen –, sagte ich zu ihnen: Ihr habt mir heute eine große Ehre und eine große Gunst erwiesen.

Als Jussuf seiner Frau die Worte übersetzte, bat sie ihn, mich zu fragen: Eine Gunst – weswegen?

Ich sagte zu ihm: Ihr habt mir ein teures Gut wiedergegeben, das mir in den Strudeln des Blutvergießens verloren gegangen ist.

Er übersetzte es ihr, und sie nickte, tiefer Kummer überzog ihr Gesicht, und Tränen sammelten sich in ihren schönen Augen, und plötzlich umarmte sie mich mit aller Macht und küsste mich auf die Lippen.

Das ist die Geschichte, die mein Vater fünfmal, Wort für Wort, wiederholt hat, und als er die Geschichte zum fünften Mal beendet hatte, sagte er plötzlich: Wo ist *chawadscha* Jussuf, wo ist Eva, wo gibt es heute noch solche Menschen. Und dann sagte er kein weiteres Wort.«

»Jedes Wort, das dir dein Vater erzählt hat, ist die reinste Wahrheit«, sagte Dave schließlich.

»Und woher weißt du das?«, wunderte sich Saliman.

»Ich habe diese Geschichte Wort für Wort aus dem Mund meines Vaters gehört«, antwortete Dave, »und meine Mutter hat sie wiederholt und bestätigt, hat sie sogar wortwörtlich in ihrem Tagebuch niedergeschrieben. Und nur das fügte sie hinzu: Ich erzählte Aref Abd ar-Razek in Kürze von meinem Aufenthalt in Deutschland in den Tagen, in denen Hitler an die Macht kam, und von meinen Begegnungen mit Leuten, die der Führungsspitze der Nazis nahestanden, und erklärte ihm, dass das Leben der Juden in Deutschland unmöglich geworden und die Auswanderung ins Land Israel für sie die einzig mögliche Rettung in dieser Zeit sei, und wer in diesen Tagen die Tore des Landes vor ihnen verschließe, würde die Mitschuld an einem schrecklichen Verbrechen tragen, das ihm die Geschichte nicht verzeihen werde.

Aref Abd ar-Razek lauschte höflich und erwiderte, das sei zionistische Propaganda. Als meine Mutter und mein Vater aufstanden, um sich von deinem Vater zu verabschieden, gab er ihnen eine Schriftrolle und bat sie, sie in allen jüdischen Ansiedlungen zu verbreiten und auch in den Zeitungen abdrucken zu lassen. Meine Mutter hat sie Wort für Wort in ihrem Tagebuch abgeschrieben, und ich habe den Text dieses Aufrufs auswendig gelernt und ihn immer mit den Rekruten in der arabischen Abteilung des Palmach einstudiert und sie verpflichtet, den Wortlaut des Textes zu lernen, um ihn ihren Schützlingen einzuimpfen, wenn sie eines Tages Kommandeure sein würden.«

»Würdest du so gut sein und auch mir die Worte des Aufrufs vortragen?«, bat Saliman.

»Er ist in hebräischer Sprache abgefasst«, antwortete Dave, »und ziemlich lang.«

»Meine Enkelin Amira wird ihn nach deinen Worten aufschreiben«, sagte Saliman. »Sie lernt von deinem Sohn Duvesch die hebräische Sprache, und ich verstehe einige Worte. Ich bitte dich also, lass mich den Aufruf hören, den mein Vater deinem Vater und deiner Mutter übergeben hat, wenn du Zeit hast und keine Eile aufzubrechen.«

»Ich habe viel Zeit«, erwiderte Dave, »niemand wartet auf mich, und ich warte auf niemanden.« Dann diktierte er Amira, die sich inzwischen mit Heft und Stift ausgerüstet hatte, die feierlichen Sätze des Aufrufs, die sie wortgetreu aus seinem Mund niederschrieb:

»An das jüdische Volk im Lande und außerhalb! Als wir uns erhoben zu unserem Aufstand, vertrauten wir zuallererst auf Gott. Und die arabische und die muslimische Welt erwachte und kam uns zu Hilfe, unterstützte uns in unserem heiligen Befreiungskrieg. Und das Wohlwollen der demokratischen Welt steht hinter der arabischen Welt. Drei Jahre lang währt unser Aufstand nun, und wir blieben standhaft an der Front, ohne vor den modernen Tötungsmitteln und den Gesetzen des mörderischen Imperialismus zurückzuweichen. Unbeugsam stehen wir, und es hat unseren Glauben an die Anerkennung der Gerechtigkeit unseres nationalen Krieges wachsen lassen. Unsere Sehnsucht nach Freiheit, nach Errettung unserer armen Heimat aus der Gefahr des britischen Imperialismus und des Zionismus, seines Verbündeten, sind es, welche diesen unseren Krieg heraufbeschworen haben. Unsere Bewegung ist eine nationale Befreiungsbewegung und richtet sich gegen den zionistischen Imperialismus und jeden, der uns im Kampf für die Freiheit im Weg steht. Unsere Bewegung stützt sich daher ganz und gar nicht auf religiöse oder rassistische Feindseligkeit – die Engländer und die ›anglisierten‹ Führer des Zionismus verhehlen euch diese Wahrheit böswillig und stellen unsere Bewegung als religiös und rassistisch dar. Ihre Absicht ist es, dass ihr uns gegenüber feindselig bleibt, damit sie euch mobilisieren können – für die Realisierung der Teilung und zur Verteidigung der britischen und zionistischen Interessen, zur Bewachung der Ölleitungen, der Eisenbahnen und der Grenzen, auch wenn dies zur Vernichtung der Araber wie auch der euren führen sollte; eure falschen zionistischen Führer betrügen euch und benutzen euch jetzt zur Verteidigung der Interessen des Imperialismus, genauso wie sie euch getäuscht haben, als sie euch dieses Land hier, in das sie euch brachten, als das Land beschrieben, wo ›Milch und Honig fließen‹. Mit Hilfe eurer betrügerischen Führer hetzte euch Britannien auf, gegen die Araber zu ziehen, rühmt sich damit, euch stets zur Seite zu stehen. Britannien kennen wir gut. Es wird sich nicht scheuen, euch jederzeit preiszugeben, wenn seine Interessen dies erfordern sollten, und ihr seht die Umwälzungen in der internationalen Lage ja mit eigenen Augen. Und wenn euch England im Stich lassen wird, was werden euch eure Führer nützen? Sie werden euch so wenig nützen, wie die armenischen und die syrischen Führer ihrem Volke nutzten. Diese Führer haben ihr Volk – angestiftet von Britannien und seinen Verbündeten – gegen die Türkei und den Irak aufgehetzt, doch als sie eine Niederlage erlitten, kam Britannien nicht zu ihrer Verteidigung, sondern stellte sie der Gnade der Türken und Araber anheim. Hiermit raten wir euch, euch von England und euren Führern zu trennen, welche euch an England verkaufen, und nicht gegen die arabische Unabhängigkeitsbewegung zu kämpfen. Dadurch werdet ihr euer

Wohlergehen sichern und euren Frieden haben – wir lehnen die Teilung ab, wir wollen ganz Palästina vom Joch des Imperialismus befreien und eine demokratisch gewählte Regierung im Lande errichten. Und was die Juden anbelangt, so werden sie in Frieden leben, wie sie vor der Ankunft der Engländer lebten, und so wie sie heute in den verschiedenen arabischen Ländern leben; es ist eine Lüge, dass es unsere Absicht sei, euch ›ins Meer zu werfen‹, oder dass wir euch so behandeln werden, wie sie es in Europa tun. Seit langer Zeit haben die Juden im Schatten der muslimischen Araber gelebt, und hat man ihnen je das angetan, wovon wir heute in Europa Zeugen werden? Lebten nicht Gelehrte der Heilkunst und Philosophie, beispielsweise Ben-Maimon, Seite an Seite mit den arabischen Gelehrten an den Fürstenhöfen Spaniens? Und lebten sie nicht in Frieden in osmanischer Zeit und in den Tagen von König Faisal und König Ghasi im Irak? Dies ist unsere Verpflichtung euch gegenüber, euer Wohl und eure Freiheit und Frieden zu garantieren – solange ihr nicht mit dem Imperialismus gemeinsame Sache gegen uns macht. Der Kommandeur der Aufständischen, Aref Abd ar-Razek, September 1938.«

Als Libby in Evas Tagebuch diese Geschichte von der kühnen Reitexpedition Josefs, des Jemeniten, und Evas auf dem Höhepunkt der blutigen Unruhen durch die arabischen Dörfer und von ihrem Treffen mit Aref Abd ar-Razek an seinem Zufluchtsort las, hob sie den Blick von den Seiten, nahm einen Stift und ein gelbes DIN-A4-Blatt aus dem Druckerpapierstapel und notierte Folgendes: »Sollte ich eines Tages eine Geschichte über die Affäre schreiben, werde ich Aref Abd ar-Razek den Namen Mahmud hinzufügen und schreiben: Und als Evas Augen Mahmuds trafen, dessen Schläfen grauweiß gesprenkelt waren, fragten ihre Augen die seinen, und seine Augen antworteten den ihren: Ja, ich bin der gleiche Mahmud, der dich vor vielen

Jahren zu einem Ausritt einlud und dir das arabische Gesicht des Landes zeigte.« Und nach kurzem Nachdenken setzte sie hinzu:»Romantische Einstellung. Passt nicht zu Eva. Auf der Stelle gestrichen.«

17. EVA BRICHT NACH DEUTSCHLAND AUF

Ein Streifzug durch eine Lebenschronik der Vergangenheit ist, wie in einem Meer der Erinnerung zu surfen, sann Libby, während sie sich eine Tasse schwarzen Kaffee machte. Von jeder Stelle aus in diesem Meer kann man sich in jede Richtung bewegen oder auch in die Tiefe tauchen. Man kann das Tagebuch der Reihenfolge nach lesen oder sich von den Tagen lösen und wie im Flug an irgendeinem Tag danach oder davor im Kalender landen. Sie entdeckte die erregende Freiheit, die ihr die Lektüre eines Tagebuchs verlieh: Im Unterschied zu einem Roman, in dem sich die Ereignisse auf Grund der begrenzten Phantasie des Erzählers eins aus dem anderen ergeben, offenbart ein Tagebuch bei der Lektüre die Zufälligkeit der Geschehnisse, das Fehlen jeder Ordnung und jeglichen Zusammenhangs zwischen den verschiedenen Ereignissen im Leben eines Menschen; oft bleibt das Erwartungsgemäße im Rahmen einer Möglichkeit, die sich nicht verwirklicht, und das Unerwartete bricht ins Leben ein, geschieht, zwingt sich dem Verlauf des Lebens auf bis zum nächsten Ereignis, das wieder einen unverhofften Knick herbeiführt, und so taumelt der Mensch an einen unvorhergesehenen Ort und zu unerwarteten Begegnungen.

Während sie den bitteren schwarzen Kaffee trank, führten ihre blätternden Finger sie zehn Jahre zurück, und sie begleitete Eva in einer Nacht, in der sie zwischen den Zelten herumwanderte, die als provisorische Unterkünfte für die Mitglieder des jungen Kibbuz dienten, der auf dem Grund und Boden des von Evas Vater gestifteten Kuschans entstanden war. Im Tagebuch blieb er mit dem Verdacht behaftet, die Tötung ihres Geliebten, Rodion Spiridonovitsch Valensin, in Auftrag gegeben zu haben – wobei man nie wissen würde, ob tatsächlich er den abscheulichen Mord initiiert hatte, um seine Tochter Eva von ihrem christlichen Geliebten zu trennen, oder ob nicht doch einer der Arbeiter im Wiener Schlachthaus auf einer kleinen, halb verkrusteten Blutpfütze auf dem roten Boden ausgerutscht und es die Hand des blinden Zufalls war, die Evas Jugendliebe ein grausames Ende bereitet hatte. Jedenfalls hatte es sie in diese schöne Nacht im Lande Kanaan verschlagen, deren tiefe Stille, vom traurigen Geheul der Schakale durchbrochen, Eva dazu bewegte, die Ränder des Zelteingangs zu lüpfen und hineinzuspähen. Josef, der Pole, lag auf seinem Feldbett und las beim Lichtschein einer Petroleumlampe auf einer Holzkiste neben dem Bett.

»Störe ich?«, fragte Eva vorsichtig.

»Eva?« Josef erkannte ihre Stimme. »Komm herein, komm.«

Libby wunderte sich über Eva – was wollte sie denn noch mit Josef, dem Polen, wo sie doch eine Liebesaffäre mit Josef, dem Jemeniten, hatte, der aus Liebe zu ihr Mikwe Israel verlassen und sich dem Kibbuz angeschlossen hatte. Libby blätterte im Tagebuch zurück, und ihr schien, dass Eva von Josef, dem Jemeniten, sogar schwanger war, doch wenn Eva etwas wollte, konnte keine Macht der Welt sie davon abhalten. Sie betrat also das Zelt von Josef, dem Polen, und nachdem sie sich nicht die Mühe machte, im Tagebuch zu erwähnen, wo sie sich hinsetzte, platzierte Libby sie auf das leere Feldbett gegenüber Josefs Bett, und der Dialog zwischen den beiden nahm lebendige Gestalt in Worten und Schweigepausen an in dem Film, den Libbys Phantasie aus dem kargen Bericht in Evas Tagebuch projizierte.

»Das war's also?«, bricht Eva das Schweigen, das in ihrem Tagebuch herrscht. »Ihr habt euch zum Paar erklärt?«

»Nicht erklärt«, verteidigt sich Josef.

»Du bist mit ihr in ein Partnerzelt gezogen. Was ist das dann, wenn nicht eine öffentliche Erklärung?«

»Hör mal, Eva«, unternimmt Josef einen Gegenangriff, »du hast auch nicht um meine Einwilligung zu der Liebschaft gebeten, die du mit dem jemenitischen Jungen aus Mikwe Israel hast ...«

Doch Eva zerschmettert die feindlichen Kräfte mit schwerem Geschütz: »Oh! Diesen Ton liebe ich: ›Hör mal, Eva!‹ Ich verstehe, gleich wird man mir eine Moralpredigt halten, weil ich es gewagt habe, den ›jemenitischen Jungen‹ zu lieben, der übrigens einen Namen hat, und glaube nur nicht, dass ich mich in ihn verliebt habe, weil er den gleichen Namen hat wie du, Josef. Aber wenn du Lust hast, mir eine Predigt zu halten – bitte. Ich höre.«

»Ich hatte nicht die Absicht«, zieht sich Josef hinter die Verteidigungslinie zurück. »Du bist ein erwachsener Mensch und für deine Taten selbst verantwortlich, und du bist sicher auch bereit, den Preis dafür zu bezahlen, und ich hege auch keinen Zweifel, dass du weißt, dass deine Handlungen einen Preis haben.«

»Trage mir keine zurechtgelegte Rede vor. Wir sind hier nicht auf einer Versammlung der Kibbuzbewegung.«

»Du bist kein einfacher Mensch.«

»Es ist leichter für dich, mit Gerda zusammen zu sein, was?«

»Darum geht es nicht.«

»Genau darum geht es. Du willst eine Frau, die nur dir gehört. Du willst ein stabiles, ruhiges Familienleben. Wie bei unseren Eltern. Du willst eine Frau, die das Haus bestellt, dasitzt und auf dich wartet, bis du von deinen Expeditionen in der großen weiten Welt unserer Bewegung heimkehrst ...«

»Vielleicht lässt du mich einmal sagen, was ich will?«

»Verzeihung, Verzeihung. Bitte sehr. Sag, was du willst.«

»Ich liebe Gerda und dich. Aber ...«

»Aber du willst, dass wir dir beide treu sind. Wie Mahmud Abu-Aref. Auch er hat mir vorgeschlagen, seine zweite Frau zu sein, bis er eine dritte oder vierte findet. Darin seid ihr Männer euch alle gleich. Aber ich bin nicht daran interessiert, deine Zweitfrau zu sein. Ich will genau die gleiche Freiheit, die du haben möchtest. Und daher ziehe ich nicht mit Josef Scharabi in ein ›Familienzelt‹. Sowohl er als auch ich sind freie Menschen geblieben. Aber wenn Gerda bereit ist, deine zweite Frau zu sein ...«

»Gerda ist nicht bereit, meine zweite Frau zu sein«, unterbricht sie Josef.

»Ach nein?«

»Gerda will genau das, was ich möchte.«

»Sie will dich ganz für sich?«

»Wir haben beschlossen, eine Familie zu gründen«, verkündet Josef.

»Gut. Wenn es das ist, was ihr beide wollt ...«

»Ja. Das ist, was wir beide wollen.«

»Wo ist Gerda?«, fragt Eva.

»Sie ist zur Sekretariatssitzung gegangen.«

Schweigen herrscht im Zelt. Ein Schweigen, das eine ganze Weile andauert. Das ist der Augenblick, in dem alles passieren kann. Eva könnte gute Nacht sagen und in ihr Zelt gehen, das sie sich mit zwei anderen Mädchen teilt. Libby drängt Eva zu sagen, was sie in diesem Moment fühlt, doch Eva ist klüger. Was sie mit Josef vorhat, kann sie unmöglich hier machen, im Zelt des Paares. Gerda könnte jeden Augenblick hereinkommen.

»Komm, lass uns hinausgehen«, schlägt Eva vor.

Josef ringt eine Sekunde mit sich. Er sagt nicht nein.

Libby lässt Eva von Gerdas Bett aufstehen und eine einladende Kopfbewegung vollführen, die noch viel mehr besagt als

»komm«, eine leichte Geste, begleitet von einem angedeute-
ten Lächeln, bei dem sie für einen Sekundenbruchteil die Augen schließt, vielsagender als tausend Worte. Und Josef steht
auf und folgt ihr in die Nacht hinaus, und nachdem Eva ihre
Hand seitlich nach hinten baumeln lässt wie den Schwanz einer
Katze, verfängt sich Josefs Hand in ihrer, und die beiden schlagen den Pfad ein, der auf den Hügel über dem Lager führt. Der
steile Aufstieg lässt sie keuchen, und die kühle Luft treibt sie
dazu, die Wärme des anderen zu suchen, und als sich ihre Körper berühren und ihr schwerer Atem beschleunigt, umfasst
Eva Josefs Kopf und drückt ihre Lippen auf seinen Mund. Josef
lässt sich von dem Kuss mitreißen. Eva öffnet sein Hemd, streichelt seinen Bauch und seinen Rücken. Josef sucht ihre Brüste, macht ihre Bluse auf und entdeckt, dass sie keinen Büsten-
halter trägt. Sie bietet ihm ihre Brüste dar, und er küsst ihre
Brustwarzen.

All das geschieht in dem Film, der sich in Libbys Phantasie
abspielt, als sie die kärglichen vier Wörter in Evas Tagebuch gelesen hat: »Wir vergnügten uns miteinander.«

»Biest«, flüstert Libby Eva bewundernd zu. »Auf dem Höhepunkt einer glühenden Liebesaffäre mit Josef, dem Jemeniten, hast du plötzlich Lust auf einen Quickie mit Josef, dem Polen. So was von hemmungslos frei.« Sie trank einen Schluck
Kaffee, der lauwarm geworden war, und da es Eva in ihrem Tagebuch verabsäumt hat, bringt Libby Josef zu seinem Zelt zurück. Als er hineingeht, findet er Gerda vor, die angezogen auf
ihrem Bett liegt. Libby lenkt Gerdas Blick auf Josefs zerzauste
Mähne und lässt sie schweigen, worauf sich Josefs schlechtes
Gewissen meldet und ihn dazu bemüßigt, mit beiläufiger Stimme belanglose Worte abzusondern: »Oh! Du bist ja schon wieder da. Ich bin raus, um ein bisschen Luft zu schnappen.«

»Da hast du gut daran getan«, sagt Gerda, die Libby mit
der Bezeichnung »Spinne« etikettiert hat, denn in diesem Mo-

ment schwebt Libbys Kamera zur Zeltdecke hinauf und fokussiert sich von dort auf eine arme Fliege namens Josef, die sich mit ihren Flügeln in einem Spinnennetz verheddert hat und nun darin zappelt.

»Ja«, summt die polnische Joseffliege. »Die Luft draußen ist so intensiv. Man spürt den schweren Duft der Pflanzen.«

»Hast du zufällig Eva getroffen?« Die Spinne Gerda kommt der Fliege Josef gefährlich näher.

»Ja«, summt die Fliege Josef ein gekünstelt gleichmütiges polnisches Gesumm, »ich habe mit ihr geredet.«

Die Spinne Gerda schweigt, spinnt einen weiteren Faden, und die polnische Fliege macht exakt das, was die Spinne von ihr erwartet: »Ich habe ihr gesagt, dass wir, du und ich, beschlossen haben, zusammenzuleben.«

»Wie hat sie darauf reagiert?«, wirft die Spinne noch einen Faden aus.

»Sie hat es akzeptiert.« Er verstrickt sich zunehmend im Netz. »Sie hat gesagt, sie würde es verstehen und – das war's.«

»Gut. Ich wundere mich nicht, dass sie es so aufgenommen hat, wo sie jetzt ihren Jemeniten hat, dann ist ja alles in Ordnung«, verknüpft die Spinne das Fadenknäuel zum Abschluss.

»Ja, alles in Ordnung«, summt die polnische Fliege mit letzter Kraft.

»Dann komm«, zieht die Spinne das Netz um ihre Beute zusammen, »komm in mein Bett.«

In Libbys Film schickt die zappelnde polnische Fliege das männliche Stoßgebet an den müden Gott in seinen Lenden: *Eli, Eli,* mein Gott, verlass mich nicht, streike nicht, verrate mich jetzt nicht. Der junge Gott erhebt sich von seiner Liegestatt und kommt seiner Aufgabe nach, und die in den Armen der Spinne zappelnde Fliege betet, dass sie den Geruch der anderen nicht spüre, die sein Mark ausgesaugt hat, doch in diesem Moment verwandelt sich die Spinne Gerda in Libbys Naturfilm in eine Gottesanbeterin, die ihr Männchen auffrisst, nachdem es seine Aufgabe erfüllt hat, den Fortbestand der Art zu sichern – wobei ihr die Gerüche vollkommen gleichgültig sind, die in diesem Augenblick seinem Körper entströmen, der zwischen ihren starken Fangarmklauen zermalmt wird.

Zwei Seiten weiter kommt Josef mit einem Karren, vollbeladen mit Mistsäcken, daher. Er hält das Maultier neben Eva an, die Steine aus einem Beet klaubt, das sie für die Anpflanzung von Ziergewächsen vorbereitet, und richtet ihr Grüße von ihrem anderen Freund, Mahmud Abu-Aref, aus.

»Wo hast du ihn getroffen?«

»Ich habe Schafsmist bei seinem Onkel aufgeladen, und als er gehört hat, dass ich da bin, ist er eigens gekommen, um zu fragen, wie es dir geht.«

»Das ist um einiges mehr, als du tust«, wirft ihm Eva hin.

»Wir reden doch, oder?«, protestiert er.

»In jener Nacht hast du mir ein bisschen mehr als das versprochen«, erinnert sie ihn. »Du hast gesagt, du seiest ein freier Mensch.«

»Ich kann nicht, Eva«, zappelt die Fliege Josef, »es reißt mich in Stücke.«

»Du schaust aber ziemlich heil aus. Ihr beide. Ich sehe, bei euch ist alles ganz und gar in Ordnung.«

»Nichts ist ganz und gar in Ordnung«, widerspricht Josef.

»Lass, lass es. Ich sehe dich und sie. Gerda tut so, als wüsste sie von nichts.«

»Sie weiß wirklich nichts. Und sie braucht auch nichts zu wissen.«

Eva lacht bitter auf: »Oh, Josef, wie naiv du bist. Gerda weiß alles.«

»Hast du mit ihr geredet?«, fragt er angstvoll.

»Ich muss nicht mit ihr reden. Gerda ist eine schlaue Frau.

Sie weiß genau, wie sie einen Mann festhält, den sie eingefangen hat. Sie lässt dir etwas Leine, aber du hast sogar Angst, die ganze Leine auszunutzen, die sie dir gibt.«

»Eva, sag mir die Wahrheit«, fleht die Fliege Josef, »du hast doch nicht mit ihr gesprochen?«

»Nein, ich werde auch nicht mit ihr sprechen, und bald musst du auch nichts mehr befürchten, denn ich werde aus eurem Leben verschwinden.«

»Eva!« Er erschrickt. »Was willst du tun?«

»Du und Gerda, ihr habt einen Weg vorgezeichnet, dem alle begeistert hinterherlaufen: Wir bilden Pärchen. Aber ich – ich bin nicht die Frau eines Ehemanns.«

»Mir scheint aber, dass auch du und dein jemenitischer Josef wie ein Paar Turteltäubchen lebt, seit du schwanger geworden bist«, stichelt Josef, der Pole.

»Du wirst dich wundern«, erwidert Eva, »ich und ›mein‹ jemenitischer Josef sind freie Menschen geblieben, trotz der Schwangerschaft.«

»Was hast du dann damit gemeint, dass du aus unserem Leben verschwindest?«, forscht Josef, der Pole. »Was willst du tun?«

»Ich habe beschlossen, mein Leben der einzigen Sache zu widmen, worin ich gut bin. Dem Tanzen. Nach der Niederkunft fahre ich nach Deutschland, um bei Kurt Jooss und Mary Wigman Tanz zu studieren.«

»Mit dem Baby?«, will Josef, der Pole, wissen.

»Nein«, erwidert Eva. »Das Baby wird im Kibbuz bei seinem Vater bleiben.«

»Und er ist einverstanden?«, erkundigt sich Josef, der Pole.

»Ja«, sagt Eva. »Josef ermutigt mich, nach Deutschland zu fahren, um dort Tanz zu studieren. Er ist bereit, mit dem Baby allein zu bleiben.«

»Er wird nicht lange allein bleiben«, tröstet sie Josef, der

Pole, »die Mädchen sind verrückt nach ihm. Dein Mann ist ein gefragter Bursche.«

»›Mein Mann‹ ist ein freier Mensch«, schlägt ihm Eva um die Ohren, »so wie ich.«

»Gut, wenn du bereit bist, dein Kind zurückzulassen …«, beginnt Josef, der Pole, doch Eva unterbricht ihn sofort: »Mir scheint, Josef, wir hatten beschlossen, dass unsere Kinder die Kinder des Kibbuz sind. Du hast doch so schön davon gesprochen, dass die Kinder, die aus freier Liebe geboren werden, unser aller Kinder und die Brüder und Schwestern von allen sein werden.«

»Stimmt«, gibt er zu, »das haben wir beschlossen.«

»Und nun wird der erste Sohn oder die erste Tochter zur Welt kommen, und das ist der Zeitpunkt, dieses schöne Ideal, das wir uns zu eigen gemacht haben, zu verwirklichen«, sagt Eva.

»Was wir beschlossen haben, das verwirklichen wir«, verspricht Josef. »Wir werden die Träume unserer Jugend in Ehren halten.«

»Ich werde zurückkehren, wenn ich meine Ausbildung abgeschlossen habe, falls ich irgendwohin zurückkehren kann, als freier Mensch.«

»Der Kibbuz wird dich stets mit offenen Armen empfangen«, verkündet Josef, der Pole, feierlich. »Und ich bin sicher, dass dir diese Reise sehr guttun wird.«

»Uns allen«, bemerkt Eva.

»Darf ich dich etwas fragen?« Josef zögert. »Warum wolltest du, damals in dieser Nacht …«

»Mit dir schlafen? Weil ich dich liebe.«

»Immer noch?« Josef ist verwirrt.

»Eine Liebe schließt bei mir die andere nicht aus, im Gegenteil, sie öffnet mich für immer noch mehr Liebe.«

Cut!, befahl Libby und stoppte den Film, der in ihrem Kopf ablief. Sie gönnte sich eine Pause vom Tagebuch und beschloss, dass es jetzt an der Zeit war, mit Adib Mlihat zu reden, um mit ihm die Bedeutung des Aufrufs von Aref Abd ar-Razek und sein Gewicht in der kurzen, unglückseligen Geschichte der palästinensischen Nationalbewegung zu klären. Sie nahm ihr Mobiltelefon zur Hand, das sie bei Großvater Daves Nachbarn aufgeladen hatte, und rief in Facetime Adib an, der in seinem mit Akten und Büchern überladenen Zimmer in Coventry saß.

18. TAUBEN ZUM OPFERFEST

Duvesch war in seinem Kleinlaster unterwegs. Neben ihm saß
Ali. Sie fuhren auf einer Sandstraße, die zu Alis Dorf führte.
Der Wagen rumpelte und schlingerte zwischen Schlaglöchern
und Erdbuckeln, als zwischen den geschlossenen Kaktushecken
zu beiden Seiten des Weges die staubigen Gestalten von Soldaten in schwerfälliger Kampfausrüstung, bewaffnet mit hoch-
modernen, kurzläufigen Sturmgewehren, vor ihnen auftauch-
ten. Sie marschierten auf der Sandstraße, näherten sich stetig
dem Kleinlaster, der langsam, wie eine hochbetagte Schildkröte
mit schwerem Panzer, dahinholperte. Duvesch lenkte den Wagen nach rechts an den Kaktuswall, um den Soldaten Platz zu
machen. Der Kommandeur der Kompanie, ein hochgewachsener, langbeiniger junger Mann mit breiten Schultern, sig-
nalisierte Duvesch mit der Hand, anzuhalten und das Fenster
herunterzulassen. Der junge Bursche im Rang eines Oberleut-
nants, dessen verschwitztes Gesicht mit braunem Staub ver-
klebt war, spähte in die Fahrerkabine und stufte mit prüfendem
Blick den Fahrer und seinen Beifahrer ein. »Schalom«, sagte er,
und Duvesch erwiderte: »Schalom und Segen.« Die israelische
Artikulation Duveschs beruhigte den jungen Offizier, und sein
Gesicht wurde freundlicher, als er sich erkundigte: »Woher, wohin und in welcher Sache?«

»Ich komme von meinem Hof in Tel Abu Razek«, antwortete Duvesch.

»Tel Abu Razek?« Der junge Offizier runzelte befremdet
die Stirn.

»Ma'aleh Avi-Raz auf deiner Landkarte«, grinste Duvesch

und fügte hinzu: »Ich bringe meinen Arbeiter, Ali Abd ar-Razek, nach Hause. Gibt's ein Problem?«

»Kein Problem«, sagte der Oberleutnant, »die Achse ist offen.«

»Weißt du, wie viele getötet wurden?«, fragte Duvesch.

»Was?! Wo?! Was ist passiert?!«, fragte der Offizier erschrocken. Die Soldaten warfen neugierige Blicke aus ihren mit Schweiß und rotbraunem Sandstaub verschmierten Gesichtern auf Duvesch.

»Zweiundzwanzig Tote«, sagte Duvesch, als vermelde er die neuesten Nachrichten.

»A-aber w-wo?«, stammelte der junge Offizier.

»Auf diesem Weg«, erwiderte Duvesch.

»Wann??«

»Im Befreiungskrieg.«

»Ach so!« Der Offizier atmete auf.

»Es bestand der Plan, sein Dorf zu erobern«, Duvesch deutete auf Ali. »Eine Kompanie rückte aus, die die Stellungen auf dem Hügel besetzen sollte, der das Dorf von Norden her beherrscht, um dort ein Ablenkungsmanöver zu starten. Das Feuer von Norden her eröffnen, während die Angriffstruppe von Süden ins Dorf einfallen sollte. Die Kompanie begann auf diesem Weg hier vorzurücken, und als sie feststellten, dass kein Feuer auf sie eröffnet wurde, beschloss ihr Kompanieführer, statt auf den Hügel zu marschieren und das Ablenkungsmanöver durchzuführen, gleich ins Dorf einzumarschieren und es zu erobern, um den ganzen Ruhm für sich einzuheimsen. Sie fingen also an, sich in Richtung Dorf zu bewegen, und als sie sich genau an dieser Stelle hier befanden«, Duvesch deutete mit dem Zeigefinger auf das Stück Sandstraße neben ihm, »als sie zwischen den Kaktushecken gefangen waren, wurde von drei Seiten ein mörderisches Feuer auf sie eröffnet: Ein Maschinengewehr, das vom Minarett der Moschee aus den Weg kontrollierte, nahm sie flächendeckend unter Beschuss, bestrich sie mit einer langen Salve von einem Ende zum anderen, mähte alle nieder, und gleichzeitig wurden von kleinen Einheiten, die auf beiden Seiten hinter den Kaktushecken lauerten, Handgranaten auf sie geworfen. Innerhalb einer Minute war keiner mehr am Leben, außer dem Kompanieführer, der unverletzt blieb. Als er sah, was er getan hatte, drehte er sich um und ging hoch aufgerichtet zurück, offenbar wollte er sterben. Das Maschinengewehr feuerte weiter Salven auf ihn ab, aber keine einzige Kugel traf ihn. Er kehrte ohne einen Kratzer zum Truppensammelplatz zurück und ließ genau hier, auf dem Stück, wo ihr jetzt steht, zweiundzwanzig Leichen zurück.«

»Wie haben sie die Leichen rausgeholt?«, fragte einer der Soldaten, die sich um den Kleinlaster geschart hatten.

»Gar nicht«, antwortete Duvesch. »Jeder Versuch, sich diesem Weg hier zu nähern, hatte die sofortige Feuereröffnung vom Dorf zur Folge. Und von der anderen Seite – jeder Versuch von jemandem aus dem Dorf, sich den Leichen zu nähern, wurde mit Feuer vom nördlichen Hügel, von den Unseren, beantwortet.«

»Wie ging es aus?«, fragte ein Soldat mit Babygesicht.

»Die Leichen verfaulten und zerfielen in der Sonne, drei Wochen lang. Tagsüber kamen die Geier in Schwärmen, stürzten sich auf die Kadaver und rissen Fleischstücke heraus, und nachts fraßen streunende Hunde, Schakale und Hyänen die Reste. So ging das bis zur ersten Feuerpause, und dann – unter dem Schutz des Roten Kreuzes –, sammelten unsere Leute die Skelette ein und bestatteten sie in einem Gemeinschaftsgrab.«

Die Soldaten blieben für eine geraume Weile in Schweigen versunken, bis der junge Kompanieführer mit heiserer Stimme die Stille brach: »Woher weißt du diese ganzen Einzelheiten? Du schaust mir nicht wie ein Überlebender aus der 48er-Generation aus.«

»Mein Vater hat hier fast sein Leben verloren«, antwortete Duvesch.

»Na gut! Jetzt ist die Achse offen«, sagte der junge Oberleutnant.

»War sie zu?«, fragte Duvesch verwundert.

»Es gab eine kurze Sperrung. Wir haben jemanden gesucht und verhaftet. Aber jetzt ist alles gut. Einen wunderbaren Tag noch.«

»Einen ganz herrlichen Tag noch«, erwiderte Duvesch, während er den Gang einlegte und losfuhr.

»Die Geschichte, die du den Soldaten erzählt hast«, sagte Ali, »die wird im Dorf anders erzählt.«

»Und wie erzählt man sie im Dorf?«, erkundigte sich Duvesch.

»Sie erzählen, dass es eine ganz harte Schlacht war! Sie sagen, dass eure Soldaten auf das Dorf geschossen und geschossen haben, bis ihnen alle Kugeln ausgegangen waren, und dann sind unsere Helden aus dem Dorf losmarschiert, sind auf die Soldaten mit Steinen, Stöcken und Messern losgegangen, haben sie von beiden Seiten umzingelt, sie zwischen den Kaktussen eingeschlossen und mit den Händen getötet.«

»Von wem hast du diese Geschichte gehört?«, fragte Duvesch.

»Frag die ganzen Alten im Dorf, jeder wird dir sagen, dass er selber dort war, selber mit Steinen, Messern, Händen und Zähnen getötet hat …«

»Lügenmärchen von Greisen«, kommentierte Duvesch.

»Und woher hast du deine Geschichte?«, erkundigte sich Ali.

»Du hast es gehört: von meinem Vater.«

»Er ist auch schon alt«, bemerkte Ali.

»Ja«, stimmte Duvesch zu.

»Wer weiß schon, was Märchen und was Wahrheit ist?«

»Die Wahrheit …«, überlegte Duvesch laut, »in diesem Land muss man zwei Geschichten hören, um zur Wahrheit in der dritten Geschichte zu kommen.«

»*Wallah*, das ist wahr«, bestätigte Ali.

»Zweiundzwanzig junge Menschenleben sind hier vergeudet worden«, sagte Duvesch, »der ganze Rest – *kalam fadi*, hohles Geschwätz.«

»*Wallah*«, nickte Ali, »beim Leben Allahs, *kalam fadi*.«

»Sag mal«, wechselte Duvesch das Gesprächsthema, »hast du gewusst, dass jemand im Dorf ist, nach dem gefahndet wird?«

»*Dawawin*, erfundenes Gewäsch«, sagte Ali geringschätzig. »Die ganze Zeit kommen sie daher, nehmen irgendeinen armen Tropf mit, sagen von ihm: Der wird gesucht. Nachher bringen sie ihn zurück. Machen einem *wadsche-ras*, Kopfschmerzen, um uns fertigzumachen.«

»Vergeuden Zeit, Geld und Leben«, fasste Duvesch zusammen.

»Warum hast du Tel Abu Razek zu ihm gesagt?«, fragte Ali nach.

»Vielleicht wird es eines Tages dir gehören«, erwiderte Duvesch.

»Was wird mir gehören?!«

»Der Hof, der Betrieb, das Haus, alles.«

»Das gehört alles dir, Duvesch. Wie soll es denn mir gehören?«

»Wer weiß!« Duvesch ließ sich nicht weiter aus, und dann schmunzelte er. »Fragt mich, ›woher, wohin‹ – als ob er wüsste, woher er kommt, wohin er geht und was ihn im nächsten Moment erwartet.«

»Alles kommt von Allah«, sagte Ali. »Was für den Menschen geschrieben steht, wird ihm geschehen.«

»Wo geschrieben, was geschrieben«, seufzte Duvesch. »Alles ist unbestimmt, Ali. Erst nachdem es geschieht und man aufschreibt, was geschehen ist, steht es geschrieben. Und auch dann – was geschrieben steht, ist nie so passiert, wie es aufgeschrieben wurde. Doch bevor es passiert, steht gar nichts irgendwo geschrieben.«

»Vor ein paar Tagen war euer Jom Kippur, euer Versöhnungsfest, und Dorit hat zu mir gesagt: Das ist der Tag, an dem Gott alles festschreibt und besiegelt, was jedem Menschen bis zum nächsten Jom Kippur passiert.«

»Jom hakipurim ist jom hasipurim, Versöhnungstag ist Geschichtentag, *habibi*«, lachte Duvesch. »Gott schreibt nichts, niemand besiegelt irgendwas, das ist alles Humbug.«

Der Kleinlaster fuhr in das Dorf hinein und hielt an einem einstöckigen Haus aus Betonblöcken. Die Wände waren unverputzt und ungekalkt. Duvesch und Ali stiegen aus der Fahrerkabine, Ali kletterte auf die Ladefläche und reichte Duvesch den Sack mit den erlegten Tauben. Dann sprang er herunter und rief seine Frau: »Abir!«

Abir erschien am Hauseingang. Sie freute sich, Duvesch zu sehen, und hieß ihn mit strahlendem Gesicht willkommen: »*Ahlan*, Duvesch! Schön, dich zu sehen!«

»*Ahlan wa sahlan*«, gab Duvesch in Arabisch zurück. »*Keif al-hal?* Wie geht's?«

Abir erwiderte in einer Mischung aus Arabisch und Hebräisch: »*Ana bi-cheir*, gut, *alhamdulillah*. Und wie geht es Dorit und Karin?«

Duvesch antwortete, während ein kleines Lächeln um seine Lippen spielte: »Alles bestens, *alhamdulillah*, jeder ist auf seine Art glücklich.«

Abir wiederholte seinen Satz, wog seine Bedeutung ab und befand ihn für gut: »›Jeder ist auf seine Art glücklich‹, das ist gut!«

Duvesch reichte Abir den Sack mit den Tauben und sagte:

»Wir haben Tauben zum ʿId al-adha, fürs Opferfest, mitgebracht.«

Abir spähte in den Sack und rief überrascht: »Da sind ja hundert oder so!«

»Ihr habt fünf Festtage, und dann könnt ihr noch was den Armen geben.«

»*Schukran*, danke, es gibt wirklich viele arme Leute im Dorf, vielen Dank. Ihr habt auch ein Fest?«

»Hatten«, berichtigte Duvesch. »Rosch haschana, unser Neujahr.«

»Wie sagt ihr bei euch: ›*Schana tova*, ein gutes neues Jahr, Gesundheit und Frieden‹.«

»*Inschallah*«, erwiderte Duvesch und wandte sich an Ali: »Du musst nicht mit mir zurückkommen. Für heute bist du mit der Arbeit fertig. Bleib zu Hause, Ali.«

»Es gibt noch Arbeit im Hühnerstall.« Ali zögerte.

»Die Arbeit läuft nicht davon«, beruhigte ihn Duvesch und klopfte ihm auf die Schulter. »Du hast eine hübsche, gute und kluge Frau, hilf ihr mit den Tauben.«

Duvesch stieg in seinen Kleinlaster, ließ den Motor an und fuhr los. Abir und Ali sahen ihm nach.

»Ein guter Mensch«, meinte Abir, während sie verfolgte, wie der Wagen in einer Staubwolke verschwand.

Ali lächelte schmal, und ein mitleidiger Ausdruck breitete sich auf seinem Gesicht aus. Er schränkte ein: »Ein guter Mensch, aber nicht glücklich mit seiner Frau.«

Abir war überrascht. »Warum? Dorit ist doch eine gute Frau!«

Ali ging nicht weiter darauf ein. »Ja, eine gute Frau, aber nicht glücklich mit ihm. Eines Tages wird er etwas machen.«

»Was wird er machen?«, fragte Abir beunruhigt.

»Irgendwas, was keiner erwartet.«

»Hat er etwas zu dir gesagt?«, forschte Abir.

»Er ist ein Mensch, der – er fürchtet sich nicht vor Gott.«
Duvesch hatte das Dorf verlassen und fuhr auf einem mit
Sandstein befestigten Weg. Der Kleinlaster wirbelte eine weiße
Staubwolke hinter sich auf, während er einen Hügel hinauf-
kroch. Auf der Kuppe glänzte ein alleinstehendes weißes Haus,
umgeben von einem Obstgarten, der mit doppeltem Stachel-
draht eingezäunt und mit Sensoren, an eine Alarmanlage gekoppelt, gesichert war. Der Wagen gelangte an das eiserne Tor,
Duvesch hielt und rief vom Autotelefon aus an. Die Stimme
einer Frau drang aus der Sprechanlage: »Duvesch?«

»Ricky? Ich bin vorm Tor.«

Das Tor begann sich zu öffnen. Duvesch fuhr den Wagen
in den Hof des Anwesens und parkte ihn auf der gekiesten Flä-
che im Schatten eines Mangobaums. Das Tor schloss sich wieder hinter ihm.

Er stieg aus, und Ricky begrüßte ihn mit einem kräftigen Händedruck. Obwohl er sie gut kannte, war er jedes Mal
von Neuem überrascht, wie männlich die Gesichtszüge dieser herben Frau waren. Sie trug ein graues Arbeitshemd mit
aufgekrempelten Ärmeln, das nachlässig über ihre Armeehose
baumelte, und bis obenhin geschnürte Fallschirmspringerstie-
fel. Eine Micro-Uzi Maschinenpistole in einem professionellen
Schnellfeuerhalter war an ihrem Gürtel befestigt, neben di-
versem Arbeitsgerät: Hammer, Kombizange und ein Schrau-
benset.

»Wie geht es Kennedy?«, fragte Duvesch.

»Nicht besser und nicht schlechter«, antwortete Ricky.
»Übrigens, dein Vater war vor ungefähr zwei Stunden bei ihm.«

»Ach ja?«

»Tauchte auf seinem Motorrad auf, stand eine halbe Stunde an Kennedys Bett und schwieg, und dann ist er aufgestanden, auf sein Motorrad gestiegen und wieder weggefahren.«

»Hat er was gesagt, wo er hinfährt?«

»Kennst du deinen Vater nicht? Ist dahin gefahren, wo der Wind ihn hinbläst.«

»Nun gut …«« Duvesch mühte sich, das unergiebige Gespräch mit neuem Stoff zu beleben, doch Ricky wechselte bereits das Thema, und in ihrer Stimme lag ein Ton von Verwunderung und Tadel, als sie sagte:»Du warst nicht bei der Siedlungsratssitzung.«

Duvesch rechtfertigte sich:»Die Alarmanlage am Zaun ist zweimal losgegangen. Ich konnte Dorit nicht allein lassen.«

»Hast du in der Früh Spuren entdeckt?«, erkundigte sich Ricky.

»Man hat versucht, den Zaun durchzuschneiden«, handelte Duvesch das Thema mit offenkundigem Desinteresse ab.

»Hast du es der Armee gemeldet?«

»Wozu?« Er winkte müde ab.

»Damit sie sehen, wo die Spuren hinführen«, beharrte Ricky.

»Und was machen sie dann? Noch ein paar Straßensperren aufstellen? Die Dorfbewohner noch mehr piesacken? Die Straßensperren machen bloß anständige Menschen fertig, die keinerlei Absicht haben, irgendjemandem was anzutun. Wer was anstellen will, der passiert keine Straßensperren.«

»Man darf es ihnen nicht durchgehen lassen«, sagte Ricky entschieden.»Wenn sie merken, dass man ein bisschen lockerlässt, ein bisschen Schwäche spüren, werden sie sofort frecher. Man muss sie die ganze Zeit daran erinnern, wer die Herren im Lande sind.«

»»Die Herren im Lande‹«, äffte Duvesch ihre Worte nach. »Die Herren in diesem Land sind die Skorpione, die Eidechsen und die Schlangen. Hab ich was Wichtiges bei der Sitzung versäumt?«

»Ich weiß nicht, ob das in deinen Augen noch von Wichtigkeit ist«, zischte Ricky wütend.»Es gehen noch mal fünf Familien weg. Wenn sie zur Evakuierung der Siedlungen kommen, wird es niemanden mehr zu räumen geben. Vielleicht nur noch euch und uns.«

»Jaja«, seufzte Duvesch halbherzig und unbehaglich, ohne ein Wort über den Plan zu verraten, der seit längerem in seinem Kopf reifte. »Kann ich Kennedy sehen, oder komme ich zur unrechten Zeit?«

»Kennedy ist jede Zeit gleich recht und unrecht«, stellte Ricky fest. »Wie auch immer, er wird sich freuen, dich zu sehen.«

Sie wandte sich zum Haus, und Duvesch folgte ihr. Bilder glitten vor seinen Augen vorbei. Kennedy als junger Regimentskommandeur führt die Auswahlmannschaft des Regiments im Zehnkilometerlauf bei der Armeemeisterschaft an. Kennedy, als Brigadier, bewegt Panzertrupps und Artillerie bei einem Brigademanöver. Kennedy trainiert mit ihm für das Triathlon der Kategorie Ironman. Und dann, jener unvergessliche Augenblick: Kennedy streckt seine Hand aus und ist nicht imstande, das Weinglas hochzuheben. Er schaut seine Hand an, als sei sie ein völliger Fremdkörper, und sagt: Fuck.

Duvesch fürchtete sich vor dem Bild, das sich ihm gleich bieten würde, und versuchte, sich Worte zurechtzulegen, um nicht in peinliches, ausweglosses Schweigen zu verfallen. An der Schwelle des Zimmers schlug ihm der Geruch von Desinfektionsmitteln entgegen. Kennedy lag in einem erhöhten Spezialbett, angeschlossen an ein Beatmungsgerät. Nahad, der arabische Pfleger, der eine besondere Ausbildung erhalten hatte, stand am Fußende des Betts und massierte Kennedys Fußsohle. Der große, starke Fuß hing vornüber wie ein schlaffer Lumpen.

Ricky trat als Erste ins Zimmer und verkündete mit lauter Stimme: »Kennedy! Schau mal, wer dich besuchen kommt!«

Kennedy unternahm eine ungeheure Anstrengung, um

seinen Kopf in Richtung Tür zu wenden. Nahad, der es mit-
bekam, ließ die hängende Fußsohle im Stich und half ihm sanft,
den Kopf zur Seite zu drehen. Als Kennedy Duvesch erblickte,
flatterte ein leichtes Zucken über seine Lippen, das an den entfernten Schatten eines Lächelns erinnerte. Er blinzelte zweimal
mit dem rechten Augenlid. Duvesch nahm es wahr, und er begrüßte ihn mit aufrichtiger Freude:»Hallo, Kennedy. Du siehst
besser aus. Ich hoffe, du fühlst dich auch besser.«
Kennedys Antwort war ein Blinzeln. Duvesch reagierte, als
hätte er die Stimme seines Freundes vernommen:»Das freut
mich zu hören! Möchtest du wissen, was es Neues bei der Truppe gibt?«

Wieder blinzelte Kennedy mit seinem rechten Augenlid,
und Duvesch erzählte, als habe er die Antwort gehört:»Sie haben alle Sehnsucht nach dir. Sie fragen nach dir: Wie geht's dem
Brigadier? Wenn du ihn siehst, richte ihm aus: Er ist der Beste.«

Kennedy blinzelte, und Duvesch schlug einen anderen Ton
an:»Ich möchte mit dir über etwas reden ... was Persönliches.«
Ricky gab Nahad einen Wink, und die beiden gingen hinaus,
ließen Duvesch mit Kennedy allein. Duvesch beugte sich zu
ihm und sprach mit leiser Stimme:»Wenn die Antwort Nein
ist, blinzle einmal, wenn sie Ja ist, zweimal. Willst du hören,
was mir passiert ist?«

Kennedy blinzelte zweimal.

»Mir ist etwas Merkwürdiges passiert. Ich hab dir ja erzählt, dass ich mich freiwillig zur Verfügung gestellt habe, einen
Tag in der Woche in der Schule von Alis Dorf Hebräisch zu unterrichten. Ich bringe den Schülern die Sprache über den Weg
körperlicher Aktivitäten bei, die ich mit ihnen mache. Zum Beispiel: Beim Laufen haben wir die Wörter Fußsohle, Wade, Knie
und Oberschenkel gelernt, dann ein- und ausatmen, starten,
sprinten, erreichen, Ziel, Linie, Finale ... Interessiert dich das?«

Kennedy blinzelte zweimal.

»Weiter?«

Kennedy blinzelte zweimal.

»Eines Tages, bei der Vorbereitung auf ein Völkerballspiel, suche ich nach meinem Mobiltelefon, in dem ich die Wörter gespeichert habe, die ich ihnen mit diesem Spiel beibringen wollte, aber ich find's nicht in meinen Hosentaschen. Ich suche es also in meiner Tasche zwischen den Taschen, die die Schüler am Spielfeldrand im Schulhof abgelegt haben, eine schwarze Ledertasche – aber ich finde sie nicht. Ich suche weiter, bis ich sie schließlich doch finde, aber irgendwas scheint dran anders zu sein. Ich mache sie auf – kein Mobiltelefon. Und dann fällt mir auf, dass es gar nicht meine Tasche ist. Ich denke: Vielleicht habe ich die Tasche samt dem Telefon im Auto gelassen. Aber wo habe ich das Auto geparkt?

Auf einmal weiß ich nicht mehr, ob ich das Auto auf dem Parkplatz hinter dem Schulgebäude oder woanders geparkt habe. Ich versuche, mich zu erinnern, wo ich es geparkt habe, und plötzlich kann ich mich überhaupt nicht mehr daran erinnern, dass ich mit dem Auto zur Schule gekommen bin. Ich will zu Hause anrufen, Dorit fragen, ob ich das Auto zufällig im Hof stehen lassen habe, aber ich hab ja kein Telefon. Ich bitte eine der Schülerinnen, ihr Telefon benutzen zu dürfen, und als sie es mir gibt, will ich Dorits Mobiltelefonnummer eintippen, aber ich habe sie vergessen. Um genau zu sein: Ich erinnere mich an die ersten beiden Ziffern, aber danach – Nebel. Ich gebe der Schülerin ihr Telefon zurück, und auf einmal erinnere ich mich mit Sicherheit, dass ich mit dem Auto aus meinem Hoftor gefahren bin, doch der ganze Rest der Fahrt ist schlicht aus meinem Gedächtnis gelöscht. Als ob ich auf Autopilot gefahren wäre.

Ich stecke die Hand in meine Hosentasche, um zu überprüfen, ob sich die Autoschlüssel dort befinden. Meine Hand stößt auf einige Schlüssel. Ich ziehe sie alle aus der Tasche, betrachte sie – das sind nicht meine Schlüssel. Weder die vom Auto noch die vom Haus. An einem von den Schlüsselbünden ist ein weißes Karton- oder Lederstückchen befestigt, auf dem etwas steht. Ich versuche, das Geschriebene zu entziffern, und entdecke, dass es meine Handschrift ist. Ich versuche, die Schlüssel zu identifizieren – und mir kommt vor, dass das Schlüssel von allen möglichen Orten sind, wo ich einmal gewohnt habe, bevor wir in die Siedlung, nach Avi-Raz, gezogen sind. Kurz gesagt, es war, als hätte ich alles, was ich hatte, verloren. Inzwischen haben die Schüler angefangen, ein Spiel zu spielen, das ich nicht verstand. Ich weiß nicht, wie lange dieser Albtraum gedauert hat. Ich schüttelte heftig den Kopf, und dann – urplötzlich war alles wieder da. Ich erinnerte mich, wo ich das Auto geparkt hatte, ich erinnerte mich, dass ich das Mobiltelefon zum Aufladen im Lehrerzimmer gelassen hatte, ich erinnerte mich, dass ich dort auch meine Tasche abgelegt hatte, kurz gesagt, alles kam mir wieder. Aber plötzlich habe ich begriffen, wie leicht es ist, alles zu verlieren. Mitten im Leben, das um dich herum wimmelt, in der Schwebe hängen zu bleiben, ohne noch zu wissen, wie du an diesen Ort gelangt bist, an dem du dich befindest. Und hier ist die Frage, die ich dir stellen wollte: Hast du so was schon mal erlebt?«

Kennedy blinzelte zweimal.

»Seit dem Tag, an dem mir das passiert ist, muss ich bloß die Augen zumachen, und schon bin ich dort. Es passiert mir mitten in der Arbeit. Es passiert mir unterm Essen. Es passiert mir, wenn ich am Abend vor dem Fernseher sitze. Ich mache nur kurz die Augen zu und bin in eine Umgebung versetzt, wo ich keine Ahnung habe, wie ich dorthin gelangt bin, was ich dort mache und wie ich da rauskomme. Alles, was ich hatte, ist mir genommen, verloren, als ob ein schwarzes Loch in der Zeit alles verschluckt hätte. Verstehst du das?«

Kennedy blinzelte zweimal.

»Ich bin froh, dass du es verstehst. Das erleichtert mich stark. Ich frage, was sagt mir das? Es gibt zwei Möglichkeiten: Besagt das für mich, dass ich stärker an den Dingen festhalten soll, die mir gehören?«

Kennedy blinzelte nur einmal – nein.

»Besagt es, dass ich mich befreien muss, meine Schalen abwerfen, die Dinge, an denen ich festhalte, aufgeben soll?«

Kennedy blinzelte zweimal.

»Verbindungen lösen, mich von allem trennen, woran ich mit Gewalt festhalte?«

Kennedy blinzelte zweimal.

»Alles verlassen und fortgehen, solange ich noch kann, bevor es zu spät ist?«

Kennedy blinzelte zweimal.

»Das würdest du an meiner Stelle machen?«

Kennedy blinzelte zweimal.

»Darüber musste ich unbedingt mit dir reden. Du hast mir sehr geholfen. Danke, Kennedy.«

Er blickte in Kennedys Augen, die fast aus ihren Höhlen traten. Er war von einer Unruhe ergriffen, die sich nur über seinen Blick ausdrückte. Sein Atem wurde schwer. Er röchelte, bekam kaum noch Luft. Duvesch rief: »Ricky! Nahad!«

Nahad kam im Laufschritt herein. Er sah sofort, dass es ein Problem mit der Beatmungsapparatur gab, zog rasch den Schlauch aus der Stelle, wo er in Kennedys Luftröhre hineinführte, drückte auf die Pumpe und beförderte einen Schleimklumpen heraus, der sich darin angesammelt hatte. Dann fädelte er einen dünnen, flexiblen Schlauch in Kennedys Luftröhre ein, saugte noch mehr Schleim aus seinen Lungen ab und schloss ihn wieder an den Schlauch des Beatmungsgeräts an. Kennedy beruhigte sich, sein Atem stabilisierte sich. Nahad sah ihm prüfend ins Gesicht. Er diagnostizierte seinen Wunsch, sich mitzuteilen. Er nahm Kennedys Hand in seine und fragte: »Wollen Sie Duvesch etwas sagen?«

Offenbar fing er ein winziges Zucken von Kennedy in seiner Hand auf, denn er sagte: »Gut, ich mache den Bildschirm an.«

Nahad nahm die Fernbedienung zur Hand und aktivierte den Computerbildschirm, der über dem Bett vor Kennedys Augen hing. Auf dem Bildschirm erschienen die Buchstaben des Alphabets in Kästchen, die sich in regelmäßigem Sekundentakt nacheinander rot färbten. Wenn Nahad eine Reaktion von Kennedy auf einen Buchstaben auffing, der gerade rot aufleuchtete, tippte er ihn ein, und er erschien in einem eigenen Fenster unter dem Buchstabenfeld, wodurch sich Buchstabe an Buchstabe reihte und sich langsam und allmählich Wörter abzeichneten, bis der Bildschirm die vollständigen Sätze aufgezeichnet hatte: »Auch du hast mir sehr geholfen. Du hast mir den Weg gezeigt. Du hast mir die Kraft gegeben zu sagen: Es liegt alles hinter mir. Danke, Duvesch. Pass auf dich auf.«

Eine große Bewegung erfasste Duvesch. Er bückte sich zu Kennedys Kopf hinunter und küsste ihn auf die Stirn.

Mit einem Händedruck verabschiedete er sich von Nahad und Ricky, stieg in den Wagen und beschleunigte rasch, während wohlvertraute Landschaften an ihm vorbeiglitten, die ihm jetzt fremd und seltsam erschienen, wie auf dem Mond oder dem Mars.

Am gleichen Abend tauchte auf dem Display von Duveschs Mobiltelefon die Botschaft auf: »Kennedy ist von seinem Leiden erlöst. Seiner letzten Bitte gemäß wird seine Leiche verbrannt und seine Asche im Wind verstreut. Es wird kein Begräbnis stattfinden. Bitte, von Besuchen und Beileidsbekundungen abzusehen. Ricky.«

19. SCHLÄGE

Dorit steht am Fenster. Sie ist angezogen. Schaut auf das Meer, das aus der Höhe von weitem zu sehen ist. Guido tritt zu ihr und reicht ihr ein Glas Cranberrysaft. Er hat seinen nackten Leib in Schlabberhosen aus kuschelweichem, schweißabstoßendem Qualitätsstoff geworfen, darüber baumelt lose ein exklusives Hemd in Tommy-Hilfiger-Beige. Ein rascher Blick auf die Uhr, und er gibt sich überrascht.

»Wow! Wie die Zeit vergangen ist! In fünf Minuten habe ich noch eine Patientin«, bemerkt er nonchalant, während er ihr zusammen mit dem Saftglas ihre Tasche reicht. Dorit reagiert säuerlich auf das »noch eine«, ohne die Tasche entgegenzunehmen, die er ihr hinhält: »Noch eine Patientin? Bin ich auch ›noch eine Patientin‹?«

Guido erfasst, dass das Sprachlabor, das mit zwanghafter Pedanterie in Dorits Gehirn arbeitet, seinen nur so dahingesagten Satz mit einer kritischen Bedeutung auflädt. Sie erwartet eine Entschuldigung, sagt er sich, und tiefe Müdigkeit senkt sich auf sein Gemüt.

»Du bist nicht noch eine Patientin. Normale Patientinnen bezahlen. Du bekommst deine Behandlung gratis.«

»Ich verstehe. Es ist auch nicht normal, dass ich einwillige, mit dir zu schlafen.«

Er heftet seine blauen Augen auf sie, jetzt kalt und stahlhart. »Du willigst ein?« Er lacht verächtlich auf. »Du kommst doch nur deswegen.«

Ohne zu begreifen, was sie tut, hebt sich Dorits Hand mit dem Glas, und sie schüttet ihm den Cranberrysaft ins Gesicht.

Die rote Flüssigkeit brennt in Guidos Augen, läuft über sein sonnengebräuntes Gesicht, tropft hinunter und breitet sich rasch in roten Rinnsalen auf dem exklusiven Hemd und den streichelweichen Stoffhosen aus. Blitzschnell, wie ein angegriffener Leopard, landet Guidos Faust in Dorits Gesicht. Das Glas fliegt ihr aus der Hand und zerbirst auf dem Marmorboden. Guidos Gesicht durchläuft eine beängstigende Metamorphose. Er bewegt sich mit wutsprühenden Augen auf Dorit zu, wobei er durch die Zähne zischt:»Tolle Hündin. Was meinst du, wer du bist? Was erlaubst du dir? Such dir gefälligst jemand anders, der dich vögelt! Wenn du es wagen solltest, deine verzogene Fratze noch ein einziges Mal hier sehen zu lassen, bring ich dich um!«

Dorit ist wie gelähmt vor Entsetzen und Furcht. Guido packt sie am Nacken und stößt sie zur Wohnungstür, öffnet sie und verpasst Dorit mit seinem nackten Fuß einen Tritt in den Hintern, so dass sie ins Treppenhaus fällt. Er wirft ihr die Tasche nach und knallt die Tür hinter ihrem Rücken zu.

20. ABENDESSEN MIT KRISTINA UND NARUZ

Kristina saß ihm auf der anderen Seite des Tisches gegenüber. Ihre hohe Stirn vereinnahmte die Hälfte ihres offenen Gesichts, und ihre großen Augen, bei denen sich Gaby nicht entscheiden konnte, ob sie chartreusegrün oder cognacgolden waren, blickten auf das weite Meer hinaus. Die braune Perücke, die sie trug, da ihre Haare durch die Behandlungen, die sie erhielt, ausgefallen waren, verlieh ihrem blassen Gesicht etwas Altersloses. Vom dunklen Zauber der Todesnähe magisch angezogen, glitten Gabys Augen zum offenen Kragen des schwarzen Jacketts, das sie über einem roten T-Shirt mit Dreiecksausschnitt trug, dessen Spitze zwischen die kleinen Brüste hinunterreichte. In einer davon hatte sich eine Metastase eingenistet, die, vor fünf Jahren entfernt, vor einigen Tagen zurückgekommen war und erneut wucherte, wie Dana ihm auf der Hinfahrt erzählt hatte.

Kristinas reine Gesichtshaut und ihre dünnen Lippen wiesen keinerlei Spuren von Schminke auf, und ihre Finger spielten unablässig mit ihrem Mobiltelefon, während sie ein Klagelied von den Problemen sang, die seit dem Tag, an dem sie Naruz Badawi geheiratet hatte, über sie hereingebrochen waren – den großen, warmherzigen Mann, der wie ein lebendiges Zeugnis für die Probleme seiner frisch Angetrauten neben ihr saß. Er lächelte entschuldigend, in sein Schicksal ergeben; das Schicksal eines Emigranten, der sein Land, seine Heimat und sein Elternhaus in Alexandria verlassen hatte und auf den Spuren seiner Liebe zu Cervantes und Fußball nach Barcelona übersiedelte, wo er Literatur studierte und, zusätzlich zu den vier anderen Sprachen, die er beherrschte, perfekt Spanisch lernte. Und dort war er auch per Zufall Kristina begegnet, die in Gesellschaft einer spanischen Freundin in einem Café saß, mit ihrem Mobiltelefon spielte und aus Versehen die Displaysprache auf etwas umstellte, das ihr wie Arabisch schien, das sie aber nicht lesen konnte, weshalb sie nicht wusste, wie sie das Mobiltelefon wieder auf die dänische Version umstellen sollte. In ihrer Not hob sie den Kopf, schaute sich um und erblickte glücklicherweise an einem Nachbartisch einen Mann, der irgendwie orientalisch wirkte, wandte sich in Englisch an ihn und fragte, ob er zufällig Arabisch könne, und als er lächelnd bestätigte, dass dem so sei und nicht nur zufällig, erzählte sie ihm, was ihr passiert war, und legte ihr Mobiltelefon in seine Hände; er lachte und sagte zu ihr, die Sprache auf dem Display sei nicht Arabisch, sondern Amharisch oder etwas Ähnliches, doch er würde versuchen, ihr zu helfen, und ließ beharrlich lange Zeit nicht von dem Gerät ab, bis er plötzlich einen Freudenschrei ausstieß, weil es ihm gelungen war, die Sprache zu Arabisch zu wechseln, und von da aus hatte er das Gerät im Handumdrehen zurück auf Dänisch programmiert und drückte es ihr wieder in die Hand – und sie wusste gar nicht, wie sie ihm danken sollte.

Nach zwei Wochen der noch am gleichen Tag zwischen ihnen aufgeflammten Liebe nahm er sie mit nach Ägypten, wo sie von einem koptischen Priester getraut wurden, doch als sie Naruz nach Dänemark bringen wollte, stellte sich zu ihrem Entsetzen heraus, dass die Immigrationsbestimmungen in ihrem Land im Gefolge der Anschläge vom elften September dahingehend reformiert worden waren, den Aufenthalt von Ausländern in Dänemark per Eheschließung mit einheimischen Partnern zu verhindern, was in der Konsequenz hieß, dass sie nicht zusammen in Kopenhagen leben konnten, wo sie als Fernsehfotografin arbeitete, sondern gezwungen waren, einen Ausweg zu finden, der in Dänemark bei Hunderten gemischter Paare üblich ist. Naruz wohnte nun als provisorischer schwedischer

Bürger in Malmö, wo er in einem mediterranen Restaurant als Koch arbeitete, obwohl er fünf Sprachen beherrschte, und am Ende ihres Arbeitstages stieg Kristina in den Zug von Kopenhagen nach Malmö, um die Nacht mit ihrem Mann zu verbringen, und kehrte im Morgengrauen wieder nach Kopenhagen zurück; unter diesen Bedingungen konnten sie es sich trotz ihres heftigen Wunsches nicht erlauben, ein Kind in die Welt zu setzen.

»Ich dachte, solche Sachen passieren nur bei uns mit den verschimmelten Ehegesetzen und dem blanken Rassismus des Rückkehrrechts und unserer drakonischen Einbürgerungsgesetze«, bekannte Dana, erstaunt über die Entdeckung, dass Israel nicht das einzige Land war, das Ausländern das Leben schwermachte, und nachdem sie sich nur ungern mit dieser Tatsache abfinden wollte, fügte sie mit einem Hauch von Enttäuschung hinzu: »Ich wäre nie auf die Idee gekommen, dass das dänische Gesetz dir verbietet, deinen Ehemann nach Kopenhagen zu bringen!«

»Nicht direkt verbietet«, berichtigte Kristina. »Damit Naruz eine vorläufige Aufenthaltserlaubnis in Dänemark erhält, müsste ich nachweisen, dass ich ihn von meinem Einkommen unterhalten kann, damit er den dänischen Sozialeinrichtungen nicht zur Last fällt, und ich müsste eine fixe Reserve von achttausendsechshundert Dollar auf meinem Bankkonto liegen haben und dazu noch eine Wohnung kaufen, die meine feste Wohnadresse wäre.«

»Gib die Adresse deiner Eltern an«, schlug Dana vor.

»Dänemark ist nicht Israel«, lachte Kristina bitter. »Unser Gesetz verbietet gemischten Paaren ausdrücklich, bei den Eltern zu wohnen.«

»Ich glaub's nicht«, rief Dana erschüttert aus. »Das klingt ja noch schlimmer als unsere Terrorgesetze gegen Ehen mit Fremden!«

»Ich würde mich nicht wundern, wenn das der Fall wäre«,

erwiderte Kristina. »Fremdenhass und Widerstand gegen die Aufnahme von Immigranten breiten sich bei uns und in den übrigen skandinavischen Ländern immer mehr aus, wie ein grassierender Krebs.« Sie benutzte ohne Zögern einen Vergleich, der alle an ihre Krankheit denken ließ.

»Ich verstehe nicht, wie das sein kann!« Dana kämpfte gegen die Erschütterung ihres Weltbilds, in dem ihr eigener Staat der kaputteste von allen in Hinblick auf das »Verhalten gegenüber dem Anderen« war. »Ich verstehe das nicht«, wiederholte sie, »ich verstehe einfach nicht, wie Dänemark ...«

»Ich verstehe die Dänen allerdings schon.« Naruz öffnete zum ersten Mal seit Beginn des Abends den Mund. Seine Stimme klang tief, warm und streichelnd.

»Was verstehst du?«, verwahrte sich Dana zornig gegen eine Verteidigung der Diskriminierung von Fremden ausgerechnet von Seiten des Opfers, aber Kristina, die die Anschauungen ihrer linksgerichteten Freundin sehr gut kannte, fing den Schlag unter die Gürtellinie, den Dana gleich von Naruz mit seiner sanften Stimme serviert bekommen hätte, noch im Vorfeld ab.

»Naruz«, erklärte sie, »hat unorthodoxe Ansichten über den Konflikt, der sich zwischen der westlichen Kultur und der muslimischen Welt zunehmend entwickelt.«

»Was soll ich machen«, lächelte Naruz, »ich kenne unsere Krankheit von innen.«

»Ich stimme ihm nicht in allem zu«, beeilte sich Kristina anzumerken.

»Aber sicher nicht.« Naruz strich liebevoll über den entblößten, dünnen Hals seiner Frau, die trotz ihrer Krankheit oder vielleicht gerade deswegen jünger aussah, als sie war. »Du gehörst zur europäischen Linken, die dermaßen vom Hass auf Amerika vergiftet ist, dass sie ihre Don-Quichotte-Zielsetzung verrät und daher zu einem negativen Faktor geworden ist, der das menschliche Unglück, das sich in der muslimischen Welt abspielt, nur verschärft.«

»Moment, Moment, Moment!«, rief Dana aus. »Zu viele Themen in einem Satz.«

»Naruz ist allein aufgewachsen«, versuchte Kristina, die Problematik dieses merkwürdigen Satzes zu begründen, den ihr Mann in den Raum geworfen hatte. »In der Umgebung, in der er geboren wurde, hatte er keinen Gesprächspartner. Er war jahrelang daran gewöhnt, endlose Selbstgespräche zu führen, und auch jetzt hat mein armer Naruz niemanden, mit dem er in der Restaurantküche in Malmö reden könnte. Deshalb kommen bei ihm Sätze heraus, die für ihn völlig selbstverständlich sind, aber die meisten Menschen, mit denen wir zusammentreffen, verstehen nicht, wovon er redet.«

»Kristina hat Angst, dass ihr mich für einen Sonderling haltet, der abseitige Meinungen äußert.« Naruz lachte kehlig tief. »Sie nimmt mich in Schutz trotz all des Leidens, das ich ihr verursache.«

»Das Leiden, das mein Staat mir verursacht«, präzisierte Kristina, »nicht du.«

»Du musst zugeben, Kristina«, beharrte Naruz auf seinem Standpunkt, während seine breite Hand sanft streichelnd ihren Nacken umspannte, »dass du wegen deiner Beziehung mit mir die Beziehungen zu deinen Eltern und Freunden verlierst, und du könntest auch noch dein Wahlrecht verlieren.«

»Obwohl ich fast vierzig Prozent von meinem Gehalt an Steuern an den dänischen Staat zahle«, ergänzte sie seine Worte und streckte ihre Hand nach seinen streichelnden Fingern in ihrem Nacken aus.

»Sie liebt dich sehr«, sagte Gaby zu Naruz.

Totenstille trat ein, wie in den ersten Sekunden nach einem Terroranschlag. Seine drei Tischgefährten wandten Gaby mit einem Schlag die Augen zu und starrten ihn mit panischen

Blicken an, als hätten sie in ihm den Selbstmordattentäter erkannt, im Moment der Explosion, wenn die Zeit stillsteht und sich die Feuerkugel mit verlangsamter Bewegung, lautlos wie in einem Stummfilm, im Raum ausbreitet. »Das liegt am Englischen«, brach Gaby die Stille. »Im Hebräischen würde ich das nie sagen. Aber im Englischen fühle ich mich frei, zu dir zu sagen: Diese Frau liebt dich wirklich. Sie liebt dich sehr. Sie sorgt sich um dich. Sie kümmert sich um dich.«

Das Schweigen um den Tisch vertiefte sich, je länger Gaby weiterredete, und da ihn Dana mit ihrem Blick aufspießte, lächelte er und erklärte Naruz: »Dana ist es nicht gewöhnt, mich so zu Menschen reden zu hören. Schau, wie sie mich ansieht. Sie mag den Satz nicht, den ich gesagt habe, aber ich sage es noch einmal zu dir, Naruz, Kristina liebt dich einfach. Das ist alles.«

»Ja«, erwiderte Naruz scherzend, »sie liebt mich mehr, als ich es verdiene.«

»Nein«, beharrte Gaby, »sie liebt dich so sehr, weil du ihr etwas gibst, was ihr kein anderer Mensch je gegeben hat.«

»Das stimmt«, gestand Kristina, in deren Augen Tränen schimmerten. Sie fing sie hastig mit einer Papierserviette aus dem Serviettenständer auf, den Gaby ihr reichte, und dann wandte sie sich Naruz zu, legte ihre Hand auf seine Brust und sagte zu ihm: »Ich möchte dir alles geben, was ich kann.«

Naruz umarmte ihre schmalen Schultern, während Kristinas weiße Hand mit den kräftigen Fingern rasch über seine Armmuskeln tastete.

»Ihr entschuldigt, wenn ich die Unterhaltung auf eine weniger romantische Ebene zurückbringe«, schaltete sich Dana trocken ein. »Aber ich möchte verstehen, was genau du damit meinst – ›die Don-Quichotte-Zielsetzung der europäischen Linken‹?«

»Ich meine die Befreiung der Frauen«, überraschte sie Naruz mit einer bündigen Antwort.

»Warum ist das eine ›Don-Quichotte-Zielsetzung‹?«, fragte Dana verwundert.

»Weil Cervantes der Erste war, der die gesamte Tiefe der Angelegenheit erfasste und dem in Gestalt des Don Quichotte einen exakten, komplexen Ausdruck verlieh.«

»Wie genau?«, fragte Dana nach.

Sie drifteten in ein Gespräch, dem Gaby mit halbem Ohr lauschte, bis es zu einem Teil des allgemeinen Hintergrundlärms wurde. Naruz' Gesicht wurde immer lebendiger, je mehr er sich an seiner These begeisterte, die er in akademischem Englisch, korrekt, aber ausdruckslos, darlegte, und in Dana fand er eine exzellente Kontrahentin für eine geschliffene talmudische Diskussion – glutheiß wie Achnais Ofen, wie Gaby sich sagte, wobei er sich fragte, wieso, warum und woher ihm dieser Ausdruck in diesem Moment in den Sinn kam und mit welcher Talmudgeschichte er genau zusammenhing. Während er noch versuchte, in seinem Gedächtnis die Quelle und Bedeutung auszugraben, malte er sich, warum auch immer, ein isoliertes Anwesen auf einer bewaldeten Bergflanke in einer stürmischen Winternacht aus, mit einem großen, Wärme verbreitenden Kaminfeuer, das die Luft mit der rauchigen Süße von Kiefernglut parfümiert, vor dem Naruz und Dana auf kleinen Schemeln sitzen und Grappa trinken, dem der herbe Duft von Traubenweinbrand entströmt. Er versucht, ihr die symbolische Bedeutung zu erklären, die in der Figur der tobosischen Dulcinea verpackt ist, dem Ideal der befreiten und freien Frau, eine Stellung, in die Don Quichotte, Urvater der europäischen Linken, die Frau per se, heißt, alle Frauen auf der Welt, zu bringen trachtet – und der Beweis dafür ist jenes Kapitel, in der unser Ritter von der traurigen Gestalt auf eine Bande von Bösewichtern trifft, die ein unschuldiges Mädchen verschleppt hat, um es in den Harem eines nichtswürdigen, niederträchtigen Schurken zu bringen, der ihm ein Schicksal sexueller Sklaverei und Erniedrigung bestimmt hat, das es für den Rest seines elendiglichen Lebens seiner Menschlichkeit berauben wird. Nach Naruz' Auffassung war hier das Schicksal der Frauen in unterdrückenden Kulturen symbolisiert, so wie es sich in den Augen dieses großen spanischen Weisen ausnahm, der nach Meinung von Naruz ein Abkömmling jüdischer zwangsgetaufter Marranen war und daher besonders sensibel für Lüge, die sich als Wahrheit verkleidet, Hass, der sich als Liebe, und Profanierung, die sich als Heiligkeit ausgibt. Und was macht Naruz' Don Quichotte, als er auf eine Kultur stößt, die der Frau ihre Menschlichkeit raubt? Er zieht sein Schwert und stürmt los, um sie zu bekämpfen, und ruht nicht eher, bis er die Bösewichter überwältigt hat und sie das Mädchen zurückgeben; und nachdem er ihnen die Knochen gebrochen hat, ringt er ihnen das Versprechen ab, dass sie zu Dulcinea pilgern, ihre Missetaten vor ihr bekennen, sich an die Brust schlagen und vor ihren Ohren den Schwur wiederholen, das gefangene Mädchen freizulassen – was steckt also somit in dieser Geschichte anderes als die gesamte ritterliche Zielbestimmung des Westens, die Befreiung der Frauen in der ganzen Welt zu verbreiten, mit Brachialgewalt jede Kultur zu bezwingen, zu verändern und zu reformieren, die auf der Versklavung der Frau und Aberkennung ihrer menschlichen Ebenbürtigkeit basiert?

Cervantes, in seiner Grandiosität, gestaltete Don Quichotte als lächerliche, verspottete Figur, in der alle einen Phantasten sehen, der gegen Windmühlen kämpft, denn genau dies ist das Schicksal eines jeden, der gegen Kulturen in den Kampf zieht, die auf der Heiligung der Apartheid zwischen Männern und Frauen gründen, auf der Unterdrückung der sinnlichen, sexuellen, vitalen Weiblichkeit und der Versklavung durch eine gewalttätige, mörderische Männlichkeit, die so öde und unfruchtbar ist wie die Wüste, aus der sie kommt. Und hier gelangen wir zum Thema der europäischen Linken, die laut Naruz'

These ihre Don-Quichotte-Zielsetzung, nämlich bis zur Vernichtung gegen jede Kultur zu kämpfen, die der frauenfeindlichen Apartheid huldigt, verraten hat, die die Linien überquerte und zur begeisterten Unterstützerin des selbstmörderischen männlichen Terrors wurde, der zunehmend befördert wird, je bedrohter er sich durch den bevorstehenden Befreiungskrieg der Frauen fühlt, welcher mit voller Macht ausbrechen wird, wenn die Frauen in den despotischen Gesellschaften nicht mehr bereit sein werden, die gegen sie ausgeübte Apartheid und die männliche Unterdrückung, die ihnen ihre volle Menschlichkeit aberkennt, weiterhin zu erdulden.

Doch Dana, die eine scharfe Diskussionspartnerin war, beugte sich Naruz' wohlgesetzter These nicht so leicht, hinter der sie eine Rechtfertigung des Kriegs der Kulturen generell und der Kriege Amerikas und Russlands gegen den Islam insbesondere diagnostizierte; es störte sie vehement, dass Naruz, der Ägypter, diese neo-imperialistischen Kriege mit der Begründung der Befreiung der muslimischen Frau rechtfertigte, die vom konservativ kapitalistischen Westen überhaupt nicht erbeten hatte, dass man zu ihrer Befreiung käme. Zum Beweis erinnerte sie Naruz daran, dass das scheinbar entführte Mädchen, von dem in jenem Kapitel in Cervantes' Buch die Rede ist, den kämpferischen Ritter von zweifelhafter Vernunft, der sich anmaßt, sie befreien zu wollen, sogar anfleht, sich ihrer Begleiter zu erbarmen, die unschuldige Eseltreiber seien und keine gemeinen Bösewichter, dass er sie zu ihrem Auserwählten gelangen lassen solle, der nicht der Schurke sei, den Don Quichotte in seinen Phantastereien sehe.

»Was erwartest du von ihr, was sie sagen soll, wenn sie von diesen Begleitern umgeben ist, die nur auf den Moment warten, in dem sie mit ihr allein sind«, zückte Naruz rasch ein Argument, das er zu diesem Zweck parat hielt.

»Mit anderen Worten, du behauptest, dass eine muslimische Frau, die in den Medien auftritt und die Position der Frau in der muslimischen Gesellschaft verteidigt …«

»Wissentlich lügt«, fiel ihr Naruz ins Wort und fügte hinzu:»Im günstigsten Fall.«

»Warum im günstigsten Fall?«

»Weil es andernfalls bereits gelungen wäre, sie zu kastrieren und von ihrer menschlichen Bestimmung, ein freier Mensch zu sein, abzubringen, wie Shakespeare, ein Zeitgenosse von Cervantes, das sehr gut mit der Figur der Katharina in *Der Widerspenstigen Zähmung* schildert, ein verabscheuungswürdiges Theaterstück, in dem wir sehen, wie der gewalttätige und dumme maskuline Typus in Gestalt von Petruchio mittels satanischen Terrors sich der Seele eines freien jungen Mädchens bemächtigt und es zur willigen Sklavenmagd macht, das die Hand ihres Unterdrückers küsst und auch noch sagt: Ich liebe meinen Herrn.«

Gaby wollte aufstehen, sich über den Tisch beugen, Naruz umarmen und auf beide Wangen küssen, doch exakt in dem Augenblick glitt ein Blumenverkäufer mit einem riesigen Strauß roter Rosen in Händen ins Restaurant – auf Rollerskates, weshalb Gaby in ihm sofort Raschti erkannte.

Er winkte ihm mit der Hand, rief seinen Namen, und auch Raschti erkannte, ebenso erfreut wie Gaby, seinen großzügigen Spender, und rollte in Sekundenschnelle an ihren Tisch. Gaby fragte ihn, wie viel der ganze Strauß koste, und Raschti erwiderte:»Für Sie zweihundert Schekel.«Gaby gab ihm zweihundertfünfzig und nahm den Riesenstrauß aus Raschtis Händen entgegen, der zu ihm sagte:»Ich habe mit den Krokodilen geredet, und sie sind einverstanden, dass Sie kommen.«

Obgleich Gaby keine Ahnung hatte, von welchen Krokodilen die Rede war und wohin er kommen sollte und wann, erwiderte er:»*Wallah!* Ausgezeichnet! Hundertprozentig, richten Sie ihnen aus, dass ich komme.«

Und schon war Raschti auf seinen Rollerskates auf und davon, verlor sich in der Dunkelheit der Straße, und Gaby überreichte Naruz den riesigen Strauß und sagte zu ihm: »Auf den Befreiungskrieg der Frauen!«

Naruz stand verlegen mit dem großen Strauß in Händen da, und Gaby registrierte, dass alle Gäste im Lokal ihre Kiefer für einen Moment ruhen ließen und ihre emsige Kaubetätigung einstellten, um neugierig zu beobachten, was an diesem Vierertisch mit den zwei Paaren vor sich ging. Ihm war auf der Stelle klar, was er jetzt zu tun hatte. Er schlug Naruz vor, die Blumen an die Restaurantgäste zu verteilen, worauf Naruz ihm den halben Strauß in die Hand drückte und beide von Tisch zu Tisch wanderten und allen weiblichen und männlichen Gästen eine rote Rose reichten, wobei Gaby das Geschenk mit einem Segenswunsch begleitete: »Auf den gerechtesten kommenden Krieg!«

Eine junge Frau mit goldblonden Locken fragte ihn in scherzhaftem Ton, um welchen gerechten Krieg es sich denn handele, und Gaby erwiderte: »Um den Befreiungskrieg der Frauen.«

»Cool!« Sie reckte ihren Daumen hoch und zwinkerte ihm zweideutig zu.

Als Gaby an den Tisch zurückkehrte, empfing ihn Kristina mit einem Lächeln und sagte: »Ich habe dich noch nie so glücklich und gelöst gesehen. Was ist mit dir passiert?«

»Noch ist nichts passiert«, erwiderte Gaby beiläufig.

»Eine amerikanische Firma will seine Entwicklung für eine Menge Geld kaufen«, klärte Dana sie auf.

»Wann?«, erkundigte sich Kristina.

»Morgen ist der entscheidende Tag«, sagte Dana, »und Gaby ist aufgeregt, auch wenn er es nicht zugibt.«

»Warum?«, fragte Kristina wieder nach.

»Weil Gaby ein sentimentaler Mensch ist, der sich schämt,

Gefühle zu zeigen, wie die meisten unserer Männer aus seiner Generation«, erklärte Dana.

Gaby fühlte sich wie ein Schmetterling, in dessen Rücken eine Nadel gebohrt wird, die ihn für ewig auf der Wachsplatte in der Schachtel von Danas Schmetterlingssammlung aufspießte. Kristina wollte wissen, ob es ein Geheimnis sei, um welche Art Entwicklung es sich handle.

Während Gaby noch erwog, was er ihr antworten sollte – wobei er Abertausende Menschen vor Augen hatte, in deren Gehirn still und leise eine grauenhafte Metamorphose vonstattenging, weil sie in Minutenschnelle ihr Gedächtnis verloren und nicht mehr wussten, wer sie waren und wer diese anderen Kreaturen waren, die sie mit völlig ausdrucksleeren Augen anstarrten; weil ihnen das Reden im Mund erstarb, da sie sich an kein einziges Wort der Sprache mehr erinnerten, die aus ihrem paralysierten Gedächtnis gelöscht worden war –, hörte er Dana schon an seiner Stelle antworten, es hänge mit der Identifizierung eines bestimmten Enzyms zusammen, das das Autoimmunsystem beeinflusse. Es habe, präzisierte sie noch, mit der Neutralisierung von Phänomenen zu tun, bei denen das Autoimmunsystem die Nervenhülle angreife.

Das hast du ihr erzählt, stellte Gaby bei sich fest, und sie hat deine Geschichte akzeptiert, ohne das Wundersame daran zu hinterfragen, wie eine Dreijährige das hübsche Märchen vom guten Jäger, der im Wald verirrte Kinder aus den Klauen des bösen Wolfs rettet. Wenn sie gewusst hätte, welcher Art diese Firma ist, die dein Wissen kaufen möchte, und wozu dieses Enzym bestimmt ist …

Doch Naruz unterbrach Gabys Überlegungen mit seiner warmen Stimme, denn Danas dilettantische Erklärung bezüglich dieses Enzyms animierte ihn auf wundersame Weise dazu, sich in eine Rede über den Menschen im Allgemeinen zu stürzen, der seine Bestimmung verloren habe, weswegen nun eine Leere in ihm gähne, die nicht zu füllen sei und ihn zum chronischen Konsumenten überflüssiger Produkte mache, die diese unauffüllbare Leere füllen sollten – worauf die gesamte Marktwirtschaft beruhe. Sein enthusiastischer Vortrag zeigte Gaby, dass Naruz offenbar glaubte, er wolle den Menschen gegen den Diebstahl seiner Selbstbestimmung immunisieren und so einen Menschen schaffen, der immun gegen Werbung, Propaganda und religiöse Indoktrinierung war.

»Habe ich deine biotechnologische Entwicklung richtig verstanden?«, wollte Naruz wissen, und während sich Gaby noch im Stillen wunderte, wie Naruz von dem Enzym, das die Zerstörung der Fetthülle des Nervs durch das Autoimmunsystem verhinderte, wie Dana gemeint hatte, auf die Immunisierung des Menschen gegen einen »Diebstahl seiner Selbstbestimmung« gekommen war, schloss Naruz aus Gabys Kopfbewegung und seinem Gesichtsausdruck, dass er seine Entwicklung tatsächlich erfasst hatte.

»Mit anderen Worten«, sagte er, »du willst jedem Menschen die Möglichkeit der Wahl geben, entweder ohne jede Bestimmung oder ein selbstbestimmter Mensch zu sein. Irre ich mich in meiner Interpretation deiner Idee?«

»Du irrst dich nicht«, bestätigte Gaby, »obwohl ich nicht daran gedacht habe.«

Naruz erging sich mit wachsender Begeisterung in seiner Schilderung des selbstbestimmten Menschen, der natürlich dem Diktat der Mode gegenüber gleichgültig war, der keinen Bedarf an den kommerziellen Fernsehkanälen hatte und kein überflüssiges Produkt kaufte, der sich infolgedessen mit einem weitaus geringeren Einkommen begnügen konnte als ein Mensch ohne eigene Bestimmung. Daher würde der selbstbestimmte Mensch auch weniger Stunden arbeiten, um das für seinen Lebensunterhalt erforderliche Einkommen zu erwirtschaften, seine Einkäufe würden sich auf das unabdingbare Minimum reduzieren, das für seine Existenz und die Entwicklung seiner Selbstbestimmtheit erforderlich war.

»Kurz gesagt«, resümierte Naruz, »du hast etwas entwickelt, was die Marktwirtschaft zusammenbrechen lassen wird und Religionen, Staaten und herdenmäßigen Zusammenrottungen, deren Basis der Mensch ist, der seine eigene Bestimmung verloren hat und zum Kunden von Produzenten einer Herdenbestimmung geworden ist, ein Ende bereitet.«

Wer weiß, in welch fernen Gefilden Naruz noch gelandet wäre, hätte nicht Dana ein verstohlenes Gähnen Kristinas genutzt, um festzustellen, dass ihre Freundin bestimmt müde sei vom Flug und zweifellos endlich schlafen gehen wolle, und um jeden Widerspruch zu verhindern, stand sie gleichzeitig energisch vom Tisch auf. Innerhalb weniger Minuten befand sich Gaby wieder auf der Fahrt nach Hause, während sie den Strand und das Stadtzentrum und Kristina und Naruz hinter sich ließen, der seine Überlegungen zu den überwältigenden Auswirkungen, die das Erscheinen des selbstbestimmten Menschen auf der Bühne der Geschichte haben würde, sicher weiterentwickelte.

21. BEGEGNUNG MIT DEM »LEDERJACKETT«

»Wir packen zusammen und fahren nach Berlin«, befiehlt Libby ihrem imaginären Filmteam.

»Filmen wir die Reise?«, fragt der Kameramann.

»Alles«, entscheidet Libby.

»In welchem Jahr sind wir?«, erkundigt sich die Frau von der Maske.

»1928«, antwortet Libby.

»Oktober 1928«, präzisiert Eva in ihrem Tagebuch, »tiefster Herbst in Berlin. Die Linden in den Alleen leuchten in flammendem Gold.«

Libby dirigiert den Kameramann zum Eingang des Katakombenkabaretts in der Bellevuestraße 3, wo der Conférencier dem Publikum verkündet: »Meine Damen und Herren, ich lade Sie zur Überraschung des Abends ein. Eine junge Tänzerin, die aus Palästina von einer Kommune zionistisch-sozialistischer Revolutionäre bei uns eingetroffen ist und bei Kurt Jooss studiert hat, wird mit einem beduinischen Ausdruckstanz auftreten, der die Rebellion des Menschen gegen jegliche Einsamkeit darstellt, ob in den Weiten der prähistorischen Wüste oder im Herzen des modernen Großstadtdschungels. Eva Chaimson – die Bühne gehört Ihnen!«

Applaus. Der Kabarettsaal verdunkelt sich. Die kleine Bühne wird von goldenem Licht erhellt. Der Pianist schlägt eine Melodie in orientalischem Rhythmus und Stil an. Eva betritt barfuß die Bühne, in eine weiße Galabija gehüllt, die sich von den Hüften abwärts in vier einzelne Bahnen teilt, was ihr völlige Beinfreiheit ermöglicht.

Im Publikum herrscht erwartungsvolle Stille, und auch Libby ist höchst gespannt auf die Gegenüberstellung, die gleich zwischen ihrer Eva und dem prätentiösen Berliner Publikum erfolgen wird, das bereits kühne expressionistische Darbietungen von Mary Wigman gesehen und flammend gegen den krassen, skandalösen *Totentanz* von Kurt Jooss rebelliert hat. Libby neigt ihr Ohr lauschend ins Publikum, schnappt gemeinsam mit Eva kritisches Getuschel von der Sorte auf:»Na ja.

Der Stil dieser Tänzerin ist tatsächlich vom Ausdruckstanz der Wigman und von Jooss' Tanztheater beeinflusst«, und für einen Moment scheint es, als könnte das Ereignis mit einer lauen Rezeption, wenn nicht noch schlimmer, enden.

Eva registriert Libbys Befürchtungen, und sie flüstert ihr augenzwinkernd über die Seiten des Tagebuchs hinweg zu: Geduld. Ich mache jetzt ein Vorspiel als Eva-Wigman-Jooss für sie, das sie auf kleinem Feuer anwärmt und ihnen einen ersten Gang vorsetzt, den sie kennen, doch im nächsten Moment wird sich Eva-Wigman-Jooss in Eva-Mahmud-Abu-Aref verwandeln, ein pfeifender Wirbelsturm wird über sie hereinbrechen, wie sie ihn noch nie erlebt haben.

Urplötzlich fängt ihr Körper an, sich im Sturm zu entfalten, und Libby sieht die geschockte Verblüffung des Publikums angesichts der menschenleeren Weiten der Wüste und der brennenden Sonnenglut, von denen ihnen Eva mit ihrem Körper erzählt; sie reißt die Zuschauer auf eine Hügelspitze mit, wo sich ihnen die unendlichen Wüstenräume auftun, von Horizont zu Horizont, setzt von dort zu einem wilden, atemberaubenden Galopp in Richtung Meer an, und vor den staunenden Augen entspinnt sich ein faszinierendes Treffen zwischen Wüste und Meer, in dessen Wasser sie ihre Fußsohlen taucht, seine milde Kühle in der Hitze der Sonne spürt, und ihr ganzes Wesen entflammt in einer Ekstase, die ihren Leib packt und beutelt, der die Verkörperung der dramatischen Begegnung zwischen Meer und Wüste wird, und dann, auf dem Höhepunkt dieser Ekstase, überrascht sie Libby und ihre Zuschauer – Flammen schlagen aus ihrem Körper, verbrennen ihr Kleid, das von ihr abfällt wie lodernde Schleierwolken, nackt tanzt sie jetzt in den Meeressaum, den Wellen entgegen, die sich an ihrem Körper brechen, und wird mit der Brandung des aufgewühlten Meeres vom schwarzen Vorhang im rückwärtigen Teil der Bühne verschluckt.

Für einen Moment herrscht Totenstille.

Was passiert jetzt?

Mit einem Schlag, erzählt Eva ihrer Urenkelin mit Begeisterung, bricht ein tosender Beifall aus, wie du ihn noch nie gehört hast, und Libby umarmt sie heftig und drängt sie, schnell hinauszugehen und sich zu verbeugen. Eva hüllt ihren nackten Leib in eine weiße Galabija und geht barfuß auf die Bühne. Das Berliner Publikum applaudiert und jubelt, klatscht frenetisch Beifall. Eva läuft hinter die Kulissen zurück, und Libby, die sie dort erwartet, drängt sie dazu, noch einmal zum Publikum hinauszugehen, das sie mit hochbrandenden Wellen von Bravorufen empfängt. Eva kehrt hinter den Vorhang zurück, doch das Publikum lässt sie nicht gehen, verlangt immer wieder, dass sie auf die Bühne kommt. Die Menschen stehen auf, trampeln mit den Füßen auf den Boden, und das ganze Etablissement vibriert unter der Wucht der Ovationen. Eva tritt atemlos von der Bühne ab und flüstert Libby ins Ohr: »Sie haben den Verstand verloren! Das nimmt ja kein Ende.«

Neunmal muss sie auf die Bühne hinaus, um sich zu verbeugen und dem tobenden, freudeschäumenden Publikum Küsse zuzuwerfen, und als sich der Applaus gelegt hat und Eva wieder hinter die Kulissen geht, tritt der Conférencier an sie heran, überreicht ihr einen Zettel und sagt: »Unsere wichtigsten Gäste von Tisch Nummer acht laden Sie ein, ihnen Gesellschaft zu leisten.«

»Kennen Sie sie?«, fragt Eva.

Der Conférencier lacht: »Ganz Berlin kennt sie, und in Bälde wird die ganze Welt sie kennen. Das sind die Schöpfer der *Dreigroschenoper*.«

Eva geht hinaus, tritt an den Tisch der Verfasser dieser Oper, von der seit der Premiere vor einem Monat ganz Berlin spricht. Einer der Herren, die an dem Tisch sitzen, ein kleiner Mann mit großer Zigarre und einem schwarzen Lederjackett, misst sie mit lüsternem Blick und sagt zu ihr: »Eine äußerst gute Wahl, Ihr Kleid. Es ist vollkommen durchsichtig gegen das Licht. Lässt keinen Raum für Phantasie.«

»Auch Sie sind völlig durchsichtig gegen das Licht«, erwidert Eva, »und Ihre Worte – eine geradezu hervorragende Wahl. Sie lassen keinen Raum für Phantasie.«

Bevor der Herr im Lederjackett zum Gegenschlag ansetzen kann, wendet sich Eva an die übrigen Gäste am Tisch und fragt, wer von ihnen der Komponist der Dreigroschenoper sei. Ein bebrillter Mann mit beginnender Glatze und offenem Gesicht, der in sich gekehrt am Eck sitzt, hebt mit schlaffer Bewegung die Hand.

»Ich verbeuge mich vor Ihnen für Ihr Werk«, sagt Eva.

»Ich habe nur die Musik verfasst«, erwidert er.

»Hat diese Oper noch etwas anderes außer der Musik?«, fragt Eva verwundert.

»Über den Text haben Sie gar nichts zu sagen?«, fragt ein dritter Mann.

»Haben Sie den Text gestohlen?«, provoziert ihn Eva.

»Nein, leider bin ich nur der Regisseur, Erich Engel«, stellt sich der Mann bescheiden vor.

»Ich habe nichts gegen Textdiebstahl«, erklärt Eva, »unter der Bedingung, dass der Dieb ihn verbessert.«

»Und Ihrer Meinung nach hat ›der Dieb‹ in diesem Fall den Text nicht verbessert?«, fordert sie der Herr im Lederjackett heraus, der sie die ganze Zeit mit begehrlichen Augen verschlingt.

»In diesem Fall«, gibt Eva zurück, »ist die gesellschaftliche Analyse seicht im Vergleich zum englischen Original von John Gay.«

»Was genau macht sie seicht?«, insistiert der begehrliche Herr im schwarzen Lederjackett.

»Bei Gay sind die Armen echte Arme und nicht als Arme verkleidete Kleinbürger.«

»Finden Sie nicht, dass es interessanter ist, wenn sie sich als Arme verkleiden?«, fragt das Lederjackett provokant.

»Es ist rückständiger«, stellt Eva fest. »Das ist eine reaktionäre bourgeoise Anschauung, die Armut, Prostitution und Verbrechen mit pervertierter Romantik verklärt. Fehlt es Ihnen in Berlin denn an armen Leuten, echten Prostituierten und echten Kriminellen? Oder kennen Sie solche einfach nicht?«

»Ihre dreiste Unverschämtheit ist eine charakteristische Kombination aus Ihrem Geschlecht, Alter und Ihrer Herkunft«, spuckt das Lederjackett in ihre Richtung.

»Dieser Satz ist eine charakteristische Kombination von Vorurteilen eines alternden männlichen Antisemiten«, pariert Eva.

»So alt ist er noch gar nicht, so viel ist sicher«, bemerkt der Komponist.

»Vielleicht auch gar nicht so männlich«, erwidert Eva aufreizend.

Das Lederjackett greift nach einem Weißweinglas und schüttet Eva den Inhalt über die Brust. Die Galabija wird transparent, Evas Brüste zeichnen sich klar durch den weißen, nassen Stoff ab. Sie zahlt es ihm sofort heim, gießt ein Glas Wein über seine Hose in der Lendengegend.

Das Lederjackett springt auf die Füße. Eva erhebt sich, stellt sich vor ihn hin. Sie stehen einander gegenüber, bereit zum

Schlagaustausch. Doch das Lederjackett ändert überraschend die Taktik. Er packt Eva und drückt seine Lippen auf ihre. »Du stößt ihn nicht weg?«, wundert sich Libby, und Evas Antwort darauf im Tagebuch lautet: »Reden ist Reden, und ein Kuss ist ein Kuss.«

Und tatsächlich, zur schockierten Verblüffung aller Anwesenden am Tisch und der neugierigen Beobachter von den Nachbartischen erwidert sie den Kuss, ergreift sogar die Initiative zu seiner Ausweitung. Sie wickelt sich wie eine Schlange um den Mann im Lederjackett, packt seinen Kopf mit beiden Händen und leckt seine Lippen in einer Spottparodie auf die erotisch räuberischen Vampirküsse Theda Baras, der Schauspielerin in *Cleopatra*. Die Gesellschaft am Künstlertisch sowie die Gäste an den benachbarten Tischen brechen in Beifallsrufe aus und applaudieren der Farce, die Eva aus den künstlich animalischen Küssen in J. Gordon Edwards' Film und seiner Imitatoren macht, bis jemand am Nebentisch dem Kellner zuruft: »Eine Flasche Dom Perignon auf meine Rechnung für unsere Pola Negri und unseren Rudolph Valentino!«

Die fröhlich feiernde Gesellschaft leert den erlesenen Champagner, und die Künstlertruppe zieht in Begleitung der dreisten Tänzerin aus der zionistisch-sozialistischen Kommune in Palästina zur Wohnung des Lederjackettmanns in der Spichernstraße 16.

Libby notiert die Adresse in ihrem Mobiltelefon unter der Rubrik »Zu erledigen« und fügt die Bemerkung hinzu: »Diese Adresse bei einer Berlinreise auf den Spuren von Omama Eva aufsuchen.« Eva beschreibt in allen Einzelheiten, was in dem Wohnzimmer an jenem Abend vor sich geht. In der linken Ecke des Raums sitzt Paul Samson-Körner, der berühmte ehemalige deutsche Spitzenboxer und Schauspieler, am Klavier, spielt und singt die Ballade von Mackie Messer, während das Lederjackett, ein Stückchen entfernt vom Klavier, den Boxer mit seiner blechernen Stimme begleitet. Auf einem Ecksofa sitzen drei Herren – der Agent des Boxers, Zillenfeld, der Theaterkritiker Herbert Ihering und der Dichter Hannes Küpper – und im Eck daneben sitzt Elisabeth, eine der Geliebten des Lederjacketts, und tippt auf einer Schreibmaschine jede »Perle« mit, die er von sich gibt.

»Und wo bist du?«, fragt Libby.

»Ich bin eine Stummfilmkamera«, beantwortet Eva die Frage in ihrem Tagebuch. »Ich umkreise und umrunde die Menschen, nähere mich ihnen und entferne mich von ihnen, bewahre emotionale Unbeteiligtheit gegenüber allen Personen dieser Gesellschaft und fange die untergründigen, verschlungenen Beziehungsgeflechte zwischen ihnen auf.«

»Du nennst alle mit Namen, nur den einen bezeichnest du hartnäckig als ›das Lederjackett‹?«

»Trotz allem, was ich mit ihm erlebt habe, ist er für mich ›das Lederjackett‹ geblieben«, betont Eva, »und je näher und besser ich ihn kennenlernte, desto mehr wurde er in meinen Augen zum ›Lederjackett‹, auch wenn alle aus dem Kreis um ihn herumtanzten wie Schwindelige um eine Phantasieachse und von ihm angezogen waren wie Menschen mit Höhenangst von einem gähnenden, leeren Abgrund. ›Das Lederjackett‹ war eine Art seltsamer Magnetiseur in dieser Bewunderergruppe und den Anhängerkreisen, die ihn umschwirrten, und unter seiner Inspiration schufen sie ein abgeschottetes Establishment und eine beschränkte, versteinerte Auffassung von Theater- und Schauspielkunst. Aber er war nicht der Einzige zu seiner Zeit. Es gab noch allerlei mehr solcher merkwürdiger Magnetiseure in dieser Ära der großen Scharlatanerie.«

»Was nennst du ›Ära der großen Scharlatanerie‹?«, fragt Libby nach.

»Wenn du mein Tagebuch bis zum Ende liest, wirst du es verstehen.«

»Ich lese, was die Worte sagen, und höre, was zwischen den Worten nicht gesagt wird«, meint Libby.

»Was hörst du zwischen den Worten?«, möchte Eva wissen.

»Ich höre die deutsche Intonation, in der das Lederjackett befiehlt: ›Elisabeth! Schenk uns einen Whisky ein!‹ Ich sehe, wie Zillenfeld aufsteht und dem Lederjackett Whisky aus einer Flasche, die auf einem Barwägelchen in seiner Nähe steht, eingießen will, und ich höre, wie ihn das Lederjackett zurückhält, mit arroganter Stimme ruft, damit es alle hören: ›Stop! Zillenfeld! Überlass es den Damen, uns zu bedienen. Sie tun das liebend gerne.‹

Und ich frage mich, zusammen mit dir, was Elisabeth tun wird. Ich sehe durch deine Augen, wie Elisabeth von ihrem Platz aufsteht, um dem Lederjackett einen Whisky einzuschenken, und gerade als sie ihm das Getränk aus der Flasche in das Glas in seiner ausgestreckten Hand gießen will, sehe ich mit deinen Augen, wie er ihr zuvorkommt und seine Zigarre in dem Glas versenkt, ihr das Ganze wieder hinhält und befiehlt, ihm ein sauberes Glas zu bringen. Zusammen mit dir reagiere ich auf sein Benehmen: ›Schwein!‹

Das Lederjackett lacht. Elisabeth will mit dem Glas mit der Zigarre an dir vorbeigehen. Aber du stellst dich ihr in den Weg. Du entwindest ihr flink das Glas, trittst zum Lederjackett, streckst ihm das verschmutzte Glas entgegen, in dem der Zigarrenstummel in den trüben Whiskyresten klumpt, und sagst zu ihm: ›Geh, und hol dir selber ein frisches Glas.‹

Zur großen Überraschung lacht das Lederjackett und sagt zu dir: ›Ich liebe es!‹ Elisabeth eilt an die Schreibmaschine und tippt jedes Wort, das das Lederjackett sagt: ›Seht, seht! So benimmt sich eine zionistisch-sozialistische Pionierin aus Palästina. Eine Amazone voller Furor judaicus der neuen Art. Gott schütze uns vor diesen neuen Juden. An dem Tag, an dem sie ein bisschen Macht haben, werden sie sich an der ganzen Welt für das rächen, was wir ihnen angetan oder nicht getan haben.‹ Und dann wendet er sich an dich und sagt zu dir: ›Es wird Zeit, dass ihr Juden, zu eurem Besten, uns in Ruhe lasst!‹ Die Schreibmaschine klappert eilig unter Elisabeths Fingern, und du fragst sie: ›Schreibst du jedes Wort auf, das dieses Schwein fallen lässt?‹«

Das Lederjackett nimmt sein schmutziges Glas mit der Zigarre, hält es Eva hin und befiehlt mit ruhiger, beherrscht drohender Stimme: »Geh du, und bring mir ein sauberes Glas, und schenke mir einen Whisky ein, bevor hier jemand stirbt.«

Libby hält den Atem an, als sie in den folgenden Zeilen liest, wie Eva, ohne sich zu rühren, vor dem kleingewachsenen Mann steht und ihm direkt in die Augen schaut. Der Kerl platzt und kreischt wie ein verzogener Bengel: »Du gehst jetzt und bringst mir ein sauberes Glas – sofort!«

Der respektable Theaterkritiker Herbert Ihering steht auf und will das Zimmer verlassen.

»Herbert! Wo gehst du hin?«

»Dir ein Glas bringen«, stammelt der scharfe Kritiker mit zitternder, kleinlauter Stimme.

»Du setzt dich hin!«, befiehlt das Lederjackett. Ihering setzt sich wie ein gescholtener Schulbub wieder hin, und das Lederjackett befiehlt Eva noch einmal im drohendsten Ton, den der Mann auf Lager hat: »Bring mir ein sauberes Glas, hab ich gesagt!«

Elisabeth hält diese gefährliche Spannung nicht mehr aus. Sie springt auf, um den Wunsch des kleinen Diktators zu erfüllen, doch er donnert sie an: »Setz dich auf deinen Platz, Elisabeth! Mach deine Arbeit! Schreib haargenau alles mit, was hier passiert!«

»Jawohl!«, sagt Elisabeth, zieht ein Stenographienotizbuch und einen Stift heraus, um das Geschehen in Kurzschrift zu dokumentieren, und Eva diktiert ihr die folgenden Worte:»Vier Männer sitzen in diesem Zimmer, sehen einen kleinen Diktator toben, der versucht, mich und dich, Elisabeth, zu erniedrigen. Und sie sind stumm wie die Fische. Habt ihr Angst vor ihm? Sagt ihm doch, was ihr davon haltet, was er tut. Macht den Mund auf. Redet.«

Die vier Männer schlagen die Augen nieder, keiner wagt es, dem Blick des anderen zu begegnen. Eva lässt nicht locker. Sie führt ihnen mit Körpersprache und Gestik vor, was sie machen.

»Schaut her, wie ihr ausseht.« Sie präsentiert ihnen ihre Erscheinung, während sie zum Singsang ihrer Worte tanzt: »So! Und so! Und so! Und so!«

Sie mimt das Lederjackett als wahnsinnigen Diktator, kreischt in einer Phantasiesprache:»Gru ta gruta grati gruta pati muta!«

Libby muss lachen und ermutigt sie, während sie sich der ausgelassenen Omama Eva anschließt und mit ihr vor der Nase des Lederjacketts herumtanzt:»Gru ti gruta! Pati muta! Tati tita! Tati tata!«

Urgroßmutter und Urenkelin sind außer Rand und Band: »Und ihr da? Ihr seid so!«

Viertausend Kilometer und achtundachtzig Jahre voneinander getrennt tanzen die beiden jungen Frauen und demonstrieren das schaudererregende Bild einer ganzen Gesellschaft, die sich dem Wüten eines kleinen Diktators beugt. Ihr Tanz gewinnt an Vehemenz. Eva springt aufs Klavier, hüpft schwungvoll von dort auf den niedrigen Tisch vor dem Ecksofa, benutzt verschiedenes Zubehör wie das schmutzige Zigarrenglas, mit dem alles begonnen hat, die Whiskyflasche, die Schreibmaschine, von der sie Elisabeth verjagt, und tippt wahllos Unsinn auf das Papier, das sie dann herausreißt, zu einer Kugel zusammenknüllt und damit spielt wie Charlie Chaplin einige Jahre danach mit der Erdkugel in seinem Film *Der große Diktator*.

Als sie den Tanz beenden, klatschen alle Anwesenden unter lauten Bravorufen. Libby kehrt zu Evas Tagebuch zurück und sieht zu ihrem Entsetzen, wie das Lederjackett zu Eva geht, sich auf den Boden wirft, ihre nackten Füße küsst und begeistert ausruft: »Das war eine lehrreiche Lektion in Theater, meine Herren! Elisabeth, hast du alles notiert?«

»Ja, habe ich.« Elisabeth reicht ihm das Stenographiebüchlein, das die Beschreibung des Vorfalls sowie die Details von Evas Bewegungen enthält. Das Lederjackett wirft einen flüchtigen Blick auf die Kurzschrift, die er nicht lesen kann, und befiehlt Elisabeth: »Tippe das Ganze mit der Schreibmaschine ab.«

»Jawohl«, sagt Elisabeth.

»Jetzt.«

»Jawohl.«

Und während das Lederjackett seinen Gästen Whisky einschenkt, setzt sich Elisabeth an die Schreibmaschine, spannt ein Blatt Papier ein und tippt eilig den Text herunter, den sie aus ihrer Kurzschrift entziffert.

22. KRIMINELLE SPIELE UND DUNKLE PLÄNE

Osnat drehte sich auf den Bauch und stützte sich auf die Ellbogen, ihre Brüste fielen auf Maoz' Brust. Siebenundvierzig ist ein kritisches Alter für einen Politiker, überlegte sie, während sie mit den Fingern seine schwarze Brustbehaarung zerpflückte. Das ist das Alter, in dem entweder der große Sprung nach vorn passiert, wie der Aufstieg John F. Kennedys oder Barack Obamas, oder man auf der Stelle zu treten beginnt wie die Mehrheit der Politiker, die zu grauen, fettleibigen Funktionären werden und auf dem Höhepunkt ihrer Karriere erschöpft und verbraucht den Posten eines Vizeministers für Alles und Nichts oder eines Ministers für Sonstiges erreichen.

Du, *Maoz-zur-jeschu'ati*, mein Zufluchtsort, mein Erlösungsstein, du könntest Großes bewerkstelligen. Du hast es in dir. Aber du brauchst eine, die die richtigen Beziehungen für dich knüpft und dich mit den Finanzquellen zusammenbringt, das heißt, mit den Kapitalbesitzern, die bereit sind, in dich zu investieren, denn ...

»Wie viel kostet es, einen Ministerpräsidenten zu produzieren?«, sprach sie eine ihrer Überlegungen unwillkürlich laut aus.

»Wie bitte???« Maoz dachte, er hätte sich verhört.

Doch nun wiederholte sie die Frage, schnitt die Wörter in Scheibchen wie einen Käse, legte eins nach dem anderen auf ein Tablett, mit einem Blatt Pergamentpapier zur Trennung dazwischen: »Wie-viel-kostet-es-einen-Ministerpräsidenten-zu-produzieren?«

»Hab ich nie drüber nachgedacht«, bekannte er.

»Das ist das Erste, worüber du schon längst hättest nachdenken sollen, wenn es dir ernst ist.«

»Diese Frage höre ich aber zum ersten Mal«, wehrte er sich.

»Nicht so schlimm«, tröstete sie ihn, »es ist noch nicht zu spät, obwohl man in dem Stadium, in dem du dich befindest, schnell handeln muss, wenn du wirklich Ministerpräsident werden willst.«

»Jeder Politiker will Regierungschef werden, versteht sich doch von selbst.«

»Siehst du, das ist keine gute Antwort, sie lässt eine Loser-Haltung erkennen.«

»Was hat das mit Losertum zu tun?«, widersprach er.

»›Jeder Politiker‹, das ist gar keiner. Du musst sagen: ›Ich will Ministerpräsident werden.‹«

»Klar.«

»Überhaupt nicht klar! Bist du in der Lage, diese Worte auszusprechen?«

»Pahhh!«, lachte er prustend. »Was für eine Frage ist das denn?!«

»Eine Frage, die den, dem es scheint, als wollte er, von dem unterscheidet, der wirklich will. Versuch mal, mit lauter Stimme zu sagen: ›Ich will Ministerpräsident werden.‹ Was schaust du mich so an? Was lachst du da?«

»Wie sie schaukeln, wenn du das sagst!«

»Was schaukelt? Wer schaukelt?«

»Deine Brüste. Ich liebe sie.«

»Vergiss jetzt mal meine Brüste.«

»Warum? Du hast geile Titten.«

»Brüste.«

»Was?!«

»Brüste heißt das. Aber egal, kommen wir auf dich zurück. Sag: ›Ich will Ministerpräsident werden.‹«

»Was willst du eigentlich?« Er war irritiert.

»Ich möchte, dass du sagst: ›Ich will Ministerpräsident werden.‹ Ist das so schwer für dich, diesen Satz über die Lippen zu bringen? Ich verlange nicht von dir, dass du sagst: ›Ich will Boxweltmeister im Schwergewicht werden.‹ Ich erwarte auch nicht, dass du sagst: ›Ich will Gehirnchirurg werden‹, denn das wirst du nicht mehr. Aber willst du Ministerpräsident sein, ja oder nein?«

»Ja, ja. Ja! Ich will Ministerpräsident werden.«

»Oh! Wunderbar! Endlich hast du's gesagt. Jetzt sag das noch mal, aber diesmal nicht so wie: ›Ich will schlafen‹, oder: ›Ich will pinkeln.‹ Sag es mit richtiger Absicht: ›Ich will Ministerpräsident werden.‹«

Maoz blickte in ihre Augen, die ihn durch die vors Gesicht gefallenen Haare prüfend ansahen, und fragte sich, worauf sie hinauswollte. Er spürte ihren Drang, ihn zu kneten, zu formen und zu modellieren, und er fragte sich, was zum Teufel sie antrieb und was, zum Teufel noch mal, die Quelle dieses ungeheuren Willens war, den sie ausstrahlte und der ihn wie eine Dunstwolke einhüllte – ein Geruch von Blut und Fleisch, der von dem Gemisch aus Körpersäften, Samen und Schweiß, aufstieg und ihn zu jener Besichtigung zurückversetzte, die er als Mitglied der Knesset auf Druck der Rindfleischzüchter-Lobby im Schlachthof gemacht hatte. Wieder hörte er das Brüllen der Tiere, als sie zu einer Stahlvorrichtung gedrängt wurden, die sie einschloss, hochhob, sie in der Luft kopfüber drehte und ihren nach unten gedehnten Hals dem langen Messer des Schlächters servierte; der Blutstrom, der schäumend aus der aufgeschlitzten Kehle spritzte, betäubte seine Sinne, und in dem furchtbaren Entsetzensgebrüll der Tiere, die als Nächste zur Schlachtanlage gestoßen wurden, hörte er ihre Stimme, die ihn wieder und wieder die Worte zu sagen drängte, Ich-will-Ministerpräsident-werden – und für einen Moment sah er ih-

ren Hals über sich, sah, wie seine Hand sich nach dem Schlacht-
messer ausstreckte, wie die Klinge die Kehle aufschlitzte, und
mitten aus dem Sturzbach des Blutes, das sich schäumend über
sein Gesicht ergoss und seine Augen blendete, vernahm er ihre
tadelnde Stimme:»Und weißt du, warum du nicht dazu fähig
bist, diesen Satz richtig zu sagen?«

»Nein«, hörte er seine Stimme durch das blubbernde Blut,
»warum nicht?«

»Weil du nicht daran glaubst, dass du Ministerpräsident
wirst.«

»Vielleicht sagst du mir, was ich tun soll, um daran zu glauben?«

»Das ist ganz einfach«, erwiderte sie und brachte ihm einen
Grundsatz in Glaubenslehre bei. »Wenn du glauben willst, fall
auf die Knie, und der Glaube wird auf dich herabfallen. Wie es
geschrieben steht: Wir werden tun – und hören. Um daran zu
glauben, dass du Ministerpräsident werden willst, musst du anfangen, alles zu tun, was man tun muss, um Ministerpräsident
zu werden.«

»Sprich weiter«, sagte er, »ich höre.«

»Dann hör jetzt ernsthaft zu«, erwiderte sie, »und streichle
nicht meinen Hintern, während ich rede.«

»'tschuldigung, aber was soll ich mit den Händen machen?«

»Leg sie auf die Matratze. Oder auf meinen Rücken, aber
streichle mich nicht, denn das stört meine Konzentration. Ja, so.
Gut. Als Erstes muss man einen Aktionsplan machen, der sich
in drei Abschnitte gliedert: Medien, Medien und Medien. Was
heißt, Spiel, Spiel und Spiel.«

»Fangen wir mit den Medien an«, meinte er.

»Wie du möchtest. Als Ausgangspunkt hast du einen guten Namen für die Medien: Maoz Ben-Chaim. Das ist ein starker und positiv klingender Name. Wie Viagra. Nütz diesen Na-

men aus. Hol das Maximum aus ihm raus. Maoz Ben-Chaim muss häufig in den Medien in Erscheinung treten: Maoz Ben-Chaim sagte, Maoz Ben-Chaim erwiderte, Maoz Ben-Chaim griff an, Maoz Ben-Chaim verteidigte, aber Vorsicht – nicht zu viel Maoz Ben-Chaim, damit die Leute es nicht sattkriegen, ihn zu hören.«

»Ich bestimme doch gar nicht darüber, wann und wie oft mein Name in den Medien fällt«, rechtfertigte er sich.

»Das ist es. Damit dein Name in den Medien auftaucht, musst du dafür sorgen, dass deine Leute in den Medien vertreten sind, vom Lokalreporter bis in die oberste Etage der Nachrichtenchefs und Programmintendanten. Das erfordert viel Arbeit und nicht wenig Geld. Du musst Events inszenieren, die dir die Gelegenheit geben, originelle Dinge zu sagen, und du musst dich drum kümmern, dass die Medienleute zu dem Zeitpunkt da sind, wenn du diese Dinge sagst. Du musst sie natürlich auch persönlich zu Hintergrundgesprächen in gute Restaurants einladen und vorgeben, dass du dich ernsthaft mit ihnen auf den Gebieten berätst, über die sie berichten. Lade den Sicherheitskorrespondenten ein, um dir seine Theorie anzuhören, und dann gib ihm seine Meinung in deinen eigenen Worten wieder, so wirst du ihn davon überzeugen, dass du der richtige Mann in Sachen Sicherheit bist. Das ist das Gesetz in der Wirtschaft, in Bildung, Recht und Gesundheit. Das Prinzip ist sehr schlicht: Zuhören, hören, was die Leute sagen, und ihre Theorie mit deinen eigenen Worten wiederholen.«

»Hören, was sie zu dir sagen und ihre Theorie mit deinen eigenen Worten wiederholen. Genial! Einfach genial!«

»Du musst natürlich dafür sorgen, dass deine militärische Vergangenheit in Erinnerung gebracht wird, aber in Maßen. Damit das Medienthema richtig angegangen wird, brauchst du einen eigenen Vollzeitberater für Medien und Public Relations.«

»Das ist klar«, sagte Maoz. »Und was wolltest du zum Thema Public Relations sagen?«

»Damit du eine Chance hast, zur Regierungsspitze gewählt zu werden, musst du in der gegenwärtigen Situation eine neue Plattform schaffen, die die Wähler der Mitte, der Rechten und der Religiösen abholt. Zu diesem Zweck ist es äußerst wichtig, dass du ein sensibles Verhältnis zur Religion demonstrierst.«

»Klar. Weiter.«

»Um im Zentrum des Konsens zu sein, muss man Bereiche ausmachen, über die eine generelle Einigkeit besteht und sich in Zusammenhang damit kraftvoll äußern. Zum Beispiel: Schutz der Pflanzenwelt, Naturschutz, Schutz bedrohter Arten: ›Ich werde die samtene Purpurschnecke nicht vom Erdboden verschwinden lassen!‹ Und die Sorge um gesunde Nahrung. Aber, oberste Priorität – du musst dir Einfluss auf die Leitung eines Fernsehkanals verschaffen.«

»Das sagt sich leicht! Wie macht man das?«

»Man initiiert und entwickelt freundschaftliche Beziehungen mit einem Tycoon, der erfreut sein würde, in das nächste Regierungsoberhaupt zu investieren – unter einer Bedingung.«

»Und die wäre?«

»Dass er mir glaubt, dass du der Mann dazu bist. Und damit er mir glaubt, muss ich an dich glauben. Und damit ich an dich glaube, musst du mich davon überzeugen, dass du wirklich der nächste Ministerpräsident sein willst.«

»Ich will der nächste Ministerpräsident sein.«

»Noch einmal, und stell dir vor, du sprichst auf einer Pressekonferenz.«

»Was machst du da mit dem Telefon?«

»Ich nehme dich auf.«

»Wozu?«

»Ich schicke dir die Aufnahme auf dein Mobiltelefon, dann kannst du sie anschauen und verbessern. Komm, jetzt zeig's mir!«

»Ich will Ministerpräsident werden.«

»Schon besser. Und jetzt sprichst du zum Volk. Action!«

»Ich will der nächste Ministerpräsident werden!«

»Schon viel besser«, lächelte sie. »Diesen Satz musst du mindestens fünfmal pro Tag mit lauter Stimme sagen.«

»Ich will der nächste Ministerpräsident werden!«, dröhnte Maoz.

»Ja, so! Noch mehr!«

»Ich will der nächste Ministerpräsident werden!!«

»Phantastisch!«

»*Wallah*, das macht geil!«

»Ich werde dich mit dem richtigen Tycoon zusammenbringen«, versprach sie.

Sein Mobiltelefon ließ den *Hummelflug* von Rimski- Korsakow ertönen.

»Meine Frau«, sagte er.

»Geh dran«, gab sie ihm die Erlaubnis.

»Maoz? Wo bist du?!« Nogas schrille Stimme.

»Auf der Suche nach Vater.«

»Wo?«

»Unterwegs.«

»Er ist bei Duvesch vorbeigefahren.«

»Ich weiß«, flunkerte er.

»Wo bist du dann jetzt?«

»Auf dem Weg ... zum Kibbuz«, erfand er. »Vielleicht hat er zu irgendwem im Kibbuz was gesagt, wo er hinfährt.«

»Hast du mit Libby geredet?«, fragte sie.

»Ich hab's versucht«, log er weiter, »sie antwortet nicht. Was? Ich hör dich nicht. Kein Empfang hier. Ich ruf dich an. Bye!«

In dem Moment, in dem er das Gespräch beendete, gab sein Mobiltelefon ein Piepsen von sich, das den Eingang einer neuen Nachricht meldete. Er warf einen Blick auf das Display. »Was ist das?«, fragte er Osnat. »Das ist von dir. Was hast du mir geschickt?«

»Die Aufnahme von ›Ich will der nächste Ministerpräsident werden!‹«

Er öffnete den Anhang und entdeckte zu seinem Entsetzen sich selber splitternackt auf dem Rücken liegend, wie er verkündet: ›Ich will der nächste Ministerpräsident werden!‹ Als erste Reaktion entfuhr ihm ein kurzes schockiertes Auflachen. Die zweite Reaktion – Entsetzen ohne jedes Lachen. Seine dritte Reaktion – eine Stimme, die ihm sagte, von ihr zu verlangen, diesen Clip sofort zu löschen. Und seine vierte Reaktion – eine andere Stimme, die zu ihm sagte: Warte. Denk erst nach, bevor du den Mund aufmachst. Wer weiß, wohin sie das noch überall versendet hat, während du mit Noga telefoniert hast. Zum Beispiel – an ihre Cloud. Oder an ihre E-Mail-Adresse. Oder an irgendeine Person ihres Vertrauens, mit der Anweisung versehen: »Veröffentlichen – falls ich verschwinde.« Er beobachtete sie von der Seite, und plötzlich wurde ihm klar, dass sie haargenau das in diesem Moment machte, diese Giftnatter, deren zierliche Finger, mit einem selbstzufriedenen, sardonischen Lächeln im Gesicht, gerade über das Touchpad ihres Mobiltelefons huschten. Nein, mein Herr, sagte eine dritte Stimme zu ihm, die Stimme der kalten Vernunft, die ihn in seiner politischen Karriere des Öfteren aus bösen Dilemmas gerettet hatte: Du hast keine Wahl, du musst dir jeden Gedanken, sie zu beseitigen, aus dem Kopf schlagen. Der einzige Weg, Schaden zu verhindern, ist, so zu agieren, dass es sich für sie nicht lohnt, dir ein Messer in den Rücken zu rammen.

»Na, wie schaut das aus?«, fragte sie.

»Super«, erwiderte er. »Du hast mir ein bestechendes

Mantra geliefert. An dem Tag, an dem ich Ministerpräsident werde, wird nur der Himmel deine Grenze sein.«

»Das wirst du«, sagte sie. »Du hast das Format dazu, und ich werde dir helfen, dich zu outen.«

»Ich liebe dich«, meinte er, und innerlich hörte er die Fortsetzung: wie den Tod.

»Ich werde deine Amtsleiterin sein.«

»Was immer du sagst«, stimmte er zu.

»Jetzt komm, Mann! Du bist der Mann meines Lebens!«

»Du wirst kriegen, was du willst.«

»Ich werde dir alle Türen öffnen, und du wirst dein Ziel erreichen.«

»Du wirst meine rechte Hand sein. Beraterin. Vertrauensperson. Der dritte Mann. Der Kopf, das Herz und die Seele.«

»Wir werden ein phantastisches Aktionsteam sein.«

»Wir sind schon auf dem Weg dorthin.«

»Wir schließen ein Abkommen«, sagte sie, »ein geheimes.«

»Aber unbedingt«, pflichtete er ihr bei.

»Bei einem Rechtsanwalt«, besiegelte sie das Gespräch und zog ihn auf sich.

23. DER ALTE UND DIE HAMMADA

Dave fuhr von der Straße ab, mitten in die Wüste hinein. Der Scheinwerfer des Motorrads erhellte verschieden große Schottersteine, die Reifen zermahlten die kleineren mit einem Geräusch wie von knackenden Kernen und spuckten sie rückwärts in die dichte Finsternis. Das Motorrad holperte und rüttelte auf dem Wüstengelände, das sich gerade wie eine lange, breite Tischplatte erstreckte und mit Steinen bis zur Größe von Tauben- und Hühnereiern übersät war. Der Boden war kahl, vegetationslos. Das bisschen fruchtbare Erde, das es irgendwann hier gegeben haben mochte, war zu Staub zerrieben und vom Wind in die Rinnen zwischen den Ausläufern des felsigen Plateaus getragen worden, wo es sich gesammelt und einen guten Untergrund für die Samen des klebrigen Alant, des Ampfers, der Reaumurie und des breitblättrigen Klebalant geschaffen hatte. Doch hier war die Hammada nackt und grausam. Das einzige Leben in der Gegend war das Leben der Steine, die sich zu Kreisen oder geraden Reihen formiert hatten, als hätte die spielerische Hand eines Riesen sie so ausgerichtet, und Dave fielen die stürmischen, hitzigen Diskussionen ein, die er mit Kennedy ausgetragen hatte, seinem jüngeren Patrouillenkameraden mit den religiösen Inklinationen und dem psychischen Bedürfnis, an einen Gott zu glauben.

Die Wüste hatte in der Tat Kennedys mystische Neigungen geweckt, und in der reihen- und kreisförmigen Anordnung der Hammadasteine sah er Zeugnisse für die Existenz antiker, Jahrtausende alter Kulturen von Menschen, die mit den geometrisch perfekten Kreisen ihre Bewunderung für die in der

Natur herrschenden regelmäßigen Perioden und ihre Anbetung dieser Periodizität ausdrückten, die, laut Kennedys Worten, die Geistesfrucht des »Architekten des Universums« war, während jene Urzeitmenschen mit ihren zu geraden, parallelen Linien aufgereihten kleinen Steinen ihre Verehrung für die Zeit zum Ausdruck brachten, die in unendlicher Bewegung in die verborgene Zukunft voranschritt, wie er weiter behauptete, und auch die Zeit war schließlich eine der Dimensionen der Existenz Gottes.

Diese Interpretation der geometrischen Formen animierte Kennedy zu religiöser Ekstase, und auf den Exkursionen, die er in der judäischen Wüste für glaubenshungrige, spirituell verseuchte Jugendliche arrangierte, die sich, angezogen wie die Fliegen von einem Honigtropfen, um ihn scharten, gab Kennedy seine Lehre mit tiefer Inspiration und immenser Überzeugungskraft zum Besten, wodurch er regelmäßig Seelen für die »Kennedysekte der Hammadagläubigen« rekrutierte, wie Dave es spöttisch nannte.

Denn Daves Betrachtung des Phänomens dieser Kreise und geraden Linien war frei jeglicher religiösen Deutung und jeden mystischen Glaubens. Er argumentierte, dass die Entstehung der geometrischen Gebilde des Schottergesteins solcher Hammadawüsten das Ergebnis ihrer Bodenzusammensetzung aus Tonerde und Mergel seien, beides wassersaugende Materien, und wenn es auf den Boden der Hammada regnet, absorbieren die Moleküle von Tonerde und Mergel die Wassermoleküle, der Boden verschließt sich, geht auf wie ein Teig unter dem Schottermantel, und sein kugelförmiges Anschwellen lässt die Steinkreise entstehen; gleichzeitig gerät infolge dieses Anschwellens ein Großteil des Wassers, das von dem versiegelten Boden nicht mehr aufgesaugt werden kann, in Fluss, und die Schwemmausläufer dieser Wasserströme über das sacht abwärts geneigte Plateau der Hammada erzeugen die geraden Reihen der kleinen

Erosionssteine. Mit anderen Worten, die geometrischen Gebilde waren einzig und allein Ausdruck der Gesetze von Chemie und Physik und keinerlei Zeugnis irgendeiner religiösen Spiritualität irgendwelcher Urzeitkulturen.

Dave hielt im Zentrum eines Steinkreises, stellte den Motor der alten Harley-Davidson ab und streckte sich rücklings auf dem Boden der Hammada aus, der noch die Hitze des Tages in die Luft der Wüste abgab. Kennedy-Kennedy, verklangen die Worte in seinem Inneren, mein gottesverrückter Freund und Seelengefährte Kennedy. Wie hast du dich noch vor fünf oder sechs Jahren gebrüstet, dass du achtzig Bauchaufzüge und dreißig Liegestützen machst, einen Kilometer schwimmst, vierzig mit dem Fahrrad fährst und zehn Kilometer rennst. Wie hast du mich immer mitten in der Nacht angerufen, um mich an deiner allerneuesten Auslegung des ersten Genesiskapitels teilhaben zu lassen, hast mir im gleichen Atemzug, mit derselben Begeisterung, erzählt, dass deine dreißig Jahre jüngere Frau schwindelerregenden Oralsex mit dir gemacht hat, und dich dann übergangslos mit mir beraten, was du wegen deines Rabbis machen sollst, der dir gebeichtet hat, dass er beim rituellen Tauchbad in der Mikwe sein Glied an den Körpern seiner Schüler gerieben hat, und als ich zu dir sagte, das sei ein Fall für die Polizei, hast du zu seiner Verteidigung angeführt, der Mann sei ein Gelehrter und versetze Berge, die größer als er seien, und er kämpfe ja wie ein Löwe, um seinen Trieb zu unterdrücken, was ihm manchmal gelinge und manchmal nicht, und eigentlich habe er sich mit der Beichte, die er vor dir, seinem früheren Schüler, abgelegt habe, ohnehin schon bis in den Staub erniedrigt. Aber du hast mich um meine Meinung gefragt – ob diese Selbsterniedrigung denn nicht schon eine genügend schwere, strenge Strafe sei, um seine »Verrücktheiten«, wie du das nanntest, zu sühnen, »die Verrücktheiten eines Menschen, dessen Seele so groß und kraftvoll ist wie seine Willensstärke, dessen Seele es aber nicht gelingt, sein Wollen, das er verurteilt, zum Schweigen zu bringen, und dessen Willensstärke es trotz dieser Verurteilung nicht gelingt, die Seele und die Dämonen, die ihr Unwesen in ihr treiben, zu beherrschen«. Ich habe mich, im Wissen um die Beziehungen, die sich zwischen dir und deinen Schülern und frommen Getreuen entspannen, die du auf Expeditionen in die Wüste mitnahmst, öfter gefragt, ob du mit deinen Worten über den guten Rebbe nicht eigentlich von dir selbst gesprochen, deine eigenen Taten gebeichtet hast. Und ich muss gestehen, dass ich mich in Gedanken an dir versündigte, als ich mich insgeheim fragte, ob die schreckliche Krankheit, die dich befiel, die dir die Nervenhäute zerfraß und nacheinander sämtliche Muskeln lähmte, so dass du nicht einmal mehr aus eigener Kraft atmen und keinen Tropfen Wasser mehr schlucken konntest, ob sie nicht die Strafe für diese Taten war, die du mittels einer anderen Person, nämlich deines Rabbis, gebeichtet hast.

Und jetzt hast du deine Seele ausgehaucht, die deinem Glauben nach noch zwischen den Welten umherwandert, während nach meinem Glauben die tierische Materie, aus der du gemacht warst, einfach aufgehört hat, lebendig zu sein, und zu einer toten Materie geworden ist, die sich als Ergebnis chemischer Vorgänge und Gärungsprozesse des Körpers selbst schon zu zersetzen angefangen hat; innerhalb kurzer Zeit wird infolge des Werks der Bakterien der Fäulnisprozess beginnen, denen sich im nächsten Stadium die Schmeißfliegen anschließen, die ihre Eier in deinem zerfallenden Fleisch ablegen, und innerhalb von vierundzwanzig Stunden, ab dem Moment deines Todes, werden Tausende von Maden aus den Eiern schlüpfen und anfangen, dein Fleisch zu zernagen und zu fressen, und zu dem Verrottungsprozess beitragen …

Doch Rickys Mitteilung habe ich entnommen, dass du ausgerechnet in deinem Tod gegen sämtliche Religionsgesetze und Glaubensprinzipien rebelliert hast, die du in deiner zweiten Lebenshälfte adoptiertest, als du den klaren Verstand verloren und jetzt – zu spät – verfügt hast, deinen Leichnam zu verbrennen, statt ihn nach jüdischem Ritus in einem Grab Israels zu bestatten, und die Asche im Wind auszustreuen. Kehrte ausgerechnet an der Schwelle deines nahen Todes der Mut zu dir zurück, als freier Mensch zu sterben, den Geist gesäubert von allem Hokuspokus der Ewigkeit und der Existenz der Seele per se, außer als Atem? Und solange der existiert, existiert das Leben, und in dem Moment, in dem der Atem stillsteht, erlischt das Leben zur Gänze. Sollte dem so sein, dann hast du am Ende deines Lebens begriffen, dass die letzte Hälfte deiner Lebensreise in einem dunklen Wald verloren ging, weil du vom rechten Weg zur jüdischen Variante der Götzenanbetung abgewichen bist.

Nachdem er sich all diese Gedanken durch den Kopf gehen lassen hatte, sog Dave tief die kühle Luft der Wüstennacht in seine Lunge ein und sagte sich: Wenn ich jetzt sterbe, bin ich ohne Angst. Er zog die Mauser-Luger-Pistole, die ihn im Unabhängigkeitskrieg begleitet hatte, aus dem Halfter, und die bittere Schlacht bei Hulikat stieg vor ihm auf, wie er in der Nacht in dem dunklen Schützengraben rannte, wie der sudanesische Riese, der ihm aus einem Unterstand an der Flanke des Grabens entgegensprang, sich mit aufgepflanztem Bajonett auf ihn stürzte und dem zwei Kugeln aus unmittelbarer Nähe aus der Mauser-Luger das Gesicht zerfetzten – und nun blickte er in den Lauf der Pistole, und die Mündung blickte ihn an, Auge in Auge, und ein Fingerdruck auf den Abzug würde genügen, aber nein. Noch nicht. Du hast noch ein oder zwei Dinge zu Ende zu bringen. Seine Hand schob die Pistole in das Halfter zurück. Er verschränkte die Arme unterm Nacken und spreizte die Beine, spürte den harten Boden unter seinem Rücken und lauschte auf seinen ruhigen Atem in der stillen Nacht, die das Universum einhüllte. Kein Laut, kein Geräusch war zu hören. Schweigen weit und breit.

24. EINE VERSAMMLUNG VON BEWUNDERINNEN IM HOF DER DICHTERIN

Auf der Kuppe eines Hügels im Herzen der Jerusalemer Berge, im Hof einer von Kiefern umgebenen Villa lagerte inmitten einer gepflegten Rasenfläche auf dem grünen Polster eines weißen Plastikgartensofas eine Frau im roten Kleid. Ihr nackter, erhobener rechter Fuß war auf eine Armlehne gestützt, während ihr linker, ebenso nackter, von der Sitzfläche zu Boden baumelte. Infolge ihrer Körperhaltung hatte sich ihr Kleid bis fast zum Bauch hinaufgeschoben und entblößte ihre Scham, die sich der streichelnden Brise darbot, die zu dieser Nachmittagsstunde aus Richtung Meer auf der Anhöhe blies.

»Wie hat er das angestellt?«, fragte die Rotgekleidete Dorit, die eine lädierte Nase sowie eine aufgeplatzte Oberlippe hatte und deren linkes Auge ein geschwollenes lila Veilchen zierte.

»Wir haben gevögelt«, sagte Dorit, »und er hat total die Beherrschung verloren, als er gekommen ist. Es war beängstigend. Er hat geschrien. Wollte anscheinend meinen Kopf packen, hat seine Hände nach vorn geschleudert, und das kam dabei raus.«

»In welcher Stellung wart ihr?«, erkundigte sich die Rotgekleidete.

»Er lag auf dem Rücken, und ich saß auf ihm«, fabulierte Dorit.

»Das ist die Stellung, die ich liebe«, bekannte die Rotgekleidete.

»Ich liebe gerade die Stellung, in der du jetzt liegst«, sagte eine Frau im schwarzen Kleid, die auf einem weißen Plastikstuhl saß, zu der Rotgekleideten auf dem Gartensofa.

»Was genau liebst du an dieser Stellung?«, wollte die Rotgekleidete wissen, während sie einen Schluck Weißwein aus einem Kelch mit violettem Glasfuß nahm.

»Ja, wirklich, was liebst du an ihrer Stellung?«, echote eine Frau im weißen Kleid, die auf einem schwarzen Plastikstuhl zwischen der Frau in Schwarz und Dorit saß, die, ihrerseits auf einem braunen Plastikstuhl, mit ihrer aufgeplatzten Lippe nun auch an dem Weißwein aus einem Kelch mit violettem Glasfuß nippte, gleichzeitig mit ihren beiden Gefährtinnen, die mit ihr zusammen einen Halbkreis vor der Frau im roten Kleid bildeten, die ihre Scham dem Wind darbot.

In diesem Augenblick rief die rotgekleidete Hausherrin dem dunkelhäutigen jungen Mann, der Blätter auf dem Rasen zusammenrechte, en passant zu: »Anura! Bring uns noch eine Flasche Weißwein aus dem Kühlschrank und auch noch Eis!«

Der dunkelhäutige Mann, der auf den Namen Anura hörte, lehnte den Rechen an einen Baumstamm am Rande des Rasens und ging auf den Eingang der Villa zu, während die Frau in Weiß sich wunderte: »Was für eine Art Namen ist das denn, Anura?«

»Ein singhalesischer Name«, erklärte die Rotgekleidete, während sie ihren Körper auf dem Gartensofa in eine noch bequemere Lage brachte.

»Was ist sinulesisch?«, fragte die Frau in Weiß, ohne sich dessen bewusst zu werden, dass sie sich mit ihrer Frage die herablassenden Blicke von Dorit und der Frau in Schwarz zuzog, die diese Schlichtheit im Geiste abstoßend fanden, da sie ihnen in Erinnerung brachte, dass sie keine englischen Adelsdamen waren.

»Die Singhalesen sind die Mehrheit in Sri Lanka«, erklärte die Rotgekleidete, »und seit die Briten Ceylon verlassen haben, herrscht Krieg zwischen ihnen und den Tamilen, und Anura ist von dort geflohen, weil er nicht zur Armee eingezogen werden wollte und einen Krieg mitmachen, der bald schon fünfzig Jahre dauert.«

»Genau wie bei uns«, sagte Frau in Weiß verwundert.

»Die ganze Welt verblutet in blödsinnigen Kriegen«, stellte die Frau in Schwarz mit Abscheu fest.

Dorit seufzte: »Ich kann diesen Jungen wirklich verstehen. Statt dort in irgendeinem blöden Krieg zwischen irgendwelchen Singhalesen und Tamilen zu sterben, ist er hierhergekommen, und im Verhältnis zu Sri Lanka lebt er hier im Paradies.«

»Hat er eine Arbeitsgenehmigung?«, erkundigte sich die Frau in Schwarz. »Denn wenn er keine hat, dann riskierst du ...«

»Hat er«, beruhigte sie die Rotgekleidete. »Er kümmert sich um eine pflegebedürftige alte Witwe, die in dem Haus gegenüber wohnt, und in seiner Freizeit pflegt er die Gärten im Dorf.«

»Er lächelt die ganze Zeit, und er ist so still, so höflich und angenehm, er strahlt nicht einen Funken Gewalttätigkeit aus«, bemerkte die Frau in Weiß, während sie den Jungen anstarrte, der nun eine Weinflasche und einen Behälter voll mit Eiswürfeln brachte, alles auf den weißen Plastikgartentisch stellte und sich, ohne ein Wort zu sagen, wieder daranmachte, die Blätter vom Rasen zu rechen.

»Er ist Buddhist«, sagte die Rotgekleidete.

»Ach so! Na, das erklärt alles«, stellte die Frau in Weiß fest und fügte hinzu: »Schade, dass die Araber keine Buddhisten sind. Wir hätten längst Frieden, und alles hier würde ganz anders ausschauen.«

»Man hat dir doch gerade gesagt, dass sie sich auch dort schon seit fünfzig Jahren bekämpfen!«, warf die Frau in Schwarz der in Weiß enerviert vor.

»Na gut, das ist, weil sie es auch dort mit Muslimen zu tun haben«, behauptete die Frau in Weiß überzeugt.

»Sie haben dort überhaupt nichts mit Muslimen zu tun«, berichtigte sie die Rotgekleidete.

»Du hast aber doch gesagt, dass die Sinulisten mit diesen Muslimen kämpfen, wie heißen die gleich wieder ...«, protestierte die Weiße.

»Singhalesen, nicht Sinulisten«, verbesserte sie die Rotgekleidete, »und die Tamilen sind keine Muslime, sie sind Hindus.«

»Moment mal! Warum kämpfen sie dann mit denen – du hast doch gesagt, dass die auch Buddhisten sind?«, wandte die Weiße erstaunt ein.

»Hinduismus und Buddhismus sind zwei verschiedene Religionen«, versuchte die Rotgekleidete, die läppische Diskussion zu beenden.

»Ach wirklich?«, sagte die Frau in Weiß. »Jetzt bin ich völlig durcheinander! Ich hab gedacht, dass alle Inder Buddhisten sind!«

»Nein«, erwiderte die Rotgekleidete verzweifelt, »fast alle Inder sind Hindus, nicht Buddhisten.«

»Bist du sicher?«, zweifelte die Frau in Weiß. »Wie ich in Indien war, war ich sicher, dass alle Buddhisten sind!«

»Dann hast du dich geirrt«, ging die Frau in Schwarz dazwischen.

»Welche sind denn dann überhaupt Buddhisten?«, fragte die Frau in Weiß verwundert.

»Alle möglichen Völker in Südostasien außer den Indern«, setzte die Frau in Schwarz der Diskussion ein Ende, und um sich aus der albernen Festgefahrenheit zu befreien, die ihnen die Frau in Weiß mit ihrer Ignoranz aufzwang, brachte die Rotgekleidete den Fokus der Unterhaltung auf sich selbst zurück und fragte die Frau in Schwarz in einem Tonfall, der zu einem höheren Gesprächsniveau einlud:»Du hast vorher gesagt, dass du meine Stellung liebst …«

»Ach ja!«, reagierte die Frau in Schwarz bereitwilligst auf die Aufforderung, die Unterhaltung einem gehobeneren Thema zuzuwenden.»Diese Position hat mich an ein italienisches Gemälde von einer venezianischen Kurtisane erinnert, aus dem sechzehnten Jahrhundert, wie mir scheint.«

»Oh, wirklich?! Welches Gemälde denn?« Die Rotgekleidete strengte sich an, gesteigertes Interesse zu demonstrieren. »Ich erinnere mich im Moment nicht an den Namen des Malers«, sagte die Frau in Schwarz.»In dieser Periode, die ich als dekadente Renaissance definiere, fing man an, mehr und mehr narrative Elemente in ein Gemälde einzubringen, und die Kombination deiner Körperhaltung mit der Gestalt des jungen singhalesischen Gottes, der hier im Garten umhergeht, hat mich an ein Bild denken lassen, das die Geschichte einer Kurtisane erzählt, die so hingestreckt auf einem roten Sofa lagert, und ein zwergenhafter Liebhaber, dessen enganliegende Hose eine Fundgrube birgt, klettert mit geilem Gesicht auf das Sofa zwischen die Beine der Kurtisane, während ein gutgebauter türkischer Liebhaber sich ihrer von der Seite annimmt, und sie streckt mit einer bezaubernden Bewegung die Hand nach seiner Lendengegend aus …«

»Merkwürdig«, meinte die Rotgekleidete,»dieses Bild, das du beschreibst, korrespondiert völlig mit dem Gedicht, das ich heute Morgen geschrieben habe.«

»Au ja, lies uns das Gedicht vor!«, schrie die Frau in Weiß entzückt auf.

»Abersicherdoch«, erwiderte die Rotgekleidete in einem Wort, unter dem sich der unausgesprochene Satz staute: Diesen vulgären Aufschrei werde ich dir nie im Leben vergessen; stattdessen befahl sie der Frau in Weiß, ihr das iPad Ajar 2 in der goldenen Verkleidung zu reichen, das auf dem weißen Tisch lag, was diese eilfertig tat. Die Rotgekleidete öffnete den Deckel des raffinierten Minicomputers, wischte mit dem Finger über ein Optionssymbol und las vor:

Trage mich in den wilden Süden
Bringe mich in ein Meer von Sand
Führe mich geschlossenen Auges
Zu einem wilden Stamm, dessen Sprache ich nicht weiß
Der Sohn des Scheichs wird mir ein Lamm in der Wüste
schlachten
Nackt galoppiere ich auf seinem schwarzen Hengst.

Die Frau in Weiß reagierte als Erste mit kreischender Kleinmädchenstimme: »Ein verzauberndes Gedicht. Zauberhaft traumhaft.«

Die Frau in Schwarz präzisierte verbessernd mit leiser, dunkler Stimme: »Eine schwarze Perle. Das ist das dunkelste, tiefste Gedicht, das du je geschrieben hast.«

Die Frau in Weiß gab sich alle Mühe, dieses Lob zu übertrumpfen, noch zu toppen: »Ein überwältigendes Gedicht. Betörend. Jedes Bild ist hinreißender als das davor. Jede Zeile ist überwältigender als die vorher. Und der phantastische Höhepunkt in der letzten Zeile: Nackt galoppiere ich auf seinem schwarzen Hengst. Einfach ein überwältigendes Gedicht! Israelpreiswürdig! Ich sage dir – der Israelpreis!«

Die Frau in Schwarz schnitt sie ab, demonstrativ angewidert von ihrer aufdringlichen Bewunderung, wobei sie sich vergeblich bemühte, ihrer Stimme einen sachlichen Ton zu verleihen: »Wann hast du es geschrieben?«

Die rotgekleidete Dichterin gab haargenaue Auskunft: »Heute Morgen um zehn Uhr sechsundfünfzig.«

Die Frau in Weiß preschte mit schmeichlerischer Stimme vor: »Phantastisch! Wie weißt du das nur?«

Die Dichterin erwiderte in geringschätzigem Ton: »Hast du nicht auf die Titel meiner letzten Gedichte geachtet?«

Die Frau in Weiß mühte sich sichtlich, sich an die Titel zu erinnern. Sie riet: »Zahlen?«

Die Frau in Schwarz holte zum Vernichtungsschlag aus: »Stunden und Minuten. Nicht Zahlen.«

Die Dichterin bequemte sich zu einer Erläuterung: »Die Welt spricht in Gedichten zu uns. Jede Sekunde in unserem Leben ist ein Gedicht. Aber die meiste Zeit filtern die Menschen das Gedicht des Universums durch das Sieb der Prosa.«

Dorit, die bis dahin geschwiegen hatte, siebte durch ihre verletzten Lippen: »Hast du zehn sechsundfünfzig gesagt?«

Die Dichterin bestätigte: »Genau.«

Dorit zischelte: »Genau in dem Moment, in dem er gekommen ist und mir die Faust reingeschlagen hat.«

Die Frau in Weiß konnte ihren Begeisterungsausbruch nicht stoppen: »Phantastisch! Echt phantastisch! Wie erklärst du das?«

Die Dichterin antwortete wieder in verächtlich herablassendem Ton, als spräche sie zu einem Kleinkind: »Der Schmetterlingseffekt. Jedes noch so vernachlässigbare Geschehnis, das sich in irgendeiner Ecke des Kosmos abspielt, verändert etwas im gesamten Universum. Umso mehr also ein Ereignis von vehementer erotischer Leidenschaft, die mit der Wucht eines Faustschlags explodiert. Ich spürte die Energiewelle des Schlags, die das Gedicht gebar.« Hier wandte sich die Dichterin direkt an Dorit: »Ich beneide dich.«

»Worum?« Dorit begriff nicht.

Die Dichterin sprach die Worte, als sähe sie ein Bild im Raum: »Um das nächste Vögeln, das dich mit ihm erwartet.«

Dorit traute ihren Ohren nicht: »Du meinst, ich sollte zu ihm zurückkehren, nachdem er dermaßen die Beherrschung verloren hat?«

Die Dichterin entschied mit rabbinischer Autorität, die keinen Widerspruch duldete:»Du musst. Es wird ein mythologisches Ereignis werden. Animalisch.«

Die Frau in Weiß wurde wieder von Vibrationen überrollt, die sie nicht für sich behalten konnte:»Ich bin sicher, das wird ein betörendes Vögeln!«

Worauf die Dichterin bestimmte:»Wir treffen uns nächste Woche hier.«

Und Libby las Evas knappen Kommentar im Tagebuch:
»Ich habe Duvesch und Dorit beobachtet, als sie auf ihrer Hochzeit tanzten. Dorit gibt vor zu tanzen. Ihr Körper bewegt sich, als tanze sie, doch ihre Seele ist leblos. Ihre Seele tanzt nicht. Ich erhielt den Eindruck in der Tat nur von der Art, wie sie tanzt, aber ich sehe eine kalte Frau, unfähig zu Hingabe. Einen Moment lang überlegte ich, ob es vielleicht an meinem Enkel Duvesch liegt, dass sie wie eine Puppe tanzt, weil er sich wie ein tollpatschiger Bär bewegt, doch im Verlauf des Abends sah ich ihr auch beim Tanzen mit anderen Männern zu, was nichts Wesentliches bei ihr veränderte. Einen Augenblick dachte ich, sie sei vielleicht lesbisch, und habe sie dann beobachtet, wie sie mit ihren Freundinnen tanzt. Auch beim Tanzen mit Frauen gibt sie sich nicht hin. Sie ist eine Art weibliche Ausgabe des ›Lederjacketts‹: Ein Mensch, der jeden ausbeutet, der ihn liebt, und sich für sich selbst bewahrt. Welches Leben wird Duvesch mit dieser Frau haben? O weh! …«

25. WAS VERBIRGT SICH HINTER DEM »LEDERJACKETT«?

Libby blätterte eine Seite um und schlüpfte mit Eva ins Bett des Lederjacketts. Er stank nach Zigarrenteer, Alkohol, Schweiß und den Ausdünstungen eines Körpers, der seit vielen Tagen nicht mehr mit Wasser und Seife in Berührung gekommen war.

»Wieso gehst du mit ihm ins Bett?«, fragt Libby neugierig.

»Die Widersprüche, aus denen er sich zusammensetzt, sind interessant, sogar anziehend für mich«, erklärt Eva.

»Er stößt dich nicht körperlich ab?«, wundert sich Libby.

»Nichts Menschliches stößt mich ab oder ist mir fremd«, erwidert Eva.

»Bist du feucht?«, fragt das Lederjackett.

»Prüf selbst nach«, gibt sie zurück und fasst das Wesentliche zusammen: Wir kommen sehr rasch vom Prolog zum Drama. Der Mann funktioniert nach allen Regeln der Kunst, befreit sich jedoch nicht eine Sekunde vom Bewusstsein seiner selbst. Er spielt die Rolle des Mannes, der sexuellen Verkehr mit einer Frau vollzieht.

»Kommst du?«, fragt er.

»Wenn ich komme, brauchst du nicht zu fragen. Ich täusche nichts vor.«

»Du hast Erfahrung«, kommentiert das Lederjackett.

»Du bist nicht der Erste und wirst auch nicht der Letzte sein.«

»Du betrügst mich bereits.«

»Ja«, gibt Eva zu.

»Was hat er dir gegeben, was du von mir nicht kriegst?«, wagt er zu fragen.

»Nähe«, sagt sie, »bis zur Verschmelzung.«

»Das ist alles?«, meint er mit künstlicher Geringschätzung.

»Den Rest lassen wir, zu deinem Besten, lieber beiseite«, schlägt sie vor.

»Ich liebe es, wenn meine Frauen mich betrügen«, versucht das Lederjackett, sie auszustechen.

»Ich bin keine von deinen Frauen«, stellt sie klar. »Ich bin nicht durch dich zur Frau geworden.«

»Du machst mich fertig«, sagt er.

»Befreie dich von der Angst, die Kontrolle zu verlieren«, schlägt sie vor, »vielleicht wird dir dann etwas wirklich Gutes geschehen.«

Das Lederjackett wirft einen Blick auf die Uhr und bemerkt: »Oh! Ich muss los, um die kleine Margo vom Theater abzuholen. Kommst du mit?«

»Möchtest du, dass ich mitkomme?«

»Ja, unbedingt. Wenn es dir nichts ausmacht, einer guten Seele einen Gefallen zu tun.«

»Aber gern«, sagt Eva.

Sie verlassen das Bett und ziehen sich an.

Das Lederjackett parkt seinen Steyr am Ausgang der Volksbühne. Eva sitzt neben ihm.

»Welchen Gefallen kann ich denn der guten Seele der kleinen Margo tun?«

»Dank dir werde ich nicht mit ihr in ihre Wohnung hinaufgehen müssen.«

»Wenn ich nicht dabei wäre, müsstest du mit ihr in ihre Wohnung hinaufgehen?«

»Ja«, grinst das Lederjackett schief, »sie erwartet es. Die Arme.«

»Warum willst nicht mit ihr hinaufgehen?«

»Ich und du sind noch nicht fertig miteinander«, sagt er, »und dazu brauchen wir den Rest der Nacht. Aber da kommt sie schon.«

Aus dem Bühneneingang des Theaters treten zwei Frauen. Die eine hat ein langes, männlich hageres Gesicht, eingefallene Wangen und einen harten Blick, ihre Körperhaltung strotzt vor Kraft und Sicherheit. Die andere, mit weichem Gesichtsausdruck und der Körpersprache eines Mäuschens, drängt sich schutzsuchend in ihren Schatten. Erstere erkennt von weitem den Steyr des Lederjacketts, bleibt stehen, umarmt das Mäuschen, küsst sie auf die Stirn und lässt sie ziehen. Das Mäuschen läuft überschwänglich wie eine kleine Gymnasiastin in heller Aufregung auf den Steyr zu. Als sie den Wagen fast erreicht hat, öffnet Eva die Autotür und steigt aus, während ihr das Lederjackett hinterherruft: »Was machst du?«

»Ich setze mich nach hinten«, erwidert sie.

Das aufgeregte Mädchen bleibt verunsichert vor Eva stehen, die ihr die Hand entgegenstreckt: »Ich bin Eva. Tänzerin. Eine Bekannte deines Freunds. Ich habe dir den Platz vorgewärmt. Steig ein.«

Das Mädchen mit dem Mäuschengesicht zögert einen Moment. »Und wo sitzt du?«

»Hinten«, beruhigt sie Eva, die leichtfüßig in den offenen Wagen springt, auf dem schmalen Rücksitz des Steyr Cabrio landet und sich dort über die gesamte Sitzbank lagert.

Das Lederjackett startet den Wagen und fährt in Richtung Wedding, dem roten Proletarierviertel, wo Margo, Tochter einer Arbeiterfamilie, zu Hause ist.

Der teure, starke Wagen streicht durch halbdunkle Straßen an Schlägerbanden mit braunen Hemden vorbei, die in durchorganisierten Gruppen in Reih und Glied marschieren, auf der Suche nach Zusammenstößen mit Kommunisten.

»Wie war die Vorstellung?«, fragt das Lederjackett.

»Hervorragend«, berichtet Margo, »das Publikum war außer Rand und Band.«

Sie fahren nun an etwa zehn Schlägern vorbei, die zwei junge Männer, die zu entkommen versuchen, mit Prügeln und Tritten traktieren.

»Was geht hier vor?«, fragt Eva.

»Nichts«, erwidert das Lederjackett. »Das passiert ständig. Nazischläger prügeln sich mit der Kommunistenjugend.«

»Und niemand tut etwas?«, wundert sie sich.

»Nach der Revolution werden wir uns mit ihnen befassen«, verspricht das Lederjackett. »Wir werden sie in einer Reihe an die Wand stellen und alle hinrichten.«

»Er hat sogar ein Gedicht über dieses Thema geschrieben«, verkündet die kleine Margo stolz.

»Was du nicht sagst«, meint Eva mit gespieltem Interesse, und Margo setzt zu einem provokativen Sprechgesang an:

Wie eine Kugelkette
einem Maschinengewehr serviert
fädeln wir die Braunen auf
das ganze Pack zuhauf!

»Hör auf, du Wahnsinnige!«, flüstert das Lederjackett ergrimmt. »Willst du, dass die Schufte über uns herfallen?«

»Er hat keine Angst«, erklärt Margo Eva. »Es ist ihm peinlich, weil es ein Scheißgedicht ist. Er hat es auf dem Klo verfasst. Beim Scheißen.«

»Schluss, genug. Jetzt hör schon auf«, schimpft das Lederjackett.

»Ich hab vergessen, dir was zu sagen«, sagt Margo zu ihm.

»Was denn?«, erkundigt sich das Lederjackett.

»Ich liebe dich«, antwortet Margo.

Das Lederjackett seufzt.

Der Wagen gleitet eine dunkle Straße in Wedding entlang. Ärmlichkeit rieselt aus den Rissen im Verputz, der von den Hauswänden abblättert, aus jedem zerbrochenen Fensterladen, der schief in den Angeln hängt. Vernachlässigung, Verwahrlosung. Der Wagen hält vor einem heruntergekommenen Gebäude.

»Kommt ihr mit rauf?«, lädt Margo sie ein.

»Nein«, lehnt das Lederjackett rasch ab, »heute Nacht tauge ich nichts mehr im Bett. Eva hat mich fertiggemacht.«

»Gut, dann sehe ich dich morgen?« Margo gibt dem Lederjackett einen flüchtigen Kuss und steigt aus. Im gleichen Moment klettert Eva vom Rücksitz aus dem Wagen.

»Willst du vorn sitzen?«, fragt Margo, die die Tür des Steyrs offen hält.

»Nein. Ich komme mit dir hinauf«, erklärt Eva und wirft dem überraschten Lederjackett ein knappes »Wiedersehen!« zu. Sie schlägt die Autotüre zu, hakt sich bei Margo ein und sagt: »Komm.«

Das Lederjackett lässt den Steyr aufheulen und schießt mit demonstrativ quietschenden Reifen davon, als wollte er kundtun: Wer braucht euch denn schon?

Libbys Schatten begleitet die beiden jungen Frauen, die die ausgetretenen Holztreppen zu der ärmlichen Wohnung hinaufsteigen, die nur aus einem einzigen kleinen Raum besteht – ein Bett, ein kleiner Tisch an der Wand mit einem schlichten Stuhl. Das Zimmer ist kalt und klamm. Margo zittert, teils vor Kälte, teils vor Aufregung. Eva umarmt sie. Zieht sie an sich und spürt den dünnen Körper eines zerbrechlichen, weichen jungen Mädchens unter ihren Händen.

»Ich weiß nicht, warum ich so zittere«, entschuldigt sich Margo.

»Du zitterst vor Kälte«, sagt Eva.

»Das geht gleich vorbei«, versichert Margo.

Eva nimmt die Decke vom Bett, wickelt Margo darin ein und tritt zum Herd, auf dem ein verrußter Aluminiumkessel steht. Sie entzündet eine Gasflamme, stellt den Wasserkessel darauf, wendet sich dann dem gusseisernen Ofen zu, in den sie ein paar Kohlestückchen hineinschlichtet und ein Feuer anfacht. Die eisklamme Kälte, die im Raum herrscht, beginnt aufzutauen. Während Eva sich diesen Verrichtungen widmet, redet Margo:»Ich bin dir sehr dankbar, dass du mit mir heraufgekommen bist. Wenn ich ehrlich sein soll, ich hatte nicht die Kraft, die Nacht allein zu verbringen. Aber als ich dich mit ihm gesehen habe, war mir klar, dass mich genau das erwartet. Ich weiß nie, wann er kommt oder wann nicht. Manchmal kommt er, völlig ausgehungert und gierig nach mir. Und manchmal kommt er und sagt zu mir, dass er die Nacht nicht mit mir verbringen kann, weil er schon mit einer anderen zusammen war.«

»Warum erträgst du das?«, wundert sich Eva.

»Ich liebe ihn«, gesteht Margo, »nur durch ihn bin ich zur Frau geworden.«

»Er ist dein erster Mann?«, fragt Eva.

»Nein«, entgegnet Margo. »Ich habe vier Jahre mit einem Mann zusammengelebt. Aber als er mich genommen hat, habe ich mich wie ein unerfahrenes Mädchen benommen. Bis ich ihn getroffen habe, mochte ich mich selbst nicht.«

»Und jetzt magst du dich?«, forscht Eva.

»Ja«, sagt Margo. »Ich weiß, das klingt seltsam. Manchmal warte ich hier in meinem Zimmer auf ihn und weiß, dass er mit einer anderen zusammen ist. Mit Liesel, mit Leni oder Marianne, und ich stelle ihn mir mit einer seiner Frauen vor, und ich leide entsetzlich.«

Eva reicht Margo ein Glas mit heißem Tee.

»Danke«, flüstert Margo. »Hat er wirklich heute mit dir geschlafen?«

»Ja.«

»Liebst du ihn?«

»Nein«, sagt Eva. »Ich liebe ihn nicht.«

»Und du wirst nicht mehr mit ihm schlafen?«, fragt Margo.

»Nein«, erwidert Eva. »Einmal hat mir genügt, um diesen Kerl kennenzulernen.«

»Er ist genial«, flüstert Margo schwärmerisch. »Findest du nicht?«

»Nein«, sagt Eva.

»Was denkst du von ihm?«, fragt Margo.

»Das möchtest du nicht wissen.«

»Ich will es aber wissen«, bettelt Margo. »Was denkst du über ihn?«

»Er ist ein kleiner Phallokrat. Er meint, als Mann stehe es ihm zu, dass die Frauen ihm dienen. Er sucht Frauen, die ihn verehren und sich von ihm versklaven lassen. Sein hauptsächliches Talent besteht in der Ausbeutung begabter und gutherziger Frauen – wie du.«

»Das stimmt nicht ganz«, protestiert Margo. »Das ist nicht die ganze Wahrheit.«

»Es ist die ganze Wahrheit«, beharrt Eva. »Ich habe gesehen, wie Elisabeth wie eine freiwillige Leibeigene für ihn arbeitet. Und sie hat mehr Talent im kleinen Finger als alles, was er zwischen beiden Ohren hat. Aber es gibt eine Frau, die ihn beherrscht.«

»Leni?«, rät Margo.

»Ja«, bestätigt Eva. »Und weißt du, warum?«

»Erzähl mir nicht, dass sie ihn nicht liebt.«

»O nein«, erwidert Eva. »Gott bewahre. Sie liebt ihn auf ihre Art. Sie benutzt ihre Schläue. Sie lässt ihm Seil, so viel er will. Sie weiß, dass am Ende alles, was er stiehlt, ihr gehören wird.«

»Hast du mit ihr geredet?«, fragt Margo neugierig.

»Ich habe sie gehört«, sagt Eva und zitiert: »›Alle Männer sind gleich.‹ Eine Frau, die einen solchen Satz sagt, ist eine, die Männer zu benutzen weiß. Einschließlich ihres Mannes. Lieben – das ist etwas anderes.«

»Ich bin schwanger von ihm«, bekennt Margo.

»Willst du das Kind?«, fragt Eva.

»Wie kann ich denn ein Kind großziehen?« Margo ringt verzweifelt die Hände. »An einem erfolgreichen Abend verdiene ich zwei Mark. Das reicht nicht einmal für mein eigenes Essen.«

»Das Kind hat einen reichen Vater, der ein Steyr Cabrio fährt«, bemerkt Eva.

»Er ist nicht wirklich reich«, nimmt Margo das Lederjackett in Schutz. »Er hat das Auto für einen Reklamespruch bekommen, den er für ein Repetiergewehr von Steyr geschrieben hat.«

»Außerordentlich! Das sieht ihm ähnlich«, stellt Eva fest. »Das passt wirklich zu ihm.«

»Ich würde ihn nie im Leben um Geld bitten«, schwört sich Margo.

»Warum nicht?«

»Das würde unserer Liebe ein Ende machen«, erschauert Margo.

»Ein Mensch, der ein Liebesgedicht für ein Repetiergewehr geschrieben hat, dessen Liebe setzt nichts ein Ende«, sagt Eva spöttisch.

»Nein, nein, Geld macht alles kaputt«, flüstert Margo. »Lieber sterbe ich, als dass zwischen uns von Geld die Rede ist.«

»Du bist ein naives Mädchen, Margo«, sagt Eva. »Du bist ein hübsches und unschuldiges Kind.«

»Und ich bin auch nicht gesund«, spricht Margo laut ihre Gedanken aus. »Ich habe die Krankheit.«

»Schwindsucht?«

Margo nickt und erzählt: »Ich bin zu einer Wahrsagerin gegangen. Sie hat mir prophezeit, dass ich sterbe, bevor ich dreiunddreißig bin. Könnte ich mich doch nur auf ihn verlassen.«

»Da ist niemand, Margo«, seufzt Eva. »Unter dem Lederjackett und dem Steyr Cabrio haust ein großes Ego, aber kein Mensch.«

»Du hast mir geholfen, meine Lage klar zu sehen«, sagt Margo. »Ich werde das Kind abtreiben lassen. Mir bleibt keine andere Wahl.«

26. AUF DEM WEG ZU DEN VÖGELN

»Was ist das für eine blöde Geschichte mit der Entlassung?«, forschte Dana in dem Moment nach, als sie in den unverwüstlichen alten AIL-Storm-Jeep einstiegen, den sie liebevoll ihren »Maulesel« nannte. Gaby berichtete ihr in Kürze von dem Termin mit Chorev, der schon beschlossen hatte, ihm zu kündigen, noch bevor er von seiner Idee, den Cyberspace zu nullifizieren, gehört hatte. Dana verstand ihn nicht. Sie wollte noch einmal wissen, worum es ging. Gaby erklärte ihr die Gegebenheiten ein zweites und ein drittes Mal, bis sie die Tatsache geschluckt und verdaut hatte, dass ihr Mann mit einem Schlag, aus heiterem Himmel, aus der Firma geworfen worden war, die er mit begründet und aufgebaut und der er zwanzig Jahre seines Lebens gewidmet hatte. Sie konnte es kaum fassen, wie so etwas möglich war, worauf Gaby zu ihr sagte: »So funktioniert die neue Welt, in der wir leben.«

Während er diese Worte zu ihr sagte, ließ er seinen Blick über die in ihren Autos eingesperrten Menschen links und rechts von dem klobigen Jeep schweifen, die wie sie in dem Stau festsaßen, der im Schildkrötentempo Richtung Ampel kroch. Er fing die Einsamkeit der Menschen in ihren motorisierten Käfigen auf, die Sorge und Verzweiflung auf ihren Gesichtern, spürte die zerstörerische Energie, die sich irgendwo an einem unbekannten Ort zusammenballte, von wo aus das Böse sich entwickeln würde – *schnell und in naher Zeit, sprechet: Amen,* wie ihm plötzlich aus dem Totengebet durch den Sinn ging –, und all diese Menschen, die jetzt in ihren Wagen mit den Augen geköpfter Kälber vor sich hin starrten, in der Nase und den

Ohren bohrten, zwischen den Zähnen steckengebliebene Essensreste heraussaugten, würden zu entwurzelten, heimatlosen Flüchtlingen werden, die Beziehungen mit ihren Liebsten verlieren ...

»Und das muss ich zum ersten Mal in Gegenwart von fremden Leuten hören?«, schnitt Dana den Film ab, den Gaby vor Augen hatte – schwarze, in Fetzen gehüllte Frauen, die wie im Rauschzustand barfuß über versengte Steppen wanderten, Grenzen zwischen Gebieten mit sonderbaren Namen wie Kandahar und Fintusi überquerten.

»Ich wollte es dir erzählen, als wir am Fenster standen und auf den Garten hinausgeschaut haben«, er gähnte kieferknackend unterm Fahren, »aber Gal ist dazwischengekommen«, er gähnte noch einmal, »und dann hab ich's vergessen.«

»Du hast vergessen, dass man dich gefeuert hat?!« Dana traute ihren Ohren nicht.

»Ja.« Er nickte und gähnte erneut. »Ich hab's schlicht vergessen.«

»Vielleicht hörst du mal auf zu gähnen!«, fuhr sie ihn an.

Gaby versprach, er würde sich bemühen, wies sie jedoch gleichzeitig darauf hin, dass Gähnen keine freiwillige Handlung sei, und noch bevor er den Satz zu Ende gebracht hatte, klaffte sein Mund wieder zu einem gewaltigen Gähnen auf, das in einem tiefen Seufzer endete.

»Wie kommst du drauf, dass Chorev beschlossen hat, dir zu kündigen, bevor du mit ihm gesprochen hast?«, bohrte Dana nach.

»Wie ich darauf komme?« Gaby überlegte kurz. »Ach ja!«, fiel es ihm wieder ein. »Der Umschlag war schon fertig.«

»Welcher Umschlag?«, fragte Dana verständnislos.

»Mit dem Kündigungsbrief und der Abfindung.«

»Wie viel hat er dir gegeben?«

»Weiß ich nicht.«

»Was soll das heißen?«

»Ich habe den Umschlag nicht aufgemacht.«

»Du hast ihn nicht aufgemacht?«

»Ich hab's vergessen.«

»Wo ist der Umschlag?«

»Ich habe ihn irgendwo zu Hause hingelegt. Neben das Telefon, glaub ich. Oder auf den Kühlschrank oder ...«

Gaby beendete den Satz nicht. Das »oder« blieb in der Luft hängen wie ein nachhallendes Zeugnis der neuen Situation, in die er geraten war und die er noch nicht definieren konnte. Dana kapselte sich ab, verbarrikadierte sich in einem ihrer Schweigen, das Stunden dauern konnte. Normalerweise war Gaby stark beunruhigt, wenn das geschah. Diesmal jedoch verspürte er zu seiner Überraschung eine große friedliche Ruhe. Wenn du nichts mehr zu sagen hast, ist es besser zu schweigen, vernahm er die neue Stimme in sich, die in der zweiten Person zu ihm sprach, und obwohl er nicht wusste, wessen Stimme das war, flößte sie ihm ein beruhigendes Gefühl ein.

Als sie zu Hause ankamen, waren die Kinder nicht da. Waren weggegangen, ohne eine Nachricht zu hinterlassen. Dana wanderte durch die Wohnung, anscheinend auf der Suche nach dem vergessenen Umschlag. Sie fand ihn schließlich auf der grünlich gebeizten Holzablage über den Garderobeaufhängern rechts der Eingangstür, öffnete ihn und zog zwei bedruckte Blätter und einen Scheck heraus, den sie sofort studierte.

»Weißt du, wie viel er dir gegeben hat?«, fragte sie.

»Nein«, hörte sich Gaby sagen, überrascht von dem gleichgültigen Ton seiner Stimme.

Dana reichte ihm den Scheck und forderte ihn auf: »Unterschreib!«

Gaby zog den Stift mit dem integrierten USB-Stick aus seiner Tasche, der in kondensiertem Format hundert Dateizähler enthielt, seine allerwichtigsten Arbeiten der letzten zwanzig Jahre, unterschrieb damit den Scheck und gab ihn Dana zurück, ohne einen einzigen Blick auf die Summe zu werfen.

Er erwachte am Morgen auf dem Sofa, auf dem er eingeschlafen war, als er versucht hatte, ein fades, unstrukturiertes Interview mit einem traurigen Sänger zu lesen, das mit einem traurig unkoordinierten Interview mit einem Rundfunksprecher durcheinandergeriet, der entlassen worden war und sich in Miami angesiedelt hatte, und er erkannte, dass ihm, ohne es zu merken, eine ruhige, traumlose Nacht geglückt war, wie er sie seit langem nicht mehr gehabt hatte.

Er stand auf und entdeckte, dass niemand zu Hause war. Er brühte Tee auf, briet sich ein Omelett aus drei Eiern, von denen kein einziges befruchtet war, toastete zwei Scheiben Roggenvollkornbrot, und der Raum der Küche füllte sich mit dem Geruch von Heuschobern zu Ende des Sommers. Die Butter schmolz auf der angesengten Kruste des getoasteten Brots, verlieh ihm goldbraune Herbstschattierungen. Die Zeitung auf dem Tisch war ein bedeutungsloser grauer Fleck, glich auf den zweiten Blick Ameisenkolonnen, die, mit Schädlingsbekämpfungsmittel besprüht, an Ort und Stelle erstarrt waren. Er beendete sein Frühstück, spülte das Geschirr ab, nahm sein Fahrrad und machte sich ohne Ziel auf den Weg. Er entdeckte, dass der Sommer vorbei war, was er bis dahin nicht bemerkt hatte. Die Luft war herbstlich kühl und sanft. Als er an dem neuen Friedhof vorbeifuhr, kam ihm Raschti auf seinem Skateboard entgegen. Gaby winkte, und Raschti machte eine Kehrtwendung und schloss sich ihm an.

»Arbeiten Sie heute nicht?«, fragte Gaby.

»Nein«, antwortete Raschti, »heute ist Donnerstag.«

»Ach so«, meinte Gaby, »hatte ich vergessen.«

»Arbeiten Sie heute?«, gab Raschti die Frage zurück.

»Nein«, erwiderte Gaby, »heute ist doch Donnerstag.«

»Prima«, sagte Raschti. »Wenn Sie wollen, können Sie kommen und die Vögel treffen.«

»Wo?«, fragte Gaby.

»Am üblichen Ort«, sagte Raschti, »am Strand. Auf Wiedersehen!«

Raschti schwenkte sein Gefährt mit einem Sprung durch die Luft, landete in der Gegenrichtung und verschwand die Straße hinunter. Gaby dachte kurz daran, die Fahrtrichtung zu ändern, um Raschti einzuholen und ihn zu fragen, wo am Strand, doch dann merkte er, dass es ihm eigentlich egal war, ob er die Vögel treffen würde oder nicht, und er trat weiter in der gleichen Richtung wie bisher in die Pedale.

Als Gaby den Strand erreichte, hob er das Fahrrad hoch, hängte es sich über die Schulter und stapfte bis zum Wasserrand, wo der Sand feucht, aber fest war. Er stieg wieder aufs Rad und fuhr dicht an der Wasserlinie entlang. Nach einigen Minuten fiel sein Auge auf einen Schwimmer, der sich ein paar hundert Meter vor ihm in Rückenlage vom offenen Meer her dem Strand näherte. Die Arme des Schwimmers hoben und senkten sich in kreisförmigen Rückwärtsbewegungen, stießen ins Wasser und tauchten wieder auf, mit einer stetigen, rundfließend mühelosen Bewegung, die ewig hätte andauern können. Gaby hielt Kurs auf den Schnittpunkt der Bahn des merkwürdigen Schwimmers mit dem Strand, auf den jener im regelmäßigen Takt eines Metronoms zustrebte. Irgendetwas kam ihm bekannt vor. Als sie aufeinandertrafen, stellte sich heraus, dass es Naruz war, der da winkend aus dem Wasser kam, und Gaby stieg vom Fahrrad ab.

Naruz freute sich, ihn zu sehen. Er sagte, er habe auf ihn gewartet und schon gedacht, er käme nicht mehr. Gaby erinnerte sich nicht, dass sie ausgemacht hatten, sich am Strand zu treffen, doch er schrieb es der Tatsache zu, dass er im Laufe des vergangenen Abends eine Menge Wein getrunken und sich in Überlegungen über den bevorstehenden Krieg verloren hatte.

»Welcher Krieg?«, fragte Naruz.

»Der Krieg, den du prophezeit hast«, antwortete Gaby.

»Ich habe einen Krieg prophezeit?«, wunderte sich Naruz.

Gaby versuchte, sich irgendwelcher Einzelheiten des Gesprächs zu entsinnen, das sich am Abend zuvor am Restauranttisch entsponnen hatte, doch es gelang ihm nicht, den Nebelschleier zu durchdringen, der sich zunehmend zwischen ihm und gestern verdichtete. Er erinnerte sich noch, dass Naruz mit Dana diskutiert hatte, dass er in einem Schwall der Begeisterung von *Don Quichotte* und *Der Widerspenstigen Zähmung* gesprochen hatte, dass seine Worte sich treffend und richtig anhörten, doch was im Halbdämmer des gestrigen Abends im Restaurant so kristallklar erschienen war, zerstob nun wie ein unsichtbarer Atemhauch im strahlenden Sonnenschein, in der klaren Morgenluft dieses frühen Herbsttags.

»Du hast von dem Menschen geredet, der seine Bestimmung verloren hat«, fiel Gaby ein.

»Darüber habe ich gesprochen?«, staunte Naruz.

Gaby bat Naruz, doch weiter auszuführen, was mit einem Menschen geschehe, der seine Bestimmung verloren habe, doch Naruz wusste nicht mehr, was er gestern gesagt hatte. Auch er sei voller Wein gewesen, entschuldigte er sich. Im Allgemeinen erinnere er sich an Dinge, die von anderen gesagt würden, doch neige er gleichermaßen dazu zu vergessen, was er selbst gesagt habe, vor allem wenn es sich um Äußerungen in Augenblicken der Inspiration handele.

»Komm, wir vergessen, was wir gestern gesagt haben«, schlug Naruz vor. »Die Worte an sich sind schließlich unwichtig, wichtig ist nur, was in uns eingesunken ist, sich festgesetzt hat und zu einem Teil von uns geworden ist. Wichtig ist nur, was unser Verhältnis zu anderen Menschen und zur Welt verändert.«

Und schon erging sich Naruz in einer enthusiastischen Rede darüber, was wichtig und was unwichtig war, und während sich seine Begeisterung zunehmend steigerte, begriff Gaby, dass er sich auch an diese Worte, die offenbar einer momentanen, improvisierten Eingebung entsprangen, morgen früh nicht mehr erinnern würde, vielleicht vergaß er sie ja bereits in diesem Augenblick, während er die Sonne und das Wasser und den Sand des Landes Israels bewundernd pries, die ihm das Gefühl gaben, als sei er in sein Alexandria zurückgekehrt. Doch wie sich zeigte, war er im Moment mehr in Tel Aviv, seine Menschen und vor allem seine Frauen verliebt, deren herzerwärmende Schönheit eine Freiheit, Lust und Lebensfreude ausstrahlte, wie er sie weder in südlichen noch in nördlichen Ländern je erlebt hatte, und er fragte sich, woher diese Vitalität stammte, die ihn mit Zauberbanden derart anzog, dass er am liebsten hierbleiben und in diesem Ort aufgehen würde, an dem er sich so glücklich fühlte – und Gaby fragte ihn nicht, was aus Kristina werden würde, denn ihm war klar, dass sich Naruz morgen nicht an das erinnern würde, worüber er sich jetzt jubelnd verbreitete –, und inmitten dieser ganzen Begeisterung sprach er mit einem Mal wieder von dem selbstbestimmten Menschen, der alles, was ihm an Kraft und Mut innewohnte, aufbringen müsse, wenn er auf seine Bestimmung treffe, um ohne Furcht und Zagen durch den Feuerring der zufälligen Gelegenheit zu springen und den Augenblick nicht zu verpassen, in dem der Wechsel der inspirationsträchtigen Gewänder vonstattengehe ...

Und während Gaby diesen Wortkaskaden lauschte, die ihn wie träumend zurückließen, erfasste er, dass man bei Naruz keine Logik suchen durfte, sondern einen Traum, und dass man in seinen Traum eintreten musste, um zu sehen, was er sah;

und so wie ein geträumter Traum niemals eine exakte, absolute Umsetzung in Worte, Bilder und Töne erlaubt, da er weder Anker noch Begrenzung hat und es daher sein Schicksal ist, ins Nichts zu schmelzen, vielleicht ins Gewebe, ins Blut des Träumenden, so ergoss sich auch Naruz' Rede wie perlender, berauschender Wein in ihn – hat man ihn absorbiert und im Blut, flößt er einem eine tolle Leichtigkeit ein, man hebt ab, schwebt über dem Erdboden, wie im Traum, und ist nicht mehr der, der man vorher war.

Aus diesem angenehmen Schwindelgefühl heraus schlug Gaby vor, er solle sich ihm auf dem Weg zu den Vögeln anschließen, und als Naruz fragte, wer die Vögel seien, sagte Gaby: »Wenn wir sie treffen, werden wir es wissen.«

27. SUES LIEBESWUNDEN

Karin und Sue decken den großen Tisch auf dem gepflasterten Bereich hinter dem Wohngebäude für sechs Gäste. Der Platz grenzt an eine ausgedehnte Rasenfläche, dahinter erstreckt sich eine Olivenbaumpflanzung. Von der Anhöhe aus, auf der der Hof steht, zeigt sich die offene Landschaft, so weit das Auge reicht.

»Ich liebe er«, sagt Sue.

Karin verbessert sie: »Ich liebe ihn, *him* ist ›ihn‹. Ich liebe ihn. Er liebt mich. Wir lieben sie. Sie lieben uns.«

Sue wiederholt: »Ich liebe ihn sehr, *but* ...«

Karin souffliert ihr das Wort: »Aber.«

Sue setzt das eben Gelernte um: »Aber er liebt mich nicht.«

Karin reagiert auf Sues Lernbegabung: »Toll! Mich, dich – mach weiter!«

Sue dekliniert die Pronomen: »Ich liebe mich, ich liebe dich, sie lieben uns, wir lieben sie ...«

Karin küsst Sue auf die Wange: »Super!«

Sue wehrt lächelnd ab: »Super, aber nicht gut. Ich liebe ihn, aber er liebt mich nicht.«

Karin wendet ein: »Woher weißt du, dass er dich nicht liebt? Hast du ihn gefragt?«

Sue erklärt ihr: »Ich brauche ihn nicht fragen. Er sagt zu mir, dass er mich liebt. Aber ich fühle, dass es nicht so ist.«

»Wie fühlst du das?«, fragt Karin interessiert.

Sue kichert: »Oh! Wie ich fühle ...«

Karin erkundigt sich sachlich: »Liebt er deinen Körper nicht?«

»Er liebt meinen Körper«, erwidert Sue.

Karin fährt mit der Befragung fort: »Liebt er deine Stimme nicht?«

»Was ist ›Stimme‹?«, will Sue wissen.

»*Voice*«, erklärt Karin.

Sue rekapituliert alles, was sie im Laufe dieses ereignisreichen Tages gelernt hat: »Er liebt meine Stimme, er liebt mein Gesicht, er liebt meine Augen, er liebt meine Beine, er liebt meinen Bauch, er liebt meinen Hintern, er liebt meine Brüste, er liebt meine *pussy* – «

Karin wirft die Übersetzung ein: »Möse, *pussy* ist Möse.«

Sue wendet es sofort an: »Er liebt meine Möse sehr, sehr viel ...«

Karin unterbricht sie verständnislos: »Was liebt er dann nicht?«

Sue lacht, doch dann erwidert sie betrübt: »Er liebt mich nicht.«

Karin schließt die Befragung ab: »Und deswegen bist du nach Israel gekommen?«

Sue nickt traurig: »Ja. Deswegen bin ich nach Israel gekommen. Und er ist in Thailand. In Phuket. Er hat eine Frau aus Germany geheiratet. Und ich bin hier.«

Sie schnieft und wischt sich mit dem Handrücken die Tränen weg, die sich in ihren Augen sammeln. Sues Wunden ihrer unerwiderten Liebe rühren an Karins Herz, und sie schlägt vor: »Komm, wir gehen joggen!«

Sue möchte, doch sie zögert: »Wir haben Tisch nicht fertig gedeckt.«

»Der Tisch läuft nicht davon«, zerstreut Karin ihre Bedenken, »komm.«

Sie lassen alles stehen und liegen und laufen los. Etwa zehn Minuten joggen sie stumm die leere Straße entlang, auf der kein einziges Auto vorbeifährt, bis Karin schnaufend, auf vier

Schritte verteilt, fragt:»Hast du ein Verhältnis mit meinem Vater?«

»Verhältnis?«, keucht Sue in drei Schritten.»Was ist Verhältnis?« Sie schnauft vier Schritte weiter.

»Sex«, erklärt Karin und schnauft drei Schritte lang,»ob du Sex mit ihm hast.« Sie atmet vier Schritte aus, drei ein und stößt in vier Schritten aus:»Aber er liebt dich?«

Sue holt drei Schritte Luft, schnauft vier aus:»Er sagt ja. Er sagt, er liebt mich.«

Karin forscht weiter zwischen Ein- und Ausatmen:»Und liebst du ihn?«

Sue kichert, atmet ein, aus, ein und aus und erwidert: »Nein.«

Nach fünf Atemzyklen fragt Karin nach:»Warum machst du das dann?«

Fünf Atemzüge später antwortet Sue:»Er tut mir gut.« Sie schnauft noch zweimal ein und aus, bevor sie hinzufügt:»Ich bin allein.« Und noch einen Atemzug weiter: »Nicht mein Land.«

Nach drei weiteren Atemrunden forscht Karin:»Willst du in dein Land zurück?«

Sue keucht ein prustendes Lachen.»Will ich.« Schnauft ein, aus.»Kann nicht.«

Karin macht einen Atemzug.»Warum?«

»Um hier arbeiten zu kommen« – Sue schnauft ein und aus – »habe ich viel Geld gezahlt« – ein und aus – »ich muss Geld geben« – ein und aus – »dem Mensch, der mir das Geld gibt.«

Karin atmet ein und aus:»Du hast dort ein Darlehen aufgenommen?« Ein und aus.»Jemand hat dir Geld gegeben?«

»Ja. Darlehen.«

Sie gehen dazu über, drei Schritte ein- und drei auszuatmen, und nach drei solcher Durchgänge stellt Karin mit fragen-

dem Unterton fest:»Und jetzt bist du versklavt« – dreimal ein,
dreimal aus –»von dem, der dir das Geld geliehen hat?«
Und Sue, nach einer Atemrunde:»Was ist versklavt?«
Karin versucht es ihr zu erklären, so gut sie kann:»Das
ist« – dreimal ein-aus –»du hast keine Freiheit« – dreimal ein-
aus –»zu tun, was du willst.« Ein und aus.»Dieser Mensch« –
ein-aus –»hat dich wie an einen Strick gebunden« – ein-aus –
»wegen dem Geld, das er dir geliehen hat.«
Nach einer Atemserie bestätigt Sue:»Ist so.«
Drei Atemrunden weiter fragt Karin:»Wie viel brauchst
du?«
Sue rechnet nach, während sie zwei Runden ein- und aus-
schnauft:»Siebentausend Dollar.«
Zweimal ein und aus, und Karin will wissen:»Und wenn
du das Geld hättest?«
Sue, die nun dazu übergeht, alle zwei Schritte ein- und
auszuatmen, antwortet:»Ich fliege« – ein und aus –»morgen
nach Hause.«
Nach Atem ringend, bleiben sie stehen, Karin umarmt Sue
fest, und Sue erwidert ihre Umarmung. Sie keuchen eine an der
Schulter der anderen.
»Laufen wir zurück?«, schlägt Karin vor.
»Zurück«, nickt Sue.
Sie drehen um und laufen schweigend den ganzen Weg
zurück.

28. EIN GESPRÄCH MIT VATER

Das schwarze Bakelittelefon klingelte. Libby hob den massiven Hörer ab und erkannte die Stimme ihres Vaters, die mit einem blechernen Klang aus der Hörermuschel drang:
»Hallo?«
»Papa?«
»Libby? Ist Vater nicht zurückgekommen?«
»Nein«, sagte sie, »Großvater ist nicht da.«
»Hast du mit irgendjemand dort geredet?«, fragte er vorsichtig.
»Ja«, erwiderte sie, »ich habe seine Nachbarn um ein Ladegerät für mein Mobiltelefon gebeten.«
»Weiß einer von ihnen vielleicht, wo er hingefahren ist?«
»Nein«, sagte sie, »ich hab nicht den Eindruck, dass er ein enges Verhältnis mit irgendjemand von denen hat. Du hast nicht zufällig mal in den letzten Tagen mit ihm geredet?«
»Nein«, entschuldigte er sich, »ich war letzte Woche dermaßen beschäftigt, dass ich sogar vergessen habe, wie ein anständiger Mensch zu essen und zu schlafen.«
»Papa!«, schalt ihn Libby. »Du musst auf dich aufpassen. Gehst du wenigstens?«
»Gehen, wohin?« Er verstand nicht.
»Nirgendwohin. Einfach so. Zu Fuß gehen. Ein bisschen Sport machen.«
»Wer hat schon Zeit für so was.« Damit hakte er das Thema ab und legte es zu den Akten.
»Wenn wir gerade beim Reden sind«, sagte Libby, »ich wollte dich was fragen.«

»Um was geht's?« Er spannte sich an.

»Was gibt es an der Politik der Jewish Agency und der zionistischen Gewerkschaft zwischen 1929 und 1945 Besonderes?«

»Was?!« Ihm entfuhr ein verblüffter Ausruf. »Die zionistische Politik von wann bis wann?«

»Von 1929 bis 1945«, wiederholte sie.

»Pfff!« Er gab ein langgezogenes Schnauben von sich. »Was weiß ich! Warum fragst du ...?«

»Ich dachte, du hättest irgendeine Ahnung von dem Thema«, erwiderte sie.

»Warum sollte ich?«, wunderte er sich.

»Du bist doch Politiker, Papa!«, hielt sie ihm vor.

»Wo ist der Zusammenhang?«, fragte er verständnislos.

»Du strebst doch danach, eines Tages Ministerpräsident zu werden, oder nicht?«

»Was hat das damit zu tun?«

»Ich dachte, es gäbe irgendeine Lektion oder wichtige Botschaft in diesem Kapitel«, sagte Libby.

»Soviel ich weiß, nichts, was uns heute nützen könnte«, gab er geringschätzig zurück.

»Hast du mal von einem Memorandum von einem Dr. Paul März gehört?«, fragte Libby weiter.

»Ein Memorandum von wem bitte?! Paul März?«, wiederholte er entgeistert. »Den Namen höre ich zum ersten Mal.«

»Es muss im Zionistischen Archiv in Jerusalem sein«, versuchte Libby, ihm auf die Sprünge zu helfen.

»Wieso interessiert dich das?«, fragte er argwöhnisch.

»Ich hab mit jemandem geredet, der eine Doktorarbeit über das Thema macht.«

»Frag ihn, er wird's dir sicher sagen können«, schüttelte er ihre merkwürdigen Fragen ab.

»Ja«, stimmte sie zu. »Ich kläre das besser mit ihm.«

»Wenn wir gerade beim Reden sind«, sagte er mit der Redewendung, die Libby von ihm geerbt hatte, »was machst du da so lang bei deinem Großvater, wenn er gar nicht da ist?«

»Ich warte auf ihn. Großvater hat sicher was zu diesem Kapitel zu sagen und auch sonst noch einiges.«

»Dafür wartest du so lang?«, fragte er erstaunt. »Ist es nicht schade um deine Zeit?«

»Ich bin im Entlassungsurlaub«, erinnerte ihn Libby. »Was soll ich mit meiner Zeit schon groß anfangen?«

»Dich amüsieren«, meinte er.

»Ich amüsiere mich hier glänzend«, beruhigte sie ihn.

»Ist Jochai bei dir?«, riet er.

»Er ist vorbeigekommen«, erwiderte sie. »Er ist nach Norden rauf. Da braut sich was zusammen.«

»Mit wem amüsierst du dich dann, wenn ich fragen darf? Wer ist noch da?«

»Alle sind da«, erklärte Libby. »Onkel Duvesch und Dorit, Onkel Gaby und Dana, Mama ...«

»Deine Mutter ist bei dir?«, unterbrach er sie mit hörbar beunruhigtem Unterton in der Stimme.

»Du auch«, verriet sie ihm. »Und deine Großeltern. Und ihr arabischer Freund.«

»Wer?!«, rief er erschrocken.

»Aref Abd ar-Razek«, sagte sie, als spräche sie von einem guten Bekannten und Freund.

»Wer ist das?!«, herrschte er sie an.

»Der Kommandeur einer gesuchten Bande«, erläuterte sie. »Die Engländer haben zehntausend Lira auf seinen Kopf ausgesetzt.«

»Libby«, sagte er besorgt, »was soll das werden?«

»Eine Reise«, erwiderte sie kurz.

»Wie, Reise, was für eine Reise, von was redest du denn?«

»Eine Zeitreise«, erklärte sie.

»Libby«, sagte er wieder und dann streng: »Ohne Witz jetzt, mit wem bist du dort?«

»Mit den Tagebüchern von Omama Eva.«

»Großmutter hat ein Tagebuch geschrieben?«, fragte er verblüfft.

»Tagebücher, Papa, Tagebücher.«

»In welcher Zeit?«

»Bis zu ihrem Todestag, Papa.«

»Du willst mir sagen, dass sie mit hundert noch geschrieben hat?!« Er glaubte es nicht.

»Ganze Hefte voller Leben«, sagte sie bewundernd. »Ich blättere die Seiten um und vergesse komplett, dass ich lese. Ich sehe und höre die Menschen.«

»Und es ist niemand sonst bei dir?«, forschte er erneut ungläubig nach.

»Ihr seid alle hier, Papa, ihr alle. Als Kinder. Als Jugendliche. Jeder einzelne mit seinem Charakter, den Begabungen und Schwächen. ›Duvesch ist die Erde, aus der ich gekommen bin und zu der ich in Bälde zurückkehren werde, Maoz ist die erstarrte Sonne, Gaby ist der Vagabund in mir, und Meirav ist das Chaos.‹ Sie hat uns alle mit Röntgenaugen gesehen. Sie hat ein MRA mit uns gemacht. Sie hat mich gesehen, wie mich noch niemand gesehen hat.«

»Über dich hat sie es in diesen Tagebüchern auch geschafft zu schreiben? Wie alt warst du überhaupt, als sie gestorben ist?«, staunte er.

»Zehn.«

»Was konnte sie über eine Zehnjährige denn schon schreiben?«

»Libby ist ich.«

»Was?!«

»Das sind die letzten Worte in ihrem letzten Heft.«

»Nu, wenn du also fertiggelesen hast ...«

»Ich bin nicht fertig«, unterbrach sie ihn. »Das war der erste Satz, den ich gelesen habe.«

»Aber du sagst doch gerade, es ist der letzte Satz«, wandte er verständnislos ein.

»Ich fange immer am Schluss an«, erklärte sie. »›Und wie überallhin begleitet ihn auch hier der getreue Sam, dessen Anhänglichkeit wohl nur der Tod ein Ende machen wird‹, das ist der Satz, der mich neugierig gemacht hat, warum ich *Die Pickwickier* lesen wollte. ›Wird auch aus diesem Weltfest des Todes, auch aus der schlimmen Fieberbrunst, die rings den regnerischen Abendhimmel entzündet, einmal die Liebe aufgehen?‹ – und dieser geheimnisvolle Satz hat mir Lust auf den *Zauberberg* gemacht. ›Und dann umschlangen meine Arme ihn ja ich zog ihn herab zu mir dass er meine duftenden Brüste fühlte ja und ganz wild schlug ihm das Herz und ja ich sagte ja ich will Ja‹ – das hat mich dazu gebracht, mich in den *Ulysses* zu stürzen und das Buch vom ersten ›gravitätisch‹ bis zum letzten ›Ja‹ zu lesen. ›Doch alles Vortreffliche ist ebenso schwierig wie selten‹, das hat mich wie eine Rakete zum ersten Satz der *Ethik* befördert: ›Unter URSACHE SEINER SELBST verstehe ich dasjenige, dessen Wesen die Existenz notwendig einschließt‹ ...«

»Wenn du mit dem Tagebuch fertig bist«, fiel ihr Vater ihr ungeduldig ins Wort, »und ich schlage vor, dass du schnell machst, steig auf dein Motorrad und fahr nach Hause, denn deine Mutter ...«

»Ich werde mit dem Tagebuch nicht fertig«, schnitt sie ihn ab. »Und schnell schon gar nicht. Ich surfe vor und zurück, diese Reise wird eine Menge Zeit kosten.«

»Wie viel Zeit?« Allmählich verlor er die Geduld. »Eine Stunde? Zwei Stunden?«

»Vielleicht eine Woche, vielleicht einen Monat, vielleicht ein Jahr. Es wird so lang dauern, wie es eben dauert, Papa. Sehr lange.«

»Warum soll das dermaßen lang dauern?« Er war verärgert.

»Wegen ›Libby ist ich‹«, beschied sie ihn.

»Ja, gut, also Libby, das bist du …«

»Du verstehst nicht …«

»Richtig! Früher hast du Bücher doch mit Ultraschallgeschwindigkeit verschlungen, was ist los mit dir, Libby?«

»Was ist mit dir los, Papa? Früher konnten wir stundenlang über ein Kapitel in einem Buch reden. Weißt du noch, was für eine Debatte wir über den *Großinquisitor* hatten? Und was für ein Buch man über Teresa Pansa schreiben könnte?«

»Über wen?«, fragte er irritiert.

»Über die Frau von Sancho Pansa.«

»Ah ja«, erwiderte er desinteressiert, »na gut, jedenfalls – wenn du mit diesem Tagebuch fertig bist, komm nach Hause. Und pass auf dich auf. Sei vorsichtig unterwegs. Bye.«

»Bye, Papa. Bye.«

Er erinnert sich nicht mehr, worüber ihr gesprochen habt, als ihr über Teresa Pansa geredet habt. Er erinnert sich an nichts. Der Mann, dessen Stimme blechern verzerrt aus dem Telefonhörer in deiner Hand dringt, ist nicht der gleiche Mensch, der mit dir durch die Straßen schlenderte, als du fast noch ein Baby warst, bei jedem Baum und Strauch stehen blieb und dir die Namen vorsagte, der ein Blatt pflückte, es zwischen den Fingern zerrieb, dir unter die Nase hielt und zu dir sagte: »Riech mal, Libby, das ist Salbei«, »Riech mal, Libby, das ist Rosmarin, sag Rosmarin«, »Hör diesem Vogel zu: Siehst du das schwarze Käppchen auf seinem Kopf? Das ist ein Eichelhäher.« Nein, das ist nicht der gleiche Mann, der dir beigebracht hat, dass jede Pflanze, jeder Vogel und jede Gemütsstimmung einen Namen hat. Das ist nicht der gleiche Mensch, der in dir die Lust geweckt hat, in den weiten Feldern der Sprache herumzugondeln und die Entdeckung neuer Wörter zu erleben, welche Nuancen von Empfindungen und Gefühlen offenbaren, die du nicht wahrgenommen hast, bis du ihre Bezeichnungen gelernt hast. Das ist nicht derselbe Mensch, der dich dazu animiert hat, perfekt Englisch zu lernen, um *Die Pickwickier* und *David Copperfield* im Original zu lesen, als du dreizehn warst; mit fünfzehn die arabische Umgangssprache und Hochsprache zu erlernen, von Salman Chakia, dem greisen jüdischen Lehrer aus dem Irak, der dir beibrachte, das Gaumen-ta und das gutturale qaf richtig auszusprechen, und mit dir *al-khulafa ar-raschidun*, die Historie der rechtgeleiteten Kalifen, im arabischen Original las – Abu Bakr, der Heerführer, und der bescheidene, aufrechte Omar ibn al-Chattab, der von einem christlichen Sklaven persischer Herkunft ermordet wurde, Osman ibn Affan, der die Herrschaft des Islam über das gesamte persische Reich und Nordafrika ausdehnte, bis zum Kaukasus gelangte, bevor auch er ermordet wurde und das Kalifat an Ali ibn Abi Talib überging, der gegen Aischa, die Frau des Propheten Muhammad, kämpfte ...

Nein, nein, das ist nicht der gleiche Mensch, und am liebsten hättest du zu ihm gesagt: Was ist los mit dir, Papa, du bist zu einem Menschen geworden, der keine Zeit mehr hat. Du hast keine Zeit, ein Buch von Anfang bis Ende zu lesen, keine Zeit, still im Sessel zu sitzen und dir die Fünfte von Mahler anzuhören, du hast keine Zeit, einem Menschen zuzuhören, der versucht, mit dir zu reden. Nach einem halben Satz kommt dir vor, dass du verstanden hast, was ich dir zu sagen versuche, und schon hast du es eilig, mich mit der Anweisung loszuwerden: »Wenn du mit dem Tagebuch fertig bist, steig auf dein Motorrad und fahr nach Hause – und ich schlage vor, dass du schnell machst.« Das ist dein Schlüsselsatz: »Mach es schnell!«

Warum schnell? Wovor fliehst du? Wohin rennst du? Vor lauter panischer Hektik, das Gespräch – auch ein »Gespräch«! – zu beenden, hast du nicht mitgekriegt, was ich dir zu sagen versucht habe. Ich wollte dir sagen, dass mir etwas passiert ist. Dass ich nicht der gleiche Mensch bin, der ich gestern war. Dass ich einen Tag erlebt habe, an dem mir etwas widerfahren ist, was ich noch nicht verdaut habe. Jetzt ist es Nacht, aber ich bin nicht mehr die, die ich heute früh war. Als Assi zu mir gesagt hat, du liebst doch diese Arbeit, die du hier als Verhörspezialistin für terrorverdächtige Häftlinge machst, hat das bis heute Morgen gestimmt. Ich habe die Arbeit wirklich geliebt, mir gefiel sogar der militärische Rahmen, ich liebte meine Aufgabe und die Stelle, wo ich gedient habe, tatsächlich, und alle in der Basis kannten und liebten mich, ich mochte die Lebensweise, das Lachen, die Kameradschaft in der Truppe und die Lebensfreude, und ich wollte sie nicht verlassen.

Jetzt, wo ich mir das sage, klingt das unwirklich, aber bis heute früh fühlte ich mich wohl in der Armee. Sie haben mich zur Kommission gerufen, mir angeboten, mich für einen phantastischen Job zu verpflichten – einen wahren Traumjob, könnte man sagen –, den ich ernsthaft in Erwägung gezogen habe. Wenn überhaupt, hatte ich nur oberflächliche Bedenken, nämlich dass meine Kameraden, die entlassen würden, sofort zu studieren anfangen und einen Abschluss machen könnten, aber man sagte mir, man sei bereit, mir ein Studium an der offenen Universität zu genehmigen, gleich zu Anfang kommenden Jahres; meine Kameraden würden entlassen und erst einmal versuchen, einfache Jobs zu finden, um sich ihr Studium zu finanzieren, während ich als Offizierin ungefähr 5000 Schekel im Monat verdienen würde, und das Gehalt würde mit den Dienstjahren steigen – wie komisch, dass ich heute früh noch in solchen Begriffen dachte und mich mit solchen Überlegungen herumgeschlagen habe, die mir jetzt vorkommen, als gehörten sie zu einem anderen Menschen aus irgendeiner anderen Zeitachse, mit dem ich keinerlei Verbindung habe.

Und das Ganze fing mit einem schlichten Satz an – dein

Großvater hat meine Großmutter vertrieben –, aber es war nicht nur dieser Satz, es war das ganze Gespräch mit ihm, die Zitate von Achad Ha'am und vom *Kuzari*, eigentlich auch das nicht, sondern die Tatsache, dass sie aus seinem Mund kamen, es war das Zusammentreffen, die Erkenntnis, wenn ich mich in der Armee verpflichtete, würde ich nicht frei sein zu tun, was er mir ins Ohr flüsterte:»Komm, lernen wir uns kennen, bevor es zu spät ist«, und seine Mailadresse, die er mir zusteckte. Und dann kam noch dein Satz dazu, Eva, der das Eis um mein Herz wie mit einem Axthieb zersprengte,»Libby ist ich«, und mit einem Schlag merkte ich überhaupt erst, dass mein Herz bis zu diesem Augenblick von einem Eispanzer umschlossen war.»Komm, wir lernen uns kennen, bevor es zu spät ist« und »Libby ist ich«. Was hast du in mir gesehen, Eva, als du diesen Satz geschrieben hast? An welche Libby hast du gedacht, als du hundert warst und diesen Satz über die zehnjährige Libby geschrieben hast? An die Libby mit zwanzig? Dreißig? Fünfzig?

Wer bist du, Eva? Du bist ein Labyrinth, das sich und mich mit jedem Schritt, der mich weiter hineinführt, verändert.

29. »... UND GABY IST DER VAGABUND IN MIR«

Gaby traf sie am Strand. Ein gealtertes Blumenkind, das zu einem alterslosen Wesen geworden war. Ihre dunkel gebräunte Haut stand in scharfem Kontrast zu der gekräuselten weißen Flachshaarmähne, die die Brise vom Meer um ihr von Wind und Sonne verbranntes Gesicht flattern ließ. Sie trug ein ausgeblichenes Kleid, dessen Stoff schon längst seine ursprüngliche Farbe, allem Anschein nach irgendein Blau, verloren hatte. Aus winzigen Muscheln aufgefädelte Armbänder zierten ihre Arme, und Bernsteinringe schmückten ihre gedörrten, runzligen Hände. Sie zerrte einen Supermarktwagen hinter sich her, der offenbar ihre gesamte Habe enthielt. In dem Moment, in dem sie Gaby erblickte, wandte sie sich an ihn, als würde sie ihn schon seit Jahren kennen, und setzte eine Unterhaltung fort, die gerade erst abgebrochen war.

»Sag du mir jetzt mal«, meinte sie, »warum die Menschen weiterleben?«

Gaby dachte einen Augenblick nach und beschloss, die Worte zu zitieren, die seine Großmutter an ihrem neunundneunzigsten Geburtstag gesagt hatte: »Es ist so schwer zu sterben, dass es schon besser ist zu leben.«

»Du kommst Meschullam besuchen«, stellte sie fest.

»Weißt du, wer ich bin?«

»Aber sicher«, erwiderte sie, »du – bist ›Du‹.«

»Ich bin – ›Du‹?« Er versuchte, die seltsame Logik der kleinen sonnenverbrutzelten Greisin nachzuvollziehen.

»Ja«, erwiderte sie, »du bist Du.«

»Gut«, sagte er, »von jetzt an bin ich Du.«

»Du kommst also Meschullam besuchen?«

»Welchen Meschullam meinst du?«, fragte Du-Gaby.

»Meschullam Ben Kalonymus«, erwiderte sie, als sei es ganz selbstverständlich, dass jeder, auch ›Du‹, Meschullam Ben Kalonymus kannte.

»Ja«, bestätigte Du-Gaby, obwohl er keinen blassen Schimmer hatte, wer dieser Meschullam Ben Kalonymus war.

»Meschullam wird sich sehr freuen«, sagte sie. »In letzter Zeit kommt ihn fast niemand mehr besuchen. Warum entfernen sich die Menschen so von ihm?«

»Vielleicht haben sie ihm nichts zu geben«, antwortete Du-Gaby.

»Das stimmt nicht«, protestierte sie. »Die Menschen können sich immer selbst geben. Das ist das größte Geschenk, das sie zu vergeben haben.«

»Vielleicht haben sie ihr Selbst verloren«, meinte Du-Gaby. »Vielleicht ist alles, was von den Menschen geblieben ist, nur Imagination.«

»Das ist sehr traurig«, sagte sie.

Diese Unterhaltung rieselte mühelos weiter, bis sie auf einmal stehen blieb und sagte: »Schau dir den Armen an. Er weiß nicht mal, dass jemand zu Besuch gekommen ist.«

Du-Gaby sah auf und erblickte einen alterslosen Greis in einem zerschlissenen Sessel auf einem weißen Dünenhügelchen. Er trug eine dunkle Brille und wirkte wie eine Hohlskulptur von Henry Moore, den Blick auf den Horizont geheftet. Als sie näher kamen, entdeckte Du-Gaby, dass auf der Brust des Alten ein Stethoskop hing, dessen silberne Hörrohrarme seinen kreuz und quer von Falten zerfurchten, krokodilähnlichen Hals umschlossen. An seinem Sessel hingen Pappschilder, offenbar von Schuhkartons ausgeschnitten, auf denen mit dickem Filzstift diverse Parolen aufgemalt waren. Das greise Blumenmädchen fing Du-Gabys Blick auf und beeilte sich, ihm zu erklären, dass diese Sprüche die Essenz von Meschullam Ben Kalonymus' Lebensphilosophie darstellten.

»Früher hat Meschullam lange Artikel geschrieben, die das ganze Land gelesen hat«, prahlte sie. »Er hatte harte und erbitterte Diskussionen mit Ben Gurion. Sie hatten ihre unbändige Freude daran, sich gegenseitig zu ärgern und einander in Rage zu bringen. Heute ist sowohl ihre Freude als auch ihre Wut zu Staub geworden, und die Zeitungen und Sprachrohre, die ihre polemischen Streitartikel gedruckt haben, existieren nicht mehr. Sogar die Gebäude, in denen diese Zeitungsredaktionen logierten, gibt es nicht mehr. An der Stelle, wo eines davon stand, bauen sie jetzt ein Haus mit Luxusapartments, in dem gefälschte Männer mit gefälschten Frauen wohnen werden, und aus dem zweiten Gebäude, das im Gewerbegebiet liegt und früher einmal der Sitz einer sozialistisch-zionistischen Tageszeitung war, ist ein großes Bordell geworden, wo die Reste der gefälschten Männer sich gefälschten Sex vom Rest der gefälschten Frauen kaufen. Draußen vor dem Eingang sitzen zwei Schläger in schwarzen Uniformen. Auch diesen Bau hätten sie schon längst abgerissen, um ein Hochhaus hinzubauen, aber zum großen Glück gehört das Ganze einem entfernten Verwandten der Familie Kressel, einem Neffen oder Cousin von Getzel Kressel«, sie wusste den genauen Verwandtschaftsgrad nicht, »aber Hauptsache ist, dass dem Mensch der Wert der Immobilie völlig egal ist und er um keinen Preis auf der Welt bereit ist zu verkaufen, und als er es an die gegenwärtigen Betreiber vermietet hat, wusste er nicht, dass sie vorhatten, ein Bordell dort aufzuziehen, aber auch in dem Haus in Den Haag, in dem Spinoza wohnte, ist nach dem Tod des Philosophen ein Bordell eingerichtet worden – vielleicht ist es ja das Schicksal jeder Ideenwerkstatt, im Laufe der Gezeiten ein Bordell zu werden«, und diese Worte habe sie aus Meschullams Mund höchstpersönlich vernommen, der ein großer Verehrer des geächteten jüdischen Philosophen sei, dessen Schüler zu sein sich Ben Gurion anmaßte, ohne allerdings seine Lehre zu verstehen, wie sie weiter ihren Meschullam Ben Kalonymus zitierte.

Als sie sich dem Sessel des Greises noch weiter näherten, konnte Du-Gaby die Schrift auf den Kartonschildern entziffern. »Wenn das Zuhause zum Exil wird, wird das Exil das Zuhause«, erklärte eine rote Aufschrift, während die schwarze daneben warnte: »Wir gehen auf glühenden Kohlen und haben keine Zeit, auf einen Anruf zu warten.« Eine kurze Zeile stellte fest: »Der Körper ist die Form des Abscheus«, eine andere: »Der Erdball ist unser Notizbuch, und die Beine sind die Bleistifte«, und ein weiteres Pappschild verkündete: »Die Häuser sind voller Menschen, die die Straße ausspeien würde.«

Du-Gaby bewunderte die schöne Handschrift des Alten, doch das alte Naturkind beeilte sich, seinen Irrtum aufzuklären: Das sei ihre Handschrift, ihr Armer, wie sie ihn nannte, sei nicht mehr imstande, zu schreiben oder zu lesen. Aber sein Geist sei glasklar, und wenn es über ihn käme, diktiere er ihr seine Gedankengänge, und sie schreibe sie wortgetreu auf.

»Schalom, Meschullam«, rief Du-Gaby, doch zu seinem Befremden wandte der alte Mann ihm weder das Gesicht zu, noch gab er ihm eine Antwort, als sei er schlicht reine Luft.

»Er hört dich nicht, und er sieht dich nicht«, erklärte ihm die Greisin. »Mein Armer kann kaum noch Licht und Dunkelheit und Nacht und Tag unterscheiden. Ich schließe ihm gleich das Gerät an, und dann kannst du zu ihm sprechen.«

Sie nahm die silbernen Hörrohre des Stethoskops und steckte die mit schwarzem Gummi überzogenen Endstücke in Meschullams Ohren, was zur Folge hatte, dass er auffuhr und mit der starken, klaren Stimme eines Mannes im Vollbesitz seiner Kräfte rief: »Lotus? Wozu schließt du mich an den Lärm an?«

»Du hast einen respektablen Gast«, sagte das greise Blumenmädchen namens Lotus, wobei sie in das Mikrophon des Stethoskops sprach, und fügte hinzu: »Er kennt Getzel und Spinoza.«

»Mit wem habe ich das Vergnügen?«, forschte Meschullam Ben Kalonymus.

Das greise Naturkind, höchstwahrscheinlich eine Dalia oder Nurit, bevor sie zur Lotus wurde, reichte Du-Gaby das Mikrophon des Stethoskops, und er stellte sich mit dem schönen Namen vor, den sie ihm verliehen hatte: »Ich bin Du. Du-Gaby Ben-Chaim.«

»Du-Gaby Ben-Chaim!«, rief Meschullam laut. »Ich kannte deinen Vater. Ein teurer Mann. Ein teurer Mann! Ein hervorragender Kämpfer und Gelehrter mit sozialer Gesinnung. Er stand an der Wiege der Wiederaufrichtung Israels und kämpfte um die Würde des arbeitenden Menschen in unserem Land. Trittst du in seine Fußstapfen?«

»Nicht so ganz«, gestand Du-Gaby den Stethoskopohren, »ich bin Kybernetiker.«

»Was genau machst du?«, erkundigte sich der Alte.

»Ich bin System- und Softwareingenieur, das heißt, ich war es ...«

»Nu«, unterbrach ihn Meschullam, »der Apfel fällt nicht weit vom Stamm: Dein Vater hat an den Fronten Israels gekämpft, und du planst die Frontsysteme Israels.«

»Könnte man so sagen«, räumte Du-Gaby halbherzig ein, da er Systeme analysierte und nicht plante und keine Ahnung hatte, wen Meschullam meinte, wenn er von seinem Vater sprach. Auch Meschullam hatte wohl nicht die leiseste Ahnung. Wer von Gabys Vätergeneration hatte nicht an Israels Fronten gekämpft? Doch sein Herz sagte ihm, dass es keinen Sinn hatte, diesen mythologischen Greis auf seinen unbedeutenden Irrtum hinzuweisen. Angesichts dieses monumentalen Wesens wurde ihm plötzlich klar, wie sehr solche Einzelheiten wie Namen, Alter und Profession höchstens zum Ausfüllen von Büroformularen taugten und wie ungemein belanglos sie für die Hauptsache waren – das, was von einem Augenblick auf den anderen in der schöpferischen Phantasie geschah. Und was diesen greisen, in den Sphären des Geistes hausenden Riesen betraf, den die Mädchengreisin Meschullam Ben Kalonymus nannte, was offenbar eine Namensgebung wie »Du« und »Lotus« war, so war er für ihn in diesem Augenblick eben der Sohn eines hervorragenden Kämpfers und Gelehrten mit sozialer Gesinnung, der für die Wiederaufrichtung Israels und die Würde des arbeitenden Menschen im Land gekämpft hatte.

Jetzt stand Du-Gaby diesem fast blinden und tauben Mann gegenüber und ließ in ihm die glorreiche Erinnerung an die goldene Zeit seines Lebens auferstehen, und ihm war klar, dass Realität in diesem Moment keine Existenzberechtigung hatte – die Realität, in der sein Vater ein Wilder war und blieb, ein Abenteurer und ziemlich wahnwitziger Motorradfahrer, von dem kein Mensch wusste, wohin er fuhr und wo er sich momentan aufhielt – möglicherweise bei einem seiner vielen Freunde, seinen Altersgenossen in den Kibbuzen oder in den arabischen Dörfern im Norden wie im Süden, oder in den Armen einer seiner Freundinnen, die noch am Leben waren, oder vielleicht donnerte er auch irgendwo auf einer Sandpiste durch die judäische Wüste, das Negevgebirge, Cholot Chaluza an der ägyptischen Grenze oder in der Arava zum Roten Meer hinunter, in der er jeden Strauch und jeden Stein, alles kannte, was kreucht und fleucht.

»Du tust etwas Großes«, unterbrach Meschullam seine Gedankengänge und fügte in feierlichem Ton hinzu: »Lotus! Notiere!«

Lotus nahm rasch einen Kartondeckel und einen dicken Markerstift zur Hand und schrieb den Satz auf, den ihr Meschullam mit tönender Feierlichkeit diktierte:»Die Wissenschaft kam zu mir, doch ich kann nicht mehr zur Wissenschaft kommen.«

Nachdem er Lotus diesen Gedankengang diktiert hatte – wobei Du-Gaby unterdessen bestürzt entdeckte, dass das Wort »Wissenschaft« mit einem Mal wie das Echo aus einem Zeitalter klang, das zusammen mit Wörtern wie »Fortschritt«, »Revolution«, »Solidarität« und »soziale Gerechtigkeit« aus der Welt entschwunden war –, wandte sich Meschullam im gleichen feierlich erhabenen Ton wie an den Repräsentanten der Wissenschaft auf Erden an ihn und fragte:»Sag mir Du, Ben-Chaim, worauf richtet sich der Sinn der Wissenschaft dieser Tage?«

»Auf die Umwandlung des Menschen in eine überflüssige Restmasse«, summierte Du-Gaby für ihn das Wesentliche, woran sein Ich glaubte, »wenn wir die Machtergreifung der galoppierenden Digitalisierung über unser Leben nicht stoppen ...«

Doch Meschullam unterbrach ihn:»Sprich ins Stethoskop!«

Er hielt Du-Gaby das Mikrophon des altertümlichen Geräts mit dem konzentrierten Gesichtsausdruck eines Facharztes aus vergangenen Tagen hin, der versucht, eine Krankheit unklarer Natur zu diagnostizieren, doch bevor er ihm das Rederecht erteilte, spitzte er seine Frage zu, wie den Menschen seiner Generation eigen, die stets nach der abstrakten, generellen Formulierung strebten, welche den Geist der Zeit plus die Entwicklungstendenzen der Zukunft in einem klaren, wohlformulierten Satz zu erfassen vermochte. »Täusche ich mich«, so fragte er, »wenn mir scheint, dass die Wissenschaft zu Beginn des dritten Jahrtausends am Vorabend einer kopernikanischen Umwälzung ähnlich jener steht, wie sie sich Mitte des sechzehnten Jahrhunderts abgespielt hat?«

»In welcher Hinsicht?«, warf Du-Gaby die Frage in das Stethoskop zurück.

»Nun«, sagte er, »mir dünkt, so wie die·Welt 1543 mit dem Erscheinen des *De revolutionibus orbium coelestium* überrascht wurde, so wird sie in Bälde mit dem Erscheinen einer Art *De revolutionibus orbium humanum* überrascht werden.« »Was genau ist damit gemeint?«, fragte Du-Gaby vorsichtig, um seine Unwissenheit gegenüber der enzyklopädischen Persönlichkeit dieses blinden, tauben und energischen Greises nicht preiszugeben, der hier im schäbigen Sessel auf einer Sanddüne an der östlichen Mittelmeerküste saß, und noch bevor er die Bedeutung dieses Vergleichs voll und ganz begriffen hatte, schlug Meschullam flink mit einem noch kraftvolleren Schmettersatz zu: »Nu, Kopernikus bewies, dass sich die Himmelskörper gleichzeitig um sich selbst wie auch um die Sonne drehen. Seit der Zerstörung der Gesellschaft dreht sich der Einzelne zwar um sich selbst wie ein Kreisel, doch ist noch unklar, um welche Sonne der Mensch per se kreisen wird!«

»Das ist die große Frage«, bekannte Du-Gaby ins Stethoskop, »eine sehr große Frage!«

»Und deine Antwort darauf?«, verlangte Meschullam eindringlich zu wissen. »Wie lautet deine Antwort?«

»Um die Eins und die Null«, warf Du-Gaby in das Stethoskop, »bis auch die Eins zur Null wird, und dann wird der Mensch um die Null kreisen.«

»Was?« Der Greis hatte es nicht mitbekommen. »Ich höre dich nicht, was hast du gesagt?!«

Lotus eilte Du-Gaby zu Hilfe. Sie nahm ihm das Mikrophon des Stethoskops aus der Hand und sagte zu Meschullam, dass auch Du, wie alle anderen, nicht gekommen sei, um ihm etwas zu sagen, sondern um zu hören, was Meschullam zu sagen habe.

»Ich habe nichts mehr zu sagen«, erklärte Meschullam.

»Hast du schon«, entgegnete Lotus, »alle warten darauf, dass du aufstehst und dein Wort verkündest.«

Meschullam teilte ihre Meinung nicht, doch Lotus führte aus, er habe keine Ahnung, wie sehr die Jugendlichen, die ganze Jugend hören wolle, was er zu sagen habe, er wisse gar nicht, welchen Einfluss er auf den Gang der Ereignisse in dieser harten Zeit, in diesen schlimmen Tagen nehmen könne. Doch Meschullam blieb dabei:»Wer will hören, was ich zu sagen habe? Das Gesicht des Zeitalters gleicht dem Gesicht des räudigen Hundes!«

»Ganz im Gegenteil, umgekehrt«, beharrte Lotus.»Es wird doch gesagt:›Im Zeitalter, in dem der Sohn Davids kommen wird, wird das Versammlungshaus der Gelehrten zum Hurenhause werden, Galiläa wird zerstört werden; die Grenzbewohner werden von Stadt zu Stadt wandern, ohne dass man sich ihrer erbarmen wird; die Weisheit der Gelehrten wird entarten, die Sündenscheuen werden verachtet sein; das Gesicht des Zeitalters wird dem Gesichte eines Hundes gleichen, und wer Böses meidet, ist wahnsinnig‹ – das ist das Zeitalter, in dem der Messias kommt!«

»Ich bin kein Sohn Davids, kein Ben Gurion und nicht der Messias!«, donnerte Meschullam.

»Er hat hier einen Freund, Slutzki, der zehn Jahre älter ist als er, in Kürze wird er hundertachtzehn. Auch er kann nicht mehr gehen, sieht und hört nichts, aber sein Kopf ist vollkommen klar, und wenn sie sich treffen, lenken sie die Welt. Möchtest du bei ihrem nächsten Treffen dabei sein?«

»Ja«, sagte Du-Gaby,»sicher.«

»Meschullam«, wandte sie sich an das Stethoskop,»dein Gast möchte zu deinem Treffen mit Slutzki kommen.«

»Nein!«, beschied Meschullam entschlossen.

»Er möchte nur zuhören«, meinte sie,»er wird nichts sagen ...«

»Ich will nicht!«, lehnte er schroff ab, und auf sein Gesicht trat ein erzürnter, gekränkter Ausdruck, als habe er erfasst, dass

Lotus das Treffen mit seinem Freund wie eine Theateraufführung behandelte. Um die Endgültigkeit seiner Weigerung zu unterstreichen und ihr noch mehr Nachdruck zu verleihen, rupfte er die Hörer des Stethoskops aus seinen Ohren und löste sich mit einem Schlag vom Lärm der Welt ringsherum. Gleichzeitig straffte er sich in seinem Sessel, reckte den Kopf hoch, und während er sein Gesicht dem Meer zuwandte und seine blinden Augen auf den Horizont richtete, sagte er: »Ich danke dir von ganzem Herzen für deinen Besuch. Auf Wiedersehen.«

Lotus beschwor Du-Gaby zu bleiben. Sie flüsterte ihm ins Ohr, dass Meschullam ohnehin nicht wisse, ob er gegangen oder geblieben sei, doch er brachte diesem greisen Mann, der eine Überlast an Jahren trug, Respekt entgegen und dachte, wir, die Jungen, werden all das, was er gesehen hat, nie mehr sehen und auch nicht so lange leben wie er. Und daher hängte sich Du-Gaby sein altes Sportrad über die Schulter und kletterte von der Düne auf die Straße hinunter. Als er auf das Fahrrad stieg und anfing, in die Pedale zu treten, entdeckte er eine bekannte Gestalt, die ihm auf der Fahrbahn entgegenglitt. Es war Raschti auf seinem Skateboard. Seine langen Haare und der Bart flatterten im Wind, in der Hand hielt er den Spendenbecher. Als er ihn erkannte, rief er: »Hast du die Vögel gesehen?«

»Ja«, antwortete Du-Gaby.

»Waren auch Munir und Latif da?«

»Nein!«, warf ihm Du-Gaby zu, während Raschti an ihm vorbeiglitt.

»Komm am Abend«, sagte er, »dann sind sie da.«

Du-Gaby fuhr ziellos den Strand entlang. Zu seiner Rechten erstreckte sich die verlassene Promenade. Hunderte von leeren Parkplätzen mit weißen Markierungsstreifen, senkrecht zur Straße. Nur vereinzelte Fahrzeuge parkten hier und dort entlang des Bordsteinrands. In einem der Autos umklammerten sich ein kahlköpfiger Mann und eine wasserstoffblonde

Frau mit glühender Leidenschaft. In einem anderen, ein paar Dutzend Meter weiter, saß eine Frau allein, die über einem Smartphonegespräch weinte. Links von ihm glitten verödete Cafés vorbei, deren Plastikmöbel zu Haufen an der Wand aufgestapelt waren. Ramponierte Rollos und Schiebejalousien mit zerbrochenen Plastiklamellen schaukelten wie alte Lumpen im Wind, der vom Meer her blies. Zwischen den verlassenen Cafés standen da und dort erbärmliche, abgewrackte Hotels mit prunkvollen Namen wie »Alexander Palace«, »Miami Beach« und »Riviera Palace«. Am Eingang eines dieser Hotels stand, an die Mesusa am Türrahmen gelehnt, ein magerer, klein gewachsener Mann mit einem Eulengesicht, dessen schwarzes Haar gelglänzend am Schädel nach hinten gekämmt war. Er rauchte eine Zigarette, während er mit dem linken kleinen Finger in der Tiefe seines Ohres bohrte. Du-Gaby winkte ihm grüßend zu, und er blickte ihn erstaunt an, als versuchte er, ihn einzuordnen.

»Wie geht's?«, warf ihm Du-Gaby zu.

»Scheiße«, erwiderte er.

»Das ist es«, gab Du-Gaby zurück.

»Das ist es, und mehr wird's nicht«, vervollständigte er.

Du-Gaby ließ die letzten Gebäude hinter sich und strampelte weiter auf der unbelebten Straße, die wie ein graues Band auf den weißen Dünen lag, die sich nun rechts und links von ihm erstreckten.

30. LEICHENSCHMAUS MIT FREUNDEN

Duvesch übergoss den gepflasterten Platz hinter dem Haus mit einem dickem Wasserstrahl aus dem Gummischlauch und verspritzte anschließend Unmengen von Wasser auf der mit Sandstein ausgelegten Parkfläche, um den Staub niederzuschlagen. Er sah, wie Dorit den üblichen Tisch im tiefen Schatten der Flammenbäume deckte, die in roter Blüte loderten. Dorit stellte auf beide Seiten des Steintischs einen Gartenstuhl zu den unverrückbar schweren Gartenbänken mit je zwei Sitzplätzen, die Duvesch mit eigenen Händen aus Gleisschwellen gebaut hatte.

»Warum deckst du den Tisch für sechs?«, fragte er verwundert, während er den Gummischlauch auf die Trommel aufrollte.

»Wir sind zu sechst«, erwiderte sie.

»Wer kommt denn statt Ricky?«, erkundigte er sich.

»Ricky wird zum Abendessen zu uns kommen«, sagte Dorit.

»Was?!«, rief er bestürzt. »Kennedy ist doch gerade erst heute von uns geschieden.«

»Er ist nicht von uns geschieden«, korrigierte ihn Dorit, »er ist gestorben. Ricky hat sich geschieden – von ihm.«

»Haha, wie lustig«, wehrte er ab. »Ich finde, wir hätten das Abendessen absagen sollen.«

»Unmöglich«, gab sie zurück. »Wir haben auch Elad und Niva eingeladen.«

»Man hätte ihnen Bescheid sagen können, dass Kennedy gestorben ist, sie hätten es verstanden.«

»Ich habe ja versucht abzusagen«, erklärte sie, »aber Ricky hat darauf bestanden, dass es bei dem Essen bleibt.«

»Ricky hat darauf bestanden?!«, fragte er ungläubig.

»Du wirst dich wundern. Sie hat am Telefon zu mir gesagt: ›Lass uns das Abendessen durchziehen, in Gottes oder sonst wessen Namen. Statt Abendessen nennen wir es Leichenschmaus.‹«

»Was soll das sein?«, fragte er verständnislos.

»Das ist eine Trauermahlzeit, die man zu sich nimmt, nachdem man den Toten begraben hat«, klärte ihn Dorit auf. »Ricky hat zu mir gesagt: ›Koch auch Linsen und harte Eier, dann wird es ein Leichenschmaus, wie er im Buche steht.‹«

»Was hat das denn mit Linsen und harten Eiern zu tun?«, erkundigte sich Duvesch verblüfft.

»So viel wie Gebetsriemen mit Gott«, stichelte sie in Anspielung auf die Phase, in der er unter dem Einfluss von Kennedy religiös geworden war.

»Er ist doch noch nicht mal begraben«, lehnte er sich auf.

»Er wird auch nicht begraben«, sagte sie. »Die Leiche wird verbrannt und die Asche verstreut.«

»Am Nachmittag ist er gestorben, und gleich feiert sie!«, äußerte er mit verhaltenem Zorn.

»Was wundert dich das?«, erwiderte sie. »Kennst du Ricky nicht?«

»Das ist dermaßen seltsam«, sinnierte er laut. »Ich wäre nie auf die Idee gekommen, dass Kennedy verfügen wird, seine Leiche zu verbrennen und die Asche zu verstreuen. Bis die Krankheit ihn paralysiert hat, war er wirklich religiös.«

»Als sein Körper zu funktionieren aufhörte, hat offenbar sein Gehirn eingesetzt«, bemerkte Dorit.

Duvesch warf ihr einen schiefen Blick zu. Er schätzte diesen spöttisch stichelnden, trockenen Humor nicht, mit dem sie den Mann abhandelte, den er bewundert hatte, unter dessen

Einfluss er sogar für einige Jahre zum religiösen Judentum zurückgekehrt war, bis er einsehen musste, dass sein Glaube trotz all seiner Bemühungen und guten Vorsätze immer schwächer wurde, je mehr vorgefertigte Antworten Kennedy und sein Rabbi auf die Fragen parat hielten, die ihn quälten, und je öfter die anderen ihn als »erstarkend« ansahen – während Dorit ihn, ebenso wie Kennedy, als »stark bedürftig« titulierte und die Jugendlichen, die ihm folgten, als »Co-Bedürftige« bezeichnete.

Dorit hatte für Kennedy nie viel übriggehabt, und sein Bild als legendärer Kämpfer, der aus dem ersten Libanonkrieg mit dem Glorienschein eines Helden zurückgekehrt war, machte keinerlei Eindruck auf sie. Vor allem, da es von der Geschichte jener schrecklichen Nacht begleitet war, in der er, von Feuer aus den eigenen Reihen getroffen, dem Tod ausgeliefert auf dem Schlachtfeld liegen blieb, während die Truppen vorwärts stürmten – und in dieser Nacht, bis sie im Morgengrauen kamen und ihn retteten, sah er in seinem dämmrig verlöschenden Hirn den Film seines Lebens ablaufen, spürte seine Nichtigkeit, und aus dieser Empfindung der Nichtigkeit, in tiefster Tiefe, half ihm nur die Kraft des Glaubens wieder heraus, an dem er sich festhielt und der ihn vom Grund des tiefen Lochs heraufzog bis zu dem unvergesslichen Augenblick, in dem er die Augen aufschlug und wie ein neugeborener Säugling mit staunendem Blick das Licht sah und seinem Mund das erste Wort entfloh: »Licht!« Und sofort danach, noch bevor er wieder bei vollem Bewusstsein war, kam die Frage: »Was ist das für ein Licht?«, und die Antwort, die er hörte: »Das Licht der sieben Tage!« Und als er fragte: »Was ist das?«, erwiderte ihm der Rabbi, der an seinem Bett stand: »Das ist das Licht, das er am ersten Tag der Schöpfung schuf, bevor er Sonne und Mond erschaffen hat, und dieses Licht wurde bei der Erschaffung der Lichtkörper aufbewahrt und wird vor den Gerechten am Ende der Tage erscheinen.« Und Kennedy spähte nach dem Mann,

der zu ihm sprach, und fragte: »Wer bist du?« Doch der weiß-
bärtige Mann verschwand im selben Augenblick wie vom Erdboden verschluckt, und der Verwundete, der neben ihm lag,
sagte ihm, das sei der Rabbi gewesen, der an seinem Bett gestanden und die ganze Zeit Psalmen rezitiert habe, während er
bewusstlos dalag.

Diese Geschichte wiederholte Kennedy liebend gerne und
fügte ihr jedes Mal noch weitere Details hinzu – zum Beispiel,
dass er, bevor er den Rabbi sah, eine Stimme gehört habe, die
in sein Ohr flüsterte: »Und es werden auf allen großen Bergen und auf allen hohen Hügeln Wasserbäche und Ströme fließen zur Zeit der großen Schlacht, wenn die Türme fallen werden. Und des Mondes Schein wird sein wie der Sonne Schein,
und der Sonne Schein wird siebenmal heller sein zu der Zeit,
wenn der Herr den Schaden seines Volkes verbinden und seine
Wunden heilen wird.« Mit diesem Zusatz schmückte er die Geschichte an dem Tag aus, als die Twin Towers fielen, und setzte noch eins drauf, indem er erzählte, er habe, während diese
Stimme die Worte des Propheten Jesaja in sein Ohr flüsterte,
die Erscheinung der in die Türme stürzenden Flugzeuge vor
Augen gesehen. Und als Dorit ihn fragte, weshalb dieses interessante Detail bis zu dem Tag, an dem die Twin Towers zu-
sammenbrachen, in seiner Geschichte gefehlt habe, erwiderte
er, dass die Erinnerung an die Stimme in seinem Ohr achtzehn
Jahre vor diesem Unglück erst zurückgekehrt sei, als es in der
Realität geschah; erst als er im Fernsehen den Einsturz der Türme gesehen habe, sei in seinem Gedächtnis die Vision wieder
aufgestiegen, die er geschaut habe, während Jesajas Worte in
sein Ohr geflüstert wurden, als er nach seiner Verwundung in
der schrecklichsten Schlacht, die sich im ersten Libanonkrieg
abgespielt hatte, noch bewusstlos darniederlag. Jeder, der Kennedys Geschichte lauschte, die er mit seiner tiefen Stimme leise
vortrug, verharrte in betroffenem Schweigen. Nur Ricky, seine

Frau, flüsterte Dorit zu, sie solle keine Logik in Kennedys Märchen suchen, die er selber erst glaubte, wenn er sie sich erzählen hörte, und meistens nicht mal dann. Als sie damals nach Hause kamen, sagte Duvesch beeindruckt: »Was für eine Geschichte!« Worauf Dorit mit einem einzigen Wort reagierte: »Bullshit!«, und sie anschließend die halbe Nacht stritten.

Mitten in diesem Streit, genau um Mitternacht, verließ er türenknallend das Haus, setzte sich in seinen Kleinlaster und donnerte über die verlassene Straße, wie es bei der Sippe der Ben-Chaims Usus war, die den Virus des Nomadentums geerbt hatten – von Eva, der Dynastiebegründerin, der legendären Tänzerin aus dem Hause Chaimson, und dem Begründer der Sippe, ihrem Lebensgefährten Josef Scharabi, dem Kundschafter, den die Araber »chawadscha Jussuf« und seine Freunde den »Beduinen« nannten, dessen Spuren sich auf der geheimen Expedition verloren hatten, von der er nicht zurückgekehrt war, jedoch in der Liedzeile erhalten geblieben waren: »In den Negev wurde ein kleiner Trupp geschickt / mit Stöcken als Ersatz für Gewehre …«

Während er noch an diesen Streit dachte, in dessen Folge er zu einer ziellosen Fahrt aufgebrochen war, von der er erst einige Tage später zurückkehrte, Dorit aber nicht vorfand – nach dem Streit war sie zum Psychologen und ihren Freundinnen gefahren –, dafür Ali und Sue, die inzwischen Haus und Hof gehütet hatten; an seine Irrfahrt dachte, in deren Verlauf er sich selbstkritisch Rechenschaft abgelegt und begriffen hatte, dass der Streit wegen seiner Überreaktion auf Dorits Kommentar, Kennedys Geschichten seien Bullshit, ausgebrochen war und dass diese Überreaktion seinem Beharren auf der Selbsttäuschung entsprang, die sich in religiösen Glauben kleidete, was sich wiederum auf seine Minderwertigkeitsgefühle gegenüber der charismatischen, dominanten Persönlichkeit Kennedys zurückführen ließ; daran dachte, wie er mit dem Laster kehrtgemacht hatte, die ganze Strecke von Eilat voll reumütigem Verlangen nach Dorit zurückgefahren war, zu Hause ankam und sie nicht da war, wie er dann in Sues Zimmer ging, um herauszufinden, wo Dorit war, und Sue ihm mitteilte, dass die Frau weg sei, ohne zu sagen, wann sie wiederkäme, und ihm ein Glas heißen Tschai mit Milch und Honig und getrockneten Nelkenknöpfen anbot; und als er völlig aufgewühlt und am Boden zerstört dasaß, hatte sie Erbarmen mit ihm und strich ihm über den Kopf, und er barg sein Gesicht in ihrem Schoß, umschlang ihre Hüften, und sie erwiderte seine Umarmung, zog ihm das Hemd aus, schlüpfte aus ihren Kleidern und nahm ihn mit in ihr Bett, streichelte ihn mit sanften, warmen Händen, und die Berührung ihrer Haut auf seiner war so angenehm, tat ihm so gut, und sie nahm sein Glied in ihre Hand, führte es zwischen ihre Schamlippen, bahnte ihm den Weg hinein und flüsterte ihm zu: »So gut, so gut« ...

Während er noch von dieser wohligen Erinnerung überflutet wurde, kamen Niva und Elad zusammen mit Ricky auf die Terrasse. Sie blieben bestürzt vor Dorits lädiertem Gesicht stehen, und Ricky, die sich als Erste fasste, fragte:»Was ist mit deinem Gesicht passiert?«

»Die Nachricht von Kennedys Tod hat mich mitten unterm Fahren erwischt«, erzählte Dorit.»Ich hab eine Vollbremsung gemacht, bin auf den Seitenstreifen geschlittert und mit dem Gesicht aufs Lenkrad geknallt.«

»Hat dich der Sicherheitsgurt nicht gebremst?«, wunderte sich Elad.

»Nein, der Mechanismus hat nicht funktioniert. Aber«, Dorit wechselte das Thema,»seid ihr zusammen gekommen?«

»Nein, aber es war perfektes Timing, wir haben uns an eurer Hofeinfahrt getroffen«, sagte Elad.

Duvesch, der Dorits Landrover überprüft und keine Spur

von einem Defekt gefunden hatte, beobachtete die kleine Komödie vom Rand aus und vermerkte bei sich, dass diese beiden jungen Leute, Elad und Niva, nicht wie Menschen aussahen, denen es zusammen gut ging. Die gepflegte Niva schien ihm blutleer und distanziert, und Elad war schlampig gekleidet, trug eine überknielange Khakihose mit einer Unmenge von Taschen und darüber ein schwarzes T-Shirt, das eng seinen mageren Rücken umspannte. Elad entschuldigte sich, seine Blase würde gleich platzen, und eilte auf die Toilette, während Dorit Niva und Ricky an den Tisch bat. Duvesch gesellte sich zu den drei Frauen, schenkte allen Limonade ein, und dann herrschte Schweigen in der Runde.

Allen war klar, dass sie Kennedys Tod totschwiegen, der seit langem zu erwarten gewesen war, gleichzeitig aber nun plötzlich so nah war, dass man ihn unmöglich ignorieren konnte; da jedoch alle die kurze, schroffe Botschaft von Ricky mit der Aufforderung erhalten hatten, von Beileidsbezeugungen abzusehen, spürten sie mit einem Mal, dass es eigentlich nichts über den Tod eines Menschen zu sagen gab, den alle kannten und der seit zwei Jahren gelähmt, ohne einen Ton von sich geben zu können, dagelegen hatte. Ungeachtet dessen befand sich der Tod trotzdem hier unter ihnen, und je länger das Schweigen währte, desto schwieriger bis nahezu unmöglich wurde es, überhaupt irgendetwas zu sagen, denn jedes Wort, das geäußert werden würde, würde die Tatsache entlarven, derer sich alle bewusst waren – dass es den Tod umschiffte, über den man auf Geheiß dieser beinharten Frau, die hier mit schussbereiter Waffe im Halfter reglos wie ein Fels dasaß, nicht zu sprechen hatte. In dem Schweigen erhielt jedes Zucken und jede kleinste Regung das Gewicht eines Ereignisses, und so kam es, dass eine Kopfbewegung von Niva, die ihre Blickrichtung änderte, alle dazu veranlasste, die Köpfe zu drehen und den Blick zu wenden, um zu sehen, was sie sah – und so sahen alle, wie Elad, gefolgt von

Karin und Sue, aus dem Haus trat, alle drei mit Tabletts in Händen, die mit den diversen Speisen der Mahlzeit beladen waren.

Aller Augen starrten auf den Topf, den Karin in der Mitte des Tisches abstellte, in dem auf einem aufgetürmten Berg schwarzer Linsen sechs harte, geschälte Eier lagen, während Sue den Topf mit dem thailändischen Huhn vor Dorit platzierte und Elad die Beilagenschüsseln und eine Platte mit angerichtetem Fisch ohne Kopf und ohne Schwanz auf dem Tisch verteilte.

»Ist das ein thailändisches Rezept?«, brach Niva das Schweigen, wobei sie die seltsame Kombination von schwarzen Linsen und hartgekochten Eiern meinte, und bat: »Für mich nur Linsen, ohne Eier.«

»Das ist kein thailändisches Rezept«, erklärte Karin und teilte ihr eine Portion aus, »das serviert man bei einem Leichenschmaus.«

»Aber wir haben doch keine Leiche«, scherzte Elad, und Dorit beeilte sich, ihn aus der peinlich betroffenen Verlegenheit zu befreien, die am Tisch eintrat: »Ein Leichenschmaus ist ja auch ein Trauermahl für die Trauernden.«

Karin fügte die Erklärung hinzu: »Die Linsen und die Eier symbolisieren den Samen und die Eizelle, die in ihrer Verschmelzung das Leben entstehen lassen, und daher ist es eine Mizwa, sowohl das Ei als auch die Linsen zu essen, um ihre Vermischung in unserem Bauch zu erzeugen, aus dem das Leben kommt.«

»Woher weißt du das?« Duvesch war erstaunt über seine Tochter.

»Aus dem Internet«, erwiderte Karin wie selbstverständlich. »Ich hab eine Frage an die Website von ›Warum‹ geschickt, und von den ganzen vielen Antworten war das die logischste, die ich gekriegt habe.«

»Na gut«, Niva fügte sich in ihr Schicksal, »dann leg mir auch ein Ei dazu.«

»Du musst aber nicht«, meinte Ricky trocken.

»Nein«, protestierte Niva, »wenn das der Brauch ist ...«

»Ja«, sagte Dorit, »das ist der Brauch.«

»Ein Brauch ist ein Brauch, und nach Karins Erklärung sehe ich die Logik darin, so wie es in allen überlieferten Bräuchen in den verschiedenen Kulturen eine Logik gibt«, erwiderte Niva in frömmelndem Ton.

Du hast eine dumme Frau, wollte Duvesch fast zu Elad sagen, doch er fing den Blick auf, den Elad Niva zuwarf, und ihm entschlüpfte ein laut ausgesprochener Gedanke: »Der Gerechte erbarmt sich seines Viehs.«

»In welchem Zusammenhang meinst du das?«, stutzte Dorit, verwundert über ihn.

»Ich wollte eigentlich sagen, dass die Bräuche, die unser Leben leiten, auf seelische Bedürfnisse antworten, das heißt: Der Brauch ist auf den seelischen Bedürfnissen der Menschen aufgebaut«, verheddert sich Duvesch in dem Versuch, sich von dem Satz, der ihm herausgerutscht war, reinzuwaschen, »und der Tod weckt den Lebenstrieb in den Menschen wie auch den Geschlechtstrieb, und die Linsen und die Eier ...«

»Ich hatte gebeten, das Thema Tod nicht anzuschneiden«, erinnerte Ricky alle Anwesenden.

»Das Thema ist von selber aufgetaucht«, wehrte sich Duvesch.

»Das stimmt«, pflichtete ihm Niva rasch bei. »Und vielleicht wäre es gerade gut, wenn jeder Einzelne sagen würde, was das mit ihm macht.«

»Was was mit ihm macht?«, bellte Elad seine scheinheilige Ehepartnerin an.

»Der Tod«, erwiderte Niva. »Es ist immerhin ein Mensch gestorben, den wir alle gekannt und geschätzt haben und ...«

»Ich hatte darum gebeten, und ich bitte nochmals darum, von Beileidsäußerungen abzusehen«, fiel ihr Ricky ins Wort.

»Davon rede ich doch gar nicht«, verteidigte sich Niva. »Ich spreche vom Tod.«

»Der Tod existiert nicht, und darüber gibt es nichts zu sagen«, konstatierte Ricky.

»Wie kannst du behaupten, dass der Tod nicht existiert und es nichts über ihn zu sagen gibt?!«, protestierte Niva. »Die Literatur, die Poesie, das Drama sind voller Bezugnahmen auf den Tod. In allen Kulturen besetzt der Tod einen wichtigen Platz.«

»Der Tod ist der Durchgang zwischen Leben und Nichtleben, ein Übergangsstadium, mehr nicht«, wiederholte Ricky kategorisch, mit langsamer, ruhiger Diktion. »Über das Leben kann man reden. Alles Reden über den Tod ist Geschwätz.«

»So weit würde ich nicht gehen«, distanzierte sich Dorit von Rickys Entschiedenheit.

»Was soll man über das Nichts denn sagen?«, sagte Ricky mit Abscheu. »Das Nichts ist nichts, und es gibt nichts über das Nichts zu sagen. Es gab einen lebendigen Menschen, und jetzt gibt es ihn nicht mehr. Versteht ihr nicht, was das heißt, er ist nicht mehr? Nichts mehr! Es gibt noch einen Klumpen Materie, der daliegt, aber morgen wird auch der nicht mehr da sein.«

Ricky war mit ihren Worten am Ende. Sie nahm das harte Ei in die Hand, biss ab und schob sich einen Löffel voll Linsen in den Mund. Alle taten es ihr nach in dem Schweigen, das nun wieder um den Tisch herrschte, und seltsamerweise brachte gerade dieses lastende Schweigen alle dazu, Kennedys Gestalt vor Augen zu sehen – ein massiv gebauter Mann mit mächtigem Hals und schwerem Schädel, der wie aus Bronze gegossen wirkte.

Duvesch allerdings sann über Rickys obsessive Härte nach, fragte sich im Stillen, ob sie daher rührte, dass sie als junge Frau ihren ersten Ehemann verloren hatte, der von einer Sprengfalle auf einer der verfluchten Straßen des verdammten, gottverlassenen Sicherheitsstreifens getötet worden war, eines der letzten Todesopfer von den eintausendzweihundertsechzehn dieses verfluchten Krieges, der sich achtzehn Jahre lang hinzog und ihm Omer nahm, seinen besten Freund, der ihn beim Reservedienst als Kommandeur der Hilfstruppe ablöste und ebenfalls dort von einer als Felsen getarnten Sprengfalle getötet wurde – bis mitten in diese bedrückenden Gedanken Nivas bewundernder Ausruf platzte: »Das Huhn ist wirklich delikat!«

»Du isst wieder Fleisch?«, fragte Dorit erstaunt.

»Nur Huhn«, schränkte Niva in aller Bescheidenheit ein. »Wie bereitest du es zu?«

»Das ist ein ziemlich schlichtes Rezept«, ging Dorit erleichtert auf den Themenwechsel ein. »Du ...«

»Du gibst Sue die Anweisung«, platzte Karin in die Worte ihrer Mutter.

»Karin!«, schalt Dorit ihre Tochter und nahm ihre Erklärung wieder auf: »Du machst einen Rinderfond und ...«

»Gibst Ali oder Ahmad den Befehl, ein Huhn zu fangen und ihm den Kopf abzuhacken«, Karin ließ sich nicht beirren, »und Sue macht dann den ganzen Rest.«

In diesem Moment zerriss eine Schusssalve in der Ferne den Mantel der Nacht. Unmittelbar danach brachen zahlreiche Schüsse los. Alles um den Tisch herum verstummte. Ricky fand als Erste die Sprache wieder: »Das kommt aus Richtung unseres Hofs.«

Elad war nicht ihrer Meinung: »Das klingt mir mehr nach Richtung Fluss.«

Ricky nahm ihr Mobiltelefon zur Hand und rief den Wächter am Hof an: »Hallo? Vadim? Hörst du die Schüsse? Was, nein? Du hast keine Salven gehört?«

»Ich hab doch gesagt, dass es aus der Gegenrichtung kommt!«, triumphierte Elad.

»Woher soll ich wissen, aus welcher Waffe?«, erboste sich Ricky über Vadim am Telefon.

»Das sind Salven aus einem MAG«, stellte Duvesch fest, »das ist unser Feuer.«

»Wie unterscheidet ihr ein MAG von einer Kalasch'?«, biederte sich Niva bei den Männern an, und Elad kam eilfertig zu Duveschs Unterstützung:»MAG und Kalaschnikow sind nicht die gleiche Liga.«

Duvesch tippte die Nummer des Wachmanns in seinem Mobiltelefon an und bemerkte währenddessen knapp und entschieden:»Jede Waffe hat ihren eigenen Rhythmus. Hallo, Benz? Ja, hier ist Duvesch. Ja. Ja … Aha. Gut, wenn was sein sollte, ruf an. Bye.«

Duvesch trennte die Verbindung, und da alle auf eine Äußerung von ihm warteten, ließ er sich Zeit.»Benz sagt, man hat irgendwas in der Zaunanlage ausgemacht«, sagte er schließlich. »Es ist noch unklar, ob es ein Durchbruch war oder ein Tier, das mit dem Zaun in Berührung gekommen ist.«

Elad benutzte die Gelegenheit, um das Gespräch auf ein unliebsames Thema zu bringen:»Das ist doch alles für die Katz. Man schlägt Lärm, um den Eindruck zu erwecken, dass man was tut. Aber die Wahrheit sieht so aus, dass sie uns mit Absicht preisgeben. Sie freuen sich doch über jede Familie, die weggeht. Wenn der Letzte von hier weg ist, werden sie sagen, Gott sei Dank, dass wir sie los sind. Am nächsten Tag werden sie die Armee abziehen und das ganze Gebiet den Palästinensern zurückgeben, und tschüs, Friede über …«

»Nur über meine Leiche«, schnitt Ricky seinen Redestrom scharf entschlossen ab.

»Es gibt niemand und nichts, wofür man hierbleiben müsste«, fühlte sich Niva aufgerufen, ihren Mann zu verteidigen.

»Wir sind nicht für irgendjemanden hergekommen«, schoss Ricky feurige Pfeile auf Niva ab.»Wir leben unser Leben hier oder an einem anderen Ort nicht *für* jemanden, und wir bleiben da, denn hier ist unser Platz.«

»Sag ›ich‹«, mischte sich Dorit in das Gespräch ein, um auf indirektem Weg Nivas Partei zu ergreifen. Doch Ricky verstand sie nicht: »Was, ich?«

Nun hatte sich Dorit ins Rampenlicht gestellt, und ab dem Moment wollte sie sich ihre Position nicht mehr nehmen lassen: »Wen meinst du denn, wenn du ›wir‹ sagst? In wessen Namen sprichst du? Sag: ›Ich lebe mein Leben nicht für jemanden‹, dann kann ich dir zustimmen. Denn ich lebe mein Leben auch nicht für irgendjemand. Auch nicht für diesen Ort. Vielleicht ist es deiner, wenn du das so empfindest. Meiner ist es nicht, ›dieser Platz‹.« Die letzten Worte versprühte sie giftig.

Ricky war von dem Angriff überrascht. Sie versuchte, Dorit das Heft aus der Hand zu nehmen: »Du willst wissen, was ich fühle?«

»Nein!«, kam es von Dorit wie ein Schlangenbiss zurück.

Ricky ignorierte ihre Reaktion vollkommen, überging sie, als habe sie schlicht nichts gesagt: »Du willst wirklich wissen, was ich fühle?«

»Nein!!!« Diesmal schwang Dorit das Wort wie einen Hammer.

Duvesch betrachtete Dorit mit einem heimlichen Lächeln. Er durchschaute, dass Dorit voll unterdrücktem Groll war, weil Ricky ihnen mit ihrem »Leichenschmaus« das Abendessen verdorben hatte; Kennedys frischer, negierter Tod hing raumfüllend wie ein Giftgasballon über ihren Köpfen.

»Die Frage ist nicht, ob dieser Ort unserer ist«, setzte Ricky zu einer Rede an. »Darüber kann es überhaupt keine Diskussion geben. Die Frage ist, ob wir zu diesem Ort gehören. Und ich werde auf dieser Erde hier leben, bis ich in ihr begraben werde, wenn du wissen willst, was ich fühle …«

Karin fiel Ricky rüde ins Wort: »Mama hat doch zu dir gesagt, dass sie nicht dran interessiert ist, was du fühlst. Und du machst einfach weiter, als ob sie keinen Ton gesagt hätte!«

»Karin!«, mahnte Duvesch seine Tochter zum Schweigen. Doch Karin widersetzte sich mit der ganzen rebellischen Kraft ihrer Jugend dem Versuch, ihr den Mund zu verbieten: »Wenn mir jemand sagen würde, dass er nicht daran interessiert ist zu wissen, was ich fühle, würde ich überhaupt nicht mit ihm reden. Aber ihr redet ja auch gar nicht miteinander. Ihr haltet Reden. Ihr habt Angst, wirklich zu reden. Wenn jeder hier den Mund aufmachen und sagen würde, was er in echt fühlt, dann würdet ihr alle aufstehen und voreinander davonlaufen – und vor dieser ganzen Erde, in der du so wahnsinnig gern begraben werden möchtest!«

»Karin, jetzt reicht's!«, versuchte Duvesch, das drohende Chaos unter Kontrolle zu bringen, doch seine Schelte befeuerte Karins Rage nur: »Es ist viel leichter für euch, euch weiter gegenseitig zu belügen, als zu sagen, was man fühlt, und zu tun, was man will, denn die Wahrheit ist, dass in dieser krepierenden Siedlung ...«

»Halt den Mund!«, brüllte Duvesch, der die Beherrschung verlor.

»Esst ihr nur weiter die Kacke, die ihr gekocht habt!«, wütete Karin polemisch. Sie sprang vom Tisch auf, wollte gehen, doch in dem Moment kam ihr Sue mit einem weiteren Beilagentablett entgegen. Karin nahm ihr das Tablett aus den Händen, stellte es auf den Tisch und forderte sie auf: »Kommst du?«

»Kommen wohin?« Sue verstand sie nicht.

»Joggen!«, sagte Karin. »Komm! Wir machen einen Nachtlauf!«

»Ich kann nicht Nachtlaufen«, entschuldigte sich Sue.

»Okay! Dann lauf ich allein«, verkündete Karin provozierend, »auf Wiedersehen!«

»Halt sie auf!«, befahl Dorit Duvesch.

»Wenn sie laufen will – soll sie laufen!«, knurrte er zornig.

»Bist du verrückt geworden?« Dorit überfiel die Panik. »Sag mal, bist du wahnsinnig? Wieso jetzt laufen? Wohin laufen? Sind nicht schon genug Menschen auf dieser verfluchten Straße in der Nacht getötet worden?«

»Das Tor ist abgesperrt«, murrte er. »Sie kann sowieso nicht raus.«

Dorits Panik steigerte sich angesichts seiner Unzugänglichkeit: »Sie wird übers Tor klettern. Halt sie auf, bevor es zu spät ist!«

Elad erhob sich von seinem Platz und erklärte: »Ich hole sie. Keine Angst. Ich halt sie auf und bring sie zurück. Das geht schon gut«, und damit verschwand er auf Karins Spuren im Dunkel der Nacht.

Er holte sie am Hoftor ein.

»Karin!«, rief er ihr zu.

Karin blieb stehen. Sie drehte sich zu ihm um und brach in Tränen aus. Er trat zu ihr und umarmte sie. Sie barg schluchzend ihren Kopf an seiner Brust. Er streichelte ihren Kopf. Der Duft ihres frischen Haars berauschte seine Sinne. Er drückte das schluchzende Mädchen an seine Brust, streichelte den langen, zarten Hals und den schmalen Rücken, der unter seinen Handflächen zitterte. Sie hob ihr Gesicht zu ihm auf und schaute ihn mit tränenüberströmten Augen an. Er küsste ihre Augen und leckte ihre Tränen. Ihre Augen blickten in seine. Er küsste ihre Lippen, die sich teilten, ihr Mund öffnete sich für seine Zunge, und sie zogen sich gegenseitig vom Tor weg und seitlich in die Sträucher der Hecke, zerrten hastig an ihren Kleidern, sich immer noch küssend, während sich die Gäste am Tisch feindselig gegenübersaßen. Aßen, tranken und schwiegen.

»Vielleicht gehst du doch mal nachschauen, was mit ihr ist?«, drängte Dorit Duvesch.

»Nicht nötig, hab ich dir gesagt!«, fuhr er sie aufgebracht an.

»Duvesch hat recht«, beruhigte Niva Dorit. »Du kannst dich auf Elad verlassen. Ich bin sicher, er hat sie schon eingeholt und überredet sie zurückzukommen.«

»Aber wenn er sie nicht gefunden hat?« Dorit wollte sich nicht beruhigen lassen.

»Er hat sie ganz bestimmt gefunden«, erklärte Niva völlig überzeugt. »Wenn er sie nicht gefunden hätte, wäre er wieder zurückgekommen.«

»Aber warum dauert es so lang?«, beunruhigte sich Dorit weiter.

»Du kennst doch deine Tochter, sie hat ihre Sturköpfigkeit von dir geerbt. Wenn sie sich was in den Kopf setzt, dauert es eine Weile, ihr das wieder auszureden«, setzte Duvesch einen Schlusspunkt unter das Thema.

Sue kam wieder heraus und servierte den Nachtisch. Die Gäste aßen in drückendem Schweigen, das von Moment zu Moment unerträglicher wurde. Alle warteten darauf, dass jemand etwas zu sagen fand, bis endlich Ricky den Part übernahm.

»Diese Stille«, begann sie in lyrischem Ton, »wo findet man sonst noch eine solche Stille? Und dieser Himmel. Wo gibt es sonst noch einen solchen Himmel?«

»Nu, wir wollen nicht übertreiben«, dämpfte Niva Rickys Begeisterung. Doch Ricky insistierte: »Schau dir an, mit welcher Klarheit man die Sterne sieht. Das W der Kassiopeia ist wirklich perfekt.«

»Das ist wegen der reinen Luft«, steuerte Duvesch seinen Teil zu der banalen Konversation bei.

»Stimmt.« Ricky griff seine Worte auf, um sich in Lobeshymnen auf die Luft zu ergehen. »Die Luft in unserer Gegend ist die sauberste im ganzen Land. Man hat eine Untersuchung am Technikum gemacht. Darüber stand ein sehr interessanter Artikel im Siedlungsratsblatt. Habt ihr ihn nicht gelesen?«

Dorit stand auf und wollte gehen. Duvesch hielt sie auf: »Wohin jetzt?«

»Ich habe keine Ruhe«, brachte sie heraus. »Ich geh sie suchen.«

In dem Moment tauchte Karin aus der Dunkelheit auf. Dorit entdeckte sie als Erste und rief überrascht: »Karin! Wir haben uns schon Sorgen um dich gemacht!«

Wer allerdings plötzlich beunruhigt war, war ausgerechnet Niva.

»Wo ist Elad?«, fragte sie.

»Ich weiß nicht, ich hab ihn nicht gesehen«, antwortete Karin mit seelenruhigem Blick.

»Wo ist Elad?« Nivas Besorgnis wuchs. »Hat er dich nicht gefunden?«

»Nein«, erwiderte Karin mit perfekter Unschuldsmiene.

Duvesch griff ein und versuchte, Ordnung in die Dinge zu bringen: »Bist du aus dem Hof raus?«

»Nein. Das Tor war zugesperrt«, sagte Karin. »Ich bin auf dem Pfad im Hof rundherum gelaufen.«

»Und das hat so lange gedauert?«, forschte Dorit ungläubig.

»Ich bin die Runde ein paarmal gelaufen«, log Karin mit vollkommener Natürlichkeit.

»Anscheinend hat dich Elad deswegen nicht gefunden«, äußerte Duvesch die Vermutung.

In diesem Moment tauchte Elad aus der Dunkelheit auf. Er kam aus der entgegengesetzten Richtung, aus der Karin erschienen war. Er schnaufte wie nach einem langen Lauf und sagte besorgt: »Ich habe sie nicht gefunden.«

»Bin schon da«, vermeldete Karin.

Die beiden wechselten einen flüchtigen Blick. Keiner bekam mit, was zwischen ihnen vorging.

31. EIN STRASSENKÜNSTLER
AUF DEM WEG ZUR MACHT

Libby begleitet Eva, die aus dem Café Krakau auf die Dessauerstraße hinaustritt, wo sie im Austausch für die Unterkunft in
einer Dienstmädchenkammer unterm Dach kellnert.
»Die Straße knistert, es liegt Gefahr in der Luft«, warnt
Eva Libby. Die unterschwellige Spannung zwischen den Leuten,
die mit der Zeitung in den Händen herumstehen, ist zu spüren.
Die Zeitungsbögen knattern im Wind wie der Flügelschlag Tau-
sender aufgestörter Vögel, und das krähenartige Geschrei aus
den heiseren Kehlen der wind- und wettergegerbten Zeitungs-
verkäufer zerreißt die Luft: »Die letzten Nachrichten! Die neuesten Nachrichten! Hindenburg ernennt Hitler zum Kanzler!«
Eva kauft eine Zeitung und wirft einen Blick auf die Überschrift. Die fette schwarze Schlagzeile verkündet ebendies:
»Der 30. Januar 1933 – ein historischer Tag! Hindenburg ernennt Hitler zum Kanzler!«
Ein einbeiniger Invalide späht auf Krücken gestützt über
Evas Schulter in die Zeitung, und als sie ihm die Zeitung reicht,
sagt er mit rauer Stimme: »Jetzt wird's gut. Im Guten oder im
Schlechten, aber es wird gut.«
»Wie wird es im Guten oder im Schlechten gut?«, fragt
Eva, und er erwidert: »Es wird mit Geduld und mit Gewalt laufen, aber es wird so laufen, wie es muss. Hitler wird mir mein
linkes Bein nicht zurückgeben, das ich in Verdun verloren hab,
aber er wird uns die nationale Ehre zurückgeben, die wir in
Versailles verloren haben«, verspricht er ihr zornig. »Ich werde
weiter auf Krücken humpeln, aber aufrecht!«

Eva überlässt die Zeitung dem Kriegsinvaliden und bricht zu einem langen Streifzug durch Berlins nassgraue Straßen an diesem kalten Wintermorgen auf. Aufgeregte Leute scharen sich in Grüppchen in Hauseingängen zusammen, tauschen Meinungen aus. Eva verharrt neben einem kleinen Kreis erregter Männer. Ein Mann, dessen schwarze Bartstoppeln wie Stacheln aus den eingefallenen Wangen ragen, eine verschmutzte, speckige Schirmmütze auf dem Kopf und einen zerschlissenen Mantel um den mageren Leib gezurrt, redet begeistert, die anderen hören zu.

»Unser Alter, der Hindenburg, hat das Richtige zur rechten Zeit gemacht, und jetzt klappt das!«

»Was wird klappen?«, fragt ein Herr im Maßanzug mit einem schwarzen Fedora auf dem Kopf.

»Es wird Arbeit geben«, sagt der mit dem schäbigen Mantel. »Es wird Ordnung herrschen. Ehre wird's geben, und gut wird es sein, ein Deutscher zu sein.«

»Woher soll es plötzlich Arbeit geben?«, bohrt der Anzug- und Fedoraträger nach.

»Hitler ist fürs Volk«, erklärt der Abgerissene mit Gewissheit. »Er wird Geld von den Reichen nehmen. Er wird Straßen bauen. Er wird die Armee wieder aufrichten, die Luftflotte aufbauen. Er wird unsere Waffenindustrie erneuern, und es wird Arbeit für alle geben.«

»Er kann die Waffenindustrie nicht erneuern«, sagt der Fedoraträger. »Das ist uns nach dem Versailler Abkommen untersagt.«

»Der wird auf das Versailler Abkommen pfeifen«, lacht der Abgerissene.

»Dann gibt es Krieg«, warnt der Fedoraträger.

»Die Lage war noch nie so schlimm wie in diesem erniedrigenden Frieden, den sie uns aufgezwungen haben«, spuckt der Abgerissene aus und gibt fast wörtlich den Ausspruch des

Invaliden aus der Dessauerstraße wieder: »Wenn es im Guten nicht gut wird, dann wird's mit Gewalt gut, aber es wird gut!«

Dieser Satz, der sich selbst Lügen straft, wird mit einem Schlag zum geflügelten Wort, das die einander völlig fremden Menschen, die sich um den Abgerissenen und den Fedoraträger scharen, zwanghaft, sich gegenseitig überzeugend, wie eine Geisterbeschwörung wiederholen und auf diese Weise eine gesichtslose anonyme Gemeinschaft schaffen, deren Klebstoff jener an einem inneren Widerspruch krankende Satz ist: »Ja, ja! Alles wird gut! Und wenn nicht im Guten, dann wird es mit Gewalt gut, aber es wird gut!«

»In dieser Luft kann man nicht mehr atmen«, sagt Eva, und Libby, die ihr zustimmt, folgt ihr zurück ins Café Krakau. Als sie das Café betreten, finden sie Morris Krakauer zeitunglesend an einem Tisch vor. Er hebt den Blick, um nachzusehen, wer kommt, und als er Eva über den Rand seiner Lesebrille erspäht, die auf die Spitze seiner langen Nase hinuntergerutscht ist, fragt er: »Was sagst du zu unserem neuen Kanzler?«

»Was sagst du dazu, Morris?«, gibt sie ihm die Frage zurück. »Wird es gut? Wird es schlecht?«

»Das hat keine Bedeutung«, sagt Morris entschieden. »Die Nazis sind eine kleine Minderheit im Kabinett. Hitler wird gar nichts machen können.«

»Da täuschst du dich«, erwidert Eva. »Es wird heiter werden. Hitler ist ein gigantischer Theaterkünstler. Deutschland wird die spannendste Theatervorstellung der Welt geben.«

»Oh, Eva! Du bist wieder da?«, empfängt sie Matilda Krakauer, die, angetan mit einer Blümchenschürze, aus der Küche herausschaut. »Dein Nazifreund hat dich gesucht. Er kommt heute Abend und holt dich ab, wenn du dich nicht davor fürchtest, mit ihm auszugehen.«

»Wovor soll ich Angst haben?«, fragt Eva.

»Die Kommunisten werden nicht ruhig sitzen bleiben«, meint Matilda. »Man sagt, es wird Tumulte geben. Vielleicht sogar Straßenschlachten mit scharfen Waffen. Das ist keine gute Zeit, um auf der Straße unterwegs zu sein.«

»Es ist genau die richtige Zeit, um auf die Straße hinauszugehen«, gluckst Eva. »Da ist Handlung. Drama. Endlich passiert etwas.«

Und so tritt Eva, trotz der Warnungen von Morris und Matilda, auf die Straße hinaus. Sie trägt Wollhosen und eine lederne Fliegerjacke aus dem Ersten Weltkrieg, die sie am Trödelmarkt gekauft hat, auf dem Kopf eine Pilotenlederhaube aus dem gleichen Krieg, aus der gleichen Quelle. Sie wartet vor dem Café auf Johann. Auf der Straße tut sich was. Offene Kleinlaster mit rote Fahnen schwenkenden Männern fahren vorbei. Die Lastwagenfahrer hupen fröhlich oder wütend. Johann Brückner trifft auf seinem Motorrad am Café Krakau ein. Eva läuft auf ihn zu, sie küssen sich, und sie steigt hinten auf. Johann lässt den Motor der Maschine aufheulen. Er ist in blendender Stimmung, euphorisch.

»Wohin fahren wir?«, fragt Eva.

»Zum Reichstagsgebäude«, antwortet Johann. »Goebbels hat einen Riesenaufmarsch organisiert. Fünfundzwanzigtausend Fackelträger.«

Eva setzt sich auf dem Soziussitz zurecht, schlingt ihre Arme um Johanns Hüften, und sie fahren los. Als sie am Sammelpunkt nahe dem Reichstag ankommen, schließen sie sich einer der Hundertschaften von Motorradfahrern an, die an der Spitze des Aufmarschs rollen sollen. Die Beifahrer auf den Soziussitzen erhalten Nazifahnen, auch Eva bekommt eine. Die Motorräder richten sich in schnurgeraden Reihen über die ganze Breite der Charlottenburger Chaussee aus. Eine Durchsage über Lautsprecher: »Alle Uhren stellen! Es ist 18.59 Uhr. In einer Minute, exakt um 19.00 Uhr, setzt sich der Aufmarsch in

Bewegung. Wir passieren das Brandenburger Tor und weiter entlang Unter den Linden. Die SA-Leute werden sich um Provokationen seitens kommunistischer und sozialdemokratischer Aufwiegler kümmern. Alle Motorräder – fertig zum Anlassen! Motoren – los!«

Das gewaltige Donnern der anspringenden Motoren Hunderter Maschinen erschüttert die Luft. Der vibrierende Sitz unter Evas Gesäß lässt sie all ihre Muskeln anspannen. Der Zug setzt sich in Bewegung, angeführt von den Motorrädern. Dahinter eine Kapelle, die Militärmärsche spielt. Es folgt das Fußvolk: fünfundzwanzigtausend Jungnazis in Uniform, die im Takt zu den Klängen der Musik marschieren und Fackeln tragen, durch das Brandenburger Tor, entlang Unter den Linden. Als die Parade an der Reichskanzlei vorbeizieht, steht Hitler im erleuchteten Fenster und winkt den Marschierern mit der Hand zu. Eva erlebt den gesamten überwältigenden Aufmarsch, der von sieben Uhr abends bis Mitternacht währt, zusammen mit Johann Brückner auf dem Motorrad. Sie ist in heller Aufregung über all das, was ihre Augen sehen und ihre Ohren hören. »Das ist ein theatralisches Wunder!«, ruft sie Johann zu. »Eine Masse, die die Fassung verliert und in Ekstase verfällt. Das ist göttlich!«

Libby blättert rasch die Seite um.

Ein anderer Abend. Johann taucht wieder auf seinem Motorrad auf.

»Wohin fahren wir heute Abend?«, fragt Eva.

»Zum Brandenburger Tor«, erwidert Johann, »dort tut sich irgendwas. Was, weiß ich nicht.« Er ändert die Richtung, und als sie in die Gegend des Brandenburger Tors gelangen, taucht das brennende Reichstagsgebäude vor ihren Augen auf. Sie halten etwas entfernt von dem in Flammen stehenden Gebäude an.

»Bis jetzt waren das nur Proben«, sagt Johann zu ihr, »aber heute Abend – die Premiere!«

Eine Gruppe von braun uniformierten SA-Leuten passiert das Motorrad, das am Straßenrand parkt. Johann wendet sich an sie:»He, Burschen! Weiß man schon, wer den Reichstag angezündet hat?«

»Irgendein holländischer Kommunist«, antwortet ihm einer der SA-Männer, »einer, der vom Kreml geschickt worden ist.«

Ein anderer SA-Bursche johlt:»Heute Nacht werden alle Kommunisten allegemacht!«

»Aber wie kommt es, dass du die Freundin von einem Nazi geworden bist?«, wundert sich Libby.

»Das steht alles in den Heften«, sagt Eva wieder einmal. »Suche nach dem ersten Mal, wo Johann Brückner erwähnt wird.«

»Ich werde das Ganze auf den Computer laden«, sagt sich Libby,»dann wird es leichter sein, Hand und Fuß im Labyrinth deines Lebens oder ›Venusberg‹, wie du es nennst, zu finden. Und wenn ich mal Zeit habe, werde ich die Quelle von dem komischen Ausdruck herausfinden, den du aus irgendeinem Grund nicht erklärst.«

Libby blättert in dem Heft zurück, fotografiert Seite für Seite mit den Augen, doch sie findet nichts. Sie nimmt das vorige Heft zur Hand und fängt an, die Seiten von hinten bis vorn zu überfliegen, bis sie plötzlich auf Johann stößt –»ein junger Mann von intelligentem Habitus, der mich auf der Straße anspricht, als ich an einem Schaufester am Ku-Damm stehe« –, und zwischen den spärlichen Zeilen, die die halbe Zufallsbegegnung gerafft wiedergeben und mehr verschleiern als erhellen, entwickelt sich in der Subtextfassung von Libby, der Spezialistin für Unausgesprochenes, die gefährliche Feinde zum Reden bringen kann, folgender Dialog:

»Darf ich einen Moment stören?«, fragt der junge Mann mit dem intelligenten Aussehen.

»Woher sind Sie mir bekannt?«, fragt Eva, während sie sein Gesicht und seine hochgewachsene, schlanke Statur mustert.

»Sie haben mich vor einigen Nächten im Chamäleon zum Tanzen aufgefordert«, und er stellt sich vor: »Johann Brückner.«

»Ja, ich erinnere mich«, sagt Eva. »Sie haben schnell gelernt.«

»Sie sind eine gute Lehrerin.«

»Danke.«

»Kann ich Sie begleiten?«

»Wohin?«

»Wohin Sie gehen«, schlägt Johann vor. »Ich wandere nur ziellos herum, auf der Suche nach Inspiration.«

»Sind Sie Schriftsteller?«, fragt Eva. »Oder Dichter?«

»Beginnender Architekt«, wiegelt Johann bescheiden ab. »Ich reiche eine Arbeit für einen Wettbewerb ein. Ich dachte, vielleicht können Sie mir helfen.«

»Woran arbeiten Sie?«, fragt Eva interessiert.

»An einem Theaterbau«, antwortet er. »Ich bin auf die Straße hinaus, um meinen Kopf auszulüften, und plötzlich sehe ich Sie. Ist das nicht ein Zeichen?«

»Das ist ein Zeichen dafür, dass der Zufall unsere Welt regiert«, meint Eva trocken. »Was für ein Theater wollen Sie entwerfen?«

»Ein Theater für die Massen.« Er breitet die Arme aus.

»Nun, gewiss doch«, gibt Eva zurück, »alle wollen ein Theater für die Massen, aber sie enden bei dem alten bürgerlichen Salon aus Urgroßmutters Zeiten mit einem Sofa, zwei Sesseln und Leuten mit Porzellantassen oder Weingläsern in der Hand, die mit der Enthüllung von Schlafzimmergeheimnissen beschäftigt sind.«

»Ich möchte nicht in diese Falle tappen«, sagt er abwehrend.

»Dann nehmen Sie die Straße«, schlägt Eva vor.

»Was heißt das?«, fragt er verwundert.

»Bleiben Sie stehen«, sagt sie. »Schauen Sie sich diese Straße an. Einen geschlossenen Abschnitt. Kreieren Sie darin ein Ereignis. Da, es passiert! Zwei Autos donnern aufeinander zu. Sie stoßen mit Wucht zusammen. Junge Männer mit Schlagstöcken in Händen springen aus den Fahrzeugen, fallen übereinander her. Eine gewalttätige Auseinandersetzung. Ein Auto trägt die Aufschrift: Montague und Söhne mbH., und das zweite: Gebr. Capulet mbH.«

»Ich sehe die Aufschriften nicht.« Er blickt sie verlegen an.

»Stellen Sie es sich vor«, fordert sie ihn auf. »In dem Handgemenge tun sich zwei hervor. Sie ziehen Messer. Verletzen sich gegenseitig. Blut. Plötzlich stößt einer der beiden einen Schrei aus. Fällt. Tot. Seine Gefährten packen die Leiche. Springen auf ihren Wagen, machen sich auf und davon, während sie ihre Gegner mit Maschinenpistolensalven bestreichen und diese exakt das Gleiche tun. Tausende bleiben am Bürgersteig auf beiden Seiten der Straße stehen. Stehen da und schauen zu, und keiner rührt sich, bis zum letzten Bild, wenn auf der Straße ein Totenwagen mit den Leichen von Romeo und Julia vorbeifährt.«

»Verstanden!«, sagt er.

»Das ist Theater für die Massen«, schließt sie.

»Was bleibt mir als Architekt dabei zu tun?« Er lacht.

»Ich weiß nicht«, bekennt sie. »Vielleicht die Schließung der Straße planen. Vielleicht eine riesige Zeltbahn darüberbreiten, die zwischen den Stangen einer Metallkonstruktion eingespannt ist. Vielleicht ein starkes Beleuchtungssystem und eine Lautsprecheranlage, die auf den Hausdächern oder an Strommasten installiert wird und die Luft mit Gesang aus der Oper *Dido und Aeneas* von Purcell oder mit dem Trauermarsch von

Mahlers Fünfter erzittern lässt. Das ist Theater für die Massen. Nur sperren Sie sie nicht wieder in den vergrößerten bürgerlichen Salon, in dem ein sattes bourgeoises Publikum sich auf seinem Hinterteil im Sessel räkelt und sich die Kopie eines bürgerlichen Salons anschaut, in dem satte Schauspieler in Sesseln auf dem Hinterteil sitzen und zum Erbrechen wiedergekäute Texte deklamieren.«

»Hören Sie! Sie haben mir den Kopf freigemacht!«, begeistert sich Johann. »Falls Sie einen freien Abend haben sollten, kommen Sie in die Pfälzer Weinstube!«

»Was ist an diesem Weinlokal besonders?«, fragt Eva.

»Das ist der Ort, an dem sich die Besten der nationalsozialistischen Jugend versammeln, das Salz der Erde.«

»Ich warne Sie: Ich werde kommen«, sagte Eva.

Libby blättert mit begierigen Fingern die Seite um, will erfahren, was in der Pfälzer Weinstube passieren wird, doch zu ihrer völligen Überraschung stößt sie auf eine Darbietung Evas mit einem Schauspieler und Tänzer namens Theo im Chamäleon. Das Gespann tritt mit etwas auf, was Eva als »Zeckenvorstellung« betitelt und als ihre Bearbeitung des Motivs aus Walter Mehrings *Der Kaufmann von Berlin* erklärt. Noch bevor sich Libby darüber schlüssig geworden ist, ob sie weiterblättern, nach dem Ereignis in der Pfälzer Weinstube suchen soll, wird sie in Evas Beschreibung und Text hineingezogen und zur Zuschauerin der Vorstellung im Chamäleon.

Eva betritt die Kabarettbühne in Gestalt einer Zecke. Sie singt das Zeckenlied und tanzt den Zeckentanz, flirtet als Zecke mit dem Publikum, macht sich wie eine Zecke an Leute im Publikum heran, die rings um die kleinen Tische sitzen, Bier und Wein trinken, rauchen. Sie singt:

Ich bin den Menschen gut,
das ist so eine Art Schwäche von mir,

eine Frage von Geschmack und Geruch,
da lass ich nicht diskutieren mit mir,
das liegt bei mir im Blut.
Ich liebe die menschliche Wärme,
ich liebe die Haut, so weich,
ich hab etwas Seelenkontakt gerne,
auch zartes Streicheln, ganz leicht,
doch der Gipfel für mich – so ist's eben nun –
der Gipfel hat mit Austausch von Flüssigkeiten zu tun.
Verfolgt zu werden, mag ich mitnichten,
das macht mir Angst, denn grundlos, so fürcht ich,
will man mich fangen, mich gar vernichten,
daher lieb ich die stehende Ordnung nicht.
Ich liebe es, mir meinen Partner zu wählen,
leise kriechend mich anzuschleichen,
ihm von der Seite, von der Flanke zu kommen,
und dann klettere ich behutsam höher.
Ich liebe es, von hinten zu kommen,
mich unter die Falten hineinzustehlen,
mich einzunisten, um unter die Haut zu dringen,
und dann mit Liebe die Flüssigkeiten zu saugen …
Ich bin den Menschen gut,
das ist so eine Art Schwäche bei mir,
diese Liebe liegt bei mir im Blut,
lass mich nur – und ich saug dich aus
schamlos bis aufs Blut …

In diesem Augenblick betritt ein ebenfalls als Zecke verkleideter Gast das Kabarett. Es ist der Schauspieler und Tänzer Theo, »mein Freund und Kollege aus Labans Tanzschule«, schreibt Eva, die das komplette Script ihres Einakters in ihrem Tagebuch wiedergibt:
    »Jessica?«

»Papa?! Nein, das kann nicht sein!«

»Doch, Meidele! Ich bin es! Dein Vater!«

»Du kannst nicht mein Vater sein, du bist ein Zeck, ein Blutsauger!«

»Das ist ja hübsch … meine Tochter sagt, ich bin ein Blutsauger …«

»Ich will dich nicht verletzen, aber …«

»Wer ist verletzt? Ein Zeck ist nicht verletzt, wenn man ihn eine Zecke nennt. Ich bin es gewöhnt zu hören, dass ich ein Blutsauger bin. Hunderte Jahre hör ich das schon. Da gewöhnt man sich dran. Bisher hab ich es nur von Fremden gehört, jetzt eben auch von meiner Tochter. Es ist wahrlich ein Vergnügen, das von der eigenen Tochter zu hören.«

»Genug, Papa, vergiss es. Wozu bist du nach Berlin gekommen?«

»Um Blut zu saugen. Was kann ein Zeck in Berlin sonst machen?«

»Aber warum ausgerechnet in Berlin, Papa?«

»Die brutalen Rohlinge von der Petliura-Bande haben Großpapa zerquetscht. Großmama zermalmt. Mama zertrampelt. Also bin ich hierhergekommen. Aber was machst du denn hier? Du bist doch nach Palästina gefahren, um einen Kibbuz zu errichten?«

»Auch in Palästina lieben sie keine Zecken. Auch dort vergießen sie unser Blut in Jerusalem, Hebron, Jaffa und Galiläa. Also bin ich nach Berlin, weil ich gehört habe, dass sie hier jüdische Blutsauger lieben …«

»Auch wenn sie unser Blut vergießen – nichts passiert. Das Blut einer Zecke ist das Blut der anderen, die sie ausgesaugt hat …«

An dieser Stelle des Einakters, schreibt Eva, würde sich Heini, der Pianist, einmischen und einen Skandal anzetteln. Er würde mit den Fäusten auf die Bässe des Klaviers einhämmern, den Deckel über den Tasten zuknallen, aufspringen und sie anschnauzen: »Schluss! Es gibt eine Grenze, du Närrin!«

»Was ist denn los, Heini?«

»Man darf in diesen Tagen in Berlin kein solches Stück bringen!«

An dem Punkt wendet sich Eva an das Publikum und erklärt den Zuschauern, ihr Freund Heini sei Jude und meine, das sei nicht die richtige Zeit für solche Satiren, denn Europa sei voll von neuem Antisemitismus.

Darauf entgegnet Heini: »Halt den Mund, du Närrin!«

»Jeder arische Deutsche riecht aus einem Kilometer Entfernung, dass du Jude bist, nur vor mir ist es dir gelungen, die Wahrheit zu verbergen.«

»Jetzt hör auf! Hör auf damit!«

»Und weißt du, wer mir verraten hat, dass du Jude bist? Mein Freund Johann, ein arischer Deutscher und Mitglied der nationalsozialistischen Partei. Stimmt's, Johann? Wo bist du, Johann?« Hier blickt sich Eva im Publikum um und sagt: »Was sehe ich da?! Nicht ein Johann und nicht zwei – ein ganzes Publikum von Johanns! Was ist mit euch geschehen? Noch vor einer Minute hatte jeder von euch ein eigenes Gesicht, und plötzlich seid ihr alle Johanns!«

»Jetzt sei schon endlich still!«, versucht Heini, sie zum Schweigen zu bringen.

»Komm, wir machen eine Volksbefragung«, antwortet Eva darauf. »Wenn das Publikum möchte, dass ich schweige – dann schweige ich.«

»Sie ist völlig betrunken«, wird Heini hier zum Publikum sagen. »Sie weiß nicht mehr, was sie redet.«

»Ich mag vielleicht betrunken sein«, erklärt Eva dem Publikum, »aber ich weiß genau, was ich sage.« Hier wendet sie sich direkt an die Zuschauer: »Schweigen oder nicht schweigen, das ist hier die Frage!«

»Reden! Nicht schweigen!«, ruft nun Libby zusammen
mit dem erhitzten Publikum. »Rede, Eva, rede!«

»Also dann«, tanzt Eva weiter im Text, begleitet von Heini,
der wieder ans Klavier zurückkehrt:

Mein Freund Johann sitzt jetzt gerade
mit seinen Kameraden in der Pfälzer Weinstube.
Dort treffen sich keine hedonistischen Müßiggänger,
Linke wie ihr, die sich besaufen wollen
und über alles lachen, um sich selbst zu hören,
um sich selbst zu lieben und ihr Gewissen zu beruhigen.
Dort, da treffen sich Architekturstudenten,
die die Heimat lieben und das Land aufbauen wollen.
Neue Ideen schwirren dort durch den Raum
        wie Schwalben im Frühling.
Es gibt stürmische Debatten zwischen den Anhängern
          von Stanow,
der bescheidene, funktionale Architektur propagiert,
und den Studenten, die von Spenglers Untergang
        des Abendlandes beeinflusst sind –
jedoch im Gegensatz zu seinem Pessimismus
        auf einen Helden hoffen,
der ihre Phantasie entzünden wird und aufs Neue
       die »Deutsche Bestimmung« erweckt,
der Deutschland aus dem Sumpf des erniedrigenden
        Zwangsfriedens errettet.
Und wisst ihr, wer dort gestern kam, um mit den Studenten
         zu reden?
Der Führer der deutschen nationalsozialistischen
        Arbeiterpartei,
Adolf Hitler.
Ein bestechender Mann.

Während des Sprechgesangs beginnt Eva, einen Ausdruckstanz zu entfalten, der nun Hitlers Gestalt, die sie gleichzeitig
mit Worten beschreibt, mit bewegter Gestik tanzend darstellt,
während Theo – am Schlagzeug – und Heini – am Klavier –
ihr den musikalischen Hintergrund liefern; gemeinsam mit
ihnen entwickelt sie die Geschichte für eine ganz eigene Darbietung von Tanzkabarett. Und so spricht sie weiter zum Publikum:

Hitler erschien in einem blauen Anzug.
Gut sitzend für seine Maße.
Alles an ihm sprach von Ehrerbietung und vernünftiger
Bescheidung.
Er bat, die anhaltenden Ovationen einzustellen.
Er schien verlegen ob des stürmischen Empfangs.
Er eröffnete mit leiser Stimme, zögernd und schüchtern,
hielt keine fanatisch flammenspeiende Rede,
sondern einen wohlüberlegten, nüchtern geschichtlichen
Vortrag.
Ganz freimütig, offen und ehrlich bekannte er seine Sorgen
um die Zukunft, die sich in düsteren Farben abzeichnet.
Sein ironischer Stil war durch Funken von Humor gemildert,
und sein österreichisch-süddeutscher Charme gewann
mein Herz.
Ja, sein österreichisch-süddeutscher Charme eroberte
mein Herz.
Zuweilen erhob er seine Stimme ein wenig,
und der Ton seiner Worte wurde allmählich eindringlicher.
Die Schüchternheit, die seine Rede anfänglich kennzeichnete,
verflog.
Er sprach mit suggestiver Überzeugungskraft,
deren Eindruck weitaus tiefer als der Inhalt seiner Rede war.
Ich wurde mitgerissen im Sog der Begeisterungswellen,

auf denen sich der Redner von Satz zu Satz tragen ließ …
von Satz zu Satz … und von Satz zu Satz …
Nach dem Auftritt ging ich hinaus, um lange durch
die Straßen zu wandern.
Hier, so dachte ich, zeigte sich heute Abend vor mir
ein Hoffnungsschimmer für die Zukunft des untergehenden
Abendlandes.
Spenglers düstere Voraussagen wurden widerlegt …
Und zugleich erfüllte sich seine Prophezeiung
über das nahe Kommen eines neuen Imperators.

»Wir führten den Einakter beinahe so auf, wie wir ihn geplant hatten. Mein Tanz erreichte seinen Höhepunkt, als ich mit Bewegungen das baldige Kommen des neuen Imperators zum Ausdruck brachte. Als ich den Tanz beendet hatte, herrschte für einen Augenblick Totenstille. Jemand begann, zögernd in die Hände zu klatschen, und mit einem Schlag brach ein donnernder Applaussturm los von den einen – und Pfiffe und Buhgeschrei von den anderen. Ich hatte mein Ziel erreicht. Es war mir gelungen, diese hedonistischen Müßiggänger aus der Fassung zu bringen, die gekommen waren, um zu lachen und sich an dummen Witzen über den Mann zu ergötzen, von dem mein Freund Johann Brückner sagt, dass er ihnen und allen Völkern Europas eine deutsche Lektion erteilen wird, die sie niemals vergessen werden.«

Ha! Da sitzt wieder unser Bekannter, das Lederjackett, in Gesellschaft von Ihering, dem Kritiker, und bedeutet Eva, an seinen Tisch zu kommen. Eva tritt auf ihn zu, Heini und Theo schließen sich an.

»Darf ich vorstellen«, sagt das Lederjackett, »Herbert Ihering, der große Theaterkritiker Berlins. Der klügste und bedeutendste von allen.«

»Wir haben uns bereits kennengelernt«, erwidert Eva.

»Alfred Kerr ist noch immer mindestens ebenso bedeutend wie ich«, wehrt Ihering bescheiden ab.

»Ein Kritiker, der mich literarischer Diebstähle bezichtigt und meine Stücke nicht versteht, ist weder klug noch bedeutend, noch begreift er irgendetwas von deutschem Theater«, äußert das Lederjackett kategorisch.

»Wie könnte ein Nicht-Deutscher wie er etwas von deutschem Theater verstehen?«, stellt Ihering die rhetorische Frage.

»Alfred Kerr ist kein Deutscher?«, fragt Eva erstaunt.

»Nein«, sagt das Lederjackett, »er ist Jude.«

»Kerr ist kein jüdischer Name«, meint Eva.

»Sein wirklicher Name ist Kempner«, verrät Ihering. »Wie viele Juden versucht er, seine Herkunft mit Hilfe des Namens zu kaschieren.«

»Wie sind wir überhaupt auf diese Laus zu sprechen gekommen?«, fragt sich das Lederjackett. »Ich wollte mit dir über deine Vorstellung reden. Eine superbe Satire. Hinreißend. Beschreibt exakt das gefährliche Spiel, das gewisse Juden hier spielen, ohne zu begreifen, was sie tun und wie sie die Propaganda der Naziclowns bedienen. Wer hat das geschrieben?«

»Der Text ist nicht die Hauptsache bei unserer Aufführung«, sagt Eva.

»Ah, das hast nicht du geschrieben?«, wundert sich das Lederjackett.

»Die Idee stammt von Eva«, erklärt Heini, »ich habe nur ...«

»Hervorragend!«, lobt ihn das Lederjackett. »Such dir stets eine Frau, die für dich arbeitet. Kümmere dich nur ums Unterschreiben. Frauen lieben es, uns – den Männern – ihre Körper und ihren Geist zu schenken, eh?«

»Dieser grobe Humor passt zu Kohlkopfhändlern«, bemerkt Eva trocken.

»Gut, gut!«, lacht das Lederjackett mit Ergötzen. »Das geht an dich! Wer hat den Teil über Hitler geschrieben?«

»Hitler«, lautet Evas Antwort.

»Wo hast du ihn gehört?«

»Auf einer geschlossenen Abendveranstaltung mit Architekten in der Pfälzer Weinstube«, verrät ihm Eva.

»Du gehst an Orte!«, sagt das Lederjackett anerkennend.

»Ich suche danach, wo die Zukunft geschieht.«

»Welche Zukunft?«, grinst das Lederjackett verächtlich. »Hitler ist ein erbärmlicher Clown.«

»Da irrst du dich gewaltig«, entgegnet sie.

»Eine Persönlichkeit vom Format und Humor – wie hast du gesagt? – eines Kohlkopfhändlers«, behauptet das Lederjackett überzeugt.

»Hitler ist ein Gigant des Theaters«, widerspricht Eva.

»Wenn das für dich Theater ist ...«

»Das lebendige Theater unserer Epoche spielt sich auf der Straße ab«, sagt sie. »Was in den Theaterhallen geschieht, sind Amuse-gueules für die Bourgeoisie. Darin liegt keine Gefahr und keine Sensation mehr.«

»Na gut«, grinst das Lederjackett, »wenn du Sensationen suchst ...«

»Was suchst du im Theater?«

»Erklär es ihr«, befiehlt das Lederjackett Ihering.

»Er will den Zuschauer anregen ...«

»Zu analytischem Denken«, schneidet ihm Eva das Wort ab, »ich weiß. Ich habe die ganze Theorie aus originaler Quelle gehört.«

»Habe ich mit dir jemals darüber ...?«

»Nicht du, Piscator.«

»Ah, der!« Das Lederjackett winkt geringschätzig ab.

»Ihr irrt euch beide«, sagt Eva. »Das wörtliche Theater der klassischen Stücke ist ein totes Theater von Intellektuellen, die nicht einmal auf sich selbst Eindruck machen. Die Massen strömen nicht mehr in euer Theater. Sie strömen in das Theater von Hitler, das auf der Straße stattfindet.«

»Du bewunderst tatsächlich deinen Kohlkopfhändler«, spottet das Lederjackett.

»Ich bewundere ihn nicht«, entgegnet sie. »Er sucht noch seinen Stil, aber wenn er ihn gefunden haben wird, dann wird er theatralische Ereignisse bieten, wie sie die Welt noch nicht gesehen hat, weder im antiken Griechenland noch im England Marlowes und Shakespeares.«

»Eva«, erinnert sie Heini, »wir müssen zur Vorstellung zurück.«

»Da haben wir einiges zu bereden«, meint das Lederjackett. »Setzen wir das nach der Vorstellung fort?«

»Aber gerne, mit Freuden«, sagt Eva, und Libby geht zur Küchenecke, um sich einen starken Kaffee zu kochen.

32. DER BLAUE TRAUM DES GENERALMAJORS

Es war Abend geworden. Gaby lenkte sein Fahrrad nach rechts zu der Straße, die zu seinem Viertel führte, in dem zahlreiche Armeeangehörige, Piloten, Akademiker und reiche Rechtsanwälte wohnten, Leute aus der Hightechbranche, Freiberufler und Bauunternehmer. Den Mann, der am Straßenrand entlanglief, erkannte er schon von weitem an seinem Rücken. Seine Größe, die massive Statur, die breiten Schultern, der Stiernacken sowie die großen, abstehenden Ohren und das schüttere graue Haar, vor allem jedoch die silberfarbene Pistole mit dem schwarzen Griff im hellbraunen, mit weißen Nähten abgesteppten Lederhalfter, der mit einer glänzenden Stahlfeder am Gürtel der kurzen olivfarbenen Jogginghose befestigt war, und das winzige Funkgerät, das neben dem Mobiltelefon ebenfalls an seinem Gürtel hing, ließen keinen Raum für Zweifel.

»Hallo, Gadisch«, begrüßte ihn Gaby, als er auf einer Höhe mit dem Läufer angekommen war und sein Tempo verlangsamte, um sich dessen Laufgeschwindigkeit anzupassen.

»He, Gav!«, gab Gadisch zurück. Er rief ihn bei dem Namen, der ihm wohl bis zum Tod aller Teilnehmer seines Jahrgangs am Fliegerkurs bleiben würde, aus dem er hinausgeworfen worden war, weil er überflüssig tollkühne Risiken einging. »Wie steht's mit uns, Gav? Sind wir solche Größen geworden, dass wir keine Anrufe mehr beantworten?«

»Wer beantwortet keine Anrufe?«, fragte Gaby verwundert.

»Ich hab dir vor zwei Tagen eine Nachricht hinterlassen, du hast mich nicht zurückgerufen.«

»Ich habe die Nachrichten nicht abgehört«, entschuldigte sich Gaby.

»Lass gut sein, Gav«, wischte Gadisch den Ernst der Angelegenheit beiseite. »Ich wollte eigentlich bloß was mit dir besprechen und dir gratulieren.«

»Gratulieren wozu?«

»Zu den phantastischen Nachrichten!«, rief Gadisch, als verstehe sich das von selbst.

»Was ist passiert?«, erkundigte sich Gaby. »Ich habe heute keine Nachrichten gehört.«

»Die Neuigkeiten bei dir, Gav!«

»Bei mir?« Gaby fragte sich im Stillen, wie seine Entlassung schon zu ihm durchgedrungen sein konnte, und laut sagte er: »Wer hat es dir erzählt? Dana?«

»Wieso Dana?«, wunderte sich Gadisch. »Die ganze Luftwaffe redet doch darüber!«

»Luftwaffe?« Gaby verstand überhaupt nichts mehr.

»Ja, klar doch!«, rief Gadisch. »Nachdem jetzt die NASA deine Entwicklung gekauft hat, werden sie das vielleicht endlich auch bei uns anwenden.«

»Ach so! Ja …« Endlich begriff Gaby, worum es sich handelte.

»Du solltest glücklich sein!«, donnerte Gadisch, etwas enttäuscht von Gabys lauer Reaktion.

»Ja, ich bin entschieden …« Gaby wusste nicht, wie er den angefangenen Satz beenden sollte. Er prüfte das Wort »glücklich«, doch es schien ihm nicht zu dem Gefühl zu passen, das er in Bezug auf die Entscheidung der nationalen amerikanischen Behörde für Raumfahrt und Flugwissenschaft verspürte, seine Anwendungsentwicklung zu übernehmen. Er prüfte das Wort »froh«, aber auch das schien ihm an der Wahrheit vorbeizugehen. Während er sich noch fragte, was er tatsächlich in dieser Angelegenheit empfand, protestierte Gadisch – der im Kurs damals den Spitznamen »Mercedes« hatte – lautstark und halb schimpfend: »Jetzt komm, Gav! Sag mir bloß nicht, dass dich das kaltlässt!«

»Doch, äh, nein«, entschuldigte sich Gaby, »es macht … es ist absolut … äh …«

»Das ist eine Riesensache!«, rief Gadisch mit einer Entschiedenheit, die keinen Widerspruch duldete. »Du solltest dich echt freuen! Das ist eine ungeheure Leistung! Jeder andere Wissenschaftler, dem das passieren würde, würde sofort zu den Zeitungen rennen, um ihnen die Botschaft zu verkünden. Du hast die Medien informiert«, sagte er, mehr Feststellung denn Frage.

»Nein«, bekannte Gaby, »habe ich nicht.«

»Was ist los mit dir, Gav!«, schalt ihn Gadisch. »Du musst das der Presse mitteilen! Das werden sie auf der ersten Seite veröffentlichen!«

»Ja«, beruhigte ihn Gaby, »du hast recht. Ich sollte wirklich jemanden kontaktieren.«

»Ruf Alex an!«, befahl Gadisch.

»Alex?« Gaby bemühte sich zu verstehen, von wem die Rede war.

»Alex Schavit!« Gadisch war ehrlich erbost über seine Begriffsstutzigkeit. »Er wird dich über vier Seiten in der Beilage ausschlachten. Es wird Zeit, dass das Volk Israel erfährt, wer du bist!«

»Ah, Alex Schavit, ja, klar!« Gaby fiel der Kerl ein, der aus dem Fliegerkurs geflogen war, weil er beim Loopingtraining immer ohnmächtig geworden war. Er hatte sich danach dem Journalismus zugewandt und war heute Militärberichterstatter.

»Hör mal«, Gadisch schaltete einen Gang niedriger und fiel vom Laufen in schnelles Gehen, »ehrlich gesagt wollte ich mit dir reden.«

»Worüber?« Auch Gaby fuhr noch langsamer, um sich dem Gehtempo anzupassen.

»Ich habe ein Angebot von einer amerikanischen Firma zur Entwicklung von Kampfmitteln reingekriegt«, sagte Gadisch. »Sie bieten mir die Leitung eines Projekts an, das mit deinem Bereich zu tun hat.«

»Du quittierst die Armee?«, fragte Gaby erstaunt.

»Ich hab mich noch nicht entschieden«, weihte ihn Gadisch in seine widerstreitenden Überlegungen ein. »Auf der einen Seite, wenn ich den neuen Rang bei der Armee kriege, den sie mir anbieten, steht mir der Weg zum Generalstab offen. Auf der andern – das amerikanische Angebot ist nicht einfach bloß ein Hamburger mit Fritten«, er bediente sich eines Vergleichs, der Gaby die Größe der Verlockung andeuten sollte, die sich vor ihm auftat.

»Wie hängt das mit meinem Gebiet zusammen?«, erkundigte sich Gaby.

»Es handelt sich um irgendeine Anwendung für Bio-Transistoren im Waffensystem, die eine Revolution auf dem zukünftigen Schlachtfeld bringen soll, wenn ich sie ungefähr richtig zitiere«, meinte Gadisch zögernd.

»Ja, das klingt verwandt mit meinem Gebiet«, bestätigte Gaby.

»Die Sache ist die, ich versteh nicht viel davon«, gestand Gadisch.

»Niemand versteht viel davon«, beruhigte Gaby seinen schnaufenden Gesprächspartner. »Das ist ein ziemlich neues Gebiet.«

»Was hältst du davon, bei mir mitzumachen?«, fragte Gadisch.

»Wie bei dir mitmachen?«

»Als wissenschaftlicher Leiter.« Gadisch holte Luft unterm angestrengten Gehen. »Ich bring den Namen mit, du das Fachwissen. Wenn du dabei bist, schlag ich ein.«

»Ich danke dir, dass du an mich gedacht hast«, setzte Gaby

an, doch Gadisch schnitt ihn messerscharf ab:»Spar dir deine polnischen Höflichkeiten, Gav! Hier braucht's eine schnelle Entscheidung. Es ist ein Vertrag für fünf Jahre. Amerikanisches Supergehalt. Drei Wochen dort, eine Woche zu Hause. Du gehst raus mit zehn Millionen auf der Bank, ohne dass du bei jüdischen Gemeinden rumflitzen musst, um Vorträge zu halten und Schlittenreklame zu machen. Gebongt?«

Vor zwei Tagen, wenn er mit diesem Vorschlag zu dir gekommen wäre, sann Gaby, wärst du, ohne auch nur einmal nachzudenken, darauf angesprungen. Doch jetzt löste dieses verlockende Angebot aus irgendeinem Grund keinerlei kreativen oder intellektuellen Anreiz bei ihm aus. Gaby sah in seiner bildlichen Vorstellung eine amerikanische Provinzstadt mit ihren breiten Straßen, waagrecht und senkrecht wie eine Rechenheftseite, die grüne Karos in ein riesiges Büffelgrasland schneiden, in den Kästchen ordentliche weiße Holzhäuser wie aus dem Legobaukasten, vor jedem ein Briefkasten mit einem aufgestellten oder heruntergeklappten Blechfähnchen. Am Rand dieser leeren, mitten in die Prärie gepflanzten Wohnstadt gibt es ein riesiges Einkaufszentrum mit großzügigen Parkplatzflächen und wenigen Autos neben Fastfoodketten wie Pizza Hut und Kentucky Fried Chicken sowie Selfservice-Autowaschanlagen, und in der Fortsetzung einer in beiden Richtungen vierspurigen Straße sieht er das Forschungsinstitut eines Unternehmens vor sich, industrielle Fertigbauten über eine ausgedehnte, von hohen Eichen und roten Ahornbäumen gesäumte Rasenfläche verstreut, zwischen den Gebäuden einen akkurat angelegten Parkplatz sowie einen betonierten Pfad, der zu einem rechteckigen Verwaltungsbau aus grauem Beton führt, und er sieht sich selbst, wie er die drei breiten Stufen zu der dickwandigen Glastür hinaufsteigt und vier Ziffern in das weiße Codekästchen am Türstock des Eingangs tippt. Die Glastür öffnet sich, er betritt einen geräumigen Korridor, wo ihn eine afroamerikanische Reinigungskraft von elefantösen Ausmaßen in einem grünen Arbeitsoverall begrüßt, how-are-you-doing-today-Mister-Binhaim, und er antwortet, thank-you-Missus-Taylor-how-are-you-doing-today-Missus-Taylor, und mit einem speziellen Schlüssel, für den er in der Sicherheitsabteilung des Unternehmens unterschrieben hat, sperrt er die Tür zu seinem Büro auf, weckt den Computer aus seinem nächtlichen Schlafmodus, und durch das breite Fenster sieht er zwei Institutsangestellte, die hinausgegangen sind, um eine Zigarette zu rauchen, mit ihren blauen Anzügen und schwarzen Krawatten im Schatten der Betonmauer stehen und dünnen, geschmacksneutralen Kaffee aus Einwegbechern trinken, an ihren Zigaretten ziehen, die sie in den klammen Händen halten, und grauen Rauch in die graue Morgenluft ausstoßen, während sie die großen Laster beobachten, die in den Morgenstaus auf der Einfallstraße in die Stadt jenseits der Rasenanlagen manövrieren; er öffnet sein Postfach, das von Dutzenden Mails überschwemmt ist, die im Laufe der Nacht eingegangen sind, und ruft seine Sekretärin, die beim Hereinkommen sagt, hi-Gaby-how-are-you-doing-today, worauf er erwidert, thank-you-Laura-I'm-fine-how-are-you-doing-today, überträgt ihr die Aufgaben des Tages, in der Hauptsache die Beantwortung von fünfundsiebzig E-Mails, und am Abend setzt er sich in den roten Buick oder den schwarzen Lincoln, aber eigentlich bevorzugt er den zweitürigen grauen Pontiac mit dem sportlichen Anstrich, und fährt zu einem der beiden Kinos, die sich auf der Central Avenue befinden, kauft sich eine Eintrittskarte und setzt sich neben ein junges amerikanisches Pärchen, beide in großen weißen Turnschuhen mit offenen Schnürsenkeln, Bermudahosen bis über die Knie und weißen T-Shirts, die wie große Vorhänge an ihren riesenhaften Leibern hängen, auf dem Schoß Eimer randvoll mit Popcorn, das sie mit ihren fleischigen Fingern essen, ganze Hände voll mit trocken raschelnden

Geräuschen herausschaufeln und in regelmäßigem Rhythmus kauen; in der Früh zieht er sich Sporthosen und Laufschuhe an und macht sich auf, um auf dem Constitution Track zu joggen, der die Stadt durchquert, oder entlang der Ränder der östlichen Ausfallstraße der Kleinstadt, und er läuft bis zu dem großen Ziegelbau des College, das inmitten der Felder steht, und unterwegs passiert er die Wohnwagensiedlung der Hispanos, die die Dienstleistungsjobs in den Verwaltungen und den Fastfoodketten erledigen …

»Hallo! He!« Gadischs drängende Stimme ließ das Bild des amerikanischen Paradieses in Scherben zerfallen. »Nu, gebongt? Was sagst du?«

»Sag mal, Gadisch«, hörte sich Gaby sagen, »was würdest du machen, wenn man zu dir käme und dir sagt, dass dir nur noch ein Jahr zu leben bleibt?«

»Wallah, von rückwärts kalt erwischt!« Gadisch blieb abrupt stehen.

Gaby stieg vom Fahrrad. Gadischs linke Hand kroch unter den Gürtel seiner Hose, seine Finger betasteten seinen Bauchrand. Seine Augen verengten sich zu zwei Schlitzen, und sein Blick wanderte zum Horizont, während sich auf seinem Gesicht ein Ausdruck von Übelkeit, gemischt mit Beunruhigung ausbreitete. Es hat etwas Napoleonisches, wie er dasteht, sagte sich Gaby, und unwillkürlich fiel ihm ein, dass laut Medizinhistorikern die berühmte napoleonische Pose ihren Ursprung höchstwahrscheinlich in einer bösartigen Geschwulst hatte, die in den Gedärmen oder im Magen des großen Feldherrn nistete; Tolstoi hatte ihn hingegen als kleinen Mann gesehen, dessen Herrschsucht die Größe der Leere widerspiegelte, die in seiner Seele hauste.

»Hör zu«, sagte Gadisch schließlich, »wenn ich wüsste, dass mir nur noch dreihundertfünfundsechzig Nächte zum Vögeln bleiben, bevor mir der Motor abgedreht wird, würde ich meine ganzen Sparkonten und meine Rente abräumen, ins Ausland fliegen und von einem Puff zum anderen flitzen, von Kiew bis Sankt Petersburg, von Hamburg bis Amsterdam und von Chicago bis Havanna.«

»Steh auf, und tu's«, lächelte Gaby.

»Komm mal her, Gav«, Gadisch ergriff seinen rechten Arm, »hast du irgendwelche Gerüchte über mich gehört?«

»Wieso?«, erwiderte Gaby.

»Gav!« Gadischs Griff verkrampfte sich. »Wenn du was gehört hast – dann sag's!«

»Von wem hätte ich denn was hören können?«, versuchte Gaby, seinen schwitzenden Gesprächspartner zu beruhigen.

»Ich weiß nicht«, entgegnete Gadisch, während er Gaby mit dem hilflosen Blick eines betrogenen kleinen Jungen anstarrte, »ich lass mich jedes halbe Jahr durchchecken, und die Ergebnisse kugeln auf deinem Spielplatz rum.«

»Auf meinem Spielplatz?« Gaby versuchte sich erfolglos zu erinnern, wann zum letzten Mal Ärzteunterlagen oder Dokumente in seinem kleinen Hof herumgekugelt waren.

»Mensch!« Gadisch musste über Gabys Verwirrung lachen. »Ich meine, die Ergebnisse kugeln irgendwo im kybernetischen Raum rum! Wir sind für die ganze Welt durchsichtig geworden, außer für uns selber. Also, Gav, wenn du eine Information hast, die ich nicht hab – sag's mir!«

Plötzlich war Gaby klar, dass dieser aggressive, autoritäre Mann, in welchem Stadium auch immer, an Verfolgungswahn litt und in seinen Albträumen sah, wie Gaby Kodes knackte und Datenspeicher infiltrierte, die seine ärztlichen Untersuchungsergebnisse enthielten.

»Ich weiß rein gar nichts«, lachte Gaby. »Ich hab einfach bloß Blödsinn geredet.«

Für den Moment schien es, als löse sich die Spannung, und sie schlugen wieder eine gemütliche Gangart entlang des Straßenrands in Richtung ihres Wohnviertels ein. Doch dieser Mann war nicht imstande, länger als eine halbe Minute still zu sein, besonders wenn es ihm so vorkam, als verlöre er die Kontrolle.

»Wenn du gar nichts weißt, warum hast du dann gesagt: Steh auf, und tu's?«

»Wenn ich ein Pilger der Begierden wäre, würde ich genau das tun.«

»Was für ein Pilger?« Gadisch kam nicht mit.

»Eigentlich hätte ich sagen sollen, ein Lust-Pilger«, korrigierte sich Gaby, »oder ein Pilger der Lüsternheit.«

»Was ist denn mit dir los, Gav?!«, fragte Gadisch perplex. »Wovon redest du?«

»Von dir«, erklärte Gaby. »Denn wenn du Generalstabschef oder amerikanischer Projektleiter für eine Kampfmittelentwicklung wärst, würdest du jeden freien Moment von den Bordellen von Kiew bis Havanna träumen. Also warum tust du's nicht gleich? Vergiss den Generalstab und die Projektleitung, und geh dahin, wohin deine Lust dich trägt.«

»Das kann man leicht sagen, wenn man keine Chance hat, Generalstabschef zu werden«, konterte Gadisch.

»Vergiss die Chance, und mach, was du willst«, schlug ihm Gaby vor.

»Weißt du, an was du mich erinnerst?«, fragte Gadisch.

»Nein, woran?«

»Vor ein paar Tagen hab ich den Pflug im nationalen Sicherheitsinstitut getroffen ...«

»Den Pflug?« Gaby kratzte sich ratlos am Kopf.

»Also, jetzt aber, Gav, hast du schon Frühvergreisung?!«, rief Gadisch verblüfft. »Du erinnerst dich nicht an Munasch?«

»Ach so, Munasch!« Bei Gaby fiel der Groschen. »Ich wusste nicht, dass er Pflug genannt wurde.«

»Aber klar doch! Er hatte den größten, dicksten und längsten Schwanz im ganzen Kurs!«

»Was du nicht sagst!« Gaby war etwas beschämt ob seiner Ignoranz. »Das wusste ich nicht ...«

»Wie konntest du das übersehen?«, wunderte sich Gadisch.

»Er hatte einen Pimmel wie ein Esel!«

»Das hat ihm aber nicht dazu verholfen, Pilot zu werden.« Gaby versuchte, etwas Sinnvolles zu äußern.

»Nein«, stimmte Gadisch zu, »er ist nach dem Eingangstest rausgeflogen. Aber es hat ihn nicht daran gehindert, es bis zum Kommandogeneral zu bringen.«

»Wieso ist er dir plötzlich eingefallen?« Gaby versuchte, das Gespräch wieder in seine Bahn zurückzulenken.

»Weißt du, was der Pflug macht, seit er die Armee verlassen hat?«

»Sich in Bordellen amüsieren?«, vermutete Gaby.

»Amüsieren ist gar kein Ausdruck!« Gadisch stieß einen neidzerfressenen Seufzer aus. »Ich bin zwei Stunden mit ihm bei einer Flasche Whisky zusammengesessen. Er hat mir eine Präsentation von Puffs in Kiew, Odessa geliefert ... da platzt dir die Hose! Was soll ich dir sagen ... ach, Gav! Mit was vergeuden wir unser Leben?«

»In der Tat, womit?«, meinte Gaby.

»Und das Allerbeste«, Gadisch grinste, »weißt du, über was der Pflug sich beklagt? Du glaubst es nicht! Er jammert drüber, dass er die Armee nicht schon vor zwanzig Jahren verlassen hat. Wenn ich die Uniform mit fünfundzwanzig ausgezogen hätte, sagt er zu mir, hätte ich ein Pornostar werden können.«

»Was du nicht sagst!« Gaby fragte sich im Stillen, was dieser Mann eigentlich im Kopf hatte, als ein schwarzer Mercedes 404 vor ihm hielt, und der Fahrer, ein Spitzen-PR-Mann mit Babygesicht, der komplett die Kontrolle über seinen Bauch verloren hatte, seinen massigen Schädel zum Fenster der Luxuskarosse herausstreckte und ungemein liebenswürdig rief: »Guten Abend, Herr Generalmajor! Dürfte ich Ihnen als besorgter Bürger eine Frage stellen?«

»Schießen Sie los!«, erwiderte Gadisch, wobei seine Stimme eine Oktave tiefer sank.

»Wird es einen Bruderkrieg geben?«, fragte der verfettete PR-Mann.

»Es wird einen Krieg von SCH gegen D geben!«, schmetterte Gadisch mit aufgesetztem Medienbass.

»Und was bedeuten die Buchstaben?«, fragte der überraschte PR-Mann.

»Schekel gegen Dollar!« Gadisch erläuterte: »Was wir in Schekel anbieten, werden die Evakuierten in Dollars fordern.«

»Und die Morddrohungen?«, hakte der PR-Mann nach.

»Kein Gedanke, dass ein Jude auf einen Juden schießt!«, äußerte Gadisch kategorisch.

»Und wer hat Rabin ermordet?« Der PR-Mensch markierte den harten Journalisten.

»Machen Sie doch aus einem Grashalm nicht gleich eine ganze Wiese!«, schimpfte Gadisch.

»Noch eine Frage erlaubt?«, kokettierte der renommierte PR-Mann wie ein Kind in der Volksschule.

»Letzte Frage!«, schnarrte Gadisch.

»Was machen wir mit den Iranern?«

»Machen wir!«, blockte Gadisch ab, ohne sich weiter auszulassen.

»Danke, Bruder, beruhigt mich echt!«, sagte der PR-Mann speichelleckerisch, um legeren israelischen Jargon bemüht.

»Dürfte ich Ihnen die Ergebnisse einer Umfrage verraten, die in der Feiertagsausgabe veröffentlicht wird?«

»Wenn es kein Staatsgeheimnis ist«, scherzte Gadisch.

»Das Volk möchte Sie als Generalstabschef.« Der PR-Mann leckte sich über seine dicken Lippen.

»Wenn wir das Ziel erreichen«, versprach Gadisch, »schaffen wir auch das.«

»Von unserem Flügel werden Sie jede Unterstützung erhalten, die Sie benötigen«, zwinkerte ihm der PR-Mensch mit den Beziehungen zu den Medien zu und spähte plötzlich durch seine Augenschlitze zu Gaby, worauf er das Gesicht zu einem zwielichtigen Lächeln verzog und in seine Richtung flüsterte: »Aber dass das ja unter uns bleibt.«

»Es gibt nichts zu verraten, wo es nichts zu verbergen gibt, und umgekehrt«, sagte Gaby beruhigend.

»Was ist mit ›umgekehrt‹ gemeint?«, fragte der PR-Mensch beunruhigt.

»Denken Sie darüber nach«, meinte Gaby.

»Wallah«, sagte er mit erzwungener Ironie, »da haben Sie mir echt Stoff zum Nachdenken gegeben.«

Damit gab er Gas und fuhr davon. Gadisch beobachtete, wie sich der schwarze Mercedes entfernte, und schnappte: »Abschaum.«

»Ja«, stimmte ihm Gaby mit einem Seufzer zu.

Gadisch sprühte vor Zorn: »Wenn ich heimkomme, renn ich als Erstes los, um mir den Hintern von seiner widerlichen Schleimspur abzuwaschen.«

»Eine gesunde Idee«, ermunterte ihn Gaby, während er auf sein Fahrrad sprang.

»Denk gut über meinen Vorschlag nach«, ermahnte ihn Gadisch, »bevor du nein sagst.«

»Werde ich«, versprach Gaby und trat mit aller Kraft in die Pedale.

33. EINE SCHICKSALSHAFTE ENTSCHEIDUNG REIFT IN DUVESCHS HERZEN

Karins Mobiltelefon vibrierte auf dem Küchentisch und ließ *Die meisten Israeli* von Hatikva 6 ertönen. Sue griff nach dem Gerät, lief zur Toilette und rief durch die geschlossene Tür: »Karin! Elad *calling*!«

»Gib ihn mir«, schrie Karin und öffnete die Tür ein Stückchen. Sue drückte ihr das vibrierende Telefon, das den Song spielte, zu dem Karin so gern tanzte, in die ausgestreckte Hand. »Hi, mein Schatz«, hörte sie Karin mit aufgekratzter Stimme sagen, »ich bin gleich fertig.«

Sue kehrte in die Küche zurück, und als sie Elads roten Jeep in den Hof rollen sah, stellte sie sich vor, Duvesch stehe am Küchenfenster und ziele mit seinem halbautomatischen Jagdgewehr direkt auf das hübsche Gesicht dieses Politikers, der mit seiner Tochter schlief, die vor kurzem erst siebzehn geworden war. Und als Elad seinen Kopf aus dem Autofenster streckte, um nach Karin zu rufen, feuerte Duvesch drei Kugeln, für die Wildschweinjagd bestimmt, auf ihn ab und verwandelte seine gepflegte Visage in ein Steak Tartar ... Doch Duvesch war momentan nicht zu Hause, und als Elad seinen Kopf mit dem Marines-Haarschnitt aus dem Wagenfenster streckte und Karin im Minirock aus dem Haus auf ihn zugelaufen kam, erschoss ihn niemand außer Sue, die aus sprühenden Augen Giftpfeile durchs Küchenfenster auf ihn abfeuerte. Aber Elad spürte sie nicht, ebenso wenig wie er die Flüche hörte, mit denen ihn Sue in Thailändisch bewarf.

Karin öffnete die Autotür, stieg ein und setzte sich neben Elad. Sie reckte ihm ihren Schwanenhals entgegen, bot ihm ihr Gesicht dar, und er beugte sich zu ihr und küsste ihre Lippen, während Sue sich sagte, es tut mir leid um dich, Mädchen, dieser Wolf, der dich gerade raubt, wird Lämmer noch und nöcher reißen, bis ihm eines Tages jemand den Pelz durchlöchert. Wenn du meine Tochter wärst, würde ich das nicht zulassen. Ich würde die Frau von diesem Schuft anrufen und zu ihr sagen: Niva, sprich mit deinem Mann. Erinnere ihn daran, dass er kein Achtzehnjähriger mehr ist und auch keine zwanzig, und wenn ihm Liebe fehlt, soll er sich gefälligst eine Frau suchen, die weiß, was sie tut, und nicht ein blutjunges Mädchen ausbeuten, das nicht begreift, was ihr geschieht. Aber Karin ist nicht meine Tochter, und ihre Mutter ist mit dem Kopf schon längst nicht mehr zu Hause, und so wie dieses Pfauenweibchen nicht merkt, was für einen Mann sie hat, und nichts mit ihm anzufangen weiß, weil sie bloß sich selber sieht und sich nur um die Pflege ihrer Schwanzfedern kümmert, sieht sie genauso wenig, was mit ihrer Tochter passiert, und es kümmert sie auch nicht wirklich. Es kümmert sie generell nicht, was mit anderen Menschen geschieht. Ich frage mich, aus welchem Stoff sie gemacht ist, dass sie dermaßen unempfänglich dafür sein kann, was mit den ihr am nächsten stehenden Menschen, ihrem Mann und ihrer Tochter, los ist. Wenn ich manchmal sehe, wie sie sich hegt und pflegt, kommt es mir so vor, als hätte sie nichts außer ihrer Fassade. Deshalb habe ich überhaupt keine Schuldgefühle wegen mir und Duvesch. Ich schenke mich selbst mit Freuden diesem guten, einsamen Mann, und er gibt sich mir mit Freuden hin. Was können verzweifelte Menschen einander sonst geben.

Der Wolf hatte genügend von den Lippen des Lämmchens gekostet, leckte sich die Milch aus den Mundwinkeln, und der rote Jeep setzte sich in Bewegung. Am Hoftor traf er auf Duveschs Kleinlaster, der genau in diesem Moment hereinfuhr. Die beiden Wagen hielten nebeneinander, Fenster an Fenster, Fahrer gegenüber Fahrer, und Duvesch fragte Karin: »Ist Mutter zu Hause?«

»Mama ist zu ihrer Freundin gefahren«, antwortete Karin.

»Welche Freundin?«

»Die Dichterin.«

»Hat sie gesagt, wann sie zurückkommt?«

»Am Abend.«

»Setzt du sie an der Kreuzung ab?«, wandte sich Duvesch an Elad.

»Nein, ich fahre zufällig nach Haifa«, erwiderte Elad beiläufig.

»Wenn du auf dem Rückweg bist, ruf mal durch«, bat Duvesch seine Tochter.

»Warum?«, fragte Karin verständnislos.

»Ich warte an der Kreuzung auf dich«, erklärte er ihr in besorgtem Ton, »damit du nicht auf der Straße rumstehst. Bei der Spannung, die jetzt in der Luft liegt, muss das wirklich nicht sein.«

»Nicht nötig«, erwiderte Karin, »ich fahre mit Elad zurück.«

»Du kommst so früh schon wieder zurück?«, wunderte sich Duvesch.

»Ich habe eine kurze Sitzung im Bezirksrat, und übrigens, ich soll deinen Bruder treffen, Maoz, und dann erledige ich was in der Stadt und fahre zurück.«

»Du wirst stundenlang auf ihn warten müssen«, sagte Duvesch mit hörbarer Besorgnis zu Karin.

»Ich geh am Nachmittag ins Kino«, beruhigte Karin ihren Vater.

»Vergiss sie bloß nicht in der Stadt«, mahnte Duvesch Elad und fügte scherzhaft hinzu: »Oder im Auto.«

»Keine Angst, Papa, Elad wird mich nicht vergessen.«

»Ich geb ihr mein Mobiltelefon zur Aufbewahrung, dann vergesse ich sie garantiert nicht im Auto«, gab Elad ebenfalls scherzend zurück.

Elads Jeep fuhr durchs Tor hinaus und Duveschs Laster in den Hof hinein. Er hielt auf dem Platz vor dem Wohngebäude, und als er das Haus betrat, kam ihm Sue freudig entgegen, und er breitete ebenso erfreut die Arme aus.

»Wie schön, wenn man nach Hause kommt und von einer Frau empfangen wird, die sich freut«, sagte er lächelnd.

»*Come to table*«, wechselte sie ins Englische. »Ich habe Essen gemacht, das du magst.«

»Papayasalat!« Er erkannte sein Lieblingsgericht sofort. »Mit Schwarzaugenbohnen, Tomaten, Erdnüssen und Knoblauch.«

»Und was noch?«, forderte sie ihn auf zu raten und gab ihm noch einen Hinweis: »Dein Special.«

»Was versteckt sich da in diesem bunten Hügel? Lass mal sehen … Räucherlachsstreifen! Sue, du bist wirklich einmalig!«

Er nahm sie in die Arme und küsste sie, dann setzten sie sich zum Essen.

»Schmeckt?«, fragte sie.

»Sehr«, antwortete er. »Alles, was du zu essen machst, schmeckt mir sehr.«

»Alles aus deinem Garten«, sagte sie.

»Aus unserem Garten«, verbesserte er.

»Aus unserem Garten«, stimmte sie zu. »Die Papaya, Bohnen, Tomaten, Knoblauch, Lime und alle Gewürze.«

»Du bist eine Zauberin«, sagte er. »Dieser Salat ist eine Geschmacksorgie. Er hat die Süße von Datteln, die Säuerlichkeit von Limonen, einen Geschmack nach Koriander und Minze, rotem Basilikum und Knoblauch, die Schärfe von Ingwer und eine zarte Spur von Fischsauce, die den geräucherten Lachs begleitet. Aber da ist noch was … was hast du noch in den Salat reingetan?«

»Liebe«, sagte sie.

»Das ist ein herrliches Gewürz«, meinte er. »Wo kriegst du das?«

»Bei dir«, sagte sie. »Du gibst, ich nehme.«

»Du gibst mir viel mehr zurück«, erwiderte er.

Eine Weile aßen sie still, ohne ein Wort zu sagen, bis sie das Schweigen brach: »Du bist ganz tief gegangen.«

»Wie?« Er verstand nicht.

»Du warst ganz, ganz tief in dir innen drin«, beschrieb sie ihm seinen Zustand.

»Ja«, gab er zu und überraschte sie mit einer Frage: »Was ist mit Karin los?«

»Was ist mit Karin los?« Sie gab ihm die Frage zurück.

»Ihr lauft zusammen«, meinte er, »oft und lang.«

»Ja, wir laufen zusammen.«

Sie wartete auf die Frage, die jetzt kommen würde.

»Wenn man lange zusammen läuft, redet man ein bisschen, und dann kommt die Wahrheit heraus«, sagte er.

»Ja«, stimmte sie ihm zu, »das ist so.«

»Also, was quält sie?«, fragte er.

»Ihr geht es nicht gut hier«, antwortete Sue.

»Was fehlt ihr?«, fragte er.

»Freunde«, sagte sie. »Karin braucht viele Freunde und Freundinnen in ihrem Alter.«

Duvesch hörte genau hin, auf jedes Wort, das sie sagte, und obwohl sie das Gespräch in Englisch führten – vielleicht auch gerade deswegen –, erlauschte er auch den Text, der sich zwischen den Zeilen verbarg, und antwortete auf die unausgesprochenen Worte, indem er das Verb »fahren« durch »gehen« ersetzte: »Warum geht sie mit Elad?«

»Ich weiß nicht.« Sue vermied vorsichtig jedes überflüssige Wort.

»Und was weißt du?«, fragte er weiter.

»Ich sehe, was du siehst«, erwiderte sie. »Der Rest ist bloß Gedanken.«

»Und was denkst du?«, fuhr er fort und aß eine Gabel Som-Tam-Salat.

»Ich denke an dich«, sagte sie.

»Und was denkst du da?« Er ließ nicht locker.

»Ich habe gesehen, wie du Tauben schießt«, sagte sie.

»Und was hast du gedacht?«

»Als du in der Armee warst, hast du Menschen getötet?«

»Ich war in einer Einheit, wo das der Job war.«

»Und dort haben sie dir gelernt zu töten?«, forschte sie.

»Dort haben sie mich gelehrt, nicht zu töten.«

»Und wenn es sein muss?«, beharrte sie.

»Es muss nicht sein«, sagte er. »Der Schwache tötet. Der Starke tötet nicht.«

»Was macht der Starke?«, fragte sie.

»Tut mir leid«, antwortete er, »aber das kann ich nicht in Englisch sagen. Das kann ich nur in Hebräisch sagen, und ich fürchte, das wirst du nicht verstehen.«

»Sag es in Hebräisch«, forderte sie ihn auf. »Auch wenn ich es nicht verstehe – ich höre den Klang. Was macht der Starke?«

»Der Starke fürchtet sich nicht davor, seiner Liebe zu folgen. Das ist es, was ich tun werde. Ich werde diesen verfluchten Ort verlassen. Hier lebe ich nicht. In der Früh warte ich darauf, dass der Tag vorbeigeht und es endlich Abend wird, und die ganze Nacht warte ich darauf, dass sie vorbeigeht und es endlich Morgen wird. Wer ohne Liebe schlafen geht, steht am Morgen ohne Hoffnung auf. Ich liebe diesen Ort nicht, und ich werde hier nicht mein restliches Leben begraben. Ich werde den

Hof liquidieren, in dem ich bloß schufte, ohne Freude und ohne Zukunft. Ich verkaufe alles, gebe Dorit die Hälfte, und dann gondle ich mit dir in der Welt herum. Wie es Großmutter Eva gemacht hat.«

»Ich habe gar nichts verstanden«, bekannte Sue, »aber die Musik war schön.«

»Jetzt bin ich an der Reihe, dir eine Frage zu stellen«, kehrte Duvesch zu der ihnen beiden verständlichen Sprache zurück. »Frag«, bat sie. »Was ist dein Traum?«

»Das kann ich nur in meiner Sprache sagen«, erwiderte sie. »Dann sag's in deiner Sprache«, meinte er. »Und ich höre auch auf die Musik.«

Sue holte tief Luft, legte ihre Hände auf seine, schaute ihm in die Augen und begann, in ihrer Sprache zu ihm zu reden. Einsilbige Wörter, zurückhaltend und vorsichtig, tröpfelten anfangs stockend aus ihrem Mund, verbanden sich jedoch allmählich zu einem immer stetigeren Strom, ihre Hände erwärmten sich, die Kaskade der Wörter, die sich aus ihrem Mund ergossen, wurde immer kraftvoller, der Kontakt zwischen ihrer und seiner Haut glühend, und als sie schließlich am Ende angelangt war, nahm er ihre Hände in die seinen und sagte zu ihr: »Ich habe kein einziges Wort verstanden, Sue, aber alles, was du dir erbeten hast – das machen wir, komme, was wolle.«

34. »WIE EIN WELKES BLATT VOM WEINSTOCK, WIE EINE UNREIFE FRUCHT VOM FEIGENBAUM«

Libbys Mobiltelefon klingelte über Facetime. Sie tippte auf den grünen Punkt, und Adibs Gesicht tauchte auf dem kleinen Display auf.

»*Ahlan*, Adib«, begrüßte ihn Libby.

»*Welcome to the independent United Kingdom!*«, erwiderte er.

»Was möchtest du heute sprechen: *English, Hebrew, Arabic?*«

»Ich habe angerufen, also hast du die Wahl der Sprache«, antwortete er.

»Üben wir dein Hebräisch«, schlug sie vor.

»*Schukran*, danke, für die *exercise!*«, erwiderte er. »Wie viel muss ich zahlen?«

»*Tafadhdhal, please, you're welcome*«, lächelte sie in sein Gesicht, »*bilmadschani*, gratis *on the house.*«

»Okay«, sagte er. »Wie geht's deiner Urgroßmutter? Hat sie ihren Nazifreund schon verlassen?«

»Noch nicht«, sagte sie, »aber in Kürze wird sie ihren Platz räumen für deinen Mufti und seinen Nazifreund.«

»Was für ein Spaß, mit dir zu streiten!« Er schmolz förmlich vor Vergnügen. »Wenn alle Israelis so wären wie du, wäre das super unterhaltsam.«

»An dem Tag, an dem alle Palästinenser wie du sind, Adib, werden sie entdecken, dass die meisten Israelis so wie ich sind.«

»Aber jetzt im Ernst«, kam er auf das Thema zurück. »Was sucht sie noch dort in Deutschland?«

»Im momentanen Stadium kommt ihr Hitler noch wie ein Komiker vor«, sagte sie.

»Nein!« Es fiel ihm schwer, das zu glauben. »So fern jeder Realität ist sie?«

»Im Gegenteil«, erwiderte sie, »Eva ist mit der polyphonen Wirklichkeit verbunden.«

»Was heißt das?« Er wollte den Ausdruck verstehen.

»Das sind sämtliche Möglichkeiten der Entwicklung, die in jedem einzelnen Augenblick und Ereignis latent vorhanden sind«, erklärte sie und fügte hinzu: »Von denen sich in der Realität nur eine verwirklicht, und nicht unbedingt die beste.«

»Gib mir ein Beispiel«, bat er sie. »Womit hat das Ähnlichkeit?«

»Sex«, sagte sie, »mit dem Polydrama nach dem Orgasmus.«

»Was passiert in dem Augenblick, der so ein, wie hast du gesagt«, er stockte kurz, »Polydrama ist?«

»Es beginnt ein wahnwitziger Wettlauf von zweihundert Millionen Spermien von der Scheide zur Gebärmutter. Aber der Muttermund ist zusammengezogen und erschwert das Eindringen der Spermien. Nur hundert oder zweihundert schaffen es reinzukommen, und dann fängt das Rennen unter den Finalisten durch die Eileiter hinauf zur Eizelle an, und wenn das erste Spermium von den hundert die Wandschicht der Eizelle durchstößt – verschließt sich die Wand für alle anderen neunundneunzig, und so wird ein Prozess, der anfangs polyphon war, am Ende monoton, und jeder Mensch ist das monotone Resultat der anfänglichen Polyphonie. Und jetzt – schau dir die Menschheit an, und sag mir, ob die Möglichkeit, die sich in der endgültigen Realität verwirklicht hat, immer die beste von allen übrigen potentiellen Wirklichkeiten ist, die sich nicht realisiert haben.«

»Du bringst mich schon wieder zum Lachen«, gluckste er

auf dem Facetime-Bild. »Du bist ein erstklassiges intellektuelles Vergnügen.«

»Du wolltest wissen, was das Polydrama ist, das sich nach dem Orgasmus abspielt, und bis zu anderslautender Info ist es das herrlichste Vergnügen auf dem Weg zum Glück, das die Menschheit in den meisten Fällen versäumt.«

»Jetzt verstehe ich, wie es passiert ist, dass an der Spitze eurer Regierung derjenige steht, der da steht«, meinte Adib.

»Ich finde, auch ihr hättet jemanden verdient, der aus einem etwas gelungeneren Sperma hervorgegangen ist als die Spermien, denen eure Führer entsprungen sind, angefangen beim Jerusalemer Mufti Hadsch Amin al-Husseini bis zur Jetztzeit«, gab Libby zurück.

»Lass uns auf Eva zurückkommen«, bat er. »Wie endeten ihre Beziehungen mit dem Lederjackett?«

»Oh«, Libby stieß einen schweren Seufzer aus, »Eva hat sich ihm gegenüber ein bisschen schuldig gefühlt, weil sie ihn an dem einzigen empfindlichen Punkt getroffen hat, den dieser Phallokrat hatte, und verlang jetzt nicht von mir, dir zu erklären, was damit gemeint ist.«

»Das bedarf keiner Erklärung«, schmunzelte Adib, »jeder Mann versteht, was damit gemeint ist.«

»Kurz gesagt, du wirst es nicht glauben, aber auf dem Höhepunkt dieser grauenhaften Tage, nachdem Hitler an die Macht gekommen war, beschloss Eva, Wiedergutmachung zu leisten, wenn du verstehst, was ich meine.«

»Sie ging zur Wohnung des Phallokraten?«, vermutete er.

»Sehr gut!«, lobte sie ihn. »Ich merke, dass du anfängst, Eva zu kennen.«

»Man kann sich unmöglich in ihr täuschen«, sagte er anerkennend.

»Kurz gesagt«, berichtete Libby weiter, »Eva kommt zu seiner Adresse, und vor dem Hauseingang sieht sie eine Bande von Schlägern in braunen Uniformen. Sie geht zu ihnen hin und fragt sie, ohne auch nur nachzudenken: ›Was ist hier los?‹

›Wir sind gekommen, um den Scheißkerl zu verhaften‹, sagt einer von ihnen, ›aber der Hund ist auf und davon.‹«

»Also keine Wiedergutmachung«, fasste Adib zusammen. »Und was passiert mit ihrem Nazifreund?«

»Welchem?«, fragte Libby.

»Oh! Wie viele hat sie von denen denn?«, erkundigte sich Adib.

»Es werden immer mehr«, sagte Libby. »Die Masse besitzt Anziehungskraft, wie du sicher aus euren Erfahrungen weißt. Jeder, der die Linien überquert, bringt zwei mit, und die zwei bringen vier mit. Massenbewegungen, die an die Macht gelangen, potenzieren sich in geometrischer Reihe.«

»Ich meine den Architekten, der sie immer auf dem Motorrad mitgenommen hat.«

»Ah! Für Johann Brückner lief es nicht schlecht. Er bekam Arbeit im Büro von Albert Speer. Erst mal eine Teilzeitstelle, aber Anfang Juli 1933 kam Speer strahlend ins Büro und überbrachte Johann die Botschaft: ›Ab morgen, wenn ich richtig liege, kann ich Sie Vollzeit beschäftigen.‹«

»Was war passiert?«, wollte Adib wissen.

»›Ich habe ein Treffen mit dem Führer‹, hat Speer aufgeregt verkündet, ›und ich wittere, dass er mir eine große Aufgabe übertragen wird.‹«

»Ja«, nickte Adib, »er hat ihn beauftragt, das Regierungsviertel in Berlin zu entwerfen, das ›Deutschland, die neue Welthauptstadt‹ werden sollte.«

»Genau das erzählt Johann Eva voller Stolz«, bestätigte Libby.

»Augenblick mal«, warf Adib ein, »Anfang Juli 33 – das ist doch schon nach der Nacht der Bücherverbrennungen, die war am 10. Mai, soweit ich mich erinnere.«

»Stimmt genau«, nickte Libby. »Eva beschreibt die Menge, die sich am Opernplatz versammelt. Die Leute schauen der Bücherverbrennung stumm zu.«

»Auch da war sie dabei?« Adib schüttelte verwundert den Kopf.

»Sie schreibt: Ich stehe in der Menge in Gesellschaft von Herbert Ihering. Auf dem Platz brennt ein großes Feuer. SA-Männer in braunen Uniformen werfen Bücher in die Flammen. Ich beobachte das Schauspiel. Die Gesichter der Menschen glühen. Ihering steht neben mir. Wir schweigen beide. Ein Ausrufer verkündet über Lautsprecher, welche Bücher ins Feuer geworfen werden:

– Ich übergebe dem Feuer die Bücher von Leon Feuchtwanger!

– Ich übergebe dem Feuer die Bücher von Ernst Glaeser!

– Ich übergebe dem Feuer die Bücher von Arthur Holitscher!

– Ich übergebe dem Feuer die Bücher von Alfred Kerr!

›Dein Konkurrent!‹, bemerkt Eva zu Ihering, und er antwortet nachdenklich: ›Ja …‹

– Ich übergebe dem Feuer die Bücher von Egon Erwin Kisch!

– Ich übergebe dem Feuer die Bücher von Emil Ludwig!

– Ich übergebe dem Feuer die Bücher von Heinrich Mann!

– Ich übergebe dem Feuer die Bücher von Ernst Ottwalt!

– Ich übergebe dem Feuer die Bücher von Theodor Plievier!

– Ich übergebe dem Feuer die Bücher von Erich Maria Remarque!

– Ich übergebe dem Feuer die Bücher von Kurt Tucholsky!

– Ich übergebe dem Feuer die Bücher von Arnold Zweig!

›Sie werden bestimmt auch die Bücher von deinem Freund verbrennen‹, flüstert Eva Ihering zu. Zu ihrer großen Überraschung antwortet er ihr: ›Brechts Bücher stehen nicht auf der Liste.‹

›Ach nein?‹ Eva wundert sich. ›Woher weißt du ...?‹ ›Goebbels hat mich zu einer Unterredung bestellt‹, enthüllt er ihr, ›und hat mich gebeten, die Möglichkeiten auszuloten, dass Brecht nach Deutschland zurückkehrt.‹ ›Und? Besteht eine Chance?‹ ›Könnte sein‹, erwidert Ihering. ›Auf alle Fälle haben sie ihm die deutsche Staatsbürgerschaft noch nicht aberkannt.‹«

»Ich war sicher, dass Brecht unter den Ersten auf der schwarzen Liste war«, bemerkte Adib verblüfft.

»Ich war auch überrascht«, sagte Libby. »Jedenfalls – aus Evas Tagebuch erhält man den Eindruck, dass da auf beiden Seiten ein innerer Konflikt bestand, bis Brecht beschloss, aus Deutschland zu flüchten.«

»Was hatte denn Goebbels für ein Interesse daran, Brecht dazu zu bewegen, in Deutschland zu bleiben?«, fragte Adib verwundert.

»Das ist genau die Frage, die Eva Ihering stellt«, erzählte Libby, »und er erklärt ihr, dass die faschistische Ideologie modernistischen Charakter habe und Goebbels in Brecht im Prinzip einen authentischen deutschen Modernisten sehe, der sich in die nationalsozialistische Kultur integrieren könnte, weil sie die entarteten Eliten der dekadenten Schöngeister aus der Berliner Blase verabscheut.«

»Und dieser ganze Dialog findet vor dem Hintergrund der Bücherverbrennung statt?« Adib schüttelte den Kopf.

»Ja«, bestätigte Libby, »und genau in dem Moment drückt ein begeisterter Student, ein SA-Mitglied, der an den beiden vorbeigeht, Eva auffordernd zwei Bücher in die Hand, um sich damit an der Bücherverbrennung zu beteiligen. Eva schaut die Bücher an und stellt fest, dass eines *Jud Süß* von Feuchtwanger ist und das andere ein Gedichtband von Franz Werfel. Ihering späht über ihre Schulter und drängt: ›Wirf sie ins Feuer, und dann gehen wir.‹

›Bist du verrückt geworden?‹, schimpft sie ihn. ›Das sind Bücher, die ich liebe. Ich werde sie mir aufheben.‹

›Dann steck sie unter deinen Mantel, und wir machen, dass wir hier wegkommen‹, flüstert er ängstlich an ihrem Ohr.

»Wovor hast du solche Angst?«, sagt Eva spöttisch. ›Deine Bücher werden sie schließlich nicht verbrennen.‹

›Sprich etwas leiser‹, nuschelt Ihering, ›man hört uns zu.‹

›Wer hört uns zu?‹, reizt ihn Eva.

›Es kann jeder sein‹, flüstert Ihering furchtsam.

›Ich bleibe bis zu den Tänzen‹, teilt ihm Eva mit.«

»Welche Tänze?!«, fragte Adib verblüfft, und Libby zitierte ihm Evas Antwort auf die fast gleichlautende Frage Iherings: »›Hier geschieht etwas, was den Urmenschen freisetzt, der in jedem von uns verschüttet ist. Gleich wird dieses Publikum um den Scheiterhaufen herumtanzen. Das wird passieren. Ich habe es im Gefühl. Es wird ein wilder Tanz sein, den ich nicht versäumen möchte.‹«

»Sie tanzten dort um das Bücherfeuer?!«, rief Adib bestürzt aus.

»Ich weiß es nicht«, erwiderte Libby. »Die Eintragung im Tagebuch springt zum Morgen danach. Eva kehrt in ihr Zimmer im Café Krakau von der durchwachten Nacht der Bücherverbrennung zurück. Hellwach mit überreizten Nerven. Sie trifft auf Matilda Krakauer, die schon dabei ist, die Tische fürs Frühstück zu decken.

›Guten Morgen, Eva, wo warst du die ganze Nacht?‹, fragt Matilda. ›Ich habe mir Sorgen um dich gemacht.‹

›Guten Morgen‹, erwidert Eva. ›Ich ziehe mich um und komme dir helfen.‹

›Du hast die ganze Nacht nicht geschlafen‹, sagt Matilda, ›geh schlafen.‹

›Wer kann jetzt schon schlafen‹, gibt Eva zurück.

Und dann sagt Matilda zu Eva, dass ein Telegramm aus dem Kibbuz gekommen sei: ›Sie haben eine Tochter bekommen.‹

›Wer hat eine Tochter bekommen?‹, fragt Eva, die im Moment vergessen hat, wer ihr die Adresse des Cafés Krakau am Vorabend ihrer Reise nach Berlin gegeben hat.

›Unser Sohn‹, unterbricht Matilda Evas Gedanken, ›unser Jossele und Gerda haben eine Tochter bekommen.‹«

»O weh, o weh!«, warf Adib ein. »Ich kann mir vorstellen, was Eva empfindet ...«

»Das versetzt sie mit einem Schlag zurück in den Kibbuz und zu ihrem Jungen, Uri ...«

»Wer ist Uri?«, fragte Adib dazwischen.

»Das ist mein Großvater Dave, den sie dort gelassen hat, bei ihrem Freund Josef, dem Jemeniten«, klärte ihn Libby auf.

»Er war nicht ihr Mann?«, fragte Adib.

»In diesen Tagen gab es im Kibbuz keine Ehemänner, sie waren Freunde. Jedenfalls, Eva schafft es, Matilda zu beglückwünschen, die gerade noch danke sagen kann, bevor Eva mit einem Mal auf einen Stuhl fällt und mit zuckenden Schultern ihr Gesicht in den Händen birgt.

›Was ist los?‹, fragt Matilda erschrocken. ›Geht es dir nicht gut?‹

›Gar nichts‹, beruhigt sie Eva. ›Ich bin nur bewegt. Das ist unser zweites Baby. Das geht gleich vorbei‹, sagt sie, während sie sich die Tränen abwischt und die plötzliche Welle der Sehnsucht nach ihrem Kind überspielt – Uri, den sie im Kibbuz zurückgelassen hat.

In Matildas Augen schimmern die Tränen, denn die Worte ›unser Baby‹ rühren sie. Sie ist tief beeindruckt davon, dass Eva das Gefühl hat, als sei dieses Baby, ›die Tochter unseres Sohnes Josef, die Enkelin von mir und Morris‹, auch ihr, das heißt Evas

Baby. Matilda würde das immer wieder ihren Freundinnen erzählen als beeindruckendes Beispiel für den Geist der Brüderlichkeit, der unter allen Kibbuzmitgliedern herrscht.«

»Matilda wusste nicht, dass Eva ihr Baby, ihren Sohn, im Kibbuz zurückgelassen hat?«, mutmaßte Adib.

»Nein«, bestätigte Libby. »Eva schreibt: ›Ich habe Matilda nicht erzählt, nicht einmal angedeutet, was ich im Kibbuz zurückließ, als ich von dort fortging wie eine unausgereift welke Frucht.‹«

»Was bedeutet das?«, fragte Adib.

»Eine Frucht, die schon verwelkt ist, bevor sie reif wird, und vom Baum abfällt.«

»Woher kommt dieser Ausdruck?«, wollte Adib wissen.

»Soweit ich mich aus dem Bibelunterricht erinnere, hat der Prophet Jesaja so was Ähnliches gesagt: ›wie ein welkes Blatt vom Weinstock, wie eine unreife Frucht vom Feigenbaum‹. Ich glaube, das arabische Wort für solche Früchte ist *dhubul* – *unripe fruits* im Englischen.«

»Wow!«, rief Adib perplex. »Das ist der Kern meiner Thesis!«

»Was ist der Kern deiner Thesis?«

»Sozusagen die *dhubul* in der Geschichte …«

»Und das heißt was?«

»Unreife Führerschaft, die Völker in historische Desaster führt«, erläuterte Adib.

»Du meinst Hadsch Amin al-Husseini?«

»Das hast du gesagt!«, versetzte er knapp.

»Du kannst dich beruhigen«, sagte Libby zu ihm. »Bialik, unser Nationaldichter, hat mal geschrieben: Ein Volk, das kein vollständig ausgereiftes Leben hat, sondern ein unreifes, wird niemals eine ausgereifte Poesie und Kunst haben, sondern nur ihre unreif verwelkten Früchte.«

»Dann ist das ein Problem unserer beiden Völker?«, überlegte Adib. »Wir gelangten zur Notwendigkeit, politische Probleme zu lösen, bevor wir ausgereifte Politiker hatten, um Probleme auf politischen Wegen zu lösen?«

»Weißt du, Adib«, ein Wimmern brach aus Libbys tiefstem Herzen, »diesen Gedanken hatte ich noch nie. Er ist so was von einfach und so was von richtig.«

»Warum weinst du?«, fragte er bestürzt.

»Mein Geliebter hat sein Leben wegen den *dhubul* verloren, die ihn losgeschickt haben, um im Krieg in Gaza verbrannt zu werden.«

»Komm nach Coventry«, bat Adib.

»Pass nur auf«, gab sie zurück, »ich werde kommen.«

»Und dann ist Eva also endlich aus Berlin geflohen?«, entgegnete er, um seine Aufregung in den Griff zu bekommen.

»Noch nicht«, kicherte Libby mit tränenschwimmenden Augen. »Eva geht am Abend ins Chamäleon. Sie trifft Heini, der am Klavier sitzt und Blues spielt. Der Rhythmus steckt Eva an und versetzt sie in Bewegung.

›Ich verlasse Deutschland‹, sagt Heini, während er weiter Evas Bewegungen begleitet.

›Warum du?‹, wundert sich Eva, während sie fortfährt, sich im Takt der Melodie zu wiegen.

›Die Nazis werden das Land von Intellektuellen, Künstlern, Sozialisten und Juden säubern, und ich gehöre allen vier Kategorien an.‹

›Du siehst arischer aus als Brecht, Ihering, Piscator und ihr ganzer Kreis‹, bemerkt Eva.

›Mein Aussehen hat mich selber auch genarrt‹, bekennt Heini. ›Bis gestern. Unser Deutschland ist verloren. Ich habe hier nichts mehr zu suchen.‹

›Du irrst dich‹, entgegnet Eva, »das ist alles Theater. Ein riesiges Theater. Überwältigend. Hitler ist eine theatralische Figur. Alles, was hier geschieht, einschließlich der Bücherverbrennung, ist ein gigantisches theatralisches Schauspiel, wie es noch nie in der Geschichte vorkam.«

›Du irrst dich, Eva‹, versucht Heini, ihr die Augen zu öffnen, ›da irrst du dich gewaltig. Im ersten Stadium werden sie die Kultur zerstören. Im zweiten Stadium werden sie die Kulturzerstörung der Vergessenheit anheimfallen lassen. Zwei solche plastischen Operationen, und das Land wird gesichtslos werden, mit Städten und Menschen ohne Gesicht. Menschen wie wir werden keine Existenz mehr in diesem Land haben. Ich habe alles gepackt und eine Fahrkarte für den Nachtzug.‹

›Wohin fährst du?‹, fragt Eva.

›Nach Marseille. Und von dort mit dem Schiff nach Haifa. Kommst du mit?‹

›Ich bleibe‹, beharrt Eva. ›Ich muss unbedingt hier sein, wenn dieses theatralische Ereignis seinen Höhepunkt erreicht.‹

›Dann auf ein schnelles Wiedersehen im Land Israel‹, lächelt Heini traurig.«

»Er hat bestimmt ›in Falastin‹ gesagt«, brachte Adib eine Korrektur im Text an.

»Wenn schon, dann Palästina, Palestine, wie die Briten das Land nannten«, verbesserte ihn Libby. »Die Juden haben es immer das Land Israel genannt.«

»Komm, wir überlassen die Debatte über den Namen des Landes der Zukunft«, bot Adib an.

»Überlassen wir sie der Vergangenheit«, schlug Libby vor.

»Kurz gesagt, Heini emigriert nach Palästina-Land-Israel«, resümierte Adib, »und Eva tritt weiter im Chamäleon auf?«

»Nein«, weihte ihn Libby in die letzte Entwicklung ein, »sie hilft Johann bei der Vorbereitung einer Massenkundgebung der Nazis.«

»Jetzt ist es aber genug!«, rief Adib. »Das glaube ich nicht!«

»Bei Eva erwartet einen immer das Unerwartete: Sie begeistert sich an der Lichtkathedrale, die mit Hilfe von Riesenstrahlern nach Speers Instruktionen gebaut wird, der über Lautsprecher Kommandos von einem Befehlsposten aus erteilt: ›Achtung! Ausrichten der Scheinwerfer, letzte Korrekturserie: Scheinwerfer 7–5 Grad westlich, 2 Grad nördlich. Justiert. Scheinwerfer 11–8 Grad nördlich, 3 östlich. Justiert. Scheinwerfer 14–7 Grad südlich, 4 westlich. Justiert. Scheinwerfer 18–6 Grad südlich, 3 westlich, justiert! Johann?‹ ›Johann hört!‹, kommt Johanns Stimme aus dem Lautsprecher. ›Beleuchtungsprobe – Bewegung des Führers zur Bühne!‹, befiehlt Albert Speer. ›Verstanden!‹, antwortet Johann und nach der Überprüfung: ›Führer zur Bühne – funktioniert!‹«

»Das taucht alles so detailliert in Evas Tagebuch auf?«, staunte Adib.

»Sie geht noch viel mehr ins Detail«, erwiderte Libby. »Ich habe es abgekürzt. Sie schildert in allen Einzelheiten den rollenden Paukenwirbel aus dem Verstärkersystem. Die Lichtkathedrale flammt mit einem Schlag auf. Eine Gestalt erscheint in der ausgeleuchteten Tiefe, die Riesenstrahler verfolgen ihre Bewegung. An diesem Punkt setzt Evas imaginäre Regie ein: Statt auf die Bühne zu schreiten, tanzt die Gestalt auf sie zu. Der Paukenwirbel wird von Musik aus Wagners *Tristan* abgelöst. Hinter der tanzenden Gestalt taucht eine Gruppe junger Tänzer auf. Eva, in der Funktion des Führers, lässt einen Tänzerkreis aus Labans Schule in Richtung Bühne tanzen. Die Lichtbündel der leistungsstarken Strahler kreuzen sich über Eva und fokussieren sich auf sie, während sie zur Bühnenmitte tanzt und durchs Mikrophon die Ankunft des Führers verkündet, der sich nun in Richtung Bühne bewegt, umringt von einer von Eva dirigierten Tänzerformation zu den Klängen von Wagners Walkürenritt. Der Führer steigt auf die Bühne und hält eine flammende Rede vor der jubelnden Menge, die den Platz füllt. ›Volksgenossen! Volksgenossinnen! Liebe Volksgenossen und Volksgenossinnen!‹, deklamiert Hitler. ›Wir haben uns heute Abend hier versammelt, um das erste Tanzfest in der Geschichte der deutschen Nation zu begehen!‹«

»Was soll das denn?!« Adib grinste ungläubig im Facetime-Display.

»Die Rede von Hitler, so wie sie sich in Evas Ohren anhörte«, erklärte ihm Libby. »Willst du die Fortsetzung hören?«

»*Udhrubi*, schieß los!«, sagte er und fügte englisch hinzu: »*Shoot, it was a great day to be alive!*«

»Ein grandioser Tag!«, stimmte Libby zu. »›Von diesem Platz aus‹, fährt Hitler in Evas Polydrama fort, ›wird die Botschaft an alle Reihen der Nation und an alle Menschen der arischen Rasse ausgehen: Tanzen! Tanzen! Das ist das Verlangen eines jeden Nazis! Von hier wird die Botschaft an alle Völker der Welt ausgehen: Zieht aus zum Tanz! Ich lade unseren Freund, den glorreichen Tänzer Hadsch Amin al-Husseini auf die Bühne ein, den Mufti von Jerusalem, der vor genau vier Jahren, 1929, das erste Tanzfestival in Palästina organisiert hat – *thaura al-buraq*, der Buraq-Aufstand! Er ist der Klagemaueraufstand im Heiligen Land und in der Heiligen Stadt Ursalim-al-Quds, von wo unser Freund, der gefeierte Tänzer, uns die Botschaft des Debka überbringt!‹

Der Führer und Hadsch Amin tanzen auf der Bühne und illustrieren der Menge auf dem Platz die Schritte des Debka. Die Menschen machen sie nach, legen einander die Hände auf die Schultern, und die ganze Menschenmenge beginnt, sich im Debkaschritt zu bewegen, während alle miteinander in wachsender Ekstase gemeinsam mit dem Führer und dem Mufti singen ...«

»Der Dschinn ist in sie gefahren!« Adib lachte übers ganze Gesicht in Facetime. »*Madschnuna*, eine Verrückte, deine Urgroßmutter!«

Doch Libby wehrte unwillig ab: »Sie ist überhaupt nicht verrückt. Sie war die einzige normale Frau in dieser Menge. Sie hat gesehen, wie alles anders hätte sein können, wenn Hitler den Kopf eines Lebenskünstlers gehabt hätte, aber als er den Pöbel mit einer Rede voller tödlichem Hass aufhetzte, statt die Menge voller Lebensfreude zum Tanzen zu bringen, begriff sie auf ihre Weise, dass sie es nicht mit einem Lebenskünstler, sondern mit einem Todeskünstler zu tun hatte, und dass es höchste Zeit war, sich aus Deutschland davonzumachen, und in der gleichen Nacht ging sie zum Café Krakau in ihr Mansardenzimmer zurück, packte einen Rucksack und stieg in den ersten Zug nach Wien.«

»Was hatte sie in Wien verloren?«, fragte Adib erstaunt.

»Ihre Eltern«, erinnerte ihn Libby, »sie lebten in einer großen Wohnung in einem Barockhaus mit prunkvollem Entree und Steinbalkon, das 1728 in der Schulhofgasse 4 erbaut worden war.«

35. WO IST VATER?

Der Schrei einer Frau schreckte ihn aus dem Schlaf. Er schlug die Augen auf und sah den Nachthimmel über sich ausgebreitet. Er drehte den Kopf nach links, und als er die Umrisse seiner Harley-Davidson erblickte, klärte sich sein Bewusstsein mit einem Schlag: Er lag auf dem steinigen Wüstengrund der Hammada. Jetzt erinnerte er sich, dass die tiefe Frauenstimme von einem Bild begleitet gewesen war. Das längliche Gesicht einer Frau. Eingefallene Wangen. Hohe Stirn. Traurige Augen? Fröhliche Augen? Verschleierter Blick? Klarer Blick? Hatte er die Stimme geträumt? Da kam der Schrei wieder, erklang in nicht allzu großer Entfernung: Hu-hu-huhu, hu-hu-huhu ...

Ja, das war die Stimme, die ihn aus dem Schlaf gerissen hatte. Eine Frau schrie um Hilfe. Seine Hand streckte sich zur Pistole aus. Er wartete darauf, dass sich der Schrei wiederholte, um die Richtung exakt zu orten, während sich in seinem Kopf zu dem Huhugeschrei die Worte gesellten: Was sind das für Stimmen dort in der Nacht?

Ein Lied hallte in seinem Kopf wider, von der tiefen, starken Stimme einer Frau gesungen, und das Echo der Erinnerung versetzte ihn Jahrzehnte zurück. Es war spätnachts gewesen. Eva war gekommen und hatte ihn gebeten, ihren defekten Kassettenrekorder zu reparieren. Als er versuchte, die Arbeit auf den nächsten Tag zu verschieben, sagte sie, die Sache dulde keinen Aufschub. Sie habe an einem Tanz gearbeitet, und plötzlich sei die Kassette mittendrin steckengeblieben. Ihr Körper sei von Bewegung erfüllt, sie müsse die Kreation vollenden, sonst würde sie die ganze Nacht nicht schlafen. Mit Eva diskutierte man nicht. Also zog er sich an, schlüpfte in die Schuhe, nahm sein Werkzeug mit und begleitete sie zu dem aufgegebenen Schweinestall, den der Kibbuz für sie renoviert und ihr als Tanzstudio zur Verfügung gestellt hatte. Auf dem Weg zu ihrem am Rande des Kibbuz gelegenen Studio, als sie auf dem Trampelpfad zwischen syrischer Mesquite, stachliger Exoacantha, Kapernsträuchern und Kugeldisteln schritten, ließ er die Bemerkung fallen, dass sie hier in der Nacht nicht allein gehen dürfe, doch sie lachte ihn aus und meinte, die Schlangen würden sie schon kennen und schleunigst vor ihr flüchten aus Angst, dass sie sie ins Studio mitnehmen und zu tanzen zwingen würde.

Der Defekt in ihrem großen Kassettenrekorder erwies sich als Bagatelle: Das Gummiband des Transportantriebs der Kassettenspulen war aus der Führung gerutscht. Er fixierte das Band wieder, und bis er das Werkzeug eingesammelt hatte, hatte sie den Kassettenrekorder schon in Betrieb gesetzt, und aus dem Lautsprecher ertönte *Schir hatan*, das Lied des Schakals, gesungen von einer tiefen, starken weiblichen Stimme.

Die immer intensivere, glühende Frauenstimme und die schlangenhaften Bewegungen seiner Mutter hypnotisierten ihn. Als das Lied zum zweiten Mal erklang, kam die Stimme der Sängerin fast als stöhnender Schrei aus ihrem Inneren, und beim dritten Mal steigerte sich die Vehemenz des weiblichen Aufschreis ins nahezu Unerträgliche, und sie fügte Worte hinzu, die er zum ersten Mal in diesem bekannten Lied hörte: »Hu-hu, warum weint das Kind dort in der Nacht / weil es verlassen ist«, sang diese wundervolle Sängerin mit einem etwas merkwürdigen Akzent statt der üblichen Version »weil es hungrig ist«.

Diese Worte, mit dieser Stimme aus den tiefsten weiblichen Abgründen, drangen ihm durch Mark und Bein – »Warum weint das Kind dort in der Nacht / weil es verlassen ist« –

und ließen etwas in ihm zerspringen, und ihm entrang sich ein qualvolles Stöhnen, das Lied und Tanz durchbrach: »Was hast du mir angetan?!«

Eva erstarrte auf der Stelle. Sie war es nicht gewohnt, dass jemand, während sie tanzte, einen Laut von sich zu geben wagte.

»Was hast du gesagt?!«, fragte sie entgeistert.

»Du weißt es nicht, und du wirst es nie wissen, aber bis zu meinem Todestag werde ich nicht vergessen, was du mir angetan hast.«

»Was habe ich dir denn schon getan?«, schmetterte sie ihn ab. »Ich habe dich gebeten, mitten in der Nacht zu kommen, um mir zu helfen. Deswegen platzt du derartig dazwischen?!«

Angesichts ihrer direkten, rigorosen Schärfe gab es keinen anderen Ausweg, als ein für alle Mal mit direkten, schlichten Worten die Wahrheit zu sagen, jetzt oder nie.

»Du hast mich verlassen, als ich ein Kind, ein Baby war. Du bist nach Deutschland gefahren, um zu tanzen, und hast mich im Stich gelassen, ein hilfloses kleines Kind.«

»Und dafür unterbrichst du mich mitten in meiner Kreation?!« Sie durchbohrte ihn mit eiskaltem Blick.

»Kreation?!«, barst aus seinem Inneren die erstickte Stimme eines kleinen Jungen. »Kreation?!!!«

Und mit einem Mal, ohne sich dessen bewusst zu sein, was er tat, schwang er den schweren Kassettenrekorder über seinen Kopf hoch, und nur weil sie sich vor seine Füße warf, hielt er in dem Sekundenbruchteil inne, bevor er das Gerät auf den Betonboden schmetterte, und in diesem winzigen Augenblick setzte sein Verstand wieder ein. Er fasste sich und stellte den Rekorder äußerst behutsam auf den Tisch zurück, beugte sich zu der Frau hinunter, die mit den Händen über dem Kopf auf dem Boden lag, die schwere Masse erwartete, die ihren Schädel zertrümmern würde, und hob sie auf. Er sah den starren, glasigen Blick in ihren halbgeschlossenen Augen, spürte den schlaffen, leblosen Körper in seinen Händen und schrie verzweifelt: »Mama! ...«

Ein unbezwingbares Schluchzen brach aus seiner Brust. Da schlug sie die Augen auf, sanft, warm und ungeschützt, und er hielt sie in seinen starken Armen, während seine Tränen auf ihr Gesicht tropften und sich mit ihren mischten; wie zwei Bäche, die seit der Eiszeit gefroren und mit einem Schlag aufgetaut waren, strömten sie ihr aus den Augen.

Danach saßen sie Stunden dort zusammen und redeten miteinander, und nur wer eines schönen Tages Evas Tagebuch läse, würde erfahren, dass sie in jenem Sekundenbruchteil, als sie sich auf den kalten Betonboden warf und darauf wartete, dass ihr der schwere Kassettenrekorder den Kopf zertrümmerte, das kühne Gesicht ihrer Jugendliebe, Rodion Spiridonovitsch Valensin, zerquetscht und zermalmt unter einer Rinderhälfte auf dem Boden des Wiener Schlachthauses, vor sich gesehen hatte.

Im gleichen Moment kehrte der Schrei wieder: Huuu-huuu-huhu, huuuu-huuuu-huhu ...

Diesmal jedoch identifizierte ihn Dave: Es war der Wüstenkauz, dieser geheimnisvolle Vogel, dem die Kinder der Wüste dämonische Eigenschaften zuschreiben, vielleicht wegen seiner Stimme, die an die Klage einer Frau erinnert. Mit einem Schlag hatte ihn diese Stimme fünfzig Jahre zurückversetzt, zu jener Version des *Lieds des Schakals* der legendären Marlene Dietrich, die seine Mutter von irgendeiner Radiosendung in den sechziger Jahren des vergangenen Jahrhunderts aufgenommen hatte. Jetzt, während er noch immer rücklings auf dem schrundigen Geröll der Hammada lag, erinnerte er sich auch an jene lange nächtliche Unterhaltung mit seiner Mutter, die zum ersten Mal in seinem Leben mit ihm über seinen Vater gesprochen hatte – Spross der Familien Scharabi und Damari, Sohn des Sohnes der ersten jemenitischen Einwanderer, die vor der ersten Alija, schon im 19. Jahrhundert, ins Land Israel gekommen waren, ein Mann ohne Furcht und Tadel, den die Araber *chawadscha* Jussuf nannten. Sie hatte ihn kennengelernt, als sie mit Schülern der Mikwe Israel ein Stück für das Laubhüttenfest einstudierte, irgendwann damals in den fernen zwanziger Jahren des vergangenen Jahrhunderts, und er hatte alles aufgegeben, um ihr in den Kibbuz zu folgen.

»Aber ihr habt kaum zusammengelebt«, sagte ihr Sohn, der sie vor einer Weile fast getötet hätte.

»Wir waren beide zu ungezähmt und frei, um ein eingesperrtes Leben im Käfig einer Ehe zu führen.«

Und bei einem der Schlenker, die ihr stürmisches Liebesleben nahm, brach sie aus und reiste nach Berlin, um ihren Jugendtraum, sich bei den kunstschaffenden Größen jener Tage in Ausdruckstanz zu vervollkommnen, wahrzumachen, und nur dank der kollektiven Lebensweise im Kibbuz zur damaligen Zeit konnte sie sich erlauben, das Neugeborene im Kinderhaus zurückzulassen, was auch durch die Bereitschaft seines Vaters, die volle elterliche Verantwortung zu übernehmen, mit ermöglicht wurde, wie sie ihm nun gestand, damit sie sich als Tänzerin und Choreographin entfalten konnte.

»Und ich bin in der Nacht im Kinderhaus immer aufgewacht und habe geweint und geschrien: ›Mama, Mama‹, bis die Nachtaufsicht kam und zu mir sagte: ›Das hilft dir gar nichts, wenn du Mama-Mama heulst. Deine Mama ist weit weg in ein anderes Land gefahren. Auch wenn du noch so laut schreist, kann sie dich nicht hören. Und du bist doch kein Baby mehr. Du bist schon ein großer Junge. Fast schon vier. Also benimm dich wie ein großer Junge.‹ Um die Betreuerin noch ein bisschen festzuhalten, habe ich immer gesagt: ›Ich habe Hunger, ich habe Durst.‹ Sie gab mir eine Scheibe Brot und ein Glas kalten Tee, und ich saß im Bett, kaute an dem Brot und trank den Tee und fühlte mich traurig und ganz allein in einem Meer von Nacht, ich wusste nicht, wie ich dieses Gefühl benennen sollte, doch jetzt plötzlich, als ich die letzte Zeile des Liedes mit der zerrissenen Stimme Marlene Dietrichs hörte – warum weint das Kind dort in der Nacht / weil es verlassen ist –, habe ich mit einem Schlag empfunden, wie groß die Einsamkeit dieses Kindes war, das ich gewesen bin.«

»Als ich aus Berlin zurückkehrte«, sagte sie, »warst du wirklich schon ein großer Junge. Und du warst kein trauriges Kind.«

»Nein«, erwiderte er. »Du bist verschwunden, und auch Papa verschwand häufig tage- und nächtelang. Da habe ich begriffen, dass ich allein auf der Welt bin und mich auf niemanden verlassen kann. Nur auf mich selbst.«

»Dein Vater war in der Hagana aktiv«, sagte sie. »Er half beim Aufbau der arabischen Abteilung im Palmach, daher war er nicht viel zu Hause.«

»Ich weiß«, nickte er. »Aber auch du warst nicht viel zu Hause, nachdem du aus Berlin zurück warst.«

»Ja«, sagte sie, »das war in den zweihundert Tagen des Bangens, im Frühling 1942. Das Afrikakorps von Generalfeldmarschall Rommel rückte in Nordafrika in Richtung Ägypten vor, und die Engländer bereiteten sich darauf vor, das Land Israel den Deutschen und den Arabern, die nur darauf warteten, in den Rachen zu werfen und sich in den Irak zurückzuziehen. Eines Tages erhielt ich die Order, zum Kibbuz Ein Haschofet zu fahren, um Schimon Avidan zu treffen, der danach die deutsche Abteilung im Palmach anführte. Wir hatten eine hochinteressante Begegnung: Wir hatten beide eine ›Nazi-Vergangenheit‹.«

»Nazi-Vergangenheit?!«, fragte Dave entsetzt.

»Schimon war Kommunist, eigentlich hieß er Siegbert Koch, und die kommunistische Partei trug ihm auf, sich der

Nazipartei anzuschließen, als Maulwurf, und er hatte etliche Jahre lang Nazifreunde.«

»Wie du«, sagte Dave.

»Ja, wie ich und noch mehr als ich. Ich kannte ›milde Nazis‹, Intellektuelle, die sich selbst verrieten und auf den Machtkurs einschwenkten. Schimon aber trieb sich mit ›harten Nazis‹ herum – mit Schlägern der Sturmtruppen. Doch gerade als die Nazis an die Macht kamen, war er gezwungen, aus Deutschland zu fliehen, weil sie die Unterlagen der kommunistischen Partei in die Hände bekamen. Kurz gesagt – als wir uns trafen, tauschten wir sozusagen Erfahrungen aus unserer Nazi-Vergangenheit aus, und Schimon teilte mir mit, dass man mit Hilfe der Briten eine deutsche Abteilung im Palmach einrichten würde. Die Abteilung würde sich aus jungen Männern zusammensetzen, die aus Deutschland und Österreich eingewandert seien und die deutsche Sprache beherrschten. Ein Trainingslager sollte im Wald bei Mischmar Ha'emek errichtet werden, die Soldaten würden deutsche Uniformen tragen, die Übungen würden in Deutsch durchgeführt, die Befehle in Deutsch gegeben, die Einheit würde sich wie eine reguläre Wehrmachtseinheit verhalten. Der Zweck: Falls die Deutschen das Land erobern sollten, würden Sondertrupps und Einzelkämpfer aus der als deutsche Soldaten verkleideten Abteilung Sabotageakte in der Etappe der deutschen Besatzungsarmee durchführen.«

»Was war deine Aufgabe in dieser Einheit?«, wollte er wissen.

»Ich war die beste Scharfschützin in der Einheit, und außerdem erfüllte ich Aufgaben als Verbindungsoffizierin und wurde für Gefangenenverhöre eingesetzt. In dieser Funktion schickten mich die Briten nach dem Sieg über Rommel bei El-Alamein auch nach Ägypten, als die britische Armee deutsche Kriegsgefangene gemacht hatte. Du verstehst, warum ich dir in dieser Periode plötzlich monatelang abhandenkam?«

»Diese Geschichte höre ich zum ersten Mal«, sagte er.
»Nach meinem Tod, wenn du Zeit und Interesse hast, wirst du das in allen Einzelheiten in meinen Tagebüchern lesen können.«

In ihren Tagebüchern entdeckte er, dass sein Vater während dieser zweihundert Tage des Bangens zu einer Einheit von Palmachkämpfern abgeordnet wurde, die man zur Verstärkung der wenigen dort existierenden Kibbuze in den Negev schickte – für den Fall, dass die deutsche Armee tatsächlich den Suezkanal überschreiten und ins Land Israel einmarschieren würde. Da die Hagana sich scheute, sie mit illegalen Waffen auszurüsten – bis zu dem Moment, in dem sie gezwungen sein würden, gegen die Deutschen zu kämpfen –, gab man ihnen vorläufig Stöcke. Sein Vater, ein exzellenter Kundschafter und Reiter, der diverse Dialekte des palästinensischen Arabisch perfekt beherrschte, wurde ausgeschickt, um das Gelände zu erkunden und Operationspfade im gesamten Negev zu eruieren. Und bei einer dieser Expeditionen verloren sich seine Spuren.

Während Dave diesen Gedanken über die verronnenen Tage seiner Kindheit und Jugend nachhing, begann sich der Himmel im Osten rosa zu färben, und die kleinen Steine, die über die Hammada verstreut waren, warfen lange Schattenfinger über den felsigen Untergrund. Er stand auf und streckte sich, ließ seinen Blick über die weite Wüste schweifen, die sich ringsherum von Horizont zu Horizont erstreckte, jene Wüste, die seinen Vater verschluckt hatte, als er fünfzig Jahre jünger war als er jetzt, und er sagte sich: Nicht Knochenreste seines Vaters suchte er, sondern seinen Geist, den kühnen Geist eines Menschen ohne Furcht und Tadel, wie seine Mutter ihn in ihrer Sprache betitelt hatte, die scharf und exakt war wie ihre Körperbeherrschung bis zu ihrem letzten Tag.

Während er so dastand und über die weite Wüste blickte, gewahrte er eine Bewegung in der Ferne. Anfangs schien ihm, es sei ein Fels oder Strauch, der sich von selbst bewegte. Er schärfte konzentriert den Blick, und da erhob sich der Fels, reckte den Hals, und der Größe und dem breiten schwarzen Streifen an seinem Hals nach zu schließen war es zweifelsohne ein männliches Exemplar einer Wüstentrappe – ein großer, seltener Vogel, stumm und einsam, in seinem Lebensraum.

Dave warf sein Motorrad an und machte sich auf den Weg.

36. DER PROFESSOR UND DIE PUPPEN

»Wie ist die Zunge?«, fragte die kleine Frau und spähte besorgt zu Gaby auf der anderen Seite des schlichten kleinen Küchentischs mit der grün-blau karierten Tischdecke, die mit einem transparenten Plastiküberwurf vor jedem unwillkommenen Spritzer und Fleck geschützt war.

»Die Zunge ist gut«, äußerte er kauend.

»Sie ist mir diesmal nicht ganz so gut geraten.« Sie wollte ein Kompliment einheimsen.

»Ihre Zunge schmeckt mir immer, Mina«, beruhigte er sie.

»Damit sie wirklich gut wird«, sagte sie entschuldigend, »braucht eine eingelegte Zunge ein bisschen Fett im hinteren Teil.«

»Mina«, mahnte er sie, »diese Zunge ist köstlich.«

»Dann nehmen Sie doch noch ein paar Stückchen«, drängte sie ihn, »und geben Sie etwas Senf dazu, für den Geschmack.«

Da Gaby keinen energischen Protest äußerte, ergriff sie einen flachen Kochlöffel, schob ihn unter die Rinderzungenscheiben, die schräg überlappend in der feuerfesten Glasform geschichtet lagen, und lud drei Stück davon auf den Löffel. Gaby verfolgte, wie sie ihre rechte Hand, die den Kochlöffelstiel umklammerte, mit der linken unterstützte, um das leichte Zittern zu bremsen, das ihre Hände in letzter Zeit befallen hatte. Dann hob sie mit beiden Händen vorsichtig den Löffel hoch und balancierte ihn mit angespannt behutsamer Präzision wie ein altgedienter Kranführer, der drei riesige Fensterglasscheiben ins zwanzigste Stockwerk eines Wolkenkratzerneubaus hievt, durch die Luft. Anschließend senkte sie den Kochlöffel

auf den Teller, den Gaby erhoben bereithielt, um ihren Leidens-
weg zu verkürzen, und setzte die gefährdete Fracht wohlbehal-
ten ab.

Während er die Zungenscheiben wie Karten auf seinem
Teller auffächerte und die Messerspitze in das Senfhügelchen
tauchte, das die Frau seines Professors für Quantencomputerisierung ihm mit zitternder Hand auf den Tellerrand gehäuft
hatte, drückte sie ihre Besorgnis darüber aus, dass er so mager
sei und, obzwar er ja immer müde sei, heute noch müder als ge-
wöhnlich scheine, und meinte, offenbar arbeite er zu viel, ruhe
sich nicht genügend aus und esse nicht genug, und anschließend
kam diese besorgte kleine Frau auf das Thema zu sprechen, das
sie wirklich bekümmerte. Sie setzte zu einem Klagelied über
den Professor an, in dessen Angelegenheit man etwas unternehmen müsse, da es so einfach nicht weitergehen könne. Es sei
schlicht unmöglich, weiterhin zuzulassen, dass er sich in den
Augen des ganzen Viertels zum Gespött mache. Alle würden
von ihm schon als der Alte mit dem Puppenwagen sprechen,
und sogar die Kinder lachten ihn aus und nannten ihn Müllopa.
Denn das sei alles, was er in der letzten Zeit mache, von früh bis
spät durch die Straßen laufen mit dem alten Kinderwagen, den
er in einem Gerümpelhaufen in irgendeinem Hinterhof gefunden hatte und den er mit allem möglichen alten Krempel und
wurmstichigen Büchern belud, die sie ihn nicht ins Haus bringen ließ, denn das hätte ihr gerade noch gefehlt – dass Würmer
in die Möbel oder den Bücherschrank eingeschleppt wurden.
Und so wanderte er den ganzen Tag herum und durchwühlte
jeden Abfallhaufen, auf den er stieß, bis er den Wagen so vollgestopft hatte, dass nicht einmal mehr eine Stricknadel hinein-
passte, und dann drehte er mit dem Gefährt um und lenkte seine Schritte nach Hause, und wenn er in den Hof kam, den er
durch eine Zaunlücke im Mülltonneneck betrat, leerte er den
gesamten Inhalt in dem kleinen Schuppen aus, den er zu die-

sem Zweck gebaut hatte, aus zusammengeklaubten Brettern und Blech aus Baumüllhaufen, die die Bauunternehmer auf die Brache östlich des Viertels warfen, und dieses Depot, das nun wahrlich auch kein architektonisches Kleinod darstelle, wie es die Professorengattin in ihrem wunderbar geschliffenen Hebräisch ausdrückte, kurzum, dieses Depot und das Lager, das er darum herum aus Resten diverser Pfosten- und Zaunteile errichtet und mit Hilfe rostiger Drähte, ebenfalls an verwaisten Baustellen aufgelesen, zusammengeflickt habe – dort setzte er sich hin und sortierte die Beute, die er in dem Kinderwagen ankarrte, trennte sie in separate Haufen mit Schachteln, Flaschen, Puppen, Handkurbelfleischwölfe, Messer, Gabeln, Löffel, Ketten, verrostete Scharniere, Mäusefallen, Vogelkäfige, Gürtel, durchgelaufene Schuhe, Mützen, Schreibmaschinen, Ventilatoren, Ölöfen, Petroleumkocher, Schreibstifte, Kämme, Blechtassen, Emailleteller, was in ihrer Erinnerung Szenen heraufbeschwor, die sie lieber vergessen wollte, von ihrem Besuch in Auschwitz, den sie unternommen hatte, als Alexander, also ihr Gatte, der Professor, in Krakau an einem Symposium über Quantencomputerisierung teilnahm. Sie habe ihn angefleht, er solle aufhören, ihr das anzutun, doch es sei nicht mit ihm zu reden. Er sortierte nur den Inhalt des Wagens fertig, stand sofort auf und machte sich wieder auf den Weg, um neue Schätze auszukundschaften, und wenn er bis vor kurzem hauptsächlich noch Dinge zu sammeln pflegte, die aus Wohnungen während der Renovierung vor einem Neubezug auf die Straße geworfen worden waren, so graute es ihm in letzter Zeit, wie ihr dem Geruch nach schien, der seinen Kleidern entströmte, nicht einmal mehr davor, sogar Müllcontainer zu durchwühlen, und da er mit der Zeit seinen Suchradius zunehmend erweitere, fürchte sie sich vor dem Tag, an dem er den Abfallberg der städtischen Mülldeponie erreiche, denn das wäre nicht allein eine Schande, sondern tatsächlich lebensbedrohlich, da am Rande dieser

Müllhalde und anscheinend auch auf ihrem Gipfel wilde obdachlose Gesellen und sogar Araber aus den besetzten Gebieten hausten, und erst unlängst habe man dort die Leiche eines vermissten Mädchens gefunden, das lange Zeit von der Polizei gesucht worden sei, als ein Traktor, der auf dem Müllberg zugange war, sie zufällig mit seiner Gabel hochgehoben habe, und wenn Doktor Gaby zum Nachtisch Kalbsfußsülze wolle, sie habe eine im Kühlschrank …

»Nein, danke, Mina«, wehrte er rasch ab, »Ihre Zunge hat mich vollkommen satt gemacht.«

»Ihre Ablehnung ist nicht ganz überzeugend«, meinte sie, »da ich gesehen habe, mit welchem Appetit Sie die Zunge verzehrt und den Teller blank geputzt haben, was ein Zeichen dafür ist, dass Sie noch Platz für eine Kleinigkeit haben, und die Kalbsfußsülze ist mir diesmal ausnehmend gut gelungen, wirklich delikat, denn ich habe das Pitschej, wie wir das zu Hause, das heißt in Wilna, nannten, aus dem Bein eines fetten, ausgewachsenen Rinds und dem Bein eines Kalbs gemacht, und diese Kombination ist das Geheimnis dieses überragenden Pitschej, denn während der zarte Kalbsfuß die erforderlichen Knorpel für die Gerinnung liefert, erbringt der Fuß des ausgewachsenen Rinds den Fettgehalt und das Schmalz, die den Geschmack des Gelees ungemein verfeinern, und wenn Sie nur ein kleines Stückchen probieren wollten, werden Sie sehen, dass Sie noch mehr möchten.«

Und um ihm jede Gelegenheit zu Ausflüchten zu nehmen, kehrte die Frau des Professors für Quantencomputerisierung umgehend zu dem schmerzlichen Thema zurück, das heißt zur Mülldeponie, auf der sich die Leiche des jungen Mädchens fand, während sie Doktor Gaby trotz seiner Proteste, das brauche es nicht, es sei doch beides Fleisch, den Teller austauschte. Aber sie schnalzte nur mit der Zunge, entsetzte sich bei dem bloßen Gedanken, dass es möglich sein sollte, eine Kalbsfußsülze von

dem gleichen Teller zu essen, auf dem zuvor eingelegte Zunge
serviert worden war, und die Diskussion sei überhaupt hinfäl-
lig, da es sich ohnehin nur um das Abspülen eines Tellers und
mehr nicht handele. Gaby versuchte, sie zum tausendsten Mal
davon zu überzeugen, eine Geschirrspülmaschine anzuschaf-
fen, was sie allein vom Prinzip her als unsinnige Idee verwarf,
denn wie viel Geschirr würden sie und ihr Professor im Laufe eines Tages schon schmutzig machen, sie müsste dann eine
Woche lang Geschirr sammeln, und bis die Maschine voll sei,
würden die ersten Teile beginnen, üblen Geruch nach verfau-
lenden Essensresten abzusondern, und überhaupt, was bliebe
ihr im Leben noch zu tun, wenn ihr auch das Geschirrspülen
genommen würde, und damit stellte sie ein dreieckiges Stück
der Kalbsfußsülze vor ihn hin, und als er wegen der Reichlich-
keit der Portion protestierte, winkte sie mit dem Argument ab,
er müsse ja nicht alles aufessen, worauf er auf das Thema der
Geschirrspülmaschine zurückkam und zu ihr sagte, es gebe
heutzutage kleine Maschinen, die für junge Paare gedacht sei-
en, was sie jedoch mit der Behauptung zurückwies, dass junge
Paare viermal so viel Geschirr bräuchten wie ein altes Ehepaar
wie sie und der Professor, der mit Mühe eine ordentliche Mahlzeit am Tag zu sich nehme, da er die übrigen Mahlzeiten in
Form von Sandwichs erledige, die sie ihm zubereite, wenn er
mit dem Kinderwagen zu seinen Lumpensammlerexpeditionen
aufbreche.

»Und Sie haben mir noch nicht gesagt, wie die Sülze
schmeckt«, erinnerte sie ihn.

»Ausgezeichnet«, erklärte er, »ganz ausgezeichnet, Mina,
aber ein kleiner Geschirrspüler würde Ihnen wenigstens eine
halbe Stunde am Tag, vielleicht sogar eine ganze sparen, denn
so wie ich Sie kenne, begnügen Sie sich nicht mit Abspülen,
sondern trocknen die Teller und das Besteck auch noch mit dem
Geschirrtuch ab.«

»Aber sicher«, sagte sie pikiert, »unser Wasser enthält alle möglichen Stoffe, die Spuren auf den Tellern und insbesondere auf dem Besteck hinterlassen, wenn man sie von selbst trocknen lässt, und ich liebe es ganz und gar nicht, einen Teller, ein Messer oder einen Löffel auf den Tisch zu bringen, auf denen sich der trübe Abdruck eines getrockneten Wassertropfens findet, und außerdem, was soll ich mit dieser Stunde anfangen, die mir die Geschirrspülmaschine spart?«, stellte sie ihm die strategische Frage.

»Sie könnten diese Stunde zum Lesen nutzen, das ist doch das, was Sie am liebsten tun.« Er parierte auf einer Linie, die ihre sämtlichen Verteidigungswälle sprengen sollte.

»Um den Großteil der Bücher zu lesen, die heutzutage geschrieben werden«, stellte die Frau des Professors fest, »ist nicht gar so viel Zeit erforderlich, denn die meisten lege ich nach zwanzig, dreißig Seiten aus der Hand, wenn sich herausstellt, dass es sich wieder einmal um Großmuttergeschichten von unglücklichen Ehen und Verrat dreht oder um Außerirdische und aus den Fingern gesogene Science-Fiction-Märchen.« Damit setzte sie ihn matt und der Diskussion über die Frage des Geschirrspülers ein Ende.

Während er die letzten Reste der Kalbsfußsülze von der Gabel leckte, fing sie mit ihrem musikalischen Gehör das spezielle Quietschen der Federn des alten Kinderwagens des Professors auf, des weltweiten Spezialisten für Superposition von Quantenbytes, dessen von ihm entwickelter Algorithmus die Zerlegung der Zahl 56 153 in ihre Faktoren mittels eines Quantencomputers ermöglichte. Obwohl sie keinerlei Vergewisserung bedurfte, stand sie auf und trat ans Fenster, lupfte den Vorhang eine Spur und spähte durch die spiegelblanke Scheibe, die es kaum möglich machte, zu unterscheiden, ob das Fenster offen oder geschlossen war. Ihre dünne, zarte Stirnhaut legte sich in Falten, und sie verschluckte einen Seufzer, als sie sagte:

»Da ist er. Tun Sie mir einen Gefallen, gehen Sie und reden Sie mit ihm. Vielleicht hört er ja auf Sie. Er hat ein Genie in Ihnen gesehen.«

Gaby trat aus dem Haus und ging zum »Depot«, wo sein Professor mit der Abfallsortierung beschäftigt war.

»Was ist passiert, dass du Zeit hast?«, fragte der Professor mit seiner ruhigen Stimme nach einem halbstündigen Schweigen, das im Anschluss an Gabys Begrüßung: »Schalom, Professor Alexander«, und der Erwiderung des Professors eingesetzt hatte.

Gaby fiel nichts ein, was er dieser weltweiten Koryphäe für Quantencomputerisierung erzählen sollte, und auch der verehrte Professor wusste seinem auserwählten Lieblingsstudenten nichts zu sagen. Diese Frage jedoch erwachte anscheinend in ihm, als er Gaby einen kurzen Blick zuwarf, während er eine Barbiepuppe mit einem gelben Flanelllappen säuberte, nachdem er ihren Bauch und die langen Beine mit einer harten Zahnbürste – deren Borsten er mit der Schere gestutzt hatte, um sie noch härter zu machen – abgekratzt hatte. Anschließend griff er nach der Zigarette, führte sie an die Lippen, zog daran und legte sie behutsam wieder an ihren Platz zurück, in den Schoß eines schaukelnden, bronzenen Aschenbechers, ein Stück aus den fünfziger Jahren des vergangenen Jahrhunderts, dazu gedacht, dass der sich verlängernde Ascheschweif von allein abfiel, wenn der in sein Werk vertiefte Raucher vergaß, dieses mit einem Fingerschnipsen zu tun. Danach warf der Professor einen weiteren kurzen Blick auf Gaby, ratschte mit den oberen Zähnen über seinen linken unteren Mundwinkel, und es schien so, als beginne die zuvor in ihm erwachte Frage sich zu dehnen und mit Leben zu füllen, nach einem halbstündigen Schweigen endlich bereit, sich von ihrem Lager zu erheben und in die Luft der Welt hinauszutreten, und stehe nun, antwortheischend, zwischen ihnen.

Was ist passiert, dass ich Zeit habe?, ließ Gaby die Frage in sich einwirken, im Angesicht des genialen Professors, der seine Finger über den glatten Rücken der über die Maßen sonnengebräunten Barbiepuppe gleiten ließ, als wolle er prüfen, ob ihre Haut Schaden erlitten, sich bösartige Geschwülste aufgeworfen hätten, als sie monate-, vielleicht auch jahrelang der grausamen Sonne dieses Landes ausgesetzt war, ihr nackter Leib auf dem Müllhaufen lag, von dem er sie unterwegs aufgeklaubt hatte, und als seine Finger mit großem, liebevollem Erbarmen und der Präzision eines geheimen Radarstrahls das Gesuchte aufspürten, fuhr seine andere Hand zu dem mit zahlreichen Fächern ausgestatteten Werkzeugkasten hinunter, der aus einem Holzrahmen und dünnen Sperrholztrennwänden gefertigt war, und tauchte umgehend sozusagen mit der zappelnden Beute in Form eines kleinen Streifens speziellen Schleifpapiers im Schnabel wieder auf. Er legte die Patientin bäuchlings auf den gelben Lappen, den er auf den Knien ausgebreitet hatte, und während er ihre wohlgeformten Schultern behutsam zwischen linkem Daumen und Zeigefinger festhielt, schliff er sanft mit dem Schmirgelpapier, wie eine Art Fingerhut über den rechten Zeigefinger gewickelt, die Rückenhaut der betäubten Schönheit glatt, entfernte die bösartige Geschwulst und strich nach Abschluss der chirurgischen Behandlung über die Operationsstelle, um sich zu vergewissern, dass die Unebenheit vollständig entfernt war. Ein Ausdruck von Zufriedenheit trat in sein Gesicht. Er drehte die Patientin auf seinen Knien auf den Rücken, um sie aus der Narkose zu wecken, woraufhin sie ihre smaragdgrün glänzenden Augen unter den langen Wimpern aufschlug und dem guten Doktor, der ihr Leben gerettet hatte, ein herzliches Dankeslächeln zuwarf – und Gaby sagte sich, dass er sich bis zu diesem Augenblick noch nie drei Minuten der Zeit, die ihm auf Erden beschieden war, genommen hatte, um sie einer derart konzentrierten Betrachtung zu widmen, wie er sie jetzt bei diesem Mann vornahm, der vor vierzig Jahren eine neue Bahn in die Welt der Computerisierung gesprengt hatte, die erst in weiteren zehn Jahren ihre Früchte abwerfen sollte, wenn der Quantencomputer zum Gut der Allgemeinheit geworden wäre und die Denkweise vom ambivalenten zum multiplen Denken verändern würde, so dass zwischen der Null und der Eins unendlich viele Zwischenstufen möglich wären.

Erst jetzt, als er Zeuge der Behandlung wurde, die der Professor dieser Puppe angedeihen ließ, die wie eine unerwünschte Kreatur ausgesetzt und auf den Müll geworfen worden war, ging ihm auf, welch ein aufmerksamer, sensibler, den winzigsten Details ergebener Liebhaber in diesem Mann steckte, der bis zu diesem Augenblick in seiner Erinnerungsbank als ein Mensch mit strohtrockenem Humor, unduldsam gegenüber Dummheit eingespeichert war, und plötzlich, als er ihn in seinem »Alte-Sachen-Archiv zwischen den Wänden des Depots« sah, wie es Mina in ihrem antiquierten Hebräisch formuliert hatte, erstrahlte er ihm gegenüber in einem verborgenen Licht, das aus seinem Gesicht und vor allem aus seinen Augen leuchtete, die durch die blankgeputzten Gläser seiner schwarzen Hornbrille nun wieder nach ihm spähten und ...

»Ich habe Zeit, weil man mich entlassen hat«, brach Gaby das Schweigen zum zweiten Mal in der vergangenen Stunde, womit er dem Professor zu guter Letzt die Frage beantwortete, die dieser vor einer halben Stunde gestellt hatte.

»Ah«, sonderte der Professor einen wohlgesetzten Laut in den Raum ab, der weder Erstaunen noch Begreifen, weder Begeisterung noch Gleichgültigkeit, Besorgnis oder Anteilnahme ausdrückte, auch keine Aufforderung zu zusätzlicher Erklärung und Erläuterung, jedoch ebenso wenig einen Schlusspunkt setzte. Es war ein »Ah« ohne Frage- und Ausrufezeichen, ohne Punkt oder Doppelpunkt. Allerhöchstens war es eine Art Laut, der verkündete, dass Gabys Äußerung im System der Quantencomputerisierung des Professors rezipiert worden war und zu gegebener Zeit eine Bearbeitung und Faktorisierung durchlaufen würde, wie es einer Zahl, die dem Anschein nach wie eine Primzahl wirkte, tatsächlich jedoch das Resultat der Verdoppelung von zwei Primzahlen mit zwei, drei Ziffern oder mehr war, gebührte. Inzwischen ...

»Da du Zeit hast, möchtest du vielleicht etwas tun?«, fragte der Professor, ohne die Augen von der Puppe zu heben, deren Zehennägel er jetzt bürstete, um jegliche Spur verkrusteten Schmutzes zu beseitigen, der sich dazwischen festgesetzt hatte.

»Ja«, sagte Gaby, »gern.«

»Wasch ihr den Kopf«, forderte ihn der Professor, der Nobelpreiskandidat, auf und drückte seinem genialen Studenten eine Puppe in der Größe eines drei Monate alten Säuglings in die Hand, die er von einem ganzen Haufen neben der Kiste, auf der er saß, mit teils unversehrten, teils verkrüppelten Puppen, denen ein Arm oder ein Bein fehlte, aufhob. Als Gaby die alte Puppe entgegennahm, deren aus Kautschukmaterial bestehender Leib eine babyartige Hautbeschaffenheit besaß, lenkte der Professor die Aufmerksamkeit seines Schülers auf das Faktum, dass diese Puppe von den Händen einer bekannten Puppenmacherin in Essen angefertigt worden und das Haar auf ihrem Kopf echt sei, weshalb man es mit größter Behutsamkeit zu waschen habe.

»Früher machte man solche Puppen«, sprach Professor Alexander im gleichen bedeutsamen Ton, in dem er seine Gedanken über die Horizonte der Quantencomputerisierung vorzutragen pflegte, und wies Gaby auf eine weiße Emailleschüssel hin, eingebettet in ein spezielles Holzgestell mit drei Beinen, die wie Tänzerinnen, gebogen nach hinten gelehnt, ihre Arme nach oben reckten, die Hüften mittels Holzringen zusammengehalten und stabilisiert.

»Fülle Wasser in den weißen Porzellankrug, der neben dem dreibeinigen Gestell steht«, leitete ihn der Professor an, »und auf der Holzablage an der Wand über dem Gestell befindet sich eine Seifenschale ...«

»Gefunden«, meldete Gaby, als er die alte Porzellanschale entdeckt hatte, deren Glasur mit feinen, spinnennetzartigen Sprüngen gemasert war und in der eine runde, schwach senffarbene Karbolseife lag, daneben eine grünliche Tube mit einem Ei-Haarwaschmittel, das längst nicht mehr im Handel war.

Gaby goss das Wasser aus dem Porzellankrug in die Emailleschüssel, nahm die Puppe in die linke Hand, wie er sich angewöhnt hatte, als seine Kinder noch Babys waren, schöpfte mit der Rechten Wasser aus der Schüssel und benetzte dieses blonde Menschenhaar, das einst auf dem Kopf einer unbekannten jungen Frau in Essen an der Ruhr gewachsen war – und er sah eine junge Arbeiterin in den Krupp-Werken vor sich, die sich am Ende der Woche in der Schlange vor dem Zahlbüro anstellt, um ihren Lohn abzuholen, und nachdem sie mit ihrem Namen, Ursula Plath, unterschrieben und das Geld gezählt hat, das sie mit zermürbender Schufterei an der Stanzmaschine für die Gussformsymbole verdient hat, wird ihr klar, dass es nicht reicht, um die nötigen Medikamente für ihre kranke Mutter zu kaufen, worauf sie auf dem Nachhauseweg in die Alte Marktstraße einbiegt, dort in die Werkstatt der Puppenmacherin Liza Knolp schlüpft, ihr blaues Kopftuch abnimmt, die Nadeln aus ihrem Haar zieht und zwischen die Zähne klemmt und mit ihrer weißen Hand durch ihr üppiges Haar fährt, und als sie den Kopf schüttelt, ergießen sich die Goldflechten wie ein Honigstrom über ihre Schultern und ihren Rücken, sie biegt den Kopf zurück, und die Puppenmacherin fasst mit der Hand in dieses prall seidige Meer, schätzt den Wert und legt den Preis fest, und als sie fragt, wie weit es abgeschnitten werden soll, erwidert das arme Arbeitermädchen: Bis zur Kopfhaut.

Als er nun den dicken Schaum aus ihren Haaren spülte, nach einem Handtuch griff, das an einem Nagel hing, und ihren Kopf darin einhüllte, behutsam tupfend die Nässe auffing und dann das Handtuch entfernte, zeigte sich Ursulas Haar in seiner vollen Pracht, die vom Staub und darin klebenden Schmutzkrusten verschleiert worden war, und ...

»Warum hat man dich entlassen?«, erkundigte sich der Professor, der Ursula aus Gabys Händen entgegennahm und anfing, ihr herrliches Haar mit einem Föhn zu trocknen.

»Ich habe die Mitarbeiter mit dem hochpotenten Virus einer futurologischen Idee infiziert.« Er griff zur essenziellsten Formulierung, die ihm im Moment in den Sinn kam.

»Hör zu«, sagte Professor Alexander, »früher habe ich gelebt, als stünde mir die ganze Ewigkeit zur Verfügung. Weißt du, was ich in jenen Jahren gemacht habe?«

»Den Algorithmus entwickelt, der die Grundlagen für die Quantencomputerisierung gelegt hat?«, vermutete Gaby.

»Unfug«, erwiderte der Professor. Und nach einer Schweigepause, während der er eine Haarbürste nahm und vorsichtig, höchst zartfühlend Ursulas Haare zu kämmen begann, fügte er hinzu: »Ich habe zur Isolierung des Menschen beigetragen in der Illusion, sie würden sich miteinander verbinden. Ich habe die Händler der menschlichen Dummheit über alle Maßen bereichert. Jetzt sag mir kurz, knapp und präzise: Warum hat man dich entlassen?«

»Ich strebe danach, ein virales Ereignis im kybernetischen Raum zu erzeugen, das die Eins in Null verwandelt«, antwortete Gaby.

»Weißt du, weshalb ich nicht Selbstmord begehe?«, meinte der Professor.

»Warum?«, fragte Gaby interessiert.

»Wozu soll man sich anstrengen, etwas zu tun, was ohnehin geschehen wird?«

Gaby schwieg, und der Professor fügte hinzu:»Erinnerst du dich an das Gesetz, das Beschleunigung und Anstrengung mit Katastrophe koppelt?«

»Je mehr das System beschleunigt wird, desto mehr wächst die Anstrengung des Systems und desto näher rückt damit der Störfall, der das System zerstören wird«, antwortete Gaby.

»Schön«, sagte der Professor.»Ich weiß nicht, ob es mir vergönnt sein wird, den Augenblick zu erleben, in dem sich die Welt der Computerisierung nullifiziert und in dem schwarzen Loch untergeht, das sie bei ihrem Zusammenbruch erzeugen wird. Aber du hast noch eine gute Chance, miterleben zu können, wie die Menschheit zu sich selbst zurückfindet, und die Zeit zu erblicken, in der wieder Menschen die Plätze der Roboter, die sie füreinander überflüssig zu machen drohten, ausfüllen werden.«

Gaby schwieg, und der Professor legte ihm eine lädierte, verschmutzte Puppe in die Hände und sagte zu ihm:»Nimm dich ihrer an.«

37. ZWEI ABSCHIEDE

Karin betrachtete Elad, der ein weiteres Telefongespräch beendete, während er den Jeep steuerte.

»Ich hoffe, das war der letzte Anruf«, sagte sie.

»Was ist los?«, verteidigte er sich. »Wie viele waren es denn schon: Fünf? Sechs?«

»Dreizehn«, teilte sie ihm trocken mit, »aber wer zählt schon mit.«

»Du«, stichelte er.

»Hab ich was anderes zu tun auf der Fahrt, wenn der Fahrer so begehrt ist?«, vergalt sie ihm seine Stichelei.

»Was willst du denn?«, ging er zum Angriff über. »Hätte ich dem Ministerpräsidenten vielleicht nicht antworten sollen?«

»Ich will gar nichts«, sagte sie. »Von mir aus kannst du ihm sogar einen runterholen.«

»Was soll das jetzt?«, empörte er sich.

»Feedback«, meinte sie. »Virtuell hast du genau das gemacht.«

»Wie redest du denn?!« Er war erschüttert.

»Was ist los, Schatz«, spöttelte sie, »sind unsere Ohren züchtiger als die Lippen?«

»Was haben die Ohren mit den Lippen zu tun?« Er begriff nicht, was sie meinte.

»So viel wie Schabbatjahr mit Striptease-Bar«, antwortete Karin. »Man lässt eben zugehaltene Ohren nicht hören, was offene Lippen lutschen.«

»Du hast vielleicht eine lose Zunge«, protestierte er.

»Soll ich dich dran erinnern, wo deine schon war?«, schlug sie zurück.

»Du bist unschlagbar«, sagte er. »Du bleibst einem nichts schuldig.«

»Du hebst das Niveau, ich zieh's runter«, erwiderte sie. »Aber falls dich das stört, setz ich mich ab. Dann kannst du mit jeder Null telefonieren, so viel du willst und wie du grade Lust hast.«

»Hör auf«, bat er, »lass uns doch nicht streiten wie ein Ehepaar.«

»Meinst du, mir gefällt es, mit dir zu streiten?«, fragte sie.

»Warum machst du mich dann nieder?«, gab er angriffslustig zurück.

»Ich wollte mit dir reden«, sagte sie. »Endlich sind wir mal allein ohne noch ein Dutzend feindlicher Ohren um uns rum, die mithören, endlich haben wir mal *quality time,* eine Gelegenheit zu reden, und statt dein Mobiltelefon auf stumm zu schalten, flüchtest du dich rein.«

»Worüber wolltest du reden?«, fragte er.

»Über uns«, sagte Karin.

»Wie ›über uns‹?«, erkundigte er sich vorsichtig.

»Ich möchte reisen«, sagte sie.

»Wohin?«

»Ich bin erst im Januar dran«, erwiderte sie. »Ich hab ein halbes Jahr bis zur Einberufung.«

»Wohin willst du?«, fragte er noch einmal.

»Nach Thailand«, sagte sie. »Kommst du mit?«

»Wie könnte ich?!«, stieß er mit schriller Stimme aus.

»Du kannst«, gab sie zurück, »wenn du mich liebst.«

»Spinnst du?!«, entfuhr es ihm. »Unmöglich!«

»Wenn man liebt«, entgegnete sie ruhig, »ist alles möglich.«

»Ich bin verheiratet!«, protestierte er.

»Echt, was du nicht sagst!«, spottete sie. »Wusste ich gar nicht. Ich dachte, du bist nicht so arg verheiratet.«

»Karin!«

»Es hat dich nicht dran gehindert, mit mir zu schlafen, warum soll es dich dann dran hindern, mit mir wegzufahren?«

»Hör mal, Karin ...«, setzte er an.

Doch sie schnitt ihm das Wort ab. »Ohne ›hör mal, Karin‹, bitte. Wer Angst hat, seiner Liebe zu folgen, liebt nicht wirklich«, stellte sie fest.

»Ich weiß nicht, was ich dir sagen soll, aber ...«

Erneut fiel sie ihm, mitten im angefangenen Satz, ins Wort: »Wenn du nicht weißt, was du sagen sollst, dann sag das deinen Freunden, den Politikern, nicht mir.«

»Was willst du denn, dass ich sage?!«, brauste er auf.

»Gar nichts«, sagte sie. »Halt an, und lass mich raus.«

»Ich kann dich bis zu deinem Psychologen fahren«, bot er an.

»Nicht nötig. Halt sofort an, und lass mich aussteigen«, befahl sie.

»Aber bitte«, meinte er nur. Er fuhr den Jeep an den Rand des Bürgersteigs und hielt. Karin öffnete die Wagentür, stieg aus, und bevor sie die Tür zuwarf, gelang es ihm noch, sie zu fragen: »Was ist mit der Rückfahrt?«

»Du bist entlassen«, sagte sie, »und danke fürs Mitnehmen.«

»Karin«, ermahnte er sie, »sei vorsichtig! Ich bin ein starker Mensch! Ich liebe dich, ja? Mach keinen Unsinn!«

»Hab ich schon genug gemacht«, befand sie. »*Jallah*, bye!«

Sie drückte sanft die Wagentür zu und entfernte sich in Richtung Fußgängerübergang. Der Jeep blinkte und fuhr davon. Karin öffnete die Kontakte im Mobiltelefon, ging auf »suchen«, gab »Libby« ein und tippte auf »Libby Ben-Chaim«.

»Karin?«, drang Libbys Stimme aus dem Telefon.

»Hallo, Libby, wo erwisch ich dich grad?«

»In Opas Wohnung, im Kibbuz. Was gibt's?«

»Bis wann bist du dort?«, fragte Karin.

»Erst mal bis auf weiteres,« sagte Libby.

»Passt es dir, wenn ich komme?«

»Wann?«

»Heute, so gegen fünf?«

»Passt«, antwortete Libby.

»Ich hab noch die Psychostunde, und dann komm ich.«

»Geht klar«, sagte Libby.

»*Jallah*, bye«, beendete Karin das Gespräch. Dann ging sie zur Wohnung des klinischen Psychologen, Dr. Guido Xanadu, und setzte sich dort auf das blaue Sofa. Er nahm ihr gegenüber in dem braunen Sessel Platz, den Block mit den gelben Seiten auf seinem Schoß und die Ellbogen auf die Sessellehnen gestützt, wobei er die Spitze eines gelben Bleistifts zwischen die Finger seiner linken Hand und das Stiftende mit dem metallberingten Radiergummi zwischen die rechten geklemmt hielt und den Bleistift so ständig um die eigene Achse drehte. Diese zwanghafte Bewegung betonte das Schweigen, das sich seit Beginn dieser Therapiesitzung ausdehnte. Karin nahm ihr Mobiltelefon zur Hand. Tippte Botschaften und schickte sie per WhatsApp an die Chatbox »Meine Familie und andere Tierchen«. Drückte auf das Kamerasymbol. Lud ein Bild und betrachtete es. Der klinische Psychologe, Dr. Guido Xanadu, blinzelte als Erster.

»Haben wir beschlossen, heute zu schweigen?«, fragte er.

»Wollen Sie mit ihr reden?«, erwiderte Karin.

»Was? Mit wem reden?« Er konnte ihr nicht folgen.

Karin hielt ihm ihr Mobiltelefon hin und bezog sich auf das Bild auf dem Display: »Mit meiner Mutter.«

»Nein … warum?«

Es gelang ihm nicht, den argwöhnischen Ton in seiner

Stimme zu kaschieren, doch als ihm Karin ihr Mobiltelefon reichte, betrachtete er das Foto mit Interesse. Karin heftete währenddessen einen forschenden Blick auf sein Gesicht. Sie gab einen Schuss auf ihn ab:»Hübsch, nicht?«

Guido war erschrocken über die Frage. Es dauerte einen Moment, bis er sich erholt hatte.

»Ja, ja ... könnte man sagen ... aber kehren wir zur ...«

Karin ließ ihn den Satz nicht zu Ende sprechen:»Lieben Sie sie?«

Guido gab ihr das Mobiltelefon zurück, holte tief Luft und erwiderte:»Um jemanden zu lieben, muss man intime Bekanntschaft mit ihm schließen.«

»Sie haben keine intime Bekanntschaft mit ihr?«, stellte sich Karin dumm.

Guido versuchte, dem ein Ende zu machen, und wechselte das Thema:»Ich spreche mit meinen Patienten nicht über andere Patienten. Kommen wir auf dich zurück?«

Karin stimmte wortlos nickend zu. Guido holte wieder Luft und probierte es mit einer Frage:»Erzähl mir von einem Ereignis oder einem Erlebnis, das du diese Woche, seit unserem letzten Treffen, hattest.«

Karin machte eine zustimmende Kopfbewegung und sagte in kühlem, gleichmütigem Ton:»Meine Mutter ist schwer verletzt worden.«

»Was?!« Guido fuhr aus seinem Sessel hoch.

»Sie hat einen Unfall gehabt«, fuhr Karin im gleichen Tonfall seelenruhig fort.

Guido war bestürzt. In der letzten SMS, die ihm Dorit geschickt hatte, hatte sie nichts von einem Unfall berichtet.

»Wann ist das passiert?«, fragte er.

Karin registrierte seine Überraschung und lächelte:»Vor ein paar Tagen.«

»Wo ist sie verletzt worden?«, forschte er nach.

»Im Gesicht«, antwortete Karin, während sie ihn auf seine Reaktion hin musterte.

»Was du nicht sagst! Eine gravierende Verletzung?«

»Nicht so schlimm«, beruhigte sie ihn. »Eine Wunde an der Lippe und ein geschwollenes Auge.«

Guido begriff, dass Dorit den Faustschlag, den sie von ihm abbekommen hatte, als Unfall hingestellt hatte. Er vergewisserte sich: »Und das Auto?«

»Das Auto hat keinen Kratzer abgekriegt«, sagte sie, allerdings auf eine Art und Weise beruhigend, die seine Befürchtungen verstärkte, dass sie die Wahrheit kannte.

»Dann ... äh ... was war es denn für ein Unfall?«, erkundigte er sich.

»Das war die erste Frage, die mein Vater gestellt hat«, legte sie einen Köder aus, um ihn zum Reden zu verleiten.

»Und was hat sie ihm erzählt?« Ihm unterlief eine Fehlleistung bei der Formulierung der Frage.

Aha, sagte sich Karin. Der Schuft weiß, dass die Geschichte mit dem Unfall nur ein Märchen ist. Jetzt ist es Zeit, ihn in die Mangel zu nehmen.

»Sie hat ihm erzählt, dass jemand fast in sie reingefahren ist«, berichtete Karin, ohne ein Auge von ihm zu lassen, »und sie hat eine Vollbremsung gemacht und ist mit dem Gesicht aufs Lenkrad geknallt. Aber er hat ihr nicht geglaubt.«

»Ah, nein? Was hat er gesagt?«, fragte der klinische Psychologe unbehaglich.

»Er hat gesagt, es sieht wie ein Faustschlag aus.« Karin kostete jedes Wort aus. »Er hat verlangt, dass sie sofort damit rausrückt, wer sie geschlagen hat, er würde ihm Arme und Beine brechen.«

»Das hat er gesagt?« Guido versuchte, die Drohung mit Hilfe eines gekünstelten Auflachens abzutun, doch Karin versperrte ihm diesen simplen Fluchtweg: »Das macht er. Er ist ein gewalttätiger Mann. Macht Karate und Aikido. War Offizier im Schimschon-Bataillon. Einen Menschen zu töten ist für ihn wie für Sie eine Umarmung oder ein Kuss. Hat sie Ihnen das nicht erzählt?«

»Nein«, stieß Guido gepresst aus.

»Ich habe ganz vergessen, dass Sie ja keine intime Bekanntschaft mit ihr haben«, sagte Karin genüsslich.

»Und was hat sie darauf gesagt?«, drang Guido zunehmend beunruhigt in sie.

»Sie hat abgestritten, dass jemand sie geschlagen hat«, gab ihm Karin den Rest.

Guido konnte sich nicht mehr beherrschen: »Und er? Wie hat er darauf reagiert?«

»Er hat es geschluckt«, gewährte ihm Karin eine Verschnaufpause.

Guido atmete stark erleichtert auf: »Gut, kommen wir zu dir.«

»Genau was mein Vater gesagt hat«, legte sie einen weiteren Köder aus.

Er fuhr erschreckt zusammen und lief ihr prompt in die Falle: »Was genau? Was ... was ist damit gemeint?«

»Er hat mich ausgefragt.« Karin gab ihm ein Stückchen Leine.

»Hat er gefragt, ob sie es dir verraten hat?«

»Was?«, stellte sich Karin begriffsstutzig.

»Wer sie geschlagen hat!«, sagte der ermattete Psychologe, ohne seine Zunge noch weiter zu hüten.

»Ja.« Karin stach mit dem Messer zu.

»Was ›ja‹?«, entfuhr ihm ein gepresster Aufschrei.

»Sie hat's mir erzählt.« Karin drehte das Messer in der Wunde.

»Was hat sie dir erzählt?«, bedrängte er sie.

»Die Wahrheit.« Karin begutachtete ihn forschend wie ein

Zoologe ein Insekt, und als sie sah, dass sich seine Augen vor Panik fast verdrehten, schob sie betont nach:»Sie hat mir die ganze Wahrheit erzählt.«

»Das heißt was?« Er brachte es nicht fertig lockerzulassen.

»Ich denke, das brauche ich Ihnen nicht zu sagen«, erwiderte Karin ruhig.

»Wie soll ich dir helfen, wenn du Dinge verheimlichst?« Nun probierte er es mit indirekter Taktik.

»Gehört das in die Therapie?«, meinte sie hinterhältig.

»Alles gehört in die Therapie!«, erwiderte der therapeutische Psychologe mit kompetenter Stimme.

»Ich dachte, Sie reden prinzipiell nicht mit einer Patientin über eine andere.«

»Das Thema ist nicht deine Mutter. Das Thema bist – du«, versuchte er, sich aus der Klemme zu ziehen.

»Mir geht's gut.« Karin spähte auf ihre Uhr und bemerkte:»Ich glaube, meine Zeit ist um.«

Guido warf einen Blick auf seine Uhr und erkannte, dass sie recht hatte.»Wir haben aber noch ein paar Minuten vor der nächsten Patientin.«

»Ich glaube nicht, dass es sich lohnt, da jetzt noch drauf einzusteigen«, beharrte Karin.

»Fang an, und wir werden sehen!«, beschwor er sie.

»Das ist ein ziemlich harter Brocken von Story«, ließ sie fallen, während sie aufstand.»Lassen wir das für wann anders.«

Guido kapitulierte. Er erhob sich, begleitete sie zur Tür und sagte in zögernd fragendem Ton:»Wir sehen uns kommende Woche?«

Karin blickte ihm direkt in die Augen, hielt mit ihrer Antwort zwei Sekunden zurück, und dann warf sie ihm die gezündete Granate hin:»Wenn mich mein Vater lässt.«

»Warum sollte er dich nicht lassen?«, fragte er alarmiert.

Karin wartete eine weitere Sekunde mit ihrer Antwort, und dann ließ sie die Granate in seinen Händen explodieren: »Wenn Mama einknickt und ihm erzählt, was sie mir erzählt hat, sehen wir uns nicht wieder. Bye!«

Sie trat ins Treppenhaus hinaus. Als Guido die Tür hinter ihr geschlossen hatte, schlich sie zurück und horchte auf die Geräusche dahinter. Sie hörte seine Stimme, fast schreiend: »Dorit! Du hast Karin von uns erzählt?!«

Karin lächelte in sich hinein. Sie betrat den Aufzug und sagte zu ihrem Spiegelbild: Du bist zwei Schufte losgeworden.

38. DIE GENERALPROBE

»Mariechen! Bringen Sie den Nachtisch«, befiehlt Evas Mutter dem Dienstmädchen.

»Sofort, Frau Chaimson«, sagt das mollige, rotbackige junge Mädchen.

»Von woher kommt sie?«, fragt Eva ihre Mutter.

»Mariechen ist aus Maiernigg«, antwortet Sonja. »Warum fragst du?«

»Sie hat einen reizenden Dialekt«, bemerkt Eva.

»Das ist ein kärntnerischer Akzent«, erklärt Sonja. »Mariechen ist ein gutes Dienstmädchen, wir haben Glück mit ihr. Sie ist fleißig und sauber, nicht dumm, macht sofort alles, was man ihr sagt, und sie redet nicht viel.«

»Mariechen tanzt auch hübsch«, fügt Evas Vater hinzu.

Mariechen kehrt zurück, betritt das geräumige Speisezimmer in der Tat mit graziösen Schritten, ein großes, mit allerlei Köstlichkeiten beladenes Holztablett balancierend. Geschickt, leise und mit harmonischen Bewegungen lädt sie die Schälchen vom Tablett ab – Johannisbeeren, Himbeeren, Erdbeeren, süße Sahne, Herzkirschen, Weichseln und drei Teller mit jeweils einem großzügig bemessenen Stück Sachertorte, garniert mit einem Schlagsahnehäubchen. Anschließend stellt Mariechen noch eine Porzellankanne mit Kaffee, eine Flasche Kirsch und einen ungarischen Barack auf den Tisch.

»Danke, Mariechen«, sagt Frau Chaimson. »Sie können wieder in die Küche gehen.«

»Danke, Frau Chaimson«, erwidert Mariechen. Sie macht einen Knicks, nimmt das Tablett und geht hinaus.

»Ich sage nicht zu euch, dass ihr kommen und im Kibbuz leben sollt«, nimmt Eva den Gesprächsfaden wieder auf. »Verkauft diese Wohnung in Wien, und kauft für den Preis eine Wohnung in Tel Aviv oder Jerusalem, und euch wird noch Geld übrig bleiben, um eine Filiale der Firma im Land Israel aufzumachen. Papa kann seine Handelsbeziehungen nutzen, um ein Importgeschäft für Rinder und Viehfutter zu eröffnen. Die jüdische Landwirtschaft entwickelt sich sehr rasch, und ich bin sicher, Papa wird mit den Geschäften in unserem Land nicht weniger Erfolg haben als in Österreich.«

»Wie kannst du Jerusalem oder Tel Aviv mit Wien vergleichen?«, entgegnet Sonja indigniert. »Wien ist eine Hauptstadt von Weltkultur mit Theater und Oper, und was, bitte, ist Jerusalem? Eine Stadt voller Bettler und Verrückter aus der gesamten Levante.«

»Wer hat dir denn solchen Unsinn erzählt, Mama?«, fragt Eva verärgert.

»Ich habe die Aufzeichnungen Flauberts und auch Mark Twains von ihren Besuchen gelesen, in Palästina allgemein und insbesondere in Jerusalem«, erwidert Sonja. »Es ist ein zurückgebliebenes und abstoßendes Land in einer unterentwickelten und abstoßenden Gegend.«

»Du hast Mark Twains Eindrücke von vor sechzig Jahren gelesen«, wischt Eva die Worte ihrer Mutter beiseite.

»Ich habe auch Dinge gelesen, die Touristen schrieben, die in den letzten Jahren aus Palästina zurückkamen«, verteidigt sich Sonja. »Kein einziges nennenswertes Theater, und ich habe von dem unglücklichen Versuch Golinkins gelesen, eine Oper zu etablieren. Und von Ballett ist gar nicht zu reden.«

»Das Land entwickelt sich sehr schnell«, argumentiert Eva, »und jetzt – mit der Machtergreifung der Nazis hat ein Auswanderungsstrom aus Deutschland begonnen. Meine guten jüdischen Freunde aus Berlin, Musiker, Kabarettisten, Journalisten und auch Schriftsteller und Dichter, verlassen Deutschland und kommen ins Land Israel, und das kulturelle Leben im Land verändert sich rasant.«

»Wir werden diese Wohnung nicht verkaufen«, sagt Sonja mit Entschiedenheit, »und wir werden Wien nicht verlassen, um unter den Barbaren in der Levante zu leben.«

»Keine Sorge, Mama, ihr werdet diese Wohnung gar nicht verkaufen müssen«, entgegnet Eva, »sie werden euch mit einer Zahnbürste und einem Paar Unterhosen zum Wechseln hinauswerfen.«

»Wie redest du denn?!«, ruft Sonja erschüttert aus.

»Schschsch ...«, beschwichtigt Moritz seine Frau. »Wer wird uns hinauswerfen?«

»Die Barbaren«, sagt Eva. »Ich habe unter ihnen gelebt.«

»Welche Barbaren denn?« Sonja winkt ab. »Wir sind hier in Europa!«

»Sie spricht von den Deutschen«, meint Moritz. »Ihr Kopf ist voll kommunistischer Propaganda.«

»Papa!«, protestiert Eva. »Ich bin in Berlin unter Nazis herumgekommen. Ich hatte einen Freund, der ein Nazi ist. Ich habe mit ihnen zusammen ihre Lieder gesungen. Habt ihr einmal das Horst-Wessel-Lied gehört? ›Die Straße frei den braunen Bataillonen! Zum Kampfe steh'n wir alle schon bereit!‹? Habt ihr die neue Version vom Heckerlied gehört? ›Wenn der Sturmsoldat ins Feuer geht, ei, dann hat er frohen Mut / und wenn's Judenblut vom Messer spritzt, dann geht's noch mal so gut!‹«

»Wer singt denn so etwas?«, fragt Moritz ungläubig.

»Die Sturmtruppen – die SA – haben das Lied bei dem Aufmarsch am 30. Januar 1933 gesungen, als sie Hitlers Machtergreifung feierten. Wenn sie Wien erreichen, werdet ihr das in der Originalausführung hören können, bevor sie euch zusammen mit eurem Mobiliar aus dem Fenster des vierten Stockwerks werfen.«

»Blödsinn.« Moritz kehrt die Worte seiner Tochter mit einer geringschätzigen Geste beiseite. »Ich erinnere mich an die deutsche Armee aus dem Weltkrieg. Ihre Offiziere haben sich besser benommen als die unsrigen, ganz zu schweigen von den russischen.«

»Nu, gewiss!«, unterstützt ihn Sonja. »Wie kannst du sie mit Russen vergleichen? Die Deutschen sind das kultivierteste Volk in Europa!«

»Und ich weiß, wovon ich spreche«, ereifert sich Moritz. »Ich habe Geschäfte mit der deutschen Armee gemacht. Ich habe Viehfutter für die Pferde der Kavallerie geliefert. Man konnte sich auf das Ehrenwort eines deutschen Offiziers verlassen wie auf einen beglaubigten Vertrag mit einem Advokaten.«

»Und unsere Verwandten in Litauen, die Kaddischsons, haben nach dem Krieg geschrieben, dass die deutsche Armee so freundlich zu den Juden war! Viel netter als die Litauer und die Russen. Tante Bronka Kaddischson schrieb mir: ›Die deutschen Offiziere liebten uns einfach und zollten uns Achtung. Sie halfen uns, das jüdische Theater in Wilna zu errichten. Sie beschlagnahmten das Gebäude eines alten Zirkus und gaben es unserem Theater.‹«

»Also mach uns keine Angst mit den Nazis«, vollendet Moritz die Worte seiner Frau. »Hitler ist eine vorübergehende Episode. Die Deutschen sind kein dummes Volk. Sollte er anfangen, Unfug zu treiben – und so wie er bisweilen spricht, könnte das durchaus sein –, werden sie ihn absetzen. Ich gebe ihm zwei, maximal drei Jahre, und man wird sich kaum mehr daran erinnern, dass er einmal an der Macht war.«

»Mama, Papa«, fleht Eva, »ich war auf ihren Versammlungen. Ich habe die Reden und die Musik gehört. Sie bereiten sich darauf vor, ganz Europa zu erobern. Der Krieg ist nur noch eine Frage der Zeit. Mit jedem Tag, an dem die Sonne aufgeht, erlassen sie neue Gesetze und Verordnungen, die die jüdischen Bürger ihrer sämtlichen bürgerlichen Rechte entheben. Sie beseitigen die Juden aus allen Arbeitsstellen und allen Lebensbereichen, sie beschlagnahmen jüdischen Besitz mit Hilfe des Gesetzes zur Arisierung von Eigentum, und in Bälde werden sie den Juden auch das Recht zu atmen aberkennen. Die Erde brennt unter euren Füßen.«

»Die Zionisten haben diese Phrasen bereits vor vierzig Jahren von sich gegeben«, schmunzelt Moritz, »und was ist passiert? Inzwischen hattet ihr im Land Israel drei Pogromwellen: 1921 ermordeten sie Brenner und Trumpeldor, 1929 veranstalteten sie Pogrome in Jaffa, Jerusalem und Hebron und brachten an die zweihundert Juden um. Und wie ich lese, bereiten die Araber jetzt eine neue Mordwelle auf den Straßen und Wegen im ganzen Lande vor. Also, wo ist unsere Existenz sicherer: in Palästina oder in Wien?«

»Papa«, sagt Eva, »der Unterschied ist, dass wir im Land Israel gelernt haben, uns selbst mit der Waffe in der Hand zu verteidigen. Aber hier, wenn die deutsche Wehrmacht in Wien einmarschiert, wird es niemanden geben, der euch verteidigt. Euer Besitz und euer Leben werden der Gesetzlosigkeit anheimfallen.«

»Was soll das, ›die deutsche Wehrmacht marschiert in Wien ein‹?«, lacht Sonja auf. »Wien und Gesetzlosigkeit? Österreich hat eine Armee! Es gibt eine Kavallerie! Eine Luftflotte! Artillerie! Weißt du, was das ist, die österreichische Armee?«

»Wir haben auch sehr starke Verbündete«, behauptet Moritz. »Hitler weiß, dass in dem Moment, in dem er versucht, die Grenzen des Reichs zu überschreiten, England und Frankreich Deutschland den Krieg erklären werden, und die deutschen Generäle sind doch nicht dumm. Sie wissen, dass sie keine Chance in einem Krieg gegen England und Frankreich haben. Er wird Österreich niemals angreifen!«

»Ihr seid verloren«, sagt Eva bedrückt, »verloren!«

»Was soll denn dieses Gerede, Eva?«, rügt Sonja ihre Tochter. »Ich und Vater sprechen vernünftig mit dir, aber du willst nicht hören! Dein Kopf ist voller zionistischer Propaganda: Land Israel, Land Israel!«

»Eure Vernunft gehört einer Welt an, die demnächst nicht mehr existieren wird«, entgegnet Eva, »und wenn sie hierherkommen, dann ...«

Urplötzlich streckt Eva die rechte Hand zum Hitlergruß aus und marschiert im Nazistechschritt durch den Raum, stimmt das Horst-Wessel-Lied an, brüllt: »Sieg heil!«, und wirft jedes Möbelstück um, das ihr in den Weg gerät. Sonja und Moritz springen entsetzt auf, der Mund bleibt ihnen offen stehen, es verschlägt ihnen die Sprache. Sie starren Eva mit angstgeweitetem Blick an. Mariechen kommt ins Esszimmer gelaufen und erstarrt auf der Stelle, als ihre erschrocken aufgerissenen Augen das Schauspiel der Zerstörung gewahren.

Zu guter Letzt findet Sonja als Erste ihre Stimme wieder und schreit: »Moritz! Tu etwas! Halt sie auf!«

Eva springt auf den gedeckten Tisch und setzt ihren Zerstörungsmarsch fort, tritt auf die Teller und Weingläser und veranstaltet ein Pogrom in dem ordentlichen bürgerlichen Speisezimmer. Mit einem Mal hält sie inne, springt vom Tisch herunter, packt ihre Mutter am Hals, schüttelt sie und spuckt ihr ins entsetzte Gesicht: »Ihr seid Idioten! Vollkommene Idioten! Eure Dummheit raubt mir den Atem. Ich kann keinen Tag länger hierbleiben!«

Sie lässt ihre Mutter los, die mit aufgerissenem Mund, wie ein Fisch auf dem Trockenen nach Luft schnappend, auf dem Stuhl zusammensinkt. Moritz macht einen Schritt auf Eva zu, doch sie kommt ihm zuvor, stellt sich ihm mit geballten Fäusten gegenüber.

»Rühr mich nicht an!«, warnt sie ihn. »Wenn du auch nur eine Hand gegen mich erhebst, schlage ich zu!«

»Lass sie«, flüstert Sonja ihrem Mann zu, »die Zionisten haben ein böses Tier aus ihr gemacht.«

»Trotz der Rechnung, die ich mit dir noch offenstehen habe, Papa, und du weißt, in welcher Angelegenheit, hoffe ich, dass es euch gelingen möge, das Land Israel lebend zu erreichen, und nicht nur in meiner Erinnerung.«

»Und, sind sie nach Palästina gekommen?«, fragte Adib Libby in Facetime.

»Nein, Adib«, antwortete sie ihm. »Sie haben Moritz ins Lager Mauthausen verschickt, und er wurde dort zu Zwangsarbeiten bei der Anlage eines Tunnelsystems in dem Berg über Linz eingesetzt.«

»Warum gruben sie dort Tunnel?«, wollte Adib wissen. »Wohin wollten sie denn?«

»Laut Evas Tagebuch wollte Hitler, der in Linz zur Schule gegangen war, diese Stadt zur Kulturhauptstadt des Reichs machen. In dem Berg oberhalb von Linz gab es einen Tunnel aus den Zeiten der Römer, der als Kelter diente, und Hitler gab Befehl, den Kelter auszuhöhlen und ein Tunnelnetz zu graben, das der ganzen Linzer Bevölkerung als Zuflucht dienen könnte für den Fall, dass die Engländer und Amerikaner die Stadt bombardieren würden. Moritz, der schon nicht mehr der Jüngste war, hat die Arbeit nicht bewältigt, und ein SS-Mann namens Murr hat ihn totgeschlagen.«

»Und was ist mit Sonja passiert?«, fragte Adib leise.

»Sonja wurde nach Auschwitz-Birkenau deportiert. Es blieb keine Spur von ihr zurück.«

39. DAS START-UP DER BETTELEI

Der spärliche Verkehr auf den dunklen Straßen, auf denen mittlerweile auch das Rumpeln der Autobusse erstorben war, und die kühle Luft, die vom Meer herankroch und seine Haut wie eine feuchte Kuhzunge beleckte, ließen Gaby vermuten, dass es ein oder zwei Uhr nachts war. Junge Leute mit Biergläsern in der Hand scharten sich auf dem Bürgersteig in der engen Sackgasse zusammen, an deren blindem Ende sich das schmiedeeiserne Eingangstor zu Gurs Pub erhob. Gaby schloss sein Fahrrad an den Eisenzaun, und als er den Schlüssel in die Tasche zurückschob, merkte er, dass er keine Geldbörse dabeihatte.

Er blickte hilfesuchend nach rechts und nach links, bis sein Blick auf ein leeres Bierglas fiel, das in aller Unschuld auf der niedrigen Betonbrüstung stand, aus der die Eisenstäbe des Zauns aufragten. Gaby fasste das leere Glas ins Auge, und ein eigenartiges Lächeln huschte über sein Gesicht. Er streckte seine Hand nach dem Glas aus, und noch bevor er recht begriff, was er tat, führte ihn das Glas in seiner Hand ganz unbefangen in Richtung der jungen Leute, die sich in der Gasse versammelt hatten. Ein kurzer Blick machte ihm klar, dass sie seine Kinder sein könnten, doch gerade das machte es ihm leicht, sie anzusprechen und einfach zu ihnen zu sagen, dass er in der Früh ohne Geldbörse aus dem Haus gegangen sei und ein Glas Bier bräuchte.

Die jungen Leute wandten ihm ihre Blicke zu, er sah ihre ungläubig schockierten Gesichter, als er die Hand ausstreckte und ihnen das leere Glas hinhielt. In ihren Augen las er, dass sie ihn im Verdacht hatten, er wolle sie auf den Arm nehmen, was ihn dazu veranlasste hinzuzufügen, er würde ihnen ja gern im Gegenzug seine Armbanduhr dafür geben, doch die habe er leider bei seinem Professor für Quantencomputerisierung vergessen, nachdem er sie vom Handgelenk genommen habe, als er dem Professor half, sich um seine Puppen zu kümmern, und einer von ihnen den Kopf gewaschen habe.

»Welcher denn?«, erkundigte sich ein großgeratenes junges Mädchen mit breitem Gesicht und großen braunen Augen.

»Ursula«, hörte er sich mit völliger Sicherheit antworten.

»Was für Haare hat sie denn, die Ursula?«, fragte das Mädchen nach.

Er betrachtete Katja – den Namen verband er im Moment spontan mit ihrer Gestalt – und fragte sich, ob sie ihn für einen Verrückten hielt, über den sie sich lustig machen wollte, aber Katja gab ihm einen so offenherzigen und empathischen Blick zurück, wie er ihn schon lange nicht mehr gesehen hatte, und daher antwortete er mit der gleichen Geradlinigkeit, mit der sie ihre Frage gestellt hatte: »Sie hat echtes Haar, das vom Kopf einer jungen Arbeiterin der Kruppwerke in Essen abgeschnitten wurde, in den zwanziger Jahren des letzten Jahrhunderts.«

»Warum hat sie ihre Haare verkauft?«, wunderte sich Katja.

»Der Wochenlohn, den sie in der Fabrik erhielt, reichte nicht aus, um die Medikamente zu kaufen, die ihre Mutter dringend brauchte.«

»So wie du jetzt ein Bier brauchst«, mischte sich ein Junge mit blasiertem Gesichtsausdruck in das Gespräch ein.

»Nein«, entgegnete Gaby, »so wie du eines Tages Barmherzigkeit brauchen wirst.«

»*Jallah*, Alter, nimm zwanzig Schekel und verpiss dich woandershin«, sagte der Arroganzling und stopfte einen feuchten, verkrumpelten Geldschein in das Glas in Gabys Hand.

»Danke«, sagte Gaby zu ihm und neigte den Kopf, »wirklich vielen Dank.« Doch bevor er den Schein herausfischen konnte, streckten sich mit einem Mal nacheinander lauter weiche, junge Hände aus, und Fünf- und Zehnschekelmünzen fielen klirrend in das Glas, klingelten ihm angenehm in den Ohren. Während er sich noch in überschwänglichen Dankesworten an die großzügigen jungen Leute erging, überraschte ihn jene Katja wieder mit einer Frage: »Und was ist am Ende aus ihr geworden?«

Gaby blickte direkt in das Dunkel von Katjas Augen und las dort das Ende der Geschichte: »Die Arbeiterin wurde bei der 1002. Bombardierung getötet, die die britische Luftwaffe im Sommer 1942 auf Essen durchführte.«

Große Kristalltränen sammelten sich in Katjas Augen, doch bevor sie über ihre Wangen hinunterrollten, wandte er sich ab und ging in das Pub hinein, das er noch nie so spät in der Nacht besucht hatte.

Der Raum war vom dichten Stimmengewirr Dutzender Leute erfüllt, die alle gleichzeitig redeten in dem Bemühen, den Lärm der rhythmischen, monotonen Musik zu übertönen, die wie eine Art Riesenkompressor pulste.

Gaby bahnte sich einen Weg durch die trinkenden und rauchenden Menschentrauben, durch Reden, Lachen und Husten, und während er sich an diesen lärmenden Grüppchen vorbeizwängte, entdeckte er, dass sich jede dieser Trauben um jemanden scharte, der die größte Lautstärke beim Reden produzierte, während die anderen ein Getöse an Reaktionen, Gelächter, Ausrufen und Stöhnen veranstalteten.

Er gelangte zur Bar, die in Form eines @ angelegt war, das Zentrum als tiefster Punkt, von dem aus das Schwänzchen wie ein sich krümmender Pfad einen Kraterhang bis zum Gipfel am Schwanzende des Kringels aufstieg. Er fand einen freien Platz am alleräußersten Ende – was ihn in die Lage versetzte, all die

Menschen, die sich um die gerundete, zur Mitte hin abfallende Bar zusammendrängten, sowohl an der inneren als auch an der äußeren Kante des Kraterstrudels zu beobachten. Nun wurde er auf die Tatsache aufmerksam, dass auch bei den Leuten, die, überwiegend zu Paaren formiert, die Bar belagerten, jeweils einer der Partner den Lärm erzeugte, während der andere ihn konsumierte oder ertrug und mit Kopfbewegungen, Lachen oder einfach einem leeren Gesicht darauf reagierte. Er bestellte einen halben Liter Newcastle Pale Ale, und seine Ohren fokussierten sich eine Weile auf einen jungen Mann mit Glatze und Brille, der ihm gegenübersaß und einen lärmenden Wortschwall produzierte, der sich an die Frau links von ihm richtete. Anfangs gelang es ihm in dem allgemeinen Lärmpegel nicht zu verstehen, wovon der bebrillte Glatzkopf sprach, doch als er länger angestrengt konzentriert hinhorchte, fing er Bruchstücke auf und begriff, dass der Glatzkopf von einem Besuch an irgendeinem Ort redete, dessen Name der Lärm verschluckte, der sich über ungefähr hundert Dunam ausdehnte, in einer Stadt, deren Name im Lärm unterging, wo der Glatzkopf in einem riesigen Hof spazieren gegangen war, dann irgendeinen Ort betreten hatte, dessen Bestimmung sich im Lärm verlor, und da gab es Gerüste, an denen Stücke der Werke eines russischen Künstlers angebracht waren, was aber nicht die Hauptsache war, sondern irgendwelche Papiere, die auf einem Tisch lagen, richtiger vielleicht, ein Zeitungsbericht über irgendeine Frau, die eine Rede gehalten hatte, deren Inhalt vom Lärm verschluckt wurde, bevor sie an irgendeinen Ort, dessen Name der Lärm übertönte, verschleppt und hingerichtet wurde, und der bebrillte Glatzkopf hatte eine solche Seite mitgenommen und sie zusammengefaltet in die Tasche seiner Hose gesteckt, deren Beschreibung im Lärm unterging, im Gap-Laden gekauft, und dann waren zwei Nonnen gekommen, um sich die Werke von diesem russischen Künstler anzuschauen, dessen Na-

men er vergessen hatte, und dieser ganze Ort diente im neunzehnten Jahrhundert als Gefängnis für auf Abwege geratene
Frauen, und nachher hatte ihn ein Arzt, dessen Name der Lärm
schluckte, in ein Krankenhaus für geistesgestörte Frauen umgewandelt ...

»Für wen?«, brüllte die Frau zur Linken des bebrillten
Glatzkopfs, um den Lärm zu überschreien, der die Luft im Pub
erzittern ließ, aber der Glatzkopf verstand nicht, was sie fragte.

Da wandte sich Gaby an einen jungen, ebenfalls glatzköp-
figen Mann, der neben ihm saß, und sagte:»Kannst du mir vielleicht sagen, warum Menschen an einen dermaßen lauten Ort
kommen, wo man kaum sein eigenes Wort versteht, und versuchen, in diesem Krach Geschichten zu erzählen, die nicht
einmal ihre Partner interessieren, und wie die Irren schreien
und den ohnehin schon vorhandenen Lärm bloß noch stei-
gern – was bedeutet das Ganze deiner Meinung nach?«

»Was hast du gesagt?«, schrie der junge Mann neben ihm.
»Ich hab kein einziges Wort verstanden!«

»Nicht so wichtig«, rief Gaby zurück,»ich habe bloß laut
gedacht.«

»Ich weiß nicht«, meinte sein Nebenmann.»Vielleicht
fragst du jemand andern.«

Und Gaby kam auf den Gedanken, dass der Lärm für die
Menschen, die diesen tosenden Ort füllten, bequem sein musste, da sie ihren Freunden und Partnern ohnehin nichts zu sagen hatten, und wenn der Lärm, in dem sie lebten, mit einem
Mal aufhörte und Stille herrschte, würde sie das alle in größte
Verlegenheit bringen, denn die Blödsinnigkeiten, die sie einander in diesem Riesengetöse zuschrien, würden in der Stille in
ihrer ganzen albernen Nichtigkeit hervorstechen, wie Stand-
bilder für das Ausmaß der Dummheit, die sie zusammenhielt,
würden sie zwischen ihnen aufragen, und dann würde Schweigen zwischen ihnen herrschen – ein Schweigen, das, je länger

es dauerte, immer unmöglicher mit banalen Bemerkungen und unsinnigen Geschichten über irgendeinen russischen Künstler zu durchbrechen wäre, dessen Werke jemand an irgendeinem Ort aufgehängt hatte, der einmal ein Gefängnis für gestrauchelte Frauen war, den irgendein Arzt vor hundertfünfzig Jahren in ein Krankenhaus für hysterische Frauen umgewandelt hatte, und die Leute würden ganz schnell entdecken, dass sie füreinander eigentlich überflüssig sind; und während Gaby diesen Überlegungen nachhing, schien ihm, als sehe er von weitem durch die Dunstschwaden eine weibliche Gestalt, die ihm irgendwie bekannt vorkam und dort in einem von der Bar entfernten Eck einen Mann küsste, der ihm den Rücken zuwandte. Gaby versuchte, sie schärfer ins Auge zu fassen, wobei er sich sagte, es könne ja wohl nicht sein, dass diese Frau seine Schwester Meirav war, die er schon seit geraumer Zeit nicht mehr gesehen hatte, obwohl sie im gleichen Stadtgebiet wohnten, zwanzig Minuten Autofahrt voneinander entfernt in der Nacht, wenn flüssiger Verkehr herrschte, doch seitdem sie in die Welt des Public-Relations-Business eingetaucht war, das ihr Mann ihr hinterlassen hatte, gab sie sich keinerlei Mühe mehr, den Kontakt mit ihm aufrechtzuerhalten, und auch er seinerseits hatte nichts dazu getan, sie zu treffen; aber jetzt saß sie anscheinend auf einem niedrigen Sofa und küsste irgendeinen wildfremden Mann, von dem er nichts wusste. Plötzlich jedoch erschien es ihm absolut richtig, seine Schwester, die ihm einmal sehr nahegestanden hatte, inmitten dieses Lärms zu treffen, der das ganze, den Raum füllende menschliche Potpourri umschloss und verschluckte, seine Schwester, die nun dort saß und ein Staubkorn oder Haar oder weiß der Teufel was vom Hemd des fremden Mannes zupfte, den sie kurz davor geküsst hatte, und für einen Moment erwachte in ihm der Drang, aufzustehen und die Kurve des Barringels hinunterzugehen bis zu dem zerschlissenen Sofa, das in einer Ecke des Raums stand, von hinten an sie heranzutreten und ihr überraschend auf die Schulter zu tippen: Meirav? Und sie würde sich mit völlig verblüfftem Gesicht zu ihm umdrehen: Gaby?!

Und dann? Was sollte er zu ihr sagen? Was machst du hier? Und was würde sie antworten? Was machst du denn hier? Und was würde er danach sagen? Chorev hat mich rausgeworfen? Und sie würde fragen, warum? Und er müsste ihr seinen Plan von der Nullifizierung der Eins im kybernetischen Raum erklären, und schon in diesem Stadium, während dieser Worte, würde er den gelangweilten Ausdruck sehen, der sich auf ihrem Gesicht ausbreitete, das nur mühsam aufgehaltene Gähnen, das aus der abgrundtiefen Langeweile, die er ihr einflößte, hochstieg und hinausdrängte – warum also sollte er überhaupt zu ihr hingehen und mit ihr reden, wenn er ihr eigentlich nichts zu sagen hatte, ebenso wenig wie sie ihm, außer den solchen unverhofften Begegnungen vorbehaltenen üblichen Sprüchen: Wie lang haben wir uns schon nicht mehr gesehen!

Wir müssen uns mal treffen!

Ja, wir müssen uns unbedingt mal treffen!

Nun wandte sie den Kopf, und für einen Moment kam es ihm so vor, als versuchte sie, ihn durch die wabernden Rauchschwaden hindurch zu erkennen. Diese Befürchtung veranlasste ihn, seine Stirn in die Handfläche zu stützen, um sein Gesicht zu verbergen, doch als er durch die Finger spähte, sah er, dass sie den Blick ihrer zweifarbigen, leicht schielenden Augen nicht wirklich auf ihn konzentriert hatte, sondern einfach nur ziellos leer durch den Raum wandern ließ, vielleicht weil der Mann, den sie vor ein paar Minuten geküsst hatte, angefangen hatte, irgendeine Geschichte von sich zu geben, die sie ähnlich interessierte wie die Nullifizierung der Eins im kybernetischen Raum, und aus lauter Langeweile suchte sie nach irgendeinem Anknüpfungspunkt im Raum, der mehr Interesse in ihr wecken würde als dieser grobschlächtige Mann, der seinen Gesten nach zu schließen eine Antwort von ihr erwartete – und für eine Sekunde erwachte der Kampfgeist in Gaby, er hatte gute Lust, zu diesem Mann hinzugehen, ihm die Hand auf die Schulter zu legen und zu sagen: Was wollen Sie von meiner Schwester? Doch allein die Frage belustigte ihn, denn es war ihm klar, was dieser Mann mit dem feisten Nacken von seiner Schwester wollte. Er ließ seinen Blick über die Menschen gleiten, die paarweise das Pub bevölkerten, und jedes Pärchen stellte sich ihm als ein Gespann von Eins und Null dar. Die Eins redete, und die Null langweilte sich. Oder vielleicht umgekehrt: Die Null redete, und die Eins langweilte sich.

Während Gaby noch mit sich zu Rate ging, ob er aufstehen und zu seiner Schwester hingehen, sie schütteln und zu ihr sagen sollte: Meirav, was machst du hier? Was tust du an diesem verlorenen Ort? Was hast du mit all deinen Begabungen gemacht, die du hattest? Wo ist das Mädchen, die junge Frau, die du warst? Was hast du aus dir gemacht? Was fängst du mit der Zeit an, die dir noch bleibt bis zum Tod, der in Gestalt dieses Mannes vor dir sitzt und Minute für Minute dein Leben auffrisst?, erschien ihm urplötzlich der Tod in Gestalt aller Männer, die das Pub füllten und das Leben der Frauen fraßen, die ihnen gegenübersaßen, und gleich darauf, wie bei einem optischen Trickbild, wenn die Betrachtungsperspektive umspringt, kleidete sich der Tod in die Gestalt der Frauen, die da saßen und das Leben der ihnen gegenübersitzenden Männer fraßen, die wiederum ihr Leben verschlangen, und während er diesen scheinbar vor Leben strotzenden Ort als todesstrotzend vor Augen hatte, schrie ihm jemand zu: »Gaby!«

Er hob den Blick und entdeckte im Zentrum des Barkringels, ganz unten im tiefstgelegenen Inneren, einen Dicken mit einem borstigen Gesicht, der ihm mit der Hand zuwinkte. Gaby winkte zurück, weder einladend noch abweisend, fragte sich nur kurz, ob seine Schwester seinen Namen mitbekommen hatte, doch ein flüchtiger Blick in ihre Richtung zeigte ihm, dass sie weder auf den Rufer noch auf den ohnehin im allgemeinen Lärm untergegangenen Schrei geachtet hatte; jetzt sprach sie allem Anschein nach zu dem Mann, der vor ihr saß und ihre Haare streichelte. Es sah ganz so aus, als freute sich der borstige Dicke, der Gabys Namen gerufen hatte, ungemein, ihn zu sehen, oder es war ihm wichtig, mit ihm zu sprechen, so energisch, wie er sich seinen Weg am Barkringel entlang zu ihm herauf bahnte. Er bewältigte tatsächlich die ganze Strecke, und als er bei Gaby angelangt war und ihm aufgeregt die Hand drückte, merkte Gaby, dass ihm das Gesicht des borstigen Dicken bekannt vorkam, auch wenn sich kein Name dazu einstellen wollte. Während der Mann begeistert und mit Gebrüll, um den Lärmpegel zu übertönen, irgendwelche Dinge bezüglich irgendeiner Idee in Gabys Ohren trompetete, strengte sich Gaby an, sich zu entsinnen, woher er diesen Mann kannte, durchkämmte in seinem Gedächtnis sämtliche Angestellten der Firma, aus der er entlassen worden war, doch der borstige Dicke befand sich nicht darunter; suchte weiter unter den Teilnehmern des Fliegerkurses, aus dem er wegen übermäßiger Waghalsigkeit hinausgeworfen worden war, doch auch da war er nicht dabei, worauf er seine Schulkameraden aus der achten Klasse Gymnasium durchging, anschließend seine Studienkollegen an der Universität und zwischen einem Schluck und dem nächsten versuchte, aus den Worten des borstigen Dicken zu entschlüsseln, welcher geologischen Schicht seines Lebens er entstammte, aber es wollte ihm unter keinen Umständen gelingen, das Gesicht, das vor ihm in der rauchgeschwängerten Luft waberte, mit irgendeinem Namen, Ort oder Ereignis in Verbindung zu bringen. Der borstige Dicke brüllte munter weiter, Fetzen von Wörtern, die Gaby nicht erfasste, und dann schrie er, dass er exakt jetzt an dem Punkt sei, wo er einen Mann wie

Gaby bräuchte, jemanden, der die – er schrie etwas – und aufbauen – er schrie etwas – und leiten, zwei oder drei Jahre – er schrie etwas – Direktorengehalt und Wagen …

Da flackerten unvermittelt aus der Dunkelheit in Gabys Gehirn, vielleicht auch aus dem ganzen Lärm und dem Geschrei des Dicken, zwei undefinierbare Worte auf, die wie Sadaschka und Ontrawaschka klangen, und er war schon halb eingedöst, als ein greller Blitz seine Lider zerriss und ein gewaltiger Donner mit himmlischem Paukenschlag krachte, der ihn hochschreckte. Er fragte sich, ob das ein Anschlag war, doch nachdem die Leute weiter lärmten, als sei nichts passiert, begriff er, dass es kein Anschlag, sondern einfach ein normaler Blitz und Donner gewesen waren, bis er gleich darauf entdeckte, dass bloß jemand ein Bierglas umgekippt hatte, das in Splitter explodiert war, und das hatte ihn geweckt. Das Gesicht des borstigen Störenfrieds befand sich immer noch ihm gegenüber, und aus seinem Mund schrie es – Mercedes oder BMW, was du willst. Die mysteriösen Worte Sadaschka und Ontrawaschka zerfielen vor Gabys Augen in ihre Einzelbuchstaben, ordneten sich zu anderer Reihenfolge und ergaben die Namen Adek und Sascha, doch diese Namen verbanden sich mit dem Gesicht eines Malers, den Gaby vor vielen Jahren in dem Dorf La Ferté-Milon – in dem Racine geboren wurde – kennengelernt hatte, als er Systemanalyse am nationalen Institut für Informatik studierte, das in jenen Jahren in der Rue Bonaparte gegenüber der Kathedrale von Saint-Germain-des-Prés beheimatet war, und Sascha war irgendeine Nymphomanin, die zur Silvesterparty mit einem kleinen Ehemann und einem überproportionierten Baby mit einer Ausbuchtung am Hinterkopf auftauchte, was ihn an die Geschichte von Ben Gurions großem Schädel erinnerte, und während alle mit dem Appetit junger Leute Schweinswürstchen mit Sauerkraut und Dampfkartoffeln aßen und billigen Silvaner tranken, ging Sascha, die Nymphomanin, mit jedem, der wollte, ins Zimmer nebenan zum Vögeln, und daher ließen sich diese Namen, Adek genauso wenig wie Sascha, nicht mit diesem Mann in Verbindung bringen, der vor ihm saß und ihn zu überreden versuchte, sich an irgendeinem Start-up zu beteiligen. Ohne zu wissen, wovon er redete, sagte Gaby zu der borstigen Nervensäge: »Hör mal, wenn du mich vor zwei oder drei Tagen erwischt hättest, hätte ich, ohne noch einmal drüber nachzudenken, ja gesagt.«

»Dann denk eben noch mal drüber nach«, schrie die borstige Klette, »und wenn es sein muss – sogar dreimal, aber sag nicht nein zu mir, denn ich akzeptiere kein Nein als Antwort.«

»Tut mir leid«, rief Gaby, »aber ich fürchte, das war's.«

»Und wenn ich die Summe verdopple?«, schrie das Igelgesicht.

»Das ist keine Frage von Geld!«, schrie Gaby.

»Von was dann?«, schrie das Borstenschwein.

»Eine Frage von Interesse!«, brüllte Gaby.

»Hör mal«, plärrte der borstige Blutegel, »welchen Champagner soll ich dir bestellen?«

»New Castle«, schrie Gaby, »ich trinke New Castle Pale!«

»Hey, Vera!«, dröhnte der Borstige, dessen Lippen an einen Hühnerhintern erinnerten, wie ein Megaphon in Richtung der Barfrau, die angestrengt ihr Gesicht verzerrte, um mitzubekommen, was er wollte. »Gib ihm noch einen halben Liter Newcastle Pale!«

Daraufhin wandte er sich wieder Gaby zu und röhrte: »Geh nicht weg, bevor du über das Ganze noch mal nachgedacht hast!«

Als er aufstand, um mit einem Champagner der Witwe Clicquot Ponsardin, wie es dem gelben Etikett auf der grünen Flasche nach aussah, zu der Hostess zurückzukehren, die er im Kratergrund des @ zurückgelassen hatte, schrie der Mann, der links von Gaby an der Bar saß, ein Kerl mit kurzgeschorener

Haarbürste und schwarzer Lederjacke, ihm ins Ohr:»Vielleicht geht mich das ja nichts an, aber für die Summe, die der dir geboten hat, wär ich sogar bereit, nach Barbados zu fahren und ein abgefucktes Hotel zu managen.«

»Hör mal«, schrie Gaby,»du hast mich auf eine Idee gebracht!«

»Kein Witz«, brüllte der kurzgeschorene Kerl,»aber bei dir rollen die Angebote scheint's wie bei Beckenbauer, nachdem er weg ist von …« Hier ging der Rest der Worte im Lärm unter, und Gaby war es nicht vergönnt zu hören, ob es sich um Leverkusen oder Bayern München handelte, falls Beckenbauer diese Mannschaften jemals trainiert hatte, wie Gaby sinnierte, verwundert über die Menge an Müll, die sich mit den Jahren in seinem Gehirn angesammelt hatte.

»Was ist schlimm an Barbados?«, rief Gaby seinem linken Nachbarn zu, doch dem entging das letzte Wort, und er schrie zurück:»Wo?«

»Bar-ba-dos!«, brüllte Gaby.

»Weiß nicht«, kam es von dem Bürstenkopf zurück.»Ich war nie dort!«

Anschließend fragte er etwas, was Gaby nicht verstand. Gaby bat ihn, es zu wiederholen, worauf er brüllte:»Ob du den Witz kennst von dem …« Der Rest seiner Worte ertrank im Lärm, und Gaby schüttelte verneinend den Kopf. Der andere begann mit einem Witz von einem, der einen Elefanten verkaufte, doch nachdem der Rest des Witzes erneut vom Lärm übertönt wurde, wartete Gaby, bis der andere mit seinem unverständlichen Gebrüll am Ende war, und als er in Lachen ausbrach, stimmte er mit ein und rief in Richtung des Bürstenkopfs, dessen ganzer jämmerlicher Ausdruck danach schrie, Gefallen zu finden:»Gut! Echt gut!«

Als der Lärm etwas abflaute, da mittlerweile einige Dutzend Lärmerzeuger das brodelnde Pub verlassen hatten und jemand den dröhnenden Rap gegen das alte *Strangers in the Night* austauschte, wandte sich der Bürstenkopf wieder an Gaby und fragte ihn, wer dieser Mann sei, der ihm anderthalb Millionen Dollar angeboten hatte. Gaby nahm an, dass er den Kerl meinte, der noch ein Pint Newcastle für ihn bestellt hatte, bevor er zu seiner wasserstoffblonden Hostess und der neuen Flasche der Witwe zurückgekehrt war, und antwortete das Erstbeste, das ihm in den Sinn kam: »Dieser Mann hat die Kacke von seinem Hund für eine halbe Milliarde an U.R.N.S. verkauft.« Während er das sagte, dachte er an jemand völlig anderen, der auf dem Höhepunkt der fröhlichen Tage des Hightech ein mieses Start-up für eine solche Summe an den amerikanischen Hightechriesen Mikrotonica verkauft hatte, der inzwischen wie eine Blähung im leeren Raum verdunstet war.

»Was du nicht sagst!« Der Bürstenkopf starrte voller Neid und Bewunderung zu dem Unbekannten hinüber, der am Grunde des Barkringels saß und die Wasserstoffblondine mit seiner Lärmproduktion beglückte, während seine fette rechte Hand wie eine Qualle zwischen ihren Oberschenkeln lag.

»Die Frau, die bei ihm ist, ist das seine Frau?«, fragte der Barbadoskerl links von Gaby.

»Nein«, sagte Gaby, »diese Frau ist sein Tod.«

»Kann ich mir vorstellen«, griente er, als habe ihm Gaby etwas Selbstverständliches gesagt.

»Nein«, zischte Gaby kühl, »du machst dir keine Vorstellung.«

»Also, worum geht's?«, wollte der Barbadoskerl wissen.

»Eine simple Geschichte«, erwiderte Gaby. »Weißt du, was die ganzen Leute machen, die hier im Pub sind?«

»Nein, was machen sie denn? Sind sie im Hightech?«

»Nein.« Gaby schüttelte den Kopf. »Sie sind hergekommen, um eine Trauerfeier zu veranstalten.«

»Für wen?«, fragte der Barbadoskerl bestürzt.

»Für sich selbst«, sagte Gaby. »Diese ganze Menschen sind längst gestorben. Aber die Nachricht ist noch nicht zu ihnen durchgedrungen. Sonst würden sie aufstehen und vor ihrem Leben fliehen wie vor dem Tod. Die Wahrheit ist allerdings, dass sie genau das tun.«

»Schau mal!«, rief der Kerl erregt. »Er redet mit ihr über dich. Er hat auf dich gezeigt, und sie schaut dich die ganze Zeit an.«

»Vielleicht hat sie gesehen, dass wir über sie sprechen«, meinte Gaby.

»Nein«, beharrte der Kerl, »er redet die ganze Zeit über dich.«

»Kann sein, dass es mir deswegen im Ohr pfeift«, sagte Gaby und brach den Kontakt zu seinem Gesprächspartner ab.

Er spürte, wie seine Lider schwer wie Blei wurden.

40. ICH BIN DU, DU BIST ICH

Libbys Mobiltelefon klingelte, und in Facetime, das sich auf dem Display öffnete, erschien Adibs Gesicht.

»Hi, Adib«, empfing sie ihn, »was würdest du jetzt gern machen?«

»Mit dir persönlich reden, Auge in Auge.«

»Rede«, sagte Libby, »ich seh dich.«

»Ich sehe dich auch«, erwiderte er, »aber wir sprechen von Bild zu Bild. Ein Kopf zum andern.«

»Auch das ist schon was in dieser Welt des Nichts«, meinte Libby.

»Als ich den Zettel in deine Haare gesteckt habe«, sagte er, »habe ich mich in deine Hände begeben, und du hast mich mir heil und ganz zurückgegeben.«

»Du hast mich auf eine harte Probe gestellt«, gestand sie. »Das war ein Sprung durch den Feuerring.«

»Bis das Flugzeug vom Boden abhob, war ich noch jeden Moment darauf gefasst, dass sie kommen und mich verhaften«, bekannte er.

»Hast du denn noch was versteckt, außer dem Zettel?«, fragte Libby.

»Spielst du weiter die Verhörspezialistin?«, lachte er.

»In der Situation sind wir nicht mehr, kein Verhör und kein Verhörter mehr.«

»Dank dir«, sagte er. »Wenn du mich ausgeliefert hättest, wäre ich weiterhin ein Verhörobjekt gewesen.«

»Und ich wäre weiter ein Nutzobjekt fürs System geblieben.«

»Außer dem Zettel in deinen schönen Haaren hatte ich nichts zu verbergen«, erklärte er.

»Danke«, erwiderte sie, »das erleichtert mich sehr.«

»Darf ich etwas fragen?«, bat er.

»Was immer du willst.«

»Was genau hat dich dazu gebracht, damit aufzuhören, ein ›Nutzobjekt‹ zu sein, wie du das genannt hast?«

»Für dich als Geschichtsstudent, wer ist da dein Philosoph?«, stellte sie ihm eine Gegenfrage.

»Das errätst du nicht«, lächelte er.

»Gib mir einen Tipp«, verlangte sie.

»Ich habe ihn kennengelernt, als ich das Kapitel eures Brit Schalom, der Peace Association, recherchiert habe.«

»Martin Buber«, konstatierte sie mit Gewissheit.

»Woher hast du das gewusst?«, fragte er neugierig. »Es hätte doch auch Leon Roth sein können, der sich viel mehr mit Geschichte beschäftigt hat? Oder Samuel Hugo Bergman, der ebenfalls Philosoph war?«

»Weil wir uns in der Welt von Buber begegnet sind. Du hast mich in einem Moment getroffen, in dem ich sehr offen war«, bekannte sie, »und etwas in dir hat zu mir gesprochen. Und als du den Zettel in meine Haare gesteckt hast, hast du etwas zu mir gesagt, was tief in mein Leben eingedrungen ist. Bis zu dem Moment warst du das ›Verhörobjekt‹ und ich die ›Verhörspezialistin‹. Aber du hast dich geweigert, ein Objekt zu sein. Du bist das Risiko eingegangen, mein ›Du‹ zu sein, und du hast mich von einem Nutzobjekt im Dienst des Systems zu einem Subjekt gemacht, das sich von keinem System benutzen lässt.«

»Dank dir, scheint mir, verstehe ich Buber endlich«, erwiderte er. »Hast du die Texte gefunden, die ich erwähnt habe?«

»Ich habe sie im Internet gesucht, aber nichts gefunden. Was ist besonders an ihnen?«

»Darin ist der Weg zum Frieden vorgezeichnet, den der Zionismus versäumt hat, als Jabotinskys egoistisch-nationales Bestreben über den rücksichtsvollen Zionismus von Herzl bis Arlozorov siegte, der die Errichtung eines jüdischen Staates im Einvernehmen mit den Arabern wollte.«

»Wenn mich das nicht langweilen würde, würde ich dir jetzt sämtliche Kreuzungen in Erinnerung rufen, an denen die palästinensische Führung unwiederbringliche historische Gelegenheiten versäumt hat.«

»*Everything you do, I can do better*«, sang er.

»*I can do everything better than you*«, antwortete sie singend.

»*No you can't*«, forderte er sie heraus.

»*Yes I can*«, gab sie zurück.

»Kurz gesagt«, er brach das Singen ab, »wenn wir hier in ein Wortgeplänkel einsteigen, wer mehr recht hat, können wir dieses Lied bis ans Ende aller Tage singen.«

»Ich habe eine Idee«, schlug sie vor. »Jedes Mal, wenn du es müde wirst, die palästinensische Legitimation zu vertreten, und ich es sattkriege, die israelische zu präsentieren, tauschen wir die Rollen.«

»Kein Problem«, meinte Adib, »ich kenne alle eure Argumente auswendig.«

»Weck mich mitten in der Nacht auf«, erwiderte Libby, »und ich bete dir die ganzen Texte von der Fatah, der Hamas und dem islamischen Dschihad in jedem arabischen Dialekt runter, den du willst.«

»Wenn ich an den Konflikt denke«, sagte Adib, »sehe ich zwei streitende Nachbarn, von denen jeder den anderen loswerden will, die sich aber beide auf dem gleichen Dach eines Hauses befinden, dessen untere Stockwerke Feuer gefangen haben, und es klettert von Stockwerk zu Stockwerk ganz langsam höher. Jeder der beiden hält ein Seil in der Hand, das bis zur halben Haushöhe reicht. Sie haben die Wahl, entweder die beiden Seile zu verknüpfen, sich nacheinander vom Dach hinunterzulassen und heil auf den Boden zu gelangen, oder zu versuchen, sich gegenseitig umzubringen, um die Seilhälfte, die jedem fehlt, mit Gewalt an sich zu bringen, und sich vom Dach des brennenden Hauses abzuseilen.«

»Aber«, spinnt Libby den Faden weiter, »derjenige, der sieht, dass er dabei ist zu verlieren, wird sein Seil im letzten Moment vom Dach runterwerfen, und der Sieger und der Verlierer werden zusammen verbrennen, wenn das Feuer das Dach erreicht.«

»*Wallah*«, sagte Adib, »du hast das Beispiel auf eine Art vollendet, an die ich gar nicht gedacht habe!«

»Das Simson-Syndrom«, lachte Libby. »Steht schon fast so in der Bibel: Ich will sterben mit den Palästinensern.«

»Sag mal, Libby«, schlug Adib einen nähesuchenden Ton an, »was hat dich dazu getrieben, Arabisch zu lernen und Verhörspezialistin für palästinensische Häftlinge zu werden? Kenne den Feind?«

»Nein.« Sie wurde ernst. »Ich komme aus der Gegenreaktion. Mein Vater ist in einem linken Kibbuz geboren und rechter Politiker geworden, nachdem er den Kibbuz verlassen hat. Ich bin in der Stadt geboren und aufgewachsen, aber ich habe es geliebt, die Ferien bei meinem Großvater im Kibbuz zu verbringen.«

»Du hast deinen Großvater mehr geliebt als den Kibbuz«, bemerkte Adib.

»*Wallah!*«, meinte Libby anerkennend. »Woher weißt du das?«

»In deinem Satz kam der Großvater vor dem Kibbuz«, erklärte Adib. »Du hast nicht gesagt: Ich habe es geliebt, im Kibbuz zu sein, bei meinem Großvater, sondern: bei meinem Großvater, im Kibbuz.«

»Gefällt mir!«, bewertete Libby. »Du hörst zu, und du hörst auch noch etwas heraus.«

»Ich höre auch heraus, dass du deinen Großvater mehr geliebt hast als deinen Vater.«

»Wie bist du da draufgekommen?«, wunderte sie sich.

»In den Ferien«, antwortete Adib, »wenn du Ferien hattest, hast du sie lieber bei deinem Großvater verbracht, und jetzt bist du auch dort und nicht zu Hause bei deinen Eltern.«

»Du horchst ganz schön tief rein«, erwiderte sie.

»Darf ich fortfahren?«, fragte Adib.

»*Tafadhdhal*, aber bitte!«, lud Libby ihn ein.

»Dein Großvater spricht Arabisch, dein Vater nicht wirklich.«

»Überhaupt nicht«, bestätigte Libby, »aber erzähl mir noch mehr über mich. Ich höre zu.«

»Wenn sich eure Familie trifft, mit den ganzen Tanten und Onkeln, fängt immer eine Diskussion über den ›Konflikt‹ zwischen deinem linken Großvater und deinem rechten Vater an. Dein Vater redet viel, lässt sich davontragen, ereifert sich, produziert viel heiße Luft, bläst lauter Luftballons auf. Dein Großvater spricht wenig. Hier ein Wort, da eins. Aber jedes Wort von ihm – ist ein Stich. Bringt einen Ballon zum Platzen. Dein Vater ärgert sich. Kocht vor Wut. Bläst immer mehr Ballons auf. Und dein Großvater wartet ab. Und wenn dann der ganze Raum voller Luftballons ist – wirft dein Großvater drei Wörter hin: pock, pock, pock. Und die Ballons platzen reihenweise, einer nach dem andern, der Boden ist übersät von den Fetzen. Und du – du bist hin- und hergerissen. Auf der einen Seite der Großvater, den du liebst, auf der anderen dein Vater, und du siehst nur ungern mit an, wie er von seinem Vater Prügel bezieht, erniedrigt wird ...«

»Adib«, fiel ihm Libby verblüfft ins Wort, »warst du eine Fliege an der Wand bei uns daheim?«

»Ich war eine Fliege an der Wand bei den Treffen unserer Familie. Auch bei uns wurden solche politische Diskussionen wie bei euch über den ›Konflikt‹ geführt. Die Männer erhitzten sich, schrien und geiferten: So werden wir Israel besiegen! – Nein, so werden wir siegen! – Nur die Religion wird die Gemeinschaft der Muslime einen! Die Religion ist die Waffe unseres Tags der Abrechnung! – Blödsinn! Nur mit dem Marxismus-Leninismus und der Einigkeit der Arbeiterklasse der arabischen Gemeinschaft werden wir den Imperialismus und den Zionismus besiegen! Und meine Großmutter saß immer am Rand, schwieg, wartete, bis der Raum sich mit Ballons voller heißer Luft füllte, und dann wetzte sie ihre scharfe Zunge, warf ein Wort hier und eins dort ein, und die ganzen großen Ballons, die die Männer aufgeblasen hatten, zerplatzten reihenweise. Ich habe sehr schnell mitbekommen, dass all diese großen, wichtigen Männer, die so große und wichtige Reden schwingen, Unsinn über eine Realität verzapfen, die sie nicht kennen, ja nicht mal annähernd zu begreifen angefangen haben.«

»Und da hast du beschlossen, Hebräisch zu lernen und Zionismusgeschichte zu studieren«, meinte Libby.

»So wie du beschlossen hast, Arabisch und die Geschichte der palästinensischen Nationalbewegung zu studieren«, ergänzte Adib.

»Ich erinnere mich daran, wie mein Vater schrie: Wir strecken immer wieder und wieder unsere Hand zum Frieden aus! Und mein Großvater hat ruhig geantwortet: Ziehen sie aber ganz schnell zurück, wenn die andere Seite den Willen erkennen lässt, sie anzunehmen.«

»Es gibt nichts Neues unter der Sonne!«, sagte Adib beeindruckt.

»Wir befinden uns in einem dunklen Wald, weil wir den rechten Weg verloren haben.«

»Woher ist das?«, fragte Adib.

»Aus Dantes *Göttlicher Komödie*«, antwortete Libby. »Ein Buch, das ich neben meinem Bett liegen habe, auch der Einfluss meines Großvaters. Willst du eine Geschichte hören?«

»Aus deinem Mund – immer«, lächelte Adib.

»Aus Evas Mund«, entgegnete Libby.

»Aus Evas Mund natürlich erst recht«, sagte Adib. »Wenn es mir gelingt, diese verrückte Frau zu verstehen, werde ich vielleicht endlich auch dich verstehen und alles, was zwischen euch beiden ist.«

»Warum nennst du sie verrückt?«, forschte Libby.

»Wie sie eines Morgens einfach aufgestanden ist und ihren Mann Jussuf verlassen hat und nach Deutschland gefahren ist ...«

»Josef«, verbesserte ihn Libby, »oder wenn du so willst, Josef, der Jemenit.«

»Für mich ist er Jussuf«, beharrte Adib. »Er ist und bleibt ein Araberjude.«

»Sie ist übrigens nicht einfach so eines Morgens aufgestanden«, stellte Libby klar. »Josef, der Jemenit, hat sich in eine Kameradin von Eva verliebt und ist mit ihr zusammengezogen, und das hat sie nach Deutschland getrieben, wenn du die Wahrheit wissen willst.«

»Auch das verstehe ich nicht. Da macht er ein Kind mit Eva, verliebt sich plötzlich in eine andere Frau, geht her und verlässt Eva, und sie geht hin und fährt nach Deutschland, lässt das Baby im Kibbuz, flieht später aus Deutschland, kehrt in den Kibbuz zurück, und Josef verlässt ihre Kameradin, nimmt Eva wieder zurück, und sie lebt wieder mit ihm zusammen nach den ganzen Affären, die sie in Berlin mit dem Architekten und dem Dramaturgen und dem Klavierspieler vom Kabarett hatte – was ist eigentlich los bei euch?«, fragte Adib kopfschüttelnd. »Hatten diese Leute keine menschlichen Gefühle?«

»Versuch mal, aus deiner Schublade rauszukommen und umgekehrt zu denken«, schlug Libby vor. »Vielleicht hatten diese Menschen den Mut, ihre Gefühle ganz und gar frei auszuleben, statt sie im Innern zu ersticken und gegen die Gefühle zu leben? Wäre es in deinen Augen besser gewesen, Josef hätte weiter mit Eva zusammengelebt und sich eine zweite und eine dritte Frau genommen, wie es Mahmud Abu-Aref gemacht hat? Das würdest du schon verstehen? Josef folgte seiner Liebe, also ist Eva weggegangen und hat sich in Berlin Liebe gesucht. Inzwischen schwand Josefs Liebe zu Evas Kameradin, Eva kam in den Kibbuz zurück, und die alte Liebe von Josef und Eva – die sechs Jahre lang eingeschlafen war – ist neu erwacht, frisch und voll neuer Kraft, und dann lebten sie wieder zusammen, bis ein großer Wirbelwind kam, der ihn in die Arabische Abteilung und sie in die Deutsche Abteilung des Palmach blies, und da haben sie selbst die Flügel ausgebreitet, schwangen sich auf den großen Wind der Zeit und flogen mit ihm wie die Kraniche, die keine Angst vor Höhe und Weite haben, und sperrten sich nicht ein wie panische Mäuse in ihren Löchern ...«

»Eva kommt also in den Kibbuz zurück«, unterbrach Adib Libbys begeisterten Monolog, »und kehrt zu Jussuf zurück.«

»Eva, die Jeckin, kehrt in den Kibbuz zurück, und Josef, der Jemenit, freut sich darüber, und sie freut sich auch, ihn zu sehen.«

»Und ihr Kind?«, wollte Adib wissen. »Freut der Junge sich auch, seine Mutter zu sehen, die ihn als einjähriges Baby verlassen hat, nach Berlin verschwunden ist, um sich in Tanz weiterzubilden, und mit sonderbaren Gesellen der radikalen Linken und der Nazielite getanzt hat?«

»Ich war eine Rabenmutter, schreibt Eva mit ihrem Herzblut«, erwiderte Libby, »und mein Familienleben war ein Stoppelfeld.«

»*Aiwa*, genau!«, frohlockte Adib über seinen Sieg.

»Immerhin hat sie den Mut, diesen Abschnitt in ihrem Leben zu betrachten, ohne sich selbst zu betrügen und ohne nach Rechtfertigungen zu suchen. Uri, mein Sohn, schreibt sie, ist mehr ein Sohn des Kibbuz als der meine. Er hängt an seinem Vater und an Anda mehr als an mir.«

»Anda, ist das die Kameradin von Eva, mit der Jussuf sechs Jahre zusammengelebt hat?«, fragte Adib nach.

»Ja«, erwiderte Libby, »aber eigentlich bloß vier Jahre.«

»Wieso auf einmal nur vier Jahre?«, wunderte sich Adib.

»Anda hat sich in Josef, den Polen, verliebt, der Gerda verlassen hat, um mit ihr zusammenzuleben.«

»Und Gerda ist für zwei Jahre von Josef, dem Polen, zu Jussuf, dem Jemeniten, übergewechselt?«, lachte Adib.

»Nein, Gerda hat sich mit Mitja zusammengetan«, klärte ihn Libby auf, »und falls mein Urgroßvater dazwischen irgendein oder zwei Verhältnisse gehabt haben sollte, so taucht das nicht in Evas Tagebüchern auf.«

»Sie waren ein richtiger Swinging Kibbuz«, schmunzelte Adib.

»Eins ist sicher«, meinte Libby, »humorlos stromlinienförmige Kleinbourgeoise waren sie nicht.«

»Wo hast du diesen archaischen Ausdruck her?«, erkundigte sich Adib.

»Aus Evas Tagebüchern«, sagte Libby. »Ich lerne Wörter von ihr, die ich gar nicht gekannt habe.«

»Also, wo waren wir stehengeblieben?« Adib überlegte kurz. »Ach ja, Eva kehrt zu Jussuf, dem Jemeniten, zurück. Und was ist mit der Geschichte, die du mir vorm Einschlafen versprochen hast?«

»Soll ich dir die Geschichte erzählen oder soll ich sie dir aus Evas Tagebuch vorlesen?«

»Erzähl sie mir«, bat Adib, »vorlesen verfremdet.«

»Wie du willst«, sagte Libby. »Dann erzähl ich dir die Geschichte mit meinen eigenen Worten.«

»Danke, so fühle ich mich dir näher.«

»Eva kehrt also nach sechs Jahren Berlin zurück, und sie erkennt den Kibbuz kaum wieder. Holzhütten anstelle der Zelte, hier und dort gibt es schon Betongebäude. Josef, der Jemenit, macht eine Besichtigungstour mit ihr, um sie mit dem Kibbuz wieder vertraut zu machen. Anda, die Josef, den Jemeniten, verlassen hat und jetzt mit Josef, dem Polen, zusammenlebt, macht mit ihr eine Runde durch die Säuglingskrippe und die Kinderhäuser. Ihr Sohn Uri nennt sie Eva und nicht Mama, doch sie begreift rasch, dass alle Kinder im Kibbuz ihre Eltern beim Vornamen rufen und nicht mit Mama oder Papa anreden.«

»Das ist allerdings logisch«, wirft Adib ein. »Mit den ganzen Paartauschen, wer weiß, wer da der Vater und wer die Mutter von wem ist.«

»Und Josef, der Jemenit, bringt sie auf den Wasserturm, den man inzwischen gebaut hat und der auch als Beobachtungsposten und für den Morsekontakt mit den anderen Siedlungen dient, und er zeigt ihr von dort oben die Felder und Plantagen des Kibbuz.

›Wir haben einiges getan in den Jahren, in denen du dich in Deutschland amüsiert hast‹, brüstet sich Josef, der Jemenit, vor seiner alt-neuen Frau, die gar nicht mehr aus dem Staunen herauskommt über den Anblick, der sich ihr nach sechs Jahren Abwesenheit bietet.

›Ich sehe es‹, sagt Eva.

›Was du siehst, ist nur ein Teil der Sache‹, erklärt Josef. ›Es gibt noch etwas Wichtiges, das du nicht siehst.‹

Und Josef erzählt ihr, dass der massenhafte Einwandererstrom seit Anfang 1930, der noch stark zugenommen habe, seit die Nazis 1933 an die Macht kamen, im Kreis der Araber, die im Land lebten, Unruhe auslöse.

›Von arabischen Freunden‹, sagt Josef, ›habe ich aufgeschnappt, dass die Erbitterung und der Zorn gegen die Masseneinwanderung der Juden ins Land Israel wachsen. Innerhalb von ein oder zwei Jahren wird die angestaute Spannung zu tätlicher Gewalt führen, und die Araber werden alles daransetzen, die Einwanderungswellen aus Deutschland, Polen und den mitteleuropäischen Ländern zu stoppen. Der arabische Heerführer Fausi al-Kawukdschi ruft zum Krieg auf, und ich bilde die Kameraden und Kameradinnen im Kibbuz zum Kämpfen aus. Ich habe die fähigsten und treffsichersten Schützen ausgesucht und mit ihnen eine Kommandogruppe zusammengestellt.‹

›Was ist das genau, ein Kommando?‹, fragt Eva interessiert.

›Das ist die Kampfführung von kleinen, gut trainierten Einheiten gegen viel größere Truppen. Die Buren in Südafrika waren die Ersten, die diese Kampfart gegen die englische Armee entwickelt haben, und ich lerne ihre Methode und übertrage sie auf unsere Kämpfer hier und in anderen Kibbuzen.‹

›Nimm mich in dein Kommando auf‹, bittet Eva.

›Als was denn‹, grinst Josef, ›als Tänzerin?‹

›Willst du mit mir im Zielscheibenschießen konkurrieren?‹, schlägt Eva vor.

›Machst du Witze?‹

›Stelle mich auf die Probe‹, gibt sie zurück.

Am gleichen Tag, gegen Abend, holt Josef ein Remingtongewehr, Kaliber 22, für das der Kibbuz eine offizielle Genehmigung besitzt, und geht mit Eva zu dem Kalksandsteinhügel am Rand des Obsthains des Kibbuz. Er stellt eine Kartonschachtel auf und malt ein Kreuz darauf. Sie entfernen sich etwa fünfzig Schritt, er drückt ihr das Gewehr und fünf Kugeln in die Hand und prüft ihren Umgang mit der Waffe. Eva öffnet die Verschlusskammer, späht in den Lauf, überprüft das Magazin und lädt es sehr geübt mit den fünf Kugeln, arretiert den Verschluss, während sie den Gewehrlauf im 45-Grad-Winkel nach oben gerichtet hält, und wartet auf einen Befehl.

›Du kannst mit einer Waffe umgehen!‹, staunt Josef beeindruckt. ›Und jetzt eine Schussgruppe.‹

›Was ist damit gemeint?‹, fragt sie.

›Ziele mit allen Kugeln auf den gleichen Punkt‹, unterweist er sie.

›Natürlich‹, sagt sie.

›Ziele auf einen der Schnittwinkel der Kreuzarme‹, fährt Josef fort, ›und ich würde vorschlagen, auf den unteren linken Winkel.‹

›Verstanden‹, sagt Eva.

›Fünf Kugeln auf den gleichen Punkt bei freier Zeitvorgabe – Feuer!‹, befiehlt er.

Eva schießt die fünf Kugeln ab, öffnet die Verschlusskammer, späht hinein, vergewissert sich, dass keine Kugel mehr im Magazin ist, steckt es wieder rein und richtet den Lauf nach oben.

›Sehr schön.‹ Josef zeigt sich beeindruckt von ihrem Umgang mit der Waffe. ›Dann gehen wir zum Ziel.‹

Josef schaut sich das Ziel an und traut seinen Augen nicht. Evas gebündelte fünf Schüsse haben ein münzgroßes Loch hineingerissen. Die Schüsse sind einer nach dem anderen ins gleiche, sich erweiternde Loch eingeschlagen.

›Das ist der beste Fünferschuss, den ich je im Leben gesehen habe‹, sagt Josef bewundernd. ›Wo hast du so Zielschießen gelernt?‹

›Tanzen ist eine exakte Kunst‹, erwidert Eva. ›Du lernst, jede Bewegung eines jeden Körperglieds zu beherrschen, vom linken großen Zeh bis zur rechten Zeigefingerspitze. Du lernst zu atmen. Dich auf einen Punkt zu konzentrieren. Die Tanzkunst ist in hohem Maße eine Kunst des Scharfschießens.‹

›Ich frage im Ernst.‹ Josef weigert sich, diese künstlerische Erklärung zu akzeptieren.

›Im Ernst‹, sagt Eva, ›hat mich ein Nazifreund zu Schieß-
ständen mitgenommen. Ein deutscher Offizier, der meine Treffer gesehen hat, schlug mir vor, mich der Scharfschützeneinheit
der Wehrmacht anzuschließen.‹

›Nimm noch mal fünf Kugeln.‹
Eva lädt erneut das Gewehr.

›Ich benenne dir Ziele‹, sagt Josef, ›und du zielst und
schießt so schnell wie möglich. Die Sardinenbüchse rechts von
deinem Ziel.‹

Eva schießt. Die Büchse hüpft.

›Noch mal die Büchse.‹
Eva schießt. Die Büchse springt.

›Der Hals der grünen Flasche links vom Ziel‹, fordert Josef.
Eva schießt. Der Flaschenhals zersplittert.

›Der Pinienzapfen neben der Flasche.‹
Eva schießt. Der Pinienzapfen überschlägt sich.

›Dieser Stein‹, befiehlt Josef, während er einen Stein so
weit wie möglich wirft.

Eva schießt und zersprengt den Stein in der Luft.

›Ich meinte, wenn er dann auf der Erde liegt‹, protestiert
Josef.

›Tut mir leid‹, sagt Eva, ›habe ich falsch verstanden.‹

›Kommende Woche gehst du zum Kurs der Hagana-
Scharfschützen‹, teilt ihr Josef mit.«

»Was sollte sie denn dort noch lernen?«, fragte Adib verwundert.

»Scharfschützentraining beinhaltet eine Menge Arbeit, was
Tarnung, heimliche Bewegung im Gelände und Beobachtung
angeht sowie stundenlang bewegungslos im Hinterhalt liegen«,
erklärte Libby. »Aber willst du, dass ich die Geschichte bis zu ihrem tragischen Ende erzähle, oder soll ich hier aufhören?«

»Jetzt musst du schon weitermachen«, lächelte ihr Adib in
Facetime zu, »bis zum tragischen Ende!«

»Ich werde mich bemühen, es kurz zu machen«, sagte Libby. »Eva wurde zu einer begehrten Kämpferin. Als der große arabische Aufstand ausbrach, den wir die ›Unruhen 36–39‹ nennen, wurde Eva einer Mannschaft der ›Feldkompanien‹ angegliedert, die Feldwege zwischen den Obsthainen nach Minen absuchte. Sie stand immer hinten auf dem Kleinlaster, über das Dach der Fahrerkabine gelehnt, das schussbereite Gewehr in der Hand. Neben ihr stand der Kommandeur der Patrouille, der den Weg und die Ränder mit einem Feldstecher absuchte. Eines Morgens brechen sie zu einer Patrouillenfahrt auf, um Wege zu klären. Alles läuft regulär ab, bis der Kommandeur plötzlich aufs Kabinendach klopft. Der Fahrer hält den Laster an. Der Patrouillenkommandeur hat im Feldstecher eine leichte Veränderung in der Schattierung des Sandwegs in etwa zweihundert Meter Entfernung vor dem Fahrzeug gesichtet. Er reicht Eva den Feldstecher und sagt:

›Schau dir mal den Weg zweihundert Meter vor uns an. Irgendwas ist da verdächtig an der Bodenfärbung.‹

›Ja‹, bestätigt Eva, ›das könnte eine Mine sein.‹

›Kannst du sie mal kitzeln?‹

Eva zielt, schießt. Die Kugel trifft ins Zentrum des etwas verfärbten Flecks im Sand. Eine gewaltige Explosion erschüttert die Luft, und eine Sandsäule erhebt sich in den Himmel.

Die nächste Eintragung im Tagebuch stammt vom Schabbat, am Ende dieser Woche. Nachmittag. Eva liegt in ihrem Zimmer, liest ein Buch. Josef ist nicht zu Hause. Er ist losgegangen, um Berger, dem Schweißer, Geleitschutz zu geben, der ein zerstörtes Stück der Wasserleitung reparieren muss, die vom Speicherbecken zu den Plantagen und dem Obsthain führt. Plötzlich sind Schüsse und Hilfeschreie aus Richtung des Weidelands östlich des Kibbuz zu hören. Eva springt mit ihrem Gewehr nach draußen, rennt auf den Hügel, der das Gelände überblickt. Von weitem sieht sie die Viehhirten des Kibbuz die

Herde zusammentreiben. Von den Hängen auf der anderen Seite des Wadis bewegen sich drei mit Jagdgewehren bewaffnete Männer auf die Herde zu. Einer von ihnen hält eine Mauser-Pistole mit großem Holzgriff in der Hand, mit der man aus der Flanke schießt.

Die drei schreien zu den Viehhirten hinüber, sie sollen stehen bleiben. Der Mann mit der Mauser legt an und schießt auf die Hirten, doch seine Kugeln verfehlen ihr Ziel.

Eva schätzt die Entfernung zwischen sich und den Räubern auf etwa vierhundert Meter. Sie zielt in knappem Abstand vor die Füße der Männer. Die Kugel schlägt vor ihren Füßen auf dem Boden auf, bespritzt sie mit Staub und Steinsplitter. Sie zielt auf den klobigen Holzgriff der Mauser-Pistole, hält die Luft an und zieht mit langsamer, sanfter Bewegung des Fingers den hauchdünnen Abzug ihres Gewehrs. Ihre Schulter fängt den Rückstoß auf. Der Pistolengriff zersplittert, die klobige Waffe fliegt dem Räuber durch die Wucht des Treffers aus den Händen. Die drei sind wie betäubt. Eva wettet mit sich. Sie nimmt die Verbindungsstelle zwischen den Doppelläufen des Jagdgewehrs, das der andere Räuber schräg vor der Brust hält, bereit, in Schussposition zu wechseln, ins Teleskopvisier. Ihr Finger bewegt sich langsam auf dem Abzug, das Jagdgewehr bricht auseinander, prallt gegen die Brust des Mannes, der durch den harten Schlag nach hinten geworfen wird. Die drei nehmen die Beine in die Hand und verschwinden im Wadi.

In ihrem nächsten Tagebucheintrag sitzt Eva unter einer Eiche, die am Hang eines Hügels am Feldrand steht, und bewacht Traktorfahrer, die das Feld pflügen. Sie schaut über das weite Tal. Plötzlich gewahrt sie in der Ferne drei Reiter, die sich im Galopp nähern. Sie überprüft sie durch den Feldstecher – sie sind mit Gewehren und Pistolen bewaffnet. Eva lädt das Gewehr und geht auf den Weg hinunter. In der linken Hand hält sie das Gewehr, mit der rechten signalisiert sie ihnen, stehen zu bleiben. Die Reiter halten ein Stück entfernt von ihr an. Sie wechseln ein paar Worte untereinander. Einer der Reiter winkt ihr mit der Hand. Sie fasst ihn prüfend ins Auge und entdeckt, dass es Mahmud Abu-Aref ist, der sie vor zwölf Jahren zu einem Ritt durch die Weiten des Landes eingeladen hat. Mahmud steigt von seinem Pferd ab, übergibt die Zügel einem der anderen Reiter und geht zu Fuß auf Eva zu. Sie freuen sich beide, einander zu sehen, und reichen sich die Hand.

›Du bist nach Palästina zurückgekehrt‹, sagt er.

›Wie du siehst‹, erwidert sie.

›Du hast dich verändert‹, sagt er.

›Die Jahre gehen nicht einfach an uns vorüber‹, sagt sie, ›sie hinterlassen ihre Spuren.‹

›Dir tun sie nur gut‹, macht er ihr ein Kompliment.

›Bist du zufällig hier vorbeigekommen?‹, fragt sie.

›Es gibt heute keine Zufälle mehr. Man hat mir gesagt, dass du die Felder bewachst, und ich bin gekommen, um dich zu begrüßen.‹

›Komm, wir setzen uns in den Schatten des Baums‹, lädt sie ihn ein.

›Bedaure‹, sagt er, ›ich kann nicht länger als fünf Minuten an einem Ort bleiben. Ich bin ständig in Bewegung. Die Engländer haben einen Preis auf meinen Kopf ausgesetzt. Wenn sie mich fassen, hängen sie mich.‹

›Mahmud! Ich soll dich ausliefern?!‹

›Nicht du‹, erwidert er. ›Es gibt viele böse Augen, die mir nachspionieren.‹

›Dann komm, lass uns sagen, was in fünf Minuten gesagt werden kann‹, schlägt sie vor.

›Du bist jetzt noch schöner, als du warst‹, sagt er.

›Wirklich?‹ Sie fühlt sich geschmeichelt. ›Das sagst du nicht bloß so?‹

›Damals warst du eine Gazelle. Jetzt bist du eine Frau. Eine schöne Frau.‹

›Auch du bist schön gereift. Deine graugesprenkelten Schläfen bringen dein jugendliches Gesicht zur Geltung.‹

›Als ich hörte, dass du das Land verlassen hast, war ich sowohl traurig als auch froh‹, sagt Mahmud.

›Worüber warst du froh?‹, fragt sie.

›Ich war froh, dass ich dich nicht eines Tages töten müssen würde‹, lacht er. ›Warum bist du zurückgekommen?‹

›Die Deutschen treffen Vorbereitungen, alle Juden in Europa zu ermorden.‹

›Das sind Lügen, die die Zionisten verbreiten, um Druck auf die Engländer auszuüben, damit sie ihnen erlauben, noch mehr Juden nach Palästina zu bringen‹, winkt Mahmud ab.

›Mahmud, ich komme von dort‹, entgegnet Eva. ›Versuche nicht, mir Eselsmist zu verkaufen.‹

›Das habe ich von Fausi al-Kawukdschi, dem obersten Befehlshaber des Aufstands in Palästina, gehört‹, sagt Mahmud, ›und der Journalist Munir ar-Ra'is hat seine Worte veröffentlicht. Das ist kein Eselsmist.‹

›Wenn Fausi al-Kawukdschi solche Dinge sagt, lügt er‹, erwidert Eva. ›Gebe Gott, wir könnten alle Juden aus Europa hierherbringen, bevor es zu spät sein wird.‹

›Das Thema, noch mehr Juden nach Palästina zu holen, ist erledigt‹, sagt Mahmud. ›Dafür haben wir den großen arabischen Aufstand gemacht, und wir haben diese unaufhörliche Schwemme von Juden aus Europa zum Stillstand gebracht.‹

›Du begreifst nicht, was ihr euch selbst angetan habt dadurch, dass ihr die Einwanderung aufgehalten habt‹, sagt Eva bedrückt.

›Was wir uns selbst angetan haben?‹, spottet Mahmud.

›Dadurch, dass ihr es Millionen von Juden verwehrt habt, ins Land Israel einzuwandern, werdet ihr selbst zu Teilhabern an der Ermordung der europäischen Juden, die die Nazis planen‹, sagt Eva. ›Hundert Jahre Geschwätz werden euch nicht von der Beteiligung an dem Verbrechen befreien. Ihr werdet noch und noch dafür bezahlen, auf Generationen hinaus.‹

›Wenn ich dich nicht lieben würde, würde ich dich töten für diese Worte‹, sagt Mahmud darauf.

›Wenn ich dich nicht lieben würde‹, gibt sie ihm zurück, ›würde ich dich für deine Taten töten.‹

Sie blicken einander an, Auge in Auge.

›Alsdann, Mahmud‹, fragt Eva, ›ist der Krieg zwischen uns unvermeidlich?‹

›Ja‹, bestätigt er, ›der Krieg hat schon begonnen, und euer Ende wird schlimm und bitter sein.‹

›Wer einen Krieg beginnt, weiß nicht, wie er für ihn ausgehen wird‹, erwidert Eva. ›Aber bedenkt eines: Kriege haben Folgen. Und wehe dem, der verliert.‹

›Was auch immer geschehen mag‹, sagt Mahmud, ›ich habe dich geliebt.‹

›Auch ich habe dich geliebt, Mahmud, aber Krieg ist Krieg.‹

Sie trennen sich mit einem Händedruck, Mahmud springt auf sein Pferd, und die drei Reiter verschwinden im Galopp.«

»Das ist das tragische Ende der Geschichte?«, fragte Adib.

»Das ist nicht das Ende«, antwortete Libby, »aber wenn du möchtest, kann ich hier aufhören.«

»Nein«, entgegnete Adib. »Wir haben mit der Geschichte angefangen, jetzt gehen wir auch bis an ihr Ende.«

»Aber gern«, sagte Libby. »Anfang April 1948 begann der Angriff der Kawukdschi-Armee, die Evas Kibbuz von Osten her angriff, in Koordination mit Kämpfern aus acht arabischen Dörfern, die den Kibbuz von Norden, Westen und Süden einkreisten. Ziel des Angriffs war es, den Norden des Landes in zwei Teile zu spalten und alle Siedlungen in Galiläa zwischen den irakischen und syrischen Armeetruppen einzukeilen, die bereitstanden, in einer Zangenformation am 15. Mai ins Land einzumarschieren und alle jüdischen Niederlassungen in Galiläa auszulöschen.

Der Angriff wurde mit einem schweren Bombardement auf den Kibbuz eröffnet. Die Kameraden waren alle in Schützengräben. Die Kinder und Frauen in Bunkern. Ein Maschinengewehr der Angreifer richtete Verheerung unter den Verteidigern an. Mähte jeden nieder, der für einen Moment den Posten verließ, um irgendeine lebensnotwendige Arbeit im Viehbetrieb zu verrichten oder um den Verwundeten zu Hilfe zu kommen. Eva lag in ihrer Scharfschützenstellung. Sie ortete durch den Feldstecher die Mündung des Maschinengewehrs, das die Salven ausspuckte, hinter einem Erdbuckel und lauerte auf den Kopf des Schützen. In dem Moment, in dem er für eine Sekunde über dem Maschinengewehr auftauchte, durchlöcherte sie ihn mit einer einzigen Kugel. Mit einer zweiten Kugel traf sie denjenigen, der versuchte, den gefallenen Schützen zu ersetzen, und robbte anschließend sofort in eine Ausweichstellung, die sie dafür vorbereitet hatte.

Nun begann der Sturmangriff auf den Kibbuz.

Gestalten sprangen im Gelände auf und begannen, sich im Wechsel von Bewegung und Feuer dem Kibbuz zu nähern.

Eva fokussierte sich auf den Kommandeur der Truppe. Er rückte mit einem salvenratternden Bren-MG in der Hand vor.

Er wechselte Magazine, schoss und feuerte seine Leute an, die fast schon am Tor des Kibbuz waren, offensichtlich mit dem Ziel, es zu sprengen und den Hof zu stürmen. Der Kommandeur war nun deutlich im Visier von Evas Gewehr zu sehen. Er bewegte sich und schoss, spornte seine Soldaten an, rückte vor und schoss.

Eva setzte das Fadenkreuz exakt zwischen seine Augen. Sie strich mit dem Zeigefinger langsam den sensiblen Abzug des

Gewehrs und fing den Rückstoß gegen ihre Schulter auf. Sie verfolgte das weitere Geschehen durch das Zielrohr in dessen achtfacher Vergrößerung. Der Mann blieb wie angewurzelt stehen, sein Kopf wackelte, als habe er einen schweren Schlag erhalten. Dann fiel ihm das Bren-MG aus den Händen, und er stürzte wie ein gefällter Baum nach hinten. Eva lud eine neue Kugel nach. Die Soldaten rannten auf den Kommandeur zu. Eva zielte und schoss. Lud, zielte und schoss. Jede Kugel ein Mann. Die Männer, die versuchten, sich dem Kommandeur zu nähern, der rücklings ausgestreckt dalag, wurden sofort getroffen und fielen wie die Fliegen um ihn herum. Unter den Kämpfern des gefallenen Kommandeurs brach Panik aus. Die Angriffswelle brach zusammen. Die Angreifer flohen. Die Maschinengewehrschützen des Kibbuz verfolgten sie mit ihren Salven. Nun fand der Feueraustausch aus der Distanz statt, die feindlichen Maschinengewehre feuerten ineffektiv aus großem Abstand. Eva setzte den Feldstecher an die Augen. Die Leiche des Kommandeurs lag an der gleichen Stelle, an der er gefallen war.

Sie stand auf und trat aus der Stellung heraus. Ging hoch aufgerichtet auf die Leiche des Mannes zu, den sie getötet hatte. Schüsse wurden von weitem in ihre Richtung abgegeben. Kugeln pfiffen ringsherum, trafen sie aber nicht. Sie erreichte den Leichnam. Mahmud lag auf dem Rücken. Seine Augen standen offen. In der Stirnmitte, zwischen den Augen, das rötliche Einschussloch der Kugel. Eva kniete sich neben ihn und schloss ihm die Augen, nahm das Bren-Maschinengewehr an sich, das neben ihm auf dem Boden lag, drehte sich um und schritt zurück zu ihrer Stellung. Die Kugeln eines entfernten Maschinengewehrs flogen ihr weiter um die Ohren. Es sah aus, als wartete sie nur auf eine Kugel, die ihrem Leben ein Ende setzen würde, aber keine einzige traf sie. Sie gelangte wieder zu ihrem Posten zurück. Begeisterte Kämpfer eilten auf sie zu.«

»*Wallah!*«, seufzte Adib. »Die Geschichte klingt wie eine alte schottische Ballade.«

»War auch so gemeint«, lachte Libby. »Du wolltest, dass ich es dir nicht vorlese, sondern erzähle, also hab ich ein Kitschmelodram erfunden.«

»Und was ist in Wirklichkeit passiert?«, fragte Adib leicht enttäuscht.

»Die Wahrheit ist weniger romantisch«, sagte Libby und berichtete in nüchternen Worten: »Der Angriff auf den Kibbuz wurde zurückgeschlagen. In der Nacht traf Verstärkung ein von hundert Kämpfern der Golani-Einheit, die um den Kibbuz herum Stellung bezogen, um einen Überraschungsangriff zu verhindern, unterstützt von einem Palmachtrupp, und es begann eine Serie von Angriffen und schweren Gegenangriffen, an deren Ende Kawukdschis Armee geschlagen wurde und sich aus dem Gebiet in Richtung Dschenin zurückzog. Nach dem Krieg versuchte Eva herauszufinden, was aus Mahmud geworden war, und das Gerücht besagte, er sei in der ersten Welle der Angreifer getötet worden, die den Kibbuz stürmten.«

»Und was ist mit den acht palästinensischen Dörfern passiert, in deren Nähe der Kibbuz errichtet wurde?«, erkundigte sich Adib.

»Laut Evas Tagebuch haben sich die Bewohner der arabischen Dörfer nach Kawukdschis Niederlage dem Rückzug in das Gebiet von Dschenin angeschlossen.«

»Und als der Krieg zu Ende war, durften die Einwohner in ihre Häuser zurückkehren?«, fragte Adib.

»Nach der Niederlage der Kawukdschi-Armee und der Flucht der Dorfbewohner wurden die Häuser gesprengt und die Dörfer vom Erdboden getilgt«, sagte Libby.

»Und was sagt Eva in ihrem Tagebuch dazu?«, fragte Adib. »Rechtfertigt sie dieses Vorgehen?«

»Diesmal lese ich es dir aus ihrem Tagebuch vor: Der selbsternannte General Fausi al-Kawukdschi hat die Jahre des Zweiten Weltkriegs in Nazi-Deutschland zugebracht und war in Goebbels' Propagandadienst tätig. Nach dem Fall von Nazi-Deutschland kehrte er nach Syrien zurück, und im Juli 1947, noch vor dem Beschluss der UN zur Teilung des Landes und Errichtung eines jüdischen Staates an der Seite eines arabischen, schrieb Kawukdschi, ›der Krieg zwischen den Juden und den Arabern ist ein totaler Krieg, und die einzige Möglichkeit ist die totale Vernichtung aller Juden, sowohl in Palästina als auch in allen arabischen Ländern‹. Das hat Eva in ihrem Tagebuch dazu geschrieben.«

»Und was ist deine Meinung, liebste Libby?«, fragte Adib. »War es gerechtfertigt, die Dörfer zu zerstören und es den Einwohnern zu verwehren, 1949, nach Kriegsende, in ihre Häuser zurückzukehren?«

»Liebster Adib«, erwiderte Libby, »du bist Historiker. Du weißt, dass 1949 nur Waffenstillstands- und keine Friedensabkommen zwischen Israel und den arabischen Ländern geschlossen wurden, und ein Waffenstillstandsabkommen ist kein faktisches Kriegsende, und ich habe noch nie davon gehört, dass jemand Flüchtlingen erlaubt hätte, vor Beendigung des Krieges in ihre Häuser zurückzukehren, bevor Friedensabkommen geschlossen worden sind, die dem Konflikt, der den Krieg ausgelöst hat, ein Ende setzen.«

»Du greifst zu formalen Argumenten«, sagte Adib. »Ich möchte aber wissen, was du in Bezug auf die Zerstörung der umliegenden Dörfer von Evas Kibbuz empfindest.«

»Ich empfinde genau dasselbe wie Eva, als sie zu Mahmud gesagt hat, dass Kriege Folgen haben, und wer einen Krieg anfängt, weiß nicht, wie er für ihn ausgehen wird, und wehe dem, der verliert.«

»Heißt: Du billigst die Zerstörung der Dörfer und die Tatsache, dass die Bewohner auf ewig zu Flüchtlingen gemacht wurden.«

»Du bist die dritte Generation der Flüchtlinge, und ich bin die vierte Generation von Flüchtlingen«, erwiderte Libby.

»Willst du einen Krieg zwischen mir und dir und unseren Kindern wegen Leuten, die wie Fausi al-Kawukdschi oder sein Kontrahent Hadsch Amin al-Husseini in Nazibegriffen einer totalen Vernichtung dachten?«

»Ich möchte keinen Krieg mit dir«, entgegnete Adib, »aber wir haben eine Menge zu bereden.«

»Eine Menge«, stimmte ihm Libby zu, »und wir werden reden.«

»Also, wann kommst du nach Coventry?«, fragte er.

»Am Tag nach meiner Entlassung aus der Armee«, antwortete sie, »in genau zwei Wochen.«

41. Satyagraha

Der Strahl der Scheinwerfer des Landrovers fräste einen Tunnel in die stockfinstere Dunkelheit, und das schwarze Band der Straße des Todes bohrte sich in das weit offene, ungeschützte Gehirn Dorits, die mit beiden Händen das Lenkrad gepackt hielt, während ihr nackter Fuß das Gaspedal durchdrückte. Die hypnotisierende Musik und der machtvoll intensive Gesang von Philip Glass' *Satyagraha*, aufgeführt von der Metropolitan Opera, erfüllte das Wageninnere. »Straße des Todes«, so hatte sie selbst diesen Straßenabschnitt getauft – jedes Mal, wenn sie hier fuhr, beschlich sie das Gefühl, dass plötzlich das Feuer aus einer Automatikwaffe auf sie eröffnet werden könnte, wie es hin und wieder auf dieser verfluchten Straße vorkam, und auch jetzt, während der Stimmenchor der Metropolitan in Glass' flammendem Werk gen Himmel brandete, erwartete sie eine Salve, die die Windschutzscheibe sprengen und ihr Gehirn zerfetzen würde, bevor der Wagen, der mit rasender Geschwindigkeit auf der gefährlichen Straße dahinjagte, an den Felsen zerschmettern würde, die am Wegesrand auf ihr Opfer lauerten. Je länger die wilde Jagd in die Nacht hinein währte, desto stärker wurde das Gefühl des unausweichlichen Unglücks, das mit einem gewaltigen Schlag ihrem Leben ein Ende setzen würde.

»Satyagraha«, sang sie vor sich hin, halte dich an die Wahrheit, »Satyagraha«, an die Macht der Wahrheit, die du jetzt mit explosiver Stärke, mit befreiender Freude in dir spürst, »Satyagraha!«, flüsterte sie vor sich hin, »Ahimsa«, gewaltfrei! Wie auch immer Duveschs Reaktion ausfallen wird, du enthältst dich jeder Gewalt!, befahl sie sich. Auch wenn er schreien sollte – du wirst deine Stimme nicht erheben. Auch wenn er Gewalt mit Worten ausübt – du reagierst nicht mit sprachlicher Gewalt. Du wirst ihm keine Schuld vorwerfen. Duvesch ist nicht schuld daran, dass ihr gestrandet seid, und auch du bist nicht schuld daran, sagte sie sich. Das Schiff ist auf Grund gelaufen, du musst es verlassen, bevor du damit untergehst. Nach einem Rettungsbalken greifen und dich von den Wellen und den Strömungen an einen Strand tragen lassen. *Satyagraha.* Das ist dein Mantra. *Satyagraha.*

Der Wagen fuhr von der Hauptstraße ab, nach Westen, auf den Sandsteinweg, der zum Hof führte. Der Scheinwerferstrahl erfasste ein kleines Tier. Es war ein Igel. *Ahimsa,* sagte sie sich, während sie auf die Bremse trat, anhielt und geduldig abwartete, bis der Igel den Weg auf der natürlichen Bahn überquert hatte, die *Ahimsa* für ihn vorgezeichnet hatte. Nur kein schlechtes Karma auf sich ziehen. Der Igel, auf der anderen Seite angelangt, verschwand im trockenen Gestrüpp, und sie löste die Bremse, und der Wagen rollte auf das schwere Eisentor zu. Das Spionauge identifizierte den Wagen, das Tor glitt auf, gab die Einfahrt in den Hof frei und schloss sich wieder hinter dem Auto. Das Haus war dunkel. Als sich Dorit den Eingangsstufen näherte, flammte der Scheinwerfer auf dem Dach auf und überflutete den Hof mit grellem Licht.

Seltsamerweise war die Alarmanlage nicht in Betrieb, wie Dorit bei sich vermerkte. Anscheinend hatte Duvesch vergessen, sie einzuschalten, bevor ihn der Schlaf übermannte. Normalerweise war sie es, die die Anlage einschaltete, da sie eine leichte Tendenz zu Ängstlichkeit hatte. In der Küche brannte die Nachtleuchte, verströmte warmes Licht. Dorit streifte am Eingang die offenen Sandalen von ihren Füßen und sperrte die Tür hinter sich ab. In der Stille, die im Haus herrschte, hörte sie nur das Brummen des Kühlschranks. Sie ging ins Schlafzimmer, aus dem das Geräusch von Duveschs schwerem Atem drang, näherte sich mit leisen Schritten dem Bett – und erstarrte auf der Stelle. Noch bevor sie zu begreifen vermochte, was sie empfand, zeichneten ihre Augen ein herzergreifendes Bild. Ein nackter Mann mit massigem Körper lag auf seiner rechten Seite, den linken Arm um eine nackte, schlafende Frau gelegt, die ebenfalls auf der rechten Seite lag, den Rücken an den Bauch des Mannes geschmiegt, ihren dünnen braunen Körper in seinem Schoß eingerollt. Ein zweiter Blick eröffnete ihr, dass der Mann Duvesch war und die Frau Sue. Neben dem Bett stand das halbautomatische Jagdgewehr. Duveschs Jagdgewehr. *Satyagraha*, sagte sie sich. Du hast geschworen, dich an die Macht der Wahrheit zu halten. Hier, da liegt die Wahrheit vor dir, zu deinen Füßen. Nackt. Schutzlos. Gestochen klar. Eindeutig. Ein Bild ohne Worte. Sie streckte die Hand aus und griff nach dem Gewehr. Wollte sie töten? Nein. Reine Lebenskraft durchflutete sie. Eine gewaltige Woge von Lebenslust. Sie wollte kein Blut. Wollte keinen Tod. Wollte nur Liebe. Wollte einen Mann, der sie zärtlich in seinem Schoß aufnahm, so wie dieser Mann diese Frau. Sie verspürte Freiheit. Freiheit und den heftigen Wunsch zu lieben. Die Faust, die ihr Guido Xanadu ins Gesicht geschmettert hatte, hatte mit einem Schlag die Larve des Selbstbetrugs zersplittern lassen, in dessen Lavahülle sie wie die Menschen im alten Pompeji erstarrt war. Du bist frei, sagte sie sich. *Ahimsa*, Dorit, *Satyagraha* und *Ahimsa*. Still und leise nahm sie das Jagdgewehr an sich, drehte sich um und verließ den Raum auf Zehenspitzen. Sie setzte sich in die Küche. Suchte aus dem bunten Sammelsurium in der Tasse mit dem abgebrochenen Henkel auf der Spüle einen roten Filzstift aus und schrieb quer über die Kühlschranktür: »Ich kam, sah und verstand.« Und darunter setzte sie: »Sprich mit Dinur.«

Dann schlüpfte sie in ihre Sandalen und verließ das Haus, ging hinaus in die Morgendämmerung, die den Saum des Horizonts über den Bergen, die ihn nach Osten hin begrenzten, rosa zu färben begann. Die kühle Luft streichelte ihr Gesicht. Sie stieg in ihren blauen Landrover und lehnte das Jagdgewehr an den Beifahrersitz, startete den Motor, schaltete die Audioanlage ein und fuhr los, während das Rauschen der *Satyagraha*-Wellen ihre Sinne überströmte und die Räume ihrer Seele mit einem Chor von Stimmen füllte, die für sie sangen: Du bist frei!

Sie flüchtete wie vor einem Steppenbrand, weg von dem Haus, weg aus diesem wilden Landstrich. Schwor sich, keinen Fuß mehr auf dieses wüste Land zu setzen, in dessen Erde ihre Jugend und ihr halbes Erwachsenenleben begraben lagen – von dem Tag an, als sie vor dreiundzwanzig Jahren mit den Gefährten ihrer Kerneinheit als junge Soldatin hier angelangt war, um einen Moschav zu verstärken, dessen Häuser fast alle von seinen ursprünglichen Bewohnern, den Gründern der Siedlung, verlassen worden waren; in einer Krise der Landwirtschaft, in der sie ihren gesamten Besitz durch Bankschulden und an Gläubiger vom inoffiziellen Finanzmarkt verloren, hatten sie ihre verwahrlosten Betriebe aufgegeben.

Zweiundvierzig, das ist nicht das Ende des Lebens, hörte sie die klare, helle Stimme sagen, die aus ihr sprach. Du bist immer noch eine junge Frau, und das ist der Moment, reinen Tisch zu machen, die unglückliche Beziehung zu diesem lächerlichen Typen auf den Müll zu werfen, der sich den geschwollenen Namen »Guido Xanadu« zugelegt hat und dich mit dem aufgedonnerten lacanischen Geschwafel beherrscht hat. »Guido Xanadu«, sagte sie sich noch einmal angewidert, diese Kunstpose eines radikalen Denkers. Reinen Tisch machen mit Deleuze, Guattari und Alain Badiou, die er dir als Lektüre aufgezwungen hat. Auf den Müll mit »dem Ereignis, das eintritt, wenn die durchsichtigen Ausgestoßenen sich eines Tages erheben, ins Zentrum der Situation einbrechen und die bestehende Ordnung erschüttern«. Hier, diese durchsichtige Ausgestoßene, Sue, eine aus der unsichtbaren Schicht der ausgestoßenen Fremdarbeiter, Sue hat es für dich getan. Ist eines Nachts aufgestanden, ins Zentrum der verfaulten Situation eingebrochen und hat die bestehende Ordnung zerstört. Man muss reinen Tisch machen mit dem ganzen Abfall des Lebens, der sich in den langen Jahren angehäuft hat, und mit dem Leben wieder bei null anfangen.

Vor ihrem geistigen Auge sah sie Duvesch, wie er dort nackt vor dem Kühlschrank stand, die fünf Wörter las, die sie mit dem roten Filzstift auf die Tür geschrieben hatte, dann die zweite Zeile und Sue erklärte: »Das war Dorit. Sie schreibt, ich soll mit ihrem Rechtsanwalt reden. Wir sind frei.«

Ja, du bist frei, sagte sie zu seiner Gestalt, die sich in ihrer Phantasie abzeichnete. Ich trage dir nichts nach. Du bist ein guter Mensch, du verdienst ein gutes Leben. Und ich auch.

42. PASCALE

Gaby wurde von einer schweren Hand geweckt, die auf seiner rechten Schulter landete. Als er die Augen aufschlug, registrierte er, dass sich das Pub inzwischen entvölkert und der Lärm in erheblichem Maße nachgelassen hatte. Nur wenige Pärchen und vereinzelte Männer waren noch hier und da im Halbdämmer des Lokals verstreut. Die Paare befanden sich im fortgeschrittenen Stadium aufgegeilten Geplänkels, Frauen und Männer beugten sich über die kleinen Tische zueinander, Finger tänzelten über Gesichter, Hände streichelten Knie, ein Pärchen, bereits nicht mehr von dieser Welt, war auf einem Sofa ins Koma eines Endloskusses gesunken, wie eine Marzipanimitation der Rodinskulptur in einem Wiener Kitschladen. Ein anderes Paar knutschte unten im Zentrum des @-förmigen Barkringels.

Gaby betrachtete die weiße, fleischige Hand, die auf seiner Schulter lag, als ihn eine heisere, unverkennbare Stimme von hinten mit seinem Namen aus dem Reservedienst ansprach: »Gavscha!«

»Zungi!?« Gaby drehte sich auf seinem Stuhl um, noch halb ungläubig, denn was hatte ein orthodoxer Jude am Schabbat in der Nacht in dieser Räuberhöhle zu suchen? Er rollte die Augen, um die bierschweren Schlafgespinste zu vertreiben, um sicherzugehen, dass er sich nicht in der Grauzone zwischen Traum und Wachen befand, doch tatsächlich, es war Zungi – und auch nicht. Das Gesicht gehörte Nachman Zungenfleisch, doch er war barhäuptig, keine Spur von Kipa, trug Jeans und ein schwarzes T-Shirt, und Gaby erkannte in ihm den klobigen, stiernackigen Mann, der mit seiner Schwester geknutscht und gefummelt hatte, bevor der Schlaf Gaby in einen merkwürdigen Traum versetzt hatte, in dem er auf eine hohe Leiter geklettert und an eine geschlossene Speichertür geraten war. Er wollte die Tür aufdrücken, um in den Speicherraum hineinzukommen, aus dem Stimmen in lebhafter Unterhaltung drangen, aber sie war abgesperrt oder wurde von zwei Leuten blockiert, die sich laut unterhielten. Er lauschte und erkannte die Stimme von Dave, seinem noch lebenden Vater, der ein hitziges Gespräch mit Gabys toter Großmutter Eva führte. Gaby schlug mit der Faust an die Tür, schrie und bat, ihm aufzumachen und ihn hineinzulassen, doch sie schenkten ihm keine Beachtung, und in diesem Moment war die schwere Hand auf seiner Schulter gelandet und hatte ihn von der hohen Leiter gekippt.

»Zungenfleisch?!«, wiederholte er mit ungläubigem Staunen.

»Schschsch ...«, flüsterte Zungenfleisch. »Hier bin ich Guri.«

»Guri?« Gaby begriff nichts. »Was für ein Guri?«

»Guri Tamari«, gab ihm Zungi ein weiteres Rätsel auf.

Gaby betrachtete ihn und fragte sich, ob dieser stattliche Mann mit den klugen Augen und dem modischen Outfit tatsächlich ebenjener orthodoxe Nachman Zungenfleisch, Kaschrut-Inspektor im Reservedienst und Gelegenheitskantor aus Bnei Brak war, dessen Frau Gaby eine Arbeit als Datentypistin in Chezi Rossmans Firma verschafft hatte, bevor sich dieser nach Indien abgesetzt und das Unternehmen seinem Sohn Chorev überlassen hatte – nachdem Meirav, Gabys Schwester, die wilde, freie Lebenskünstlerin, zwischen Vater und Sohn geraten war und den Gerüchten zufolge mit beiden gleichzeitig eine Affäre hatte, ohne dass sie etwas voneinander wussten, bis sie schließlich die Wahrheit entdeckten.

»Guri Tamari?«, wiederholte Gaby den Namen mit Befremden und musterte verblüfft diesen barhäuptigen Dressman ohne Schläfenlocken, der wie eine professionelle Pubratte aussah. »Sag mal, Zungenfleisch, sind wir heute für Purim verkleidet?«

»Schschsch …«, zischte ihm Zungenfleisch erneut ins Ohr, drehte sich sofort um und rief: »Pascale! Komm mal her, lern meinen Freund kennen!«

Die junge Frau, die sich langsam hinter dem Tischchen aus dem Halbdunkel erhob, war hochgewachsen und sehr schlank, hatte ein feingeschnittenes Gesicht und braune Ringellocken. Sie trug eine exklusive Lederjacke, auf der sich Algen in changierenden Grün-, Braun- und Schwarztönen tummelten. Es verstrichen ein oder zwei Sekunden mit alkoholgetränkter Zeitverschleppung, bevor Gaby in ihr seine Schwester Meirav erkannte. Sie tat so, als begegnete sie ihm zum ersten Mal im Leben, blinzelte ihm nur vielsagend mit ihrem graublauen Auge zu: Ich kenne dich nicht, und du kennst mich nicht. Er bestätigte mit einem leichten Nicken und einem kaum merklichen Wimpernzucken – Botschaft angekommen, eingespeist und anwendungsbereit.

»Pascale«, flüsterte Zungenfleisch, »darf ich vorstellen: Gavscha, mein Kommandeur vom Reservedienst.«

Gaby drückte die zierliche, aber kräftige Hand seiner Schwester, die sie ihm, von einem liebenswürdigen Lächeln begleitet, selbstgewiss entgegenstreckte, während sie ihn mit ihren zweifarbigen Augen eingehend und unverfroren taxierte – vielleicht auch mit dem professionellen Blick einer Kunstkritikerin, die ein Bild oder eine Skulptur in einer Ausstellung begutachtet –, als sähe sie ihn zum allerersten Mal. Gaby vergalt es ihr mit gleicher Münze, wandte keinen Blick von ihren Augen, das eine braun, das andere blaugrau, während Zungenfleisch-Guri-Tamari ihn seiner Schwester leicht übertrieben als den stillsten und gefährlichsten Mann auf dem Planeten vorstellte.

»Pascal wie Blaise Pascal, der die Wette auf Gott empfahl?«, zeigte sich Gaby höchst interessiert.

»Pascale wie Pascale Petit, die empfahl, auf das Leben zu wetten«, erwiderte Meirav, »falls du siehst, was ich sehe.«

»Falls du siehst, was ich sehe«, gab Gaby zurück, um seiner Schwester zu signalisieren, dass er auf ihr Spiel so lange wie nötig einginge, bis zu dem Moment, in dem sie ihre Identität preisgeben wollte.

»Du siehst, was ich sehe«, schloss sie, und er hatte auf den tautologischen Satz nur die eine Antwort parat: »Wie wahr.«

Sie fingen beide an zu lachen, aber Zungenfleisch protestierte: »Wenn du meinst, du siehst, was er sieht, dann täuschst du dich aber.«

»Bitte«, sagte Pascale darauf, ohne ihren kühl eindringlichen Blick abzustellen, mit dem sie Gaby weiter durchbohrte, »aber bitte, Guri, sag mir, worin ich mich täusche.«

»Dieser stille Mann«, holte Zungenfleisch aus, »so wie du ihn hier siehst, hat sich ein Waffensystem ausgedacht und entwickelt, das in einer Tausendstelsekunde das angesteuerte Ziel von Raketen identifiziert, und zwar in dem Moment, in dem sie in einer Entfernung von Tausenden von Kilometern abgeschossen werden, und wenn dieses System erkennt, dass wir das Ziel sind, besitzt es die Fähigkeit, innerhalb einer Sekunde einen Gegenschlag auszulösen, der das ganze Land, von dem aus die Raketen abgeschossen wurden, vernichten kann und in einer Minute hundert Millionen Menschen wie einen Abfallhaufen verheizt.«

»Phantastisch«, gurrte Pascale mit streichelnd samtdunkler Stimme, immer noch auf Gaby fixiert, »und was treibt einen Menschen dazu, seine gesamte Geisteskraft in die Entwicklung eines solchen Systems zu stecken?«

»Das Bestreben, einen Kindheitstraum zu verwirklichen«, antwortete Gaby.

»Einen Kindheitstraum?«, fragte sie interessiert. »Aus welchem Stadium genau?«

»Aus dem Stadium, in dem sich das grandiose Selbst offenbart, mit vier oder fünf Jahren.«

»Meinst du nicht, das gehört in eine noch frühere Phase?«, fragte sie nachdenklich.

»Glaubst du, die Gier nach Erfolg erwacht schon im Säuglingsalter?«, gab Gaby verwundert zurück.

»Wie würdest du sonst den Jubel definieren, wenn die Lippen die Brustwarze finden?«, wollte seine Schwester von ihm wissen.

»Das Schöne daran ist«, antwortete ihr Gaby, »dass diese Erfahrung beiden Geschlechtern gemeinsam ist.«

»Ah-ah«, widersprach sie ihm. »Du wirst mir zustimmen, dass der Erfolgsjubel von den Lippen der Säuglinge kommt, die die Brustwarze eingefangen haben, und nicht aus dem Mund der Stillenden, der es gelungen ist, die Brustwarze zwischen die Lippen des Säuglings einzuschleusen.«

»Mit anderen Worten, du behauptest, dass die Offenbarung des grandiosen Selbst die Entdeckung der Weiblichkeit in uns ist und nicht die der Männlichkeit.«

»Du sagst es«, lächelte sie triumphierend.

»Aber du hast mir Geburtshilfe geleistet«, meinte er nachgiebig und stand auf, um zum Pissoir zu gehen.

»Warum rennst du denn schon davon?«, provozierte sie ihn. »Wir haben noch kaum angefangen.«

»Du willst doch nicht, dass ich hier uriniere, dich anpinkle?« Er lachte.

»Als Säugling, der das grandiose Selbst entdeckt hat«, grinste sie, »kannst du pinkeln, wo du Lust hast und auf wen und was du willst.«

»Ich wäre entsetzlich gern ein Baby«, sagte Gaby zu seiner Schwester, »aber wo ist Mama?«

»Mama, Mama«, antwortete sie ihm todtraurig, »wo ist Mama ...?«

Gaby atmete tief ein und hielt die Luft an, um nicht in Tränen auszubrechen, drehte sich um und entfernte sich rasch in Richtung des großen Pissoirs. Zungenfleischs Stimme verfolgte ihn: »Gavscha, warte, ich komm mit!«

Auf den Stufen, die zum Pissoir hinunterführten, drängte sich Zungenfleisch an ihn und flüsterte ihm ins Ohr: »Gavscha, du bist mir wie ein Engel des Herrn erschienen. Rette mich vor dieser Vampirfledermaus.«

»Augenblick noch, Zungi«, versuchte Gaby den Kaschrut-Inspektor der Reserveeinheit zu dämpfen, »bevor ich dich vor irgendwas rette, möchte ich gern was verstehen: Hast du das Betriebsprogramm ausgetauscht?«

»Wie bitte?« Zungenfleisch begriff nicht, was er meinte.

»Ich erwische dich ohne Kipa am Schabbat gegen Morgen in einem völlig unkoscheren Pub mit einer fremden Frau, die wie ein Edelmannequin aussieht, und darüber hinaus verlangst du von mir auch noch, dich Guri Tamari zu nennen? Was ist los mit dir, Zungenfleisch? Bist du in die säkulare Freiheit ausgebrochen?«

»Wollte Gott«, murmelte Zungenfleisch in die feuchtbittere, von Ammoniakdämpfen und Urinsäure geschwängerte Luft des Pissoirs, während sie sich nebeneinander aufstellten, um vor der Nirostawand zu urinieren, die sich aus der gelblichen Pissrinne zu ihren Füßen erhob, in der der aufgeweichte Inhalt urindurchtränkter Zigarettenstummel in diversen, Brechreiz erregenden Farbnuancen von Teer und Nikotin schmutzige Kreise zog. Danach seufzte er: »Gebe Gott, ich könnte säkular werden, ahhh!« Er stöhnte und ließ einen langgezogenen, trockenen Furz fahren, der mit einer donnernden Fanfare begann und in einem gedehnten, schofarähnlichen Ton mit knatternden Unterbrechungen verklang, während der Urin aus seinem dicken, zwischen seinen Fingern wie der Kopf eines Aals herauslugenden Glied schäumte, was gleichzeitig den Damm seines Schweigens sprengte – und eine sonderbare Geschichte, von der kondensierten Essenz eines biblischen Epos, entrollte sich im Raum des Pissoirs.

»Ich führe ein Doppelleben, Gavscha«, bekannte Zungenfleisch, während er urinierte, »Kaschrut-Inspektor und jüdisch orthodoxer Kantor bei Tag und ein *Hefker-Jung*, ein vogelfreier Bursche, in der Nacht.«

»Was sagt Esther dazu?«, fragte Gaby verwundert.

»Estherke sagt gar nichts«, weihte ihn Zungenfleisch in das Geheimnis seiner verwickelten Beziehungen mit seiner Frau ein. »Wenn sie schlafen geht, sag ich zu ihr, ich geh zu den Gur-Chassiden, um eine Talmudseite zu studieren und zu beten, und du wirst dich wundern«, fügte er hinzu, »manchmal tu ich das wirklich.«

»Esther ist klug wie der Teufel.« Zum ersten Mal in ihrer langjährigen Bekanntschaft verriet ihm Gaby seine Meinung über seine Ehefrau. »Willst du mir erzählen, dass sie nicht weiß, was du treibst?«

»Was weiß ich, was sie weiß«, seufzte Zungenfleisch. »Ich achte sehr auf ihre Würde.«

»Wie bitte?« Gaby kam nicht mit.

»Ich steche ihr nicht die Augen aus«, sagte Zungenfleisch und lieferte sofort die Erklärung: »Ich gehe in glatt koscherer Chassidenkleidung aus dem Haus, fahre in die Stadt zu einem kleinen Zimmer, das ich zusammen mit noch vier Männern aus unserem Viertel gemietet habe, die wie Kleiderwechsler leben. Ich werfe mich in schwarze Outdoorhosen und ein T-Shirt von Ralph Lauren und ziehe los, um das Leben von Guri Tamari zu leben. Gegen Morgen, bevor Estherke aufwacht, komme ich in der Kleidung der Gur-Chassiden, genau wie ich weggegangen bin, nach Hause zurück. Tu mir einen Gefallen, Gavscha! Schaff mir diese Vampirfledermaus vom Hals!«

»Vampirfledermaus?« Gaby war verblüfft über die Bezeichnung, mit der Zungenfleisch seine kleine Schwester belegte.

»Wart nur, bis du mit ihr ins Bett gehst!«, warnte ihn Zungenfleisch.

»Ich werde nicht mit ihr ins Bett gehen«, beruhigte ihn Gaby.

»Das meinst du vielleicht«, spottete Zungenfleisch über ihn. »Das steht bereits geschrieben und besiegelt.«

»Wo denn?«, gab Gaby den Spott zurück. »Im Himmel?«

»Nein«, sagte Zungenfleisch, »das steht auf deiner und ihrer Stirn geschrieben.«

»Das wird nicht passieren«, stellte Gaby kategorisch fest.

»Das wird schneller passieren, als du denkst«, überging ihn Zungenfleisch, »und wenn's dir passiert, vergisst du, woher du kommst und wohin du gehst.«

»Jetzt beruhige dich, Zungenfleisch«, beschwichtigte ihn Gaby wieder, »ich bin keine naive Jungfrau mehr. Ich habe schon jede Sorte durchprobiert, und ich werde dir Pascale nicht wegnehmen. Übrigens, woher hat sie diesen Namen?«

»Aus Frankreich«, erklärte Zungenfleisch mit völliger Gewissheit. »Diese rassige Schickse ist die Tochter einer französischen Familie von Käseherstellern aus der Region Limousin.«

»Was du nicht sagst!«, staunte Gaby. »Was macht diese Französin in Israel?«

»Sie ist als Freiwillige in einen Kibbuz gekommen und hat sich in Israel verliebt. Sie will sogar konvertieren, und ich habe den Eindruck, dass sie auch noch vorhat, orthodox zu werden. Sie ist sehr spirituell, egal, was für eine Sexbestie sie ist.«

»Schau an, was dieses Land mit den Menschen anstellt!«
Gaby gab sich stark beeindruckt.

Urplötzlich umklammerte Zungenfleisch Gabys Arm und
stieß warnend aus:»Gavscha, wenn du sie vögelst, bring ich
dich um.«

»Ich will sie nicht vögeln«, Gaby versuchte, sich Zungenfleischs Griff zu entwinden,»sie ist überhaupt nicht mein Typ.«

»Idiot«, schnauzte ihn Zungenfleisch an,»du weißt nicht,
was dir entgeht. Diese läufige Hündin ist ein Kultgegenstand,
von dem nichts in der Thora geschrieben steht. Du weißt ja
nicht, was sie mir antut. Ich bin ein verlorener Mensch, ganz
und gar verloren. Rette mich vor ihr, Gavscha!«

»Wie soll ich dich denn vor ihr retten?«

»Sie ist verrückt nach dir. Ich hab gesehen, was zwischen
euch los war. Du brauchst ihr bloß ein Zeichen zu geben, und
sie wirft mich weg wie einen alten Lumpen und rennt dir hinterher wie eine Katze der Maus.«

»Und dann bringst du mich um.«

»Das hab ich doch bloß so gesagt«, flehte Zungenfleisch.
»Sie macht mich wahnsinnig. Befreie mich von ihr! Wenn du
mit ihr ins Bett gehst, willst du nie wieder raus.«

»Wenn sie ein solcher Glücksfund ist«, insistierte Gaby,
»warum willst du sie dann so unbedingt loswerden?«

»Dieses zügellose Schmuckstückchen will eine feste Beziehung«, ächzte Zungenfleisch.»Sie gibt sich nicht mit Beischlaf
zufrieden. Sie will, dass wir zusammenleben. Sie will mich anziehen, für mich kochen ...«

»Was, sie kocht auch?« Gaby staunte über die sensationel-
le Neuigkeit hinsichtlich der überraschenden Talente seiner
Schwester, die bis dahin in der Familie unbekannt waren.

»Was heißt hier kochen!«, rief Zungi verzweifelt.»Sie
ist eine Zauberin. Sie macht ein Lamm in Sahnesoße mit Salbei und Rosmarin – da leckst du dir die Finger ab! Sie kocht

Shrimps und Jakobsmuscheln in Weißwein mit Butter und Knoblauch – da fällst du in Ohnmacht!«

»Und warum gehst du dann nicht hin und lebst tatsächlich mit ihr zusammen?«, fragte Gaby, perplex über das absolut unkoschere kulinarische Expertentum dieses sündigen Kaschrut-Inspektors.

»Ich kann Estherke nicht verlassen«, jammerte Zungenfleisch.

»Welches Gebot hält dich denn noch bei ihr?«, wollte Gaby wissen.

»Du sollst Vater und Mutter ehren.«

»Zungenfleisch«, protestierte Gaby, »soweit ich mich erinnere, bist du Waise!«

»Ich spreche von Esthers Eltern«, erklärte er.

»Du bleibst bei Esther wegen ihren Eltern?!«, rief Gaby erschüttert. »Das glaub ich nicht!«

»Doch«, stöhnte Zungenfleisch. »Estherkes Vater ist ein reicher und äußerst strikter Jude. Er importiert Marmor und Sanitärartikel aus Italien. Seit wir eine Familie gegründet haben, unterhält er für uns die Wohnung und zwei Autos auf Firmenkosten und hilft uns jeden Monat mit ein paar Tausendern. Wenn ich Estherke verlasse, steh ich ohne Unterhosen da.«

»Wie lange führst du dieses Doppelleben schon?«, erkundigte sich Gaby.

»Seit Jahren«, seufzte Zungenfleisch, »schon bevor ich Estherke geheiratet habe. Aber noch nie ist mir so was wie mit Pascale passiert. Sei ein Mensch, Gavscha, rette mich vor dieser Lilith.«

»Weiß sie, wer du in Wirklichkeit bist?«

»Ich weiß schon selber nicht mehr, wer ich in Wahrheit bin«, beweinte sich Tamari-Zungenfleisch selbst.

»Ich meine, weiß sie, woher du kommst? Weiß sie, dass du ein orthodoxer Jude bist?«

»Nein«, schüttelte Zungenfleisch den Kopf. »Ich habe ihr eine Geschichte angedreht, frag bloß nicht.«

»Was für eine Geschichte?«, fragte Gaby sofort interessiert.

»Nicht jetzt«, flehte Zungenfleisch.

»Du willst, dass ich dich rette? Dann gib mir eine Kurzfassung.«

»Ich habe ihr erzählt, dass meine Frau Italienerin ist«, ließ Zungenfleisch heraus.

»Weiter«, verlangte Gaby gespannt.

»Ihr Vater hat ein Marmorwerk in Italien, und ich bin sein Vertreter in Israel.«

»Und wo lebst du?« Gaby staunte nur so über die Erfindungsgabe des sündigen Kantors.

»In Rom«, flüsterte er gequält, »eine Woche in Rom, eine Woche in Jerusalem.«

»Und wenn du in Jerusalem bist, was hindert dich daran, die ganze Zeit mit Pascale zusammen zu sein?«

»Ich komme nicht allein nach Israel«, sagte Zungenfleisch kläglich. »Ich reise mit meiner Frau oder mit ihrem Bruder, der der Rechtsberater der Firma ist. Tu mir den Gefallen, Gavscha!«

»Zungi« – Gaby griff auf seinen Namen aus dem Reservedienst zurück –, »ich salutiere vor deinem Erfindungsgeist, aber ich bin nicht fähig, solche Spiele zu spielen.«

»Du musst gar keine Spiele spielen. Rede einfach weiter mit ihr über diesen Blödsinn, über den ihr euch unterhalten habt, grandioses Selbst, schmarrndioses Ichmich, ihr habt das doch so gut drauf, mach bloß noch ein bisschen weiter damit, und alles wird sich ganz von selber ergeben. Dieses Weibsstück ist ganz verrückt nach geistvollem Geschwafel.«

»Warum sagst du ihr nicht einfach die Wahrheit?«, schlug Gaby vor.

»Was für eine Wahrheit?« Zungenfleisch erzitterte beim bloßen Gedanken daran.

»Sag ihr, dass du die Beziehung mit ihr beenden und den Kontakt zu ihr abbrechen willst.«

»Bist du des Wahnsinns?!«, jaulte er auf. »Weißt du, was für eine Szene sie mir machen würde? Du hast keinen blassen Schimmer, wozu diese zarte Seele fähig ist, wenn sie spürt, dass man ihr etwas wegnehmen will, was vermeintlich schon ihr gehört hat!«

»Dann verschwinde doch einfach«, machte ihm Gaby einen weiteren Vorschlag.

»Unmöglich«, schluchzte Zungenfleisch auf. »Diese Vampirfledermaus flattert in der Nacht ständig zwischen allen Pubs und Bars herum. Wohin du in dieser Stadt nach Mitternacht auch gehst, wirst du auf sie stoßen.«

»Dann geh eben nicht nach Mitternacht«, meinte Gaby.

»Kann ich doch nicht«, entgegnete Zungenfleisch verzweifelt. »Das ist mein Leben. Wenn ich aufhöre, in der Nacht in die Stadt zu gehen, wofür soll ich dann leben? Für einen Kühlschrank voller kalter Klopse und gefilte Fisch? Rette mich, Gavscha, sei ein Mensch! Du würdest dich um eine große Mizwa verdient machen!«

»Was für eine Mizwa?« Gaby kam aus dem Staunen über diesen Gerechten, der sich in Unzucht suhlte, nicht mehr heraus.

»Du rettest eine Familie Israels!«

»Bist du sicher, dass es da noch was zu retten gibt?«, bezweifelte Gaby.

»Aber sicher!«, ereiferte sich Zungenfleisch. »Ich habe ein sehr schönes Familienleben mit Estherke.«

»Wie bitte?« Gaby traute seinen Ohren nicht.

Aber Zungenfleisch blieb dabei: »Ein Familienleben vom Allerfeinsten, in allerschönster Schönheit, wie es so schön geschrieben steht. Ruhig. Gemütlich. Sehr angenehm. Eine hübsche Wohnung, ordentlich wie eine Apotheke. Ein Kühlschrank voller guter Sachen. Töpfe mit Gulasch und Frikadellen und Griebenschmalz, die Estherkes Mutter kocht und uns vorbeibringt. Ein Gefrierschrank voll Hühner und Fisch, die ich in meiner Funktion als Kaschrut-Inspektor von den Hotels als Abgabe kriege und nach Hause mitbringe. Und Estherkes Vater sorgt dafür, dass das Bankkonto immer mindestens mit zehntausend im Plus ist. Die Kinder sind sauber und gepflegt, zollen mir Respekt. Am Schabbatabend und feiertags nach der Synagoge gehen wir zu Estherkes Eltern, und alle sitzen um den großen Tisch herum und singen Schabbatlieder, Zmires ...«

»Und nach den Zmires wechselst du einfach die Kleidung und ziehst los, um dich mit Pascale in Pubs zu amüsieren?«

»Ja«, nickte Zungenfleisch. »Manchmal in Pubs, manchmal bleiben wir bei ihr. Bis jetzt lief alles glatt. Aber in letzter Zeit hat sie angefangen, mich zu bedrängen. Verlangt von mir, meine Familie in Italien zu verlassen und herzukommen, mit ihr zusammenzuleben. Oder dass ich wenigstens bei ihr übernachte, bis in der Früh bleibe. Zweimal habe ich das schon gemacht.«

»Und was hast du Esther erzählt?«, erkundigte sich Gaby.

»Dass ich nach Safed fahre, um mich auf den Gräbern der Chassidenheiligen niederzuwerfen. Aber wie oft kann man fahren, um sich auf die Gräber der Zaddikim zu werfen?«, beklagte er seine Not. »Ich flehe dich an, Gavscha, nimm sie mir ab.«

»Das geht nicht, Zungenfleisch«, versuchte Gaby, an seine Vernunft zu appellieren. »Das Mädchen liebt dich und will mit dir zusammenleben. Sie ist keine brünstige Ziege, bei der man einen Bock gegen den anderen austauschen kann.«

»Da irrst du dich«, behauptete Zungenfleisch entschieden. »Pascale braucht Liebe, das stimmt, sie hat sehr viel Liebe nötig, aber es kümmert sie nicht im Geringsten, von wem sie ihr Quantum erhält, solange sie sie kriegt. Ich weiß, wovon ich rede. Gib mir kurz Hilfestellung, und du wirst sehen, dass ich recht habe.«

»Das werde ich nicht tun«, beharrte Gaby. »Vergiss es, Zungi.«

»Mach, was du willst«, sagte Zungi und ging in eine der Klokabinen, doch bevor er die Tür hinter sich verriegelte, warf er Gaby noch hin: »Ich hab gedacht, dass du ein echter Freund bist, dass du keine Verwundeten im Feld im Stich lässt, aber du bist ein Scheißkerl, Gavscha. Wenn diese Irre eine Flasche zerschlägt und sich den Hals aufschlitzt und das Ganze morgen in die Zeitung kommt, hast du das auf dem Gewissen.«

»Zungi!« Gaby rüttelte an der versperrten Tür.

»Geh!«, knurrte Zungi hinter der Tür. »Lass mich in Ruhe scheißen!«

Als Gaby aus dem Pissoir zurückkam, empfing ihn Meirav mit einem Lächeln: »Ich verstehe, dass viel Zeit seit eurem letzten Reservedienst vergangen ist. Ihr hattet eine Menge zu reden ...«

»Hör mal, Meirav ...« Gaby betrachtete seine Schwester, diese verlorene Menschenseele, die einmal ein unschuldiges Baby war, wie ein Wunder auf die Welt gekommen, und eine große Welle des Erbarmens überschwemmte ihn. Er wartete ab, bis sie verebbte, und als sich das Salzwasser wieder zurückgezogen hatte, wollte er den Mund aufmachen und ihr die ganze Wahrheit über Nachman Zungenfleisch erzählen. Doch während er noch nach dem Ende eines Fadens suchte, anhand dessen dieses verwickelte Knäuel aufzudröseln war, kam sie ihm mit einem bitteren Lächeln zuvor: »Du erlaubst, dass ich dir die Mühe abnehme. Ich habe schon kapiert, dass er sich wieder auf dem Klo eingesperrt und dich losgeschickt hat, um mit mir etwas anzufangen.«

»Stimmt«, bekannte Gaby.

»Was für ein erstaunlicher Mann dieser Nachman Zungenfleisch ist«, flüsterte sie bewundernd.

»Du kennst seinen echten Namen?«, fragte Gaby überrascht.

»Ich weiß noch viel mehr«, erwiderte sie.

»Dass er religiös ist?«

»Dass er Kaschrut-Inspektor und Kantor ist, dass er außer mir noch eine Geliebte in einem religiösen Moschav im Süden hat, eine Frau namens Bruria Morag, zu der er jedes Mal fährt, wenn ihr Mann, Oberstleutnant Assaf Morag, Kommandeur der Basis eines Untersuchungsgefängnisses, in den ›Schtuches‹ weilt – wie Nachman die besetzten Gebiete nennt.«

»Du weißt, dass er auch verheiratet ist?«, fragte Gaby nach.

»Ich weiß auch, dass der Vater seiner Frau die Wohnung und das Auto bezahlt, dass seine Frau Esther heißt und als Datentypistin in der Computerfirma von Chezi, deinem ehemaligen Boss, arbeitet, um den ich tränenlos Tag und Nacht weine.«

»Du kennst Chezi?« Gaby gab vor, nichts von der Dreiecksaffäre mit Vater und Sohn zu wissen.

»Ich kenne auch seine dunkle Seite«, klagte sie, »die aber noch weitaus mehr Licht verstrahlt als die hellste Seite seines Sohnes, der den passenden Namen hat, Chorev – Öde.«

»Dann kennst du also auch Chorev«, heuchelte er Erstaunen.

»Ja«, sie lächelte vieldeutig, »ich kenne den Vater und zu meinem Leidwesen auch den Sohn.«

»Ich nehme an, dass Nachman dann der Heilige Geist ist«, versuchte Gaby zu scherzen.

»Ich fürchte wirklich um sein Leben«, sagte sie.

»Mach dir keine Sorgen um Chezi«, beruhigte sie Gaby, »der kommt überall zurecht.«

»Ich rede nicht von Chezi«, entgegnete sie. »Ich rede von Nachman Zungenfleisch.«

»Fürchtest du, dass er in die Kloschüssel springt und sich runterspült?«

»Ich mache keine Witze«, schalt sie ihren Bruder. »Assaf Morag, Brurias Mann, ist ein gefährlicher Typ. Am Anfang seiner Militärkarriere war er ein Profikiller, der mehr als einem Schahid zu den Wonnen des Paradieses verholfen hat. Eines Tages wird er Nachman auf frischer Tat ertappen und umbringen.«

»Warum warnst du ihn nicht?«, wunderte sich Gaby.

»Ich warne ihn jedes Mal, bevor er zu ihr fährt, aber es hilft mir nichts. Er bestreitet die bloße Existenz der ganzen Affäre. Er behauptet, dass es Bruria Morag nicht gibt und nie gegeben hat. Dass diese ganze Affäre eine Erfindung von mir sei.«

»Woher weißt du, wann er zu ihr fahren will?«, forschte Gaby.

»Man hat mir gesagt, dass du ein Früherkennungssystem für Raketenabschüsse entwickelt hast«, forderte sie ihn heraus, »also lass mal sehen, ob du errätst, woher ich es weiß.«

»Bruria plaudert«, vermutete er.

»Weiter«, ermutigte sie ihn.

»Sie prahlt damit vor ihrer Freundin?«

»Und warum macht sie das?«, testete sie ihn.

»Sie hat ein schlechtes Image im Moschav«, setzte Gaby sein Quantenlogiksystem in Gang, »und die Tatsache, dass sie sich einen jungen, erfolgreichen italienischen Geschäftsmann geangelt hat, hebt ihr Ansehen in den Augen der Gänse im Moschav, und wahrscheinlich kennt eine davon eine, die dich kennt.«

»Nicht schlecht für einen Mann«, lobte ihn Pascale-Meirav, »außer dass der Nachman Zungenfleisch von Bruria nicht der italienische Geschäftsmann Guri Tamari ist, sondern ein Mossadagent namens Gidi Hermon.«

»Wie ist unser Kaschrut-Inspektor überhaupt an Bruria Morag gekommen?«, wunderte er sich.

465

»Nu, wie wohl?« Sie stellte ihn wieder auf die Probe.

»Übers Internet?«, riet er.

»*Douze points*«, verlieh ihm Pascale Petit die maximale Punktzahl in akzentfreiem Französisch.

»Und warum macht er das alles?«, rätselte Gaby.

»Wie lautet deine Antwort?«, gab ihm Meirav-Pascale die Frage zurück.

»Er testet, ob es Gott gibt?«, schlug Gaby vor.

»Das dachte ich zunächst auch«, entgegnete sie kopfschüttelnd, »aber erstens hat Nachman Zungenfleisch schon längst keinen Gott mehr, und zweitens – er ist nicht auf dem bewussten Niveau eines Don Juans.«

»Was ist dann deine Antwort darauf?«, wollte er wissen.

»Was so wunderbar ist bei Nachman« – sie schmolz förmlich dahin –, »ist, dass er schlicht nicht weiß, was er tut. Er lebt sein Leben wie ein Fünfjähriger, wenn nicht noch drunter. Er denkt, er kann die ganze Welt betrügen, aber er schafft es nur, sich selbst hinters Licht zu führen.«

»Was ist daran so wunderbar?«, fragte Gaby verständnislos.

»In diesem Augenblick, in dem wir hier sitzen, über ihn reden und versuchen zu verstehen, was ihn zwischen dem orthodoxen Ghetto und der liberalen Welt hin und her beutelt, was ihn zwischen drei, vier oder vielleicht fünf Frauen gleichzeitig umtreibt, sitzt dieser Mensch in einer stinkenden Klokabine im Keller eines Pubs, tut so, als versuchte er zu kacken, und macht sich weis, irgendjemand würde seine Geschichten glauben! Ist das nicht genau das, was die ganze Welt und seine Frau auf privater Ebene tun? Und die ganzen Völker und ihre Führer auf nationaler Ebene, wobei sie sich einbilden, dass Gott, an dessen Existenz sie nicht glauben, sie führt? Ist das nicht phantastisch?«

»Ja, das ist wunderbar«, stimmte Gaby seiner Schwester

zu, die ihm so nah und so fremd zugleich war, und in dem Moment, in dem er aufstand, um zu gehen, stand sie ebenfalls auf und fragte:»Bringst du mich nach Hause?«

»Ich bin mit dem Fahrrad da«, entschuldigte er sich.

»Nimm mich mit«, bat sie.

»Das letzte Mal, dass ich jemanden auf dem Fahrrad mitgenommen habe, war mit fünfzehn«, warnte er sie,»und seitdem sind über dreißig Jahre vergangen. Wenn wir umfallen, und du brichst dir was, übernehme ich keine Verantwortung.«

»Ich liebe Risiken«, sagte sie,»und du bist auch nicht unbedingt überzeugend in der Rolle des Angsthasen. Komm, fahr mich heim, und ich erzähle Dana auch nicht, wo du deine Nächte verheizt.«

»Ich war schon lange nicht mehr zu Hause«, erwiderte er.

»Was?!«, fragte sie erschrocken.»Habt ihr euch getrennt?«

»Nein«, er gähnte.»Ich streune durch die Straßen.«

»Seit wann?«, forschte sie.

»Seit zwei Tagen«, antwortete er,»oder drei, ich habe das Zeitgefühl verloren.«

»Das nennst du lange?« Sie lachte.

»Die Zeit ist eine Funktion der Häufigkeit der Veränderungen, die ein System durchläuft«, sagte er.»Je schneller die Veränderungen einander mit wachsender Beschleunigung jagen, desto mehr verlangsamt die Zeit ihren Gang, und jede Minute in einem System dauert so lange wie Tag und Nacht in einem anderen System.«

»Da ist was dran«, meinte sie.

»Aber warum sagst du Zungenfleisch nicht, dass du die komplette Wahrheit über ihn weißt?«

»Nachman ist ein Kind«, erklärte sie.»Sein ganzes Leben ist ein einziges Versteckspiel. Warum soll ich ihm dieses Vergnügen kaputtmachen? Wenn er wüsste, dass ich weiß, dass er Nachman Zungenfleisch ist, würde der ganze Zauber unserer

Beziehung für ihn verloren gehen, und unsere Affäre wäre zu Ende.«

»Was würdest du verlieren?«

»Eine besondere Geschichte«, sagte sie. Und nach kurzer Überlegung fügte sie hinzu: »Die Wahrheit sieht so aus, wenn er mit mir zusammen ist, ist er wirklich Guri Tamari und nicht Nachman Zungenfleisch.«

»Ob nun Tamari oder Zungenfleisch«, wandte Gaby ein, »es handelt sich um den gleichen Menschen!«

»Nein«, widersprach sie ihm. »Wir haben alle ein ganzes Bündel verschiedener Gestalten in uns versammelt. Der Mensch ist keine Konstruktion mit einer einzigen Bedeutung, die schon von selbst in ihm existiert. Jeder Mensch trägt Zufallskomponenten in sich, die als widersprüchlich erachtet werden können, sogar Verrat an seiner Selbstdeklaration sind. Nachman Zungenfleisch beispielsweise deklariert sich selber als orthodoxer Jude, aber er enthält dionysisch pagane Komponenten, die dem proklamierten orthodoxen Zungenfleisch widersprechen, ihn mit Hilfe Guri Tamaris verraten, den ich aus dem Schlaf geweckt habe.«

Meirav war offensichtlich stolz darauf, dass sie Zungenfleisch in seine widersprüchlichen, sich selbst verratenden Bestandteile zerlegt hatte.

Sie traten aus dem Pub hinaus unter einen Himmel, der im Osten schon zu grauen begann. Gaby sperrte sein Fahrradschloss auf und überprüfte die Luft in den Reifen. Meirav sprang auf, platzierte sich auf die dünne Rahmenstange, und schon sausten sie zu zweit die menschenleere Straße hinunter, zwischen den Häusern der Stadt, die der tiefe Schlaf eines frühen Schabbatmorgens umfing. Der kühle Wind fächerte Meiravs Haare auf, ließ sie in sein Gesicht dicht hinter ihrem Kopf flattern und wehte ihm ihren Geruch, eine Mischung aus Äpfeln, Bier und Zigarettenrauch, in die Nase.

Gaby trat in die Pedale, die Reifen glitten mit sachtem Knirschen über den taufeuchten Asphalt der Straßen. Sie wechselten kein Wort miteinander, der Bruder, der auf den Wegen des Lebens irrte, und seine Schwester, die wilde Lebenskünstlerin. Gaby dachte an Nurit, seine Jugendliebe, die er immer auf seinem Rad von dem Moschav, in dem sie wohnte, zu den Schwimmstunden ins Schwimmbad des Kibbuz gefahren hatte, in dem er geboren und aufgewachsen war, und er fragte sich, wo sie jetzt wohl war, dieses Mädchen, das aus seinem Leben und seiner Welt verschwunden war, zusammen mit seiner Jugend, die sich so endgültig und spurlos verloren hatte, dass es ihm manchmal so vorkam, als hätte es sie nie gegeben.

»Hier«, flüsterte Meirav, »wir sind da.«

Gaby hielt an, sie sprang von der Stange ab, und bevor er recht begriff, was sie tat, drückte sie ihm schnell einen flüchtigen Kuss auf die Wange und flüsterte ihm zu: »Pass auf dich auf, Brüderchen, nimm dich in Acht vor den Genen unserer Familie.«

Und schon hatte sie sich umgedreht, tauchte in ihrem Hauseingang unter und entschwand vor seinen Augen in den dunklen Wald ihres stürmischen, rastlosen Lebens.

43. DIE EINSAMKEIT DES MOTORRADFAHRERS

Du liebst diese Maschine, sagte sich Dave, denn sie isoliert dich
von der ganzen Welt, und genau so warst du dein Leben lang:
ein Einzelmensch. Du hast nie zu einer eng verbundenen Gemeinschaft gehört, und obwohl du dein ganzes Leben im Kibbuz
verbracht hast, warst du ein Mensch, der allein lebt. Von allen
Erfahrungen, die du in deinem Leben gemacht hast, holt dich
immer wieder das albtraumhafte Erlebnis der zweiten Schlacht
von Hulikat ein. Die Explosion, die dich inmitten eines Feuer-
balls in die Luft schleuderte – du konntest spüren und noch denken, jetzt löst du dich in deine Teile auf, jede Hand und jeder Fuß
fliegt in eine andere Richtung in dieser grauenhaften Hitze, und
dir schien, als würdest du in dem roten Feuer der Explosion verbrennen, doch auf einmal bist du aus unbekannter Höhe herun-
tergestürzt und auf den Füßen gelandet, und du sagtest dir: Ich
habe zwei Beine, und ich stehe auf ihnen. Dann hast du die Faust
gesehen, die den Griff der Mauser-Luger-Pistole umklammerte,
die Faust, die mit einem Arm verbunden war und der Arm mit
einer rechten Schulter, und du hast gemerkt, dass dir auch zwei
Hände geblieben sind, hast den Kopf zum Himmel erhoben und
Sterne gesehen. Hast ein Auge geschlossen und immer noch
Sterne gesehen, das andere zugemacht, doch die Sterne waren
immer noch da, dort am Himmel, und du sagtest dir: Ich lebe, ich
stehe auf zwei Beinen, und ich sehe, und ich halte die Mauser-
Luger in der Hand, der Tod ist an mir vorübergegangen; und da
fiel dir ein, dass du dich mitten in einer Schlacht befindest, in
einem Schützengraben. All das währte vielleicht eine halbe Sekunde, deine Beine trugen dich vorwärts, du spürtest kein Ge-

wicht und nicht die Splitter, die in deinen Händen und Füßen steckten, du hast dich von deinen Beinen weitertragen lassen – da plötzlich sprang er vor dir auf, der riesenhafte schwarze Tod, der eine Sekunde zuvor eine Schockgranate in deine Richtung geworfen hatte und nun ein Gewehr mit aufgepflanztem Bajonett vor dir schwenkte, und deine Hand mit der Pistole streckte sich vor, ins Gesicht dieses schwarzen Todes in Gestalt eines sudanesischen Riesen, und bevor dir bewusst wurde, was du tust, zog dein Finger zweimal den Abzug der Waffe, und das schwarze Gesicht des Todes explodierte vor deiner Nase, und wieder gingst du am Tod vorbei und ranntest weiter.

Und dieses Gefühl hast du nun wieder, während du auf dem Motorrad dahindonnerst, das deinem Körper alle Unebenheiten des Weges überträgt, auch das liebst du an diesem starken Gefährt, den durchrüttelnden, vibrierenden Kontakt mit den Holprigkeiten des Untergrunds, ungemildert von Stoßdämpfern, Federungen und gepolstertem Sitz – nur du, das Motorrad und der Weg. Es ist dir jedoch nicht gelungen, diese sinnliche Liebe einem deiner Söhne mitzugeben und auch nicht deiner Tochter Meirav, die Lichtjahre von dir entfernt ist, nur Libby, Libby ist die Einzige von all deinen Kindern und Enkelkindern, in der du etwas von der Leidenschaft und der Faszination der Gefahr erkennst, etwas von dem Feuer, das in deinen Knochen brennt, die wagemutige, vor Lebendigkeit strotzende Libby, sie hat die Liebe zum Motorrad und den Hang zur Gefahr von dir geerbt, und Dina, deine tote Frau, die Liebe deines Lebens, gab ihr den Wissensdurst mit, den Forschungsdrang und die Gründlichkeit, mit der sie jedes Thema, das sie interessiert, in Angriff nimmt und studiert; von all deinen Kindern und Enkelkindern hast du nur mit ihr eine echte, wortlose Verbundenheit, die auf euren Motorradtouren auf unwegsamen Pisten und Bergpfaden im Galil, in der judäischen Wüste und im Negev spürbar wird.

Ihn überfiel das dringende Bedürfnis, ihre Stimme zu hören, zu erfahren, was sie gerade mit ihrem Leben anfing, und er fuhr von der Straße ab auf einen verwaisten Parkstreifen, auf dem das Unkraut durch den vor Trockenheit aufgesprungenen Asphalt wucherte, schaltete den Motor aus und zog das Mobiltelefon heraus. Er tippte auf das Kontaktsymbol, anschließend auf Libbys Namen, und als seine Lieblingsmelodie erklang, *inta umri* – »Du bist mein Leben« –, summte er mit, »Richte deine Augen zurück auf die Tage, die verstrichen«, bis die Melodie abbrach und Libbys frische, lebhafte Stimme aus dem Gerät drang: »*Ahlan,* Sabusch!«

»*Ahlan,* Libby!«

»Wo bist du?«

»Im Negev. Nicht weit von dem riesigen Pistazienbaum, an dem wir einmal unser Lager aufgeschlagen haben, bei Borot Loz. Und wo bist du?«

»In deinem Zimmer, im Kibbuz.«

»Was machst du dort, im Herzen des tobenden Kapitalismus?«

»Ich hab mich in die Tagebücher deiner Mutter versenkt. Und was machst du bei Borot Loz?«

»Versenke mich in vergangene Zeiten.«

»Sag mal, Sabusch, die Mlihat-Sippe, sagt dir das was?«

»Wie kommst du darauf?«

»Ich habe jemand kennengelernt, Adib Mlihat.«

»Wer ist das?«

»Ein Historiker aus einem Beduinenstamm, der sich auf Zionismusgeschichte spezialisiert hat. Er macht gerade seine Doktorarbeit in Coventry.«

»Lass mal sehen … soweit ich mich im Moment entsinne, ist die Sippe der Mlihat ein Zweig von dem unglücklichen Stamm Ka'abna Fridschat.«

»Wieso unglücklich?«

472

»Die Waffenstillstandsgrenze 1949 zwischen Israel und Jordanien hat sie zweigeteilt. Ihre Herden waren größtenteils auf der jordanischen Seite, das Wasser und die großen Weideflächen auf unserer Seite. Sie haben einen harten Preis bezahlt für den Krieg, in den die Husseinis und Kawukdschis sie hineingezogen haben. Aber wie bist du an diesen Historiker aus der Familie Mlihat gekommen?«

»Er war mein letzter Verhörkandidat. Er behauptet, dass du seine Großmutter aus der Gegend von Lahav nach Jordanien vertrieben hättest.«

»Wallah! Metaphorisch gesprochen ist da was dran, persönlich ist es aber ein Ammenmärchen. Bist du in Kontakt mit ihm?«

»Vorläufig nur über Mails und Facetime.«

»Was ist Facetime?«

»Ein Chat von Angesicht zu Angesicht zwischen Plattformen von Macintosh.«

»Und was heißt vorläufig?«

»Ich fliege Ende des Monats nach England, um ihn zu treffen.«

»Eine Liebesgeschichte, Libby?«

»Ein Projekt, Sabusch, ein Projekt.«

»Möchtest du die Möglichkeit testen, dort ein bisschen Geschichte zu studieren?«

»Ich will die Möglichkeit untersuchen, ein bisschen Geschichte zu machen.«

»Mabruk! Glückwunsch! Es ist an der Zeit, dass jemand etwas tut nach all den Jahren verlorener Zeit. Aber bevor du fährst, müssen wir noch reden.«

»Soll ich nach Borot Loz kommen?«

»Nein, bleib bei mir daheim. Lauf nicht gleich davon. Ich fahre jetzt ins Gazagebiet, um dort etwas abzuschließen, und dann komme ich.«

»Hast du dort eine Rechnung offen mit jemand?«

»Ich habe Freunde aus meiner Generation, die am Aussterben ist, in den Kibbuzen im Raum Gaza, Menschen, die die Grenze mit ihrem Leben und ihrem Tod markiert haben und von diesem Staat jetzt vergessen und im Alter fallengelassen wurden. Ich will sehen, was ich tun kann, um sie vor dem Hungertod zu retten und mich selber vor einer sinnlosen Existenz mit den Millionen, die jetzt auf mein Konto geflossen sind.«

»Wenn das so ist – lass dir Zeit. Ich warte auf dich, bis du kommst.«

Mit einem Schlag überflutete Dave die Erinnerung an Dinas leidendes Gesicht, denn das war der letzte Satz, den sie zu ihm gesagt hatte, während er ihren Kopf mit beiden Händen stützte: Lass dir Zeit, Dave, ich warte auf dich, bis du kommst.

Tat ihren letzten Atemzug, und ihr schönes Gesicht kam in seinen Händen zur Ruhe.

44. BUSINESSLUNCH IM NOBELRESTAURANT

»Begreif doch, Elad«, beschwor ihn Maoz, »es wird heißen, entweder wir oder das Vieh. Und wenn das Vieh die Partei beherrscht, was passieren könnte, dann werden wir die Wahlen verlieren und in der Opposition verschimmeln.«

»Worauf gründest du deine pessimistische Vorhersage?«, fragte Elad, ließ einen Schluck des kühlen, aromatischen kalifornischen Gewürztraminers im Mund kreisen und bemerkte: »Ein sympathischer Wein.«

»Hast du mal was von der Intelligenz der Masse gehört?« Maoz tupfte sich mit einer Serviette die Sahnesoße von den Lippen, bevor auch er einen Schluck Wein nahm.

»Irgendwie schon, was ist das genau?«, fragte Elad.

»Wenn tausend Leute das Gewicht eines Ochsen schätzen, ergibt der Durchschnitt ihrer gesamten Schätzungen das exakte Gewicht des Ochsen, was besagt, dass die Masse im Durchschnitt nicht dumm ist«, erklärte Maoz und schob sich das weiche Innere einer Jakobsmuschel mit Sahnesoße und Pilzen in den Mund.

»Was hat das mit deinem Szenarium zu tun, dass wir die Wahlen verlieren, wenn ›das Vieh‹ – wie du sie nennst – die Partei beherrscht?«, wollte Elad wissen.

»Es gibt eine Grenze der Bestialisierung des Volks«, konstatierte Maoz.

»Wirklich?«, bezweifelte Elad.

»Die Massen werden nicht für eine Partei stimmen, an deren Spitze gedopte Zuhälter, minderbemittelte Rowdys und Spatzenhirntussen stehen«, äußerte Maoz entschieden.

»Du willst deinen Wahlkampf doch wohl nicht auf einer Vorführung unserer neuen Knessetabgeordneten als minderbemittelt, gedopt und spatzenhirnig aufbauen?«, warnte ihn Elad. »Gott bewahre!«, wehrte Maoz ab. »Ich rede von der Kräftegruppierung in der Parteimitte, die eine Machtübernahme durch den Abschaum und die Epigonen verhindern wird, ohne dass wir sie zwangsläufig beim Namen nennen müssen. Ganz sicher nicht in den Medien. Aber unter uns können wir das – und man muss die Scheiße beim Namen nennen.«

»Die Scheißer sind noch nicht wirklich organisiert«, bemerkte Elad und balancierte eine gehäufte Gabel mit Shrimps in Buttersoße, Knoblauch und Weißwein zum Mund.

»Gib ihnen noch ein Weilchen, und sie werden die Reihen der Partei scharenweise mit ihren Viehhändlern und Schwachköpfen füllen, und Menschen wie ich und du können dann Memoiren schreiben, sofern wir was zu erinnern haben«, sagte Maoz warnend. »Die haben keinen Gott, laufen mit Froschbeinen gegen den bösen Blick in der Tasche rum, erhalten aber direkte Botschaften vom Herrn über alle möglichen Zauberheinis und Kabbalisten. Hast du gehört, wie sie reden? Da schämt sich ja jede Schande zu Tode! Also, entweder wir reichen uns die Hand und bauen eine Macht auf, die diese Barbaren bremsen kann, reißen uns die warmen Sitze in dem Moment unter den Nagel, in dem sie die alten Vogelscheuchen und Kadaver auf die Politikerschrotthalde schmeißen, oder die Hundesöhne werden uns dorthin befördern. Bist du dabei?«

»Ich kenne sie«, drückte sich Elad um eine eindeutige Antwort, »und ich fürchte mich nicht vor ihnen wie du. Sie reden die Sprache, die sie gewöhnt sind, aber in dem Moment, in dem sie Verantwortung kriegen, wird sich auch ihre Redeweise ändern.«

»Elad, ich kann mich nur wundern über dich«, erwiderte Maoz. »Du checkst nicht, was in der Partei abläuft. Ich hätte nicht gedacht, dass zu denen gehörst, die den Kopf in den Sand stecken.«

»Komm, reden wir Klartext: Was erwartest du von mir, und was hast du mir dafür anzubieten?« Elad stopfte sich den Mund mit einer weiteren Ladung Shrimps voll.

»Ich erwarte von dir, dass du dich mit mir zusammenschließt und dass wir gemeinsam einen Block schaffen, der Leute wie mich und dich anzieht, so dass auf dem Parteikongress eine genügend große Lobby hinter uns steht, um die Machtübernahme der Hyänen und Warzenschweine abzublocken, die der Dreckskerl in die Partei einschleppt.«

»Was ist denn der große Unterschied zwischen uns und ihnen«, meinte Elad, mit vollem Mund schmatzend, »bloß der Stil ist anders. Das ist der ganze Unterschied.«

»Der Stil macht die *message*«, erklärte Maoz. »Seit Beginn des Konflikts bekämpfen sich zwei Einstellungen im Zionismus: Die eine, die mit dem geistig-kulturellen Zionismus von Achad-Ha'am anfängt, sich mit den Friedensbündlern bis zu Arlozorov fortsetzt und ein Abkommen mit den Arabern zur Herrschaftsteilung im Land auf friedlichem Weg propagiert, und die zweite, die jabotinskysche, die sich eine gewaltsame Eroberung der kompletten Souveränität auf die Fahnen geschrieben hat, in dem Glauben, dass die Araber sich letztendlich mit einer jüdischen Alleinherrschaft über das ganze Land abfinden werden. Und jetzt sag du mir: Welche Haltung hat gesiegt?«

»Unsere, die jabotinskysche, wie du sie nennst«, antwortete Elad prompt, »ganz klar.«

»Irrtum!«, rief Maoz triumphierend. »Gesiegt hat die Einstellung Nummer drei, die behauptet, dass der Zionismus ein Abkommen zur Souveränitätsteilung auf friedlichem Weg will, wobei wir uns auf den palästinensischen Nationalismus verlassen, der ein jedes solches Abkommen zurückweisen und an der Auffassung festhalten wird, dass ein Konflikt zwischen zwei

Völkern mit dem eindeutigen Sieg einer Seite und der Kapitulation vor der endgültigen Niederlage der zweiten Seite zu enden hat. Allerdings haben die Araber geglaubt, zu unserem Glück und ihrem Unglück, dass sie die stärkere Seite sind, die in der Konfrontation gewinnen wird. Und nun werde ich dir noch eine Frage stellen«, sagte Maoz. »Warum hat wohl die Einstellung gesiegt, die ein vorgegaukeltes Einverständnis mit jedem Kompromiss zur Teilung des Landes propagiert?«

»Ja, warum?«, fragte Elad zurück.

»Weil die Intelligenz der jüdischen Masse den arabischen Ochsen mit prüfendem Blick angeschaut hat und sich sagte, dass die Araber sowieso jedes Kompromissabkommen ablehnen werden, und damit bekamen wir, die wir augenscheinlich zu einem friedlichen Kompromiss bereit waren, einen Krieg, der uns von der anderen Seite aufgezwungen wurde, weil sie sich weigerte, auf die volle Souveränität über ganz Israel zu verzichten. Und jetzt – du wirst mir zustimmen, dass dem Menschen in der Schöpfungsgeschichte die Fähigkeit eingeprägt worden ist, zwischen Gut und Böse zu unterscheiden?«

»Was hat das jetzt damit zu tun, diese ganze Philosophiererei?«, fragte Elad verständnislos.

»Wenn du es bis jetzt nicht begriffen hast, dann werd ich's dir erklären«, sagte Maoz. »Ein Mensch, genau wie ein Volk, der das Gute wählt, ist mit sich im Reinen. Das ist erwiesen. Im Gegensatz dazu agiert ein Mensch, der das Böse wählt, genau wie ein Volk, mit schlechtem Gewissen, und mit schlechtem Gewissen handeln heißt, mit sich selbst in Konflikt liegen, auch wenn man so tut, als ob man mit sich im Reinen sei. Und genau da liegt der Unterschied zwischen uns und den Idioten, die offen sagen, was man tun muss, obwohl man darüber schweigen sollte. Versteh mich nicht falsch: Ich scheue mich nicht vor einem Krieg, wenn es keine andere Option gibt oder wenn es möglich ist, mit einem Krieg zu erreichen, was sich auf anderem Weg unmöglich erreichen lässt. Aber Krieg ist eine üble Sache. Ein Volk, das das Mittel des Krieges wählt – das weiß, dass es damit das Böse wählt, und es hat ein schlechtes Gewissen. Ein Volk dagegen, das scheinbar den Frieden verfolgt und dem ein Krieg sozusagen aufgezwungen wird – das geht mit gutem Gewissen in den Krieg, mit sich selbst und seiner Legitimation im Reinen. So was nennt sich ein Krieg mangels Alternative. Deswegen erleidet ein Volk, das einen Krieg initiiert, immer eine Niederlage, denn mit einem schlechten Gewissen kann man zwar in den ersten Stadien des Krieges leichte Siege feiern, aber unmöglich den Wechselfällen des Krieges standhalten. Und das sagt ein Mensch zu dir, der selber im Feuer war und aus der Nähe gesehen hat, was passiert, wenn sich der Kampf verkompliziert und der Krieg in eine Schlammschlacht ausartet, so wie es uns in den letzten Kriegen passiert ist.«

»Wieso, was ist denn in den letzten Kriegen passiert?«, fragte Elad erstaunt.»Alles in allem haben wir so viel Schaden verursacht, dass es sie Jahre kostet, ihre Wunden zu lecken.«

»Ich rede mit dir davon, was mit ihnen passiert ist«, entgegnete Maoz.»Sie wollten Krieg, aber als sie anfingen, eine Niederlage zu wittern – da kam die Krise, die Flucht, kam der böse Absturz, der im kollektiven Unterbewusstsein als Strafe des schlechten Gewissens verstanden wird. Daher initiiert eine demokratische Gesellschaft, in der die Intelligenz der Masse herrscht, keinen Krieg. Sie zieht in Kriege, die ihr von einer Gesellschaft mit totalitärem Regime aufgezwungen werden, in der nicht die Intelligenz der Masse, sondern die Dummheit der Diktatur herrscht.«

»Auf was willst du raus, mal Klartext?«, fragte Elad schroff, während er die Knoblauchbutterweinsoße mit einem Stück Brot auftunkte.

»Unterm Strich will ich damit sagen, dass in einem Kampf zwischen denen, die mit schlechtem Gewissen, und denen, die mit gutem Gewissen handeln, nach allen Fügungen des Schicksals am Ende das Volk siegt, das mit reinem Gewissen in den Krieg zieht.«

»Wir kämpfen aber jetzt um die Vorherrschaft in der Partei, um den Sieg bei den Wahlen und den Weg zur Macht im Staat«, erwiderte Elad. »Wie sind denn deine schönen Reden unserem Ziel dienlich?«

»Hör zu«, sagte Maoz, »du vertrittst in der Parteimitte die Lobby der illegalen Siedlungen.«

»Ansiedlungen bitte«, korrigierte ihn Elad. »Nur Ansiedlungen!«

»Ansiedlungen, in Ordnung«, stimmte Maoz zu. »Nennen wir sie also die Ansiedlungen. Wir wissen beide, welches Schicksal die illega-, pardon, diese Ansiedlungen schlussendlich ereilen wird.«

»Wir wollen doch nichts vorwegnehmen«, wehrte Elad ab.

»Elad«, ermahnte ihn Maoz, »ich rede mit dir unter vier Augen, nicht zitier- und nicht protokollfähig. Um Tacheles zu reden: Wenn du willst, dass wir gemeinsam vorgehen und eine Macht aufbauen, die die Chance hat, in der Parteimitte zu siegen, und uns anschließend zu einem Wahlsieg führt, müssen wir die Karten zwischen uns offen auf den Tisch legen. Wenn du und ich uns selber was vormachen und an Extremformeln klebenbleiben, die keinerlei Bezug zur Realität haben, dann gewinnen wir vielleicht in der Parteimitte, aber wenn es zu den Wahlen kommt – da wird die Intelligenz der Masse uns das Schwanzende des Ochsen zuteilen, und wir werden das fünfte Rad in der kommenden Koalition, wenn überhaupt. Also, wenn du nicht hier bist, um Tacheles zu reden ...«

»Tacheles«, nickte Elad, »ich will Tacheles reden.«

»Schön«, sagte Maoz. »Ich sage ja nicht, dass wir das Kind beim Namen nennen müssen und, Gott bewahre, mit einer Erklärung rauskommen, es sei Zeit zuzugeben, dass das gesamte Siedlungsunternehmen ein historischer Fehler war, der uns Hunderte Milliarden gekostet hat.«

»Auf gar keinen Fall!«, empörte sich Elad.

»Aber sicher nicht«, beruhigte ihn Maoz. »Nach außen hin werden wir die illegalen Siedlungen bedingungslos in jeder Form und an jedem Ort weiter unterstützen, aber es ist wichtig, dass wir, unter uns, wissen und uns eingestehen, dass das alles zwar zu seiner Zeit schön und gut und richtig war, dass wir aber im gegebenen Moment wissen, wie wir die Richtung ändern und weiterhin am Ruder bleiben können, wie ein Kapitän, der einen Eisberg ausmachen kann, noch bevor das Schiff mit ihm zusammenstößt, und das Schiff mitsamt Passagieren durch einen Kurswechsel im rechten Augenblick rettet. Und ich möchte behaupten, dass das Bewusstsein der illegalen Siedler nicht mehr weit weg ist von dieser Erkenntnis und inzwischen widersprüchliche Komponenten enthält, von denen einige sogar sich selbst zuwiderlaufen.«

»Zum Beispiel?!« Elad waren Maoz' Ausführungen nicht anschaulich genug.

»Zum Beispiel die im Unterbewusstsein latent vorhandene Überzeugung der illegalen Siedler, die da lautet: Je mehr unbedingte Treue sie demonstrieren und je vehementer sie für den Glauben an das einstehen, was man bei uns ›den rechtmäßigen Weg‹ nennt, desto größer werden die Entschädigungen zum Zeitpunkt der Evakuierung ausfallen.«

»Das ist eine Vermutung, die du nicht beweisen kannst!«, protestierte Elad scharf.

»Ich versuche auch gar nichts zu beweisen«, schmunzelte Maoz, »im Gegenteil: Ich will Empathie mit der Demonstration der unbedingten Treue der Siedler zeigen und unbeirrten Glauben an den von ihnen vertretenen Glauben demonstrieren. Und das alles, weil mir klar ist, dass wir einen hohen Preis werden bezahlen müssen, wenn der Augenblick kommt, den wir nicht beim Namen nennen wollen, und wir gehen konform darin, dass wir ihn weder beim Wahlkampf in der Parteimitte noch beim generellen Wahlkampf beim Namen nennen. Aber es ist äußerst wichtig, dass wir der Intelligenz der Masse das Gefühl geben, wir wissen, was mit dem Ochsen passiert, den wir gehätschelt haben, was sein echter Wert ist und sein Preis an dem Tag, an dem es keinen Ausweg mehr gibt und er geschlachtet werden muss.« Maoz begann, sein Steak Tartar mit Eigelb, schwarzem Pfeffer und Kapernsoße zu vermischen.

»Mir gefällt dieses Wort ›schlachten‹ nicht«, äußerte Elad säuerlich, während er ein Stück in Butter gebratenes Schweinefilet absäbelte.

»Bitte«, lenkte Maoz ein, »dann lass uns eben vom Transferpreis der Herde vom Weidegebiet A zum Weidegebiet B reden, wenn es dir leichter fällt, den Brocken in dieser Soße zu schlucken.«

»Das ist schon akzeptabler«, stimmte Elad zu, genießerisch kauend. »Die Frage ist, wie formulierst du das, ohne schlafende Wölfe zu wecken?«

»Das überlass mir«, sagte Maoz mit dem Mund voller Tartar, »wenn das Prinzip für dich akzeptabel ist.«

»Das wird aber nicht einfach«, wandte Elad ein. »Ich kenne die Kameraden in der Gegend. Die Altansässigen werden die Pille ja vielleicht schlucken, obwohl die auch begreifen werden, von was die Rede ist, aber das Problem werden die Jungen sein, die Generation Y oder Millenniumsgeneration, und noch schwieriger wird es mit der Generation Z werden, das sind die ganz scharfen – schnell von Begriff, flink im Denken, glänzende Ausdrucksfähigkeit mit ihrem ganzen messianischen Fanatismus, die völlig offen davon reden, kompromisslos die souveräne Herrschaft über ganz Israel auszurufen. Sie reden vom Heiligtum. Sie werden den Stachel entdecken, und wenn ich mit dir zusammen marschiere, könnte ich am Ende in der Parteimitte ohne Soldaten zurückbleiben.«

»Ich weiß, wie man mit meinem Lager spricht«, erwiderte Maoz, »und ich verlasse mich auf dich, dass du weißt, wie du mit deinem Lager reden musst.«

»Ich weiß sehr wohl, wie ich mit meinem Lager rede«, ging Elad in die Defensive, »wenn ich mit mir selber einig bin.«

»Was gefällt dir noch nicht an dem Bild, das ich entworfen habe?«, fragte Maoz.

»Schau mal«, begann Elad, »es kann sein, dass alles, was du da in Hinsicht auf den Transfer der Herde von der Weide A zur Weide B sagst ...«

»Die Rede ist vom Evakuierungs- und Entschädigungsgesetz.«

»Das wird vielleicht in einer Situation relevant, die wir nicht erleben wollen«, fuhr Elad fort.

»In welcher Situation?«, fragte Maoz nach.

»Lass uns mal sagen, nach einem ganz grauenhaften Krieg, der unentschieden ausgeht?«, schlug Elad vorsichtig vor.

»Du willst warten, bis ein solcher Krieg über uns hereinbricht?«, forschte Maoz.

»Das muss nicht passieren«, sagte Elad rasch, »das ...«

»Ich dachte, wir wären auf der gleichen Präsentation der Geheimdienstchefs gewesen«, unterbrach ihn Maoz.

»Das war alles in allem eine Einschätzung«, wehrte Elad ab.

»Hast du Angst, den Namen des Ochsen auszusprechen?«, bedrängte ihn Maoz. »Willst du Zehntausende Raketen übers ganze Land? Verheerende Zerstörung der Infrastruktur? Zehntausende Verletzte?«

»Das ist ein Bild, das die Geheimdienstbosse präsentiert haben«, murmelte Elad. »Vergiss nicht, dass die Armee gegen die Regierungslinie ist.«

»Nach einem solchen Krieg wird eine Massenflucht einsetzen«, sagte Maoz. »Eine Evakuierungsentschädigung wird nicht mehr nötig sein.«

»Ich denke nicht, dass es Sinn macht, in der momentanen Situation darüber zu reden«, sträubte sich Elad.

»Ich dachte, du willst Minister in einer Regierung sein, die ich bilde«, meinte Maoz.

»Wenn du auf die internen Widersprüche in dem Lager baust, das ich vertrete«, gab Elad zurück, »dann wirst du die kommende Regierung nicht zusammenstellen.«

»Was ist deine Alternative?«, fragte Maoz.

»Ich lehne eine Möglichkeit, mit den neuen Kräften zu koalieren, nicht rundweg von vornherein ab«, erklärte Elad.

»Du kannst doch nicht mit den Irren zusammengehen, die eine Herrschaft über ganz Israel wollen und damit auch noch großmäulig in der Öffentlichkeit rumtönen«, entgegnete Maoz.

»Sie haben eine Chance auf die Mehrheit in der Mitte«, sagte Elad.

»Ohne dich?« Maoz war anderer Meinung.

»Mit mir«, lächelte Elad. »Sie haben mir ernstzunehmende Geschäftsbereiche angeboten.«

»Das gibt es nicht«, konstatierte Maoz.

»Gibt's sehr wohl«, provozierte ihn Elad.

»Du wirst nicht mit der Horde von Irren gehen.«

»Nenn mir einen Grund, wieso nicht.«

»Meine Nichte«, äußerte Maoz knapp.

»Wie?!« Elad entfuhr ein aufgeschrecktes Quieken.

»Karin«, stach Maoz in schneidendem Ton zu.

Der Mund stockte einen Moment im Kauen. Auch die Hand, die sich nach dem Glas Rotwein ausgestreckt hatte, der den Weißwein der Vorspeise zum Hauptgang abgelöst hatte. Doch die Fassung stellte sich schnell wieder ein.

»Das waren einvernehmliche Beziehungen«, behauptete Elad.

»Mit einer Minderjährigen«, drehte Maoz die Klinge um.

»Sie wird bald achtzehn«, verteidigte sich Elad.

»Du hast mit ihr geschlafen, als sie noch nicht sechzehn war, das nennt man Missbrauch von Minderjährigen. Ganz zu schweigen von den Bildern und Botschaften, die du ihr geschickt hast.«

»Woher weißt ...?«, setzte Elad an, doch Maoz unterbrach ihn sofort:»Warst du nicht im Verteiler der Botschaften, die Karin über WhatsApp verschickt hat?«

»An wen?«, fragte Elad panisch.

»Unter anderem an deine Frau«, sagte Maoz.»Bist du nicht up to date?«

»Was – was – was soll denn das?« Elad war blass geworden.»Elad, Elad! Es gibt eine ganze Akte über dich! Und Karin ist bloß ein kleiner Paragraph in dem Material, das ich über dich habe. Nicht davon zu reden, was Duvesch anstellen könnte.«

»Beruhig dich mal«, änderte Elad den Ton,»und deinen Bruder beruhigst du besser auch.«

»Warum sollte ich ihn beruhigen?«, erkundigte sich Maoz.

»Wegen dem Foto von dir, wo du nackt mit deinem Kopf auf der Muschi von Osnat liegst und verkündest: Ich werde Ministerpräsident.«

Maoz schluckte einen Mundvoll Steak Tartar hinunter, spülte mit Hilfe eines großen Schlucks Beaujolais Villages nach und sagte:»Du willst Krieg – dann eben Krieg. Ich werde dich so tief verscharren, dass du nicht mal beim Jüngsten Gericht wieder auferstehst.«

»Komm, lass uns damit aufhören«, bot Elad an,»bevor wir an einen Punkt kommen, wo es kein Zurück mehr gibt.«

»Das ist eine Sprache, die ich verstehe«, sagte Maoz.»Du gehst mit mir ins Rennen.«

»Es gibt aber Bedingungen.« Elad wollte seine Kapitulation entschärfen.

»Darüber haben wir noch Zeit zu reden. Was trinken wir zum Dessert?«, fragte Maoz.

»Chartreuse«, schlug Elad vor.

»Grün oder gelb?«

»Grün«, beschloss Elad.

»Du bist auch ein Adept von Osnat«, grinste Maoz.

»Wir haben beide das gleiche B.A.«, kicherte Elad. »Aus derselben Schule.«

»Bedienung!«, rief Maoz. »Zweimal Chartreuse grün!«

»Hör mal«, sagte Elad, »deine Strategie, das braucht Zeit zum Verdauen.«

»Hauptsache, du hast das Prinzip kapiert«, erwiderte Maoz.

»Es gibt Dinge, die im ersten Moment schwer zu akzeptieren sind«, bekannte Elad.

»Weshalb es sich lohnen würde, dass wir ein kleines Gedächtnisprotokoll schreiben und es bei Dinur unterzeichnen«, machte Maoz den Vorschlag.

»Inklusive die Akte, die ich kriege«, bedang sich Elad für seine Zustimmung aus.

»Akzeptabel«, sagte Maoz und pulte mit der Zunge einen Rest von dem rohen Tartar zwischen Backe und Zähnen heraus.

»Zweimal Chartreuse.« Die Bedienung servierte die schmalen Kelche mit dem grünen Digestiv.

»Zum Wohl – auf unser Bündnis?«, schlug Maoz vor.

»Ich hab noch eine Menge von dir zu lernen«, schmeichelte ihm Elad.

»Zu deiner Ehre sei gesagt: Du lernst schnell«, gab ihm Maoz das Kompliment zurück.

Und die beiden leerten gemeinsam den starken, fast übelkeiterregend süßen Kräuterlikör.

45. DUVESCH UND DORIT TRENNEN SICH

Die junge Praktikantin betrat das Mandantenberatungszimmer und meldete, dass Herr Dinur nun seinen Termin mit den Vertretern der Investmentfirma aus China beendet habe. Es werde höchstens noch eine Viertelstunde dauern und was sie ihnen inzwischen anbieten könne?

»Ich hätte gern ein Glas Wasser«, sagte Duvesch, der an dem riesigen Fenster stand und aus der Höhe des achtundzwanzigsten Stockwerks auf die zu seinen Füßen ausgebreitete Stadt und das Meer hinunterblickte, dessen weiße Gischt an die Strände der Großstadt lappte.

»Und die Dame?«, fragte die Praktikantin Dorit, die mit untergeschlagenen Beinen auf dem grauen Wandsofa saß, die Arme seitlich ausgebreitet, die Handflächen, Daumen an Zeigefinger gelegt, zur Decke weisend. Sie reagierte mit einem leichten Heben und Senken ihrer Hände, das besagte: einen Moment bitte.

Duvesch erfasste die Verunsicherung der Praktikantin und flüsterte ihr augenzwinkernd mit seinem tiefen Bass zu: »Sie meditiert.«

»Oh! Verzeihung«, flüsterte die Praktikantin und verließ den Raum rückwärts auf Zehenspitzen.

Duvesch grinste leicht verblüfft in sich hinein und widmete sich wieder der Betrachtung der fernen Horizontlinie, wo sich Himmel und Meer berührten, und seine Gedanken wanderten nach Koh Samui, zu der Insel, auf der Sue geboren und aufgewachsen war, bis sie mit acht Jahren, als ihre Mutter starb, von ihrem Vater, der nach Singapur zum Arbeiten ging, zu ihrem Onkel nach Hongkong geschickt wurde; wanderten zu Sue, mit der er in Bälde zu einer Fahrradtour über ihre Heimatinsel aufbrechen würde, die sie ihm in allen Einzelheiten aus ihren Kindheitserinnerungen geschildert hatte. Wollte er sich tatsächlich zu dieser Reise aufmachen? In diesem Augenblick, als er dastand und aus dem Fenster des achtundzwanzigsten Stockwerks auf die weiße Stadt und ihre Meeresküste hinausschaute, keimten mit einem Mal Zweifel in ihm auf: Wollte er wirklich an diesen fernen Ort reisen, zu jener kleinen Insel, die auf den Bildern, die ihm Sue in ihrem iPad gezeigt hatte, so verzaubert aussah?

Er tat einen tiefen Atemzug und horchte auf die Frage, die ihm die richterliche Untersuchungsinstanz stellte, die sich seit dem Tag, an dem er sich zum orthodoxen Judentum bekehrt hatte, in seinem Inneren eingenistet hatte und ihm keine Ruhe ließ, die abwog, beurteilte und die Tiefen seines Bewusstseins, seiner Gefühle und Empfindungen ausgelotet hatte. Bis zu dem Moment, da sich seinen Augen eines Nachts, als er auf dem Rücken im Bett lag, der Himmel auftat, sich in seiner ganzen Leere bis ans Ende des Universums und darüber hinaus, in den jenseitigen Weiten des absoluten Nichtexistenten offenbarte, in die es seine Welt des Existenten immer mehr zog, weil er von dem wachsenden inneren Druck beherrscht wurde, sich von seiner inneren Nichtexistenz zu entfernen, hin zum externen Nichts, wo der Druck geringer war, da dessen Grenzen die Unendlichkeit sind; und als nach jener schlaflosen Nacht das Morgengrauen heraufdämmerte, stand er auf und warf die Tefilin in den Müll – jene Gebetsriemen, die er um den Arm gewickelt hatte, weil ein tanzender und hopsender Kerl an einer Tankstelle, wo er zum Tanken anhielt, ihn dazu überredet hatte –, ein Akt, der allerdings schon länger in ihm reifte, nachdem sein geschätzter Freund Kennedy gebetsmühlenartig immer wieder sein Gehirn und seine Seele bearbeitet hatte, bis er ihn überzeugt hatte, auf die Existenz Gottes und die Einhaltung aller religiösen Gebote zu setzen; fünf Jahre lang hatte er darin einen gangbaren Pfad gesehen, um ihm mit Gefühl und Verstand zu begegnen. Und an jenem Schabbatmorgen, nach einer Nacht, in der das Universum seine absolute Leere, bar jeglicher transzendentalen Existenz, enthüllt hatte, begnügte er sich nicht damit, die Tefilin in den Müll zu werfen, sondern er schnitt sich auch die Schläfenlocken ab, die er sich im Laufe dieser Phase hatte wachsen lassen, rasierte seinen wild wuchernden Bart ab und teilte Dorit noch am gleichen Tag mit, dass sie die Reinheitsgebote nicht mehr einhalten müsse, worauf sie ihm mit großer Erleichterung verriet, dass sie während seiner gesamten Gottesexistenztestphase die Mikwe, das rituelle Reinigungsbad, nur ein einziges Mal aufgesucht und sich danach von Ekel geschüttelt selbst dafür verabscheut habe, weil sie sich seiner Verrücktheit gebeugt und zugestimmt hatte, Bräuche anzunehmen, an deren Wert sie nicht glaubte und die sie als Götzendienst ansah, als kompletten Selbstbetrug und trügerische Bewusstseinserzeugung, und dass sie all ihre Fahrten nach Tiberias – unter dem Vorwand, wenn schon Tauchbad in einer Mikwe, dann in einer ultra-orthodox glatt koscheren – zu einem »Freigang«, wie sie es nannte, benutzt hatte, um »aberglaubenfreie Luft zu schnappen«.

Jetzt allerdings, nachdem ihn die SMS von Karin über Dorits Affäre mit dem Psychologen seiner Tochter aufgeklärt hatte, war er sich sicher, obgleich Dorit das energisch bestritt, dass sie schon damals, in seiner Gottesexistenzwettphase, in Wahrheit immer zu Schäferstündchen mit diesem Guido, dem Ehebrecher, gefahren war, zu dem sie auch noch ihre Tochter geschickt hatte, die wahrscheinlich infolge ihres Verhältnisses mit Elad eine Therapie brauchte, wie er aus Karins Botschaften schloss. Mit einem Schlag hatte sie ihm die Lügenwelt vor Augen geführt, in der er in seiner Einfalt die letzten zwanzig Jahre gelebt hatte, in dem vergeblichen Versuch, diese Stimme in seinem Inneren zu ersticken, die ihm sagte, dass sein einziges Leben an ihm vorbeiging, durch eine falsche Tat am falschen Ort, an den es ihn unter dem Einfluss Kennedys, seines charismatischen Einheitskommandeurs aus seiner Militärdienstzeit und Freund im Guten wie im Schlechten, verschlagen hatte – ja, so war das in den letzten zwanzig Jahren, von dem Tag an, an dem er in sein allein stehendes Gehöft am Rande des abgelegenen, isolierten Moschavs in diesem vergewaltigten, lebensvergällenden Land gezogen war und Dorit, eine junge Soldatin damals, als sie sich in ihn verliebte, mitgezerrt hatte. Und jetzt saß sie hier, eine Vierzigjährige, die sich dem Kult von Körperhaltungen und -bewegungen verschrieben hatte – geschlossene Augen, ineinander verschränkte Beine, die Daumen jeweils an Zeigefinger gelegt, Ellbogen aufgestützt auf den Knien ruhend –, und er betrachtete sie wie eine seltsame Unbekannte, ihm unbegreiflich und völlig entfremdet in der neuen Spiritualität, in der sie ihre Spiele mit etwas trieb, was ihm wie ein Selbstbetrug von der gleichen Sorte wie der vorkam, in dem er selbst in jenen Jahren der Gottesexistenzwette geschwelgt hatte.

Bist du mit dir selbst im Reinen und mit dem, was du tun willst?, forschte also sein innerer Untersuchungsrichter, der seit dem Tag in seinem Inneren hauste, an dem er zum Gottestoren geworden war, wie er den Fremden bezeichnete, der er in dieser verloren-verlassenen Periode war. Der Richter war noch da, obwohl die Periode mit einem scharfen Schnitt in jener durchwachten Nacht des Schabbat-Nachamu, nach dem Trauertag des 9. Av, ihr Ende fand, als er aus der Synagoge zurückkehrte, den unablässigen Widerhall der Worte des Propheten Jesaja im Kopf, »Und das Krumme wird gerade«, und sich widerstrebend eingestand, dass dieser Satz exakt sein Lebensgefühl seit dem Tag seiner Bekehrung ausgedrückt hatte. Und das Krumme wird gerade – ja, so hatte er es wirklich empfunden, als er seinem Kommandeur und Freund Kennedy an jenen verlassenen Ort gefolgt war, zu einem Moschav, dessen Begründer allesamt das Weite gesucht hatten, als läge ein Fluch über ihnen, seit sie sich dort auf dem Weideland niedergelassen hatten, von dem man die Hirten mit ihren dürftigen Herden vertrieben und ihre armseligen Viehunterstände arrogant mit Bulldozern niedergewalzt hatte; wo man ihre Zelte jedes Mal niederriss, wenn sie sie wieder an den Hängen der Hügel im Jordantal aufstellten, die den Moschav überblickten, der auf ihrem enteigneten Boden errichtet worden war. Doch während seine Lippen an jenem Schabbat-Nachamu nach dem Trauerfasten des 9. Av im Gedenken an die Tempelzerstörung die Worte des Propheten murmelten: »Redet mit Jerusalem freundlich und prediget ihr, dass ihre Knechtschaft ein Ende hat, dass ihre Schuld vergeben ist; denn sie hat doppelte Strafe empfangen von der Hand des Herrn für alle ihre Sünden«, hörte er, wie diese Sätze mit einem Fragezeichen herauskamen: Ihre Knechtschaft hat ein Ende? Sie hat doppelte Strafe empfangen für alle ihre Sünden? Und in jener durchwachten Nacht, in der der Schlaf seine Augen floh, kehrten die Szenen zurück, wie die Bulldozer die armseligen Viehunterstände zermalmten und Soldaten die Zeltstricke kappten und die Pflöcke herausrissen, und noch während das Gerechtigkeitsgefühl in seinem Herzen gegen diesen Akt der Misshandlung rebellierte, versuchte er, sich den erzwungenen Glauben selbst aufzuoktroyieren, um die Stimme der gegen die Sünde anschreienden Gerechtigkeit zum Schweigen zu bringen, und er bemühte sich, angestrengt zu leugnen, dass es eine sündhafte Vergewaltigung der Sprache des Propheten war, so etwas den ›rechtmäßigen Weg‹ zu nennen.

Jetzt aber, in diesem Augenblick, als ihn sein innerer Untersuchungsrichter fragte, ob er sich tatsächlich der Rechtmäßigkeit seines Handelns sicher sei, gab er sich die Antwort:

Ja, ich will diesen Scheidungsbrief, und nein, es ist kein künstlich erzeugter Akt, du bist nicht gezwungen, nicht vergewaltigt, nicht gedrängt und nicht dazu getrieben worden, etwas zu tun, was du dir nicht schuldest; und damals hat dich nicht der gute Trieb geleitet, an jenen Ort zu gehen, sondern du wurdest von dem schlechten Trieb übermannt, etwas zu tun, was man nicht tun darf; dich über bedrückte Arme, schwächere Geschöpfe als du, zu erheben und ihnen mit der stahlharten Gewalt des Bulldozers ihren dürftigen Platz auf Erden wegzunehmen. Du hast dich in missgeleiteter Absicht dazu vergewaltigt, diese sündigen Übeltaten zu rechtfertigen – du, der du dich nicht selbst von dem Ort vertreiben wolltest, den du dir mit Gewalt genommen hast, und dich damit außerhalb der menschlichen Gesellschaft gestellt hast, du, der du nun wieder ein Mensch im Sinne von Mensch sein möchtest und dich von den Vergehen abwenden willst, die du unter dem Zwang dieses Triebes verübt hast, der nun erlahmt ist, da du mit der Wahrheit geschlagen wurdest, der dich deine Tochter Karin ausgesetzt hat, sage du: Ich will! Ja! Ich will mich von den irrigen Taten und den Tagen der Wirrungen und meinem irregeleiteten Leben scheiden, ja! Dies ist mein Wille! Ich will, ich will, ich will!

In diesem Augenblick öffnete sich die schwere Holztür, und Rechtsanwalt Dinur betrat den Raum in Begleitung seiner jungen Assistentin, die ein glänzend schwarzes Plastiktablett mit einer bläulichen Wasserflasche und vier Gläsern in den Händen trug. Während sie das Tablett auf dem hochglanzpolierten kognakfarbenen Holztisch abstellte, entschuldigte sich der brillante Rechtsanwalt Amikam Dinur für die Verspätung, die auf Grund der harten Verhandlungen mit den chinesischen Investoren entstanden sei, weil sie im Begriff stünden, eine große Firma zu erwerben, deren Namen er noch nicht preisgeben könne, was das Geschäft des Jahres, wenn nicht gar des Jahrzehnts werden würde ...

»Doch nun, meine Freunde, stehe ich euch voll und ganz zur Verfügung in dieser schmerzlichen Angelegenheit eurer Trennung.«

»Nicht schmerzlich«, beeilte sich Duvesch, die Dinge richtigzustellen.

»Überhaupt nicht schmerzlich«, unterstützte Dorit die Worte ihres Partners.

»Moment, Moment«, sagte Dinur verwirrt, »ich denke, ihr habt beschlossen, euch zu trennen?«

»Ja«, antwortete Dorit wie aus der Pistole geschossen.

»Ganz genau«, setzte Duvesch hinzu.

»Entschuldigt, wenn ich mich da einmische«, meinte Dinur, »aber mir scheint, die Beziehungen zwischen euch sind bestens.«

»Irrtum«, erwiderte Dorit, »zwischen uns gibt es keine Beziehungen.«

»Weder gute noch schlechte«, ergänzte Duvesch die Worte seiner Partnerin.

»Wir sind zwei völlig fremde Menschen füreinander«, erläuterte Dorit. »Er ist meiner Welt fremd, und ich nehme an, dass ich seiner Welt mindestens genauso fremd bin.«

»Stimmt«, bestätigte Duvesch. »Wir bewegen uns auf zwei Wegen, die vom gleichen Punkt ausgegangen sind, aber immer weiter auseinanderführen.«

»Vielleicht ist es ja möglich, an den Ausgangspunkt zurückzukehren?«, schlug Dinur vor.

»Ausgeschlossen«, konstatierte Dorit. »Wir haben längst den Punkt überschritten, an dem es kein Zurück mehr gibt.«

»Stimmt«, bestätigte Duvesch wieder ihre Worte. »Ich kann bezeugen, dass mir der Mensch, der ich vor zwanzig Jahren war, vollkommen fremd ist, und ich habe keinerlei Joint Venture mit ihm, um es in heutiger Sprache auszudrücken.«

»Du siehst, Ami«, sagte Dorit zu ihrem Cousin Amikam Dinur, »sogar seine Sprache zeigt, dass er von seinem eigenen Karma abgeschnitten ist, er leugnet allein schon die Existenz des *dharma*. Versteh mich nicht falsch: Ich verurteile ihn deswegen nicht, und ich bin ihm auch nicht böse, er hat viele Löcher auf seinem Weg gegraben, aber ich werfe ihm nicht vor, dass er nicht auf Wasser gestoßen ist.«

»Verstehst du, Amikam«, sagte nun Duvesch, »sie hat ein dermaßen tiefes Loch auf ihrem Weg gegraben, dass ich sie schon längst nicht mehr sehe, und es besteht keine Chance, dass ich ihr die Hand reichen und sie vom Grund des Lochs heraufziehen könnte.«

»Du musst verstehen«, parierte Dorit, »was er den ›Grund des Lochs‹ nennt, das sind Zustände des *abhava*, in die ich hinein- und hinausgleite.«

»Pardon, Dorit«, entschuldigte sich Dinur, »ich muss zugeben, ich bin nicht so sonderlich versiert in diesen Begriffen …«

»*Abhava* ist der Zustand der Leere, des Nichtseins«, begann Dorit zu erklären, doch Dinur unterbrach sie mit einem Anflug von Ungeduld: »Ausgeschlossen, dass ich jetzt die ganze Wissenschaft aus dem Stegreif lerne …«

»Garantiert nicht«, sagte Dorit. »Du brauchst mindestens acht Jahre, um überhaupt ein Grundschüler zu werden.«

»Wie viele Jahre bist du schon Schülerin?«, fragte Dinur.

»Bald zwölf Jahre«, erwiderte Dorit.

»Seit zwölf Jahren verfolgt sie diese Richtung, und du hast damit leben können«, meinte Dinur an Duvesch gewandt. »Was ist jetzt auf einmal passiert?«

»Ich höre das zum ersten Mal, dass sie diese Richtung schon seit zwölf Jahren macht«, bekannte Duvesch.

»Aber sicher«, gab Dorit zurück, »ich bin in ›diese Richtung‹ gegangen, als du angefangen hast, dir einen Bart und

Schläfenlocken wachsen zu lassen, Tefilin anzulegen und wie dein ›Rebbe‹ Kennedy zu reden. Und ich sage das ohne Zorn und ohne Groll.«

»Auch ich hege keinen Zorn oder Groll auf deine indische Richtung«, sagte Duvesch, »wenn du darin deinen Weg findest, die Leere der Existenz zu füllen.«

»Ich entnehme dem, dass euch eigentlich nur eine spirituelle Meinungsverschiedenheit trennt?«, versuchte Dinur, zwischen seiner Cousine und ihrem Ehepartner zu vermitteln. »Wir haben keine Meinungsverschiedenheit«, machte ihn Duvesch auf seinen Irrtum aufmerksam. »Es gibt eine Leere zwischen uns, die längst aufgehört hat, eine seltsame Anziehungskraft auszuüben.«

»Pardon?« Dinur versuchte zu begreifen.

»Seine neue Religion ist die Chaoslehre«, erklärte Dorit.

»Weder Religion noch neu«, berichtigte sie Duvesch gelassen. »Aber wir verschwenden Amikams teure Zeit mit Reden, die im Nichts enden.«

»Ihr verschwendet meine Zeit überhaupt nicht«, widersprach Dinur schnell, »diese Debatte ist äußerst faszinierend, meinst du nicht auch, Nohar?«

»Ja«, beeilte sich die junge Frau, die Worte ihres Patrons zu bestätigen, »faszinierend vielschichtig.«

»Pardon, ich habe euch Nohar noch nicht vorgestellt«, sagte Dinur. »Darf ich also vorstellen: Nohar Ahroni, meine neue Praktikantin, die im Begriff ist, eine glänzende Anwältin zu werden, deren Name noch Wellen schlagen wird – Dorit, Duvesch.«

»Wir haben uns schon kennengelernt«, sagte Duvesch, »nicht mit Namen, aber nach Art der Tiere.«

»Nach Art der Tiere?«, wiederholte Dinur erstaunt.

»Tiere brauchen keine Namen«, erklärte Duvesch, »sie erkennen sich im Sekundenbruchteil durch die Sinne. Wie Menschen auch. Im Bruchteil einer Sekunde erfassen Auge, Ohr und Geruchssinn Tausende Fakten, die bearbeitet werden, und die zwischenmenschlichen Beziehungen werden festgelegt, bevor ein Wort gefallen ist. Im günstigen Fall verhalten sich die Menschen in Übereinstimmung mit diesem prä-sprachlichen, wortlosen Erkennen, doch in den meisten Fällen verbringen sie Jahre, schütten dabei ganze Berge sinnlos leerer Reden aus, um genau dieses urtümliche Erkennen zu verdrängen und zu leugnen, dass es existiert. Aber es nistet da wie eine Zeitbombe in der Tiefe der Wesen und im Fundament der Zwangsbeziehungen, bis es eines dunklen Nachts oder eines schönen Morgens explodiert. Das passiert zwischen Freunden, Eheleuten, zwischen Weggefährten und Völkern. Und wir, die Juden, sind das beste Beispiel für diese Verleugnung: Rennen zwischen den Völkern herum und betrügen uns jedes Mal selber, jetzt hätten wir doch ein Volk gefunden, das uns so akzeptiert, wie wir sind, das uns mag, vielleicht sogar liebt, obwohl unser prä-sprachliches, wortloses Erkennen schon im ersten Augenblick, beim ersten Aufeinandertreffen, Bescheid wusste.«

»Verstehst du, was Duvesch sagt?«, fragte Dorit ihren Cousin.

»Ja, schon«, versicherte Rechtsanwalt Amikam Dinur, »aber meine Herrschaften, ich denke, es ist an der Zeit, uns dem Kern der Sache zu nähern, wegen der wir hier zusammengekommen sind.«

»Ich denke, dieser entlarvende Monolog von Duvesch ist der Kern der Sache«, bemerkte Dorit spitz.

»Nun, dieser Monolog spricht für sich«, glättete Dinur die Wogen, »doch der Kern der Sache bei jedem Trennungsfall ist die Vermögensaufteilung und das Sorgerecht für die Kinder.«

»In unserem Fall braucht das Kind keine Beaufsichtigung.« Duvesch lachte kurz auf. »Karin ist um einiges erwachsener als ihre Eltern, ihre Onkel und deren Freunde.«

»Du wirst Ami nicht in Karins Geschichte einweihen«, warnte ihn Dorit ungehalten.

»Nicht nötig«, bemerkte der Anwalt zum Schrecken beider, denn aus seinem Ton hörten sie heraus, dass er von der Bombe wusste, die Karin mitten ins Herz des Familienkreises samt Ausläufern geworfen hatte. Die zwei wechselten einen raschen Blick, und jeder erfasste, dass der andere Dinurs Botschaft mitbekommen hatte. Ein kurzes Schweigen trat ein, eine Gedenkminute für die aufgedeckte und begrabene Täuschung, und anschließend fuhr Dinur fort: »Kommen wir zum Problem der Besitzaufteilung. In jedem Fall …«

»Kein Problem«, fiel ihm Dorit ins Wort. »Ich werde alles akzeptieren, was Duvesch vorschlägt.«

»Auch von meiner Seite aus kein Problem«, bestätigte Duvesch, »ich akzeptiere alles, was für Dorit akzeptabel ist.«

»Warum seid ihr eigentlich zu mir gekommen?«, lachte Dinur und wandte sich an Nohar: »Verstehst du sie?«

»Ja«, sagte Nohar schlicht. »Sie wollen eine Trennungsvereinbarung unterschreiben, solange die Luft zwischen ihnen noch rein ist, bevor die bösen Geister anfangen, aus der Maische aufzusteigen, und sie verschmutzen.«

»*Wallah!*« Duvesch entfuhr ein bewundernder Ausruf.

»Was für ein gutes Karma!«, schloss sich Dorit gleichermaßen beeindruckt von der Klugheit der jungen Praktikantin an.

»Wenn es so einfach ist«, wandte sich Dinur an Nohar, »was würdest du ihnen vorschlagen?«

»Ich sehe drei Möglichkeiten«, sagte Nohar sofort mit der charakteristischen Schnelligkeit ihrer jungen Generation. »Erstens: den Besitz veräußern, den Erlös zu dem finanziellen Vermögen im Besitz des Ehepaars addieren und die erzielte Summe gleichberechtigt aufteilen. Zweitens: Falls Partei A daran interessiert ist, das unbewegliche Eigentum zu behalten, und falls das finanzielle Vermögen deckungsgleich mit dem Gesamtbesitzwert ist oder dessen halben Wert übersteigt, erhält Partei B die Hälfte des Gesamtwerts des Eigentums aus dem Vermögen des finanziellen Besitzes, und Partei A behält das unbewegliche Eigentum. Drittens: Sollte das finanzielle Vermögen nicht mindestens die Hälfte des Werts des Gesamtbesitzes abdecken, nimmt Partei A einen Kredit im Wert der Hälfte des Besitzes auf und transferiert das Geld an Partei B.«

»Sehr schön, Nohar!«, lobte Dinur die junge Praktikantin. »Jung, schnell und auch noch hübsch und scharfsinnig. Worauf einigen wir uns?«

»Ich bin nicht mal an einem Krümel vom unbeweglichen Eigentum interessiert«, erwiderte Dorit.

»Wie vorher gesagt«, äußerte Duvesch knapp. »Bist du bereit«, fragte er Dinur, »die erste Variante auszuführen?«

»Nachdem ich ein Verwandter von Dorit bin«, meinte Dinur, »würde ich vorschlagen, dass Nohar den Fall bearbeitet, wenn das für euch akzeptabel ist.«

»Ist akzeptiert«, sagte Dorit.

»Ich akzeptiere, was Dorit akzeptiert«, fegte Duvesch das Thema mit einem Handwedeln beiseite, als verjage er eine störende Fliege aus seinem Gesicht.

»Ausgezeichnet«, fasste Amikam Dinur den Gesprächstermin zusammen. »Nohar, lass sie eine Vollmacht unterschreiben und ein Protokoll, solange die Luft noch rein ist und bevor diese bösen Geister anfangen, aus der Maische aufzusteigen.«

»Ich hätte mal eine Frage«, wandte sich Duvesch an Nohar. »Woher kommt dieser Ausdruck mit den bösen Geistern aus der Maische?«

»Aus der Whiskydestillation«, antwortete Nohar, als verstehe sich das von selbst.

»Und woher kennen Sie das? Sie sehen mir nicht so aus, als ob Sie aus der Mac Irons Familie kommen«, scherzte Duvesch.

»Nein«, sagte Nohar, »ich bin ein Nachkömmling der entführten jemenitischen Kinder.«

»Was Sie nicht sagen! Mein Großvater war Jemenit und meine Großmutter eine Wiener Jeckin.«

»Nein, das war bloß ein Witz!«, grinste Nohar. »Ich bin halb Polin, halb Rumänin.«

»Macht nichts«, sagte Duvesch. »Niemand ist perfekt.«

»Ich sehe, ihr kommt schon wunderbar ohne meine Hilfe miteinander zurecht, also vertraue ich euch Nohars guten Händen an, aber ich stehe stets zu eurer Verfügung«, meinte Dinur und verließ damit den Raum.

»Ich wünsche mir eine so glückliche Scheidung wie die Ihre«, lachte Nohar, als sie zu dritt zurückgeblieben waren.

»Sie sind verheiratet?« Duvesch war erstaunt.

»Noch nicht«, sagte Nohar, »aber heute muss man drei Schritte im Voraus denken.«

»Geben Sie eine Anzeige auf: ›Scharfsinnige junge Frau sucht klugen Mann zwecks Scheidung‹«, schlug Duvesch vor.

»Ihr Rat ist angenommen«, erwiderte Nohar. »Doch nun lassen Sie uns zur Sache kommen.«

46. UNSER HERZ IST EINS

Ein schüchternes Klopfen an der Tür riss Libby aus dem stürmischen Hora, den über fünfzigtausend Mädchen und Jungen, dirigiert von Eva, unter freiem Himmelszelt auf dem breiten Weg und der Ebene tanzten, die sich am Fuße des riesigen Amphitheaters südlich des Kibbuz Dalia erstreckte, den Libby auf der Karte am Längen- und Breitengrad 207 271–721 446 geortet hatte.

»Herein!«, rief sie in Richtung Tür, doch niemand trat ein, und als es ein zweites Mal zaghaft an der Tür klopfte, stand sie auf und öffnete.

»Karin! Komm rein!«, begrüßte Libby ihre Cousine erfreut. »Ich hab schon gedacht, du kommst nicht mehr.«

»Ich hätte schon längst auf dem Mars ankommen können in der Zeit, in der ich im Kibbuz rumgerannt bin und Opas neue Wohnung gesucht habe«, murrte Karin. »Der eine schickt mich ins Neubauviertel, wo sich rausstellt, dass da die wohnen, die keine Kibbuzmitglieder sind, also kapier ich, dass ich da falsch bin. Dann ras ich dort rum, such jemand, und eine schwangere Frau kommt raus, fragt mich mit amerikanischem Akzent, ob ›Herr Ben-Chaim ein Mitglied oder der Großvater von Mitgliedern‹ ist. Ich erkläre ihr, dass er ein Uraltmitglied ist, seit über achtzig Jahren, da dirigiert sie mich zum ›Haus der Pioniere‹ – und wie ich dort ankomm, empfängt mich eine Pflegerin, so eine lächelnde Araberin, die mit so einer ganz sanftlieben Stimme zu mir sagt: Schwesterchen, hier ist kein Ben-Chaim. Und dann taucht hinter ihrem Rücken eine alte Genossin auf, schaut aus wie hundert, und sagt zu mir: Sie ist tot.

Wer ist tot? Ich bin total erschrocken.

Nu, die eine da, sagt sie zu mir, die Tänzerin, die ungezogene, wen und was hat die nicht alles tanzen lassen, jetzt lässt sie die Toten tanzen, denn die liegt bestimmt auch im Grab nicht ruhig alleine da, haha.

Ich suche nicht Eva, sage ich zu ihr, ich suche ihren Sohn.

Ah, nu, der Indianer, sie versucht zu lachen, hat's aber nicht geschafft, weil bei den ganzen Runzeln in ihrem Gesicht gar kein Platz mehr ist für noch eine Falte. Da kannst du gleich den Wind suchen gehen, sagt sie zu mir, vielleicht findest du ihn.

Am Schluss ist dann einer von den Palmach-Alten vorbeigekommen, der hat zu mir gesagt: Komm mit, Herzchen, ich bring dich zur Höhle deines Großvaters. Unterwegs hat er mir die Birne vollgelabert mit irgendeinem Fünften Regiment, das die ganze Arbeit gemacht hat, dem aber das Sechste Regiment den ganzen Ruhm geklaut hat, und dass es Zeit wird, dass die Welt die Wahrheit über das Fünfte Regiment erfährt!«

»Hauptsache, du bist angekommen«, meinte Libby. »Willst du was essen? Was trinken?«

»Einen starken Kaffee und kaltes Wasser«, bat Karin. »Ich hab mir in einem Tag einen Input reingeladen, für den ich ein Jahr zum Verarbeiten brauche.«

»*Wallah?*« Libby stellte auf Breitbandempfang.

»Ich hab niemand auf der Welt«, sagte Karin seufzend.

»Mit wem hast du's dir verdorben?«, fragte Libby.

»Mit der ganzen Familie«, stöhnte Karin, »und mit jedem, mit dem ich mal was hatte, plus seiner Frau.«

»Klingt doch super«, sagte Libby beeindruckt. »Wie hast du das geschafft?«

»Ich hab wunderhübsche Grüße an alle verschickt. Klink dich mal in unsere Familien-WhatsApp ein, da findest du den Bombenanschlag.«

»Lies es mir vor, und ich mache uns inzwischen einen Kaffee«, schlug Libby vor.

»Es klingt echt fantasymäßig, wenn du nicht auf dem aktuellen Stand bist«, warnte Karin.

»Um ehrlich zu sein, ich bin ziemlich abgeschnitten von der Familienszene«, sagte Libby, »aber ich werde mich bemühen aufzuholen.«

Karin öffnete die WhatsApp, »Meine Familie und andere Tierchen«, und las laut ihre Botschaften vor: »Schalom, Papa, viel Glück mit Sue.«

»Wer ist Sue?«, fragte Libby.

»Unsere thailändische Arbeiterin.«

»Gecheckt. Weiter.«

»Hi, Mama, Guido ist der letzte Dreck. Finde eine neue Liebe für dich.«

»Wer ist Guido?«

»Mein Psychologe und der prügelnde Liebhaber meiner Mutter.«

»Gecheckt. Nächste!«

»Schalom, Niva, ich hab mit Elad Schluss gemacht, der dich Hühnchen nennt. Empfang ihn im Hühnerstall.«

»Wer ist Niva?«, erkundigte sich Libby.

»Die Frau von Elad.«

»Und wer ist dieser Elad?«, fuhr Libby mit der Lagesondierung fort.

»Unser Nachbar im Moschav und ein Freund im Untergrund von deinem Vater in der Parteimitte.«

»Und mit dem hattest du eine Liebesgeschichte laufen?«, wunderte sich Libby.

»Ein Vögelverhältnis«, präzisierte Karin.

»Er könnte dein Vater sein!« Libby war leicht schockiert.

»Nein«, erläuterte Karin, »er ist einer der Generation Y. Knapp dreißig. Also biologisch, nicht mental.«

»Du hast einen fokussierten Störanschlag auf seine Ehe gemacht«, konstatierte Libby.

»Blödsinn«, winkte Karin ab. »Er wird auf dem Bauch zu seinem Misthaufen zurückkriechen, Niva wird ihm ein bisschen den Kamm rupfen und ihn wieder zurücknehmen, damit er die Eier befruchtet, die sie legt.«

»Sie würde ihn zurücknehmen – wenn da nicht das ›Hühnchen‹ wäre«, stellte Libby fest. »Dieses Wort wird ihnen den Hühnerstall in die Luft sprengen.«

»Oder es wird zu ihrem Saugloch«, meinte Karin.

»Was meinst du damit?«, wollte Libby wissen.

»Das schwarze Loch, das alles verschluckt und Familien zusammenhält.«

»Und das war's dann?«, erkundigte sich Libby. »Ende der Liste?«

»Nein«, gestand Karin, »da ist noch was, was dich angeht.«

»Raus damit«, sagte Libby.

»Du bist der letzte Mensch, der mir geblieben ist, ich will dich nicht verlieren.«

»Du wirst mich nicht verlieren«, versprach Libby.

»Egal, was ist?«

»Egal, was es ist«, berichtigte Libby. »Sogar wenn du mich verlierst, du wirst es überleben.«

»Nicht sicher«, grübelte Karin laut.

»Ich habe den letzten Menschen verloren, den ich hatte, und ich lebe noch.« Libby servierte ihr den Kaffee. »Und ich werde weiterleben.«

»Woher hast du die Kraft?«, fragte Karin.

»Als sie ihn mir gezeigt haben, habe ich gesagt: Das ist er, aber ich kenne ihn nicht.«

»Kapier ich nicht.«

»Neri war voller Leben, aber sie haben mir einen verbrannten Fleischklumpen gezeigt.«

»*Wallah!*« Karin blieb der Mund offen stehen.

»*Wallah-wallah!*«, schloss Libby das Thema ab. »Also, was ist der hübsche Gruß, der mich angeht?«

»Ich hab's an deine Mutter geschickt.«

»*Jallah?!*«, forderte Libby Karin zum Reden auf.

»Schalom, Tante Noga, du solltest Onkel Maoz warnen, dass Osnat einen Nacktschnappschuss von ihm an Elad geschickt hat.«

»*Wallah!*« Libby entfuhr ein erschrockener Ausruf. »Wer ist Osnat?«

»Eine Edelschnalle«, antwortete Karin. »Hat deinen Vater in die Klauen gekriegt, Elad und auch Samuelson, unter anderem.«

»Samuelson, den Spekulanten?«, forschte Libby nach.

»Und der mit den Medikamenten«, ergänzte Karin. »Er hat eine Konzession für den Import von Methadon und lauter solche Scheiße.«

»*Wa-allah?!*« Libby verfiel geschockt in die arabische Aussprache. Das hatte sie nicht gewusst.

»*Wallah-wallah!*«, bekräftigte Karin. »Und das ist noch nicht alles …«

»Osnat wird die Finanzierung für den Wahlkampf von meinem Vater von Samuelson besorgen?!«, vermutete Libby.

Karin reckte in wortloser Anerkennung für Libbys Intuition den Daumen nach oben.

»Und das hast du alles aus Elad rausgepresst«, erriet Libby.

»Musste ich gar nicht«, grinste Karin. »Der spuckt superschnell, ganz von selber. Brauchst ihn bloß antippen.«

»Du redest komplett angewidert von diesem Mann«, animierte Libby sie zum Reden. »Was hat dich denn zu ihm hingetrieben?«

»Die Langeweile.« Karin erschrak vor dem Ton ihrer eigenen Stimme.

»Langeweile – von was gelangweilt?«, fragte Libby weiter.

»Von allem«, sagte Karin. »Von dem Ganzen.«

»Also hast du dann mit diesem Elad gevögelt.«

»Ja«, nickte Karin.

»Aus Langeweile.« Libby wollte die Aussage noch einmal bestätigt haben.

»Ja.« Karin unterschrieb sie ohne Zögern. »Alles aus Langeweile.«

»Und was hat dich zu mir gebracht?« Libby bemühte sich zu verstehen.

»Angst«, sagte Karin. »Ich habe total Angst.«

»Wovor?«

»Vor mir selber«, gestand Karin. »Vor dem, was ich gemacht hab. Was passiert jetzt?«

»Sie werden dich nicht gerade lieben für das, was du ihnen angetan hast«, meinte Libby.

»Hätte ich das nicht machen sollen?«, fragte Karin flehentlich.

»Du musstest tun, was du getan hast«, stellte Libby fest.

»Ich bin ganz allein«, klagte Karin, »und ich bin so verloren.«

»Ich bin auch allein«, erwiderte Libby. »Und du bist nicht verloren.«

»Was hat mich da bloß gebissen, dass ich so was mache?«, fragte sich Karin.

»Du hast gemerkt, dass du wie ein Vogel in einem Netz von Lügen gefangen bist«, erklärte Libby, »und du hast das Netz zerrissen und dich befreit. Die Freiheit macht dir Angst, nicht das, was du getan hast.«

»Unsere nette Karin ist plötzlich gar nicht mehr so nett«, sagte Karin.

»Es gibt Situationen im Leben, da kann man einfach nicht mehr nur nett sein und allen gefallen«, entgegnete Libby.

»Das war eine Impulshandlung bei mir, ohne nachzudenken, was ich da mache«, sagte Karin.

»Es gibt Situationen, wo ein Mensch handeln muss, ohne nachzudenken, ob seine Tat anderen gefallen wird.«

»Jetzt sind alle wütend auf mich und werden mich hassen.«

»Wer wütend auf dich ist, weil du ihm die Wahrheit eröffnet hast, ist deiner Liebe nicht wert, und es braucht dir nicht leidzutun, wenn du ihn verlierst. Du bist an einem Punkt, wo es kein Zurück mehr gibt. Du hast die Wahl: abheben oder abstürzen.«

»Und was ist abstürzen«, wollte Karin wissen, »und was abheben?«

»Abstürzen heißt, nur das zu tun und zu sein, was andere wollen, dass du tust und bist. Abheben heißt, das zu tun und zu sein, was nur du willst und kannst und tun musst.«

»Du redest auch von dir selber«, meinte Karin in fragendem Ton.

»Ja, ich rede auch von mir«, gab Libby zu.

»Was hast du denn gemacht?« Karin wurde neugierig. »Falls du drüber reden magst.«

»Es ist etwas, das ich noch nicht getan habe, aber«, überlegte Libby laut, »es ist was, das ich wohl tun werde. Etwas, das mich weit bringen wird. So weit ich gehen kann. Und es ist was, das ich nicht allein machen kann.«

»Und hast du jemanden ...?«

»Habe ich. Glaub ich. Ich bin noch nicht sicher, ob er einverstanden sein wird, bei dem mitzuziehen, was ich tun möchte.«

»Ich bin mir sicher, dass er einverstanden ist«, sagte Karin zuversichtlich.

»Ich weiß nicht«, schränkte Libby ein. »Es erfordert ungeheuer viel Kraft und Willen, und ich weiß noch nicht, ob ich das bringe. Aber das werde ich beim Tun rausfinden.«

»Ich frag dich jetzt nicht, was es genau ist.« Karin hielt sich vorsichtig zurück.

»Es ist eine völlige Neuberechnung der Bahn. Etwas, wofür es sich lohnt zu leben, mit dem Todestanz Schluss zu machen, so dass nie wieder jemand die Liebe seines Lebens als verkohlten Klumpen identifizieren muss.« Ein erstickter Aufschrei entrang sich Libbys Mund: »Genug ... genug!«

»Du machst mir Angst«, sagte Karin.

»Ich mir selber auch«, gestand Libby. »Aber dann muss man erst recht aufstehen und es tun. Die Alternative ist, gar nichts zu tun. Heißt Geld machen. Karriere. Besitz horten. Und Macht. In der Welt rumrasen. Fressen. Dick werden. Immer mehr verschlingen. Sich aufblähen wie ein leerer Ballon. Bis wir platzen und sterben.«

»So hab ich dich noch nie reden hören«, wunderte sich Karin. »Was ist los mit dir?«

»Seit Tagen und Nächten bin ich auf einer Reise in Evas Zeitspur«, beichtete Libby, »und vielleicht fließt etwas von dem kochenden Blut von *chawadscha* Jussuf auch in unseren Adern.«

»Wer ist *chawadscha* Jussuf?«, fragte Karin erschrocken. »Erzähl mir bloß nicht, unsere Eva hatte einen arabischen Geliebten!«

»Den hatte sie anscheinend auch.« Libby musste lachen. »Aber ich meine unseren Urgroßvater Josef, den Mann von Eva, den sie im Kibbuz ›Josef, der Jemenit‹ genannt haben. Der hieß bei den Arabern *chawadscha* Jussuf.«

»Und der hat auch Tagebuch geschrieben?«, staunte Karin.

»Er hat kein auf Papier geschriebenes Tagebuch hinterlassen«, erklärte Libby, »aber, wie es Eva erzählt, ›seine Füße schrieben die Geschichte seines Lebens auf den Fährten und Pfaden des Landes vom Hermon bis zur judäischen Wüste und dem Negevgebirge, und seine Spuren verloren sich irgendwo in den Gefilden des Negev oder Sinai‹.«

»Was hat er dort gesucht?«, fragte Karin verwundert.

»Er ist losgezogen, um Routen durch die Wüste auszukundschaften, um einen Guerillakrieg gegen das Heer von General Rommel vorzubereiten, falls die Naziarmee ins Land Israel einmarschieren sollte.«

»Was?!«, rief Karin entgeistert. »Wann war das denn?«

»Im Herbst 1942. Im Kibbuz hatten sie schon Gift bereitgestellt, um es an die Mitglieder auszuteilen, und davor wollten sie alle Wasserquellen einschließlich des Sees Genezareth vergiften für den Fall, dass die Nazis das Land erobern.«

»Ist nicht wahr!«, rief Karin. »Und was ist mit Omama Eva passiert?«

»Sie wurde zur Deutschen Abteilung rekrutiert«, antwortete Libby wie selbstverständlich.

»Was ist denn die Deutsche Abteilung?«, fragte Karin, die aus dem Staunen nicht mehr herauskam.

»Das war eine Einheit des Palmachs, die sich aus Einwanderern aus Deutschland und Österreich zusammensetzte. Die Engländer lieferten ihnen deutsche Uniformen, und sie hielten militärische Übungen in Deutsch ab, mit deutscher Waffe. Sie hatten die Aufgabe, im Hinterland der deutschen Wehrmacht Sabotageakte durchzuführen, sobald die Deutschen das Land erobert hätten.«

»Dann hat Omama Eva gegen die Deutschen gekämpft?« Karin war beeindruckt.

»Nein«, erwiderte Libby, »aber nach der Niederlage von Rommel bei El-Alamein haben die Engländer sie nach Ägypten geschickt, um deutsche Kriegsgefangene zu verhören. Ende 1943 kehrte sie in den Kibbuz zurück, und 1944 war sie Mitorganisatorin einer Tanzveranstaltung im Kibbuz Dalia, an den Ausläufern des Karmels, an der über zweihundert Tänzer teilnahmen und dreitausend Zuschauer aus allen Teilen des Landes da waren.«

»Und was war weiter?«, fragte Karin gespannt.

»Es gab insgesamt fünf solche Veranstaltungen, aber die vierte, 1958, hat Eva den Rest gegeben.«

»Was ist da passiert?«

»Da, nimm, lies selber.« Libby hielt ihr ein dickes Heft mit roten Rändern hin.

»Was ist das denn?«, fragte Karin. »Sie schreibt ja die Buchstaben zusammen wie in Englisch. Ich kann ihre Schrift nicht lesen.«

»Gib her, ich les es dir vor«, sagte Libby. »Den ganzen Monat lief ich auf den Hügeln herum, habe den Aufbau der Tanzbühnen beaufsichtigt und die Errichtung der Zeltlager geleitet. Bisher wurden fünfzigtausend Karten an Zuschauer aus allen Teilen des Landes verkauft. Gruppen von Jugendbewegungen marschieren zu Fuß auf Sandstraßen an. Karawanen von Lastwagen und Autobussen, voll mit Menschen jeden Alters, strömen auf den Straßen. Allem Anschein nach ein großer Erfolg, noch ehe das Ereignis selbst begonnen hat, doch diesmal bin ich an der künstlerischen Leitung nicht beteiligt.

Sieben Jahre sind seit dem vergangenen Tanzfest verstrichen, und etwas Fragwürdiges geschieht mit unseren Volkstänzen. Die Spanier tanzen ihren Flamenco, den sie von Generation zu Generation weiterentwickeln, die Tschechen haben die Polka, die Iren den Céili, die Polen den Krakowiak – alle Völker des Nahen Ostens haben verschiedene Variationen des Debka, die Balkanvölker haben den Hora, und da sich in Israel Menschen aus aller Herren Länder gesammelt haben, haben wir alle diese Tänze; doch uns ist das nicht genug. In den sieben Jahren, die seit dem dritten Tanzfest, das 1951 in Dalia stattfand, vergangen sind, ist die Erfindung neuer Tänze ein wahrhafter Wahn geworden. Jeder, der zwei Beine hat und rechts von links unterscheiden kann, erfindet einen Tanz. Jedes neue Lied, das in den Äther hinausgeht, erweckt sofort in irgendjemandem den absonderlichen Drang, einen neuen Tanz zu erfinden, der noch komplizierter und verwickelter ist als der vorherige. Der jüdische Kopf verwirrt die jüdischen Füße. Ich habe nichts gegen Erfindungen einzuwenden, doch die Titulierung ›Volkstänze‹ ist dem gegenwärtigen Tanzfest nicht mehr angemessen, das sich den Feiern zum zehnten Jahrestag des Staates anschließt. Würde ich aufgefordert, dem Ereignis einen Namen zu verleihen, würde ich es ›Tanzomania‹ nennen.

Was auch immer sie sagen – das sind keine Volkstänze. Wer den ›Schnittertanz‹ erschuf, hat nie eine Sense in Händen gehalten, und wer den ›Hirtentanz‹ erfand, hat in seinem Leben niemals auch nur ein einziges Schaf auf die Weide getrieben. Irgendeine selbsternannte Choreographin, der jemand ein Dutzend junger Mädchen und Burschen, die die Tauglichkeit zu laufen und zu hüpfen besitzen, zur Verfügung gestellt hat, hat eine Reihe von Sprüngen und Fußverkreuzungen zusammengeschustert, und schon habt ihr den ›Obstpflückertanz‹, den ›Olivenerntetanz‹ oder den ›Weinlesetanz‹. Das Grundprinzip von Volkstanz ist aber, dass die Schritte, aus denen er sich zusammensetzt, höchst einfach sind und ihn jeder zu seinem Vergnügen tanzen kann, ohne ein Virtuose in Hüpfern, Sprüngen und Wirbeln zu sein. Der Hora ist ein wundervoller Volkstanz, denn es gibt nichts Einfacheres: rechter Fuß vor den linken übergesetzt, links gesellt sich zu rechts, rechter Fuß übergesetzt hinter den linken, links neben rechts gestellt – und damit erhält man einen Kreis, der sich im Uhrzeigersinn dreht. Ein Volkstanz ist ein Tanz, der einer langen Zeit bedarf, um von jeder überflüssigen Bewegung gereinigt zu werden, bis er die Stufe der Schlichtheit eines dieses Rangs würdigen Volkstanzes erklommen hat, im Unterschied zu den Eintagstänzen, die über Nacht auftauchen und verschwinden. Doch wir, wir haben keine Zeit, einen echten Volkstanz ganz langsam und allmählich wie einen englischen Rasen sprießen zu lassen. Wir sind schließlich Juden, und die echten Volkstänze sind zu einfach für uns. Sie sind kein Ausdruck unserer künstlichen Lebensfreudedemonstration! Nehmt sie, diese altbackenen Volkstänze, werft sie zum Abfall und *jallah*! Los, fangt sofort an, uns flugs immer mehr Tänze zu erfinden, von denen ein jeder noch schwieriger und verzwickter ist als der vorige! Und was ist das Ergebnis? Auf dem gegenwärtigen Tanzfest, das das zehnjährige Bestehen unseres jungen Staates feiern soll, ergießt sich eine Flut israelischer ›Volkstänze‹ über uns, Tänze, die Schauvorstellungen für ein passives Zuschauerpublikum sind, das auf seinen Hinterteilen sitzt, aber keine Volkstänze, die das Publikum dazu einladen, auf die Füße zu springen und zur eigenen Freude mitzutanzen.

Es bereitet mir Sorge, dass dies der Höhepunkt der Zehnjahresfeierlichkeiten ist. Diese Kunstschautänze erinnern mich an einen Ausspruch, den ich aus dem Mund meines Beduinengeliebten Mahmud vernahm: *Schufuni ja nas!* Seht mich an, oh, Leute! All diese erfundenen Schautänze haben die Anmutung eines Tunichtguts, der sich mit Hilfe des Lärms, den er schlägt, anstrengt, Aufmerksamkeit auf sich lenken. Ist das die Entwicklungsrichtung unserer Kultur? Eine Kultur von Lärm? Dem Lärm eines Taugenichts, dem es an echter Kultur gebricht? Ist das die Richtung, ist das der Weg, den unser junger Staat nimmt? Die Schaustellerei eines Tunichtguts? Ich bin laut, ich bin toll – also bin ich? Eine Kultur von zur Schau gestellter Prahlerei – wird das unsere Kultur werden?! Ich habe mir diese Sache, die sich Volkstanz zu sein rühmt, angesehen, ich habe die Jungen und Mädchen beobachtet, die zur Schau springen, hüpfen und sich drehen, und ich bin zutiefst vor dem erschrocken, was meine Augen auf dem Fest dieser Eintagsschautänze sahen, zur Feier des zehnjährigen Staatsjubiläums. Und während die jungen Tänzer auf der großen Bühne herumhopsten und kreiselten, sonderte ich mich von dem Publikum ab, das offenen Mundes auf seinem Hinterteil saß und dieses Schauspiel von einem Feuerwerk der Leere bestaunte, und fragte mich: Wird denn, wovor uns Gott bewahre, unsere Lebenskultur diese Richtung nehmen?

Und mit einem Mal überflutete mich die Erinnerung an jene ferne Nacht – als ich aufstand und schrie: Alex! Nimm das Akkordeon! Mitja, hol die Klarinette raus! Auf, Freunde! Die Tische an die Wände! Macht die Mitte frei! Reicht euch die Hände! Gott erbaue Galiläa, Gott erbaue den Galil! Und da kamen die Leute auf die Beine und begannen zu tanzen, und ich führte sie in einer Menschenkette aus dem Esszimmer hinaus, tanzend bewegten wir uns zum Tor, und schon führte ich sie hinaus aus dem Hof des Kibbuz ...

Das hätte hier passieren müssen, sagte ich mir, so muss es sein.

In diesem Augenblick hielt ein berittener Polizist sein Pferd neben mir an, betrachtete mich misstrauisch und fragte: Warten Sie auf jemanden?

Nein, sagte ich, ich warte auf niemanden.

Wissen Sie den Weg?, fragte er.

Den Weg wohin?

Wo alle sind.

Ja, sagte ich, ich komme von dort.

Dann gehen Sie besser wieder dorthin zurück, sagte er, es lohnt sich nicht, hier in der Nacht allein herumzulaufen.

Warum lohnt es sich nicht?, fragte ich.

Fünfzigtausend Leute, meinte er, woher soll man wissen, wer wer und wer was ist.

Ich gehe gleich zurück, beruhigte ich ihn.

Und ich kehrte zu dem riesigen natürlichen Amphitheater zurück, in dem fünfzigtausend Menschen auf ihren Hinterteilen saßen, trat zu einem Grüppchen junger Mädchen und Burschen in blauen Hemden, die sich am Seitenrand der Hauptbühne zusammenscharten, und sagte zu ihnen: Ist euch nicht langweilig hier?

Langweilig ist gar kein Ausdruck, antwortete mir ein hochgewachsener Junge mit dem Anflug eines Schnurrbarts. Wir haben gedacht, wir kommen, um zu tanzen, und was ist am Ende? Wir sitzen herum und schauen Auftritten von Gruppen zu.

Kommt, wir machen ihnen Beine, diesem ganzen leblosen Publikum, schlug ich vor, wir wollen sie daran erinnern, was Volkstänze sind.

Wie macht man das?, fragte mich ein Mädchen mit Rehaugen und schwarzen Zöpfen.

Hora, sagte ich zu ihr. Beginnen wir einen Hora – wer will, macht mit.

Jallah!, rief das bezopfte junge Mädchen. Los, das machen wir!

Sie reichten sich die Hände und begannen mit Horaschritten, während sie sangen, ›Stark ist die Nacht, kraftvoll steigt unser Lied gen Himmel …‹. Ich schloss mich ihnen an, und tanzend bewegten wir uns auf das Publikum in der ersten Reihe zu, streckten denen, die da auf ihren Hinterteilen saßen, die Hände entgegen, und die Leute erhoben sich von ihren Sitzen, folgten der Reihe der Tänzer, die sich in Bewegung gesetzt hatte, in der zweiten Reihe standen sie auf und schlossen sich dem Hora an, und mit einem Mal kam dieses gesamte riesige Publikum auf die Beine, Reihe um Reihe, und Menschen, die zuvor nebeneinandersaßen, ohne sich zu berühren, verschränkten ihre Hände miteinander und tanzten alle den Hora.«

47. ALLES IST MÖGLICH,
UND ALLES IST UNMÖGLICH

Die Silhouetten der Eukalyptusbäume zu beiden Seiten der schmalen Straße fielen mit rasender Geschwindigkeit hinter ihm zurück, spulten im fliegenden Wechsel Bilder in dem gleichen Tempo ab, in dem seine Gedanken hetzten, abgerissen und fliehend, einander jagend wie Zeilenketten eines Lieds, über die Schlaglöcher der verlassenen, verwahrlosten Straße hüpfend, auf der er mit seiner Harley-Davidson dahindröhnte. Die Steigungen und Gefälle dieser schmalen, wüsten Straße drosselten das Tempo eine Spur beim Aufwärtsfahren und beschleunigten es auf den langen Abwärtsstrecken, und Dave verspürte eine besinnungslose Freude bei jedem abrupten Übergang, wenn er auf der Kippe der Höhe ins Abwärts schoss, sein Körper für einen Moment das schwindelnde Gefühl der Schwerelosigkeit durchlebte, und der donnernde Ritt der Maschine auf der gefährlichen Straße steigerte sich von Augenblick zu Augenblick zu einer wahren Sinnesorgie, bis auf einmal, urplötzlich, aus dem uneinsehbaren Gelände hinter der nächsten Anhöhe ein Lastwagenungetüm mit hoher Geschwindigkeit über die Kuppe hechtete, die komplette Breite der ohnehin engen Straße vereinnahmend – und in dem Sekundenbruchteil, bevor ihn das Ungeheuer überfiel und in den Himmel beförderte, reagierte der alte Motorradfahrer mit dem instinktiven Reflex einer Wildkatze, legte die schwere Maschine mit dem ganzen Körper nach rechts an den unbefestigten Straßenrand, und nur seine absolute Beherrschung des Fahrzeugs sowie seine Kaltblütigkeit brachten ihn gerade noch unversehrt an die Seite des Lastwagens, höchstens eine Handbreit von den Hinterreifen des Schleppers entfernt. Dieser Sekundenbruchteil, in dem er sich durch die Luft fliegen und an den Stämmen der Eukalyptusbäume zerschmettern sah, löste in ihm einen Schrei aus, der alle Luft aus seinen Lungen pumpte: Ja-haaa-hwaau!

Dann erst kam ihm zu Bewusstsein, während er über die kleine Erdschwelle am Seitenstreifen abhob und das Motorrad mit einer starken Gewichtsverlagerung wieder zurück auf die schmale, verrottete Straße setzte, dass er in der vergangenen Sekunde heil und ganz dem sicheren Tod entronnen war. Er brach in schallendes Gelächter aus, als ihm klar wurde, dass er, zwischen Leben und Tod schwebend, als die Zeit für ihn aussetzte, aus vollem Hals einen Schrei ausgestoßen hatte, aus dem sich buchstäblich das wohlbekannte Wort Jahwe formulieren ließ, und während das Motorrad weiterjagte, sah er im Geiste einen Urzeitmenschen mit einer schweren Keule vor sich, vor dem ein reißender Löwe aufspringt, und mit einem Schlag aktiviert der Körper das sympathische Nervensystem, das Alarm schreit: Greif an, oder renn um dein Leben! Und bevor er begreift, wie ihm geschieht, löst das Notfallaggregat des Nervensystems ein Lockerlassen der Atemmuskeln aus, die gesamte Luft in den Lungen wird mit dem gewaltigen Gebrüll »Ja-hawe!« ausgestoßen, die Hand, die die schwere Keule umklammert, schwingt nach oben – und der furchtbare Löwe erschrickt zu Tode vor diesem Schrei und dem Anblick des Menschen, der mit geschwungener Keule auf ihn losgeht, um ihm den Schädel zu zertrümmern, das entsetzte Tier weicht von seiner Sprungbahn ab, landet auf den Pfoten und flüchtet vor dem Menschen, der ihm »Ja-ha-we!« hinterherbrüllt. Worauf dieser wilde Urzeitmensch, der noch keine richtige Sprache hat, einen Freudentanz veranstaltet und in der Sprache der Tiere brüllt: »Ja-ha-we!« Dann kommt er zur Höhle, reißt seinen Rachen auf und brüllt seine Gefährtin mit der gleichen Mimik und Körpersprache an, mit der er den Löwen in die Flucht geschlagen hat: »Ja-ha-we!« Seine Gefährtin flieht entsetzt in den hinteren Teil der Höhle, in der sie leben, und der wilde Urzeitmensch tritt aus der Höhle und brüllt in die Bäume, »Ja-ha-we!«, worauf alle Vögel kreischend aus den Kronen aufflattern, die Tiere vor ihm davonrennen und seine Nachbarn, von Furcht und Schrecken erfüllt, ihre Körpersprache dahingehend erweitern, besser Abstand von ihm zu halten; und der Zauberschrei wird vom Vater an den Sohn, von Generation zu Generation weitergegeben, und als die Sprache des Menschen zunehmend reicher an Worten wird, lehrt der Vater seine Söhne, dass Jahwe uns vor allem Unheil beschützt, solange wir uns dessen erinnern, seinen Namen in der Stunde der Not in den Mund zu nehmen und ihn anzurufen, bis der Augenblick kommt, in dem die Getreuen Jahwes begreifen, dass sie seinen Namen strengstens geheim halten müssen, so wie jede neue Waffe, die die Menschen erfinden und entwickeln, damit ihnen ihre Feinde das Geheimnis dieser Waffe nicht rauben, weil sonst jeder Machtvorteil, den ihre Erfinder damit gewonnen haben, gegenstandslos wird.

Aufgewühlt von dieser Kette von Entdeckungen, die in den Sekunden in seinem Kopf ablief, bis das Motorrad wieder auf die Straße setzte, und belustigt über sich selbst, dass er auf so närrische Gedanken gekommen war, traf ihn jetzt ein weiteres Mal die Erkenntnis, dass ihn nur ein winziger Schritt vom Tod getrennt hatte; nun, wo er sich dessen bewusst war, dass auf dieser gefährlichen Straße Lastwagen unterwegs waren, die urplötzlich aus dem toten Winkel hinter den Erdfalten auftauchen konnten, an die sich die Straße schmiegte, drosselte er jedes Mal die Geschwindigkeit, wenn er sich dem höchsten Punkt einer solchen Bodenaufwerfung näherte, darauf gefasst, das Motorrad augenblicklich an den Straßenrand zu ziehen, sollte die obere Kante des Fahrerhäuschens eines entgegenkommenden Lastwagens auftauchen. Diese Bereitschaft zahlte sich in der Tat aus, denn als das nächste Mal ein mit Baustellenkies beladener Lastwagen solcherart auf der schmalen Straße auf ihn zuschoss, wich er, das Motorrad verlangsamend, sicher auf den rechten Seitenstreifen aus, musste nicht mehr alle Luft durch ein Ja-ha-wa-Gebrüll aus seinen Lungen stoßen, weil er die Begegnung mit dem Lastwagen unversehrt überlebt hatte. Jetzt, nachdem er den Atem des Todes gespürt hatte und die Gefahr, die diese zweifelhafte Straße barg, kannte, konnte er seinen Geist frei mit der aufrüttelnden Erfahrung, heil davongekommen zu sein, spielen lassen, und er forderte sich selbst heraus, stellte sich die Aufgabe, sein Leben in einem Wort zu summieren – und das Wort, das vor ihm auftauchte, war: Freiheit.

Seine Kindheit zog Bild um Bild an ihm vorüber, und jedes einzelne zeigte ihm ein Leben in Freiheit; er wuchs in freier Entfaltung auf, mit einem freien Vater, der ihm Freiheit ließ, nicht sagte, das ist verboten, das ist erlaubt, und einer freien Mutter, die kam und verschwand wie der Wind überm Feld, ein wildwüchsiger Junge, der in die höchsten Wipfel der Bäume kletterte, auf Dächer stieg und auf Dachgeländern balancierte, aus seiner Erfahrung lernte, dass man es mit jeder Gefahr aufnehmen konnte, und je besser er sie meisterte, umso mehr faszinierte sie ihn und wuchs auch seine Selbstkenntnis und das Wissen um die Grenzen seiner Freiheit – und wenn er an diese Grenzen stieß, stellte er sich selbst vor die Herausforderung, über sie hinauszugehen. Seit seiner frühesten Jugend verspürte er die starke Anziehungskraft von Wegen, sich auf Wegen und abseits davon zu bewegen – hin zu den unwegsamen Weiten, wo noch kein Mensch seinen Fuß hingesetzt hatte, zur Wüste, und ohne es zu merken, trällerte er auf dem Höcker seiner Maschine die Beduinenweise vor sich hin, zu der ihm der Wind die Worte Alexander Penns zutrug: »Trag uns, trag uns, zur Wüste trag uns, auf den Höckern von Kamelen …«

Und aus der Wüstenlandschaft, die ihn umfing, stieg Di-

nas Gestalt vor ihm auf, ein junges Mädchen mit kurzen Khakihosen, Khakihemd und einer weißen Kafija um den Hals ge-
schlungen, Dina, die aus dem Botanikfach an der Universität
zum Palmach kam und sie auf eine Überlebensexpedition in
die Wüste führte, die sich zu einer Lehrexkursion in die Pflan-
zen- und Tierwelt gestaltete, Dina, die ihm beibrachte, auf die
Sprache der Vögel zu lauschen, der Stimme des *ka'at hamid-
bar*, was eigentlich Wüstenspeier hieß, zu entnehmen, ob die
Brunstzeit dieses biblischen Nachträubers begonnen hatte, den
sie als Subspezies des Steinkauzes bestimmte, Dina, die, noch
während sie erklärte, dass sich der hebräische Name anscheinend von den eigentümlichen Lauten herleite, die aus den Tiefen seiner Eingeweide stiegen, wenn er die Federn und Knochen seiner verschlungenen Beute herauswürgte, gleich wieder
stehen blieb, neben einer Pflanze am Wegesrand niederkniete
und aus ihrem Rucksack ein Buch mit braunem Umschlag zog,
das Erez-Israel-Pflanzenbestimmungsbuch von Michael Zohari
und Naomi Feinbrun, alle Exkursionsteilnehmer zusammen-
rief und ihnen vorführte, wie man eine unbekannte Pflanze
bestimmt. Und unter ihren Händen, zwischen ihren Fingern,
erhielt die anonyme Pflanze Name und Identität, *chum'a wa-
roda*, und als er sie fragte, was das sei, erklärte sie, erfreut über
die Frage, allen Mitgliedern des Trupps, dass *chum'a* Säure, also
chumza sei und somit Ampfer, und im Arabischen heiße die
Pflanze *chamasis wardi* auf Grund ihrer wie Blätter wirken-
den rosa Früchte, und dann pflückte sie die wie steinzeitliche
Pfeil- oder Speerspitzen geformten Blätter, gab jedem der Teilnehmer eines und forderte sie auf, das Blatt zu probieren; er
war von dem erfrischend säuerlichen Geschmack der saftigen
Pflanze begeistert, doch Dina warnte ihn und alle anderen, sie
sollten es mit dem Verzehr der Blätter nicht übertreiben, da
die darin enthaltene Oxalsäure zur Entstehung kleiner Steine
in den Nieren führen könne, die wiederum den Harnleiter an-

ritzen und Blut im Urin verursachen könnten. Dinas magische Berührung verwandelte die antiken Prachträume der Wüste in ein spannendes Buch, in dem jede Pflanze eine Geschichte, jeder Vogel ein Lied erzählte und jedes Kriechtier eine komplette Lebensweisheit für sich darstellte. Und als sie in der Arava auf einen grauen Waran stießen, führte Dina einen faszinierenden Versuch für sie durch, mit dem sie ihnen bewies, dass dieses Riesenkriechtier bis drei zählen konnte – und in diesem Augenblick verliebte er sich in sie, in Dina, nicht in die raubgierige Eidechse, denn Dinas Blick gestand der Natur nicht zu, sich als geheimnisvoll darzustellen und ins Gewand der Heiligkeit zu hüllen, was das Erlebnis der Begegnung mit der Natur, die er über alles liebte, nicht im Geringsten schmälerte, sondern es im Gegenteil vertiefte und bereicherte; merkwürdigerweise traf sich die Art von Dinas geführter Naturbegegnung mit seiner Motorradliebe, die sich ebenso vertiefte, je mehr er in alle Rätsel dieser klugen, erotischen Maschine Einblick gewann, die sich ihren Liebhabern, die sie mit Liebe zu nehmen verstanden, hingab, jedoch blitzartig zu einem tückischen, gemeinen Biest werden konnte, wenn jemand sie mit roher Gewalt behandelte und von ihr erwartete, dass sie ihm unter allen Bedingungen zu Diensten war, ohne irgendeine Anstrengung zu unternehmen, sie zu verstehen und kennenzulernen, so wie ein Geiger sein Instrument, der Waran seine Umwelt und Dina seine geliebte Wüste verstand und kannte.

Und so wurden sie Freunde, brachen mit seinem Motorrad zu Touren durchs ganze Land auf, so weit die Maschine sie tragen konnte, und von dort marschierten sie zu Fuß weiter ins tiefe Landesinnere, Galiläa, der Karmel, das Negevgebirge und Nizzana, die Küsten entlang, schliefen unter freiem Himmel, wo des Nachts wilde Tiere, Schaf- und Ziegenherden an ihnen vorbeistreunten, und einmal, im Westen Galiläas, als sie ihre Schlafsäcke in den Ruinen der Kreuzritterburg Montfort ausbreiteten, hörten sie die ganze Nacht hindurch Geräusche und Schritte im Buschwerk, das die steinernen Überbleibsel der Festung umwucherte. Dave schloss seine Hand fester um den Griff der Mauser-Luger-Pistole, die er aus der Waffensammlung seines in der Wüste verschwundenen Vaters mitgenommen hatte, und im ersten Morgengrauen standen sie hastig auf, nur um Beduinenhirtinnen zwischen den Büschen zu entdecken, von denen Dave eine ansprach, sie in Arabisch, das er von seinem Vater gelernt hatte, nach dem Weg zum Gipfel des Berges fragte, und die Hirtin wies ihm den Weg ...

Wieder tauchte unvermittelt ein entgegenkommender Lastwagen auf, der die Bilderkette vor seinen Augen abreißen ließ. Er manövrierte die Maschine seitlich an ihm vorbei, und beim Anblick des gelblichen wilden Getreides am Straßenrand stiegen andere, üble Bilder aus jener schrecklichen Nacht vor ihm auf, als sie nach Verwundeten und Leichen gesucht, sie in den Hirsefeldern eingesammelt hatten, wo sie nach einem fehlgeschlagenen Angriff auf die Hulikat-Stellung im Feuer der Ägypter niedergemäht worden waren, doch dieses Bild wurde von einem noch stärkeren verdrängt – wie er, beim zweiten Angriff, in den Schützengräben des ägyptischen Stützpunkts rennt; und ein schwarzer Sattelschlepper, der aus einer Straßenkrümmung hervorschoss, ließ wieder die Gestalt des riesigen sudanesischen Soldaten vor ihm aufsteigen, der ihn aus einem Unterstand an der Grabenflanke anspringt, und wie er ihm die langläufige Mauser-Luger vors Gesicht hält, zwei Kugeln abschießt, die den Kopf des Sudanesen zerschmettern, der vornüberkippt und im Graben aufschlägt, wie er über die Leiche des schwarzen Riesen springt, im Schützengraben rennt und schießt, rennt und schießt, und dann ist es urplötzlich Morgen, Stille, als sei kein Krieg auf der Welt, Menschen kommen aus den Schlachtfeldern, sammeln sich, und ein russisches Lied summt in seinem Kopf. Verstummt ist der Lärm der Kanonen, das Schlachtfeld liegt verwaist, einsam sinkt der Soldat im Felde hin, singt mit den Wolken im Wind, steigt in den Bergen auf der Adler, stürzt sich hinab auf die Kadaver – seit wann stürzt sich ein Adler auf Kadaver? Er brach in lautes Lachen aus – steigt in den Bergen auf der Geier und stürzt sich auf die Kadaver, hätte man singen müssen, wie viele Gefährten sind in jenem grauenhaften Krieg verloren gegangen –, und die Worte Jehuda Amichais echoten in seinem Kopf: »Denkt daran, dass auch der Aufbruch in die schrecklichsten Schlachten / stets an Gärten und Fenstern vorbeiführt / spielenden Kindern und einem bellenden Hund / und vergesst nicht, dass auch die Faust / einmal eine offene Hand war«, und Gesichter steigen vor ihm auf – Uzi, Gavrusch, Duvik und Mira, deren Namen er und Dina den Kindern gaben, die ihnen geboren wurden, als sie aus dem Krieg zurückkamen. Uzi wurde zu Maoz, Gavrusch zu Gaby, Duvik zu Duvesch und Mira zu Meirav, und alle hat der Wind davongeblasen, in keinem von ihnen erkennt er etwas von sich selbst, nur die Rastlosigkeit hat er ihnen vielleicht vererbt, die Tollheit, die in seiner Seele brodelt, diese Tollheit, die mit vermehrter Heftigkeit erneut von ihm Besitz ergriff, nachdem Dina wie ein Baum in voller Blüte von der Axt des Schnitters gefällt worden war, drei Wochen nur nachdem der Krebs, der überall in ihrem Körper Metastasen streute, diagnostiziert worden war, und sie vor seinen Augen verlosch, den Kopf in seinen Händen, ihr Leben aushauchte – wen und was hatte er denn noch in dieser verirrten Welt, die zurück in das Urchaos galoppierte, aus dem sie erstanden.

Inta umri, erklang es aus Libbys Mobiltelefon, mitten hinein in das Tanzfestival, und die fünfzigtausend Tänzer lösten sich in Nacht und Nebel auf.

»Hi, Sabusch!«, rief Libby. »Was gibt's?«

»Bist du immer noch in meinem Palast?«, fragte Dave.

»Ja, ich bin hier mit Karin. Wo bist du?«

»Ist dein Tank voll?«, fragte Dave, ohne zu antworten.

»Tatsache ist, ja«, erwiderte Libby. »Ich hab ihn unterwegs zu dir vollgemacht. Ich dachte, vielleicht machen wir eine Spritztour.«

»Ausgezeichnet«, sagte Dave. »Wir brechen zu einer Tour auf. Wir eröffnen einen neuen Track.«

»Wo soll ich dich treffen?«

»Die Imbissbude bei Qastina kennst du?«

»Nur zu gut«, lachte Libby. »In einer Stunde bin ich da. Wir haben viel zu reden.«

»Wir werden reden«, sagte Dave. »Nachdem ich mich jetzt vom Mammon befreit habe, haben wir Zeit.«

»Bin schon unterwegs.«

»Ich warte auf dich. Auf Wiedersehen.«

»Kommst du mit?«, schlug Libby Karin vor.

»Ich bleib hier«, sagte Karin. »Ich warte auf euch.«

»Lies die Tagebücher von Eva. Echt zu empfehlen.«

Alles ist möglich, und alles ist unmöglich. Und es liegt in unseren Händen und nicht in unseren Händen, hallten die Worte in Libbys Kopf wider, als sie mit ihrem Motorrad auf der Straße nach Süden raste, und der Wind toste unablässig in ihren Ohren: Alles ist möglich, und alles ist unmöglich. Der Vorderreifen der schweren Maschine verschlang den schwarzen Asphalt. Der starke Motor dröhnte zwischen ihren Schenkeln. Sie beugte sich nach vorn, stemmte sich gegen den Wind. Sie lieferte sich ungeschützt und schrankenlos dem reinen Erleben aus, das auf sie eindrang, sie bestürmte, sich donnernd vor und hinter ihr brach. Sie war frei.

Kein Schluss – und nicht das Ende

ANMERKUNGEN DER ÜBERSETZERIN

S. 12 – »Wie ein welkes Blatt ...«, Zitat Jesaja 34,4 (s. S. 383 + 393)

S. 20 – Judah Halevi, jüdischer Religionsphilosoph in Spanien im 12. Jhdt.; sein berühmtestes Werk *Kuzari* behandelt die einheitliche Konzeption des Judentums.

S. 21 – Dr. Paul März: Vorsitzender der zionistischen Organisation in der Tschechoslowakei

S. 23 – Im Hebräischen hat Adib ein »erweichtes b«, d. h. Aussprache: Adiv.

S. 27 – Das Lämmchenlied entspricht in etwa: *Es war einmal ein Mann* ... – Es geht um die Kettenreaktion von fressen und gefressen werden, mit bösem Ende.

S. 41 – 1 Dunam = 1000 m², 1000 Dunam = 1 000 000 m² = 100 ha

S. 42 + 118 – *El male rachamim* (an den Allerbarmenden), Gebet für die Seele des Toten beim Begräbnis sowie bei den Gedenkgottesdiensten

S. 53 – »Ich nahm mich ja deiner an ...«, Zitat Hosea 13,5

S. 53 – Originalversion des Lieds: »Das Land, in dem wir geboren wurden, das Land, in dem wir leben werden, was auch immer geschieht ...«

S. 89 – Am Vorabend des Unabhängigkeitstags werden 12 Fackeln angezündet, von 12 »verdienten« Bürgern, zu Beginn der Feiern auf dem Herzlberg.

S. 107 – Zelda: israelischer Spitzname für den gepanzerten Truppentransporter M113, der aus der amerikanischen Armee stammt und im Vietnamkrieg eingesetzt wurde;

offiziell 1994 von der israelischen Armee ausgemustert, aber noch 2014 in der Gaza-Kampagne verwendet.

S. 107 – RPG-Rakete: Granatwerferrakete

S. 107 – Tophet: Platz der heidnischen Opfer (für den Moloch) bei Jerusalem; Hölle

S. 117 – »Dass nicht jemand ...«, 5. Buch Mose 18,10

S. 117 – »Sie haben die Höhen ...«, Jeremias 7,31

S. 119 – »Mit Blut und Feuer ...« Militanter Song von Jaakov Cohen, 1907, der zur Hymne des »Brit habirjonim« (Schlägerbund) wurde und 1909 die Parole der Haschomer-Organisation wurde.

S. 149 – *Chawadscha*: arabische Anrede (m.) für Europäer / Christen

S. 150 – Schechem = Nablus

S. 161 – Manuella: von »manivelle«, Handkurbel für Autos zum Starten, lautsprachl. verdreht ins Hebräische eingegangen.

S. 167 – Chatjar: alter Herr, arabischer Plural eigentlich chitjar, aber bei Sobol eingehebräischt, daher Plural auch hier eingedeutscht.

S. 168 – Abu-Maoz: Vater des Maoz – da Maoz Daves Sohn ist

S. 177 – »im neunzehnten Jahr Nebukadnezars ...«, Könige 25,8

S. 220 – Achnais Ofen, bekannte amüsante Geschichte aus dem Babylonischen Talmud (Baba Mezia, 59 a-b): Rabbi E. weigert sich in einer Diskussion über rein und unrein, die Position der Mehrheit anzuerkennen, und ruft Gott an; als seine Meinung jedoch von der Stimme aus dem Himmel bestätigt wird, weigern sich die anderen, auf Gott zu hören (»Die Thora ist nicht im Himmel!«).

S. 239 – *Maoz-zur-jeschu'ati*: Der Name Maoz heißt übersetzt »Bollwerk«, die Zeile ist aus der jüdischen Liturgie, wird zu Chanukka gesungen.

S. 252 – Hulikat war 1948 ein ägyptischer Stützpunkt (mit Gräben und Tunneln) im Nordwest-Negev zwischen Kiriat Gat und Aschkelon, der die Hauptstraße zu den belagerten Kibbuzen blockierte und sie abschnitt; die blutigen Kämpfe fanden in diesen Gräben statt.

S. 270 – »schnell und in naher Zeit ...«, Zitat aus dem Kaddisch

S. 299 – »Wer will hören ...«, leicht abgewandeltes Zitat aus dem Talmud, Sanhedrin 97a; »Im Zeitalter, in dem der Sohn Davids ...«, wörtliches Zitat ebd.

S. 305 – »Und es werden auf allen großen Bergen ...«, Jesaja 30,25–26

S. 310 – »Der Gerechte ...«, Sprüche Salomos 12,10

S. 327 f. + 331 ff. – Teile des Sprechgesangs sind angelehnt an die Beschreibung in Albert Speers *Erinnerungen*.

S. 371 – *Schir hatan*, das »Lied des Schakals«, von Marlene Dietrich bei ihrem Auftritt in Tel Aviv 1964 tatsächlich auf Hebräisch gesungen. Sie hat in dem bekannten hebräischen Lied offenbar in der Wiederholungszeile am Schluss einmal ein Wort geändert: »Weil das Kind verlassen / einsam ist« statt »hungrig« wie in der Originalversion.

S. 403 – Heckerlied: Revolutionslied der Badischen Revolution 1848 / 49; antisemitische Variante (wohl 1921 beim Freikorps beim Aufstand in Oberschlesien entstanden) in der Weimarer Republik zu dieser Version umgedichtet (Anfang der 90er von der Band »Tonstörung« unter dem Titel *Blut* aufgenommen).

S. 417 – Als Ben Gurion fünf Jahre alt war, stellte ein Arzt fest, dass sein relativ großer Schädel auf dem Hinterkopf eine Ausbuchtung aufwies – was darauf schließen lasse, dass das Kind hochbegabt sei und eine große Zukunft vor sich habe.

S. 420 – U. R. N. S.: gängige Abkürzung bei SMS-Botschaften für YouAreAnAss

S. 425 – Originaltext: »Ich will sterben mit den Philistern« (Simsons Rache an den Philistern), Richter 16,30

S. 451 – Guri: Anspielung auf Zungenfleischs Zugehörigkeit zu den Gur-Chassiden

S. 490 – »Und das Krumme …«, Jesaja 40,4; auch: »… und was uneben ist, soll gerade … werden«

S. 491 – »Redet mit Jerusalem …«, Jesaja 40,2

S. 499 – Die Affäre der entführten jemenitischen Kinder: Nach 1948 verschwanden in Israel über 1000 Kinder aus jemenitischen Einwandererfamilien; vermutlich »inoffiziell« an Holocaustehepaare vergeben.

S. 522 – Qastina: Das war der arabische Name, der aber immer noch bekannt ist; israelische Bezeichnung: Be'er Tovija (westl. von Kiriat Malachi am Rand des Negevs).

Die Originalausgabe erschien 2017 unter dem Titel *Chufschat schichrur* bei Hakibbuz hame'uchad, Tel Aviv.

Die Arbeit der Übersetzerin am vorliegenden Text wurde vom Deutschen Übersetzerfonds gefördert.

Sollte diese Publikation Links auf Webseiten Dritter enthalten, so übernehmen wir für deren Inhalte keine Haftung, da wir uns diese nicht zu eigen machen, sondern lediglich auf den Stand zum Zeitpunkt der Erstveröffentlichung verweisen.

 Dieses Buch ist auch als E-Book erhältlich.

MIX
Papier aus verantwortungsvollen Quellen
FSC
www.fsc.org
FSC® C014496

Penguin Random House Verlagsgruppe FSC® N001967

1. Auflage
Copyright © der Originalausgabe 2017 Joshua Sobol
Copyright © der deutschsprachigen Ausgabe 2021 Luchterhand Literaturverlag in der Penguin Random House Verlagsgruppe GmbH, Neumarkter Straße 28, 81673 München
Der Verlag konnte nicht alle Rechteinhaber ausfindig machen. Berechtigte Ansprüche mögen bitte dem Verlag gemeldet werden.
Umschlaggestaltung: buxdesign|München
Covermotiv: © Plainpicture / Millennium / Mohamad Itani
Satz: Greiner & Reichel, Köln
Druck und Einband: GGP Media GmbH, Pößneck
Printed in Germany
ISBN 978-3-630-87573-6

www.luchterhand-literaturverlag.de
facebook.com/luchterhandverlag